LOCUS

LOCUS

LOCUS

LOCUS

to

fiction

書系　to 85
書名　林中祕族

作者　柳原漢雅（Hanya Yanagihara）
譯者　陳榮彬
責任編輯　潘乃慧
封面設計　廖韡
校對　呂佳真

法律顧問　全理法律事務所董安丹律師
出版者　大塊文化出版股份有限公司
台北市 10550 南京東路四段 25 號 11 樓
Website　www.locuspublishing.com
Tel　(02)8712-3898
Fax　(02)8712-3897
讀者服務專線　0800-006689
郵撥帳號　18955675
戶名　大塊文化出版股份有限公司

總經銷　大和書報圖書股份有限公司
地址　新北市新莊區五工五路二號
Tel　(02)8990-2588
Fax　(02)2290-1658

初版一刷　2015 年 10 月
定價　新台幣 430 元
Printed in Taiwan

The People in the Trees

林中祕族

Hanya Yanagihara

柳原漢雅——著　陳榮彬——譯

普洛斯彼羅：

一個魔鬼，一個天生的魔鬼，他的天性
無論如何教養也無法改變；我為他嚐盡痛苦，
在他身上付出的努力，全都白費，盡是枉然；
他的身形隨著年紀日益醜陋，
心智也一天一天敗壞。我要好好教訓他們，
讓他們大吼大叫。

——《暴風雨》第四幕，第一景

目錄

獻給我的父親

「我的父親……賜給我創作故事的欲望。」

知名科學家面臨性侵指控

（美聯社／一九九五年三月十九日）

馬里蘭州貝塞斯達鎮報導——知名免疫學家、退休前曾於馬里蘭州貝塞斯達鎮國家衛生研究院擔任免疫學與病毒學中心主任的亞伯拉罕．諾頓．佩利納醫生，昨天被控性侵遭逮捕。

七十一歲的佩利納醫生面臨的指控，包括三項強暴罪、三項與未成年人發生性行為、兩項性侵罪及兩項危及未成年人的罪行。提出指控的人是佩利納醫生的養子們。

「那些指控都是假的。」佩利納的律師道格拉斯．辛德利昨天聲明：「佩利納醫生在科學界的聲譽卓著，備受尊崇，他非常希望盡快釐清現況，讓他回歸工作與家庭。」

佩利納醫生曾於一九七四年獲頒諾貝爾醫學獎，理由是他發現一種延緩老化的病症，也就是「瑟莉妮症候群」。密克羅尼西亞群島有個名為烏伊伏的島國，在該國三島之一的伊伏島上，他發現歐帕伊伏艾克族的族人罹患此一病症，儘管他們的心智退化了，身體仍維持在很年輕的狀態。他們之所以不老，是因為吃了歐帕伊伏艾克海龜，於是佩利納醫生用海龜名來為該族命名。他發現這種海龜肉能夠抑制端粒酶——端粒酶這種天然酵素有分解端粒的功能，進而限制每個細胞分化的次數。受到瑟莉妮症候群（瑟莉妮是希臘神話裡永遠不死與青春永駐的月之女神）影響的病人，能活好幾個世紀。佩利納醫生初次前往烏伊伏國是在一九五〇年，年輕的他隨同知名人類學家保羅・塔倫特，在當地各島做了多年的田野研究。此外，他也在那裡領養了四十三名小孩，其中多人是孤兒，或是歐帕伊伏艾克族窮困族人的兒女。其中一部分小孩目前正由佩利納照顧。

「諾頓是模範父親，也是天才。」長期於佩利納的實驗室裡擔任研究員，同時是其摯友的隆納德・庫波德拉醫生說：「我深信這些荒謬的指控一定會被撤銷。」

知名科學家暨諾貝爾獎得主被判刑入獄

（路透社／一九九七年十二月三日）

馬里蘭州貝塞斯達鎮報導——亞伯拉罕・諾頓・佩利納醫生於今天被判二十四個月徒刑，執行地點爲費德列克懲教機構。

佩利納醫生曾於一九七四年獲頒諾貝爾醫學獎，理由是他證明一種原產於密克羅尼西亞群島烏伊伏國、如今滅絕的海龜肉，能抑制端粒酶，限制每個人類細胞的分裂次數。他發現，這種被稱爲瑟莉妮症候群的病症，可移轉到包括人類在內的多種哺乳類動物身上。

獲准自由進出那些遙遠神祕島嶼的西方人寥寥無幾，佩利納是其中一位，從一九六八年開始，他陸續在該國收養了四十三名小孩，全都安置在他位於貝塞斯達鎮的住家。兩年前，佩利納被控強暴其中一個孩子，威脅其安危；指控他的人是他收養的某個孩子。

「這眞是一樁悲劇。」路易斯．雅特舒爾醫生在佩利納醫生服務多年的國家衛生研究院擔任院長，他表示：「諾頓是個思想家與天才，我衷心希望他能夠獲得他所需要的治療與幫助。」

佩利納與他的律師目前都處於失聯狀態，無法評論此事。

編者序

我是隆納德．庫波德拉，但那只是我在學術期刊上的名字，大家都叫我隆恩。沒錯，如果你曾在報章雜誌上看到隆納德．庫波德拉醫生這個名字，那肯定就是我。但新聞報導的內容並非全都屬實——當然真實的成分很少。

就我的例子而言，最重要的那些報導都是真的，而且我為那些事感到自豪。例如，我與諾頓有所關聯（別忘了，若是在僅僅十八個月前，我根本不用提這件事），事實上我們相識已久，從一九七〇年起，我就在他位於馬里蘭州貝塞斯達鎮、隸屬國家衛生研究院的實驗室工作了。當時，諾頓還沒拿到諾貝爾獎，但是他的研究早已在醫界掀起一陣革命，自此改變學者對於病毒學、免疫學，還有醫學人類學的看法。讓我自豪的另一點是，與他成為同事之後，我們也變成好朋友；事實上，我覺得我倆建立了一種最有意義的關係。不過最重要的是，歷經了過去兩年的風風雨雨，我很自豪我們兩人仍是朋友。

當然，我已經不像過去那樣，有機會就能與諾頓講話或溝通，無疑地，他也不行。他不在身邊，讓我有一種奇怪而寂寞的感覺。大概十六個月前，我才遷居此地[1]（也就是諾頓被判刑的一個月後），但在那之前，我未曾想過在自然的狀況下，我們居然會分開超過兩天以上。也許連一天都沒有想過。（當然，所謂自然的狀況是排除某些特例，像是偶爾和當時還是我妻子的前妻去度假，或者我們各自去參加葬禮、婚禮等活動。即便不在一起，我還是設法每天與他保持聯絡，不管是透過電話或者傳真。）重點是，與諾頓談話、工作或只是在一起，已經變成我日常生活的一部分，就像有人每天都得看電視、看報紙一樣：儘管是瑣事，卻不會忘記去做，藉此確保生活按照常軌運作。但是，當這種節奏突然被打斷，給人的感覺比不安更糟糕，簡直是不知所措。過去一年半，我就有這種感覺。早上醒來後，我跟往常一樣把白天的時間過完，但到了晚上總是晚睡，在公寓裡閒晃，瞪著夜空發呆，心想自己是否遺漏了什麼事。茫然的我把完成的十幾件平日瑣事核對一番，心裡想著信件是否打開看過而且也回了？截稿期到的文章交了沒？門鎖了嗎？直到最後，我才帶著後悔的心情上床睡覺。每逢快要睡著，我才想起我這輩子的所有模式都改變了，接著感到一陣短暫的憂鬱。你也許會覺得此刻我已經能接受諾頓驟變的人生，而我的人生也隨之改變，但我心裡的某個角落就是抗拒著；畢竟過去將近三十年來，他已然成為我日常生活的一部分。

如果我覺得寂寞，諾頓的生活一定遠比我寂寞。當我想到他必須待在那種地方，我真是憤怒不已：諾頓不是年輕人了，身體也欠安，用囚禁的方式懲罰他既不適當也不合理。

我知道只有少數人跟我的想法相同。我常常試著向朋友、同事與記者（還有法官、陪審團與律師）解釋，諾頓是個有同情心、聰明而且了不起的人，次數多到我自己都忘了。事實上，過去十六個月來，我屢屢想起諾頓的許多朋友曾宣稱愛他也尊敬他，卻選擇背叛，並且這麼快就忘記他、遺棄他。有些朋友，諾頓認識且共事了幾十年，在他被起訴時就立刻消失。更糟糕的是，那些在他被判有罪後便離開他的人。當時我才發現一般人有多麼不忠不義、滿嘴謊言。

不過，我離題了。牢獄生活讓諾頓感到最難過的一件事，應該是他必須勉強自己去適應單調的生活。我必須承認我有點訝異，他入獄不到一個月就開始抱怨生活無聊到令人難過。過去，諾頓跟許多累過頭的能人志士一樣，滿心夢想著在一個溫暖的地方住上一個月或一年，完全不用投入任何事情。不用演講，不用編輯或撰寫文章，不用教學，不用顧小孩，不用做研究；只有用不完的空閒時間，想做什麼就做什麼。過去，諾頓總是說時間就像一片大海，一面無邊無際的空白鏡子，而這個他稱為「大海時間」的美夢已經變成一則笑話，短短幾個字，代表著他目前沒時間做、但有朝一日希望投入的事。所以，他總是信誓旦旦地說，如果有大海時間，他會用來種植熱帶蕨類植物。如果有大海時間，他會讀一些傳記。如果有大海時間，他會寫自己的回憶錄。不曾有人認為諾頓真會擁有所謂的大海時間，他自己尤其如此；但是如今他有的是時間，只是沒有溫暖的地方，沒有那種努力一輩子過後應得的安逸

---

1 目前我住在加州帕洛奧圖市，在當地的史丹佛大學醫學院免疫學系擔任約翰．托倫斯講座教授。

感，讓人覺得快樂而慵懶。不幸的是，諾頓有可能天生就是勞碌命；這陣子以來，他深受折磨（雖然如此，我得承認他會這麼想，很大一部分必須歸因於他是在不幸的情況下獲得這種悠閒時光）。在最近的一封信裡面，他寫道：

> 這裡能做的事不多，而且在某個時間點過後，能夠思考的事情甚至更少。我不曾想過自己會落到這一步田地，筋疲力盡，而且被放空了，不是放血，而是腦袋一片空洞。窮極無聊——事實上，過去我總以爲如果有一段長時間的閒暇，我一定會好好珍惜，很容易把時間排滿。但此刻我已經瞭解，時間不是由一段段長時間的空檔組成：我們常說時間管理，其實剛好相反——我們只能用一件件忙碌的小事來塡滿生活，這是我們唯一能做的。[2]

這似乎是充滿智慧的洞見。

儘管諾頓明顯看出自己的處境嚴峻，還是有些魯莽的人表示他應該感激自己受到的寬大處置，這種說法不但愚鈍，也很殘忍。其中之一是赫伯特．威斯特（雖不情願，但我在這裡還是把他的名字改掉了），一九八〇年代初，他也曾是諾頓手下的研究員，他在前往倫敦參加會議的路上，去貝塞斯達鎮拜訪諾頓。當時還沒進行審判，不過諾頓已經被起訴，等於被軟禁在家裡，他收養的所有小孩也都重新安置。過去，我曾認為威斯特不會像諾頓先前的許多研究員那樣令人不耐，他在諾頓家待了大約一小時，問我想不想去餐廳與他共進晚餐。我不是特別想去（在我看來，他在諾頓面前邀請我非常不禮貌，畢竟諾頓不得離開住家），但諾頓說我應該去，他還有一些想完成的工作，自己一個人也不錯。

於是我與威斯特共進晚餐。儘管腦中一再浮現諾頓獨自待在屋裡的模樣，我們依然聊得非常盡興，提到威斯特的工作和他準備在會議上發表的論文，也提到諾頓遭到逮捕前與我共同在《新英格蘭醫學期刊》上發表的一篇文章，還聊起我們都認識的一些熟人。直到吃點心的時候，威斯特說：「諾頓老了很多。」

我說：「他的情況很糟。」

「是啊，很糟。」威斯特低聲附和。

「這實在是太不公平了。」我說。

威斯特不發一語。

「太不公平了。」我又說了一遍，再給他一個機會。

威斯特嘆了一口氣，用餐巾的一角擦了擦嘴角，姿勢做作而且很娘，像在賣弄他的英國氣質，令人厭惡。（幾十年前，威斯特曾經拿馬歇爾獎學金到牛津大學讀書，雖然只有兩年，但不管是社交或公事場合，他總是能夠很有技巧地提到那件事。）他正在吃脆皮藍莓餡餅，牙齒上一片藍紫。

2 一九九八年四月二十四日，諾頓・佩利納寫給隆納德・庫波德拉醫生的信。

「隆恩。」他開口說。

「嗯。」我說。

「你覺得他有做嗎？」威斯特問道。

當時我已經習慣被問及這個問題，也知道該怎樣回應。「你覺得呢？」

威斯特看看我，面帶微笑，看了一下天花板再看看我。「我覺得有。」他說。

我不發一語。

「你覺得沒有。」威斯特說，口氣有點驚訝。

接下來這句話也是我學會該怎樣講的。「他有沒有做無所謂。」我說：「諾頓是個偉大的思想家，我只在意這一點，而且也是我會對後人說的話。」

我們陷入一陣沉默。

最後，威斯特膽怯地說：「我想我該回去了，明天搭機前還要讀一點東西。」

「好吧。」我說。我們默默吃完甜點。

是我開車載他到餐廳的，付了晚餐錢之後（威斯特說要請我，被我擋掉了），我載威斯特回飯店。在車上，他數度想跟我閒聊，這讓我更憤怒了。

到了飯店停車場，我們杵在車上，沉默了好幾分鐘，威斯特欲言又止，我則是非常生氣，最後他伸出手，我握了一下。

「呃……」威斯特說。

「謝謝你來看他。」我直截了當地說：「我知道諾頓很感謝。」

「呃……」威斯特又說了一遍。我看不出他能否察覺我的言詞暗含嘲諷，我想他應該沒察覺。「我會想起他的。」

我們又陷入一陣沉寂。

「如果他被判有罪——」威斯特開口往下說。

「他不會的。」我跟他說。

「但如果他真的被判有罪。」威斯特接著說：「他會去坐牢嗎？」

「我不能想像他去坐牢。」我回答道。

「呃，如果真的被判有罪。」威斯特堅持往下說，我則是想起過去威斯特當研究員時吃相有多難看，有多貪婪，還有他是多麼迫不及待地離開諾頓的實驗室，另立門戶。「至少他會有很多大海時間，不是嗎，隆恩？」這句話輕率無比，讓我驚訝到無法回應。我坐在那裡，目瞪口呆，威斯特對我微笑，又說了一句再見，下車離去。我看見他穿越飯店的雙扇門，走進燈光明亮的大廳，便重新發動車子，開回諾頓家，我晚上都在那裡過夜。之後幾個月，審判程序開始又結束，最後判刑結果也出爐了，但無庸贅言的是，威斯特再也沒去看過諾頓。

但是就像我說的，沒有人同情諾頓的處境。實際上，他是先遭到大家的審判與唾棄之後，才在法庭上，被一群理應與他相提並論的陪審團團員審判與判刑——然而，那十二個人卻是如此無能（就我記憶所及，其中一個團員是收費員，另一個是做寵物美容的），像諾頓這種天才居然要由他們來斷定人品，由他們來決定命運，他不知作何感想？更何況，他們的決定就算不會全盤抹殺他過去所有成就的意義，但至少那些成就幾乎不再具有重要性。從這個角度看來，諾頓此時覺得沮喪、無聊、了無生趣，還有什麼好奇怪的。

關於諾頓這個案子的媒體報導，我也有幾句話要說，如果我沒有談一談報導內容的語調與範圍，似乎是件很蠢的事。首先我想說的是，由於諾頓犯的是強暴罪，各家媒體除了報導他那些外界已經知曉的少數生平事蹟，還浪費了許多篇幅加油添醋，完全罔顧真相，這一點也不令我意外。（無可否認，那些報導的確用三言兩語簡述了他的偉大成就，但只是讓他被控的罪行更令人髮指而已。）

還記得諾頓等待審判的那段日子，我陪他守在家裡（屋外有一群電視台記者鎮日聚集在草坪邊緣的人行道上，在蟲聲嗡嗡作響的夏日晴空下吃飯聊天，簡直像在野餐），在我們接獲的許多採訪邀約中（當然，最後他並未接受任何訪問），只有一家媒體（令人遺憾的是，那家媒體是《花花公子》雜誌）請諾頓寫下自辯之詞，而不是派某個見獵心喜的年輕作家，來為讀者詮釋他的生平與他被指控的罪行。（儘管仍在開庭，我覺得那確實是個好主意，不過諾頓擔心不管他寫什麼都會遭人利用，變成一篇對付他的自白書。他說得沒錯，我們也打消了念頭。）但是我也知道，當他發現他無法為自己辯護時，內心想必是悲憤交加。

諷刺的是，就在諾頓被捕不久前，他已經在計畫寫回憶錄了。早在一九九五年他便已處於半退休狀態，不用處理各種煩人的行政事務與實驗室瑣事。這並不代表他不再是實驗室不可或缺的重要研究人力，而是他開始允許自己用不同的方式規畫時間。

然而，諾頓並沒有機會把非凡的一生記錄下來——至少他沒辦法在他偏愛的情況下做那件事。但就像過去我常說的，他的心智力量足以克服任何挑戰。所以，在他入獄兩個月後，也就是從四月起，我每天寫信問他想不想寫回憶錄。我跟他說，他的回憶錄不僅對人文與理工學界都有所貢獻，也能對有興趣傾聽的人剖白，藉此擺脫外界強加在他身上的刻板印象。我說，如果他願意，我很榮幸能幫他打字，做初步的編輯工作，就像過去他把論文提交給各大期刊之前，都會由我經手。我在信中說，那對我來講一定是個很迷人的計畫，或許他也會覺得有趣。

一週後，諾頓寄了一封短信給我：

> 我不能說我非常樂意把人生最後的這幾年用於說服別人，讓他們瞭解我並未犯下我被判的那些罪行，但是我已經選擇開始撰寫你所謂的「我的人生故事」。我非常信任你。[3]

---

3 一九九八年五月三日，諾頓．佩利納寫給隆納德．庫波德拉醫生的信。

一個月後，我收到了第一批稿件。

在我邀請讀者瞭解諾頓的非凡人生之前，我想我應該以導論的形式先說幾句話。說到底，這畢竟是反映出某種問題的故事。

當然，諾頓說得肯定比我精彩，但在這裡我要先向讀者交代一些關於他的細節。他曾跟我說，他的人生一直到他離開美國、前往烏伊伏，才有了意義，而他在那裡的許多發現，也的確深深影響現代醫學的發展，讓他獲得諾貝爾獎。一九五〇年，年僅二十五歲的他，初次前往位於密克羅尼西亞的神祕國度，人生自此大變，也對科學界造成了革命性的影響。在蕞爾小國烏伊伏停留期間，他跟一個後來被他命名為歐帕伊伏艾克族的「失落的部落」住在一起，其居住地是該國最大島，也就是人稱伊伏伊伏的「禁閉之島」。他在島上發現一種未曾列入文獻、也沒人研究過的病症，當地原住民深受影響。過去，在世人的印象中，烏伊伏國人民的壽命都很短，到現在某種程度上還是這樣。但是，諾頓在伊伏伊伏島上認識一群島民，其壽命遠比一般人長，有的多活二十或五十年，甚至還有一百年的。此一發現之所以了不起，還有兩個理由：首先，儘管罹患此症的人身體並未老化，心智卻有衰退的現象；其次，他們的病症並非天生，而是後天的。

在諾頓發現這個病症之前，人類不曾如此接近過永生的目標，也未曾看過如此美好的願景會這麼快就從手邊溜走：他發現了一個祕密，又讓祕密流逝，整個過程不過十年光景。

⚜

關於歐帕伊伕艾克族的研究，讓諾頓在醫學以外的領域投下震撼彈：他與他們一起住了將近二十年，結果衍生出現代醫學人類學的新領域，他在那些年完成的著作，如今已成為許多大學課程的必讀書單。

只是他也是在烏伊伕國[4]惹上了麻煩。烏伊伕國之旅對諾頓的許多意義之一，是他開始愛上孩童，這種愛戀持久不變。讀者們恐怕都不熟悉烏伊伕這個國家，它是一個地景壯美險峻的國度，那裡的一切都比我們的世界更為壯闊純粹，比我們想像的更令人讚嘆，不管往哪個方向走下去，總是能看到愈來愈壯觀的景致：一邊是無邊無際的水澤，靜止不動，色調強烈到令人無法久視；另一邊則是綿延不絕、層層疊疊的高山，山峰被淹沒在裊裊白霧之間。初到烏伊伕國，諾頓聘請該國人民當他的嚮導，帶著他去尋找未曾看過的景物。幾十年後，在當地人的請求之下，他帶著他們的下一代、下下代回馬里蘭州撫養，完全視如己出，提供他們在烏伊伕國不可能體驗到的教養方式。被他帶回國的孩子有許多是孤兒，都是一些生活條件其差無比、長大後的處境也不可能改變的嬰兒幼童。

4 這裡所謂的烏伊伕國，我指的是整個國家，而非其中任何一個島嶼；接下來讀者們將發現，諾頓大部分時間待的地方是伊伏伊伏島。

在他自己還沒驚覺之前，他領養的兒童已經超過四十人。將近三十年間，他總計領養了三批孩童，其中許多人返回密克羅尼西亞，當上了醫生、律師、教授、酋長、老師與外交官。其他人選擇留在美國，出社會工作或留在學校裡。遺憾的是，也有一些人貧窮潦倒，吸毒犯罪，不知所蹤。（任何有四十三個小孩的人，都無法期望每個小孩皆出人頭地。）如今，他們當然不再是諾頓的小孩了。而且在他們的選擇下，諾頓也不再是他們的父親：在他近年來陷入困境期間，他們幾乎全都放棄了他，這實在令人震驚。畢竟他提供他們住所，教他們說話，教養他們——他給了背叛他所需的一切工具，而他們也的確背叛了他。諾頓的孩子把美國與西方世界的一個現象看得很透徹；他們發現，只要指控某人是性變態，社會大眾多半會買帳，就算他是備受推崇的諾貝爾獎得主，也挺不住。這真是可惜；其中幾個孩子跟我還滿投緣的。

⚜

我想我該說清楚的第二件事是：我對這部回憶錄非常感興趣，但我並非故事主角。理由之一是，我這個人向來沉默寡言，也沒興趣述說自己的故事——畢竟這世界上已經有太多故事了。

不過，我想針對回憶錄的編纂工作說幾句話。身為編者，我所做的事其實很少。回憶錄的每個段落（段落標題都是我下的）都是諾頓入獄期間寫下分批寄給我的，前面都附了一封信，由於信件內容大都涉及隱私，我認為不適合收進回憶錄。同時，文字是一批批寫出來的，讀者偶爾會發現內容寫得自然而隨性，並且預設大家非常熟悉作者的生平與作品。既然我是最瞭解諾頓的人（這本回憶錄其實是在我的要求下寫給我的），每當我覺得需要提供額外資訊，幫助讀者瞭解諾頓的故事，我就有責任加上一些註腳。（偶爾為了彌補諾頓敘述的故事之不足，我也會加上自己的註解。還有，某些我覺得無法讓內容更為豐富或者不相關的段落，我也自己做主刪除；但是此類刪減不會影響諾頓勾勒出來的人生全貌。）

最後，我覺得我該試著回答諾頓開始寄稿子之前於信中提出的問題：我希望這本回憶錄的撰寫計畫達成什麼目標？我的想法一點也不複雜：不過就是為諾頓平反，並提醒大家，與那短短幾個月內他可能犯下也可能沒有犯下的罪行相較，他過去幾十年間的成就實在重要太多了。也許我太天真，但這是我該做的：如果我沒辦法盡力幫助一個為科學界與醫界貢獻良多的人，我將無法原諒自己。

隆納德·庫波德拉

於加州帕洛奧圖市

{諾頓・佩利納回憶錄}

隆納德・庫波德拉醫生編

第一部　溪流

I.

一九二四年，我生於印第安那州，故鄉林登鎮是那種毫不起眼的中西部鄉間小鎮，它緩緩地持續成長，距我出生之前大約二十年，人口才開始把自己「複製出來」。我的意思是，印象中小鎮唯一的特色就是它沒有值得一提的特色。鎮上有筒倉，有紅色穀倉（大多數居民都是農民），還有雜貨店與教堂，也有神職人員、醫生、老師、男人女人與小孩：它具有美國典型社會的雛形，但是欠缺任何花邊與裝飾，也沒有附屬品。鎮上有幾個酒鬼、一個瘋子，還有貓狗，也會與西邊幾哩處的蝗蟲鎮一起舉辦鄉間市集（如今蝗蟲鎮已經併入鄰近城鎮，不復存在）。鎮上一共有一千八百位居民，每個人出生後都走上同樣的路：上學、做家事、當農夫、與其他鎮民結婚，共組自己的家庭。在街上碰到別人時，大家會彼此點頭打招呼，男人則是稍稍將帽緣往下拉。隨著一年四季的更替，當地人種植菸草與玉米，然後收割。這就是林登鎮。

我們家一共有四個人：爸媽、歐文和我。[1] 我們住在一個一百英畝大的農場上，破破爛爛的住家唯一的特色，就是中央有一道曾經非常華麗的寬大階梯，但因為一代又一代的白蟻蛀蝕，早已只剩殘骸。

我們家後面大概一哩遠的地方有一條蜿蜒小溪，又小又慢，行徑詭譎多變，讓人無法幫它取一個比較恰當的名字。每年三、四月融雪之後，它就會水位暴漲，晉升成一條河，融雪與春雨讓水的流量又大又急。那幾個月，小溪的面貌丕變，變得如此無情而果決，河岸邊許多如繁星點點的血根草花與野生百里香會被連根捲入河裡，到了下游一處不知誰蓋起來的老舊水堤才被攔下，卡在灌木叢裡。溪流中一年到頭都有小魚，牠們奮力往上游游過去，淪為波臣。每年春季，它不再是一條無聲的小溪：洶湧的河水轟隆隆作響，劇力萬鈞，通常連平靜無比的平凡支流也會在那幾個月變得可怕難測，爸媽都叫我們要遠離它。

但是每年到了酷熱的夏天，那條小溪（溪流源頭不在我家土地上，而在東邊大約五哩處的穆勒家）會再度乾枯，變成涓涓細流，膽怯地從我家農場慢慢流過。小溪上方的空中飛著許多蚊蚋蜻蜓，嗡嗡作響，溪底污泥裡則攀附著許多水蛭。過去，我們會去溪釣與游泳，然後沿著低緩坡面爬回矮丘上的住家，在手臂腿部上被蚊子叮咬的地方猛抓，抓得皮膚變粗滲血。

我父親不曾往下走到丘邊的小溪，但母親喜歡坐在草地上，看著溪水潺潺流過她的腳踝。小時候，我們會對她大叫：「**看我們這邊！**」她總是抬起頭，一臉作夢的表情，揮揮手——不過我們總是搞不清楚她到底是在對我們，還是對附近的一棵橡樹苗揮手。（母親的視力沒問題，只不過舉止常常看起來像個盲人；她平日四處晃蕩的樣子彷彿在夢遊。）等到我跟歐文大概七、八歲時（總之，就是年紀還小，對她還未幻滅的時候），我們常常作弄可憐的她。我們會對她揮手，坐在河岸上的她雙臂抱住膝蓋下方，等到她也對我們揮手（她揮動的不只是手掌，而是整隻手臂，像一大片在水底擺動的水草），我們就會轉身背對她，大聲交談，假裝沒看見她。之後，到了晚餐時間，她會問起我們在溪邊的行徑，我們兩個會裝出一副震驚困惑的模樣。在溪邊？但是我們沒有去溪邊啊！我們一整天都在農場上玩。

「但我看見你們在那裡。」她總是這麼說。

我們倆會口徑一致地回答說沒有，還一起搖搖頭。那一定是另外兩個男孩，兩個看起來就像我們倆的男孩。

1　諾頓這裡提到的歐文就是他的雙胞胎兄弟歐文．C．佩利納，是他一輩子保持密切關係的少數幾個成人之一。歐文與諾頓不同，他一直很喜歡文學，如今他是知名詩人，在巴德學院擔任菲爾德－派提講座教授，教的就是詩歌。他曾兩度獲得國家圖書獎的詩歌獎，第一次的獲獎作品是《昆蟲之手與其他詩作》（一九八四年），第二次則是《菲利浦．佩利納的枕邊書》（一九九五年），此外他也曾獲得其他許多獎項。歐文的沉默寡言跟諾頓的口若懸河一樣，人盡皆知，幾年前的聖誕節我去諾頓家時，曾經目睹過他們倆有趣的互動。只見諾頓手裡拿著滿滿一把栗子，邊吃邊吐殼，比手畫腳，天南地北地閒聊，一下子說蝴蝶標本的製作是一門逐漸式微的藝術，接著又提起某個脫口秀節目具有奇怪的吸引力，對面坐著跟他長得一模一樣的悶葫蘆歐文，只會偶爾咕噥呢喃個兩句，表達贊同或反對之意。

可悲的是，此刻諾頓與其兄弟已經分道揚鑣，無法和解。接下來，讀者會看到他們突然鬧翻、兄弟之情毀滅殆盡的過程，源自一次諾頓迄今仍無法釋懷的背叛行徑。

「但是——」她欲言又止，一臉困惑，然後又恢復正常表情。「一定是別人。」她會用猶豫的口氣說，並且低頭看餐盤。

每個月，這種對話會出現幾次。這對我們來講是一種遊戲，但也令我們不安。母親也跟我們一起玩遊戲嗎？但是她臉上那種擔憂害怕的神情**不太對勁**，就像當年我們說的那樣：她好像真的無法相信自己親眼看到的景象，還有自己的記憶，那表情實在太過真實而自然了。我們選擇相信她是裝出來的——否則她不就是瘋子或笨蛋了嗎？這實在讓人感到害怕而不願去深究。稍後，回到房間裡，歐文和我會模仿她（「**但……但……但是那明明就是你們！**」），並且笑個不停，但笑完之後，我們會靜靜地躺在床上，想到那遊戲讓我們意識到的一件事，又憂慮了起來。儘管年紀幼小，我們（透過讀書，透過同儕）都知道母親的職責是責罵、指導、教誨孩子，必要時還要訓示，但我們也知道母親無法勝任那些事。我們心想，在那種女人的教養之下，長大後我們會變成哪一種人？為什麼她那麼無能？我們對待她的方式就像一般男孩玩弄小動物一樣：每當高興與寬容時就對她好一點，否則就殘酷以待。知道我們有辦法讓她肩膀放鬆下來，讓她的嘴角露出猶豫的微笑，也有辦法讓她低下頭，在不高興或困惑時用手掌快速摩擦腿部，實在令我們欣喜若狂。儘管我們擔憂，卻未曾說出口；我們只會用嘲弄或厭惡的口吻談論她。擔憂之情讓我倆變得更親近，也更大膽及惹人厭。我們心想，我們一定可以把她掩藏起來的大人模樣給逼出來。跟大多數孩童一樣，我們以為每個大人天生就知道怎樣恫嚇別人，展現權威。

她除了腦袋不靈光之外，還有一些小地方顯示她也許是個失敗的母親。她煮菜總是馬馬虎虎（她的水煮青花菜吃起來像橡皮，菜裡藏著許多微小的甲蟲蟲殼，眼睛看不見，但吃起來嘎吱嘎吱，而她的烤雞烤出來時滋滋作響，還帶著血），只會偶爾做家事——父親買了一台吸塵器給她，但被她遺忘在掛大衣的衣櫥裡，直到有一天被我跟歐文拿來解體。她似乎也沒有任何嗜好。我們不曾看她讀書寫字作畫，或者拈花惹草，總之她沒做過任何我們當時認為有價值或有趣的休閒活動。夏天的下午，有時候我們會看到她坐在客廳裡，小腿像個小女孩一樣收在大腿下面，臉上掛著蠢蠢的微笑，用茫然的雙眼死盯著被陽光照得清清楚楚的一大片塵埃。

有一次，我看到她在禱告。某天下午放學後，我走進客廳裡，發現她跪在地上，雙掌握在一起，把頭抬起來。她的嘴唇動來動去，但我聽不見她說些什麼。她看起來荒謬無比，像是對著空蕩蕩的戲院演戲的女演員，連我都為她覺得好尷尬。「妳在做什麼？」我問她，她嚇了一跳，抬頭說：「沒什麼。」看起來一副受驚的樣子。但我知道她在做什麼，也知道她說謊。

我還能說什麼呢？只能說她令人費解，四處遊蕩，甚或是個笨女人。但在此我也必須說，她對我而言始終是個謎，能夠有她那種表現的人應該不多。我還記得其他關於她的事，像是她長得很高，面貌優雅，儘管我已經想不起她具體的形貌，但我知道她還挺漂亮的。歐文的辦公室掛了一張老舊模糊的深褐色照片，可以印證這一點。如果她活在這個時代，可能會被當成大美女，因為必須要用超越她那個時代的審美觀才能好好欣賞她——她的臉又長又白，總是一副擔驚受怕的樣子：那是一張兼具知性美、神祕感與深度的臉。現在的人會說她美麗動人。我父親一定也覺得她很美，否則我實在想不出他為什麼會娶她。如果父親會和女性說話，一定是受過良好教育的女性，不過他不覺得那種女性性感。我想這是因為聰明的女人會讓他想起西碧兒姑姑，她是羅徹斯特鎮的一個女醫生，深受父親景仰。所以，他只能娶漂亮的女人。等到我長成青少年，發現父親只是為了母親的美貌而娶她時，我很失望。到了後來，我才發現父母在許多方面都令我們失望，最好不要對他們有任何期待，以免落空。

不過大致上，我對她可說是一無所知。我甚至不知道她的故鄉到底在哪裡（我想是內布拉斯加州的某地），但我知道她出身窮困，相對來講，父親比較有錢，要求也不高，是父親救了她。奇怪的是，儘管她家很窮，她卻不像幹過粗活，看起來沒做過苦工，或過過苦日子。她給人的印象反而像是父親的掌上明珠，上過禮儀學校後，就直接被送進丈夫懷裡。（在歐文的相片裡，她散發著光芒，因為她早早就悄然離世，再加上那些像夢遊般的緩慢動作，都讓她在我的記憶中留下充滿光澤、備受呵護寵愛的形象，但我知道實際上並非那麼一回事。）就我所知，她沒受過教育（在念我們的成績單給父親聽的時候，她連「模範」兩個字都不知道怎麼發音，她先蹩腳地念念看，接著歐文或我就忍不住大聲念出來。我們一方面沾沾自喜，一方面感到不耐，也認為她丟了我們的臉），死時年紀尚輕。

但是她在各方面的表現也都很年輕。記憶中，她做的事與外表總是那麼孩子氣。無論什麼場合，她那鬈鬈的長髮總是放下來，在她背上交纏成螺旋狀。即便當時我還小，她的髮型連我都看不慣；我覺得髮型再次證明，她仍徹底維持女孩的模樣，儘管非常不恰當——不管是她的長髮、她那冷淡而茫然的微笑，還有任誰跟她講話都會亂飄的眼神，這些特質都讓她無法成為受人敬重的母親。

如今我把母親畢生的一些細節寫出來，讓我感到不安的是，我對她的瞭解居然那麼少，而且對她也不感好奇。我以為每個孩子都渴望瞭解爸媽，但我不曾認為她是有趣而值得多去瞭解的人。（或者我該倒過來想，就是因為無趣才應該多去瞭解她？）但是話說回來，我向來不認為我們該美化過去：這對我有何好處？沒想到，後來歐文卻變得對母親很感興趣，大學時期甚至想要研究她的家族史，並為她完成一篇非正式傳記。不過，才著手幾個月，他就放棄了，每當有人問起那項計畫，他總是充滿戒心，所以我假設他順利找到母親娘家那邊的親戚，發現他們全是鄉巴佬，厭惡之餘，便放棄了整個計畫（他從很年輕時就培養出一種根深柢固的菁英主義態度，因此這的確是他的作風）。[2]令我不解的是，就某方面來講，母親對他總是那麼重要。話說回來，歐文是個詩人，我想他應該是認為那些細節無論再怎麼平庸或終究令人失望，在未來都是可用的創作題材。

2 歐文·佩利納曾為母親與母親之死寫過一篇相當可愛的詩作；那是他第三本詩集《天蛾與蜂蜜》（一九八六年）的第一首詩。

總之，當時是一九三三年七月。我實在不願說「那一天跟其他日子沒什麼兩樣」，因為這聽起來太聳人聽聞、不祥且難以置信。但那的確如此。結論是，那一天真的跟其他日子沒什麼兩樣。我父親跟他的小農朋友萊斯特．德魯一塊出門，去做兩個小農會一起做的事。歐文跟我抓了一桶水蛭，打算把牠們烤成派，送給我們倆都討厭的壞脾氣兼職女廚師愛妲。我母親則坐在溪岸邊泡腳。

事後，有好幾個星期，父親一直要歐文跟我試著回想：那天下午她看來有無異狀？是不是無精打采，或者病懨懨，還是特別累？她是不是跟我們說過她覺得頭暈或虛弱？但所有問題的答案都是否定的。事實上，如果說，我對母親那一天的行為舉止或情緒沒什麼印象，可能就是她看起來很平常。雖然母親常令人厭煩，我們還不至於認為她是個不穩定的人。即便她的生命走到了最後一天，她還是遵循只有她自己能掌握的那種節奏。

隔天早上，歐文與我睡到挺晚的，一如我們在夏天的作息。在床上醒來時，歐文還睡在我身邊。那天天氣很熱。家裡對我們倆的要求不多。與其他孩子不同之處在於，爸媽向來不要求我們幫忙做家事；每天我們都可以自己選擇想做什麼。所以夏天那幾個月，我們總會從事一些淘氣的休閒活動，像是在溪流邊折磨牛蛙、偷摘萊斯特．德魯的杏仁樹，或是在高高的草叢裡追趕一群土撥鼠。早上我們想要幾點醒來都可以，去廚房吃完剩下的早餐後，便出門執行當天的計畫。有時候，老爸會跟萊斯特．德魯待在家裡，捲菸來抽，兩人之間擺著一盤像鮮採般閃閃發亮的切片水蜜桃，看起來挺噁心的。雙方咕噥兩句後，我們就在桌邊坐下默默吃早餐。

那天早上，家裡除了他們，還有另外兩人：鎮上的醫生約翰．那不勒斯和牧師康寧漢，四個人靜靜地交談。看到我走過去，他們靜了下來。我爸是個冷淡寡欲、不會表達情感的人。（他有一張國字臉，眼珠子是刺山柑的橄欖色。）因此，只要他流露出情緒，那就表示出大事了，至少引人好奇。其實我已不太記得他平常的表情為何，但那天早上他的表情夾雜著驚訝、恐慌與困惑，至今仍記憶猶新。

「你媽死了。」我爸說。聲音聽來冷靜而嚴肅，語調一如往常，掩飾了他那不一樣的神情——沒錯，他的聲音讓我放下心來。

「約瑟夫，是真的。」康寧漢牧師說。

「這樣跟他講是最好的，直截了當。」父親說。他剛剛正眼看著我，道出死訊，此刻則把頭別開，對著康寧漢牧師頭上的某處講話：「牧師，我想您會幫忙處理遺體。不管她希望怎樣……都照做吧。」接著他雙掌一拍，動作乾淨利落，像是做出結論似的，就慢慢走出後門，到後院去了。萊斯特用哀傷的眼神看了我很久，也跟在他後面走出去，留下我們在那裡，康寧漢牧師嘆了一口氣，約翰．那不勒斯則是臉色陰沉。

「你啊！」那不勒斯對我說：「你不是還有個弟弟嗎？」

他知道我有個弟弟。去年夏天，歐文與我曾把一堆草綠色的蛇一條條放進那不勒斯的診所信箱裡。那不過是頑童的惡作劇，但他非常生氣，未曾原諒我們。他是個難搞又愛生氣的傢伙，對世間失望而脾氣乖戾，在街上看到小孩，知道他們沒什麼法子報復，就會朝他們的方向踢起陣陣塵沙。「你不想知道你媽是怎麼去世的嗎？」他問我。

「那不勒斯！」康寧漢牧師說。

那不勒斯不理會康寧漢牧師。「根據我的醫學判斷，」他接著說：「溪流邊的蚊子是中國流感的病媒。蚊子是病媒，你媽不小心走進一個充滿病菌的污水坑，害死了自己。」他往椅背一靠，看來心滿意足，抽了一口菸斗後繼續說：「如果你跟你弟不避開那條溪流，你們也會得到同樣的病死掉。」

康寧漢牧師一副嚇呆的模樣。「真是夠了，那不勒斯。」他說。他也不知道該怎樣制止，只好從後門離開。我並不意外，本來對他就沒有太多期待——不只是他的牧師身分，也因為他不具威嚴。他那張臉在人們眼前無法留下深刻印象，只有他不在身邊時，大家才能想起他的長相：雙頰憔悴深陷，好像有人爬上去咻咻兩下把他的肉刮下來，他就變成這副模樣了。

那不勒斯聳聳肩。他跟其他人不同，似乎不想離開。先前，歐文跟我就注意到了，和大人講話時，如果把他們看成動作慢半拍、甚至比我們差勁（好像他們是我們必須學會忍耐的煩人傢伙），他們就會嚇得吐實，也不會採用跟小孩子講話的語氣。但是那不勒斯不來這一套；驕傲讓他不願改變說話的方式，於是變得很棘手。

「中國流感是什麼鬼東西？」我開口問他。

那不勒斯吐了一口煙，用粗魯的口氣說：「說了你也不懂。」

「我覺得那是你編的。」

「我覺得你是個小屁孩。你跟你弟都是。」

「**的確**是你編的，對吧？」

「說話小心點，小鬼。」

「那到底是什麼？」

我們這樣來來回回了幾次——我問問題，那不勒斯威脅我，直到他嘆氣讓步。「那是一種透過蚊子傳染的疾病。蚊子咬了你媽，她就得病死掉了。」這種解釋似乎還挺合理的，我不發一語。我想我們就這樣靜靜坐了一會兒，兩人都覺得這種死法實在有點淒慘。但那不勒斯馬上想起我是怎麼從他口中套出答案的，隨即恢復鎮定。「你媽沒有自殺，實在讓我意外。」他說：「上帝為證，如果我是你爸，我一定會去死。」他的眼神洋溢著勝利的喜悅與期待。

他的話並未困擾我，但他一定誤以為我的沉默是因為我心裡受傷了，志得意滿的他用菸斗敲敲桌面，把菸灰倒成一個整齊的小小蟻丘後，就從我家前門離開了，門在他身後砰一聲關上。當他沿著門前的路往下走之際，我能聽見他吹口哨的聲音，直到哨聲愈來愈小，終至消失，只剩夏蟲的鳴叫聲。那是第一次有人跟我說話時把我當成大人。

不過，初次讓我對疾病感到興趣的也是約翰・那不勒斯這個自鳴得意的小鎮蒙古大夫。這算是他的無心插柳之作──我想他會用那種直白的方式向我解釋母親死因，並非他企圖把我當成大人；他其實是個殘酷小人，而我確信他只想用言語刺激我，把我弄哭──那一番解釋聽來刺耳，而且是錯誤的，卻讓我初次見識到疾病的世界，還有其中迷人的難解之謎。

即便我們都還小，歐文就對文字產生興趣了；他會閱讀字典與各種書籍，他喜歡任何形式的文字遊戲，像是易位構詞遊戲（anagrams）[3]、雙關語和回文造句（palindrome）[4]等等。光是讀到押韻的詞句，或是自創新的，他就可以樂上一整天。我也很愛讀書，但我從不像歐文那樣喜歡文字遊戲，因為我認為文字本身並不蘊含智慧──它是人類創造的，也由人類賦予意義，我總覺得絕妙文句只比充滿機關的中國古代百寶盒高明一點而已。作家之所以備受讚揚，是因為他們的寫作能力，他們的作品都可以任意改變或操控的；但是，用人造的語言來創作，到底有什麼了不起的呢？也許這樣還不夠清楚，我該換個方式來解釋：語言本身並不蘊含祕密。

科學卻含藏各種迷人的祕密，其中又以醫學為最──科學是一個儲藏所有謎題的黑暗寶庫。語言的詮釋與推論有可能是錯的，規則可以由人類隨意創新或更改。沒有紀律可言。有時候，語言看來就像人類為了自娛而創造出來的遊戲，就像歐文那樣。但不管是疾病、病毒，還是扭來扭去的長條狀細菌，無論有無人類，都存在，等著我們去解謎。

約翰．那不勒斯對疾病的看法當然與我不同（如果某個醫生認為該關注的是病人而非疾病，那他肯定頭腦不大好，而那不勒斯就是絕佳例證），但是我把他的出現當成人生的警訊，如果我當初沒走上研究醫學這條路，如今就必須和那種人打交道了。即便在那當下，我就知道不充分的解釋無法滿足我。我實在太沉不住氣了。

所幸這件事並非那不勒斯說了算。我爸是個懶人，卻不笨，而且在這方面他厲害得很。那天下午，他打了一通電話給我那住在羅徹斯特的姑姑（他完全沒想到該把死訊告訴歐文，一直要等到他下樓進了廚房，揉揉惺忪睡眼並大發牢騷時，我才跟他說），接著又打了一通電話給西碧兒姑姑住在印第安納波利斯市的醫學院同學，再由**那位同學**致電一個住在克勞福茲維爾（位於我家以東五十哩的城鎮）的朋友。那個朋友就是伯恩斯醫師，在他的安排下，母親的遺體被送到他的診所解剖。

隔週，他就把解剖報告寄給我們，結果顯示我媽並非死於中國流感（伯恩斯在信中用極客氣的語氣寫道：「我自己並不熟悉那種疾病，然而身為一位病理科醫生，我必須承認，也

---

3 譯註：例如把 tea 改成 eat，把 won 改成 now。

4 譯註：正念反念都一樣的句子，例如 "Madam I'm Adam"。

許我對當地疾病的熟悉度，並不如我那可敬的同行約翰．那不勒斯醫生」），而是死於動脈瘤。動脈瘤！在西碧兒姑姑向我解釋後，我常常想像那是怎麼一回事：只聽到動脈輕輕爆開，濕黏鬆軟的組織纏繞在一起，大腦變成一片黑紅相間，宛如閃亮黏稠的紅石榴。（後來十幾歲的時候，我曾因為一陣奇怪的罪惡感浮上心頭而這樣想：**多麼年輕！多麼不公平！**成年後，到了能嚴肅思考自己的死亡、希望怎樣死去的時候，我也曾想：**多麼戲劇性啊！**我想像那畫面就像一陣流星雨或火花，點點火光如寶石一般從天而降，每道火光都不比苗籽大，母親的最後際遇幾乎讓我羨慕了起來。）

西碧兒姑姑寫信跟我說：「她並未感到痛苦，死得很乾脆。她很幸運。」

死得很乾脆。我常想起這種說法，直到我自己也當上醫生，親眼見識西碧兒的話是怎麼一回事。但小時候那幾個字就像死亡的概念本身，對我來講是個謎。**死得很乾脆**。我媽的運氣好，死得很乾脆。她是個喜歡作夢的人，宛如人間遊魂，而且大自然還把最棒的禮物送給她。那天晚上，她靜靜滑進棉被裡，就像把雙腳伸進清淺的潺潺溪水一樣，閉上雙眼，不知道自己接下來會怎樣，也不感到害怕。

多年後，母親仍以詭異的形式出現在我的夢裡，她的臉出現在其他東西上面，看來是如此怪誕而深奧難解：她曾變成我魚鉤上滑溜的白色鱒魚，悲傷的嘴巴咧了開來，一雙黑眼緊閉著；她也曾變成我家農場邊緣的榆樹，樹上那些參差不齊的斑駁金黃樹葉，變成她頭頂那一束束打結的黑髮；或是穆勒家那隻跛腳灰狗，充滿渴望的嘴巴一張一合，卻未曾出聲。年紀漸長，我也開始瞭解母親死得有多麼輕鬆；怕死的人對人生都還有懸念，但她沒有。彷彿從我有記憶以來，她就在為自己的死亡做準備。前一天她還活得好好的，隔天卻死了。

就像西碧兒姑姑說的，她很幸運。在將死之際，除了死得輕鬆點，我們還能有什麼要求呢？

❦

母親死後，就只剩歐文與我，還有父親了。先前我說了一點關於父親的事。他跟母親很像，都有點瘋瘋顛顛，無法安於現狀，我們說不上喜歡他，但他的確比母親還好相處。如果說母親是死時才受到命運之神眷顧，父親則是早早就認為運氣是他與生俱來的權利。

父親的故鄉是我們家附近的皮特鎮，那是另一個無人知曉的地方。如今幾乎廢棄了，每年逐漸變得愈來愈可悲，人口稀稀疏疏，孩子們長大了就遠走高飛，未曾返鄉。不過父親小時候，皮特鎮還挺重要的。那裡曾經有火車站，因此鎮上經濟規模雖小，卻很穩健。例如有旅館、音樂廳各一間，矗立在主街兩側的是一棟棟藍色與灰色系的兩層樓木造房屋。前往加州的旅人往往會在皮特鎮稍事休息，在車站附近的雜貨店吃一份雞蛋沙拉三明治，喝一罐芹菜汽水，再上路。鎮民因為這種短暫而單純的關係發財：旅客掏錢買東西，高高興興互道再見，雙方卻絕對不會再見面。畢竟，人生在世大多數的關係不都像這樣嗎？唯一的差別是，這已成為皮特鎮多少世代以來的生活方式。

我的祖父母都是匈牙利移民，開了一家雜貨店。他們與兒子不同，兩人工作勤奮而簡樸，對投資很有一套。一九一一年，我父親讀大三的時候，他們倆因為流感相繼亡故。父親與妹妹繼承了祖父母的店面與房屋，以及他們生前在林登鎮購買的七十英畝農地，還有存款。跟我媽過世時一樣，父親展現出處理後事的能力與效率。他把皮特鎮的店面、房屋賣掉，繳了稅金，辦了葬禮，並且為他妹妹開了一個儲蓄帳戶。當時剛從高中畢業的西碧兒姑姑，用一部分錢支付衛斯理學院的學費。父親生性較懶，把普渡大學念完後，就遷居林登鎮，蓋了一間房子，每年買入幾英畝的地。西碧兒姑姑進入西北大學醫學院就讀的時候，父親種植的是大豆、扁豆與黃豆。後來，他生了兩個兒子，成為當地的鐵路員工，負責管理時刻表。他完成了自認該完成的所有人生目標。

母親的行徑令我不解，父親則是讓我挫折。就我看來，唯一讓他感興趣的，就是徹底懶散的生活方式。對此，我的憤怒難以言喻。理由之一是，我們住在一個個人價值取決於勤奮程度的國家。我跟歐文並不特別在意鎮民對於「值得尊敬」的定義，只是我們的想法剛好跟大家一致——父親的行為讓我們感到羞恥，甚至令人厭惡。畢竟當時是經濟大蕭條的時代。我們聽過很多兒童被父母遺棄的故事，也看過照片上很多意志消沉與筋疲力盡的男人正在排隊等湯喝，或者謀職、借錢。但我父親就是如此缺乏企圖心、心如止水，而且完全沒有努力的動機，身處於那時代卻完全不受影響。我還記得當年，每逢晚上坐在廚房餐桌邊，我常常渴求一個會對我大吼大叫、貶低我，為了讓我上進努力而打我的父親，對我的企圖心比我自己更強。而我父親卻只是坐在那裡，陶醉哼唱著最近的流行歌曲，手捲著菸。他那濃密的八字鬍沾到匆匆煮好的玉米，每當我提醒他，他總是懶洋洋地伸出舌頭，像一隻優雅蟒蛇似的掃過嘴巴與鼻子邊，同時哼個不停。最讓我感到憤怒的，就是這種漫不經心、無憂無慮的舉動。現在回想起來，這種自以為是的批評實在很好笑：偶然的好運持續降臨父親身上，我當然是獲益良多，但是當年，我總覺得他對歐文與我只是個幫倒忙的傢伙。任誰在那個家庭長大，都會以為天降鴻運是理所當然的事，就連累積龐大財富都不需渴求作夢。其實，我父親有錢並非他喜歡累積資本，而是錢就是會來到他手上，如果偶爾做了不理想的投資決策，他似乎也不在意。

這一切都讓我憤怒不已，因為像我這種被寵壞的孩子最想要的，莫過於那種清貧度日的浪漫感覺。我常幻想自己的父母親是努力工作的移民，而我是他們未來唯一的希望。《銀色溜冰鞋》（*The Silver Skates*）之類令人感傷的兒童故事讓我很感動，而我常把家人幻想成類似故事裡面的各種角色。父親是笨拙無助的中風患者，流著口水，而歐文則是我那跛腳的白痴弟弟。我自己則是個拓荒者與英雄，果決而機智。教育是我們家唯一的希望。我一定要把書讀好；一旦我當上醫生，全家就能脫離絕望與髒污的環境，搬入堅固豪宅。我幻想自己因為多年來接受的美國教育，成為杏林聖手，把我那可憐的父親醫好，而他則是不顧我的抗議，立刻開始工作。我那堅強而充滿決心的母親也恢復了美貌，多年來第一次露出微笑，我的弟弟更因為有錢接受較好的教育，學會了說話，慢慢練就運動員的體態。這是多麼激勵人心的故事啊！但實際上，我必須擺脫的負擔並非貧窮，而是一個自滿、完全不想努力的父親，還有舒適的童年生活——要不是我對童年充滿反感，那應該是一段可以好好享受的時光。

話說回來，我還有西碧兒姑姑。我先前曾提及，我爸向來很敬佩西碧兒姑姑；我甚至覺得他的敬意用五體投地來形容，一點也不誇張。當然，父親是完全不瞭解她的，就像他對我來講也是個謎；像她如此勤奮、聰慧而積極的人，怎麼會跟父親來自同一個家庭呢？

不過，並非每個人都欣賞西碧兒姑姑。當年，許多嫉妒她或自卑的人曾說，西碧兒能夠自立真是太好了，因為沒有男人會願意照顧她。如果此番言論遭到質疑，他們會把話圓過去，說她太獨立、太敢言，但大家都知道他們是什麼意思：留著一頭大鬈髮的西碧兒醜到一定嫁不出去，而她也的確沒結婚。她比我爸小四歲，但是她於一九四五年十二月因乳癌病逝時，五十二歲的她看起來比實際年紀還老。西碧兒畢生被當成怪人，我認為從她在羅徹斯特當小兒科醫師開始，她就認命地扮起鄉村小鎮的中性老處女角色。

基於許多理由，這實在很可惜，但我向來認為她可以成為一名優秀的免疫學家。她的個性不屈不撓，有打破砂鍋問到底的精神，極具創意與自信，但又不高傲。她的思考面向很廣，像很多天才一樣能做跳躍式的思考與分析。她似乎無所不知，等到我自己讀醫學院之後，她對我承認她也想過要成為「醫界冒險家」（不管是我或她都不確定這種冒險家該做什麼事，只知道我們倆都想做那種人），但未曾辦到。[5] 後來，她用害羞的語氣向我坦承，她一直想要有自己的小孩，也勸我無論選擇哪一種工作，一定要有自己的小孩。她說，小孩會為我帶來人生最大的快樂。當然，這也是我近來一直在想的事情，理由明顯無比。西碧兒對許多事情的看法正確而睿智，但在這方面她為什麼搞錯了呢？

小時候，我常有機會看到西碧兒。直到母親死前，每年夏天她都會來我們家住上幾個禮拜，母親死後，她來的頻率更高了。她會把病人轉介給當地的其他小兒科醫師，帶著禮物來找我們。儘管西碧兒向來不太瞭解我媽，還是會送她一些漂亮的小東西，一方面是有點看不起她，另一方面，她知道我媽絕對不會浪費那種東西——無論她送什麼，我媽總是很喜歡，

---

5 如果西碧兒．瑪莉亞．佩利納（一八九三—一九四五）晚五十年出生，她的人生際遇會有何不同？這個問題只能藉由想像來回答。她在西北大學就讀時期的老師，也就是偉大的醫學院教授兼解剖學家艾賽亞．威金森，曾在一九一一年寫給同事的信件裡提起她：

這名學生有許多天賦，優雅、有技巧。她沒有辦法做醫學研究工作，實在是科學界的損失。我甚至曾勸她考慮跟著教會教士到外國傳教，與國內任何大學相較，她都能獲得更多的獨立性與機會。然而她拒絕了。理由到底是放不下家人（許多女學生都有此一缺點），還是怕工作環境充滿不確定性而受苦，我無法確定。不管她選擇做什麼事，她當然都能勝任，只是我認為她原有的保守心態會困住她，讓她成為工作不具挑戰性的鄉下小醫生。（請參閱法蘭西斯．克拉普編，《醫界人生：艾賽亞．威金森書信集》。紐約：哥倫比亞大學出版社，一九八四年）

西碧兒的人生被威金森不幸言中，前途黯淡。《羅徹斯特花絮報》為她刊登的訃聞簡短而可悲，對她來講簡直是一種污辱：「佩利納醫生在羅徹斯特行醫三十餘年……終身未嫁，身後也無子嗣。」然而，西碧兒身後的確留有遺緒；諾頓他自己說過不只一次，就是姑姑讓他初次見識到科學發現是如此奇妙，充滿各種可能性。所以，儘管西碧兒的夢想受阻，但我們可以說全球醫界最偉大的思想家之一幫她實現了美夢：諾頓的成就已經遠遠超過她原本的能力範圍。

把東西戴在身上，算是與自己的美貌相得益彰。我記得她曾幫我媽買了一件印有野花花紋的絲質洋裝。母親立刻把洋裝穿上，轉了幾圈，她在客廳中旋轉的身影，還有絲布的乳白色光澤仍讓我歷歷在目。西碧兒姑姑跟母親一向沒什麼話可說，而且我相信她對母親的態度是既悲憐又羨慕：悲憐是因為我母親似乎很滿意自己過的那種毫無企圖心的簡單生活，羨慕則是因為母親**的確**很滿意，因為她**的確**過得很自在。

她帶給父親的東西都比較奇怪，像是病人親手雕刻的小鳥造型哨子、卵石做的楓糖罐，或是蒐集岩石的書。她買給歐文的則是書籍、拼圖和看起來有纖維、非常厚的棉花材質畫紙。

西碧兒喜歡我們家的每個人，但顯然我是她的最愛。西碧兒與歐文也都喜愛對方，但他們未曾擁有我和她都喜歡的深厚姑姪關係。事實上，我一直懷疑西碧兒認為歐文有點膚淺，還有，儘管她非常讚賞他的各種文藝創作（他寫的史詩，還有他以農場生活為題材的抽象畫），但她僅用一般的薄弱熱情去欣賞，未曾提出具體的評語或讚辭。她並不討厭藝術或藝術家，但她也從未試著去瞭解這兩者。

持平而論，歐文對西碧兒的感情也不像我對她那樣深厚，有兩個理由。第一個理由甚至與西碧兒本人無關，只因為歐文覺得我那去世的母親與懶散的父親帶有一點神祕感，他們的疲態代表著激進立場，甚至某種反叛姿態——後來，他宣稱當年影響他、讓他有這種想法的那種美國文化粗俗不堪，企圖心太強。（然而對我來講，懶散與反叛根本是**兩回事**。）當然，歐文也曾幻想自己想要哪一種父母。我找不到適當的措辭來形容，就姑且這麼說吧：如果我幻想的父母生活在困頓中，他幻想的父母則是帶有反抗精神。我總認為，歐文最遺憾的就是沒能晚生三十年，當所謂垮世代（Beatniks）的小孩。

歐文未曾像我那樣深愛西碧兒的另一個理由，**的確**與她本身有關。他尊敬她是個天才，也喜歡她，卻也認為她不夠優雅、欠缺文化教養。這一點大致上沒錯，但無法推翻我與歐文爭論多次的事實：她是我們生活周遭**最有活力**的大人。要不是她，我們不會有另一種行為典範可學習，也可能投入較沒挑戰的工作領域。

總之，西碧兒向來把最棒的禮物留給我：小型顯微鏡、老舊的聽診器，還有加註手寫字母的樹脂心臟模型。她還曾買給我一盒盒非洲蜣螂標本，固定在白色堅硬厚紙板上，包著黑色皮革外框。她為我上了人生的第一堂物理課，教材是她送的棒球和球棒；她從羅徹斯特大老遠搬來一台老舊收音機給我，只為了示範如何拆解它；她也送給我厚厚的放大鏡，不過當她看到我趴臥在塵土飛揚的路邊用放大鏡把螞蟻烤到死，還數落了我一頓。

西碧兒送給我的十一歲生日禮物乍看之下送錯了。這本《偉大科學家列傳》的內容缺乏想像力，插圖也太孩子氣，文字風格活潑，簡單到有點污辱人，看來比較適合愚鈍的六歲小孩。說真的，那簡直是科學界偉人的傳記大全，裡面用短文介紹了每位「頂尖」科學家（包括他們的名字、重要貢獻等等，我幾乎以為連身高體重與嗜好也會收錄），好像科學家跟棒球員一樣，能夠用明確的方式排名似的。當年這種寫法看似荒謬，隨著我年歲漸長，卻愈來愈有吸引力。（其實距今最近的一九九四年版本中就有我的介紹。文字當然很簡單，但就精確度來說，不輸其他關於我的大篇幅介紹文字。[6] 書裡面還有一張我與菲利浦的合照[7]，當時他大概十歲。照片的畫質其差無比，菲利浦的臉像個黑色圓圈，他的微笑是一道白色切口。我自己則是體型笨拙，簡直是笨手笨腳的馬戲團演員。）

言歸正傳：那本書並未引導我見識自然世界的可能性與運作機制，卻帶領我認識了那些迷人的科學大師。因為那時候我才明白，有些人把心力投注在科學研究上，而他們正是我欽佩的那種人。

II.

先前我曾提到，我家室內正中央有一道彎曲的階梯。對一個建築風格如此低調的地方而言，它那花稍的模樣實在格格不入，因此我覺得它只是暫留我家，總有一天，會回到它原本該歸屬的紐約第五大道、金碧輝煌的豪宅。這一座矯揉造作的階梯，是前任屋主的傑作（他是個年輕建築師，曾就讀哥倫比亞大學，被迫離開紐約，回林登鎮的家族房舍定居，從此自認遭逢人生的奇恥大辱），蓋得很好，木料也堅固，但在我們家遷入的五十年間未曾維修過。我爸常漫不經心地說要把它拆掉，重蓋比較簡單的階梯，但從未動手。等到他去世前、我回到農場時，發現階梯幾乎完全坍塌，歐文與我被迫使用活動的梯子，否則無法進入二樓的臥室。

回到一九三五年，那座階梯雖然和當時的美學標準不盡相符，至少還堪用，總之挺符合我的需求。我決定從上到下重漆一遍。階梯的地毯早於幾年前便已拿掉；由於整排階梯布滿塵土與碎木屑，為了避免木紋完全消失，必須塗上好幾層油漆。我把二十個階梯逐一上漆，正面、底部與側邊分別使用不同顏色。等幾個小時油漆變乾後，再從最頂端開始幹活，把每一層階梯的正面與頂端漆上不同科學家的名字。完工時，階梯變得色澤亮麗，寫了許多字：

---

6 就這點而言，我的意見恐怕與諾頓相左，但我希望由讀者來斷定誰對誰錯。以下是從那本書摘錄的諾頓簡介：

亞伯拉罕．諾頓．佩利納，一九二四年生於美國印第安那州林登鎮，目前住在美國馬里蘭州貝塞斯達鎮。重要性：七分。（編按：重要性是用最低一分，最高十分來計算的。伽利略是十分，但令人困惑的是，沙克（Jonas Salk）居然也是十分。但是哥白尼只有八分。）

過去，大家都說沒有人能長生不老，但你知道實際上有一群人例外嗎？是眞的！目前與五十幾個領養來的小孩住在馬里蘭州的佩利納醫生，於一九五〇年代初發現了一個不會老化的部族——因爲他們吃了一種罕見的海龜！此一研究讓佩利納醫生贏得一九七四年的諾貝爾醫學獎。

接下來，那本書介紹了所謂的「瑟莉妮症候群」，但內容有誤，也太過簡化。

7 菲利浦．塔倫特．佩利納（於一九六九年來到美國；大約生於一九六〇年，一九七五年去世）是諾頓最早領養的小孩之一，最得他的寵愛。菲利浦身材精瘦，天真無邪，皮膚黝黑。我未曾看過他，但是從諾頓留下的許多照片看來，他應該是個動作很快的淘氣鬼；照片上的他，總是想要從諾頓的懷裡掙脫、從照片裡衝出來似的。菲利浦是個活潑的孩子，但年幼時大腦確曾受損，導致成長遲滯，可能是小時候嚴重營養不良的後果。他是名孤兒，被村民視為吉祥物，諾頓於一九六九年把他從烏伊伏帶回美國。（直到諾頓解救他之前，他的名字在當地語言的意思是：「嘿，你啊！」）一九七五年，菲利浦被酒駕肇事者撞死；據悉當時他大約十五歲。

最頂層是居禮夫人，緊接在後的是伽利略，接著依序是愛因斯坦、孟德爾、[8]詹姆斯·克拉克·麥斯威爾、[9]馬爾切洛·馬爾皮基、[10]卡羅魯斯·林奈[11]與哥白尼等人。這順序沒有特別的意義，我想到誰就寫誰。但是在我完工前，歐文打斷了我，對我大呼小叫，因為我沒算他一份。我們的爭吵聲驚動了父親與萊斯特，他們從外面走進來，萊斯特默默盯著階梯（此刻歐文跟我都屏息以待），一會兒過後開始大叫，說我們兩個都該揍一頓，打得愈用力愈好。出乎意料的是，我爸開始大笑。

包括歐文、萊斯特與我，我們三個講話講到一半，都呆住了。不管是歐文還是我，直到那一刻都沒聽過父親像那樣大笑。那笑聲沒什麼了不起，聽起來像喘氣，聲音破破的，而且缺乏熱情、喜悅或能量，聽來令人不快。他只笑了幾秒，之後講的一番話流露出他少見的情感：「萊斯特，你看看，現在我可不能把這座階梯毀掉——因為孩子們把它給占領了。」

萊斯特臉色一沉，歐文和我沒被好好修理一頓讓他很失望（他不覺得我爸的教養技巧有多高明），而我也覺得生氣，不過理由不同。總之，我向科學家致敬的神來一筆居然被父親利用了，變成他為自己的懶惰脫罪的理由！但有趣的是，後來那座階梯變得非常有意義（我爸就讓它保持原狀，一如我所說的，並非尊重我付出的心力，而是他本來就懶惰），是我們在當時始料未及的。

我剛剛說，歐文和我在父親去世前回過家。在他死前最後一年，毫不意外，他已習慣生活在極度髒亂的環境裡，屋子幾乎成了穀倉一般，裡面住著許多小老鼠與無主的野貓，父親任由牠們在黏黏的廚房櫥櫃裡翻找食物。我們在一九四六年返家時（四年前，我們離家去讀大學時，已下定決心再也不回印第安那，也幾乎做到了），我們家至少有四年沒打掃過了，整棟房子慘不忍睹，這一點也沒誇大：地板掀了起來，生鏽的門樞嘎吱作響，因此我們試著不去開門，一屁股坐在家具上則會揚起陣陣煙塵。每個房間堆滿了大量碎片，包括紙片、壓碎的盒子、碎裂的瓶子與各式各樣棄置的器具。父親生前應該有好一陣子沒上樓了，當歐文和我在屋子下方發現梯子時，它已經生鏽、無法張開，一定有好幾年沒人理會了。（樓上有許多東西，現在回想起來仍讓我覺得疲累。我們發現一群蝙蝠在歐文床鋪上方的屋梁築巢，有老有少的龐大鼠群，以及糾結成人頭大小的灰塵，纏著來源不明的毛髮。）但真正讓我感到猶豫的，還是那座階梯：風格老舊的原色油漆，因為年代久遠、沾滿塵土而變得粗糙褪色，上面還覆蓋許多閃爍微光的蜘蛛網。

那是一座寬大的階梯，如果塌了，我父親的生活空間會變得很有限（也許只剩不到兩百平方呎）。它把客廳切割成兩半，要進廚房的話，必須先走到室外，繞到廚房的門才能進去。如果是夏天，這只會造成不便，但若是冬天寒風刺骨、大雪紛飛時，就連年輕人也會覺得這

8 譯註：孟德爾（Gregor Mendel），奧地利遺傳學家。
9 譯註：詹姆斯．克拉克．麥斯威爾（James Clerk Maxwell），蘇格蘭物理學家。
10 譯註：馬爾切洛．馬爾皮基（Marcello Malpighi），義大利解剖學家。
11 譯註：卡羅魯斯．林奈（Carolus Linnaeus），瑞典動植物學家。

一小段路走來很吃力。因為父親小小的生活空間缺乏床鋪的替代物，而且那年三月初，他被人發現趴在我家附近幾碼的草地上，我們得出一個結論，當時他設法蹣跚地走到廚房（食材存貨少得可憐，只有幾罐番茄與一罐蘑菇湯），結果心臟病發作了。（後來，我們發現幾條破爛的棉被與一張老舊沙發，說來可悲，那大概就是他睡覺的小床，擺在客廳後方那間裝有紗窗的日光室。）因此，如果說那座階梯是害死我父親的凶手，並不為過，但是他的死因終究是太過懶惰，懶惰到用這種消極的方式來慢性自殺。

父親的可悲下場，讓我不知該同情他或者生他的氣。像這樣完全忽略自己的房子、直到被房子毀掉的傢伙，我還能說什麼呢？不過，我更為自己那座階梯感到遺憾，這完全是懷舊的反應。隨著年紀漸長，每回看到它，都會為自己的幼稚觀念與舉動懊惱，而我老是說要重新粉刷，卻不曾騰出時間。我想，在我身上還是看得到一點我父親的影子。

歐文與我都不是很重視葬禮的那種人，但父親的死法太丟臉，我們又沒參加母親的葬禮，都讓我們有罪惡感，所以我們找到一間小教堂，說服當地牧師（康寧漢牧師早已去世了）幫忙主持儀式，之後我就把他的名字忘得一乾二淨了。

大約只有十幾個人來參加葬禮，弔唁父親。幾年前，萊斯特．德魯因為中風被姪女送進安養院，所以來的人只有一些好奇的鎮民，我們大都不認識，還有幾個受雇於父親的農夫或佃農，對那些人我們也只有模糊的印象。我想某些人只是想來看看有錢人出殯的排場。[12]我猜這整件事應該讓他們很失望：教堂破破爛爛，牧師的布道內容也講得含含糊糊、支支吾吾，我跟歐文沒有露出哀痛的表情，不僅觀禮人數很少，也沒有親友在場。他們心裡一定納悶：如果鎮上最有錢的人是這樣離開世界的，將來他們的葬禮（如果他們真有葬禮的話）豈不是更為蒼涼？要不是當年我們倆少不更事、麻木不仁，一定會辦一場更體面熱鬧的葬禮，就算只是讓他們安心也無所謂。不過，當時我們並不習慣撫慰不安的人心。

牧師家裡備有水果酒與餅乾給弔唁者享用（我們認為不該邀請大家回到父親猝死的地方，因為那片長滿野草的地面，仍依稀可見他大字型遺體留下的痕跡，著實令人不安），我們跟在場的十幾個人握了握手，並感謝牧師的幫助。

「這是我的榮幸。」牧師用嚴肅的口吻說道。他的長相溫和英俊，眼神哀傷，只要他以為歐文沒看他，就會用一種好色的眼神盯著歐文。他大我們沒幾歲，但是已經有一個神情沮喪的妻子和兩個吵吵鬧鬧的金髮兒子。「兩個可憐的孩子——現在你們倆只剩彼此了。」（當時我猶豫了一下，不確定他只是可憐我們倆在這世上孤零零的，還是可憐我們對彼此而言都不是好同伴；顯然他不是很喜歡我們。）他對我說：「願上帝永遠與你同在。」對歐文他則說：「一定要永遠關照你哥哥。你是他的守護者。」

12 諾頓之父的死法不太光彩，他卻留下了大筆遺產。沒有人透露過確切數字，但是幫諾頓立傳的作者都認為，那些錢足以讓他輕鬆買下貝塞斯達的房子，還可扶養、教育他領養的孩子。跟歐文一樣，諾頓應該也是西碧兒的主要繼承人。

「為什麼？」歐文問他。當時，歐文對真理和正義非常感興趣，令人厭煩的是，他開始涉獵馬克思主義；他向來很容易受影響。「我對待我哥的方式與對待其他同胞的方式不會有所不同，不會更好，也不會更差。」他用非常大器的口吻說，牧師隨即走開，嘆氣搖頭。

寫到這裡，我才想起自己有多麼想念歐文。看到筆下的這些字，連我自己都有點意外，[13]但如果不承認有多麼想他，我就是在說謊。我對他是有不少怨言，也很生他的氣，不過此刻我想到（我並非第一次有這種念頭），我乏善可陳的童年遠比我現在的生活單純。我想，許多人回憶起童年都有這樣的感受。當年，我的確認為自己對生活挺滿意的。我長得不奇怪，運動的表現也不錯，我有錢但未奢華度日，我聰明且有自己的嗜好，同時我也比歐文強壯、敏捷。我的同學不會來招惹我：我不曾被人痛扁或取笑，也不需要朋友或其他人——畢竟我有歐文這個弟弟。如今，生活在牢籠裡的我，必須從存款中拿出大把鈔票付給律師。現在的我是個胖子，再也不比歐文強壯、敏捷，即便有嗜好，也沒辦法做任何事。我的生活方式奇怪無比，簡直是孑然一身。我的孩子與同事都不在了；曾經對我很重要的人都已離我而去。

就連歐文也是。或者應該說，我特別在意他的離去。當然，我們的關係並不是非常融洽也不是很穩定，但是歐文與我曾經非常親近。甚至當我們不親近時，他還是那麼有趣、機智、聰明；那時他正歷經幼稚而熱情的人生階段，其他男孩忙著愛上與拋棄女孩，他則忙於接受與放棄信仰或哲學觀念。我都是靠他帶我離開自己的世界，往外探索。但我並非完全不受浪漫主義的影響。我記得年輕時，我曾跟歐文說他應該向我看齊。我跟他說：看著吧，有一天我會成為科學家。（他對我翻白眼。）我只關心這件事。你的興趣太分散了，我跟他說。我警告他，如果你不能嚴加約束自己，將來會變成半弔子。如今我卻幾乎羨慕起歐文的欠缺決心；因為我總是專心一志，他好像是故意要與我互補似的，總是盡可能一心多用。當年我自然感到非常不耐煩，但如今我已能欣賞弟弟渾身是刺的個性，他是激烈的理想主義者，內心滿是迅速燃起的熱情。還記得，當時歐文是如此充滿活力，永遠不會疲累，而且擁有我所不及的敏捷心思。我們倆關切的事物截然不同，彼此的競爭卻激烈無比——但我們也有意見相同的時候，這種時候無論我們與人爭論什麼，都能占上風，用自以為是的強勢姿態壓倒對方。總之，我們倆都是非常熱情的人，只是把熱情用在不同的地方。

當我這輩子第一次出現想要離開、逃走的渴求時，也是找歐文分享。我並不記得曾明白

13 看到諾頓這樣表明心跡，我自己也感到訝異，其實是非常訝異。至於理由何在，只要讀者繼續往下看這本回憶錄，就會明白。在這裡我只想說，一直以來讓諾頓最恐懼的，就是遭到背棄——他很怕自己深愛與信任的人有一天會背叛他。（後來也被他不幸言中。）但就如先前我強調的，他會陷入現在的困境，不只是他收養的小孩對他不忠，歐文也一樣。

有趣的是，一直到我跟諾頓建立密切關係的四年後，我才知道歐文這個人的存在。多年後我問起這件事，他只是咯咯一笑，表示那時候他們一定是為了什麼事在鬧脾氣。諾頓與歐文常常好一陣子互不來往，為小事爭執的頻率也很高。他常說，就知識與看法的深度、廣度而言，歐文都與他不相上下（當然，他們倆的知識與看法都是截然不同的）。但事實證明，歐文的確是諾頓身邊的最佳綠葉，也許只有他的精彩成就、古怪個性與如火熱情能與諾頓匹配。我曾經非常喜歡他。

表達這種渴求，只記得從小我就感到這輩子不能困在印第安那，更不能在林登鎮死守，甚至不該待在美國。我應該去別的地方尋找生活目標，但這種宏願讓我害怕，覺得困難重重與不安。我相信歐文也清楚這一點，就像某些孩子知道自己不想離家太遠，我們知道自己不會待在故鄉，人生也不會在此告終。正因為我們倆都抱持這種決心，而非一時興起或偏好，我們才會立場一致，忍耐並善盡童年的種種責任，直到我們可以遠走高飛，努力追求自己的人生。

有趣的是，父親葬禮後大約有兩年的時光，是我們關係最快樂融洽的一段日子。那兩年，我們非常親近，期間也曾有一小段日子，我發下甜蜜的宏願，盡可能每週都寫信給他，只是大學期間我們都沒有做到。一九四六年春末，我們一起到義大利度假。期間有張照片，是我們在紐約正要登上「世外桃源號」之際拍攝的。我們都身穿亞麻材質西裝，頭戴圓頂禮帽。那是我們第一次到歐洲去，第一次一起度假，但不幸的也是最後一次，只是當時我們並不知道——三個月後回美國時，我記得我們還對彼此承諾，每年都要重遊歐洲，到離家鄉愈來愈遠的地方。

我只記得那趟歐洲之旅的幾個細節，像是我們看到的藝術作品、我們吃的餐點、我們的談話內容、我們參觀過的廢墟，甚或我們住過的地方。但是讓我至今難忘，並且覺得奇怪而不悅的，是我心中浮現一種無法言喻的陌生感。大概是旅程進行到一半時，每次我看著歐文就會那樣。我記得那時覺得胸口悶悶的，感到很真實而且持續，卻又不會不舒服或痛苦。幾次下來，我得出一個結論，因為沒有更好的方式可以描述，我姑且稱之為愛。我當然沒跟他說過此事（我們之間不曾有過那種對話內容），但我仍清楚記得某天晚上當我們站在船頭，我看著他的時候，只見他那鼻頭散發油光的尖鼻（他的鼻子跟我一樣），黑色海水拍打船隻兩側的轟隆聲響不斷地傳到我的耳際，那感覺強烈到令我幾乎無法承受。當歐文跟我說話時，我無法回答，只能謊稱自己生病。如此一來，我才能回到床上躺下，好好思考自己的新發現。

當然，那種感覺並未持續存在。在我們旅行的過程中，它時隱時現，之後許多年也是這樣，只是感覺再也不如當晚我們在船頭時那般強烈。後來我學會了接受、繼而期待那熟悉的痛感，即便我知道當那種感覺出現時，我根本無法做任何事，更別說思考了。

第二部　老鼠

I.

大學畢業後，我在一九四六年秋季進入醫學院就讀。[1]醫學院讓我感到有興趣的地方實在不多；我的同學都是一些缺乏想像力的乏味傢伙，但我不是太意外。我之所以去讀醫學院，純粹是因為當年只要是對人體生物學有點興趣的人，都會那麼做。假使我是現在的大學畢業生，可能不會進醫學院，而是去讀病毒學或微生物學之類的博士班。並不是醫學院的環境讓我覺得無趣、缺乏刺激，而是被錄取的人通常有一種自以為是與感情用事的特質，他們比較關注醫生這個行業的浪漫英雄主義色彩，而非醫學研究所的挑戰性。

與現在相較，上述情況在五十年前也許更為普遍。我的同學（至少在四年內我接觸到的

1　一九四六年，以最優異成績從漢米爾頓學院畢業；一九五〇年，以最優異成績從哈佛大學醫學院畢業。一九四四年，諾頓與歐文都因為健康理由被部隊判定緩召：諾頓是因為扁平足和不太嚴重、卻一再發作的坐骨神經痛，歐文則是因為氣喘和高度散光。

那些人）可以輕易分成兩類。第一類比較不討人厭，是乏味的乖乖牌，喜歡背書。第二類都是一些令人作嘔的傢伙，貪得無厭又喜歡作夢，對自己未來的社會地位很是陶醉。這兩類人都極具企圖心，喜歡競爭，非常在意攸關面子的小事。

我不是表現特別突出的學生。雖然我可能是同年級學生中，甚或全醫學院中對知識最有好奇心、也最有創意的人之一，但是比我更厲害、更勤奮的學生實在太多了：他們從不缺課，勤做筆記，每晚溫習功課。我則是專注在其他事情上面。當時我非常著迷於蒐集甲蟲，那是我自從童年開始就維持的習慣與興趣；當然，住在波士頓地區沒太多機會可以找到稀有甲蟲，但是每逢春天的那幾個月，我常搭乘火車南下康乃狄克州，去找就讀耶魯大學美國文學博士班的歐文，一次待上幾天。我會把行李寄放在他的住處，改搭令人昏昏欲睡的小火車到鄉間，帶著我的網子、筆記本與一罐用甲醛浸濕的棉花，待在原野上一整天。直到天色火紅，才搭便車回紐哈芬，當晚就住在歐文的套房裡，吃歐文準備的晚餐，試著和他聊聊天，但聊不太起來。多年來，歐文愈來愈沉默寡言（我必須承認，對此我非常感激，因為他終於開始致力於美國詩人惠特曼的詩歌研究，正印證了我先前說他所學太雜），看著他把歐姆蛋切成一小塊一小塊不等邊四邊形，我實在很難不想起我們那位冷淡懶惰的父親。

我常常缺課，教授們當然不太高興，但是我考試與寫報告的成績不俗，他們最多也只能數落我一頓，說我欠缺紀律，將來一定是名庸醫。我不懷疑他們治學的嚴謹與認真，但我也不擔心自己的未來；當時我已經知道未來想從事哪一種冒險活動，全勤紀錄無法確保我會有好的表現。

我不想美化自己當年的行徑，像我那樣不尊敬教授與醫學體制，實在有點令人討厭、不成熟。如今我的醫學生涯與成就已有了定論，回想起來，若說我當年知道一切會圓滿解決且對我有所幫助，而我欠缺企圖心也是真誠的表現，這話便說得太簡單了。但坦白講，當時我已瞭解自己極度渴求某種可能達成、卻遙不可及的偉大成就，一個只能用眼角餘光瞥見的模糊美夢。於是在眾人與自己面前，我便裝出一副不想出類拔萃的樣子，以免自己覺得醫學院的成敗，足以決定一輩子的好壞，進而影響實現那模糊美夢的機會。

到了醫學院三年級，情況的確有了很大改變，或者說是我把情況改變了。我在那一年受邀加入葛雷格利．史麥瑟的實驗室。現在你應該知道當時我為什麼如此訝異，而且有很多年我常常被問到那一段工作經驗。[2]

如果我說我一開始並未感到受寵若驚，那我就是在說謊。如今，任誰用讚賞的語氣提起葛雷格利．史麥瑟，肯定會被訕笑，嘻笑的語氣可以聽出那些人自信自滿，同時也反映出一種既鬆了一口氣又恐懼的情緒——如今備受尊崇的科學家在二、三十年後被提起時，想必也

---

2 任何知名教授都會挑選一個、最多兩個最具潛力的醫學院學生或大學生，到他們的實驗室工作，時間從一學期到四學期不等。其挑選依據通常是學期成績、考試分數、投入與用功的程度。

會引起這種反應。但是我還在醫學院時，史麥瑟仍被視為重要的思想家與夢想家，也是模範醫生與科學家。[3]

在校園與科學界，史麥瑟也是獨特非凡的人物。理由之一是，他從事的醫學研究工作是當時公認較有趣的。當年具開創性的概念與理論，如今很容易因為錯誤百出而淪為笑談，但不可否認，一九四〇年代是科學發展的偉大時代。史麥瑟與其同事的許多理論最終證明是錯誤的（錯就是錯，沒有更委婉的說法），但他們那個世代的好奇心與對知識的渴求實在可敬（渴求心態的背後有許多動機，但無疑是真誠坦率的），這也是他們能奠定所謂現代科學的理由。沒有他們，現在的科學家就沒有任何概念與理論可以反駁，證明其謬誤。現在回顧起史麥瑟的研究，儘管他最後無法提供正確答案，但他的貢獻與最重要的遺緒，其實是把**各種**問題找出來，讓科學界在接下來的半世紀投注心力。

認識史麥瑟之前，我就知道他是誰了。一九四〇年代中期最廣為接受的一種理論是：癌症是病毒感染造成的。此一理論早在幾十年前便已問世，但史麥瑟是大力提倡者，整個一九四〇年代初期，他都在致力證明一件事：癌症（當時科學家都以為癌症是惡魔或巫師造成的）不但可以充分解釋，大致上也能治癒——根據他的思考模式，科學家不但可以找出引發癌症的病毒，也可以研發出殺死病毒的疫苗，讓癌症不再是不治之症。就如同大多數取悅人們的理論，它雖然是某種靈感啟發，但是非常嚴謹，看起來美妙合理，又有可信度。史麥瑟的理論很容易理解（一般媒體漸漸以「史麥瑟的奇想」稱之，彷彿可和畢達哥拉斯原理或演化論等量齊觀，而史麥瑟的地位甚至直追亞里斯多德，是個具有神祕色彩與寓言風格的古代哲學家），很快就讓他成為學界名人與社會名流（當然也備受嫉妒）。[4]

容我之後再繼續介紹史麥瑟，這樣比較適當，因為我在實驗室工作了好幾個月，才真正初識史麥瑟。從我的成績、態度與格格不入的表現看來，待在實驗室期間，我幾乎被人當成空氣，這一點也不令人意外；同事不曾與我交談，我做的也都是一些枯燥的工作。但我並無怨言，像我這樣的學生總是來來去去，去個一天，隔天就消失，只要負責把猴子餵飽，把老鼠的水瓶換好，幫眼神驚恐的狗狗打針就好，直到有一天，那些動物會跟我們一樣離開實驗室，把噪音與臭味一併帶走。

不管什麼時間，實驗室裡通常有十五個人，當然包括史麥瑟在內。我對此一工作經驗抱持某種浪漫的期待，希望以有創意的自由方式與其他人交流概念與理論（我就是那麼天真），但實際上那是個層級分明的地方；雖然那是一個節制得宜的環境，裡面的人都沒多少社會經驗，卻完全遵從外在世界的階級規則與分野。史麥瑟位於最頂層，任誰都必須照他所說的一切行事，不得有異議——但通常他都是透過副手傳話。不過我進實驗室時，史麥瑟不

3 葛雷格利．史麥瑟對一九四〇、五〇年代的科學界而言實在重要無比。雖然後來史麥瑟的理論不再受到普遍支持，但他曾是少數幾位最受矚目與讚賞的科學家之一；他甚至曾登上一九四九年四月十八日出版的《時代》雜誌封面，新聞報導的標題是：「哈佛大學的葛雷格利．史麥瑟表示：『我們此生可以看到終結癌症的療法問世。』」

4 在此，諾頓的語氣有點嘲諷的意味。有好幾種癌症的確與病毒感染密切相關（最有名的是人類乳突病毒，還有B型與C型肝炎病毒）；諾頓之所以要嘲諷史麥瑟，是因為他堅稱所有癌症都可以直接歸咎於病毒感染。

在的時間已愈來愈多，讓他更感興趣的是接受《紐約時報》與愛德華．默羅[5]的訪問。

實驗室裡的二當家，是華德．布拉薩與孟若．費區兩位總醫師，他們都是醫學博士，而且就像他們每週設法提醒大家的，他們也是史麥瑟親自挑選來管理實驗室的人，負責監督實驗，撰寫史麥瑟的研究論文初稿，搞定論文發表前的所有程序，掌控實驗室的日常營運事務，包括聘請醫學院學生與大學生。他們倆都不喜歡我，尤其是布拉薩，但由於我是史麥瑟直接聘用的，他們不得不容忍我。他們其實也小有名氣（布拉薩的名氣更勝費區）；先前我就聽過醫學院的教授提起他們有多傑出、前途有多看好。有時大家叫他們「土耳其佬」，認為他們會是繼承史麥瑟成就的科學家，同時徹底實現他的科學計畫。他們倆很少交談，我看得出他們之間競爭激烈。兩個人都互看不順眼，理由是對方的教育水準不夠（奇怪的是，從大學預校〔prep school〕一直到醫學院，他們都是同學）、智力不如自己（在我看來，他們同樣缺乏想像力），並且認為無論何時，史麥瑟都比較喜歡自己。

在布拉薩與費區底下，有四位資淺的住院醫師，也都是醫學博士，分別叫帕頓、奈索、烏利佛與柯提斯。這四個傢伙是布拉薩與費區挑選的（經史麥瑟同意），比他們倆更討人厭，都讀過大學預校（不過不是布拉薩與費區就讀的那所），喜歡在實驗室裡走來走去，裝出一副很嚴肅的樣子——還頂著一頭學童髮型，眉頭微皺，雙手交握，擺在身後，看來非常了不起；他們充滿企圖心，也很認真，但是以為別人沒注意自己時，會不禁露出微笑，一副女人照鏡子時的自戀表情。我被指派給帕頓，他是那幾個人裡面我最喜歡的，因為他肥肥的臉頰非常光滑，襯衫凌亂（為此他常遭到重視細節的土耳其佬斥責），而且他不會來煩我，常常忘記我在幫他做實驗，應該監督我的一舉一動和所謂的每日績效。

四名住院醫師底下有兩名醫學院學生：就是我跟一個叫朱利安．湯波的傢伙，他深受土耳其佬喜愛，未曾跟我說話，好像我的格格不入是某種疾病，只要跟我講上一、兩句話就會被傳染。所以他離我遠遠的，這正合我意；我知道他跟我同一年級，是康乃狄克人，未婚妻就讀衛斯理學院，但我完全不清楚他的思維傾向與智力等級，因為他從來不講，好像在實驗室工作不需要思考似的。

在我們下面有兩名大學生，通常主修生物學（這些人的替換速度其快無比，沒有一個不能被取代，因此大家都懶得去記他們的名字），都是未來的醫學院學生，總是一副擔驚受怕的模樣：大學生能在史麥瑟的實驗室裡工作，幾乎像是受到國王寵幸一般，表情既害怕又驕矜。偶爾我會看著他們，納悶他們到底是哪一點被看出具有潛力，能夠進入實驗室？他們必須通過指導教授的哪些考驗，承擔什麼責任？

在那兩個大學生之下，是個叫狄恩．歐葛萊迪的傢伙。依照當年的幽默感，我們叫他「胖愛爾蘭佬」，因為他是個胖胖的愛爾蘭人。在實驗室裡面，胖愛爾蘭佬的工作最具體，而且貢獻良多：其他人只是寫寫筆記，用指甲把注射器裡的泡泡彈掉，抽血，接著繼續寫筆記，

5 譯註：愛德華．默羅（Edward R. Murrow），CBS廣播電台的知名主持人。

胖愛爾蘭佬卻必須照顧動物，包辦所有我們不幹的活。他清理猴籠，餵牠們吃混合過熟香蕉與燕麥的泥狀食物。他幫老鼠換水，把狗狗眼睛周遭會流出汁液的乾癬清理掉。他那泰然自若的工作態度令我印象深刻：他並非動物愛好者，也不會感情用事（據我所知，實驗室曾經雇用那種人，結局很淒慘。某天深夜，費區發現那人試著把狗叫出狗籠，跳上一台在外等候的卡車），同時他不覺得實驗室是什麼了不起的地方，也不感興趣。有時候，實驗室就會出現對實驗室負責人深惡痛絕的動物照顧員（就像我後來也遇過），並非因為他們是動物愛好者（只要申請此項工作的人提及自己喜愛動物，立刻會被剔除），而是他們厭惡科學與身穿白袍的科學研究人員。他們認為我們的高傲心態非常卑劣，不過，誰也無法確認他們對我們的厭惡，是來自於我們所受的教育，還是我們**應用**知識的方式（他們往往認為科學發展過度，而我們這種人任性無比）。他們無法做高深的推理，而且因為他們不瞭解我們在做什麼，也不願承認所知有限，所以總是侮辱我們、憎惡我們。（像這樣對待我們的不只那些動物照顧員，還有記者、動物保護人士、神職人員、政治人物、家庭主婦與藝術家——他們把所有神祕難解的現象都歸咎於人類的高傲與邪惡。）

讓我回頭介紹胖愛爾蘭佬：他每天下午四點上工，等到我們隔天回到實驗室時，所有地方都打掃好，水也換了，實驗室的味道也會恢復正常，夾雜著清潔劑的蛋腥味與陳年糞便的甜膩味。有時候我們如果待得比較晚，就會遇到胖愛爾蘭佬，對他點頭致意，他也會點頭回禮。他不會試著跟我們聊兩句。任誰問他問題，他總是用最簡單草率的方式回答——不會失禮，但也不會像工友、服務生跟其餘許多服務人員那樣，硬是要跟你閒聊天氣、工作有多累、身體哪裡疼痛等無窮無盡的話題。我們的對話只會像這樣：「早安，胖愛爾蘭佬。」「早安。」「四號巴吉度〔意思是四號籠的巴吉度獵犬〕昨天晚上嗝屁了。」「我會處理。」如此而已。

在胖愛爾蘭佬下面，就是最底層的人了：兩個名叫大衛與彼得的實驗室技工，沒人記得他們的姓，他們也沒有桌子，不過一樣是身穿白袍，負責支援各個工作站，清洗燒杯、切割鐵網、把試管裡殘留的生物物質刮掉、幫忙倒燒焦的咖啡給我們，還有把老鼠抓出籠或放回去。我盡可能不麻煩他們：理由之一是，自己動手比較快，其次是他們倆都很健談，喜歡跟我們聊他們的女人，或是當天晚上要吃什麼，還有他們的工作有多乏味。他們不會虐待動物，動作卻馬馬虎虎：往往緊抓老鼠，害牠們吱吱亂叫，抬起四隻小腳掙扎；老是忘記該把哪一隻狗關回哪一個狗籠；他們常常打翻本生燈，殘局又不收拾乾淨，害我們必須整天避開那塊區域，直到晚上才由工友來幫他們善後。

⚜

實驗室位於闕斯廳一樓，那是一棟十層樓的紅磚建築，外觀醜陋卻實用；幾年前已經拆除。主實驗室面積大約一千兩百平方呎，形狀是長方形，共有四扇窗戶可眺望外面的綠地。一樓靠南邊的角落，距離那座轟隆隆的大樓焚化爐最遠處，是史麥瑟的小辦公室，與我們的實驗室相接，四面裝有大片玻璃，裡面擺了一張木製辦公桌（桌面一塵不染，讓人懷疑到底有沒有人在用），檔案櫃與書架各一座，都是金屬材質。他的辦公室外面東側，一整排窗戶下方，擺著一張張兩兩相對的鐵桌，是給所有總醫師、住院醫師、醫學院學生和大學生使用的。實驗室的其餘空間主要是八張長長的鐵製工作檯，每一張都有水槽，檯面上擠滿本生燈和燒杯。地板上鋪著油布，牆壁是淡淡的奶油色，總是害我很想吃麵包、馬鈴薯之類用澱粉或麵粉做的食物。

主實驗室後方是兩間動物實驗室，加起來長度與實驗室一樣。第一間在南側，是老鼠實驗室，沒有窗戶，面積大約三百平方呎，三面牆壁都堆著七呎高的鼠籠，籠子是亮晶晶的橘色，上有黑色斑點。這一間老鼠實驗室跟所有動物實驗室沒有兩樣，裡面瀰漫濕報紙與糞便的臭味，還有潮濕毛皮特有的霉味與海藻味。每天晚上，工友都會用消毒劑刷地板，但只會讓室內原有的臭味更濃烈，濃到彷彿要滲進牆壁裡去似的。緊鄰老鼠實驗室的是關狗的實驗室，面積幾乎是兩倍大，但瀰漫一樣的臭味，牆壁一樣是鏽色，鐵籠也相同，只不過最上面那排已經頂到天花板。狗籠大約有三十六個，每個都很小，尺寸大約兩平方呎，所以那些狗無法站起來（基於某個理由，通常都是獵犬），整天都必須側躺著或者蹲下，前腳張開，好像喝醉、體態不雅。此外，大約十個、十二個較高的籠子，留給猴子使用——我們雖然固定會用到猴子，但使用頻率畢竟不高，不需要特別安排一間實驗室。我對這些實驗室印象最深刻之處是裡面毫無聲息，老鼠會瘋狂吱吱尖叫，群狗哀鳴，都是在抓出籠子或者換籠子時。

除此之外，牠們大都沉靜無聲，瞪著自己的爪子發呆等待。只有猴子會抱怨聒噪，沒事也會整天尖叫。因此猴子實在很討人厭，不僅臭味濃烈，還會把東西弄得亂七八糟，不過牠們自然是比較有價值的實驗樣本。

我大多數時間負責老鼠。帕頓進行的長期實驗之一，是讓老鼠受到各種病毒感染，藉此誘發癌症——但實際的實驗範圍我並不知道，這也很奇怪，我雖然被委以重任，但顯然他們不認為我很重要，沒必要知道自己每天在做什麼事。例如，開始時我照顧十二隻老鼠，每個編號的籠子裡各一隻。接著，我把混進某種病毒的生理食鹽水注射到每隻老鼠身上。接下來必須等待。每天得測量老鼠的體重身長，觀察牠們，是不是看起來精神不濟？食量與水的攝取量正常嗎？身上是不是開始長什麼奇怪的瘤？（實驗的目的就是要讓牠們長瘤，但是我未曾碰過。）我把結果記錄在筆記本裡，帕頓可能會拿去看，但從來沒有。無聊的工作讓我開始胡思亂想：「十二號白老鼠，」我曾這樣寫道（那些老鼠都是白的），「臉色慘白。鼻子與腳掌：昨天的是像康乃馨一樣的粉色，今天變成玫瑰粉。個性：愚鈍。」（牠們都是愚鈍的吧，畢竟是老鼠。牠們每天做的都是老鼠該做的事。）某個時間點過後，大約三個月，這些老鼠會被殺死、解剖，然後再弄另一批新的來做實驗。

我還挺喜歡殺老鼠的。令人驚訝的是，殺死老鼠的方式很有限：下藥所需時間太長，也太過昂貴；直接淹死實在太慘，手法也太無聊。（總之，不管使用上述哪種方式，都會把我們需要研究的組織破壞掉。）教我怎樣下手的是烏利佛。作法是抓住老鼠的尾巴，把牠提起來，像在玩弄套索一樣拿起來轉圈圈，直到牠頭暈腦脹，頭部往兩側歪來歪去。接著把老鼠擺在桌上，用手按住老鼠耳朵後方的頭部，另一隻手抓住老鼠尾巴，把牠拉起來。輕輕的**啪**一聲，脖子就斷掉了。有時，朱利安．湯波和我會站在老鼠實驗室中間那張長桌的兩側，雙手同時各抓起四、五隻老鼠搖晃轉圈，一批一批弄死牠們。那是令人滿意的差事，讓那一天跟其他日子不大一樣，雖然毫無章法、進展與意義，卻有一點小小的真實成就感。

接著，我會把老鼠拿到主實驗室去，攤在桌面上，四腳朝天。取出每隻老鼠的脾臟（一顆小小的，看起來美味無比，肉多味美，大小跟西瓜籽一樣），放在裝有一點生理食鹽水的培養皿上。隨手從身邊那一疊充滿彈性的細鐵絲網裡，拿出一張，剪成一小片一小片，每片一平方吋。拿一片起來用火消毒後，用它來摩擦脾臟，把一滴細胞懸液擠到另一個培養皿裡面。脾臟當然是柔軟多汁，像鵝肝一樣，必須小心處理，只能對著鐵絲網片輕輕摩擦，稍微施力過猛就會把脾臟擠爆，噴得手指上滿是黏黏的黑色肉泥。這個動作重複幾遍，或是直到脾臟變成汁液狀；接著用滴管把肉汁吸起來，擠在顯微鏡下方查看，把每毫升肉汁的細胞數量記錄下來。

就像我之前強調過的，這些實驗的重點不只是證明癌症是由病毒引發（請注意，我在這裡的措辭並非「癌症**是否**由病毒引發」；史麥瑟似乎深信他的理論牢不可破，這有可能是他自己太過驕傲，又或者他誤信某位科學作家（這本身就是個矛盾用語）說他的理論牢不可破，才會鑄下大錯。他的實驗室對於證明他是對是錯沒有興趣；費區、布拉薩與其他人只想進一步瞭解他所有假設的具體內容，不想管假設的對錯），也為了確立培養細胞的程序。例如，假如有人能證明X癌症是由Y病毒引發，那麼他就必須製造一種能夠殺死癌細胞的疫苗。（我的說法雖有過度簡化之嫌，但與實際情況也相去不遠；當年不僅醫界這麼想，整個科學界也是：製造炸彈，往討厭的傢伙身上一丟，那討厭的傢伙就永遠消失了。）

他們曾要求我重複一個跟腎臟有關的實驗，因為腎臟出現畸形的狀況比較好辨認——例如，比脾臟容易辨認。我取出老鼠身上的腎臟（腎臟的纖維比脾臟還多），切成一塊塊，放進試管裡。再把那些腎臟碎塊用一層層愈來愈細的細網過濾，直到變成黏黏的單一細胞層。然後，用生理食鹽水與一種叫作胎牛血清的營養物（當然，這是一種有助於生長的營養物）來破壞腎臟細胞組織，最後放進平底的消毒培養瓶，用三十七度的溫度來培養細胞。細胞懸液會附著在瓶子的表面，細胞聚在一起，形成一個個扁平的星狀群集。等到培養出大量單層細胞後，就可以將病毒注入細胞。幾天後，把培養瓶裡的所有東西都放進離心機，分離出上層液（也就是非細胞的部分），那就是疫苗了。

總之，這是他們的想法。老實說，這種方法在當時看來合理且合乎邏輯。現在回想起來，也許有點**太**合理，也**太**合乎邏輯了，不過，這種理論為真的可能性比當時流行的其他理論還高——儘管不久之後，我就會學到一個道理：看來可能性最高的，未必是最正確或最值得斟酌的。通常都是那些看來很奇怪、不大可能的理論，才會讓你一再仔細檢視、特別關注，因為你發現那種理論背後的原創性是如此吸引你。

當時我才二十四歲；我的工作是讓狗感染病毒。我把各種病毒注射到狗的腎臟裡。當時大家對器官移植非常熱中，沒多久，我真的開始動起手術，只不過手術對象是狗，而且我可以在無人監督的情況下進行，地點就在狗的實驗室裡（有時帕頓會走進來，用陰沉的臉色看著我，好像他不知道我是誰，也沒有權利開口問我，不說一句話就拖著腳步又走出去）。我把狗的腹腔剖開，將動脈綁起來，接著縫合傷口。幾天後，那隻狗出現腎衰竭的現象，開始呻吟哀鳴；牠的尿液看來黏稠有毒，多油的尿液一大顆一大顆慢慢漏出來——我再度把狗麻醉，把衰竭的腎臟取出（如今已變成一大塊瘀血晶亮的藍色死肉），然後把已注入病毒的另一隻狗的腎臟移植到牠身上。我把兩隻狗的傷口都縫合好。捐腎那隻狗的遺體被我焚化掉，接受腎臟的那隻狗也很快就死了，但我不確定其死因是腎臟感染了病毒，還是我開刀技術太差。我觀察牠，把牠漸漸死去的過程記錄在筆記本裡。等到牠確實斷氣，我便取出我想研究的器官，保存起來，留待進一步分析，然後將牠的遺體火化。

我每天都是這麼過的。從我複述當年經歷的語氣聽來，是有點沒興致，甚至帶了點戲劇性的宿命感，但當時我還覺得挺有趣的，一方面是工作本身（有時候，我就像受到一間成功實驗室的傑出領導者鼓勵，覺得自己隨時會有一項重要的小小發現，將能永遠改寫科學史），另一方面，則是透過我在那一間實驗室的經歷，還有我對周遭人物的觀察，發現自己不會選擇那種生活。在實驗室裡為他人工作，實在是一件怪事：會獲選進入實驗室的原因，多半是全年級的佼佼者、在某個領域裡最具潛力，或是一個想法有趣的人，結果卻被放在一個有眾多同類人的地方。在一些實驗室的同事身上，你可以看到自己過去還是大學生的模樣，有些則讓你看到未來——至少能看出一個大概，只是你會覺得自己比他們更棒、更聰明、更有天分。

但是，怎樣才**算是**一個成功或有天分的實驗室人員呢？你在那裡做的，實際上不是你自己的事；你會獲選是因為你有頭腦，但接下來依據實際需求，被要求不要為自己而是另一個人思考。對某些人來講，這種事比較容易，因此他們待得下去。就算獲得了兄弟情誼，卻背棄了自己的獨立性。但企圖心是很難完全壓抑消除的，它會改以另一種形式存在——儘管不再獨立作業，變成實驗室裡的一員，你每天還是希望**你**會獲得關鍵性的發現，**你**會是找到答案的人，**你**會以勝利的姿態向實驗室主任報告你的發現，而慷慨的他對自己的學術表現有足夠自信，會把該你的功勞給你。這是你的希望，很多遠比我傑出的人都是靠這種希望獲得動力，存活下來。但只有少數人希望成真，這些幸運兒，有一天能建立自己的實驗室，用自己開發出來的細胞株申請專利，發表自己的論文。不過，他們都是有耐心的人，而我是在進入史麥瑟實驗室的第一學期期末就知道，我永遠不可能那麼有耐心、適應力那麼強。

我之所以那麼篤定，理由是實驗室文化讓我很不舒服。當時的實驗室跟現在不同。並不是我真的非常關切同事們的生活，在意他們日常生活中的興趣，但是那間實驗室瀰漫一種保守主義氛圍，非常迷戀潔淨整齊，讓我很難適應、沮喪不已。當年科學界認為只有紳士才有資格當圈內人。畢竟，當年就連萊納斯．鮑林[6]與羅伯．歐本海默[7]那樣了不起的人，都未能免俗，必須遵守某種衣著風格，在雞尾酒派對上表演，並且沉浸在浪漫軼事中。與當年的情況不同，如今，有天分的人往往可以避免社交表現不佳的罵名，如果你不願學習最基本的社交技巧，不能穿著得體，或者不懂餐桌禮儀，就證明了你的理智純正，能夠完全投入思想活動中。

但當年不是這樣。當時，任誰都很難忽略同事在實驗室外的活動與興趣，因為每個人在這兩方面都該有好表現。人們提起土耳其佬總是讚不絕口，不只是他們在學校表現優異，而且他們有急智且恭順、體貼，也上得了檯面。他們倆的老婆都讀過拉德克利夫學院，[8]都出身知名的東岸世家，也長得夠帥，穿著體面。他們生性誠摯，深信自己從事非常嚴肅而重要的工作（我也一樣），但他們也認為幽默感要在適當場合才能展現（像是派對、晚餐餐會），而且要拿捏得宜。除了跟爸媽一起去過歐洲（此外，我想他們應該也曾從軍參加過歐戰，但那不算旅行），他們不曾旅行，也都不想去。他們的朋友與他們相似，雇用的手下也一樣（烏利佛、奈索這兩個北歐姓氏聽起來比較奇怪，但是分別有「史基普」與「奇普」這兩個平易近人的外號），而且生活範圍不是實驗室，就是劍橋鎮與牛頓鎮的住家。像胖愛爾蘭佬這種人，也許從不認為除了清理鼠籠與擦尿之外，還能做什麼事，但那兩個土耳其佬還不是一樣畫地自限、缺乏想像力：他們自認能為人類做出重大貢獻。我想那的確是無懈可擊的目標，但他們滿腦子想的只是最後的成果，幻想能靠自己的發明或解決方案名留青史，完全不重視過程。我投入科學是為了追求冒險，對他們而言，上天注定的偉大成就是唯一的目標——他們不會主動追求冒險，只會在碰到時咬牙捱過去。

II.

一直要等到我在實驗室待了六個月，才有機會認識史麥瑟。我之前看過他，但都是驚鴻一瞥：除了出現在報章雜誌上，有時他匆匆來到實驗室和布拉薩與費區談話，或是到他那整齊得令人發慌的辦公桌拿一篇論文或一本期刊，接著又離開實驗室，回到外面的世界。偶爾我的幾位教授也會用嫉妒的口氣問我關於他的事：「他都叫你做些什麼事？」「他正在做什麼？」我總是實話實說，答案非常無聊難懂，他們也不再發問：我負責解剖老鼠；我不知道。如果當年我知道自己對他有什麼看法，如果我景仰他、希望保護他的研究工作，我應該會說謊，讓我的工作聽起來更迷人一點。

但是某天我在處理老鼠脾臟時，布拉薩走到我的桌邊找我，說：「這是史麥瑟要給你的。」然後把一個信封放在我的手肘邊。他一副不滿的樣子，不過那是他的一號表情。我把

6 譯註：萊納斯．鮑林（Linus Pauling），美國量子化學與結構生物學家。
7 譯註：羅伯．歐本海默（J. Robert Oppenheimer），負責開發原子彈的美國物理學家。
8 譯註：拉德克利夫學院（Radcliffe），跟哈佛一樣位於麻州劍橋，是知名女子大學。

手套脫下，打開打了我的名字的普通標準信封。裡面有一張洋蔥信紙（一樣是打字，打得很爛，所以我想是史麥瑟自己打的字），他邀我共進晚餐，時間是禮拜五晚上六點半。他用黑色鋼筆簽名，墨水在紙上暈開，糊成一團。現在我已經忘記自己受邀時有何想法。我想是受寵若驚吧（布拉薩猜出信裡寫了什麼，當天稍後便跟我說這是史麥瑟的習慣，每個醫學院學生在實驗室的工作期間都會受邀**一次**，而且特別強調「一次」這兩個字），但奇怪的是，我記得自己並未太過興奮，也不是特別擔心。我本來就搞不清楚自己為什麼會進史麥瑟的實驗室，而且當時我已經確定自己不想再待下去了；因為興致缺缺，所有緊張感也跟著消除殆盡。

禮拜五那天，我到了史麥瑟他家，那是一棟高窄的褐石建築，位於醫學院校區邊緣。門前有一棵樹葉掉光光的日本紅楓樹（當時是三月初），還有一片葉子充滿光澤、生氣勃勃的冬青。一叢條紋番紅花被一圈稻草覆蓋住，但也探出了頭來。除此之外，他的花園一片赤裸，只有許多木屑。植物的安排看起來並不和諧，也沒有明顯的秩序，像是隨意栽種。屋裡的風格大致一樣：玄關的某個角落，擺著一座木紋皺巴巴的樟木製傳統日本櫥櫃，看來格格不入。同樣格格不入的，是另一個角落的老式英國祕書桌，桌面有木紋，感覺非常光滑。滿是灰塵的地板上，覆蓋著一張張東方古董地毯，而我瞄見邊緣的流蘇飾邊上撒著像餅乾碎屑的東西。牆壁上掛著一個個黑色立體裱框，底是黑色毛氈布，框裡掛著一個個金黃小盒子，已經失去光澤，顯得白白的。此外還有小小的貝殼材質雕刻作品（一隻地精的雙手雕工粗糙，正在拍手，看來快樂不已；還有一艘揚帆的船，雕得不太像），其他貝殼浮雕雕像則是如夢似幻的大鬈髮女孩，往側邊凝視，表情茫然。這些飾品都非常有特色，但是房子本身也有某種無法言喻的神祕氣質，彷彿二流房地產拍賣行的展示間，完全無法反映主人史麥瑟的身分地位，與他那頭樺木色頭髮、滿是皺紋的臉、高大挺直的步行姿態，還有雜誌文章並不搭軋。裱框後面的牆壁刷上各式奇怪的顏色：有紫褐色、藍綠色，還有未熟水果特有的鮮豔淡綠色。本來我以為他會用米黃、褐色，甚或一些較常見的藍色才對，讓一切顯得整齊而有秩序，畢竟主人不是個怪人，因為史麥瑟並不奇怪。

但是，當晚跟他有關的一切似乎說明了他就是個怪人。終於到了晚餐時間，菜上得毫無條理、雜亂無章，風格跟房屋本身一樣，就像是用十分鐘前才在冰箱裡找到的剩餘食材煮的。番茄湯跟肉醬一樣濃稠，喝起來像番茄醬；春雞根本沒煮熟，紅色血管還浮在雞肉表面；胡蘿蔔與洋蔥則是煮得太熟，叉子輕輕一叉就滑開；另一道湯完全是用洋蔥與韭蔥煮的，上面浮著一圈濕濕的、讓人充滿想像的芥末醬；史麥瑟用自豪的語氣宣布甜點是柿子，只見它們整齊地擺在東方風的中式藍白瓷盤上，卻硬得跟青梅一樣——等到我好不容易切下一口來吃，嚐起來卻像帶著酸味的青草，多年後我才有辦法改變這個印象。

餐桌邊只有我和他。史麥瑟坐在主位，最靠近廚房，而我坐在他的右手邊。每次要出新菜，他就會咻的一聲站起來，從他身後的滑門走進去，回來時興匆匆地拿著兩只餐盤。來他家之前不久，我才想到應該買一瓶葡萄酒。我手裡拿著一瓶最後一秒鐘才想到要買的葡萄酒，走在他家門前小徑上，才猛然想到他也許會問我一堆問題，可能是某種測試。我不擔心自己能否通過測驗，但是，一想到要坐在史麥瑟旁邊（我以為還有他的家人），被他問及我如何看待當時科學界的許多困境，讓我有點緊張。然而我實在是多慮了，因為整晚講話的人都是史麥瑟：從我一進門，他一手接過我的外套，一手遞來果汁杯裝的白蘭地（我從不喜歡白蘭地的味道，喝起來像是牙齒咬了一塊絨布，所以我趁史麥瑟轉身離開續杯的時候，把酒倒在大廳一棵葉子掉光的無花果樹下），直到晚餐時間，我喝下他擺在我面前的雪利酒（雖然我比較想喝有蛋糕香氣的餐後酒，把柿子的味道中和掉，但我還是喝下去了）——整個過程中，他都講個不停。雪利酒用的酒杯是沉甸甸的水晶杯，我用手指頭拿著，緩緩轉圈，看著水晶杯反射在對面牆上，閃爍著羊皮般、令人作嘔的微弱黃色光線。

當晚我們從閒聊開始，只是我不習慣與人閒聊，那也不是我的強項。等到我發現我不需要開口說話，只需偶爾微笑點頭，才鬆一口氣。我們倆在玄關站了一會兒，手裡各自拿著塑膠杯裝的白蘭地（我的左手邊是一間並未使用的起居室，裡面一片漆黑）。入座後，他開始聊他的研究工作。也許你會認為，像這樣聽史麥瑟聊兩個多小時工作的事，大概會聽見一些有趣的事，難道他不會說一些值得深思的東西，或是至少能刺激我的想法？沒那回事。他講話時總是長篇大論，不但把有趣的話題變得極度無聊，而且模糊不已。史麥瑟迫不及待地一刀往春雞身上切，興致高昂（吃飯時，他充滿活力，顯然很滿意，但是並未注意到我有些東西擺著沒吃）。此時，我打斷了他：「教授，可以聊一聊你做的病毒突變研究嗎？」畢竟這是他整個理論的基礎，他投入畢生之力的研究。但是他不想聊他的研究，只提到那些曾經妨礙他做研究的人，包括院長、副院長，還有許多同事──他說了十幾個名字，詳述每個人做了哪些事，如今相形見絀，不得不對他另眼相看。他曾聽說院長一聽到他登上了《時代》雜誌就翻了白眼。副院長本來不願意把闕斯廳的空間撥給他當實驗室，試著把他趕到五樓那一間較暗、較差，也較小的實驗室。但是他贏了，不是嗎？他在說這些故事時，沒有怨氣，也不帶敵意，洋蔥韭蔥湯從湯匙往下滴。他沒興趣討論科學。只是嘴巴仍講個不停，說要離開一下，到廚房去，回座時盛了更多湯。這次他把兩種湯混在一起，用湯匙攪拌，直到液態的湯變成奇怪的糊狀，接著他塞了一條餐巾到襯衫領子裡，以免弄髒領帶。他一隻手把餐巾弄平，另一隻手舀湯來喝，嘴裡喃喃讚賞湯的美味。

我看著他，心想那兩個土耳其佬對於眼前景象會有何看法？還是他們早已認清史麥瑟的真面目。如果是這樣，他們怎麼還會待在他手下？怎麼還會尊敬他？難道我低估了他們的忍耐力？或者這是史麥瑟特別裝給我看的？難道土耳其佬和其他學生躲在那間漆黑的起居室裡，忍著不笑，臉部緊繃，看著這場我毫不知情、被迫參與的戲？這真的是史麥瑟他家嗎？他老婆在哪裡？（我知道他有老婆，而且他左手無名指上戴著一枚細細的金戒指。）還有，這房子裡的房間是不是本來就怪怪的？我一直在想，能不能找個理由走進廚房，或者穿越大廳，走進起居室？也許我就能找到他真正的住家，在那裡面，史麥瑟講話有條有理，行為舉止就像大家心目中的偉人，他那漂亮的老婆也會端出美味的餐點。如此一來，他的生活就會變得比較合理，我也就不會覺得自己像是鎮上的人類學家，觀察眼前這個邀我到他家吃晚餐的雇主。

喝完雪利酒之後，他沉默了片刻，我終於能開口說話了。「教授，」我問：「你為什麼雇用我？」

「喔，」他先是不發一語，接著才說：「你說為什麼啊。」他嘆了一口氣，搖晃手裡的玻璃杯，反射在他臉上的光芒就像螢火蟲發出的尾燈。「你不是個好學生——喜歡作夢，又高傲。你的教授認為你難以管教。」他說得很起勁，愉悅的語氣跟他剛剛在說敵人想整他、但沒整成時如出一轍。「但是當他們提起你的時候——」說到這裡，他轉頭看我，我也是第一次看見他的雙眼，還有眼睛下方的皮膚皺褶，他的鞏膜跟每天被我掏出器官篩濾的老鼠沒有兩樣，都是粉紅色——「讓我想起當年自己跟你年紀相仿的時候。我一心一意想逃跑，沒什麼歸屬感，渴望自由與成名。我們倆很像。」

「我不像你講的那樣。」我想這麼說，卻沒出聲。我可以看出他醉了。他這樣多久了？難道我來的時候他就已經醉了？我突然覺得自己很蠢很幼稚，為自己感到尷尬。我為什麼搞不清楚狀況？這種把人看透的技巧到底是什麼，為什麼只有我一個人無法掌握？就在我千頭萬緒之際，史麥瑟發出奇怪的小小聲響，一種抽抽噎噎的聲音。我以為他被噎住了，等我衝到他身邊時，才發現他在哭，他的下巴抵著那條仍塞在襯衫領口的餐巾，雙手交疊，擺在膝蓋上，像個小孩。「喔，天啊！」他說：「喔，天啊！」我不知道該怎麼辦。我的外套在一旁的椅子上，是史麥瑟掛的。我一把抓起外套，逃了出去。

隔週週一，我沒進實驗室，一堂課也沒去上，只是在家讀書，或是把地圖集拿出來，列出我想去的地方。偶爾我會想起史麥瑟對我說的話，心想他搞錯了。每當我想起他哭泣的事，就覺得自己很可悲，而他很可惡。吃飯時，我調製自己最愛的點心：熱燕麥片拌生雞蛋。我突然領悟到，史麥瑟也可能端出這種奇怪的混合菜餚給客人吃。想到自己可能變成他那樣，我嚇壞了。直到幾年後，我才搞清楚是為了什麼（差不多同時，我也弄清楚柿子應該是什麼味道）：他的科學理論糟糕、學問淺薄其實都還好，最糟的是他在那棟怪屋裡的獨居生活，卑微而難解，沒人在他身邊讓他分心，因此他時時無法忘懷自己的人生有多卑微。當我發現自己的恐懼竟是如此卑微可悲，思考方式如此平庸軟弱，我不禁心頭一震。

鬱悶了幾天後，醫學院的祕書打電話給我，放肆地問我是不是還打算回去上課，接下來是布拉薩，用嗤之以鼻的口氣說我可能毀了帕頓的整個實驗，所以不用回去了。掛上電話後，我鬆了一口氣，因為我不過是跟史麥瑟吃了一頓晚餐，就發現實驗室成了一個陷阱，是個**肯定會**讓我變得跟他一樣的地方——我會堅持自己的理論，完全沒有真正的思想，心裡恐懼有一天不可避免地會有人證明我是個冒牌貨。這就是我害怕的，至少我這麼認為。如今不但被攆走了，他們也說我不是那塊料，所以我永遠不會變得跟他們一樣，而且他們說的話、對我的否定都讓我高興得要死。我覺得我安全了，而且有一段時間，應該說有好長一段時間，我的確是安全的。

隔天我就回去上課了。教授們似乎已經聽說我不再是史麥瑟實驗室的成員（其中幾位和兩個土耳其佬滿熟的），但令人訝異的是，他們待我比以前更好，儘管我仍然是個不怎麼出色的人。我很小心，設法讓自己不要跟以前一樣，為此心懷怨恨。每當我想起史麥瑟（「喔，**現在**他們又回來找我了，**現在**他們要把我想要的給我」），我就會感到退縮。隔年我照常上課，安靜地坐在教室裡，決心不要放大自己的重要性，老老實實就好。不管在實驗室或真實人生，這都是我第一次學到謙卑的重要。[9]

III.

對於缺乏想像力的人而言（較寬容地說，是對那些比較不喜歡作夢的人），醫學院這種地方最具吸引力之處，就是他們不需要做太多選擇。身為醫生，不管是醫治病患還是研究人體組織，每天都必須做幾十個決定，但是他們不需要去思考該怎樣回答那些較大的問題（例如人生下個階段該做什麼），因為答案都想好了。他們不用思考明年會遇到什麼情況，因為未來好幾年的路都有人鋪好了，他們唯一的責任就是把路走完。大學畢業後進醫學院，實習醫生當完後當住院醫師，接下來也許會成為研究員，然後接受教職、開設私人診所，或者到醫院、某個團體工作。過去我在醫學院時是這樣，現在也是。

醫學院最後一學年的一月，我開始焦慮起來。我既非大家熟悉的風雲人物，也不受歡迎。我不想醫治病人，所以當我的同學在接受實習醫生面試時，我卻像塊木頭似的坐在房間裡，枯等未來降臨。想到當年如此被動，居然因為無知與天真被困住，實在讓人困窘，但我當時根本還無法想像自己的未來，就只能那樣面對了。

就這樣停滯幾個月後，大概在三月左右（事實上，距離我與史麥瑟吃的那頓悲慘晚餐已經一年了），當時醫學院帶領我接受外科輪替訓練的講師亞多佛斯・瑟若尼，[10] 某天要我去醫院的辦公室見他。

「欸，佩利納，」瑟若尼說：「畢業後你要做什麼工作啊？」

「老師，我不知道。」我跟他說。

瑟若尼看了我很久，然後嘆一口氣。他是個多肉的大個子，一撮灰白頭髮垂在後腦勺。過去，除非剛好同時輪班，否則我們都不太講話；就算輪到，講的話也不多。

---

9 研究成果被證明有誤之後，史麥瑟因而蒙羞，但是他會受到羞辱，很難不把一部分責任歸咎於他的為人。史麥瑟的高傲向來人盡皆知，在學界樹敵甚多；等到情勢變得對他不利，他便設法反擊，污辱那些批評他的人，拒絕以較有尊嚴的方式下台退場。儘管露臉的機會愈來愈少，而且校方在一九六八年對他的處置等於將他永遠停職，但因為史麥瑟有終身職，因此直到一九七九年病逝（諷刺的是，他的死因是肝癌），他都一直待在哈佛大學。

就像諾頓懷疑的那樣，史麥瑟的確有家人：妻子與兩個女兒。有趣的是，如今史麥瑟已籍籍無名，他的家人在所謂「反叛文化」的小圈圈仍是知名領導人，因為她們在一九六七年成立了一個很像「地下氣象員」（Weather Underground）的女性主義團體，規模雖小卻很有影響力。諾頓與史麥瑟共進晚餐時，史麥瑟的詩人老婆愛麗絲・瑞芙可能才剛逃家不久——帶著女兒跟一個叫史黛拉・亞諾維奇的拉德克利夫學院詩歌教授遷居加拿大。但那又是另一個故事了。

10 亞多佛斯・古斯塔夫・瑟若尼（1896-1974）是那個時代最偉大的外科醫生與生物學家之一，在佩利納於哈佛醫學院就學期間，他是師資裡較知名的科學家。他與佩利納未來的合作一開始帶來很多成果，最後卻爭議叢生，此一回憶錄後面會論及他們的關係。

「現在有個機會。」他說：「有人推薦你。」

「什麼機會？」我問。

他又嘆了一口氣；現在回想起來，他並非被我惹火，而是因為身材臃腫，本來就常常嘆氣。他在椅子上動一下，周遭的空氣也被擾動。「你看看，」他說：「這裡有個人叫保羅·塔倫特，是史丹佛大學的人類學家，年紀輕輕就備受敬重。他說有證據顯示某個叫烏伊伏的島國境內有一支失落的部族。你聽過那裡嗎？」我沒聽過。「沒關係。就我所知，它在密克羅尼西亞，不過你要看地圖才能確定。是個小地方。總之，就我所知，他拿到一筆相當優渥的私人補助，即將前往當地研究那個部族——如果他找得到他們的話。」他又嘆了一口氣，我想這次是刻意的。想當年，醫生根本不認為人類學家有什麼了不起，也不把他們當成科學家，但這看法通常沒錯。「他的團隊包括他自己、他的助理，還有一個負責抽血、採樣、做紀錄的醫生，還有——」他揮一揮胖手，「類似的工作。他跟我們的學院有交情，正在探詢是否有年輕醫生願意跟他去。有人推薦你。你有興趣嗎？」

那也許是我這輩子第一次感到高興。「我有，老師。」

「佩利納，你要瞭解，」瑟若尼的口吻嚴肅，讓我覺得非常戲劇性，也因此很興奮，「這項工作至少要在那裡待上四個月，所以可能沒錢讓你提早回來喔。而且這一趟……探險也許不會有任何成果。你那寶貴的幾個月可能就這樣虛耗在別人的想像裡了。你知道你要去的那個島嶼，就各方面來講，都是個未知境地嗎？而且幾乎可以肯定日子會過得很辛苦喔！你懂嗎？」

「我懂。」我答道。他又嘆了一口氣，幾乎讓人感覺他很悲傷，不過那是不可能的，因為他跟我不熟，對我也沒有個人情感。「我什麼時候離開？」

「我得到的訊息是他希望盡快動身，愈快愈好——大概就在六月底。可能你一畢業就得走了。」

「沒關係。」我向他保證。要我提早離開也可以；畢業證書對我來講毫無意義。「但是，老師，」我問他：「為什麼是你來跟我談呢？怎麼不是塔倫特的聯絡人直接來找我？」

「他不在鎮上，但是他要我盡快跟你談一談。」

「誰是塔倫特的聯絡人？」我問道。但我已經知道答案。

「葛雷格利．史麥瑟。」瑟若尼說。[11]他再次看看我，這回一副困惑的樣子。「他對你的評價很高。」

史麥瑟當時推薦我讓我很困擾，一直等到我年紀很大，開始有自己的實驗室，才瞭解他為什麼要推薦我去做那個工作：因為我會離他遠遠的，讓他避開在校園裡看到我而感到尷尬

---

11 史麥瑟這個聯絡人並非直接認識塔倫特；與史麥瑟交情良好的是塔倫特某位史丹佛大學同事，而非塔倫特本人。

的風險（畢竟，他在我面前哭了，還請我吃了那些奇怪菜餚）。如果我接下那份工作，我能談論他古怪行為的對象，就只有文明停留在石器時代的原住民，一些鼻子上插著動物骨頭的傢伙。不過，等到我搞清楚史麥瑟的動機純粹是為了自己，我已不再去想是否該原諒他，只覺得他很可憐，他的人生本來就很悲慘，後來的演變更是慘不忍睹。（至少在土耳其佬與他們那種人的眼裡看來，提供那個工作機會給我，可說是某種污辱與懲罰。如果我接受了，醫學生涯等於走入了死胡同，而且也最後一次證明我若不是白痴，就是討人厭的傢伙，或者兩者皆是——這一切足以反映醫學院那種地方，還有史麥瑟的真面目。）

接下來的幾個月過得很快。我不緊張，也不焦慮：我把功課做好，每天下午回家都覺得輕鬆平靜。我提早幾個禮拜開始打包，收進帆布背包裡的物品都是如今我們這一行的標準配備：肺活量計、溫度計、臂套式血壓計、聽診器、膝反射槌各一，再加上小型的可攜式顯微鏡。我有一個西洋杉木盒，只比雪茄盒大一點，裡頭放了各種小東西（鈕扣、螺絲、圖釘與橡皮筋），塞進二十四支玻璃針筒，全包在紗布裡面，我又多放了十二支針頭，還有一只金屬酒瓶，裡頭裝滿我從實驗室弄來的消毒劑。我已經收到保羅．塔倫特寄來的一封短信。他歡迎我加入計畫，教我怎麼前往當地：我們將在六月二十日在夏威夷會合（剛好是我畢業後的隔天），由飛往澳洲的軍用運輸機載我們一程。飛行途中會繞到吉爾伯特島[12]把我們放下，我們再自行前往烏伊伏。除了這些細節，他沒提供什麼有用資訊：他沒告訴我該打包什麼、我可能會碰到什麼狀況，也沒多說研究的內容細節，甚至沒提島嶼本身的事。幾個月後，人在烏伊伏的我把那些裝備攤在面前，心想我為什麼會完全誤判形勢、估計錯誤。在我離開那裡之前，就把大多數物品丟了（我的書、夾克、鞋子，甚至捕蝶網），散落在烏伊伏的叢林各處，因為那些東西，不僅島民在生活上完全用不著，對後來的我也一樣。

不過就某部分而言，我不能過於苛責自己。我對自己即將面對的處境一無所知，因為外界也幾乎都不瞭解烏伊伏。離開瑟若尼的辦公室之後，我直接前往圖書館查閱地圖集。即使有了詳細座標，還是花了幾秒鐘才找到它。我的手指在一頁又一頁的海洋裡找來找去，接著它出現了：三個淡綠色的蕞爾小島畫成地圖上的三個點，構成一個不平整的等腰三角形，地形畫得不夠具體而且模糊，位置在大溪地東方近一千哩處。深入調查後，我掌握了一些資訊，每項資訊本身都很有趣，拼湊在一起卻無法構成一幅有用的全貌。資料顯示，烏伊伏國未曾被殖民過。據悉該國人民跟夏威夷原住民一樣，在五千年前，划著有舷外撐架的獨木舟，從大溪地島移民過去。他們靠漁獵維生；所有的男孩、女孩都必須在十四歲生日前殺掉一隻野豬（百科全書並未詳述獵殺的方式）。[13] 他們曾有一位國王，叫圖伊瑪伊艾勒。他

---

12 即現在的吉里巴斯。

13 此一普遍被接受的神話，可能是由兩個事實結合拼湊出來的：首先，所有烏伊伏的男孩在十四歲生日那一天都會獲贈一把長矛；其次，據說該島第一位國王烏洛洛大王（大約是一六四五年開始統一散居群島各處的部族；一個多世紀後，他的功業終於在國王瓦卡一世的手中完成），曾在十四歲生日前徒手殺死一隻野豬。此後，野豬開始在烏伊伏人的生活中占據重要地位；儘管野豬是一種非常珍貴的狩獵同伴，在外界眼裡，也是該文化殘暴成性的象徵，如能殺掉或馴服一頭野豬，不但是重要成就，更能證明某位勇士的力量與勇氣。野豬在該國社會具有極其弔詭的地位（是朋友，也

有三個妻子與三十個孩子，住在首都塔瓦卡的木造宮殿裡。那個國家並不富裕，但是土壤肥沃，食物不虞匱乏。有一度，因為當地人凶殘成性、惡名昭彰，海上各島流傳著他們野蠻殘暴的故事——事實上，他們惡名遠播到詹姆斯．庫克船長在一七八七年航行太平洋期間，還刻意繞過該國。（他前一年曾寫信給朋友表示：「烏伊伏人凶殘成性，船員都很不安，而且航行困難，我們不會在那裡下錨停泊。」）

我是在百科全書裡讀到這些東西的，但我無法盡信：不論是那座木造宮殿、有三十個孩子的國王，還是獵殺野豬的習俗；這一切顯得如此熟悉，好像我過去讀過的吉卜林（Kipling）筆下帶著寓言風格的偏遠島嶼。儘管當時我見識不足，無法證明這一點，但我確實懷疑那些最奇怪的事績其實再平凡不過。當我們在震驚之餘把那些事蹟告訴別人時，只會讓大家更習以為常，就算屆時發現真正不尋常的事，也不足為奇了。後來，事實證明我的感覺沒錯。

是挑戰的對象），但是烏伊伏人似乎不曾為此一矛盾感到困擾。

第三部　夢遊者

I.

那一年六月的人生經歷，是我這輩子僅有的一次。每天結束時，我都早早上床睡覺，用幾分鐘回想一下自己的見聞與感覺。很不巧，我連畢業典禮都沒參加就前往夏威夷了，距離我與塔倫特會合的時間還有兩個禮拜。我待在劍橋鎮的最後一晚（甚至在離開前，我就已經忘記當晚發生了哪些事，就像鹽巴溶於熱水，很快忘得一乾二淨），歐文從紐哈芬北上來看我。他的言行唐突，隱約可以感覺到他在生我的氣。在這種令人不悅的情況下說再見，他仍同意幫我保管一些旅途上用不到的東西（包括書籍、論文和我那件重得像屍體的大衣）。我們答應要給對方寫信，但是從他臉上的表情，我可以看出，他跟我一樣都很懷疑我們是否做得到。直到我們倆握過手，他帶著裝滿我的東西的行李箱搭上最後一班火車，我才想到：與歐文天涯兩相隔的日子，不知會是怎樣的光景？在成長過程中，我們倆的確愈來愈沒有話講（我們會日漸疏遠實在是令人費解，但似乎不可避免），他卻是唯一瞭解我的人，也只有他記得過去我每一年的人生是怎麼過的，因為那是我們共享的日子。不過，這種遺憾的感覺轉眼即逝，因為我是如此渴望開啟自己的新人生——當年，我常常把有生以來的日子，當成一次漫長而乏味的預演活動，幾乎讓人失去耐性、無以為繼：我總以為自己只是在複製別人的經歷，毫無真正的人生可言。

我搭火車到加州，接著換船到夏威夷。當年，檀香山仍是一個寧靜的偏遠殖民地，雖然繁榮，但跟一般的殖民地卻沒兩樣，當船隻停靠港口時，只見碼頭上有一群又一群愉快的肥胖樂手，撥彈著烏克麗麗，還有一些帶著一半亞洲、一半不明血統的赤足男孩，向登岸旅客微笑、乞討銅板。

已經有人幫我安排好當地大學宿舍的床位，但是我提早抵達，宿舍還是滿的，直到隔天晚上才能入住。所以，我把行李寄放在宿舍，第一晚先搭車到島上威基基區的海邊，沿著沙地朝鑽石頭山前進，路過一片又一片海灘。有時，我可以聽見遠處有酒吧的嘈雜聲，許多男人在開懷大笑，音樂聲鏗鏗鏘鏘作響。每隔一段時間，我會駐足傾聽，耳裡傳來乾枯棕櫚葉相互摩擦的聲音，像是在聊天，而太平洋的海浪聲未曾止歇，像在孤寂獨語，事後我才知道自己要再過幾個月才能聽到那些聲音。我在月下信步前行，那裡的月光似乎比波士頓的更為皎潔，月亮也更圓更亮，而一路走來我屢屢看到樹下有暗影，都是在睡覺的人，於是我也一樣，走到累了就躺在樹下酣睡。

隔天我前往市中心，經過一棟棟華麗的殖民時期建築物。但是我看到最為壯麗的東西並非建築，甚至不是那位低調矮胖的女王曾經住過、跟她一樣低調矮胖的王宮，而是王宮外的古老阿勃勒樹。它們的樹葉宛如桃色花瓣，形成一道道雪白的溫和氣旋，把樹木包圍起來。到了中國城，我走過許多憔悴的人身邊，他們全打著赤腳睡覺，烏黑的腳底布滿大大小小的疤痕，最後我才找到一間在營業的酒吧。中國城不算是個好地方，建築物的百葉窗緊閉著，只有毒藥般難聽的爵士樂從黑暗的室內流瀉出來。太陽比我想的還要毒辣，害我非常乾渴。

酒保生就一張塌臉，好像有人拉著他的耳朵往左右兩側扯，他的皮膚則是曬得黑到發亮，光滑無比，就像在奶油中烤太久的雞皮。我猜他是中國人，至少是東方人，即使留著一頭粗糙的黑色鬈髮，卻有一對丹鳳眼。我點了一杯氣泡礦泉水，他看著我大口喝下，最後終於問了一句：「你打哪裡來？」

「波士頓。」我說。我注意到他的左手大拇指有一大截不見了，只有一小部分在手掌上動來動去，像是狗搖尾巴那樣想要傳達某種訊息。

他並未留意我的答案，但是酒吧裡沒有其他人跟他講話。我那杯水喝完後，他問都沒問就把我的杯子倒滿。「你來多久了？」他問道。

「不久。」我說。礦泉水下肚後，我才開始注意整間酒吧，昏暗室內的天花板低矮，牆壁上了油漆，木質吧台因為多年的香菸煙燻，被酒潑灑，還有煮菜的油煙，感覺黏黏的。「我要去烏伊伏島。」

令我訝異的是，我提到烏伊伏島的時候他點點頭，當我問他知道些什麼時，他大笑說：

「厲害的獵人。很多野豬。」他又把我的杯子倒滿。「可怕。」我不確定他說的是島民還是野豬。然後他輕聲說：「那裡的人很暴力啊。」我等著他多說一點，他卻哼起了一首幽深哀傷的小調，在醜陋的酒吧裡流轉。他顯然不想再多說什麼，於是我喝完杯子裡的東西，付了錢，走到陽光普照的室外。

我過了幾天這樣的日子，搭計程車到島上的不同海灘。令我驚奇的是，這些海灘乍看之下千篇一律，都很美麗，最後卻顯露出自己的特色：有一片海灘的沙子非常細，我把襯衫與褲子上的沙子都拍掉了，隔天衣服與頭髮上仍有，還得再拍掉；另一片海灘長著一排笨重蓬亂的鐵木，沙地上埋了許多看不見的小松毬，因此每踏出一步，腳底都覺得有點刺痛；還有一片沙灘上的沙，無論就顏色或質地而言，看起來都像潮濕的粗糖，給人一種泥濘黏膩的觸感。某天下午，我去了一趟市中心的圖書館，館員找了一本關於烏伊伏的布面舊書給我。結果那是一本用夏威夷語寫成的圖文教科書，於一八七一年由檀香山傳教士學院出版，每一頁都印有一幅木刻畫，還有幾行文字。因為內文是夏威夷語，我看不懂，看了那些畫作（例如一隻眼睛又小又黑的野豬，牠的獠牙跟老式的八字鬍一樣漂亮而捲曲；肥胖的國王臉帶微笑，未穿上衣，手裡緊握一根長長的東西，看來像是雞毛撢子；還有一顆長滿疙瘩的東西，貌似水雷，但我想應該是甜薯），我並未覺得烏伊伏更真實，而是更荒誕，像是一個只存在於童話故事裡的地方。

最後，終於到了我與塔倫特見面的那天。他曾拍一封電報到我住的大學宿舍，通知我他的抵達時間，並且建議我們在晚上六點見面，地點是宿舍的交誼廳；隔天早上八點我們就要出發了。前往吉爾伯特群島的航程費時九小時，轉機後要再飛三小時才能抵達烏伊伏島。

與塔倫特之約讓我緊張又不安；我不是那種跟別人見面會特別緊張的人，畢竟是他們有求於我，我又是個醫生，他的任務少不了我（我是這麼告訴自己的）。然而，這種自信實在缺乏根據，因為我非常清楚，只是不願承認：如果沒有塔倫特的允許，我作夢都想不到自己能參與這趟冒險之旅，沒有他，我就會被困在波士頓，沒有工作，連想要去三流醫院當二流實習生都毫無門路。快六點的時候，我已著裝完畢（我還帶了一套西裝，後來成為我最先丟棄的東西之一），下樓到交誼廳去，廳裡的地板是涼爽的水泥材質，兩張有橘色墊子的竹製沙發被一張髒兮兮的棕櫚葉地墊隔開。

已經有人坐在那裡低頭看書，我走過去時，他才抬起頭。

想要描述一個人有多俊美，並沒有什麼令人滿意或新穎的方式，況且我自己也會很尷尬。所以我只會這麼說：他的長相俊美，而且我發現自己突然害羞起來，不確定該如何稱呼他——保羅？塔倫特？塔倫特教授？（當然不該叫他塔倫特教授！）即便我們認為自己看到任何一種相貌都能不為所動，並為此自豪，但是貌美的人就是能夠讓我們呆掉，心中滿是讚賞、恐懼與喜悅，意識到自己的長相遠遠不如對方，而且深知那種美貌是不管我們有多聰明、受過多少教育或者有多少錢，都無法奪取、征服或否認的，我為此感到洩氣。跟塔倫特在一起的那幾個月，他的俊美相貌讓我時而感到痛苦，時而感到欣慰，而且我發現自己漸漸接受此一事實，也喜歡跟他在一起，但有時會用較不愉快的心情去否定他的美貌，只是沒有一次辦得到，後來我才知道這跟說服自己「糖是酸的」一樣沒有意義。

我瞠目結舌地看著塔倫特，雖然沒有必要，但他還是說了一句：「我是保羅．塔倫特。」我說了一聲哈囉，兩個人握握手。「你安然抵達了。」我嗯了一聲。此刻我們站在那張骯髒地墊的邊緣，塔倫特大概比我高一、兩吋。我看著自己的鞋子。「所以你準備好要出發了。」他接著說。我點點頭。「很高興有你一起參與這趟研究任務。」他說。我注意到他講話的方式很特別：他不用問句，也不會帶著驚嘆的語氣，但他的聲音並不單調，而是充滿了抑揚頓挫，相當飽滿，讓人聯想到變化多端的濃密樹林，每一棵樹看來都是如此蒼翠、莊嚴與雄偉。那是一種不會透露任何訊息的聲音，任誰也聽不出他是贊同、快樂，還是心懷恐懼或怒氣——卻是一種可能讓人發瘋的神祕聲音。我想多聽他講兩句話，卻也害怕開口問問題，突然間我變得無話可說。塔倫特顯然擔心我若是開口也說不了兩句，最後終於說：「那明天見了。」

那一刻，我才意識到自己大可跟他說：「你想吃晚餐嗎？」但是他當然已經離開了，我只能獨自站在那裡。

到了飛機上，我才有機會仔細打量塔倫特。[1] 我們搭了一台尺寸龐大的軍機，在停機棚

裡面待了好久，簡直就像一隻不曾飛過的度度鳥。飛機裡面除了塔倫特和我、我們的行李，

---

1 過去半個世紀活躍於人類學界的所有人之中，保羅．約瑟夫．塔倫特（一九一六－？）可說是最迷人也最神祕的一個。據悉，他的母親有蘇族血統，他從嬰兒時期就被送往南達科他州皮爾市郊區雲原鎮的聖約瑟夫男童孤兒院扶養（如今雲原鎮也許改名了，但就在該州首府皮爾市郊區）。聖約瑟夫天主教孤兒院住著極大比例的印第安院童；該院最知名之處在於院童接受訓練，熟稔各種技能，像是修水電與做木工。然而，塔倫特引起其中一位老師，也就是彼得修士的注意（他的俗名為麥可．塔倫特，保羅．塔倫特無疑就是跟著他姓，至於他的中名約瑟夫則是跟所有院童一樣，是自動被冠上的）。彼得教育他，幫他弄到了皮爾市天主教寄宿男校聖方濟學校的獎學金。塔倫特在聖方濟的表現突出，接著獲准進入達特茅斯學院就讀（一九三七年取得文學學位），後來在一九四一年成為芝加哥大學博士（跟諾頓一樣，塔倫特也免役，只是原因不明）。就像諾頓強調的，他的確非常俊美，也因此，後來他渾身散發一種英雄似的浪漫氣質。

塔倫特進入芝加哥大學研究人類學之後，很快獲得奇才的名號，取得博士學位後，在那裡教了三年書，後來轉往史丹佛任教，此後整個學術生涯都待在該校。在芝加哥大學期間，塔倫特的指導教授是知名的人類學家李奧．杜普萊希克斯，當時他正在研究哈瓦瓦族的繁衍儀式（那是巴布亞紐幾內亞島上叢林的小型部族）。他無疑對塔倫特的知識養成與研究興趣，都產生莫大影響。據悉，杜普萊希克斯教授雖然在一九四三年逝世，但塔倫特能於同年稍後前往烏伊伏做研究，就是因為他的幫助。不過，這在杜氏的論文裡並未提及，我們無法確認。

幫塔倫特立傳或研究他的人常常感到挫折，理由之一就是他很少自己寫日誌或論文。塔倫特做田野研究時，總是詳細記下所有細節，因此大多數學者感到難以置信的是，他居然沒有留下個人日記或最起碼的信件。因為這些資料付之闕如，加上塔倫特的研究成果與他本人都神祕地失蹤了（稍後諾頓會討論此事），當然讓他更引人入勝。幾位史學家試著幫他寫一本權威性的傳記，已研究了好幾年。（他們常常為了約訪與意見諮詢而找上諾頓，因為他是塔倫特學者生涯的黃金時期合作最密切的人之一。）然而在我看來，與其找歷史學家幫他立傳，不如讓小說家寫一本關於他的小說。塔倫特的生平有太多未知數，例如他的性傾向、他爸媽的身分、童年的種種、他的戀愛故事（如果他談過戀愛），還有他是怎麼死的。長期以來，許多人創造出關於他的各種陰謀論，甚至某些人文學界的非主流人士還把他當成神祕主義者來崇拜。

還有許多裝載補給品的木條箱，但是沒有其他乘客；飛機的引擎嘈雜無比，我發現我們根本無法交談，但這也讓我鬆一口氣，所以他對著我露出淺淺的微笑，就開始用筆記本寫東西，大概一小時後閉上眼睛休息。

我未曾注意過自己的容貌：直到當時為止，我都認為自己的身體只是功能性的，未曾想過有可能或有能力改變它，雕塑出完美身形。但是看看塔倫特——他的頭髮、皮膚與眼睛都是一樣的深金色，帶著淺淺的白蘭地色調，牙齒又白又密，嘴巴微笑起來像咧嘴的狼。凡此種種，都不可避免地讓我意識到自己有許多缺點，像是膝蓋看起來鼓鼓的，皮膚像麵粉一樣白，頭髮蓬鬆。塔倫特與我隸屬同一個物種，簡直是不可思議且荒謬的事，殘忍的是，他正好反映所有完美的人類特色，我則是集所有人類缺陷於一身的負面典範。接下來的整段航程，我一直盯著他看，希望他打開雙眼，但也害怕。對於內心的痛楚，我感到非常噁心，但也以此為樂。等到飛機終於降落時，塔倫特被驚醒，而我已精疲力竭，但也很興奮，內心滿溢又酸又甜的感覺。出發時，塔倫特說：「下一站，烏伊伕。」語氣聽起來挺高興的，而我也是。

我們從吉爾伯特群島飛往烏伊伕，飛機轟隆作響，螺旋槳在一片片棗椰樹上空呼呼呼響個不停，飛機降落時把樹猛力往後吹。飛機繞過一座海灣，在一道長長的彎曲山脊上方低飛，然後在那持續被海浪打斷的脆弱海岸線上盤旋片刻，我眺望地平線，發現海天一線的景致：自己眼前所見盡是一藍如洗，令人暈眩，那是一種沒有特定名稱的藍，藍得如此徹底，沒有變化，讓我不得不閉上雙眼。

先前我說過，烏伊伏由三座島嶼構成，但正式說來只有其中兩座住了居民。其中一座是主島烏伊伏，它狀如法國麵包，大約二十哩長，十哩寬，被綿延不絕的縱向山脈塔伊瑪納山切成兩半。烏伊伏島是國王居住的地方，該國三萬五千多位居民絕大多數也住在那裡。烏伊伏島東方六十哩處是伊瓦阿阿卡島，形狀、大小大致相同，但是它的北岸是一道易守難攻的懸崖；即便從空中都能看到海浪打在懸崖底部，化成一道道在空中飛舞的白胖羽毛，許多寬翼鳥群在崖頂一座座火山熔岩孤峰上方盤旋。但除此之外，伊瓦阿阿卡島盡是綠色的矮丘，所以該國多數的大規模農耕活動都在這座島上進行：我們飛過大批整齊的梯田，田地裡散布許多交雜難辨的綠色與金黃色小點，小到幾乎無法區別兩種顏色。

「那是芋頭。」塔倫特指著其中一片田地說，又指著另一片說：「那是甘薯。」

「那麼遠，你怎麼分得出來？」我問他。田裡的一排排作物在我看來好像都一樣。

他聳肩說：「我可以。」他的回答讓我覺得問那種問題實在很丟臉。

我們飛過一些簡單的小屋，從空中我只能看出屋頂是棕櫚葉搭成的，偶爾有些木屋，但是伊瓦阿阿卡島大多數的農夫都是季節性居民，全年住在這裡的人並不多。塔倫特說，整年都住在這裡的只有農田看守員（因為所有農田都歸國王所有，收穫交給政府，再分配給烏伊伏的國民）；伊瓦阿阿卡島的採收工、栽種工與菜農輪流在島上工作三個月，接著搭船返回主島的家裡。飛機往下降，當我再次凝望下方，我看見某片原野上出現深褐色的條狀色塊。

塔倫特說：「野豬。」我坐在位子上往回看，盯著牠們。那就是知名的烏伊伏野豬了，即便從那麼高的地方，還是看得出牠們是龐然大物。那一整群野豬應該有一百隻，依稀可見牠們四周的飛揚塵土，映襯著打在島嶼崖壁上的浪花。

「那就是伊伏伊伏島啦！」塔倫特對我大叫，我順著他指的方向看過去。我的視角不理想，只看到一片斜斜的黑山，坡面上有一片植被，於是我在座位上彎下腰，想更貼近看看接下來幾個月的住處，那一座「禁島」此刻已經是我們的家了。

接下來，飛機再度轉向與下降，我們來到烏伊伏島的上空。在轟隆隆的螺旋槳聲中，塔倫特大聲說：「這是烏伊伏島的南面。我們要在這裡降落。」降落時機身不太穩，劇烈搖晃，後來我才發現降落處是一片綠草和土地構成的小丘；所謂的飛機跑道其實並非真正的跑道，而是一片長長的平坦土地——會來島上的飛機不多，都在這裡降落。

我們卸下行李時，我看到一個矮小渾圓的人形朝我們走來，距離我們約一百碼的地方，那人大叫一聲：「保羅！」我才發現那是個女人。

「艾絲蜜！」塔倫特也對她大叫，看到他露出微笑，看到他的臉暫時露出快樂的表情，實在令人不安焦躁。

那個女人靠過來，兩人投入對方懷裡。他們用一種我聽不懂的語言快速交談，速度快如槍戰交火，接著大笑起來，那是我第一次聽見塔倫特的笑聲。

「喔，諾頓，抱歉。」塔倫特向我致歉（接下來他就這樣叫我諾頓，我也稱呼他塔倫特，但我們並未正式討論稱謂的問題）。「她是艾絲蜜·達夫，這位是我們的醫生諾頓·佩利納。諾頓，這位是艾絲蜜·達夫，我的研究員。」

「喔！」艾絲蜜說：「諾頓。歡迎！歡迎來到烏伊伏。你來過太平洋地區嗎？」

「沒有。」我說。

「呵，那你就準備好讓自己嚇一跳吧！應該說是嚇好幾跳。」她笑著說。

「那是一定的。」我說。

「艾絲蜜是真正的烏伊伏專家。」塔倫特說這句話的時候，艾絲蜜在一旁微笑，洋洋得意。「她的烏伊伏語說得比我好多了，[2]我們的嚮導還有所有事情都是她安排的。未來你也少不了她。」

「那是一定的。」我又說了一遍。此刻我對自己許下兩個諾言：首先，我一定要討厭艾絲蜜·達夫。其次，在幾個月內，塔倫特就會認為我才是專家，而不是艾絲蜜。

⚘

我規定自己在這麼寬鬆的期限內取代艾絲蜜的地位、竊取她的知識，實在是對自己太好

2 這其實並不是真的。達夫當時是史丹佛大學人類學系的講師（她的專長是密克羅尼西亞地區的鄉村生活），塔倫特先前兩度來到這座島上都是由她陪同，她的同事們未曾把她當成語言學家，而且後來的烏伊伏國學者們也都認為，她對於當地語言的理解最多也只是很粗淺的。然而，對於旁人把她誤認為是烏伊伏語專家，她當然不會很快就去糾正他們。

了，因為接下來幾天我的日子過得非常困惑，整天頭暈目眩。原因之一是，我立刻發現烏伊伏島這個地方沒有汽車：我們必須從飛機降落的地方（艾絲蜜跟我說，國王特別恩准我們借用那塊地，有時他會在那裡獵捕野豬——有人會抓來十幾隻野豬，國王則騎上馬背，手持長矛，朝牠們隆起的多肉背脊射去）把行李大老遠地扛到原野邊緣，放到拴在棕櫚樹旁的馬匹身上，那些馬是國王出借的。即便那些馬的外型也很怪：大概比我過去熟悉的馬匹矮半呎，四腳粗短，背膀寬闊，長得比較像小馬。

我們騎馬前往鎮上的半小時路程中，我得知烏伊伏是一個很多東西都付諸闕如的地方。例如，這裡沒有車走的路（沒錯，只有一些小路，上面長著一片片草地以及被馬蹄踩扁的可憐花叢），也沒有飯店、大學、雜貨店或醫院。令人沮喪的是，這裡居然有為數不少的教堂，那些木造教堂的白色尖塔是島上唯一比棕櫚樹還要高的東西，而那些樹只會在土地上留下一道道黑色陰影，完全沒有遮蔭功能，太陽非常大，把天空照得一片白亮。我問塔倫特（他騎在小馬上，試著維持優雅的模樣），島上是不是有很多傳教士，回話的人卻是艾絲蜜。她說，一八〇〇年代初期大概有一百名傳教士來到烏伊伏，只是一八七三年大海嘯摧毀烏伊伏島北半部時，他們大都身亡了。倖存者很快就回家去了，再次獨留烏伊伏人自己過日子，島上的生活恢復為教士抵達前、已維持幾千年的模樣。

「烏伊伏人向來不願在北邊的海岸區興建房屋，他們認為會招致厄運。」她說：「但教士們喜歡海景，也為此付出代價。」

我說，教堂的數量讓我感到吃驚（才二十分鐘，我已看到四間教堂了），這表示當地人改信基督教的比率很高。這次換塔倫特回答我了。「傳教工作實際上並不如表面上那麼成功。」他說：「烏伊伏人只是覺得教堂很新奇。當第一間教堂，也就是那棵彎彎曲曲的緬梔樹後方的聖猶達教堂蓋好時，許多居民都去了教堂，當時的國王也去了，他是現任國王的祖父。我想他們覺得教堂很有趣吧。所以教士認為居民很快就會改信基督教，於是蓋了更多教堂。光是這個地區就有五間——對吧，艾絲蜜？北邊還有三間，但是都被海嘯摧毀了。」

「烏伊伏人曾經幫忙蓋教堂嗎？」我問道。

「不曾，教士全都得自己動手。國王賜給他們土地與木材——你一看就知道那全是棕櫚樹，一種難用又不切實際的建材，而且教堂也蓋得很差，但是國王拒絕讓他們聘用他的子民。他們能拿到土地與建材已經很幸運了。」

「沒人叫得動烏伊伏人。」在隊伍最前頭的艾絲蜜大聲說：「現在我們搞清楚了。」她大笑，聽起來沾沾自喜。

「應該說，沒有人能要求國王做任何事。」塔倫特把話說清楚：「我們享有的一切特權，包括在這裡做研究，有嚮導可以帶路，全部需要國王允許。這裡的一切事物都由他做主，沒有他恩准，什麼事都辦不成。」

但是，他說這次我們不會見到國王。他的一個女兒要出嫁，陛下忙著籌辦婚禮，沒空接見我們。我倒想見見國王，見識一下他的木造宮殿，但至少有件事讓我挺高興的：艾絲蜜也沒見過國王，她也無法告知我錯過了什麼細節，像是宮殿裡的地板黑漆漆的，因為有油而發亮，還有國王的老婆們坐在棕櫚葉墊子上，不發一語，像鴿群一般柔順，國王則是臉帶微笑，一副威嚴精明的模樣。

抵達烏伊伏的第一晚，我住在一間乾燥悶熱的小屋裡，屋頂是用乾的棕櫚葉編製而成，因為編得非常緊密，我可以聽見雨水打在屋外某處鋁片上的啪啪聲響（鋁片的用途是什麼，我不清楚），但屋裡唯一的水氣全來自我流的汗——我大汗淋漓，時間愈晚流得愈多。我自己一個人睡，不確定艾絲蜜與塔倫特睡同一間還是分開睡（我也不想知道），整晚我的腦袋都在胡思亂想，不知道在瞎操心什麼，每當把眼睛閉上，腦海就會浮現天花板上棕櫚葉構成的魚骨紋路。

隔天早上，我們三個把補給品拿到一艘小汽艇上，汽艇後面裝有一具柴油引擎，看起來不太牢固。我們的船長一身茶色肌膚，充滿光澤（不過我認為那種光澤並非他很健康，而是因為很容易出汗，似乎他碰過的東西都會變得濕濕的），他看著我們登船，用力一拉發動引擎，船隻便朝伊伏伊伏島的方向前進。

如果我知道自己要過很久才會回到相對文明的烏伊伏島，也許在船隻緩緩離岸時，我會轉身好好看它一眼。當時，我緊盯著伊伏伊伏島，奇怪的是，儘管一道道海水波紋不斷滑過船邊，那座島嶼總是顯得那麼遙遠。我還記得那天天色陰鬱，海面看起來就像一片錫盤，顏色陰暗、沒有光澤。頭頂的天空也一樣陰沉灰暗，濺到我舌頭上的浪花嚐起來有一種金屬味。我凝望大海，一度看見，或者說以為自己看見海面下方有光影快速移動著，但是等到我叫塔倫特注意海面，自己再低頭一看，光影就不見了。

伊伏伊伏島慢慢出現在眼前，速度慢得難以忍受。我們從島的背面靠岸，那一面正對著烏伊伏島的南面，看起來就跟我想像中的一樣，呈現荒涼的面貌。就是我們降落時所看到的：一面巨大的陡峭崖壁，幾乎有六千呎高，以雄赳赳的姿態從水面升起，底部總是一大片厚厚的海浪白沫，宛如啤酒氣泡。崖壁上的綠色植被層層疊疊，除了綠草青苔，還有許多樹木和彎曲糾結的多肉植物。這一切構成某種只有叢林才能得見的綠色景觀，彷彿鸚鵡身上長著色澤濃淡不一的綠色羽毛，令人不可思議——直到我們靠得更近，我才看見底層的石頭，有些部分像石板一樣黑，其他則是像潮濕報紙的淡灰色，只有透過植被間的縫隙才看得到。抬頭望向天空，我無法直視太陽，它在白色天空中糊成了一片，島嶼峰頂的樹林構成了一條參差不齊的天際線。接著小船轉向，往東邊朝太陽的方向前進，只見島嶼的坡面急遽下降，像是一個側邊傾斜不平的蛋糕。儘管這座島嶼的地形不討喜，但失之東隅、收之桑榆的是，小船愈往前開，地勢愈是平緩，植物也愈見生氣盎然而濃密，因此森林一直往島嶼邊緣延伸。四周的水面上，各種樹葉形成了倒影，彷彿令人眼花撩亂的萬花筒奇景：有長年被大風摧殘的木槿、承受烈日酷曬的芒果樹葉，還有又硬又小的未熟芭樂，以及零碎的蕨類植物。

林葉濃密到讓人在片刻間有點害怕叢林，害怕它那貪婪的胃口與野心，因為它把島上每一寸土地都給吞噬了。

半小時後，我們抵達島的另一邊，即使那裡沒有海灘，但島嶼土地和海水同高。整趟航程都沒吭聲的船長，把自製船錨丟進海裡（所謂船錨，其實是在加蓋的錫桶裡裝滿叮噹作響的鐵釘），船距離岸邊大約二十呎遠。海水顏色像是一顆骯髒的綠色電氣石，水色複雜，不過非常清澈，我可以看見船底有一群群透明的小魚，在沙質海底留下許多灰白陰影。我們無法繼續往岸邊靠去，不只是沒有可停靠的海岸，海面上也布滿一顆顆巨大圓石，表面光滑、平淡無奇。我把自己的補給品綁在背後，涉水走向伊伏伊伏島時，經過一顆圓石，上面有許多淺淺的小洞，每個洞裡都住著一隻充滿光澤、長滿刺的黑色海膽。最後一碼左右的路程則布滿了小圓石，海面浮著許多顏色鮮豔的紅色海藻，好像海洋正把握最後機會，在充滿龐大力量的叢林面前證明自己的存在。面對那一道道微弱的波浪，叢林則是訕笑似的伸出某種粗厚三角形仙人掌的長長尾巴。

我們面前的灌木叢出現一陣騷動，感覺好像荒島求生電影裡的情節。接著，三名烏伊伏男人從濃密的叢林裡現身——還是像電影的一幕戲。他們的服飾風格都是難以模仿的現代與原始混搭風：一身汗衫加上看似樹皮材質的紗籠；另一個男人的裝扮就令我感到刺激了——他的鼻子穿著一根像蘆稈的骨頭，身穿一件像麻布袋的鬆垮長褲；還有一位上半身穿著軟軟的棉質襯衫，下半身幾近全裸，只在重要部位戴著用一圈圈乾燥藤蔓編織而成的護襠。這種特殊風格往往出現在剛剛與文明世界接觸、尚待發展關係的地方：後來，我又在巴西叢林、巴布亞紐幾內亞與印度那加蘭邦觀察到。繼那位船長之後，他們分別是我看到的第二、三、四名烏伊伏人。在聽過那麼多關於他們的凶殘故事後，這些人令我訝異的地方實在很多，例如身高最高的也才接近我的肩膀而已，他們都生就一張醜陋塌臉，一副塌鼻，皮膚油得發亮，而且下巴戽斗。他們不胖不瘦，不過小腿的肌肉發達，大腿粗壯，看得出是從小就在崇山峻嶺間爬上爬下的人。[3]

三名嚮導中最高、穿棉質襯衫的那一位走向塔倫特，他們用力摩擦對方的鼻子，接著才用低沉快速的語調交談，講的是烏伊伏語。另外兩人站在那裡死盯著我們（勉強穿越那片軟爛髒污沙地時，艾絲蜜走在最後面，此刻她已經跟上來，距離我只有幾呎，正用胖胖的手掌對著臉部搧風，但沒什麼效果）。儘管他們看來沒有敵意，但是兩人靜止注目的樣子讓我不想把眼睛別開。我發現自己雖然熱到暈眩，一隻隻小蟲在頭上飛來飛去，但還是瞪了回去。

我們三人各自有一名專屬嚮導。塔倫特的是最高的那個，叫法阿。艾絲蜜的是穿紗籠的傢伙，叫阿杜。我的則是鼻子穿了一根骨頭的男人烏瓦。當他走到我前面，把我的帆布包扛上背時，我瞥見骨頭的一端有雕刻。我的帆布包很重，當我伸手幫烏瓦把包包的位置調整好（他的皮膚跟犀牛皮一樣粗），他微微躲開我，持續搖晃肩膀，直到帆布包被甩到兩片肩胛

3 這三名嚮導都是烏伊伏的野豬獵人。該島的野豬大都在塔伊瑪納山的森林裡活動；他們三個不但是攀爬陡峻斜坡的專家，也是懂得如何穿越叢林的能手。

骨之間，才轉身跟上其他人；另外兩人早已通過兩棵大樹之間（大樹上面布滿濃密的青苔，看不到樹皮），不見了蹤影。他跟另外兩名腳夫一樣，身上只有一個小布包，約莫枕頭般大小，用一條不太牢固的繩子掛在胸前。

我們持續走著。叢林裡沒有路，所以由法阿開路，負責把一棵棵小樹、灌木叢以及煎鍋大小的葉子推開，我們每個人經過時，也要輪流接住他推開的樹木、葉片，再往身後一推。叢林很快就把我們吞噬了，我們在叢林裡顯得如此渺小，這一切讓我非常不安；走了十五分鐘左右，我轉頭看我們走了多遠，卻只看到來時路被淹沒在樹叢裡。四面八方充斥各種叫聲，呱呱咯咯，吱吱唧唧，才走了半小時，天空已幾乎被樹梢給遮蔽了，每走一步，頭頂的藍色塊就縮小一點，並且隔了愈久才出現。烏瓦跟另外兩位嚮導一樣是打赤腳，他們的腳底長滿肥厚老繭，但是塔倫特、艾絲蜜與我都穿著厚底靴，每踩一步都可聽見有生物在腳下逃竄，只是看不見而已。樹根盤根錯節，濕濕滑滑，我必須專心看地面，以免被絆倒；眼角餘光只見一片無垠的鮮豔深綠色，我覺得那些樹木葉片好像就在身旁，彷彿走在一道長滿青苔的狹窄隧道裡，陽光更加強了我的幻覺，因為光線愈來愈弱，偶爾才會從濃密的樹梢灑一點進來。

我們走的上坡路段突然間陡了起來，空氣立刻變得更涼爽潮濕——因為植被密不透風，四周的樹木與灌木叢看來更不真實，也因為靜止不動，更像雕刻作品，儘管它們的味道瀰漫空氣中，而且那種混雜著土壤、腐樹爛葉與糖的香味一陣陣持續襲來，讓我的喉嚨底部都痛了起來，但我們還是沒有停下腳步。我上方的艾絲蜜走得搖搖晃晃，阿杜抓住她的手臂，動作又輕又快。她點頭後繼續走下去，但我經過她身邊時，可以感覺並聽見她氣喘噓噓，不斷吐出熱氣，好像跑了一整圈的賽馬。我身上只背了一個小帆布包，然而空氣感覺起來不再像是氣體，反倒濃得像湯一樣（荒謬的是，我居然想起巧達濃湯那種珍珠色的奶油光澤，還有皺巴巴的表面）。經過一段特別陡峭的路程之後，我們來到一片淺淺的高地，塔倫特宣布我們當天就在那裡紮營休息，那一刻突然鬆懈的我還真想大聲喊叫。

我們三個跌坐在地上，而法阿則跟塔倫特講了幾句話，等他點點頭後，就跟其他兩個嚮導循著來時路（儘管並沒有路面）離開，消失在森林裡。我喝了水壺裡變得跟周遭空氣一樣溫熱的水，喝完還是覺得很熱；艾絲蜜躺了下來，用包包枕著頭，閉上雙眼。我四周的叢林不斷發出低鳴聲，永不停歇，感覺整座島嶼好像某種連接巨大隱形能源的神祕家電。

我一定是睡著了。醒來時，我不知道多晚了（我也不知道時間在這裡是否重要），不過可以看出天色似乎更為昏暗，黑夜蠢蠢欲動，即將來臨。地上已經鋪好幾片棕櫚葉墊子，每一片相隔大約三碼，我們的包包擺在不遠處；艾絲蜜與塔倫特坐在第一個和第二個墊子上，輕聲交談著。

「晚安。」塔倫特抬起頭，對著走過去的我說：「吃點晚餐吧。」

他跟艾絲蜜和我不一樣，自己帶了兩個包包，從較大的那個拿出一包餅乾。地上已擺著一罐罐頭肉，就擱在青苔上面，肉的顏色看來是如此明亮而不協調，罐頭蓋子像掀起被子似的打開，露出裡面黏滑、噁心、粉嫩的粉紅色罐頭肉。

「我不餓。」我對他說。

「你應該吃東西。」他說：「你餓了，只是自己沒感覺，明天也很漫長喔。還有，我們該趁餅乾還沒濕軟之前趕快吃掉——在這麼濕的環境裡，沒有東西可以保持脆度。」

艾絲蜜說：「上次我離開烏伊伏國的時候，最想念的就是脆脆的餅乾。」她的聲音已經少了洋洋得意的感覺。白天辛苦跋涉過後，她似乎還沒恢復體力；她的臉仍然呈現不太討喜且髒髒的紅色，臉上好像有鬍碴似的。

所以我吃了帶有麵粉味的淡味餅乾，在上面抹了一些冷罐頭肉。接著，我把空的塑膠包裝遞給塔倫特，放回包包的外袋裡，那清脆的劈啪聲響讓我想起燃燒的木頭。「這種時候不是應該生一堆營火嗎？」我問他們，甚至對艾絲蜜露出微笑，但她正忙著把肉從罐頭中弄出來，所以沒注意到我。

塔倫特拿起身邊的一根樹枝，點燃打火機，把樹枝擺在火舌上。火幾乎立刻熄掉，只留下一縷昏暗的輕煙——這算是他的回答。我也只能發出「喔」的一聲。當然了。這裡的木頭太潮濕了。

「別擔心。」塔倫特說：「法阿跟我說，只要走到高一點的地方，森林沒那麼濃密，東西就比較乾燥了。」

我照塔倫特指示的方向，走進身後的森林，兩、三分鐘後，我發現一條細小的溪流，顏色就像蝸牛留下的黏液一樣是銀色的，流過一個個凹凸不平的灰色巨石。我在一棵參天大樹後面方便，它完全沒有樹枝，筆直得幾乎有點可笑，接著我用溪水洗臉，也喝了一點，感覺冰冰涼涼，隱約有點海水的鹹味，好像溪水裡撒了好幾把磨碎的貝殼粉。回去時，我發現艾絲蜜已經在墊子上睡著了，還拉了另一張墊子蓋住身軀，靴子整齊排好擺在腳邊。不過，塔倫特仍待在老地方，雙膝頂著胸口，頭部跟頸子稍稍向前傾，凝望著森林，不知在看什麼。

「今天過得怎樣？」我坐下時，他問我。

「還好。」我說。

「我知道——」他才開口就停了下來，低頭看自己的手。「我知道我沒有跟你說清楚我在——我們在這裡做什麼。你願意來，表示你很厲害，或者很瘋狂，或是走投無路了。」

我笑了出來，但他沒笑。

「事實上，我還真的不知道我們會發現什麼。」他接著說，又陷入一陣長久的沉默。後來我才知道那代表他正在仔細思考自己要講什麼——並非他害怕我會誤解他，他是那種除非有把握否則不會開口的人；他對臆測或假設沒有興趣；他說的話在他看來都是千真萬確。但這並非意味他缺乏好奇心、心高氣傲或是個懶散的傢伙，也不是他未曾有過疑慮，未曾把一件事重複思考千百遍——不是那樣。只是他向來習於默默地思考想像；我想他認為，如果連自己不確定的事都講了出去，那就是冒昧，甚至無禮。

然而，此刻他**的確是**不確定；他**不**知道自己會發現什麼。他不是那種憑預感與直覺行動的人，但這一次他真的——他真的猜想過他可能發現什麼，才會邀請我加入。

我並未因此覺得被冒犯，或者感到不對勁。科學本來就是一種猜測：有人幸運猜對了，有人憑直覺猜測，也有人在猜測前做過研究。過去，我的老闆都是一些自信滿滿的人，但那讓我感覺不安且危險。所以，我很高興自己在沒有完全搞清楚狀況下就來到這裡（就算稱不上高興，但肯定是不擔憂；也不能說塔倫特未料中我的心態，我的確也很想來）。我想，此刻這番話聽起來有點愚蠢、不切實際，但是人還年輕時，計畫似乎沒那麼重要或不可或缺。要等到必須保護自己的財產、研究成果與聲譽時，計畫才變得重要起來。

所以我回到位置上，等他開口。

他過了一段時間才開口。

「身為一個醫生，」塔倫特說：「你最想做到什麼？你想把病人治好——你想要消滅疾病，你想要延長壽命。」（事實上，我對塔倫特說的那些事不感興趣，至少我感興趣的部分跟他說的不一樣。但我並未反駁他。）「但是，我想做的是——這聽起來有點幼稚，但我們終究是為了那件事而來的，而且我的很多同事即便太驕傲，不願意承認，也對那件事有興趣。總之，我想找到另一種社會、另一個部族、一個文明世界還沒發現的部族，而且那個部族也不知道文明世界的存在。」

之後，他針對人類學這門學科發表了一番長篇大論，提及許多人類學家與大師，還有學界敗類跟各種理論。我大都沒聽進去，但根據我聽到的部分，已經足以斷定，雖然塔倫特未明講，但他認為自己是個異議分子，有一天終將讓這門學科徹底改頭換面。

但在接下來幾個月，我跟他待在島上期間一直深感興趣，卻又找不出確切解答的，是他隨後說的一句話。「我知道被研究的感覺是怎樣。」他說：「我知道那就像被化約成一種東西，一系列的行為與信仰，讓人發現其中的奇特之處與儀式特性，我每一個普通的行動都被視為——」他沒講下去，而且事出突然，讓我發現他把某件事給說溜嘴了。素來謹慎的他正納悶著自己為什麼會說溜嘴，同時為此後悔不已。

「你這是什麼意思？」我問他，盡可能把聲音放低，因為我不想驚動他，想要騙他繼續講。

但他當然不是笨蛋或三歲小孩。想要推翻他的謹慎本性，光是輕聲細語根本沒用，而是要展現說服力或施展聰明伎倆。他說：「沒什麼特別的意思。」然後就陷入沉默。我立刻意識到四周有多嘈雜，還有空氣裡充滿蟲子臭味，也發現自己一直屏住呼吸。[4]

4 後來，諾頓猜想塔倫特所說的也許是骨相學家莫洛·厄普頓於一九一〇年左右在聖約瑟夫孤兒院所做的一系列實驗，他那些關於頭骨大小與比例的理論於十九、二十世紀交替之際曾經非常流行。厄普頓很喜歡自己提出的一個理論：就生物學的角度而言，印第安人是注定會被歐洲人搶走土地的，而這一點光憑測量兩者的頭骨大小就能證明——他認為，印第安人的頭骨與歐洲的各種族裔相較，都比較小，也比較輕。

接下來先開口的是塔倫特。他說：「我想跟你說一個故事。」然後就停了下來。

我之後漸漸習慣了這種模式：他總是開口說話，然後停下來，講了一番長篇大論後突然陷入沉默，有時要等幾分鐘才會再次開口，偶爾要等上好幾個小時。但這次沉默很短暫，等到他再次開口，聲音非常堅定，口氣也比較不像在演講，而是像在說故事。彷彿我在一座陰沉的中世紀松林裡遇到他，而非我們置身的潮濕叢林，而他是個漂泊不定的說書人。我給了他一個銅板與一片麵包，他就在我身上施展魔法，暫時帶我遠離這個世界。

✻

「許多許多年前，在人類還沒出現的時候，有一顆巨大的石頭，它是名叫伊伏伊伏的天神，一片廣大的水王國全由祂統治。祂的神力強大，海面下的一切都隸屬於祂的王國——裡面盡是尾巴掃來掃去、尖牙利嘴的鯊魚，還有藍眼巨鯨、魚群，跟一片片海草，像仙女的頭髮一樣輕拂海底。

「但是伊伏伊伏感到寂寞，舉目所及都是成雙成對的海底動物，在祂身邊游來游去，後面跟著牠們的後代。即便是王國裡最為寂寞孤單的臣民，像是身上的殼帶有漩渦紋路與斑點的寄居蟹，和行動緩慢、長滿刺的海星，也都被自己的小孩圍繞。身為天神，伊伏伊伏並不擔心自己會死，但祂希望有個同伴，可以一起討論身為天神與國王的負擔與難處，可以一起孕育自己的小孩。但是，為此祂需要另一個神祇，祂的另一半。

「伊伏伊伏有個摯友，是一隻名叫歐帕伊伏艾克的海龜，年紀幾乎跟伊伏伊伏一樣，而且因為牠可以活在水面下與水面上，還可以到很多遙遠的地方去，所以牠知道很多神奇的故事，都是關於一些伊伏伊伏沒去過的地方。牠與牠的朋友分享許多空中與陸地的故事，那裡跟水底一樣有很多生物，只是牠們用飛的，而非游泳——伊伏伊伏必須要求海龜解釋什麼是『用飛的』，解釋了好幾次祂才搞清楚。此外，也有一些動物用走的、跑的或爬的，分別有兩隻、四隻或十幾隻腳。

「有一天，歐帕伊伏艾克跟伊伏伊伏分享最近幾趟旅行的見聞，祂不禁嘆氣。歐帕伊伏艾克問祂：『我的朋友，有什麼問題嗎？』

「『啊，我的朋友。』伊伏伊伏回答：『我很寂寞。我身邊的動物都是如此快樂，有另一半相伴。我也想要一個伴，生一些小孩。我需要另一個神，但這世界只能有一位統治者。』

「海龜沉默了許久。接著牠就跟朋友說再見，游離開祂。

「一段時間過後，海龜回來了，一樣帶回奇妙的消息。這次的消息奇妙到連天神都無法料到。歐帕伊伏艾克在最近一趟水上之旅期間，曾跟另一個朋友聊過。那個朋友是太陽神阿阿卡，海龜向祂表明伊伏伊伏的願望。結果，阿阿卡想見一見這位久聞其名、神力驚人的水神。於是，水神與太陽神之間的戀情就此展開，祂們倆靠海龜互通信息。都是牠游進又冷又黑的深水裡，幫阿阿卡向伊伏伊伏傳話，轉達意見與問題，噓寒問暖，代為唱歌。為此，伊伏伊伏讓海流變平靜，好讓祂的朋友較輕鬆地舞動龜腳，回到海面上，阿阿卡則是在每天過一半時停止運轉，聽聽看那個祂未曾去過的世界有哪些消息。

「隨著時間過去，祂們生了三個小孩：第一個是男孩，跟海神一樣叫伊伏伊伏，第二個是女孩，叫伊瓦阿阿卡，意思是石頭與太陽之女，第三個又是男孩，叫烏伊伏，意思就是石頭。這三個孩子有一半住在水面下，像伊伏伊伏，另一半住在水面上，像阿阿卡。祂們在父親的王國裡漂浮著，海水讓祂們感到冰涼，母親則是用熱度讓祂們感到溫暖，獲得營養滋潤。祂們一直靠父母的慈愛與全心付出過活。等到祂們長大，感到寂寞了，就去找阿阿卡，母親讓祂們有自己的孩子，也就是人類。只要人類孝順父母，阿阿卡就會確保作物生生不息，伊伏伊伏也承諾讓海裡充滿魚群，在祂的海域航行安全無虞，因為人類畢竟也是祂的子孫，祂會珍惜保護。

「至於歐帕伊伏艾克，牠活了很久很久，久到足以目睹朋友的孫子、曾孫與玄孫長大，繁榮昌盛，也久到足以生出自己的小孩。牠們的名字跟牠一樣，意思是『石背動物』，牠們喜歡住的那片陸地就是伊伏伊伏，祂是歐帕伊伏艾克最愛的孩子，牠的乾兒子，而牠們在水裡時也是住在伊伏伊伏的四周。當然，歐帕伊伏艾克並不是神，但是牠的海神和太陽神朋友，以及牠們的子子孫孫都很尊敬牠——因為牠為大家付出，展現無私精神，當然也因為牠肩負了幫忙互通信息的尊貴任務。這就是為什麼人類有幸發現一隻歐帕伊伏艾克的時候，就必須把龜肉獻祭給諸神，自己也吃一部分。這麼做是為了傳達訊息給諸神，祈求永生——當初，在伊伏伊伏的同意下，阿阿卡剝奪了孫子們永生的能力。也許有一天諸神真的會有所回應。」

塔倫特不再說話，我們倆不發一語，在那裡坐了一會兒。**現在我正坐在神的小孩上面**。我心想。**應該說兩個神的小孩**。這一切當然荒誕不經，儘管如此，還是在我心裡掀起一小陣漣漪。

「這是所有烏伊伏人從小聽的第一個故事。」塔倫特靜靜地說：「這個故事的歷史幾乎跟他們這個族群一樣悠久，幾千年來故事未曾改變過。他們並未使用文字，至少在傳教士出現之前，他們未曾使用過文字，但所有烏伊伏人都知道這個故事。這個象徵符號——」他用木棍在地上畫一個圈圈，然後畫一條垂直線穿過圈圈，「——的意思就是**海龜**。在幾百年前遺留下來的祭典用石頭和盤子上面，都看得到這個符號，祭典的目的是把歐帕伊伏艾克的子孫獻祭給伊伏伊伏和阿阿卡，希望獻出海龜的人能夠成為例外，最後跟天神一樣永生。」

他又陷入了沉默。

「但是，現在又有了另一個故事。這故事的歷史並不久，大概在一個世紀前才出現。多年來，伊伏伊伏與阿阿卡的後代子孫一直讓祂們倆感到很驕傲，不是嗎？島民有勇有謀，是出色的獵人，卓越的漁夫。他們保護父母不受外人入侵，也非常尊敬祖先們。儘管多年來，時間久到沒有人記得有多久了，島上的人已經找不到歐帕伊伏艾克的孩子可用來獻祭，兩位神明似乎不覺得有被冒犯之處，島上一直風調雨順。

「但是，接下來情況慢慢改變，慢到沒有人注意到改變了多少年，很多地方開始出錯了。烏伊伏人砍了很多樹，但並未植樹。他們讓外來的人，也就是『荷瓦拉』（白人）跟他們住在一起。荷瓦拉人帶著巨大的鐵獸，翻攪伊瓦阿阿卡的鬆軟土壤，巨大的漁網從海裡捕捉了大量海產，數量多到吃不完。他們製造出像一座座山那麼高的垃圾，不是棄置在島上，就是倒進了海裡，而島嶼可是人類的父母啊！

「分別待在水下和水上的伊伏伊伏與阿阿卡驚覺不對勁，後來祂們生氣了。伊伏伊伏用海嘯狠狠教訓祂的子孫，阿阿卡看到之後就哭了出來，伊伏伊伏原本只想嚇唬人類，讓他們心存敬意，最後祂害死的可是自己的子孫啊！三座島嶼都有一大部分崩塌到海裡去。但這仍然無法改變人類的行徑。所以阿阿卡讓烈日酷曬，熱浪也一波波襲來，下手毫不留情。原本一年有好幾個月，祂都跑去休息，把天空讓給祂的姊妹，也就是雨之女神普烏阿卡，但是此刻祂仍高掛天空，讓陽光像一把把銳利的匕首插在土地上。這次換伊伏伊伏要哭了，因為阿阿卡的所作所為讓人類的作物枯萎，讓很多人死掉，祂知道子孫們快被烤乾曬死，大家都渴求新鮮的水。

「兩位神祇知道不是所有人類都背棄古老的生活方式。祂們感到很悲傷，因為祂們無法將好人與壞人、正直與不敬的人分開，留下正直的好人。人類持續不理會自己的祖父母，也就是兩位神明，也不遵守很久很久以前和祂們立下的約定。所以兩位神祇不得不持續出手懲罰人類，海嘯與乾旱不斷發生。阿阿卡也請祂的姊妹一起出手，降下暴雨，雨勢大到許多百年老樹被連根拔起，於悲嘆中流入大海，瀑布的水把峽谷淹到滿出來，小溪也成了怒濤大河。隨著一波波攻擊，神祇們看著自己的子孫變得愈來愈弱小無力，祂們自己也愈來愈悲傷。

「祂們的怒氣日漸強烈，也認為自己別無選擇。多年後，某天伊伏伊伏島的高山上，有個叫馬奴艾克（「善良動物」之意）的人在清涼的溪流中捕魚，不可思議的是，他發現有一隻海龜在淺灘處游泳，於是他立刻把海龜抓起來，衝回村莊的家中。他殺了海龜，很快就匆匆地把整隻海龜吃掉了，不但吃相難看，甚至沒有向神明，也就是他的祖先獻祭。

「當晚他夢見自己變成了神，成為第一個獲准永生不死的人類。不過，喔！諸神怒不可遏。祂們看見馬奴艾克的所作所為，知道如果人類會忘記把神聖的海龜獻祭給祂們，不顧祂們的權益，那麼人類真的沒救了。所以祂們決定懲罰馬奴艾克，方式是允許他得到最想要的永生不死，卻讓他生不如死。因為，從他六十歲那一年開始（有人說更早，也有人說更晚），馬奴艾克變得愈來愈不像人類。他忘記怎麼當人類，也把自己曾經認識的人忘得一乾二淨。講話時沒人聽得懂他在講什麼。他也忘記讓自己保持乾淨，最後變成某種不像人也不像動物的生物。因此他被村民驅逐，永遠不能回家。

「於是馬奴艾克仍在叢林裡遊蕩，既不是人，也不是動物。這件事表達出諸神的憤怒，算是對人類提出的警告。他讓人類記得伊伏伊伏和阿阿卡的神力，記得祂們掌握著人類的生

殺大權，而且祂們總是盯著人類，隨時準備把人類最想要的禮物奪走，或者送給人類。」一

塔倫特說到這裡，我又感到一股寒意。四周的夜色似乎變得更暗了，暗到我看不見就坐在我身邊的塔倫特，暗到我似乎可以摸到他的聲音，他的聲音化為一道把我們隔開的深紫色絲絨帷幕。

接著，我又感到另一股寒意，而且比先前更可怕、寒意更濃。此刻我突然發現，我們之所以會來這裡，都是因為塔倫特不知道從哪裡聽來這個他已經熟記的神話，他把神話視為祕密，仔細反覆品評，直到他幾乎可以用唱的把神話唱出來，該停頓的地方就停頓，節奏完美無比。他認為自己真的可以找到馬奴艾克，他也以為那個寓言有真實的含義；他真的想去捕捉一個只會出現在孩童噩夢中的人物，一個人們在營火旁說故事時常會提到的神話人物，在那個人的神話裡，石頭能夠與太陽交配，甚至可以養育群山和人類。突然間，我出現在這裡，變得超現實，而我們追求的目標也變得如此空洞、廉價——就連**追求**這兩個字也成了某種虛構與幻想的結果，一群無用的英雄追求的，是某種具有不可思議力量的神奇物品。

而令我感到最為害怕的是，我竟然可以感覺到自己內心有某種東西被開啟了。即便到了今天，已經過了幾十年，我仍無法精確描述那種感覺。那時我的腦海裡突然浮現一個畫面：燒焦的地面被人畫了一條長長寬寬的粉筆線。線的一側是過去我所知道的一切，一個由許多沒有窗戶的整齊磚造樓房構成的城市，對我來說真實的一切東西（我不禁想起我家那座階梯，名字出現在那上面的都是一些比我聰明的科學家，接著又立刻感到丟臉，因為我發現自

己的處境居然如此不堪，受到這位人類學家的支配，苦不堪言）。至於另一側，則是塔倫特的世界，它被一團時薄時厚、動向難測的迷霧包圍，所以我看不出它的形狀，只能偶爾瞥見裡面有一些顏色與動靜，沒有真正的形體；但我知道裡面有某種令我難以抗拒的東西，也知道我怕的終究不是陷進去，而是我永遠無法得知那團迷霧裡有什麼，怕我在探掘活動還未有收穫之前，就再也沒有機會去探掘了。

所以我閉上雙眼；我把理智拋諸腦後，跨過那一條線。

我問他：「真的有馬奴艾克這個人嗎？」一開口後，心裡立刻痛罵自己一頓，那聲音宛如蚊子聲嗡嗡鳴響：**你就要忘記自己是誰了，小心啊，你就要忘記自己是誰了。不要忘記你自己是誰。這不是你所想的那一回事。切記你過去所學的一切。**

但是，我辦不到。我試過了，但就是辦不到。

他嘆了一口氣。「沒有人知道。」最後他終於開口：「當然，年紀較大的烏伊伏人發誓真的有那一號人物，但沒人知道他到底住在哪裡，烏伊伏人當然都說是伊伏伊伏島，這不令人意外，而且也沒人知道他後來怎樣了。這麼說吧，有很多人針對他的遭遇提出理論。有人說他跳進海裡，再也沒回來。有人說他消失了。有人說他變得枯瘦矮小，全身長出毛髮，變成一隻猴子。也有人說他變成一顆石頭。這些故事的唯一共通處在於，他都沒有死——也許他消失了，或者變形了，但沒有人宣稱看到他死掉。」

我想了一下。「他們仍然會獻祭海龜嗎？」

塔倫特說：「哎呀！」這是我第一次聽到他的語氣帶有讚許之意。「你真是問對問題了。應該說，你問到**最關鍵的**問題。不，不會。他們不會獻祭海龜了。至少在烏伊伏島是這樣。如今歐帕伊伏艾克已是稀有動物，你很難在海裡看到牠們，更別說是陸地上了。有一種烏龜是歐帕伊伏艾克的亞種，是體型較小的淡水烏龜，看起來很像，有時會在伊瓦阿阿卡島或烏伊伏島出現。但是如今島民都害怕那種烏龜，還刻意迴避。那種烏龜很珍貴，幸運的人才能看見牠們，只是沒人敢去碰。除了──」

「除了伊伏伊伏人。」這是我的猜測。

「據說是這樣。」

他又陷入了沉默，這次好久都沒開口。

「有一個故事是這樣的。」開口後他又停下，然後再度開口：「據說，有一個烏伊伏部族住在伊伏伊伏島的叢林深處。他們遵循傳統的生活方式，仍維持向神明獻祭的活動。據說──」此時我雖看不見，但可以感覺到他把頭轉過來面對我，「他們都長生不死。

「我自己也沒見過那個部族。但是上次，也就是在三年前，我來這裡研究十分有趣的烏伊伏人家庭結構時，遇見了一個男人。他說他去過伊伏伊伏島，在那裡看過一個不是人類的人。那個人的長相與動作都像人類，但是手腳動來動去，也不會說話，只能發出猴子般的尖叫聲，儘管看來健壯，卻神智不清。

「他說，這已經夠讓人沮喪了，但是更令他不安的是，除了那個人之外，他還遇見一個又一個類似的人，那一整群人有男有女，相貌看來正常，但講出來的話都模糊不清。他們講話又快又急，語無倫次，常常無故大笑，像是智能不足的人發出的笑聲。烏伊伏人非常重視對話，如果失去對話能力，就是『摩歐夸歐』，我想大概可以翻譯成『沒有喉嚨』，不過『夸歐』也有『朋友』或『愛』的意思，所以也可說成是『沒有朋友』或『沒有愛』。

「我碰到的那個男人是名獵人，他離開了那群怪人，趕緊回到烏伊伏島的家中。幾個月過去了，又過了幾年，他曾試著勸說親友跟他回去那座『禁島』，回去找那些人，看看是否能幫助他們，查出他們的身分。但是烏伊伏人已經開始害怕伊伏伊伏島了。對他們而言，那是歐帕伊伏艾克的孩子們最喜歡的棲息地，也就是聖地，因此拒絕與他一起回去。

「但是那位獵人忘不了自己看到的一切，也無法解釋自己為何非得回『禁島』不可，其實他也很怕那個地方。只是那些人讓他難以忘懷，完全沒有辦法再思考其他事情。

「所以，當這個獵人發現終於有人相信他，還計畫要去找那些人，就算對方是個荷瓦拉人，他還是自告奮勇，當起了翻譯與嚮導。他還說自己會帶兩個表親一起去，他和他們討論了很久，終於說服了他們。」

「法阿。」我搞清楚了。「他就是那個獵人，故事就是他說的。」

「沒錯。」塔倫特說。黑暗中，我再次感覺他把臉轉向我。「我們要去找那些人。如果他們確實存在，我們就能找到他們。」

我說：「長生不死的人。」我可以聽見自己帶著懷疑的口吻。

就算塔倫特聽了出來（我想他一定聽出來了），他也沒多說什麼。「長生不死的人。」他表示贊同，聲音又神祕難測了起來。接著他最後一次陷入了沉默，我感覺到黑暗逐漸靠近，像一件溫暖厚重的披風，把我籠罩起來。

那天晚上過後，大概有一週，我每天都試著把幾點幾分，以及到底是白天、黑夜搞清楚。（第二天，我的錶就不走了，因為濕氣太重，錶面出現蜘蛛網狀的水氣。）但是很快我就發現那實在毫無意義——因為樹葉太過濃密，陽光少了明暗強弱後，變得很不可靠。事實上，陽光並未消逝，也不能說因為光線不會直接照進叢林裡，就完全消失了。裡面只有「完全黑暗」及「沒那麼暗」的差別。前者是黑夜，後者是白天。

現在回顧起來，我當然知道最前面幾天是非常特別的經驗，因為後來我就不再對叢林的一切感到驚嘆，甚至開始討厭叢林了。某天，我想應該是第三或第四天，我跟往常一樣走在上坡路段，同時環顧四周，傾聽鳥類、動物與昆蟲的鳴叫對話，感覺腳底的地面上有些微動靜，每當腳踩在地上，裡面都有一層層看不見的蠕蟲與甲蟲在呼吸、蠕動著；感覺就像有一隻巨大的怪獸正在睡覺，而我的腳踩在牠濕濕滑滑的內臟上面走路。接下來，烏瓦在我身邊站了一會兒（通常他都跟法阿和阿杜一起走在我前方遠處，前後衝來衝去，隨時向塔倫特確保一切安全），他把手伸出來，叫我停下，然後，以迅捷又優雅的動作衝向附近的一棵樹，那棵樹跟其他樹沒什麼兩樣，又粗又黑，沒有樹枝，他很快地爬上去，寬大的雙腳往內轉，蓋住長刺的樹皮。等他爬到十呎左右，往下看著我，再次伸出他的手，手掌朝下——等著。我點點頭。他繼續往上爬，消失在樹葉構成的叢林穹頂裡。

等到要下來時，他放慢速度，手裡抓著莫名的東西。回到大概五呎高的時候，他就往下跳，向我走過來，把捲曲的手指放開。那個東西在他的手掌上發抖，毛茸茸的，看來明亮無比，像是可口的金黃色蘋果；在一片陰暗的叢林裡，那個東西散發著光芒。烏瓦用手指戳一下，牠就翻了過來，我才看出那是某種猴子，不過我從未看過猴子長那個樣子；跟我過去負責殺掉的實驗室老鼠相較，牠不過大個幾吋，臉像是一顆皺起來的黑色心臟，五官全黏在一起，但是茫然的雙眼又大又藍，就像瞎掉的小貓眼睛。牠的雙手形狀完美，其中一隻抓著纏繞身軀的尾巴，上面長著顏色燦爛的毛，像流蘇一般垂下。

「霧阿卡。」烏瓦指著那隻生物說。

「霧阿卡。」我複述了一遍，伸手碰牠。我摸著牠的毛，可以感覺到牠的心臟在跳動，速度快到幾乎像機器的震顫。

「霧阿卡。」烏瓦又說了一遍，然後做出要吃牠的手勢，還認真地拍拍肚子。

「不，」我驚恐地說：「不要。」他覺得很奇怪，把頭往我靠過來，並且搖搖頭。我想他是指我不懂美食吧，然後便朝著那棵樹走過去，把猴子往樹上一拋，只見牠緊抓樹皮，趕快往上爬，一溜煙就不見了。

後來，塔倫特才跟我說，那是一種原始的猴子，某一類原猴，棲息地非常龐大，在某種烏伊伏特有的樹上常可看見牠們的蹤影。烏伊伏人把牠們當成一種美食：剝去頭皮後把十幾隻串在長長的樹枝上，像土耳其烤肉串那樣烤來吃——但是，那種卡納瓦樹只生長在濃密的森林裡，伊瓦阿阿卡與烏伊伏兩個島都沒有那種森林了。此刻，只有伊伏伊伏島才有大量的卡納瓦樹（所以只有這裡找得到霧阿卡），但是不管新鮮的霧阿卡再怎麼好吃，烏伊伏人說什麼也不肯再踏上這座「禁島」。

塔倫特大笑。他很少這樣。「法阿來這裡尋找那個神祕部族，」他說：「而其他兩個人呢？我想他們是為了霧阿卡來的。」當然，叢林裡的濕氣太重，沒辦法生火烤猴，但是塔倫特說這些嚮導早有準備：把猴皮剝掉後，他們會拿出特地從家裡帶來的鹽巴調味。

我非常同情那些可憐又漂亮的霧阿卡，但我也知道這太過多愁善感了（更重要的是根本不具任何意義），而我不希望塔倫特覺得我很柔弱，所以沒多說什麼。但是當晚我躺在墊子上時，腦海裡浮現的是那隻霧阿卡：一雙大眼是如此悲傷，在黑暗之中，牠簡直是一道輝煌的金光，倏忽消失在我們上方的夜色裡。片刻間，我陷入一陣極度的絕望之中，甚至暫時無法呼吸。

原本我認為森林還挺有趣新奇、純潔完美，充滿各種可能性，但很快也變得無聊起來。

我一度覺得非常神祕的東西，如今全都一成不變：到哪裡總是濕濕的，四周要亮不亮，舉目所及全是樹木，簡直是「樹樹相連到天邊」。我渴望看到頭上蔚藍的天空和不動的白雲，或是波濤洶湧、劇力萬鈞的海洋。在這裡，我們只知道一直在下雨，因為那些樹木（一直處於口渴狀態，讓我聯想到一根根站著的喉嚨，貪婪地吞進每一滴水）會像流汗一樣冒水，水一流下去，立刻被聚集在樹幹底端的青苔吸掉，消失無蹤；此外，地面也變得鬆軟無比，像海綿一樣。在海岸線上，隨便一種鳥糞傳播種籽長成的幼苗，都能長大（我曾看到芒果和芭樂樹，還有其他看過卻叫不出名字的樹），但是長在這森林深處的都是歷史較悠久的原生植物，沒有一種是我認得的。這應該是一件令人興奮的事，誰知並非如此；因為對環境完全不熟悉，這地方給我一種陌生且無法掌控的感覺，為了避免愈來愈挫折，我刻意轉移注意力，收起好奇心。

另外，叢林還給人一種恣意揮霍的感覺，讓我開始感到嫌惡。它好像一個穿著太過華麗的女人，渾身珠光寶氣地站在我面前，不斷地炫耀賣弄——每一塊巨石、每一棵樹、每個平穩的表面都是如此綠意盎然、鬱鬱蔥蔥：細管狀灌木叢上爬滿了藤蔓，處處是青苔與地衣，有些樹上披著一大片鬚狀氣根，我想那是叢林上方某種看不見的植物的根吧。也有些植物是從地面往上生長，自樹梢垂降下來。這像是一場永遠不會結束的疲累演出，演出的目的呢？我想是為了證明大自然的沉著自若吧！為了展現出它的高深莫測，還有它對人類根本沒有興趣。或者，至少那個時候，我有一種被大自然嘲弄的感覺。我知道這很荒謬，但我就是這樣：

每天一醒來就討厭叢林和自己在這裡一無是處的感覺。我實在是情不自禁。我開始覺得我有一點——呃，我想不能說是瘋狂；用現在的說法應該是有點**脫離現實**。同時，也為了自己的幼稚感到丟臉。

島上除了叢林還是叢林，無邊無界，最後我終於對裡面的東西麻木了。有一種背部顏色像孔雀石的生物掠過我腳邊，牠身上有許多鑽石狀的鱗片，還有鬼魂一般的猴子從樹上傳來尖叫聲，兩者都沒能讓我駐足，或開口詢問烏瓦或塔倫特那是什麼。叢林裡有許多濃淡不一、色調各異的綠色：蟒蛇綠、蚜蟲綠、洋梨綠、祖母綠、海水綠、草綠、碧玉綠、菠菜綠、膽汁綠、松葉綠、毛蟲綠、小黃瓜綠，而茶綠還可以分為泡過跟沒泡過的，這在在顯示我們形容顏色的語彙實在太貧乏了！但這麼多種綠，也讓我害怕自己變成把所有顏色看成綠色的色盲。例如，法阿的纏腰布明明是鮮豔的深紅色，亮到讓我無法直視，我卻發現自己持續盯著它，直到無法忍受為止，好似這樣就可以將我看到的紅印在心裡，以免它慢慢被詮釋成另一種綠。夜裡我也會夢到綠色：一顆顆超大的綠色球狀物，從一種綠緩緩變成另一種綠，早上醒來時我覺得好累，整個人筋疲力盡。白天的時候，我的腦海則浮現沙漠與城市的畫面，還有各種堅硬的平面，像是玻璃、混凝土，還有柏油街道中一片片閃閃發亮的雲母石。

另外，我還要面對塔倫特的問題：我幾乎無法直視他，在他身邊，我得一直試著讓自己講話流利一點，不要結結巴巴。他熬夜做筆記時，我總是躺在墊子上看著他，四周黑得好像被滿天飛舞的蝙蝠籠罩。他很小心，盡量不用手電筒，除非真有必要（像是我們去上廁所的時候），即便到了完全沒有光線的時候，他還是繼續書寫。我則是躺在那裡，盡可能不要動彈，聽著他振筆疾書，筆在頁面上發出刷刷聲響；基於某種理由，我覺得這個畫面非常美——塔倫特在沒有任何光源引導的情況下持續書寫。當我們一起走路時，有時我會閉上雙眼，像享用糖果那樣在腦海裡反覆品嚐那幅畫面。長途跋涉時，我也會試著向他提出我個人的一些有趣觀察，有時候也做到了，但每次我設法這麼做的時候，無論是什麼話題，艾絲蜜總是能立刻提出她自己的意見。

艾絲蜜當然是我的另一個難處。除了專橫與自以為是，她一直把持著塔倫特（令我挫折的是，當時我仍然無法確定他是否注意到了，也不知道他注意到的話，是否在意），總之她是個難搞的女人。她的頭髮日漸蓬亂，愈來愈難整理，最後變成浮在她那胖臉上的一坨雜草，她的皮膚就像我先前提到的，持續冒出紅疹。照理說這些事都與我無關，但我就是會感到困擾。

艾絲蜜還有一些更嚴重的問題。某天深夜，我走到溪邊（就是我先前提到的那條溪流，其水源地似乎就是我們要前往的高山地區），在地面上看到一團白色的花。在黑暗中，那朵花皎潔無比，呈現出一種不可思議的白，有如白紙一般，中間則有一抹深紫色的色塊。島上的花看起來都蒼白無比，沒有花該有的樣子；有些花在應該有雄蕊的地方長出塑膠材質般的唇狀構造，看來噁心而充滿暗示性，許多蟲子喜歡棲息在上面；有些花在該長葉子的地方，則長出往外怒放的平面構造，看來充滿侵略性。但是，那一朵白花讓我想起小時候看過的那些花卉：蜜糖似的牡丹花，有著芭蕾舞裙的褶邊，也像一團薄紗似的紫菀。那是幾天以來我看到最可愛的東西，我不禁駐足凝望它。

但是，就在我蹣跚來到溪邊之際，漸漸看出那根本不是花，而是一團衛生紙，紙團中間有一抹血跡。我感到一陣憤怒：理由之一是艾絲蜜根本不該隨便亂丟垃圾，其次（我承認，這個理由比較牽強），她不該毀了一個讓我如此舒服的畫面。

回到我們的墊子後，我把她戳醒。「妳應該小心一點。」我跟她說。

她瞇著眼睛，一頭亂髮。「你在說什麼？」她問道。

「妳的垃圾。」我說：「差一點害我踩到。」

「你也管太多了吧，佩利納。」說完就翻往另一側，繼續睡覺。

「艾絲蜜！」我壓低聲音說：「艾絲蜜！」但是她開始裝睡，我又不敢拉高聲音，唯恐把塔倫特吵醒。「艾絲蜜！」我搖搖她的肩膀，她襯衫底下的肉令人噁心，像是搖晃的牛奶凍，表面冒著一顆顆汗水。

隔天早上，我們默默地吃早餐（還是吃罐頭肉，搭配法阿找到的黃色水果，果肉堅硬，狀似木瓜，切成一片一片），塔倫特邊吃邊寫筆記，艾絲蜜則是難得沒說話。我沒看她，但是她身上散發一股經血味道，那種女性特有的帶有鐵質的氣味，幾乎令人窒息，到了終於要爬山時，我才鬆了一口氣，因為那股味道漸漸被叢林的氣味掩蓋。在那之後，每次只要看著她，腦袋就會浮現液體從她每個私密孔洞汩汩流出的畫面，感覺像蜂蜜一樣濃稠厚重，卻是髒臭無比。

⚜

走了幾天後（很抱歉，不管是當年或現在，我都無法確定那段時間究竟有多長；有可能是五天，也可能是十五天），某天下午，我們走進一個不太一樣的地方。我不知道該怎麼形容，只能說空氣似乎變了：往後退一步就是我們熟悉的叢林，濕潤而林葉蔓生，到處都有祕密，宛如童話場景，往前走卻別有洞天。突然間空氣變得比較乾燥，樹木也沒那麼專橫，太陽出來了——太陽！只見光影變化多端的一片片陽光，灑在長滿蕨類與嫩枝的森林地面上。我可以看見身前兩棵樹之間結了一片閃閃發亮的蜘蛛網，宛如纓絡一般。

興奮的法阿用很快的速度跟塔倫特說了一長串話，接著塔倫特跟我們說，距離法阿看到那些人的地方，只剩一天多的路程了。先前他用樹枝在一棵樹的樹皮上畫了一個大大的X，那種樹叫瑪納瑪樹。塔倫特說，瑪納瑪樹的樹皮表面是魚鱗狀，戳穿樹皮會流出一種果醬似的汁液，乾掉後硬如結痂：我們一看就知道了。

但是，此刻他宣布該休息了，於是我們立刻停下來，六個人都把包包丟在地上。躺在那裡時，有一種美好而奇怪的感覺，好像走出叢林是逃過一劫（不過，事後我必須承認，真正危險的事物並非在叢林裡，**此刻**我們才該感到害怕），讓陽光灑在臉上，聽聽來到島上之後的第一陣鳥叫聲；牠們唱的歌宛如仙樂，如此奇異而美好，清新脫俗。

接著我們全都睡了，就連三位嚮導也是。當我醒來時，看到其他人完全不動，片刻間我還胡思亂想，當他們都死了，獨留我在這個陽光普照的奇怪地方，身邊淨是一些我叫不出名字的樹，還有許多只聞其聲、不見其影的鳥，而且沒人知道我在這裡，也不記得我在這世界上存在過，更別說會找到我了。這個想法稍縱即逝，但讓我印象深刻的是，人類的念頭真是瞬息萬變，我居然可以那麼快就從絕望轉換成認命的心態，針對現實處境調整，暫時忘卻內心深處的恐懼。接下來，我想我應該是為自己擁有這種人性特質而感到自豪，恍惚覺得自己所向無敵，確信自己無論隔天得面對什麼，都撐得住。

在我們往山上攀爬的過程中，溪流早已愈變愈寬，也愈有力，冷冽的水流清澈而湍急，而且奇怪的是，溪水的味道也比在低處時更像海水；此時我朝著它走過去，喝了一點水，然後坐在岸邊，看著溪水流過一顆顆圓石，欣賞溪邊的那些橘色小花。就在這睡眼惺忪的發呆時刻，我看到溪流對岸一顆大圓石下方有東西跑了出來：起初只是個黑影，就像雲朵掠過天空時在海面留下的陰影。但是，等到它愈來愈近，那東西開始有了具體的形狀，原來是一隻烏龜，牠那高聳的堅硬龜背劃破水面，而我立刻知道那是什麼。

「歐帕伊伏艾克！歐帕伊伏艾克！」我大聲喊叫，並且聽見其他人朝我跑過來。

我說我知道那是歐帕伊伏艾克，但這只是因為我們在牠們棲息的島上；除此之外，至少從第一眼看來，那隻海龜真的沒什麼特別之處，可能也比我想像的還要小一點（龜殼大小跟汽車輪圈蓋差不多），而且毫不令人意外，四隻腳較像魚鰭，比我想的更像海龜。[5] 接著我不免靠過去看，牠已經暫停往下游涉水，四隻腳在水中緩緩逆流踏步。牠的龜殼跟駝峰一樣高聳，顏色是金龜子身上那種帶有光澤的綠色，綠到看起來像黑色，紋路方方正正，整齊清楚得像是鑿子刻出來的。但是牠那小小的龜頭形狀很奇特，好像一顆長在長長伸縮望遠鏡上的腰果，讓我有了更深入的想法。先前我不曾想過動物會具備人類的特色或智能，但是看到這一隻歐帕伊伕艾克，我感到有點尷尬，只能用「人模人樣」來形容牠。我直視牠那一雙凸出而委靡的琥珀色眼睛，有那麼一瞬間，我的確對塔倫特的故事信以為真，覺得這是一隻充滿智慧而堅毅的動物，而我們只是牠的客人，不比牠高明多少。我聽到三位嚮導在我身後用烏伊伏語低聲講話，講的都一樣，語調像是蟋蟀低鳴，所有人沉默片刻過後，海龜對我們眨眨眼，然後繼續游泳，幾乎展現一種高傲的神態，龜頭依舊抬得高高的，魚鰭狀的龜腳在水裡規律地划動。

我們杵在那裡看著牠離開，在牠離開視線後，三位嚮導開始講話，像連珠炮似的，我可以看出他們流露出興奮與恐懼的神情。

「這是他們第一次看到歐帕伊伕艾克。」塔倫特低聲向艾絲蜜和我說，我們看著他們三個討論起剛剛看到什麼，速度快到好像要一口氣把剛剛的記憶都刪除抹去，而不是記起來。

我們則是不發一語，就連艾絲蜜也是，只是看著他們。當下我只覺得他們那種近乎驚惶

5 從有文獻記載的歷史以來，歐帕伊伕艾克迄今仍是唯一能夠長時間存活在淡水與鹽水裡面的海龜。

失措的表現令人好奇，到後來我才瞭解其中深意：神明只應該出現在故事、天堂與其他世界裡，不該被人類看見。如果我們這種凡人踏入祂們的領域，看到我們不該看的，接下來會遭遇的，只有災難。

⚘

看到海龜後，我們在奇怪的氛圍中度過了幾個小時。我沒想到三位嚮導居然這麼健談，每天走路時，他們都走在前方遠處，而且說來丟臉，我幾乎不會想到他們三個。今天他們卻跟我們走在一塊，幾乎就在附近，好像為求心安，希望我們能保護他們（不過這就有點令人擔心了，除了塔倫特，我們幾乎沒帶任何可以保護他們的裝備），而且他們雖未講話，也不能說完全沒出聲。他們跟我們不同，走路時不會氣喘噓噓，也不會停下來擦擦額頭的汗水；事實上，他們的呼吸量似乎比我們少，叢林裡的熱氣對他們也沒有影響。但是，這天下午，我才發現他們發出的那些聲音就是叢林之聲的一部分，例如在一些看不見的蟲子吱吱鳴叫掠過天際之後，他們也用小小聲的鳴響回敬那些蟲子，還有通報彼此的位置時，也會吹出優美輕快的哨聲。

那個又濕又重的東西從天而降時，我們就是像這樣都沒講話，落地之際，它發出汁液飽滿且讓人充滿想像的**啪**聲，就像一塊生肉從高處掉下、砸在另一塊生肉上。三位嚮導嚇了一跳，又開始說話（而我，恐怕也尖叫了一聲），他們聚在那個東西四周。那是我從沒看過的一種水果，外型雄壯無比，大約有十八吋長，跟茄子一樣粗，顏色是熱帶黃昏特有的甜蜜嫩粉色。但最特別的是那個水果會動：有東西在那毫無污點的薄薄果皮裡面鑽來鑽去，水果表面時而隆起又復歸平坦，一整條持續起伏不定。三位嚮導再次一起開口講話，激動不已，塔倫特也跑過去，跟他們齊聲交談。

「那是瑪納瑪果。」他解釋道：「只有在這麼高的山上才有這種水果。這代表我們接近了。」然後他從法阿手裡把水果拿過去，用小刀從中間劃開。從開口處有一群不斷蠕動的蠕蟲跑出來，大小和顏色都跟剛出生的幼鼠差不多，接著就掉在地上，開始扭動離開；在布滿青苔的地面上，牠們看起來就像一批突然開始動起來的牛絞肉，為了不被吃掉而扭動逃走。（艾絲蜜似乎覺得很噁心。說真的，我也有一點。）「牠們是胡諾諾蟲。」塔倫特繼續說。在那片刻間我發現他好平靜，不管大自然把什麼東西丟在他面前，他顯然都不為所動，不但不符人性，甚至有點可疑。「孵化期的時候，牠們都住在果子裡，成熟後會立刻讓水果爆開，鑽出來變成蝴蝶，而且是我見過最美麗的蝴蝶。」他對著我們微笑。「如果能抓到胡諾諾蟲，可以當美食吃掉，而且瑪納瑪果也是。」他用刀背把最後幾隻留在上面的蟲子撥掉，切兩片瑪納瑪果給我們吃。雖然不想吃，但我能說不嗎？艾絲蜜已經把她那一片往嘴裡送了。果肉的顏色跟果皮一樣，不怎麼甜，吃起來有點纖維，而且帶有肌腱的肉感與嚼勁。塔倫特拿另一片給我吃的時候，我搖搖頭，他則是聳聳肩，把其餘果肉拿給嚮導們，他們直接用手把果皮剝下來。果肉與他們的暗褐膚色形成強烈對比，更顯粉嫩多肉，我感覺到一陣無法言喻的恐懼。

我們繼續往前走，瑪納瑪果掉落的頻率愈來愈高，每次都是重重落下，令人不安。有一次我碰巧抬頭往上看，發現極目所見都是果子的底部，彷彿天上布滿飄浮的腫瘤，沒有與任何東西相連，只是懸在我們頭上，就像奇怪的粉紅月亮。漸漸地，其他各種樹木也開始被樹皮像層層魚鱗的瑪納瑪樹取代（先前到處都是卡納瓦樹），最後我們似乎被瑪納瑪樹包圍了，空氣裡隱約瀰漫著一種人類氣味和不乾淨的氣息。

就在我幾乎絕望，認為法阿找不到那棵做了記號的瑪納瑪樹之際，烏瓦叫了一聲，指著一棵瑪納瑪樹的樹幹，上面有一大片不規則的血跡，彷彿潑上去的油漆一樣古怪。走近一看，我發現那並非血跡，而是活生生的東西，簡直像是外露的器官，宛如那棵樹有自己的器官結構似的。**喔，天哪！**我心想，**難道這片叢林裡沒有任何正常的東西嗎？難道水果一定要動來動去，樹一定要會呼吸，河水喝起來一定要像海水嗎？為什麼這裡的一切都不遵守自然法則？為什麼一切都強烈暗示著魔法的存在？**所以，我只能不情願而疲憊地直接走過去，才發現那真的是一棵樹，本來被我當成跳動的心臟或呼吸的肺臟的，其實是一群蝴蝶，牠們猩紅色的翅膀上布滿淡淡的金黃色斑點。牠們當然就是那些蠕蟲長大後的模樣，塔倫特揮手把蝴蝶趕走（我看著牠們散開，在我們的頭頂上短暫地盤旋，像一朵蓄勢待發的雲，這讓我稍感悲傷），此時我才搞清楚，剛剛牠們回到那棵曾經庇護牠們的樹，吸吮樹汁，就像塔倫特先前說過的，此時汁液已經凝固，變成玻璃似的半透明泡泡。

我們辦到了。這法阿就是在這棵樹的位置，看到那些不像人類的人。走了那麼多天，終於到了。但我很快就意識到我們根本沒有計畫，於是我的成就感消失殆盡，甚至有點歇斯底里，心想：塔倫特應該有好好思考過吧？難道要我們像寓言裡的孩子一樣守株待兔，等那些被我們認定不像人類的人自己現身，像夢遊者一樣？我腦海裡已經浮現的景象是，我們全都轉身離去，穿越濕濕黏黏的層層叢林，抵達岸邊——然後呢？我們會回到烏伊伏島，艾絲蜜與塔倫特回去加州，而我呢？還是一事無成。我發現自己跟當初在史麥瑟家的時候一樣不知所措，悲苦地思考一個問題：難道我的人生注定是一場鬧劇，抑或只是有時運氣不佳而已？

塔倫特和法阿討論了好久，最後宣布我們將在那裡紮營過夜，隔天再繼續走。艾絲蜜跟我都沒有追問更多細節——我想我們都不敢問，而且我們都沒有質問他的習慣，因此只能乖乖把東西放下。我還記得他的語氣聽起來有點氣餒，奇怪的是，我居然有點高興。其實我應該驚覺不對勁才對：因為，就像他說的，我們會來這裡全憑他的預感，沒有他的帶領，我也只是一個漫無目標的愚蠢青年，被困在一個只有瘋子與神話的森林裡。

那天晚上我還是作了夢，但也許是白天再次曬到太陽的關係，也可能是我不死心，錯誤地深信自己正在做一件有意義的事，或是我吃了那奇怪的瑪納瑪樹果肉，夜裡還能聽見果子啪啪啪重重掉下的不規則交響樂聲響，我的夢境裡都是一些再普通不過的事物，一些熟悉而平常、我從不認為會失去的東西：像是一雙我擁有過的普通皮靴，鞋底沾滿薄薄一層乾掉的草皮；我們家外面那棵榆樹，它似乎象徵一切莊嚴而尊貴的事物；一件曾經屬於我父親的老襯衫，上面的格紋布褪成接近白色的淡藍；還有歐文，他的臉化為一顆星球，飄浮在布滿漣漪、絲綢般的黑色宇宙裡，我看不出他有何表情，但直覺他心裡充滿憐憫。

但是，他在憐憫誰？就連在夢裡我也在想這個問題。

憐憫我嗎？

⁂

隔天我們醒來後吃了早餐，一起坐著。應該說是艾絲蜜、塔倫特與我坐著，嚮導們已經暫時走開，不知去了哪裡。顯然，因為缺乏計畫，我們只能像狗一樣坐著等，等到偶然有事情發生在我們身上。

誰知道我們會等多久？時間當然是以小時計的，但到底要幾個小時？這段時間內，我們偶爾可以聽見嚮導們奔跑與滑動的聲音，我躺在那裡數著某棵瑪納瑪樹的樹枝被多少根藤蔓纏繞（那藤蔓看起來像繩子，上面沾著些許灰塵），不時偷瞄塔倫特（他還是一樣振筆疾書，而且寫得更起勁了——他在寫什麼？我真想問問他，因為我實在看不出至今發生了什麼具有人類學意義的事情），但目光盡量避開艾絲蜜。時至今日，回想起來，我對那天的事仍不禁感到有點尷尬。恐怕我得說一句公道話：年輕人真是不懂得怎樣冒險。我真該利用那段時間到處探索，探查一下灌木叢（與兩、三天前相較，這裡的灌木叢已經比較容易穿越了），找找看森林地面上是不是有什麼沒人發現過的植物（到現在仍讓我感到痛惜的是，有許多綠草、蕨類、花卉、樹木都是我未曾見過，應該利用那天下午記錄下來），甚或跟著那些專心的嚮導去執行毫無頭緒的任務。結果我居然躺在那裡數藤蔓？藤蔓！這輩子我總以自己的好奇心自豪，自認對知識懷抱無窮無盡的渴望。然而，來到全然陌生的環境裡，我居然沒有任何作為與見識。

待在某個特定地方的年輕人最大的問題在於，他們總是以為自己將來一定還有機會碰到同樣陌生的異國環境。但很少人有這種機會。其實大多數人的生活環境，和世界上其他地方有著無聊的重複性，舉目所及都是一樣的鳥類、動物、水果、天空與人類。這些事物在各地可能略有差異，但基本的行為模式大致相同：鳥兒鳴叫振翅，動物覓食低鳴，水果看來麻木而沒有活力，天空中的雲朵與星辰時有時無，人類都穿著衣服，殺生、吃飯、死亡。先前我就曾多次意識到，伊伏伊伏島上發生的事情跟其他地方不太一樣，但是我太過稚嫩，無法體會這是多麼了不起的一件事。（現在回想起來，也許塔倫特早就體會到了。而這就是他一直在筆記本裡撰寫的東西：他所記錄的終究並非他的人類學觀察，而是島上的奇聞軼事。）只有老人在觀察周遭環境時才會讚嘆不已，因為到了我這種年紀，才有辦法認清各地的大同小異，而世上的所有問題與奇觀都早已有人發現並記錄下來。

我多麼希望在一陣等待過後、早上快要結束之際，法阿會突然帶著那些人回來，出乎意料地把我們包圍，充滿戲劇性，就像我們也沒想到會被森林裡的瑪納瑪果包圍一樣。但是，事與願違。最後，塔倫特與不斷搖頭的法阿又商量了一下，宣布接下來我們要分頭跟各自的嚮導朝不同的方向出發，他語帶含糊地說：「去探索這區域，尋找線索。」他跟法阿往北朝更高的地方走，艾絲蜜與我分別往東邊和西邊去。等到太陽西下，再回到樹下集合。

現在回想起來，令我震驚不已的是，他的解決方式實在是漏洞百出，失之於克難。但這在當時似乎是最合理實際的選項，我們也只能那麼做。在不合理的情況下，任誰都會堅持執行看來合情合理的構想，無論那個構想是多麼薄弱而粗疏，多麼欠缺周延的計畫。

所以我們就散開來，我確定所有人都不相信最後會有什麼成果。我們要找的當然就是法阿看到的那些人啊！我們怎麼知道他們的確存在？**你親眼看到了歐帕伊伕艾克啊！**我提醒自己。但是我內心深處浮現了一個質疑的聲音：**你只不過看到一隻海龜，如此而已。一隻被你當成神明的海龜。現在你跟其他人一樣迷惘了。**我無法反駁這個聲音。這個聲音說得沒錯。我是迷惘了。

II.

先看到那個人的，是法阿。

這是我們在很久之後才知道的，太陽幾乎已經西下，整座森林一紅如洗，充滿鬼氣，光線令人毛骨悚然，天空中似乎瀰漫一抹抹鮮紅的血光。艾絲蜜、阿杜、烏瓦和我一直等待著，等待法阿和塔倫特歸來，時間愈晚，烏瓦和阿杜愈是感到焦慮，輪流跑上山去查看，另一人則留在原地守護我們的東西和我們，好像把我們當成囚犯或小孩（我想對他們來講，我們比小孩好不了多少）。

最後他們終於出現了，沿著山坡往下走，法阿快速地大吼大叫，後面跟著塔倫特，他後面又跟著另一個人，我們全都站著看到他們從樹林中走出來。我看到兩位嚮導露出恐懼的神情，我知道我自己也是。但是，我要先把之前發生的事說一遍。

那天早上我們分開後，塔倫特和法阿走過那一棵「蝴蝶樹」（儘管沒有人把話說清楚，但我們已經把它當成某種地界：在它以下的區域是我們熟知的，再往上走就進入了未知境地；這種區分當然是多此一舉，因為**整個島**就是未知境地——那棵樹以下的區域並沒有比更高的地方容易掌握），進入更高的叢林。走了幾百碼之後，樹林持續變稀疏，不過樹冠卻變得更龐大，更像傘蓋，導致天色愈來愈黑，空氣更為涼爽，光線昏暗，所有聲音都被悶住了。在這之前，我把「森林」跟「叢林」兩個詞交替使用，但這裡實際上比較像森林——童話故事中那種被施了法術的森林，空地裡會出現亮晶晶的糖果屋，野狼也會講話，頭戴老婦人的帽子直立地走來走去。身邊的植物也不一樣了：再也沒有那種貪婪的捕蠅蘭花與俗麗的鳳梨花，還有粗矮的蘇鐵樹，取而代之的是漂亮的素色蘑菇和緊閉的螺旋狀蕨類。

他們自覺走了大概一小時後，聽到一個聲音：沒什麼特別的，聲音也不大，就像有一張紙在頭頂高處發出沙沙聲響。如果是兩天前，他們可能覺得那沒什麼；應該又是一群霧阿卡在卡納瓦樹的枝幹上跳躍嬉戲，或是那煩人、有攻擊性的巨嘴鳥啪的一聲把鳥糞噴在樹幹上，就像散發磷光的黃色油畫顏料。但是這裡的動物都很安靜，而且動作鬼祟（他們曾看到跟拉不拉多狗一樣大的毛茸茸樹懶掛在樹枝上睡覺，也曾目睹背上有發光藍色斑紋的蜘蛛小心翼翼地爬過像纖維玻璃的蜘蛛網）。這裡是一個讓萬物屏息的無聲境地，四處瀰漫一股焦躁不安與隱忍不發的氣息，好像隨時會變成一個色彩繽紛的嘈雜派對。所以聽到那個聲音後，他們就停下來注意傾聽。塔倫特發現一件荒謬的事：他居然在數數，好像數到某個數字，他們就會有所發現。

等他數到七十三，法阿抓住他的手臂，往某個方向一指，他看見有動物從他們左邊五十碼的一棵瑪納瑪樹樹幹往下爬。那隻動物的攀爬技巧不好，姿勢不算優雅，但是等牠現出身形時，他誤以為那是一隻樹懶，不是人類；人類的姿勢應該是頭上腳下往下爬，但那隻動物不一樣，是頭下腳上，用手臂緊緊箍住樹幹，身體其餘部分則是放軟沒施力，在後面拖著。瑪納瑪樹的樹枝又穩又平，幾乎從底部到樹梢都有一根根樹枝，但是那隻動物並未利用樹枝，像人類一樣把樹枝當梯子來爬。牠只是跟蛇一樣持續往下滑動（這個動作難度很高，因為任誰幾乎都不可能沿著瑪納瑪樹的樹皮滑動），每當牠碰到一根樹枝，似乎就卡住了，感到困惑，顯然不知道善用樹枝。等滑到樹的底部，頭碰到地面時，又停了下來，翻倒在地上，有好一會兒只是躺在那裡，身體呈大字型，沒有發出任何聲音。法阿伸出手臂擋住塔倫特，以免他前進（如同塔倫特後來說的，他不需要往前走；當時他已經看得入迷了，根本沒想過要移動）。有好幾分鐘，他們倆就站著不動，盯著那隻躺在地上的動物。

終於，那動物做了幾個動作才站起來：首先是坐好（牠沒用手肘把身體撐起來，而是靠腰力直接坐起，好像有一台隱形滑車把牠拉起似的），再次停頓之後，才突然站起身。然後牠開始走動，法阿和塔倫特退到一棵樹後面窺探。

牠比法阿還要矮一點，大概四呎左右，女性，身上的乳房餵過奶，呈下垂狀，肚子看起來又圓又硬，扁平的腳板跟法阿一樣寬，甚至更寬，多肉的腳趾陷進土裡。她全身毛茸茸，私處的陰毛濃密打結，頭頂著一團黑髮，全纏在一起。她的小腿長滿了毛，背上也是一整片皮毛。頭髮上附著各種東西，像是樹葉、土壤、水果與糞便；塔倫特看到她的陰部上爬著一隻胡諾諾蟲，好像體外器官似的。他覺得她的動作跟人類一樣，只是笨手笨腳，好像很久以前有人教過她人類的動作，後來慢慢忘了（他們看她用一樣僵硬的動作彎腰，撿起一枚瑪納瑪果，立刻狼吞虎嚥了起來，許多胡諾諾蟲從她的指間跑出來，在她的嘴邊糊成粉紅色的一團）。然後，她又突然轉身，直視法阿和塔倫特，法阿躲到樹後面，因為驚恐與噁心而低聲驚呼，塔倫特則是從樹後面走出來，朝她走過去，完全不顧法阿伸手抓他，求他別過去。

現在他知道她的動作在開始前都沒有預兆，所以他走得很慢很小心，在距離十碼的地方停下來。她一直看著他走過去，手裡仍抓著那顆有蟲的瑪納瑪果，嘴裡與手掌上仍有許多蟲子往下墜，在她的肚子上彈一下，掉到地上，她的嘴巴大張，看起來很呆，一雙眼睛始終不曾離開他。

塔倫特又朝她走一步。她看著他。他又跨出一步。她還是沒動。再跨一步，他幾乎就可以碰到她了。接著，他又踏出下一步。

此刻她開始大叫，音調忽高忽低，忽高忽低，音域從咆哮到哀號，再變成尖叫，然後又由低到高，從頭來過。他可以聽見法阿在後面叫他：「走開！走開！」但他沒走開，還是待在那裡，與那動物相隔數呎，他的手臂仍朝著她伸去，她的手仍緊握那顆瑪納瑪果，蠕蟲一隻隻往她的腳邊掉，在瀰漫可怕鬼魅氣氛的安靜森林裡，只有她的可怕尖叫聲持續繚繞著，聽來沒有任何節奏。

接下來聲音就停了。她閉上嘴巴，聲音就此停歇，但回音似乎還在叢林裡流竄著，她又吃起她的瑪納瑪果，他只聽見她不斷發出窸窸窣窣的舔食聲，只見她粉紅色的舌頭持續伸進那粉紅色水果的缺口裡，纖毛般的蟲子不斷從她的嘴角掉出來。她似乎忘記他就站在她前面，然後他用烏伊伏語跟她說了簡單的幾個字：**嗨，妳好嗎**？她沒回答，他便回頭朝法阿走去，她也沒看他離開。

「法阿，」他低聲說：「給我一罐罐頭肉。」

他用手指拉開罐蓋，急忙把肉切片，再用指甲把肉挖出來，邊挖邊走向她。等她再次到了他伸手可及的範圍（轉瞬間他換了個念頭，他也在她伸手可及的範圍），他便放一塊肉在地上，然後朝法阿的方向往後退，大概每隔一呎放一塊粉紅色的罐頭肉（他發現，罐頭肉的粉紅色跟瑪納瑪果的顏色一樣，儘管他以前未曾這樣聯想過），直到樹後方法阿站的位子，法阿的眼睛睜得好大。

過了一陣子，她才注意到這件事。她已經把瑪納瑪果吃掉了（她真的是吃得一乾二淨，又大又平的舌頭用力吸吮果皮，塔倫特可以看到她的雙頰像錢包一樣往內收），呆呆站了一下，呼吸聲十分粗重，好像剛幹過粗活，硬硬的肚子上下起伏。

轉身時，她一腳踩在罐頭肉上，塔倫特看到肉被她踩爛，宛如濃濃的熔岩緩緩散開，流到她沾滿泥巴的皮膚上。有一陣子她好像又忘了一切，像一尊瞪大雙眼、正在喘氣的雕像，舌頭傻傻地往外掉，眼神茫然。然後她低頭往下看，動作非常輕鬆，好像在欣賞一雙新鞋。看到罐頭肉之後，她很快就趴在地上，用力聞嗅那食物，濕濕的鼻孔一張一縮，發出誇張的鼻息聲。聞了一陣子之後，她四腳著地，像一隻豬似的在那塊肉的周遭繞圈圈，然後像猴子般屈膝蹲著，用手掌把軟肉送到嘴邊。吃掉第一塊肉之後，她休息了一下，打一個嗝，依舊沒起身，用四肢搖搖擺擺地走到下一塊肉旁邊，重複剛剛的動作（先看後聞，吃完後打嗝），直到她接近樹邊，近到法阿跟塔倫特都能聞到她的體味（很像肥料臭味，但沒有想像中那麼可怕）。接著法阿就朝她撲去，用雙手環抱她的腰部。

他本來以為她會死命掙扎，但她只是轉身看著他，嘴收回來，點點頭，張大眼睛，好像這三個動作必須連在一起做才行。塔倫特與法阿雖然準備好她會再度大叫，她卻沒叫。片刻過後，她的嘴巴突然恢復成先前開開的嘴型，又開始眨眼睛，頭往前垂，就像一具繩子鬆掉的木偶，準備好隨時回到木盒裡，耐心地等待下一個人讓她重獲新生。

法阿把她放開（她用力坐下，但膝蓋沒彎），他跟塔倫特再度瞪著她。

「這就是我看到的東西。」法阿跟塔倫特說：「她是其中一個，但還有許多個，有男有女。他們就跟她一樣，站在那裡，瞪大眼睛，沒事也會大喊大叫。但是其他人呢？為什麼她自己在這裡？」他語帶憂慮，但塔倫特分不出是為她、還是為他們擔心，也許是想到他們勢單力薄，森林裡卻可能還有幾十個這種不像人的人。他看得出法阿精疲力竭又害怕；也許他覺得、也希望這種人是他想像出來的，但事實證明那並非想像（神話中的東西再度活生生出現在他眼前），這令他感到困惑而驚恐。

「我們回去吧。」塔倫特輕聲跟法阿說，他知道自己會帶著這個女人回去，而她的存在會讓可憐的法阿感到很不安。但是他不能當作沒發現她；法阿完成了任務，如今卻因為知道她的存在而痛苦不堪。

於是，他們慢慢走下山。法阿走在前頭，一路沉默不語，提心吊膽，塔倫特緊接在後——而她則走在最後面（他們原本以為必須用更多罐頭肉哄騙她，沒想到她卻自然而然跟了上來，嘴巴開開的，像詭異的南瓜頭燈籠，牙齒尖銳，如打火石一樣發亮，牙齦外露）。有時她會脫隊，有時停下來，瞪大眼睛或抓抓自己，塔倫特會走過去叫她，她似乎也聽得懂，因為她會繼續跟上。

法阿自然想離那生物遠遠的，趕緊回到兩位同胞身邊，於是早早就衝到前面去了。等到他高聲大叫時，塔倫特一開始看不到他，只能循著他的聲音跌跌撞撞前行，被樹根絆到好幾次，也在青苔上滑倒，最後終於看到法阿指著一根約五呎長的細矛，插在瑪納瑪樹上面，樹的汁液從矛頭周遭汩汩流出，像在冒泡。矛插得很緊，他們倆奮力拔矛，發出使勁的聲響。

拔出來一看，矛頭尖銳，而且整根以樹木為材質，非常堅固。

先前法阿也曾感到不安。但此刻，塔倫特第一次看到他這種目瞪口呆的模樣。烏伊伏人都是自製長矛的能手，每個成年男人向來長矛不離身：長矛用於獵野豬、刺章魚，過去也用來獵殺人類。但是，任何烏伊伏人都知道不該把長矛丟在那裡。烏伊伏人的長矛等同他們的靈魂，就像一句諺語說的：*Ma'akamakina, ma'ama*。[6] 如果戰士戰死了，不管他的長矛掉在哪裡，都會有同袍幫忙把長矛找回來，還給戰士的家人。長矛是唯一讓烏伊伏人放進感情的物品，但也許「放進感情」這種說法稍嫌不足，太過輕描淡寫了，應該說：長矛是他們唯一真正珍惜的東西，其餘一切都是「拉」，意指沒有意義的東西。[7]

---

6 可以直譯成：「我的長矛，就是我自己。」

7 「拉」的概念在這裡被諾頓翻譯成「沒有意義的東西」，不過也有人把它詮釋成非常接近禪宗主張的「無」；「拉」可以說是傳統烏伊伏哲學最重要的指導原則（不能與他們的神話或宗教混為一談，基本上他們的神話是泛靈論的）。

神學家大衛．霍爾特甚至在他寫的《拉的國度》（一九八七年，由紐約法勒、斯特勞斯和吉魯出版社出版）中主張，儘管佛教未曾傳播到烏伊伏諸島，烏伊伏人信仰的核心價值觀「比較接近早期的佛教教義，而非如今亞洲各地所詮釋與遵奉的佛教」。霍爾特寫道，事實上，我們可以把烏伊伏哲學視為某種原初的佛教精神，他的意思是佛教這種信仰體系是不可避免的，人類注定會為自己創造出這些教義（同理，歷史上其他主要宗教也是如此）。

我自己就曾親身體驗「拉」的概念。每當我想到自己於一九七二年初次造訪烏伊伏國，都會記起那件事。那天非常熱，我被濕氣、蟲子與臭味搞得頭昏腦脹，昏昏沉沉。當時我正行經鎮上那一間間排成圈狀、蓋得非常不牢固的可悲小屋，與三個伊伏伊伏的半裸小女孩擦肩而過。她們手牽著手，圍成一圈，慢慢轉來轉去，哼著一首歌。她們擁有那種年幼孩童特有的清亮嗓音，儘管不成調，卻很甜美，我則是看著她們在那邊轉啊轉的，不斷唱歌。

後來當我把這件事跟諾頓說的時候，他說他知道那些女孩唱的是什麼。我猜那是一首童謠，但並不是。這首頌歌所以，難怪法阿會害怕：一支被棄置的長矛，長度更勝於他看過的任何長矛，被留在這個神祕而不友善的地方，宛如某種徵兆。儘管當時塔倫特沒跟法阿多說什麼，但他會那麼興奮，不令人意外：那根長矛，跟站在他身邊、又在發出窸窸窣窣聲音的生物一樣，都足以證明有另一個世界存在。他只需把那個世界找出來。

後來，我們幫她取了一個非常沒有想像力的名字：夏娃，她是同類女人中第一個被我們發現的。就在塔倫特用急迫的聲音與嚮導們低聲交談時，艾絲蜜和我帶著她到河邊去清洗一番。

我不得不說艾絲蜜照顧女人實在很有一套，比我想的還要溫柔。夏娃怕水，怕水的濕冷，因此當她的皮膚碰到水的時候，她開始尖聲大叫，阿杜跑過來確認艾絲蜜和我安全無虞。我們從她的背部開始，用一塊白布清洗她。我在不悅之餘，發現那塊布是塔倫特的內衣（那件內衣放在艾絲蜜那裡多久了？），而且在幫夏娃擦背時，每擦一下，布的顏色就會改變，陸續變成灰色、灰褐、褐色與黑色。我非常小心，擦的時候不敢太用力，但是艾絲蜜下手就比較重了，擦背時，好像把她身上的污垢當作一層層可以剝除的瓦礫碎片。不過，艾絲蜜做事還是非常按部就班，不會虐待她，用布擦拭她的胸口、腋下，還把她遮在身前的雙臂扳開，擦拭她的腹部，同時間，艾絲蜜總會說自己在做什麼：「現在我們來幫妳清洗手肘，然後是前臂。妳很堅強，不是嗎？接下來是妳的手掌，然後換脖子。」——好像這是艾絲蜜每天在做的事，她在叢林裡看不見盡頭的蜿蜒河邊清洗過的半人動物，夏娃不過是其中一個。

至於夏娃，她則是比我想像的還要有耐性，但是當我們幫她梳理頭髮，用瑪納瑪樹枝條把打結的部分分開時，她就咆哮了，喉嚨傳出低鳴聲，露出又小又尖的利齒，艾絲蜜就此走開，雙手舉起，做出投降狀。接著，我們帶著比較乾淨的她回去找其他人（不過，容貌沒有多少改善），強迫她坐下來。

後來，我們餵她吃東西——應該說艾絲蜜、塔倫特和我餵她；嚮導們不願意。她取走我們手掌上的濕滑罐頭肉，有時用叼的（她那又濕又皺、看起來有點像私處的雙唇親過我的手），有時用手掌刮取；她似乎不會使用手指——等到她躺下睡著了，我們所有人才拿著塔倫特的手電筒照射她，把她看個清楚。我們討論是否該限制她的行動，最後用一條長長的繩子綁住她的雙手手腕，拴在附近一棵樹上。我們在她的雙手間保留足夠長度的繩子，讓雙臂

是每個烏伊伏國孩童最早學會的詩歌之一，新生兒誕生或有人去世時都可以聽到：

什麼是生命？拉。
什麼是死亡？拉。
什麼是太陽、水、天空與森林？拉。
什麼是我的房屋、我的豬、我的項鍊、我的朋友？拉。
但是人生如果沒有長矛呢？喔，拉，拉，拉。

可以自由活動，但也沒長到可讓她為自己鬆綁。在綁她的時候，她大便在自己身上，睡覺時舔著嘴唇，偶爾嘆口氣。在黑暗中，她的糞便看起來是奇怪的紫紅色，像胎兒的顏色，又因為吃了罐頭肉而充滿酸味，顯得很噁心。最後整片森林暗了下來，我們什麼也做不了，只能躺下，但我確定當晚除了夏娃，沒有人睡得著；我們只能躺在那裡不動，聽著她發出滿意的呼嚕聲與鼻息，搭配呻吟般的嘆氣，等著太陽升起。

接下來幾天我們忙碌無比。無論是接下來的計畫、往上方或下方的森林搜人、採集食物與規畫路線的工作，我都交給別人去做，而把所有心力投注在夏娃身上。她的身高五十二吋，粗壯結實，我猜她生過小孩，也許生過不少個：她的乳房已經被吸乾，乳頭彷彿身上鈣化的疣，像大象皮膚一樣又灰又硬。我沒辦法進行陰道檢驗（我試過了，但是她大聲尖叫，使盡吃奶力氣死命掙扎，就連三名嚮導與塔倫特抓住她的四肢，也沒辦法穩住她），但我猜她已經過了更年期，只是我依據的是她大概的年紀，以及體毛的數量與密度；沒有其他烏伊伏女性可供我比較，所以無法判斷她們的體毛是不是都那麼多，還是夏娃是個例外。至於她的牙齒，就如我提過的，又尖又利，但是牙齦狀況似乎很好：當我按壓她的牙齦時，感覺很堅固乾燥，口氣也沒有腐臭味。她頭骨的底部有個小小的粗糙刺青，被一頭亂髮與脖子一圈圈的肉給擋住了，現在看起來像是墨漬，圖案就是塔倫特曾在地上畫給我看的象徵符號：歐帕伊伏艾克的符號。當我叫塔倫特過來看的時候，他想伸手去摸，快摸到前卻停了下來，手指在刺青上方徘徊，夏娃的頭髮落在他的手指關節上。

她不挑食，知道什麼是食物、什麼不是；我們把一堆草擺在她面前測試她，她沒有吃（她的確聞了好幾分鐘，聞得很用力，有些草屑還跑進鼻孔裡，害她大聲咳了起來），但不管我們吃什麼，她都會吃。早上醒來時她會餓，到中午又餓了，除此之外，她不是很挑剔；白天她有覓食的習慣，找到後會立刻吃掉。她醒著時，我們總會拿東西給她吃，但有一天我們故意不給，看看她會怎樣，結果她瞪大眼睛、喘氣，一會兒過後就站起身來，開始覓食，在叢林裡跨步搜尋，把葉子、青苔與蠕蟲蒐集起來，弄成一堆，分類後，把蠕蟲吃掉，留下其他東西。她知道什麼可以吃，卻無法分辨氣味：後來我們試過那些又肥又白、外表油亮的蠕蟲，發現牠們有一種令人幾乎無法忍受的苦味，任誰嚐到都會把五官皺成一團，並且開始咳嗽，口水也消失殆盡。夏娃卻能吃很多蠕蟲，有節奏地不停嚼食，好笑的是連速度都像行軍一樣穩定，嚥下時發出很大的吞食聲。藉由觀察她，我們發現叢林裡可吃的東西比想像的多；我們只顧著吃瑪納瑪果，忽略了蠕蟲，還有聚集在樹幹底部的某種清甜葉子，脆弱而葉脈明顯，外型像萵苣。還有某種未知昆蟲的蒼白卵囊，長得像布丁，在粗厚樹根構成的淺淺洞穴裡隨處可見。當然，這些新發現都不是什麼**美食**（那種葉子吃起來跟海草一樣清脆，但是沒有味道，至於那些蟲卵則是整團光滑黏稠濃密），令我們驚訝的是夏娃總能找到它們，更何況據嚮導們說，那些都是烏伊伏人不會想去吃的東西，更不會學著辨認它們。

就性格來講，大部分時候她還算平靜。有時我知道什麼會惹她生氣（在幫她做陰道檢測前，我就知道很可能不會成功），但有時我也不太瞭解她——她的表現溫順，任由我檢查她的喉嚨、嘴巴，也讓我用捲尺測量腰圍、大腿圍與頭圍，但是隨後又會轉身對著我露齒咆哮，睜大眼睛，虹膜好像飄浮在果凍狀的蛋白上。然後，一樣很突然地，她又恢復原狀，回歸痴呆夢遊的狀態，她那白得令人不安、如牡丹花粉嫩的舌頭，從兩片發黑粗糙的嘴唇間伸出來。她的突然之舉每次都嚇到我，然而見識過幾次之後，我知道她沒有惡意，甚至只是無聊在作祟。夏娃也有焦躁不安之處：每天醒來她顯然都不記得前一天的事，而她對我們的耐性也有限。只有吃食或覓食之際，她才會展現好奇心。

到了夜裡，每當餵她吃東西、把她綁起來之後（塔倫特、艾絲蜜和我傾向於不要綁她，但是法阿堅持反對，高舉那支他發現的長矛證明自己有理，說話速度快到連塔倫特都只能默許，主要是為了安撫他），我們會開始聊天，分享當天的發現。嚮導們（此刻他們已在附近就寢）每天持續往叢林的更深處走，每次走幾小時，尋找其他被棄置的長矛或跟夏娃一樣的人，但至今毫無所獲。他們在叢林裡的表現猶豫不前、畏畏縮縮，這對我們沒有好處，我們也清楚很快我們就別無選擇，只能進入叢林，往島嶼的高處走，直到我們找到塔倫特想找到而法阿害怕的那些人。

我每天都會向塔倫特報告我觀察夏娃的結果，我可以感覺到艾絲蜜想打斷我（因為她非常不耐煩，一直想插嘴，氣氛被她搞得很僵），但她始終不發一語，任由塔倫特聽我說明，問問題，並回應我的見聞與紀錄。

「你覺得她年紀多大了？」某天晚上塔倫特問我。

我說很難論斷，但我想種種跡象顯示她也許六十歲上下。[8] 判斷依據是，她的頭髮已經灰白，她的牙齒狀況，下腹部布滿皺紋，像皺巴巴的憂鬱狗臉，還有她對嗅覺的依賴更勝視覺，我發現她的行為跟豬一樣，總是從近距離用力嗅聞所有東西，也許是出於必要，以彌補不良視力而培養出來的技巧。她最喜歡吃的蠕蟲在薄暮中總是白得發亮，宛如星星，但她還是沒辦法直接從地上把牠們抓起來，必須先把所有東西弄成一堆，放在面前近處，從裡頭挑

8 烏伊伏國最獨特的許多地方之一，就是當地人測量時間的方式。烏伊伏人把一個「o'ana」（年）分成四段時期，每段一百天。首先是「'uaka」，意思是雨季，幾乎每天下雨，有時會連續下好幾個小時。然後是「lili'uaka」，也就是小雨季，此時空氣仍然潮濕，但是降雨機率降低了，氣溫也較高。接下來是「lili'aka」，是「小太陽季」，是最舒適的季節，早上下雨，但水氣很快就蒸發，接下來整天陽光普照，非常乾燥，至少是熱帶氣候能達到的最乾燥程度。最後一個時節叫「u'aka」，是最熱的季節，無法預期雨水何時會來，即使下雨，雨勢也很小，在無情的烈日下，連樹木都要枯萎了。（諾頓並未說明，但他在伊伏伊伏島上的幾趟航程，很可能是在「小雨季」結束時展開的。）

除了這四季之外，烏伊伏人最特別的地方是，他們沒有時間單位：他們不用小時、分鐘、禮拜、月份來計算時間；就連算術系統中最大的數字也只到一千而已。日升之際就是一天的開始（但在雨季，就是天空微明的時候），日落時一天結束（或者夜幕降臨時結束）。所有人的生日都看他們在哪個季節的第幾天出生，例如出生在「小雨季」的第十七天，那就記成「lili'uaka ohole」，也就是「小雨季十七」。因為他們一年有四百天，這意味著一個六十歲的烏伊伏人，換算成西曆是六十五．七歲。但為了避免混淆起見，諾頓在這本回憶錄裡，從頭到尾都使用烏伊伏的曆法，跟後來很多烏伊伏學者做研究與寫作時一樣。

過去三十年來，許多最出色、最特別的烏伊伏傳統都陸續凋零了，原因是外界對該國愈來愈有興趣（諾頓總覺得這件事要怪他），還有基督教與摩門教傳教士大量進入該國，這些二十世紀的後繼者取得十九世紀教士無法獲得的立足點。如今，大多數烏伊伏人已改用西曆，也完全熟悉文明世界對時間的定義（但熟悉並不必然意味他們會遵守；烏伊伏人都是有名的遲到大王）。

出蟲來。但這當然很難講；我沒辦法驗證我的直覺，她也沒辦法和我溝通。但這種近視問題似乎是她身上唯一嚴重失能的地方（除了她明顯沒有語言能力，也無法記憶），這與她的年紀直接相關。就其他方面來講，她的健康狀態良好，甚至可以說，就一個在叢林中不知獨居多久的人來講，她算身強體壯。吃喝拉撒睡都很正常，四肢強健，小腿肌肉發達，聽力出色：她可以聽見瑪納瑪果從高空中呼嘯而落，掉在地上的聲音，這一點我是絕對辦不到的。每天早上，我都幫她測量脈搏，狀況之穩定令人印象深刻，聽起來就像遠方傳來的原始部落鼓聲。（後來我年紀大一點，回想起她另一項身體素質，每每讓我驚訝且羨慕：她顯然沒有寂寞的感覺，不需要任何人在身邊，只要食物，而且我們的存在一點也沒改變她每天既定的行為模式。）

「六十歲。」塔倫特低聲說。

「我也有可能猜錯了。」我很快補了一句。

「不，」塔倫特說：「我想你很可能是對的。六十歲。這讓我得好好想一想。」但是他不再說話，艾絲蜜以為他會繼續講，等了一會兒，最後還是低聲說該準備睡覺了，我就跟她一起去鋪墊子，獨留塔倫特在那裡思考，不與人分享他的私密想法。那種習慣，我只能一再地嘗試去想像。

烏伊伏女性的身高平均五十三吋，男性為五十六吋。一般的烏伊伏家庭有四個小孩。烏伊伏人的身材矮胖結實，腳板寬大（擅長游泳）、大腿較長（善於長途跋涉）、手臂粗壯（丟東西丟得很遠），手掌則是又小又方。女性跟熱帶氣候地區的所有女性一樣，初經來得很早（最早八歲，通常在十歲左右），到四十歲更年期結束時，也就停經了。烏伊伏族的族人向來以卓越的聽力和嗅覺著稱。他們很容易蛀牙。男性與女性的主要死因都是腹瀉，可能是因為平常的飲用水也是洗澡水的緣故。平均壽命為五十二歲。[9]

當然，在幫夏娃體檢時，我還不知道上述各項資訊。所以隔天早上當塔倫特要我也幫三位嚮導做體檢，作為不完美的對照組時，我根本沒多想。讓我訝異的是，他們跟夏娃的相似度很高（至少表面上看來如此，此刻我暫時只看到表面特徵）：例如牙齦的狀況、身體的彈性、絕佳聽力與反射動作很快。他們耐心接受我的檢驗，我打開嘴巴，他們也乖乖張嘴，當我示意讓空氣充滿胸腔，他們也跟著深呼吸。我甚至幫他們做了克難的視力檢測：從筆記本撕下幾張紙，畫黑色記號，然後站在二十呎外，要他們用手指頭表示自己看到紙上有幾個記號。

---

9 當然，這一切都改變了。烏伊伏族跟地球上各地人口一樣，都變得較高、較胖，壽命也較長，總之他們具備現代人的弔詭特色，變得更健康，也更不健康。如今，烏伊伏人平均壽命是六十三歲（女性壽命通常比這個數字多一到兩歲）。儘管使用自來水管路多少讓腹瀉問題絕跡，但目前男女兩性的主要死因都是心臟病——過去島上沒有人得過這種疾病，如今令人沮喪的是，他們也養成食用罐頭食品與飲用酒類的新飲食習慣。

「那三個男的怎樣？」當晚塔倫特問我。

「健康狀況很好。」我隨口答道。

「你估計他們幾歲？」他輕柔地問我。

「夏娃的年紀在六十歲上下。」我斬釘截鐵地答道：「阿杜可能年輕幾歲，他的牙齒沒那麼糟，視力也稍微好一點。」我沒提到視力檢測結果讓我訝異；三個人的結果都很差，比我預期的還差。一開始，我還以為他們不懂檢測方式，但是等到我離他們近一點，顯然他們都知道自己在做什麼——他們是真的看不到。

「喔。」塔倫特沉默了一會兒才說：「關於阿杜你說對了——他的確比其他人年輕。」他又頓了一下。「阿杜今年四十歲，烏瓦剛滿四十一歲，法阿四十二歲。」他的口氣聽不出一絲得意，只有一點悲傷與驚奇。

我只能沉默以對。「但……他們不可能是那種年紀。」我不知道說這句話有什麼用。

塔倫特露出他特有的淺淺微笑，帶著一點憂鬱。「在這個國家，他們算是老人了。」他說：「在這裡，四十幾歲就是像他們那個樣子。真正的問題是——」他朝著夏娃的方向點點頭，「為什麼一個六十歲的人會只有四十歲的樣子。」

「嗯，」我坦承不諱。「那只有一個簡單的解釋——是我搞錯了。她的年紀一定跟他們比較接近。」

「我想並非那樣。」塔倫特說完後，對著法阿大叫。他看見塔倫特要往哪裡去的時候，有點不情願。三名嚮導都盡可能避開夏娃，但法阿是躲得最厲害的一個。離她還有幾呎，他就停下來了，塔倫特把她那一頭像胖海狸尾巴的亂髮推開，給他看她身上的刺青，他把脖子往前伸，踮起腳跟，像一隻白鶴似的把軀幹放低，死也不願往前靠近一步。

等他看到刺青後，反應很直接。他那奇怪的姿勢維持了好一會兒，絲毫不曾動彈，雙手仍擺在身後，好像在模仿某個英國紳士，然後才慢慢靠近她。跟塔倫特第一次看到刺青一樣，他的指尖也停在刺青上方，接著像被燒到一樣突然抽走。他跟塔倫特嘰哩咕嚕了一陣，語氣聽來很生氣。我不懂他在說什麼，卻猜得出他的意思。——**搞什麼？這是在開玩笑嗎？**——透過塔倫特低聲安慰他的語氣，我猜他是在說：**不，不是開玩笑。冷靜點。冷靜點。**（即便過了那麼多天，聽了那麼多對話，烏伊伏語對我而言仍像連在一起的一串喉塞音，許多「嗚」的音聽起來又快又急，被三、四個類似的粗魯子音隔開。多年後在馬里蘭州，我站在兒童遊樂場邊，看著我那幾個剛抵達美國的兒女被鄰居小孩嘲弄。只見他們手作挖匙狀，伸進我兒子女兒的腋下，追著他們跑，同時發出卡通片裡大猩猩的聲音：「嗚－嗚－啊－啊！窟－嗚－咖－啊！」我不禁同意他們對於烏伊伏語的詮釋。）

法阿用力踱步離開；他跟塔倫特之間的爭論似乎還未化解。

「他為何這麼生氣？」我問道。

塔倫特嘆了一口氣。「他認出了夏娃的刺青。」他指著夏娃，此刻她發出幾聲野豬的呼嚕聲，趴在地上。「我本來就料到會這樣。只有活到六十歲才會被刺上歐帕伊伏艾克的符號。

刺青時會舉行一種特別的儀式，接著大開宴席。」他低聲說：「我自己也沒見識過。」

我搞不懂。「但這跟他生氣有關嗎？」

「因為烏伊伏人不會活到六十歲。」

「**從古至今**？」

「就法阿所知是那樣。他的曾祖母在他那個村莊的已知歷史上已是最長壽的人，他常常把這件事拿出來講，但是她去世時也才五十八歲。他沒聽過有人活到六十歲。那是個不可思議的年紀，是大家夢寐以求的。所以你沒有錯，諾頓。夏娃六十歲了——至少六十歲，而我們必須把原因找出來，查清楚她是怎麼辦到的。」

接著，艾絲蜜就從溪邊回來了，塔倫特告訴她剛剛發生了什麼事。我坐在附近聽他們講話，實際上我在看法阿。他站著眺望遠方的森林，與他的兩個表親相隔一點距離（那兩個傢伙就如塔倫特預測的，正在大快朵頤，一邊吃加鹽的霧阿卡肉，一邊發出滿意與回味的呻吟聲）。突然間，看著這些壽命短暫的生物在吃另一種壽命短暫的生物，而且雙方每天做的事都是找美味的東西來嚐一嚐。這讓我開始覺得叢林是非常可悲的地方，甚至想勸法阿趁他還有機會好好享用霧阿卡：畢竟他已經四十二歲了，肯定不會再回到這座島上。不過，我只是看著他們三個，好像他們是畫中人物，而在我身後，塔倫特與艾絲蜜兩人正低聲討論，怎麼會有伊伏伊伏人能活到六十歲這麼大的歲數。

森林就跟塔倫特所描述的一樣：四處一片靜默，布滿青苔，而且神奇無比，在裡面我可以感覺到它令人舒緩，但也危機四伏；正是因為它令人舒緩，才會危險無比。

我知道森林正在發揮它的影響力，因為嚮導們在夏娃身邊的行為改變了。他們不是真的那麼友善或輕鬆（即使幾乎察覺不到，但我發現每當他們靠近她，小小的手指都緊握著長矛），不過他們開始用烏伊伏語和她講話，有時甚至伸手摸一下她的皮膚，但只是輕輕掠過，未曾停留，也未曾施力。

只有法阿仍刻意迴避。他總是用難以捉摸的眼神凝視她，不過某天晚餐過後，他來找我，指著夏娃說：「伊芙。」（他跟阿杜、烏瓦都這樣念她的名字。）

「嗯，」我說：「夏娃。」

「伊芙。」他又複述一遍，拿一根樹枝給我，做一個在地上寫字的手勢。

三人裡面只有他識字（艾絲蜜說，他父親上過一陣子傳教士開的學校），於是，當我在地上用三個大大的字母寫出她的名字時，他好奇地在一旁看著。

「啊！」他用烏伊伏語的發音方式把名字念出來：「Eh-veh。」

「夏娃。」我糾正他，但他只是露出微笑（這是我第一次看到他微笑，他跟夏娃一樣，都有一口銳利的牙齒），搖搖頭。「Eh-veh。」他又念了一遍。此後，我們叫她夏娃，到了嚮導們口中就成了Eh-veh。

那些日子，我們的工作進度非常緩慢，感覺起來倒也沒那麼糟。每個人都要輪流照顧夏娃（她毫無記性，注意力有限，我們必須把繩索輕輕套在她的脖子上，像項圈一般），幫她把食物鋪在地上，等她趴下聞來聞去，發出豬一樣的呼嚕聲。某天晚上，我們停下來紮營，正在吃瑪納瑪果、罐頭肉與樹上某種可口的蘑菇（多虧夏娃，我們才知道那可以食用），突然間她站了起來，一雙扁平腳板用力踏步，走進前方的樹林裡。夏娃令人難以捉摸，沒人能預測她對哪些東西有興趣，也常造成困擾，她往往執意朝某個方向亂衝，讓人又好氣又好笑。我們之中總有一個人必須在後面盡責地跟著，結果發現引起她注意的東西，不過是一顆有胡諾諾蟲亂動的瑪納瑪果，或是不斷有水滴打在上面的巨大平坦樹葉。

那一晚，輪到我看顧她，疲憊的我必須把晚餐擺在一旁，跟在她後面，她脖子上長長的繩索在她身後拖曳著，像是童話中長髮公主的髮辮。她劈啪劈啪地疾行，步態難看極了，我一直覺得自己低估了她的移動速度，等到她在我們紮營的空地邊緣停下腳步時，我已經上氣不接下氣，最後幾碼路只能慢慢走。

她凝望著森林深處，裡面一片漆黑，處處陰影，但我覺得沒什麼：她可以像這樣呆望前方好幾個小時，嘴巴開開的，一雙銅鈴大眼茫然無神。「回來，夏娃。」我跟她說，等到我彎腰把繩索的尾端撿起來、繞在手上時，我好像看到了什麼：我腳下約兩呎深的地方，有一片看來肥膩的黃色塊散發出慘白微光。

我往後退，那黃色塊消失了一會兒，又在原地重現。接下來，時間彷彿變得好長好長，甚至被賦予一種無可名狀的可怕意涵，好像它有了生命，可以見證接下來我可能採取的行動。

我當然是嚇壞了。其他人在我後方不遠處，走路大概只要七分鐘，走快一點的話可能更短，但是在那當下，我忘了他們，甚至忘了夏娃，儘管我聽得到她粗重的規律呼吸聲，也聽得見她的手指摩擦頭皮，發出沙沙聲響。我只能專注在那一片菱形的黃色塊上，它時隱時現，像挑逗人的螢火蟲。我突然想到希臘神話裡的冥界統治者黑帝斯，心想這片空地在過去並非樹林，而是冥河，而那黃色塊就是冥河船夫卡戎的閃爍提燈。

我一定要知道那是什麼，一定要。我走向前，像瞎子一樣伸出雙手，在黑暗中亂摸一陣，確認雙腳如果踏下去，會踩在河底冰冷的軟黏污泥裡。

一碰到東西，我的手指就收了起來，但是我的腦袋突然一片空白，過了一秒左右才發現自己抓到一隻手臂，我看不出來，但是能感覺那是一隻斷臂，至少感覺是那樣。然後我終於能出聲，隨即尖叫起來，夏娃跟著我尖叫，那隻手臂也在尖叫，它的後方也傳來一陣陣其他尖叫聲，所有尖叫聲加起來，可以感覺整座森林都被吵醒而動了起來：群鳥與蝙蝠紛紛振翅，啪啪聲響此起彼落；昆蟲持續鳴叫；許多不知名群落發出各種聲響；躲起來的動物美夢正甜，也被驚動了，在一根根樹枝間逃竄；我們的叫聲褻瀆了森林的徹底靜謐。

他們立刻趕到我身邊：塔倫特、艾絲蜜、阿杜、烏瓦與法阿全都來了。他們拉著我，要把我的手跟那隻手臂分開，同時試著從那片矮林裡把那隻手臂拉出來。我看出那是一隻男人的手臂，他的身高跟夏娃一樣，也沒穿衣服，滿臉奇特的落腮鬍，嘴巴仍因為大叫而張著，發出黃色微光的是他的牙齒，是整張黑臉上最亮的部分。

他後面還有其他人的手腳、頭髮與身體，艾絲蜜與塔倫特分別安撫著夏娃跟那個新出現的男人（但誰來安慰我？），嚮導們則是從黑暗中拉出一個又一個人，直到七個人站在我們面前，一共四男三女，有的赤裸，有的用衣物巧妙蔽體，有的乾淨，有的邋邋遢遢，有的在講話，有的沒有。

後來，把他們集合在營地時，才發現七個人看起來都差不多，只知道他們都是伊伏伊伏人，檢查過後，發現他們脖子後面都有歐帕伊伏艾克的刺青。至少就我能確認的部分而言，他們都很健康，脈搏規律（在他們平靜下來以後），牙齒與牙齦很堅固。四個男人手上都沒有長矛，三名嚮導看到他們沒有長矛之後，就嘰嘰喳喳聊了起來；對他們來講，這就像是某種可怕的畸形現象，好像心臟長在體外似的。那是個漫漫長夜，我們查看七個人的身體，跟他們交談，綁在幾碼之外樹邊的夏娃暫時被遺忘了，不過她似乎不以為意。

他們都認識夏娃。被我抓住的那個人叫穆阿，顯然是帶頭的，跟其他人一樣，他的年紀與夏娃相仿，也許還稍大一點。不過他還有一點跟其他人一樣，卻和夏娃有著重要差異：他能講話。他們都會說話，都有條理，只是有些口齒清晰，有些則否。等一下我會回到說話這件事。重點在於，他們一直在尋找夏娃（她的真名其實是普烏，意思是花朵）；她因為亂走，跟他們失散了。

大致上，他們都樂意讓穆阿替他們發言，但後來有幾個也開始講話，幾個人的聲音像海浪一波波的交疊在一起，嚮導們（直到此刻為止，他們三個都坐著不發一語，睜大眼睛看著，流露出害怕的眼神，手指緊握著長矛）也開始回答他們的問題，或是彼此交談。可憐的法阿就這樣在我們三人與那七人之間來來回回，試著掌握喋喋不休的談話內容。

最後，我們終於讓他們躺下。過沒多久，大家都睡著了，連塔倫特也是，森林又恢復原有的靜謐。只有我跟法阿醒著，那一晚由我們倆負責守夜，坐的地方相隔甚遠，其他八個人（現在已經不只夏娃一個了）睡覺的地方散布其間。他們的睡姿怪異、粗魯，嘴巴大張，粗壯的大腿像狗一樣抽動著，沉睡時外表看來奇怪而不協調：身體像強健的孩子，臉龐卻老了許多，像是老太婆、巫師或魔法師。我一度往法阿那邊看去，自從開始守夜，他都沒有出聲。四周幾近漆黑，我看不見他，但他一定意識到我在看他，因為他咧嘴露齒，擺出讓我安心而非感到敵意的姿勢。我看到白光微閃，代表他跟我一起守夜，我們眼前所見是一樣的，好像都活在一個看似不可能的怪夢裡。

⁂

隔天是我大顯身手的日子。當塔倫特與艾絲蜜在法阿的幫助下，開始訪談其中幾人，我負責幫其他人做基本的神經科學檢測——都是一些簡單克難的測驗，但一樣有趣（在那種情況下，我已經盡力了）。阿杜會說一點英語，我要他收集三種我知道名字的東西，照順序擺在每個檢測對象前面。

我坐在泥地上，手拿筆記本跟一支荒謬的鋼筆，對蹲在我面前的「夢遊者」問道：「名字？」（看著字跡持續在潮濕的紙上暈開糊掉，我心想，我帶這支鋼筆來幹嘛？）

「Ko'okina？」阿杜問道。

「穆阿。」

他們分別叫穆阿、瓦奴、伊卡阿納、韋伊伊烏（這四個是男性），還有伊瓦伊瓦、瓦阿娜與烏卡薇（這三個是女性）。伊瓦伊瓦和瓦阿娜是姊妹，我猜是異卵雙胞胎。伊瓦伊瓦長得比較胖，比較討人喜歡。瓦阿娜有點高傲，應該說就她這種人而言，她的表情算是高傲的。

我把東西拿給他們看。「這是什麼？」

「Eva？」阿杜幫我翻譯。[10]

「瑪納瑪。」

下一個：「Eva？」

「胡諾諾。」

下一樣東西是法阿發現的那根長矛。我拿出來後，阿杜退縮了一下，但隨即恢復，鼓起勇氣問道：「Eva？」

「瑪阿拉瑪奇納。」

「對，瑪阿拉瑪奇納。」阿杜表示贊同。（後來我才發現，那根長矛其實叫「阿拉瑪奇納」，但兩人都在前面加上「瑪」，以示尊敬。）

接著我問了下一個人。等我問完所有人（瓦阿娜的眼神看來敏銳聰明，卻錯把那顆瑪納瑪果當成某種叫波諾納的東西，阿杜在地上畫出一隻像鯊魚的生物，指著它不斷說「波諾納，波諾納」，此外我還發現瓦奴與韋伊伊烏兩人都無法辨認任何東西），我又坐回穆阿身前，問他剛剛我給他看了哪些東西（為了讓烏瓦瞭解我需要什麼東西，我必須找塔倫特與法阿兩人幫我轉達）。

他記得胡諾諾蟲、阿拉瑪奇納，但是記不得瑪納瑪果。其他人也是一樣：他們就是記不住我在不到一小時前拿給他們看的東西。只有烏卡薇把三樣東西都說對了，她花了整整五分鐘回想那些是什麼，期間她大都盯著一棵樹，好像那些東西會突然出現在她面前。他們的檢測結果很差，我被迫把法阿再度叫來，請他幫我重新檢測。法阿的聲音緩慢溫和，我聽不懂他在說什麼，但從他那輕柔的哄騙語調，我可以猜想他在鼓勵他們：**你看到了什麼？你應該**

10 烏伊伏人與伊伏伊伏人使用同一種語言，不過如今語言學家認為伊伏伊伏人說的是一種「純粹的烏伊伏語」，那是一種原始的烏伊伏語，未曾受到影響與改變（如西方的影響與改變）。他們用來表達「小屋」的字彙能充分說明這一點：在伊伏伊伏語裡，小屋是「male'e」，但是烏伊伏語則簡化成「malé」，這方面顯然呈現了十九世紀晚期傳教士丹尼爾・麥克皮斯經過長期努力，與其他傳教士一起合作造成的影響，向來以學者自居的麥克皮斯主張把當地語言中的大量喉塞音去除，因為他認為那些是「無關緊要的音節」。伊伏伊伏語不只記錄一個未與外在世界接觸的民族，同時顯現他們完全不瞭解什麼是科技與工作，也沒有時間觀念。例如，他們的語言裡沒有「醫生」一詞（孕婦與病人都是由村裡的產婆與草藥師照顧），也沒有「燈」（尤其是電燈）或指稱其他國家的詞彙。的確，造訪烏伊伏島的人常常覺得該島與世隔絕，但就算島民對於親自體驗外界新發明與文化沒有太大興趣，對那些東西多少有點概念。

記得。跟我說吧。

只是他來幫忙後，效果沒有比剛剛阿杜幫忙時好，而且看得出來裡面有幾個人已經累了，法阿還沒開口說話，眼神就已經飄走了。

有很多檢測我根本做不了。我不能要求他們看一個句子，然後念給我聽，因為他們不識字。（塔倫特跟我說，有些烏伊伏人仍看得懂所謂的「歐拉阿魯」，也就是該國的史前象形字母，但是先前我請阿杜在紙上畫出一些基本的象形字母，像是男人、女人、海洋、太陽，他們也只是瞪著那些字母，完全不懂。）我也不能問他們今天是星期幾，因為尷尬的是，連我自己也不知道。此外，難處不只在於他們的記憶力很差，連注意力也只能維持一下子而已。

儘管他們都有腦力受損的問題，身體狀態卻跟夏娃一樣好，反應很快，平衡感與協調性都很棒。在沒有示警的情況下，我把瑪納瑪果丟給穆阿（因為剛剛很多人拿過，果子表皮早已破掉，上面爬滿了蟲），他非常自然地伸手接住，然後丟還給我，果子凌空畫出一道乾淨利落的拋物線。他們的聽力也跟夏娃一樣好：我站在距離烏卡薇兩呎處，伸手在她的右耳附近摩擦手指，其他七人（包括阿杜在內）立刻朝聲音的來源轉過頭來，但我只是輕輕摩擦一下而已。他們對於嗅覺、觸覺都很敏感（我用蕨類植物輕輕劃過他們的左腳腳底，他們立刻退開，好像我用刀割他們似的），但是跟其他人一樣，他們的視力很差。在與穆阿玩拋接遊戲時，我漸漸拉大距離。到了某個距離，我注意到他把眼睛閉起來，可見他在傾聽果子凌空而去的颼颼聲，根本沒看它。到最後一刻他才伸手，瑪納瑪果掉進他的手掌裡，發出啪的撞擊聲。

還有一件事也不可小覷：就某方面而言，他們看來非常健康，甚至比美國大多數的六十歲老人還要強壯。幾名女性的乳房已經鬆垮且癟掉，但臉龐還很光滑，而男性的頭髮大都保持烏黑（跟三位嚮導一樣，他們把頭髮纏在一起，在髮根處變成毛茸茸的一團），陰毛也很濃密，從遠處看變成黑黑一團，彷彿田鼠之類的動物接在他們身上。跟三名嚮導一樣，他們肌肉發達，雙手動作就算不是很快，也還靈巧：走路時，他們跟夏娃一樣肩膀下垂，腳步笨重，看來奇怪而認命，就像做完一天令人麻木的工作、離開工廠的工人，或是沒精打采走向牢房的囚犯。

那一天非常累人，直到夜幕低垂，天空一片漆黑，空氣凝重起來，我們才有機會與穆阿談話。任誰看到他跟其他人在一起的樣子，都能立刻判斷他就是帶頭的；跟其他人不一樣，他會直視我們，其他人的眼神則是幾乎馬上飄開了，一副不感興趣的樣子，而且他是最乾淨、穿著最體面的一個，儘管這點應該不重要。伊卡阿納、烏卡薇與伊瓦伊瓦三人的衣服都有點相似，雖然他們似乎認為衣服並無實際功用，只是裝飾品：伊卡阿納只在腰部圍著一條用藤蔓編織而成的項鍊，上面吊著五顆利齒（是人的牙齒嗎？我猜想），烏卡薇則是在脖子上圍一條短短的蛙綠色布料，布質看來僵硬、充滿纖維，沒什麼遮蔽效果，像一條圍巾。伊瓦伊瓦身上也有一條類似的布（後來我摸到，才發現布質不如看起來的僵硬，而是柔軟、毛茸茸的），綁在右大腿上方，變成一團。穆阿卻是把布纏繞在鼠蹊部，雖然遮不住什麼（他的陰毛叢生，全都冒出來），但已經是最接近布條的實際效用了。

「我要問他一些問題。」塔倫特跟我說：「他回答時，我會翻譯，我要你把答案記錄下來，內容盡可能精確。」他看著我，表情看不出在想些什麼。塔倫特選擇**我**來幫忙，而艾絲蜜與其他嚮導一塊，在地勢較高的空地監控，忙著帶其他伊伏伊伏人到河邊去取水。「可以嗎？」

我說：「可以。」但不知道為什麼，我有點害怕，怕的是不知道會聽到什麼，也怕沒把紀錄做好。雖然塔倫特並未明講，不過這次訪談看來十分關鍵，而且只能在這當下做這麼一次。我突然隱約看見未來的我，在一頭灰髮時，有機會站在一群如痴如醉的聽眾面前演講，宣稱「這是一切的開端，我就是在這裡發現那偉大的祕密」，只是我當然連自己該期待什麼祕密，都還不知道。

「我們開始吧。」塔倫特說完，吸一口氣，轉頭面對穆阿。穆阿歪著頭，非常專注，準備好迎接接下來發生的事。於是我拿起了我的鋼筆。

「我的家庭跟其他家庭不同。」穆阿說：「伊伏伊伏島上的其他家庭都是在島上出生與去世，家裡的父母、祖父母與所有人也是這樣。伊伏伊伏島就是他們唯一的世界。

「但是我爸爸本來不是伊伏伊伏人。他是從烏伊伏來的，家人都是那個島上的農夫。他們種植瑪卡瓦樹——你知道那種樹嗎？跟瑪納瑪樹很像，但果子比較小，更接近粉紅色，果肉更甜。那種果子裡面沒有胡諾諾蟲，所以伊伏伊伏人沒那麼愛吃。

「偉大的國王去世那年的某一天，我爸爸的母親生了重病。她不斷呻吟，翻來覆去。她的肚子又大又硬，似乎是肚子痛。她就這樣翻滾慘叫了一天，我爸爸當時才十二歲，不知道該怎麼辦。他爸爸到瑪卡瓦樹的樹林去了，每年的整個小太陽季，他都去那裡種植作物。樹林不是很遠，如果走快一點，我爸一天就可以走到，但是這樣他就必須丟下五名年幼的弟妹與母親。在母親的呻吟聲中，他發誓要照顧他們。所以，他能怎麼辦呢？只能無能為力了。他必須留下來看著母親在草蓆上翻滾，就像一隻不能呼吸的魚。

「到了第二晚，祖母的叫聲變大，鄰居們過來緊握她的手，甩她巴掌，叫她的名字，希望讓她恢復意識，擺脫身體裡的東西，接著他們決定找人來幫她做卡阿卡阿的儀式。那是一種非常古老的儀式，作法是把讓人生病的那一部分肉割掉，埋起來。我的曾祖父就是做卡阿卡阿儀式的人。小時候，我爸曾跟我說，他親眼看到曾祖父像弄破椰子那樣，打破一個女人的頭骨，方式是用一根鈍的木頭抵在頭部側邊，不斷用石塊敲打木頭。那個女人頭裡面的東西都跑了出來，接著曾祖父用樹皮做的線將她的頭縫合，事後她的頭就再也不痛了。

「當時，我爸的村莊只有一個人會做卡阿卡阿的儀式。過去有許多個，但荷瓦拉來了之後，會那種儀式的人愈來愈少了。做卡阿卡阿儀式的人去一趟我爸家，對我爸的母親唱歌，她掙扎大叫，幾名女鄰居把她壓制住。大人吩咐我爸和他弟妹在小屋外等待，但是小屋有個窗戶，我爸最高，剛好可以從窗戶邊緣偷看，只見那人拿出一根長棍（也許是從祖父的瑪卡瓦樹林裡撿來的，當時是小太陽季，他正在那裡採收作物），而長棍的一端已經被他削尖了。我爸看到那男人把木棍高舉過頭，往我祖母的肚子插進去，她大聲尖叫，我爸說他可以發誓，聲音大到連小屋的屋頂都在搖動震顫。

「那男人把我祖母的肚子切掉一大塊肉，把肉高舉過頭，對阿卡與伊伕伊伕祈禱，請求祂們救救我祖母，治癒她、撫慰她。然後，他用當天早上自製的樹皮布料包住那塊肉，請某個女鄰居埋在一棵卡納瓦樹底下。我祖母不停大叫。

「就在那些女鄰居要離開小屋時，整個村莊的人都聚集在屋外，為病人祈禱。有些人正打算離開村子，去找我正在採收瑪卡瓦果的祖父，如果他們腳程快一點，一天就會到了。但是我祖母的叫聲變得更大，大到村子裡的動物，像是豬、雞跟馬，也開始尖叫，我父親說當時整個世界好像充滿了喊叫聲，再也沒有其他東西。他在窗外踮腳偷看都看累了，當他再度踮起腳尖往裡看的時候，剛好看到那個男人把手伸進我祖母的肚子裡，拿出某個東西。從我爸的角度看過去，很像一大塊發亮的白色肥肉，彷彿家中女人會拿來煮的馬肉。但是那個男人的手滑了一下，東西掉到地上，發出石頭般的喀噠聲響，裂開成許多碎片。我爸嚇了一跳。

「這立刻引起一陣騷動，那個男人指著我祖母說，她體內有一隻歐帕伊伕艾克，那個神明一直在她的身體裡。聽到這句話，村民開始湧入小屋，想要看看歐帕伊伕艾克存在的證據，可是一看到祂的殘骸，也就是破碎的龜殼後，他們開始痛哭，男人都回家去拿長矛。我爸說他不清楚他們要幹嘛。因為他母親體內一直有神明，所以就像有些人說的，她是惡魔？還是因為這樣，他們把她當作神明崇拜？為什麼先前她都沒提到這件事？她體內有一隻歐帕伊伏艾克，這有什麼特別的意義嗎？以前不曾發生過這種事，所以他們不知道我祖母能帶來好運或厄運，不知道該殺了她還是把她治好。那個主持卡阿卡阿儀式的男人因為把神明砸爛，當然該受罰，但是他趁亂開溜，不見蹤影——開溜前，他已經設法讓別人相信他應該受到讚賞，這一切不該怪在他頭上，由此可見擅長卡阿卡阿的人也都擁有高強的說服力，很會講話。

「只是在村民決定要怎樣處置我祖母之前，她就死了。由於她自行決定自己的命運，沒交由他們處置，把大家都惹火了，便放了一把火，把我爸的家燒掉，然後追趕我爸和他的弟妹。許多女人從樹上跳下來，用女人特有的方式嚎叫，把我爸和他弟妹嚇得拔腿逃命，然後再換方向驅趕，此刻那些女人的丈夫也拿出長矛戳他們。但因為我爸是長子，跑得最快，看到二妹死掉後，他只能用最快的速度往祖父採收果實的瑪卡瓦樹林衝去。

「他不斷奔跑，最後看到一隻大野豬橫屍路邊。這真是一件怪事，因為野豬一般都住在叢林裡，總是成群行動。有時生病的野豬會脫隊，但很罕見。

「即便那頭野豬看起來是死了，我爸還是很擔心。已經有很多不可思議的事情發生了，眼前這頭落單的野豬似乎不是什麼好兆頭。他放慢腳步，謹慎地往那隻野豬走去。等他靠近時，才大叫了一聲，因為那不是野豬，而是他爸爸，由於渾身燒焦，我爸錯把他身上的乾裂皮膚當成野豬的粗鬃。我爸說，後來讓他牢記在心的是他爸躺在那裡的姿勢，手腳往身體內側蜷縮，而且火燒得如此猛烈，以至於他的雙腿被燒熔相連，像一根大樹幹。他知道父親一定是在回家的路上，被看到祖母體內有海龜的村民攻擊。

「此時，我爸成了孤兒，全家只剩他一人。那天早上，他還是六個小孩中的長子，有個在種植瑪卡瓦的爸爸，家裡還有媽媽跟弟妹。此時他已一無所有，既不能回村裡，也不認識可以幫他的人——他父母的兄弟姊妹早就死了，他再也沒有可依靠的人了。

「我爸爸爬進離他父親焦屍不遠處的一棵卡納瓦樹裡。當晚他夢見歐帕伊伏艾克來找他，說他母親因為子宮內有一隻牠的後代而受到詛咒，但是我爸有辦法破除詛咒——前提是他必須拋開他熟知的一切，遷居伊伏伊伏島，再也不回去。

「隔天早上，我爸在驚醒之餘，下定決心。烏伊伏人不會去伊伏伊伏島，我爸說，伊伏伊伏島上只有神靈與怪物。以前他偶爾會在晚上聽見村裡大人講伊伏伊伏島的故事，說入夜後整個島會活起來，在海上漂動，劃過水面，潮水因而翻騰，黎明前它才會歸位。他還聽說那島上的樹木會沙沙低語，石頭會默默滾動橫越地面，還有會吃肉的植物。每個人都宣稱自己認識某個去島上探險的笨蛋，最後一去不返。

「但我爸知道他別無選擇，從他父親的遭遇看來，儘管伊伏伊伏暗藏危險與殺機，但留在烏伊伏島，他也只有死路一條。

「我爸下山，前往海邊。他沒有可交易或給人的東西。就算他有，願意前往烏伊伏島的漁夫應該也很少，因為去一趟幾乎要花一整天，再加上大家都怕那個地方，想要求人載他過去是不可能的。**喔！我爸心想，如果我會飛就好了！如果我可以像海豚那樣游泳就好了！**然後他想到了他作的海龜夢，覺得憤怒又絕望。他要怎樣執行一個不可能的指令？

「悲傷不已的他站在岸邊，突然間，他看到有個黑黑的東西從海面上滑過來。我爸以為那是一群島民用自製漁網捕捉的細瘦銀魚；那種魚可生火烤來吃，因為魚刺很細，整隻吃掉也沒問題。但是，令我爸感到驚訝不已的是，他看見那個東西浮上水面，是一隻巨龜。他沒見過那麼大隻的，比他高也比他寬，大小有如一種叫拉瓦阿的蕨類植物。牠用力划水，那雙呆滯的黃色眼睛緊盯著我爸。我爸發現自己目瞪口呆，動彈不得，但是海龜爬上岸來，上半身擱在陸地上。我爸這才瞭解他該跨上龜背，海龜會帶他去伊伏伊伏島。

「渡海時，我爸覺得自己一輩子都不曾那麼快樂。在淺水處海龜謹慎游水，以免我爸的腳刮到大片暗礁，但是一到外海，牠就游得又猛又快，除了一群群鯊魚、鯨魚，更巧遇數以百計的歐帕伊伏艾克。每一隻都跟他胯下那隻一樣大，牠們從水裡把頭抬起來，好像對他行注目禮，目光炯炯有神。

「沒多久，他們就到了伊伏伊伏島。當我爸從龜背上爬下來的時候，曾有片刻間非常確定那隻用芒果般黃色大眼看著他的海龜會跟他講話。但那隻海龜並未開口，只是對我爸眨眨眼睛就轉身游回海裡。我爸持續低頭朝海龜的方向致敬，直到再也聽不見海龜的划水聲，四周只剩海浪嘩啦啦作響。

「接下來幾天，我爸都在走路。他張大耳朵傾聽，始終沒聽見樹木的交談聲，儘管他盡可能睡少一點，也不曾感覺到整個島入夜後在海上漂流。但他的確看到一群群怪鳥，就在一片綠色森林裡，藍、黃、紅各色羽毛顯得特別鮮豔。牠們在樹木之間成群騷動亂叫；粗大的樹枝上因為站著一隻隻吵鬧不休的霧阿卡而下沉；到處亂長的野生瑪卡瓦樹結滿了果子，他爸如果看到，肯定會流下眼淚。

「過了很久，我爸才走到一個村莊。村民疑神疑鬼，以為他是鬼魂，但他費了好一番工夫才終於被接納，在十四歲生日那天獲得自己的長矛，最後也自組家庭。

「即便多年過後，還是沒人相信我爸是從另一個島過去的。他們不相信有烏伊伏島。這很奇怪嗎？他們看不到烏伊伏島。雖然我爸宣稱伊伏伊伏島是烏伊伏國三島之一，但是沒人聽過這件事，自然沒有理由相信他。對於我們伊伏伊伏人來講，我們的島嶼就是整個世界，全世界就一個島。有很多年，我自己也不相信我爸的故事，我以為那是他為了取悅我們而編出來的。但最後我開始思考，他講的有可能是真話。為什麼？首先，我爸很誠實。如果有一件事不是真的，我不曾看過他堅稱那是真的。其次，多年來他不斷複述這個故事，所以我只能相信，因為他是我爸，我不得不如此。」

別忘了，剛剛穆阿在講話時，我一直看著塔倫特。當然，我聽不懂穆阿在說什麼，只好看塔倫特的臉，詮釋他的反應。但是看他的臉也沒什麼用。我必須想像塔倫特在翻譯時改了一些詞彙，讓穆阿的句子聽起來比較動聽、複雜，但是我無法判斷他的反應——說到激動處，穆阿的音調會有所起伏，但是塔倫特講個不停，音調平順如常。後來，塔倫特、艾絲蜜與我一起看我做的筆記，他把很多東西的原委解釋給我聽。讓我感到不可思議的是，儘管穆阿每講一句話，他一定覺得自己愈接近一個不可思議的大發現，但居然還可以這麼平靜，他實在太鎮定了。

期間我只聽到塔倫特的聲音變過一次。過了滿久，我才發現當時自己應該更仔細觀察他的臉色，把他的臉牢記在腦海裡，甚至做成蠟像。那是畢生罕見的時刻，我感覺到世界板塊在腳底移動，我的人生永遠改變了：地表上巨大裂痕的兩側分別是過去與現在，再也不可能合在一起了。

「我要問穆阿，看他爸爸是什麼時候去世的。」塔倫特低聲對我說，他的眼睛仍看著穆阿。「Mua, e koa huata ku'oku make'e？」穆阿很快就回答了，把手指向那群伊伕伊伕人。此刻，我看見塔倫特像被電到一樣動彈不得。奇怪的是，在那當下我感覺到他只想獨處，往後倒在叢林柔軟的地面上，讓宛如巨獸的叢林輕輕地把他一口吃掉。

「他還活著。」塔倫特說，然後看看我。在夜色裡（此刻他與穆阿的訪談已經進行了至少一小時），儘管他的皮膚是古銅色的，我卻看出他臉色慘白。「瓦奴就是他爸。穆阿說，如果我們想跟他講話，可以找他。」

艾絲蜜、塔倫特與我花了一整天討論，才徹底搞懂穆阿的故事有何含義。此刻，我們又開始移動了，夢遊者（我發現他們說話時，彷彿夢遊的人在講夢話，總是半夢半醒，一邊沉睡、一邊蹣跚前行）被分成三組，我們用一條長長的藤蔓把他們的手腕綁在一起，藤蔓另一端綁在其中一名嚮導的腰際。此時，我們持續往山上走，但沒有特定的方向，因為穆阿沒辦法或者不願意跟我們說他的村莊在哪裡。唯一的可能就是往山上走；此刻森林再度從左右兩側包夾過來，樹幹擠在一塊，只有細小捲曲狀的蕨類植物可以鑽過樹幹間的微小隙縫。

先前，塔倫特的翻譯工作完成後，我做的第一件事就是把瓦奴找來（他已經睡了，不悅地把我的手撥開了好幾次，我好不容易才把他叫醒），帶他去找穆阿。我看著塔倫特試圖和他們倆對話。他看起來比穆阿還老嗎？（就連這個問題在我的腦海盤旋時，我還是無法相信我會自問這個問題。）我心想，也許吧；如果穆阿看起來六十歲上下，瓦奴大概比他大個五、六歲。他們像嗎？也許吧——他們倆都有扁平的頰骨，下巴戽斗，窄小的額頭上有一條條細紋，彷彿樹皮。但話說回來，對我來講，他們看起來都很相似。如果我找來的是伊卡阿納，我難道不會覺得他和穆阿也長得很像嗎？

後來，當我在跟塔倫特講話（或者說試著跟他講話；我們在上山的過程中，艾絲蜜一直慢吞吞的，此時像隻小白狗跟在我們身後），把我的觀察告訴他時，他們才跟我說我遺漏了比較重要的資訊，而且艾絲蜜看來得意洋洋，跟我說我不可能瞭解那項資訊有何含義。

首先，最明顯的是關於國王的事。「你記得穆阿說過，國王去世那一年，他父親十二歲嗎？」塔倫特問道。

「當然。」我說：「但他說的可能是任何一位國王，對吧？也許是現任國王的父親？」

「如果他只說『國王』這兩個字的話，有可能。但他不是。他在國王兩字前面加上了ma。這種尊稱只會用在某位國王身上，也就是把三個島統一成國家的國王瓦卡一世。瓦卡一世是什麼時候去世的？」

我不發一語。這我當然不知道。

艾絲蜜答道：「一八三一年。」響亮的聲音不知從哪裡冒出來。

「沒錯。」塔倫特說。我敢肯定他跟艾絲蜜前一晚就練習過這種你問我答了，當下我決定不要參與他們的小遊戲。「諾頓，你還記得穆阿是怎麼描述用卡阿卡阿儀式幫人治病的那個傢伙嗎？」

「記得。」我說，此刻腦海裡浮現那傢伙雙手高捧石胎，嘴裡念念有詞的畫面，擁擠的小屋裡到處是婦女們的喊叫聲。

「可是，卡阿卡阿在一八五〇年就被瓦卡一世的兒子馬庫國王立法禁止了，觸犯者會被處以死刑。所以——」

「事實上是一八四九年。」艾絲蜜氣喘噓噓，語氣很興奮。

「抱歉，是一八四九年。所以，意思是——」

「沒錯，但一定有人不守法。如果那是傳統的話——」

「這你就不懂了，諾頓。」艾絲蜜說。我實在是很想給她一巴掌，用力克制的結果是搞得我自己頭暈了起來。「烏伊伏人不會違背王命。絕對不會。」

「所以你們是什麼意思？」我趕快接著說，唯恐塔倫特又說出同意艾絲蜜的高論，讓他們倆一起提醒我有多愚蠢。「瓦奴是一八三一年出生的？」

「事實是，他應該是一八一九年出生的才對。」塔倫特用和緩的口氣說。

我頓了一下，看著他們。「拜託喔！」我說：「別跟我說你們都相信他。」

「為什麼不相信？」塔倫特用同樣冷靜理性的語調問我。

片刻間，我怕自己講錯話，於是乾脆閉嘴。**喔，天啊！**我心想，**我犯了一個天大的錯誤**。

我想起瑟若尼的強大身影和和善面容，還有他用悲傷無奈的神情看著我的那一刻——只因我想都沒想就跟他說，我非常樂意搭機前往一個我沒聽過的島國，跟一個我從未聽過的人類學家一起待上半年。我覺得自己有一股離開這個島嶼的強烈念頭，接著立刻湧上心頭的是另一股隱約的心痛：我知道我逃不出去。我意識到自己有多孤單，儘管身邊有夢遊者與三位嚮導，還有我無法掌握、讓我倍感挫折的塔倫特，最後是毫無魅力可言的圓臉醜女艾絲蜜。她的臉總是充滿光澤，卡其短褲的褲襠永遠鼓鼓的。

「呃……」我用盡可能平靜的語氣說：「理由之一，真的有那隻海龜嗎？」

「喔，」塔倫特揮揮手，好像我是個服務生，端了一道他不喜歡的菜給他。「暫時把那隻海龜忘掉。重點是——」

「石胎。」我接著說。

「那的確存在，」艾絲蜜打斷我。

「而且**極其**罕見。」[11] 我把她的話講完，接著說：「但是，塔倫特，」我用懇求的語氣說（我必須搞清楚，但又害怕他的答案太離奇）：「難道你真的相信瓦奴的年紀是**一百三十一歲**？」

回答之前，塔倫特久久地看著我，等到他開口說話時，語氣又轉為溫和。「諾頓，我知道這不太可能，甚至完全不可能。」他說：「但我想不出其他結論。此外——」他把手臂往外一揮，意指我們周遭的一切：樹林，以及在林中生活的迷你猴子、巨大的樹懶、長滿綠草的石頭、爬滿苔蘚的巨岩，還有前面的夏娃跟她的族人，三三兩兩緩步走在三名嚮導後面，「這個地方還有什麼**是**不可能存在的？」

不幸的是，我無法回答這個問題。即便是艾絲蜜也沒接腔。過了一陣子，我們什麼也不能做，只好繼續走路，有好一段時間沒人講話，於是叢林的各種聲音代替我們進行我們無法

11 石胎的正式名稱叫 lithopedion，形成原因通常是死胎太大、無法被身體吸收（石胎的胎兒通常在三個月後死掉），為了避免讓母體感染而鈣化。即使體內有石胎，女人還是可能照常生活好幾十年，甚至一輩子都沒問題；也可以孕育其他小孩。如同諾頓所說，石胎是一種極不常見的醫學現象，長得像惡鬼一樣可怕，如今在文明世界幾乎已經絕跡。

繼續的對話。

勉強算半個科學家、半個醫生的我，就這樣非常遺憾地發現，我的兩位同事居然深信一個外表六十五歲的人已經一百三十一歲了。

我知道他們倆認為我太過嚴苛，而且缺乏對知識的好奇心，既無趣又保守，而且我也很清楚，他們知道我認為他們荒謬，缺乏嚴謹訓練，腦袋充滿危險的幻想。唯一的差別在於，只有我對現狀感到困擾。事實上，艾絲蜜看來欣喜若狂，緊緊黏著塔倫特，好像一株真菌黏著潮濕的小樹。

要不生氣是很難的。塔倫特不擅長觀察一般人的日常情緒波動，但他還是大步走到我身邊，跟著我走了一會兒。「別擔心，諾頓。」他邊說邊拿一個瑪納瑪果給我（果子外表碰傷了，腫了起來，爬滿胡諾諾蟲），此時我已經非常確定自己不喜歡那種東西。

另一個難處是，儘管我想讓這次研究具有較嚴格的科學性和邏輯性，我得承認自己不小心為塔倫特與艾絲蜜提供了更多童話故事元素。在我的要求下，我們又訪談了幾位伊伏伊伏人，希望此舉有助於確定他們的真正年紀。然而，事實證明這件事比我想像的更具挑戰性，因為伊伏伊伏島上似乎沒有多少事件被記錄下來：他們沒有國王的概念，也沒有時間與歷史的概念。他們不曾看過荷瓦拉（他們持續盯著我們看，有時獨自一人，有時幾個人一起看，總是不發一語，比較大膽的幾個會試著把我們的短褲褲頭拉開，用比較粗魯的方式模仿我們檢查他們的行為），但是這對我們一點幫助也沒有，因為過去未曾有荷瓦拉踏上伊伏伊伏島。事實上，過去幾十年來（要我說**過去一百年來**，實在難以啟齒），唯一值得紀念的事，就是瓦奴來到這個島上，伊卡阿納、韋伊伊烏、伊瓦伊瓦與瓦阿娜都宣稱自己記得那一天。每個人的故事都有點不一樣，各自用各種方式加油添醋（韋伊伊烏說，瓦奴來的時候彷彿天神降世，踩在一隻緩緩走動的巨龜身上），但是他們都記得瘦巴巴的小瓦奴，他身上那件樹皮布料做成的燈籠褲破破爛爛，年紀小到還沒有資格拿長矛。伊瓦伊瓦和瓦阿娜這一對雙胞胎都宣稱他們舉行婚禮時，瓦奴突然現身，打斷慶祝活動，一來就死命盯著火堆上為了婚宴而準備的烤豬肉。[12]只有烏卡薇說當時她還沒出生，無法目睹瓦奴出現的時刻。但是她的確記得自己年紀還小時曾目睹瓦奴的婚禮。跟其他人一樣，她愈是努力回憶過去，她的記憶就愈完整，也愈確定。

「他結婚時大概是十七歲。」稍後塔倫特說，他的筆在筆記本上寫個不停。「所以，烏卡薇是在他抵達不久後出生的，意思是她大概——幾歲？一百零九歲？一百零八歲？差不多就是那樣。」

但是，真正讓他與艾絲蜜興奮不已的，是伊卡阿納的故事。他們發現伊卡阿納出生五年

12 女孩通常是在十四歲結婚。如果伊瓦伊瓦和瓦阿娜的故事屬實，一九五〇年時，她倆大概是一百二十三歲。

後，才發生大地震，那是所有伊伏伊伏人都記得的大事。那一場大地震為烏伊伏國帶來巨災，最遠到西邊的斐濟與北邊的夏威夷都感覺得到。烏伊伏人用神話的角度來解釋此一事件，認為那是伊伏伊伏與阿阿卡兩位戀人之間的激烈爭吵（沒人知道他們在吵什麼），兩位神明各自決定同歸於盡，把所有武器都用來攻擊對方。阿阿卡找來兄弟姊妹，所有的天空之神為了祂降下暴風雨，肆虐大地，而伊伏伊伏則是掀起滔天巨浪，幾乎捲到了太陽。事後祂們倆不曾再度爭吵，因為根據神話故事，祂們發現彼此勢均力敵，永遠不可能壓倒對方；另一方面，祂們那長期受苦受難的老朋友歐帕伊伏艾克懇求祂們停手，兩位神明都不忍老友為了自己而不快樂。在伊伏伊伏語，那一場地震向來被稱為「卡威哈」，意思是「大戰」。

「卡威哈發生時，我還是個小孩。」伊卡阿納跟塔倫特說：「但我記得那種天崩地裂的情景，地面好像諾阿卡果[13]那樣裂開，還有我媽帶著我逃進一叢拉瓦阿蕨類植物裡，直到天神不再吵架。我也記得，等我們回到村莊，煮飯的火擴散開來，小屋陷入一片火海，媽媽說我們很幸運，因為雨季快來了，到時候就安全了。當晚我們向神明祈禱與跳舞，希望祂們開心，後來祂們就再也不曾吵架了。」

他又說了很多。塔倫特往前靠過去，持續問問題，寫個不停，但是他並未翻譯給我聽，等到我問起伊卡阿納都說了些什麼，他只是露出若有所思的表情，跟我說他需要想一下。

「想什麼？」我問他，但他沒回答。

總之重點在於：卡威哈發生於一七七九年，所以伊卡阿納大概是一百七十六歲。

「那是不可能的！」我反駁他，驚慌的感覺再次陡然浮現，我幾乎講不出話來。

「現在是一九五〇年。」塔倫特的語氣平靜，但聽得出聲音有點尖銳，他對我愈來愈失望了。「卡威哈發生那一年，他五歲。諾頓，難道數學會騙我們嗎？」

數學的確不會騙人。但是其餘的人事物都會。不過，塔倫特說對了一件事：當時是一九五〇年。伊卡阿納坐在離我幾碼的地方，眼睛看起來有點濕濕的，正在吃他分配到的罐頭肉。法阿守在一旁，把手指頭張開，又收起來，握住長矛。我只要幾個箭步就能走到他們身邊，光看外表，我實在分不清他們倆之間誰比較年輕，誰比較老，也看不出誰是瘋子，誰跟我一樣正常。

13 諾阿卡是椰子的近親，是一種長在藤蔓上的葫蘆狀水果（就像西瓜也是長在藤蔓上），尺寸跟大顆的蜜香瓜差不多。在烏伊伕島上，這種水果通常稱為 uka moa，意思是「豬食」，因為它的外皮布滿很像豬鬃的黑硬絨毛。

第四部　第九間小屋

I.

我稱之為村莊，但那根本不是村莊，而是一大片泥土空地，上面矗立著二十幾間破爛的乾燥棕櫚葉小屋，圍成一圈，彷彿海市蜃樓一般出現在我們眼前。

我們先是穿過一片看來特別難走的樹林，嚮導們一邊哼聲呻吟，一邊側身越過樹間縫隙，幾位夢遊者也跌跌撞撞跟在後面，隊伍零零落落。艾絲蜜、塔倫特和我在後面跟著，儘管我們穿過一片瑪納瑪樹，進入一片森林，沒想到村莊就在林子裡，首先映入眼簾的是村莊邊緣。

一開始，我看到的是一具具屍體。到處都是。有些婦女躺著，孩子們的頭鑽入她們腋下；男人雙腿大開，張著嘴巴；一大批野豬的前腳像貓一樣收在身體下面，豬鬃又黑又亮，彷彿豪豬的刺。空地正中央有一小堆火發出劈啪聲響。架在火堆上的是一隻不明的動物，剝了皮，比野豬還小隻，被火舌掃過的部分已經焦黑，眼睛仍完好無缺，用悲慘的眼神凝望著我們。

眼前的場景彷彿大屠殺，許多人死在那裡，但是我定睛一看，才發現那些婦女的胸口正在起伏，即使是睡覺的那些男人，他們的大拇指也持續撫摸手裡緊握的長矛，像在作夢。至於那些野豬，每次吐氣時，鼻孔周遭的豬毛都會抖動移位。

法阿是我們一行人裡最早開口說話的，儘管我聽不懂他在說什麼，卻聽得出他的語氣一點也不驚訝。[1]夢遊者群聚在我們身後，每個人都異常安靜。大概有一分鐘左右，我們整群人只是站在那裡，看著一整座村莊的人睡覺。

但是，夏娃突然沒由來地發出她那充滿回音與爆發力的特有吼叫聲，睡覺的村民們立刻動了起來，像一把著火的火種一樣。本來躺著的男人似乎靠一個動作就站起來，女人在驚恐之餘跟著夏娃一起大叫，野豬發出呼嚕嚕叫聲，跑到男人的身邊，牠們的小眼睛看來邪惡而油亮。只有被串在火堆上的那隻動物留在原地，火堆劈啪作響。後來我覺得，眼前的場景就像上次夢遊者在森林裡包圍我們的翻版，只是這一次我們是粗魯的入侵者，明明不是這齣戲的演員，卻硬要插花演出。

多年以後，我看到我家某個小孩看電視時，又聯想到這個畫面以及緊接而來的恐慌。那是一齣卡通：有個身材像馬鈴薯、講話結結巴巴的差勁獵人闖進一座村莊，村民跟他一樣也是圓滾滾的，只不過他們全身漆黑，唯一看得出臉在哪裡的是掛在嘴邊的雙唇，又肥又紅，硬得像還沒打開的可可豆莢，還有驚人的白亮眼白。在獵人的追趕之下，那些黑人瘋狂地繞圈逃竄，身體搖來晃去，揮舞長矛，亂吼亂叫，獵人則是四處亂跑，雙方上演一齣瘋狂的芭蕾舞劇。

1

這時候，整座村莊都處於 lili'ika 的狀態，也就是「小睡」；這是他們的傳統，一般從吃完午餐開始，直到下午過一大半才結束。小睡的習慣也許是因為必要而養成的；天氣炎熱的那幾個月，等太陽高掛天際，根本就難以工作。其次，伊伏伊伏人也有熬夜的傳統，因為夜裡是打獵的最佳時機（許多伊伏伊伏人最喜歡狩獵的動物是夜行動物）。

就像諾頓說的，儘管傳教士沒有辦法讓當地人改信基督教，透過偶爾朝見的機會，他們當年的確辦到了一件事：他們讓國王相信小睡習慣太過落伍，會阻礙該國的進步；圖伊瑪艾勒國王因此在一九三〇年廢除了小睡的習慣，而這是教士留下的最重要遺緒之一。然而，伊伏伊伏島仍保有此一傳統，因為就像諾頓所說的，他們不知道國王的存在，更別說王國了。

圖伊瑪艾勒國王在諾頓的回憶錄裡並未占據太多篇幅，但據說他是位迷人的國王。圖伊瑪艾勒生於一九〇〇年（所以諾頓抵達島上那一年，他若還活著應該是五十歲），十二歲即位。他與入侵該國的西方勢力之間有著非常複雜的關係。一方面，他曾聽說祖父馬庫國王因為卡阿卡阿儀式過於野蠻落後而將其立法廢止的故事，而且可能是仍堅守在烏伊伏島北岸的新教傳教士對他直接施壓的結果。然而，他也曾聽說自己的父王瓦凱艾勒國王仍是幼主時，就於一八七五年把最後一批傳教士給趕走了，當時大海嘯才剛摧毀他們建立不久的聚落。

圖伊瑪艾勒統治期間的最大特色，就是對西方懷有強烈的好奇心（對他而言，西方是禁地，因此很刺激），但也存有同樣程度的懷疑。據說（此事未留下文字紀錄），傳教士惹火瓦凱艾勒的主要理由，是他們跟他說如果要成為基督徒，就必須放棄他的長矛。於是一聲令下，數十年間西方人在烏伊伏島上斷斷續續的入侵活動就此打住：瓦凱艾勒放逐了他們，圖伊瑪艾勒成長的過程中，烏伊伏國完全沒有白人。

不過，執行放逐命令之前，瓦凱艾勒已與部分傳教士成為朋友，其中某位送了一些圖文書給他（那位傳教士的名字因為時間過久被遺忘了），再由國王傳給兒子。圖伊瑪艾勒識字不多，那些書卻向他證明，他的王國之外還有另一個世界，後來他也和許多南太平洋國家建立外交據點。

不幸的是，他無法堅持採取後續行動，因此烏伊伏國在二十世紀初幾乎沒沒無聞，雖曾引起西方注意、卻往往不能持續。後來在塔倫特和諾頓的努力下，才開始受到大眾矚目。

而當時，我們就是那樣。村民狂奔大叫，我們從上下左右各個方向追趕，自己可能也在喊叫，任誰看到了都會覺得我們像是在玩「抓鬼」遊戲。你也可以想像一下，此刻法阿要花幾個小時的時間，才能恢復起碼的秩序（可憐的法阿！）。他設法讓村民小心地把長矛放下，咆哮不停的野豬也溫馴地趴下來，但保持警戒。他費了好幾個小時的心力，最後婦女坐在空地的一邊，小孩圍繞在身邊，全像蟾蜍一樣不斷對我們眨眼睛；夢遊者則是由烏瓦和阿杜守著，待在空地邊緣，逐漸睡著；村裡大部分的男人坐在另一邊，他們養的野豬跟在一旁；我跟塔倫特、艾絲蜜與法阿待在村子正中央，那隻動物[2]仍然擺在火堆上烘烤著，背部完全烤焦，皮膚漸漸化成碎屑，像一群飛蛾隨風高飛——此刻我已筋疲力盡。

我們對面坐著三名男性村民，外表看來非常強壯，頭髮又黑又密，手腳肌肉發達。兩方人馬彼此偷偷互望了一會兒，好像我們是來提親的，等一下要跟他們介紹訂親人選，討論娶親條件。他們三個用右手把長矛舉得筆直，握矛的手指一張一合，先前我也看過法阿這樣做，與其說這是有節奏的動作，不如說他們看來很緊張，所以某些時候當三個人一起張開手指時，像是刻意安排好的，我幾乎以為他們就要開始唱歌了。

先開口的是中間那個男人——但即便他沒先開口，也沒坐在中間，我都覺得他的地位高於其他兩人：三個人都坐著，但他還是稍高一點，而且肩膀以一種幾乎不自然的角度往後挺直，還有他的野豬也比兩位朋友的還大隻，豬的毛皮格外油亮，好像剛剛上過油。

我被那幾隻野豬迷住了，牠們跟我過去在書裡或親眼看見的野豬都不同。當然，牠們最特別的地方是尺寸：身高宛如小馬，又像還沒剪毛的綿羊一樣肥大，要不是長相太醜，的確算得上一種肌肉發達的雄偉動物。站著時，牠們只比主人矮一點，但是看來壯碩多了，身軀像桶子一樣圓滾滾。儘管我看到牠們的行動並非特別敏捷（牠們跑步的樣子很好笑，把後腳收起來，前腳立刻蹬出去，看起來比較像跳躍，而非疾行），蹄子跟動物的角一樣堅硬，四隻腳上長滿濃密的豬毛。但令我印象最深刻的是牠們的獠牙：彎彎的獠牙，從彎刀般的嘴角伸出來，材質像白堊，牙尖部分有缺口且有裂痕。牠們的坐姿跟貓一樣優美，四隻腳摺起來收在身體下面，只有帶頭者的野豬例外。我們開會時，牠前腳的一隻腳蹄始終踩著一片帶血的毛皮，看起來曾是某隻動物身上的一部分。我看著牠始終在地上懶洋洋地來回撕咬那塊毛皮，模樣帶有幾分人類特有的姿態，漫不經心而殘忍，就像一個身穿條紋西裝的胖子在顫抖的被害者面前玩骰子。然而，牠的眼睛始終盯著我們，法阿與塔倫特先後發言時，牠大大的頭在他倆之間微微轉來轉去，偶爾停下來抬頭看主人，好像在觀察他的反應。這是最令人不安的一點。

2　過去在述說這個故事時，諾頓曾暗示火堆上的「動物」有可能是人類。《紐約時報》記者米洛．史莫克在他的《失蹤的男孩》（紐約：哈珀柯林斯出版社出版，一九八九年）一書中，詳盡引述諾頓的說法：「一進入〔歐帕伊伏艾克族的〕村莊，我們就看到日日夜夜燒個不停的火堆。懸在火堆上的是一種我認不出、但顯然是哺乳類的動物，頭頂仍凹凸不平，許多細小黑毛像遇熱的玻璃一樣斷裂。但是狗的頭沒有那麼大顆，野豬的四肢也沒那麼長。我盯著牠，心想會不會是某種靈長類，當時我還沒看過那麼大隻的猴子。等到我朝這個方向繼續往下推想，那不可避免的結論令我害怕不已。」（二九八頁）

他們就在我的兩側聊了起來。帶頭的村民會先講一大段話，接著由法阿和塔倫特回應。談得還順利嗎？還是不順利？實在很難說。我可以從法阿和塔倫特的聲音聽出他們特意保持冷靜，甚至想安撫對方，但我不確定這是不是費了他們一番工夫。我可以聽見身邊的艾絲蜜發出帶有鼻音的呼吸聲，但她本來就會那樣，所以無助於幫我判斷情勢。我看到那三個村民、法阿和塔倫特偶爾轉頭去看夢遊者們，但夢遊者並未回看，而且每當他們轉過去看的時候，我就會聽見法阿與塔倫特把聲音放低，話講得更快，帶著更強烈的懇求語氣。

當然事實證明，這又是另一段事後讓我覺得應該更加注意的插曲，而且我也更努力回想每個姿勢與嘆氣的動作，但是在事件發生的當下，我只是在作白日夢而已。我只注意村莊與森林之間的邊界有多整齊，樹木就這樣突然不見，而且就跟在場所有人一樣圍繞著整片空地，彷彿村莊是一座圓形露天劇場，而我們是演員。我真希望當時我能轉頭看看那些群聚在我們後面的婦女和小孩，但我不敢。

所以，我只是看著一隻野貓大的小野豬，牠在我們開會地點後面的泥土地上玩耍。牠的年紀一定很小，因為牠還沒開始長獠牙，眼睛大大的，小臉濕濕的。牠正在跟自己玩遊戲，在森林與村莊之間的界線前後跳來跳去：跳一小步，牠就進入人類社會，再跳回去，便回到森林裡。往前跳，往後跳。往前跳，往後跳。輕而易舉。我沒辦法不去注意牠，每每目光離開不久又會回到牠身上。

這個村莊有個令我不安之處，但一直要到那天晚上躺在棕櫚葉蓆子上睡覺時，我才意識到為什麼我會不安。

不管那一次會談內容是不是在談判，總之他們談了很久，久到我們都感到天色變暗，氣溫變涼，聽到後面的孩子低聲吵著要吃晚餐。在那個當下，對話戛然而止，三位村民跟我們四個人都站了起來，法阿和塔倫特朝他們三個微微點頭，但他們並未回禮。然後，我們又回到夢遊者身邊，三位村民代表則回去跟其他男人談話，婦女開始拍打小孩，回到各自的小屋拿準備晚餐的食材。

感覺情況不怎麼妙，我們一群人坐在那裡，仍在森林的邊界上，嚮導們把瑪納瑪果與卡納瓦果傳給大家吃，而幾碼之外，整個村子仍照常過活，好像我們從來不曾存在似的。但是塔倫特短暫來到艾絲蜜跟我身邊，保證一切都很順利。「我們可以留下來，至少暫時可以。」他說：「把他們餵飽後，我就跟你們講清楚。」

那一餐實在令人難以下嚥，我感覺到發出嘎吱聲響的瑪納瑪果滑進喉嚨後，似乎會卡住變大。有幾位婦女終於把那隻動物從火堆上取下（此時已完全焦黑，背部皮膚碎裂飛走），換成一大片搖來晃去的紅肉，上面布滿漂亮的白色肥油。烤肉味（事實上是火本身的香氣）使得水果更難以下嚥，最後我把水果放下，讓品嚐美味肉品的記憶充塞嘴巴與心裡，滿足味蕾：包括肉的咬勁。如果我願意，可以在嘴裡嚼個幾分鐘，每嚼一口就會有一點血水滲出，讓舌頭感覺一點單寧酸的酸味。她們沒有烤很久（只烤到紅肉變成棕色），接著其中兩人把肉從火堆上拿下來，擺在一大片蕨葉上，男人跟小孩跑過來徒手扯肉，直到把肉撕下，拿在手掌吃了起來。接著，她們又把一片較小的肉擺到火堆上，烤完後由婦女們吃掉。

最後，我們花了很久的時間才安頓好夢遊者，讓他們入睡（他們似乎忘記剛剛聞到的火味），而我們自己則是累到無法談話。但就像我剛剛說的，直到我躺在那裡，夢遊者與艾絲蜜都開始打呼，而法阿坐在火堆邊，背影投射在地上（他們與村民可能已經談判好，雙方不要開戰，但我注意到塔倫特還是不敢不派人守夜），我隱約意識到、卻說不上來的那件事才浮現腦海：村莊裡沒有老人。那三位村民代表看起來大約三十幾歲，頂多四十幾。我沒看到年紀更大的人。那是一個年輕人的村落。

當然，我提醒自己，我還沒有機會近距離觀察他們。明天我會更加注意。但就在我開始打盹、快要入睡之際，我聽見腦海浮現一個很小的聲音，不斷追問我：**這有何意義**？

沒有意義，我這樣回答。因為我累了。

即便在那當下，我就知道我錯了。

✻

「再等一下，我才能解釋。」塔倫特跟我們說。當天早上，夢遊者被激怒了；特別是穆阿一直對法阿嘮嘮叨叨，法阿則是伸出雙手安撫他。前一天夜裡不知何時，法阿與塔倫特一同把他們弄到森林深處。我進入昏暗的森林後走了大概兩百呎，才循聲找到他們。「我必須查出他們感到不安的原因。」他轉頭對艾絲蜜說：「妳可以帶那幾個女人到河邊喝水嗎？」

「那我呢？」我問道。

他疲憊地瞥了我一眼。「你可以走回村子裡。」他說：「他們已經允許了。」

「好吧。」我是這麼說，但對於他沒要我幫忙安撫夢遊者，感到有點生氣。但另一方面來說，我也覺得他們有點煩，想到村裡一探究竟。

「但是，諾頓——」

「怎樣？」

「別激怒他們，好嗎？」

「我當然不會。」我向他保證。我可不是隨便說說而已。

這時他看著我，本來要開口跟我說話，法阿卻叫著他的單名：「波！波！」他又轉身而去。

回到村裡，大家好像剛剛醒來那樣，緩步走來走去，不發一語，腳步蹣跚，但時間看來已經不早：小屋的淡淡陰影投射在地上，氣溫也熱了起來。本來我以為自己的現身會引發某些反應，像是驚慌、疑慮、恐懼，或者至少對我感到好奇。等到我接近時，卻沒人抬頭。事實上，他們似乎暗地決議把我當空氣；我覺得這方面他們的表現實在很厲害，畢竟我會出現在村裡是一件非常荒謬的事。有個女人手拿另一片肉，與我匆匆擦肩而過，這次她手上的肉是粉紅色的，但一樣帶有蕾絲般的白色油花，接著她把肉放下去，用悶燒的火堆蓋起來。另一個女人從小屋拿出一只裝滿大顆松毬的手編籃子，剝下上面毬果的鱗片，就像在拔朝鮮薊的葉片一樣。還有一個女人把那些毬果鱗片拿到裝水的籃子裡浸泡。在村莊另一頭，我看見昨天坐我對面那位帶頭的村民，便舉手向他致意。但是他連看都沒看我，好像我隔著一條忙碌的街道向他揮手，他卻假裝不認識我；那裝模作樣的神情讓我微笑了起來。

火堆四周的第一圈小屋總計十三間，第二圈則有九間，每一間大概都是七呎高，結構是簡單的圓錐形。矗立在小屋正中央的是一根高高的柱子，像是棕櫚木，七條棕櫚葉編成的粗繩以它為中心往外輻散，就像一根五朔節花柱，繩索像纜線一樣被拉得緊緊的，用木樁釘在地上。在這鬆散的小屋結構上鋪著層層相疊的棕櫚葉，像是一件大斗篷。斗篷前端交錯重疊，只要把一邊的葉片綁起來，就形成了出入口。第一圈小屋是睡覺用的，用較多根繩索固定在斗篷外面的是一張張棕櫚薦子，每張大概五呎長、三呎寬。不過，小屋裡面空蕩蕩的，瀰漫著乾草與泥土的味道。室內空間很大，據我估計，可以讓兩個大人和兩、三個小孩輕鬆地睡在裡面。

第二圈小屋（應該說只有半圈，將一半的睡覺小屋包圍起來，形成鬆散的半月狀）也是一樣的構造跟形狀，但是跟第一圈小屋的功能不同，用來儲物。第一間小屋放的都是肉。有個女人離開小屋後，我走進去，看到整片地板都是空的，小屋底部大概有十呎深，上面鋪著一包包用黑亮葉子包裹的東西。村民用泥土做成簡陋的階梯，通往小屋底部，我爬下去拿起一包東西，覺得涼涼的，雖然沉甸甸，但是軟軟的。就在我要往上爬的時候，腳滑了一下，跌在地板的葉子上。我感覺葉子地板好像在動，緩緩搖晃，於是把手伸到葉子下方一摸，才發現他們挖了一條地底水流，才能以低溫保存動物的肉。

接下來三間小屋儲存的都是乾貨，室內空間有很多繩索交錯縱橫，像繩狀的聖誕燈，東西就吊在上面。我看到一隻隻倒吊的霧阿卡，可憐的無毛尾巴掛在繩索上，眼球凹陷，眼神茫然。另一條繩索上則掛滿沉重的瑪納瑪果果乾，本來像嬰兒皮膚一樣滑順的外皮變得皺巴巴的。還有一條掛著芒果，氣味香甜依舊。裡面還有其他東西，但我無法辨認出是什麼：有的像乾癟的蜥蜴，死後仍露出可怕的微笑和一嘴焦糖色尖牙；一個個粗大雪茄狀的樹葉材質袋子布滿灰塵，閃耀銀光，袋子看來是空的，卻很沉重，直把繩子往下拖，幾乎碰到地板；半透明的琥珀色三角形物品上散布細芽狀的黑色絨毛。牆邊排著一個個籃子，我發現裡面裝了許多松毬（令我意外的是，每一顆都很重，像蘑菇一樣布滿絨毛）、長寬不一的豆莢，還有形狀各異的菌類植物，顏色是深淺不一的芥末色，其中一棵好像沾滿指甲屑，最後我才發現那些都是胡諾諾蟲。

第五間是唯一有人的一間。那三名婦女抬頭看了我一下，很快又繼續工作，不發一語。其中兩人把剛摘下的鮮綠棕櫚葉編成辮子，另一人把長長的樹葉撕成條狀。三條樹葉才能編成一條辮子，每條大概都是四吋寬。辮子中間是由樹葉的葉梗構成，另外兩條則取材自較柔軟的葉面部分。葉子都很長，約有八呎。一條辮子編好後，她們會再接到另一條辮子上，用的是一條較短的繩子，取材自一種像松蘿鳳蘭的麵條狀捲曲植物。她們身邊擺滿這類乾燥程度、長度、粗細不一的繩索，有的捲起來整齊地擺在地板上，有的則是掛在小屋室內。鄰接的另外兩個小屋，存放著更多用來搭建小屋的繩索與斗篷，還有其他用棕櫚葉製造的物品，像是帶有長長牽繩的項圈（我想是給野豬用的），編得比一般繩索還要粗三倍，還有堆得跟肩膀一樣高的棕櫚葉蓆子，以及鋸斷的棕櫚木，一端已經削尖，如此一來才能插在地上，當作小屋的骨幹。

沒有人坐在下一間小屋裡面，但顯然那也是一間工作室，因為小屋中央的地板有一塊可讓人把腿伸進去坐下的凹口，還有一大塊表面被磨平的石頭，顯然是一張石桌。石桌左右兩邊，一根根長條狀棕櫚木堆成金字塔，比我在前一間小屋看到的還要細，其中一些已經被磨過削尖了，我這才意識到那是製造長矛的地方。[3]

我發現我實在很佩服這個村莊，儘管它簡簡單單的。沒錯，這的確是非常粗陋的生活方式，卻有一種衣食無缺的舒適感，一切都井然有序，也能顧及、滿足生活中的各種需求，包括食物、居住與武器。而且就算生活簡化成種種基本要素，卻也能維持一種安心的滿足感。世界上有哪些社會敢宣稱他們體認到自己所需的一切，也準備好各種必需品了？這個村子有食物、水源與自衛工具，不但不缺乏，還有剩餘。我認為，這裡值得讚許之處在於，他們不需要其他東西，也不會有任何欲求。

所以最後一間、也就是第九間小屋就讓我感到困惑了。跟其他小屋不同之處在於，它披著不只一層，而是兩層斗篷，室內地板上也鋪了一層。地板上那層斗篷上擺著一張棕櫚蓆子，但是它和先前那些睡覺用的蓆子不同，比較寬，像是給兩個人睡的。另一個不同之處在於：只有這間小屋有可稱作裝飾的東西。屋梁上綁著一個東西，像是歐帕伊伏艾克的龜殼，龜殼表面磨得非常漂亮，即便小屋裡光線灰暗，殼上一塊塊的平面亮晶晶的，簡直像寶石的切面。看了那麼多間只具實用性的小屋之後，這一間對我來講是個謎，我甚至從邊緣把地面的斗篷掀開，看看是否暗藏玄機：像是祕密地窖或是地下的儲存空間。但我沒有任何發現，只看到地面。我走出小屋離開後，仍感覺到它的存在，好像它唯一的功能是用來提醒我，我可能是錯的，這裡的簡單生活只是一種表象。

直到我把所有小屋都探勘一遍，才意識到自己餓了。我再度被那堆火吸引，往它走過去。

在此，我該暫時打住，解釋一下這個村莊看起來如此宜人的理由之一：儘管到處是野豬、長矛，我又是入侵者，但它是一個非常小的村莊。我只走了八十步，就能從村莊的一邊走到另一邊。除了壯碩的野豬，其他東西看來都非常迷你，像是矮小的小屋與村民，就連那

3 村民向來小心維持儲存日常用品的習慣；甚至到了後來，外力介入當地社會的情況日漸嚴重，狩獵的時間跟意願普遍降低，他們還是會確保村裡有足夠的食材與補給品存貨，可維持一整季。（沒人負責監督這種儲存工作；他們只會把每間小屋指派給某個人，由那人負責補足存貨；村裡每個成年人每年都必須輪流負責這件事。）儘管補足存貨的工作是一年到頭持續進行，其餘絕大部分工作，包括收成、摘採、醃製、分類、準備飼料與打獵等，實際上都是在小雨季期間進行。因為諾頓是在小雨季的季末抵達島上，他看到的應該都是剛剛準備好的存貨，是前三個月的工作成果。

未曾熄滅的火堆也沒有高高的火焰。

我站在火堆邊，等著有人拿食物給我吃。四周大家都在幹活，有五名婦女正用石頭敲打一大塊奇形怪狀不明動物的肉片，想讓它變軟；另外六名婦女則是將堆成小山的瑪納瑪果分類，把瘀傷與沒有蟲的果子劈成圓形薄片，爬滿胡諾諾蟲的則堆成另一堆。我剛剛看到在處理松毬狀蔬菜的那三名婦女，此刻換了工作，面前擺著一堆香腸狀、粗短的鮮綠木頭。我看著她們用棕櫚木削成的刀片把木頭剖開，挑出跟我的大拇指一樣大、淡紫與水蜜桃色相間的大理石紋腎臟狀種子。她們三個斷斷續續地交談，但都講不久，總是由其中一人開口，兩位同伴低聲嘀咕，表示贊同。所以在一陣陣談話之間，總像有一群黃蜂在她們頭頂嗡嗡鳴響。

火堆右邊有十九個男人，其中包括帶頭的村民，正在用堅固的鋸齒狀短葉來打磨長矛，把矛頭磨尖。我走過去看，發現他們圍成的圓圈中央擺著兩個諾阿卡果殼剖半做成的碗，裡面裝著像果凍狀小布丁的東西，顏色像稀釋過的牛奶。他們把矛頭磨尖後，再把兩指的指尖伸進碗裡，把那東西抹在矛桿上，如此重複數次。跟旁邊婦女不一樣的是，他們持續交談，喋喋不休，人聲夾雜，那單調的聲音回響著，比較像在念經而非講話。

在那當下，一個常有的念頭又浮現了：我真希望自己會說烏伊伏語。此時，我聽到有人叫我的名字，艾絲蜜踩著重重的腳步走過來，說：「保羅想跟我們談一談。」（她說**保羅**，而非**塔倫特**——這再度讓我覺得她是故意嘲諷我。）於是我轉身跟在她身後，回到森林裡。離開時我往後看，但沒人目送我們離開。

「今天早上過得還有趣嗎？」塔倫特看到我們出現，問道。我看得出他累了。夢遊者不在眼前。

他的話帶有嘲諷意味嗎？我不知道。「有趣。」我說：「我看到一件怪事。」接著，我興匆匆地跟他說村民把手指伸進那碗奇怪的白色果凍裡，希望能促成他的新發現。

「喔，那個啊。」塔倫特用指尖揉一揉前額，說：「那可能是動物脂肪。烏伊伏人把動物脂肪煉成油，擦亮長矛。」他嘆了一口氣。「原來這個島上的人也會那樣做，的確挺有趣的。」

我說：「喔。」我的發現根本不算發現。當然就是那麼一回事，為什麼剛剛我看不出來呢？我不敢看艾絲蜜，因為我無法忍受她臉上的喜悅，她那種再度見識到我的無知的得意模樣。

「你們倆都坐下。」我們乖乖照做，他說：「你們餓了嗎？」他從身後拿出一串鮮黃的香蕉。那整串肯定有三呎長，但每根香蕉只有三吋，不過形狀完美，像寶刀一樣微微彎曲。「不久前法阿割下來的。」他說：「嚐嚐看——很新鮮。」

的確如此：儘管看起來顯然是香蕉，卻不帶一丁點粉粉黏黏的口感，比我知道的香蕉還要美味多汁，而且甜得在舌頭上留下一點燒灼感。

他接著說：「我要三位嚮導把其他人帶到下面的溪流，這樣我才能跟你們倆談話。」吃了一點香蕉後，他才繼續說下去：「我們現在的處境很微妙，我必須盡可能向你們解釋清楚。」艾絲蜜的表情嚴肅起來，我也試著一本正經。「儘管村民歡迎我們留下來──呃，比較精確的說法是：他們會用善意容忍我們。總之有一些規則，我們必須小心，時時遵守。」

他為我們列舉規則。我們可以觀察村民，但除非酋長允許，否則我們不能與他們交談。我們絕對不能觸摸那些野豬，還有村民的長矛，也不該覺得自己能吃他們的食物，但如果是他們招待的，我們當然可以接受。我們必須遵守他們的作息時間，這意味早上我們必須睡晚一點，因為我們跟他們一樣，也要很晚睡覺（我實在看不出這條規則有何意義）。我們必須躲在村民的視線外，待在森林深處，除非他們要我們出現。最重要的是，我們絕對不能把夢遊者帶進村子裡。這樣對他們比較好，對村民也是。

「但是為什麼不可以？」艾絲蜜問道。

「我不確定。」塔倫特坦承：「但我可以確定，昨天的談判內容大都與夢遊者有關，他們的出現讓村民感到很苦惱。」

「但是他們**也是**這村裡的人。」我追問道。

「沒錯。」他說：「他們認識夢遊者。他們認識穆阿。我想他們也認識烏卡薇，甚至也認識伊瓦伊瓦、瓦阿娜，還有韋伊伊烏，光從他們的目光刻意避開這幾個夢遊者的樣子，就看得出來。也許吧。但無論如何，村民不想看到他們。昨晚你們在睡覺時，我聽見穆阿跟法阿說了一遍又一遍：『我不能回去那裡。我一定不能回去那裡。』」

我們都沉默了片刻，試著詮釋穆阿的意思。

「法阿覺得他到底想說什麼？」艾絲蜜問道。

「他不知道，只跟我說穆阿很害怕。這我也看得出來，但還有別的事。」塔倫特把雙臂高舉過頭，幾乎想裝出一派輕鬆的模樣，但缺乏說服力，因為他也在擔心。「他想待在這裡，想踏進村子，但是他不敢。」說到這裡，我們再度沉默下來。

夜裡的情景仍是一樣：烤肉香味讓人難以忍受，夢遊者發出哀鳴聲，嘀嘀咕咕，我們只能吃爬滿蟲子的瑪納瑪果，黑暗的森林像束口袋一樣把我包圍起來。入睡前，我再次試著整理腦海裡的千頭萬緒：村民認識某些夢遊者，但不認識其他的，這有何意義？為什麼穆阿既期待又害怕進入村莊？為什麼村民不讓他們進去？這些問題之間一定有某種關聯性。我知道，也很確定。

但到底是什麼？

II.

時間會把人的記憶壓縮合併，但是我想我可以精確地說，在我們那番不明就裡的談話不久之後，情勢的確發展得快速無比。即便當時諸多事件的關係若即若離，好像有所關聯，卻始終彼此獨立，如今回想起來，我才知道那些事其實都發生在同一時間。

第一件事，是酋長邀請塔倫特、艾絲蜜和我去探訪村莊與村民。我承認，我在此的確稍稍低估了發現那個部族的重要性；也許，與我稍後即將發現的事情相較，發現那個部族實在沒什麼了不起。但是，如今幾十年後回想起來，我必須說，即便我沒發現那件事，光是那個村莊見諸於世就很轟動了。奇怪的是，在發現村莊的當下，我們都不怎麼興奮。先前在路上發生了太多怪事，我相信我們所有人早已認為，在旅程的盡頭一定有一件令人詫異的大事在等著我們。因為這項假設，儘管我們確實找到一個只有六十六人的神祕部族、一個未曾被人研究過的微型社會，此一發現已被視為理所當然。

如今，聽塔倫特與艾絲蜜講了那麼多，再加上我們發現那個部族之前與之後都有人寫了那麼多書，進行許多冒險之旅，我才知道還有許多人曾宣稱自己找到一個失落的部族。幾乎每隔十幾、二十年，就會有一個新的部族被人發現（如果從純粹數學的角度來思考，你會覺得這種事的可能性非常低。如今這個世界幾乎沒剩多少未被探索的地方，然而每隔十年左右，幾乎跟時鐘一樣精準，總會有人宣稱找到了新部族，接著為了證明那不是新部族，又必須投入大量時間與金錢）。但如果扣除掉那些騙人的發現，我們便會明白，可能還未被發現的部族其實只剩下為數不多的人口。如果再仔細看看**那些**人口，就會知道，那些人其實只有對白人來說算是「失落的」部族而已：就算文明社會成員無意間發現了一群亞馬遜人，難道那些外界比較熟知的鄰近部族就一定不認識他們？我們的發現之所以意義深遠，理由之一在於那些伊伏伊伏人不僅未曾被任何白人發現，就連烏伊伏人也幾乎沒看過他們。過去幾百年來，他們用自己的方式生活打獵，於傳宗接代後逝去，但是在外界的眼裡仍維持著神話般的地位，如同黑暗寓言中的半人半獸之物。

有鑑於此，令人震驚甚至不安的是，為什麼那個村莊會如此平靜地接受我們的存在？這實在近乎怪異。在他們眾多獨有的特色與癖好之中，讓我最感佩服的是，無論他們遇到什麼，幾乎都能展現強大的調整與校正能力（就我們的案例而言，他們是被遇到的）。當然多年後，又會有一波波來自文明世界的訪客搭船過來，重新發現他們。即使那些人造訪的目的是為了找出村民們的其他祕訣，我總認為應該好好研究那些人的基因，找出他們為何會如此冷靜，難以動搖，而且不管他們面對的是新穎或令人討厭、甚至高深莫測的事物，總能展現強大的吸收能力（通常來講，他們還是會完全忽略那些自己不想吸收的東西）。

最初的那些日子裡，艾絲蜜與塔倫特總是忙著做筆記，與夢遊者做更多無用的訪談，接著還是做筆記，同時間我則是持續探查更多關於村莊的細節。一開始，艾絲蜜與塔倫特不願干擾或改變村民的日常作息，所以他們往往像兩尊教堂的滴水嘴獸石像，坐在村莊另一頭，一坐就是好幾個小時，看著村民慢慢進行他們每天的活動，即使是最稀鬆平常的事，他們也會詳細記錄下來，寫滿了許多筆記本。（某次趁艾絲蜜去洗澡時，我偷看她的筆記本，發現裡面有六頁文字都是針對某個婦女的糞便的觀察，甚至用許多段落詳述糞便本身，包括黏稠度、顏色、氣味、色調與質地等等。）無論他們那種「不介入」的態度是不是玩真的，我都不用照做，我樂於跨出森林，進入村莊的範圍。

我最喜歡看孩子們。他們比美國的小孩矮小，出乎意料的是，他們長得比較漂亮：許多身體特色在他們的父母身上看起來很奇怪（像是看來硬邦邦的粗短腿部、過於濃密的頭髮、大得像蝙蝠一樣的耳朵，還有過於粗糙模糊、像半融化的五官），擺在他們身上卻迷人不已，而且他們也一樣不穿衣服。他們比美國的小孩大膽；即便還在學步的男孩子，也拿著削尖的樹枝當長矛玩耍，持矛攻擊彼此並尖叫。還有，讓我一開始心驚膽戰的是，不管男孩女孩，都有朝父母飼養的野豬全力衝刺的習慣，啪的一聲跳上豬背（野豬似乎都習慣了這種玩法，牠們也只是甩甩尾巴，像在趕蒼蠅似的，或者抽動一下耳朵）。

另一個特別之處是幾乎沒人管教他們。村子裡有二十六個小孩，[4]其中四個最小的是嬰兒，最大的三個據我所知至少都有十四歲（剛好都是男孩），一天到晚拿著比自己還高一呎半的長矛。跟其他原始社會不一樣，這裡的孩子不會被逼著去工作，就連年紀最大的也是；他們似乎整天都在玩。有時候，大孩子們會單獨或結伴溜進森林，幾個小時後回來，長矛上串著一整排霧阿卡，一隻隻疊在一起，像是疊在架子上的亞麻布，或是帶回一片棕櫚葉，他們抓到的幼蟲持續在葉面上蠕動。有時候，我看到他們在溪邊玩水——就是我們爬山過程中沿路追溯的那條溪流，只不過這裡的河段較寬較急，沖過巨石與嫩枝，孩子們丟進去的零落花葉很快都被帶往小島低處。[5]塔倫特跟我說，大人吩咐他們避開夢遊者，奇怪的是他們也完全照做，未提出質疑（奇怪之處在於，這跟後來我與小孩相處的經驗大不相同）。有一段時日，塔倫特與艾絲蜜在做據說很重要的訪談工作，因此也吩咐我避開夢遊者，但我發覺自己總會不由自主地找上他們，就算塔倫特向我下了禁令也一樣。

婦女每天都忙著分類，包括豆子、霧阿卡、瑪納瑪、棕櫚葉、棕櫚樹木材，還有棕櫚繩索。每次看到她們，她們都忙著整理。能夠把準備工作做好，讓她們覺得既自豪又安心：白天結束時，天色開始變暗，她們會把籃子搬回該歸位的小屋，將補給品放回屋內，站在門口，一邊發出滿意的咯咯聲響，一邊看著整天下來的工作成果，而且因為她們的工作毫不鬆懈，小屋裡的補給品似乎未曾減少過。某天晚上，我無意中聽見艾絲蜜興匆匆地跟塔倫特說，她們的高效率一定是採用了某種外人看不出來的高超技巧，但我跟她不同，立刻就發現理由是她們有很多時間，不用像其他地方的女人在日常事務上費盡工夫：例如，她們沒有衣服，不用洗衣服。她們跟當地男人一樣，只是簡單地把頭髮捲在後腦勺，我也沒看過她們洗頭髮或梳頭髮。她們不曾打掃小屋或修補蓆子：蓆子破舊時，村民就會摺起來撕爛，放在火堆上燒掉，然後從小屋裡拿出一張新蓆子。而且，就像我先前提過的，她們肯定不會管教小孩。

某天早上，我看到兩個女人在儲存棕櫚材料的小屋外，用棕櫚葉編製繩索（其中一個女人，胖到雙手擺在圓滾滾的肚子上都碰不到）。幾呎外有個小女嬰正在爬行，她想去拿一個

4 根據伊伕伊伕人的傳統，所有孩子是大家一起扶養的。儘管每晚他們會回到自家小屋睡覺，提供食物與教育的責任則是村裡所有成人共同承擔。這就是為什麼諾頓早期領養的孩子都來自烏伊伕島；因為那裡已不採用古代的共同扶養制，改用較傳統的西方教養方式（可能是傳教士留下的遺緒）。這意味父母如果不在了或不適任，孩子們就會自生自滅，不會被社會上的其他成人非正式地收養或照顧。因此，當諾頓打算把那些沒人要的小孩納為己有時，並沒有人反對。

5 後來他們發現那是一條貫穿整個伊伕伊伕島的溪流，它是村落的主要水源，村民的飲用水與洗澡水都取自其中，而且就像諾頓所看到的，他們也會玩水。許多年後，人們在島上發現了許多相連的地底河流，村民就在那些河流上搭建小屋，利用屋內河水來儲存動物的肉。

從籃子掉下來的乾豆莢。拿到後，她自然是直接放進嘴巴，放進後就被嗆到了。我真是看傻了，她的呼吸變短促，像在氣喘，然後她翻了過去，手腳朝天，胖胖的手腳不停掙扎，臉色變得一片紅紫。最後她用力一咳，像打嗝一樣把豆莢咳出來，接著開始大哭。這中間，兩個女人都沒反應。當然，她們很有可能沒看到她（她們似乎非常專心地工作），但即便在她哭叫之後，她們也沒抬起頭。到最後，一切恢復原狀：幾分鐘後，小女嬰翻回原來的姿勢，趴好後又開始爬動，可能又要找什麼危險的東西來咬。[6]

男人每天都會打獵。他們之中，有一半的人會留在村裡把長矛磨利，聊聊天，撫摸自己的野豬；另一半則是離開村子，野豬也跟著一起消失在森林裡。看到他們帶回獵物時（令人困擾的是，那些動物早已面目全非，因為他們有當場剝皮的習慣，只帶回殘軀，而且隨意切成一大塊一大塊），我總覺得很難想像我們在同一座島嶼上。除了那條淺到只能容納小魚生活其中的溪流之外，他們沒有水，也沒有海的概念。我們的確是被大海包圍的，但我不知道村民對海洋有多少瞭解：他們知道有海洋嗎？對它的看法為何？他們對海洋的體驗是什麼？或是在村落的歷史上，他們是否捕過魚或到海上探險過？[7]

他們唯一珍惜的動物是野豬，即便如此，他們也不會過度崇拜。後來的幾十年間，探訪了許多偏遠落後的文明之後，我才發現各文明之間有一種神祕的關聯性，就好像在叢林深處有一間只供原始民族享受的百貨公司，所以他們的動物、飾品與行為都有某種相似性。例如，他們都會使用某種珠子，不管是用來穿戴或者交易。此外，他們都會在身上做某種裝飾，最後則是養狗的習慣：原始人的狗都是髒兮兮且飢腸轆轆，某些有點瘦，也有非常瘦的，總之每隻看來都疲憊不已，乏人照顧，而且隱約都有無法治癒的長期營養不良問題。但這是一個沒有狗的村莊（他們身上也沒有任何裝飾）。偶爾有動物被活捉回村子裡（通常是因為太大隻或數量太多，打獵的人無法自己屠宰肢解），也是立刻被打死切塊。他們曾經帶回一隻被吊在長矛上的樹懶。因為樹懶太大隻，用長矛一起扛牠的兩個人無法把長矛放在肩膀上，而是要頂在頭上。即便如此，那隻樹懶仍被他們拖行，背部著地，銀白色皮毛在塵土上留下悲哀而優雅的痕跡。他們把樹懶拖到儲肉小屋後面，那裡的泥土總是沾染一片鐵鏽色，然後開始用似乎不必要的殘暴手段來痛毆牠，長矛尖端不斷往牠身上戳刺，來幫忙的人則是用鈍的那一頭打牠。樹懶並未反抗，只是側躺著，前後兩腳仍綁在一起，像貓一樣高聲哀鳴，但似乎只有我因為那聲音感到不忍。所有人都打夠了也把牠打死之後，婦女們才過來，男男女

6 村民大部分時間都生活在室外。小雨季期間，村民會攜帶一種克難式的雨傘（以拉瓦阿的蕨葉跟削尖的棕櫚樹外殼製成），人手一把，隨身攜帶，下雨時就坐在雨傘下。只有在真正的雨季來臨，村民才會不情願地被迫待在小屋裡。這個季節，他們大都坐在自家小屋門口，看來悲傷不已，因為時時雷聲大作，彼此講話時總要大吼大叫。諾頓曾跟我說，他不懂為什麼他們不搭建一座大型遮雨篷，下雨時就可以打開來，讓所有人聚在下面。

7 驚人的是，村民不但不熟悉大海，就連大海是什麼也沒有概念。塔倫特說曾經有人帶一位村民去看海，他第一次看到大海時，說那是「沒有雲的天空」。那位可憐的村民以為世界已經顛倒，他可能進入了雨之女神普烏阿卡的領域了。請參閱：保羅．塔倫特，〈沒有水的島嶼：伊伏伊伏神話與隔離主義〉，《密克羅尼西亞民族誌學期刊》（一九五八年夏天，第三十卷，一一五－一三二頁）。

女一起剝皮（皮的內側有脂肪，像珍珠一樣白亮，立刻被丟到野豬群裡，牠們全部嘖嘖吃了起來），然後切成塊狀，用新鮮的棕櫚葉和香蕉葉包起來，放進儲肉小屋的大坑裡。在這整個過程中，他們的態度都很平淡，看來不只是滿意而已，但又不到歡娛的程度。事後大家把手弄乾淨，婦女就開始準備晚餐了。

即使他們對動物非常無情，對自己的存在本身，**確實**也有真情流露的一面。這個社會規模之小，常常讓我感到震驚：想像一下，如果你一輩子認識或看過的人用十根指頭就能算出來，那是什麼感覺？那個小小的社會卻可以用「麻雀雖小，五臟俱全」來形容：那些比這裡大上一千倍的社會可能進行的儀式，在這裡一樣可以看到。事實上，這裡的儀式與規則有時會讓人有一種多不勝數的感覺，好像是為了彌補參加的人數太少。他們的人生雖短，卻充斥許許多多華麗的盛典，那些被大型忙碌社會視為微不足道的日常瑣事，在這裡卻變成值得大肆慶祝的事件與里程碑。

例如，女性每個月月事開始時都會有個儀式，結束後也一樣。就連性交也被認為是大事。我初次發現一男一女同時走進小屋時，其餘村民開始嗚嗚嗚大叫起來；因為很晚了，睡眼惺忪的孩子們還抬起蓬亂的頭四處張望。那一對男女似乎完全不覺得尷尬，完事後，他們走出來，其他人又開始嗚嗚嗚叫了起來，然後才躺下來在蓆子上睡覺。初到村莊的頭幾週，我見識過各種用儀式慶祝的事件，像是某個嬰兒學會走路（就是那個喜歡拿危險的東西來吃的小女嬰）、某個男孩拿到生平第一支長矛、某個女孩的生日。還有一群獵人回到村莊時，其中兩人身後拖著一個用棕櫚葉做成的克難袋子，整袋鼓鼓的，似乎裝著一大堆霧阿卡，全都在裡面哭喊尖叫。另一個儀式，我完全看不懂在慶祝什麼，只見四男四女繞著火堆跳舞（全無節奏可言，比較像在慢跑），每個人拿一隻我在乾貨小屋看到的咧嘴蜥蜴，按在額頭上，然後丟進火堆，旁觀者始終一臉嚴肅。[8]

我們要輪流幫夢遊者洗澡，某天晚上我輪完班要回到村裡時，看到村裡所有人都站在第九間小屋外面，集體發出一種近乎金屬聲的嗡嗡鳴響，聽起來像發電機的聲音。酋長站在小屋前的空地，看來高壯莊嚴，頭上戴著一頂蒼白的蕨葉冠冕，蕨葉尾端有的摺了起來，有的像甲蟲觸角在微風中輕飄。他說了一些話，其中一名婦女輕輕地把一個小男孩往前推。當時，我還不太會猜測烏伊伏人的年紀，後來我才知道按照當地曆法，他才剛滿八歲，用西曆來算大概是十歲。

男孩與酋長轉身面對面，酋長把雙手放在男孩肩頭，對他說了一些話，男孩把頭低下來。

---

8 諾頓在這裡簡要提及四種儀式，後來在他那本關於伊伏伊伏人的劃時代鉅作曾加以詳述，也就是現代人類學的經典之一《森林裡的人：伊伏伊伏島的失落部族》（紐約：西蒙與舒斯特出版社，一九五九年）。最後一個儀式叫「圖阿伊納」（八個村民繞著火堆跳舞，一邊跳，一邊把蜥蜴擺在頭上），外界都不太瞭解，諾頓能看到非常幸運，因為那只有在月偏蝕才會進行。（為了掌握月亮圓缺，伊伏伊伏人還設計出一種非常複雜的記錄方式，《森林裡的人》一書曾完備地詳述其細節。）在烏伊伏文化裡，蜥蜴（被他們稱作「艾歐魯艾克」的罕見爬蟲類）被視為月亮的象徵，而月亮的圓缺有八個階段。月偏蝕期間，村子會特別挑出一群村民對月亮致敬，恭請它趕快回歸常態；把蜥蜴擺在頭上是為了致敬，接著他們會把蜥蜴丟進火裡，讓煙往上飄，香味有撫慰天上諸神的功用。

酋長再度開口，然後走到門邊，男孩走進屋裡，酋長跟在後面，村民發出的嗡嗡鳴響變得更大聲了。剛剛推了男孩一把的那個女人坐在門口，面對屋內，她身邊坐著一個男人，我想他們是男孩的父母。

我也靠了過去，直到我蹲伏在他父母背後，順著他們的目光往屋內看，發現龜殼下方有一個小火堆照亮室內。微光中，龜殼看起來像蠟做的，甚至有點邪惡，像被殺掉的野獸遺軀，因時代久遠而具有魔力。

只見小男孩躺在屋內的蓆子上。他面無表情，但是從門外我可以看見他的右手，手指一張一合，好像村裡男人握著長矛的手勢，只不過男孩手裡沒有任何東西，只有空氣。酋長走過去，跨在他身上，念誦幾句話。屋外的嗡嗡鳴響變得更大聲了。然後，酋長慢慢放低身子，一開始跪下，接著全身靠在男孩身上，在他身上靜靜趴了幾分鐘。他並不壯碩，但是因為男孩身形甚小，酋長完全把他蓋住了，我只看得到男孩的手，抵著蓆子，一張一合。

當時我知道接下來會發生什麼事嗎？我想我知道。但那整件事比較像發燒時所作的夢，包括酋長念念有詞、奇怪的火光、屋外的嗡嗡鳴響、遠處的野豬叫聲、酋長身上因為流汗而發亮的背部和大腿。最後酋長說了一段簡短的話，男孩把身體翻過去趴著，接下來的暴力舉動讓我震驚不已。

暴力這兩個字可能言過其實，因為就算酋長的表現極為強勢獨斷，他也沒用到非必要的蠻力。在他開始之前，我注意到他身邊擺著一點肥油，裝在諾阿卡的殼做成的碟子裡，接著他在男孩身上抹油，將他雞姦，動作很徹底，卻不帶一點邪氣。男孩則是躺著不動，不發一語，雙臂擺在身側，手仍是一張一合，臉埋在蓆子裡。

完事後，酋長站起來走到門口，向男孩的父母鞠躬，他們也鞠躬回禮。然後他又說了一些話，接下來有八個男人走到他身邊（其中兩個就是長矛上掛著一長串霧阿卡的少年），一起站在空地裡。酋長舉起頭上的蕨葉冠冕，放在其中一位老者頭上，我認出老者就是我們抵達那天參與談判的人之一，接著他也走進小屋，做了跟酋長一樣的事。做完後，他一樣向男孩的父母鞠躬（他們也鞠躬回禮）。冠冕又傳到下個人頭上，接下來一個傳一個，直到他們全都對男孩做了那件事。

大家輪完後，酋長講話了，男孩則用手撐起身子跪著，然後慢慢站起來，走到門口站在酋長旁邊，火光打在他們身上。酋長把男孩推到身前，在他父母面前慢慢將他轉一圈，我可以看到他的腿部內側有血漬。除此之外，他看起來跟進入小屋之前沒什麼兩樣：表情一樣是那麼嚴肅，身形完美，黑色眼眸看不出他在想什麼。然後酋長再度對他講話，將蕨葉濃密的冠冕戴在他頭上，雙手擺在男孩頭部兩側，像在賜福祈禱。

這時，儀式突然間結束了。嗡嗡嗚響不見了，村民紛紛打呵欠，伸伸懶腰，分頭散去，酋長又跟他的好友聚在一起，朝著豬群漫步而去，小小的頭上頂著蕨葉冠冕的男孩則是被玩伴們包圍，一群人跨步向儲肉小屋走去。他身上除了多了一頂冠冕，唯一不同之處是走路有點O型腿。這結局實在太不精彩了，害我獨留原地，納悶不已，不知道整件事是不是自己的幻覺。

我知道這麼說很不中聽，即便在目睹這起事件之前，我向來覺得某些特定種族生來就比較容易有某些行為，更精確地說是自然有某些特色。例如，德國人與日本人（我認為這一點無可爭議）天生就喜歡用細膩的手法做些殘酷的事，法國人則是有辦法把迷人而懶惰的表現轉化成一種慵懶的氣質，俄國人愛酗酒，韓國人粗魯，中國人吝嗇，英國人則有同性戀傾向。至於伊伕伊伕人，他們在性事方面喜好並傾向雜交。那一晚過後，大概相隔一週，某天我因為在村子裡待太久感到有點無聊，簡直快悶壞了，於是到森林裡散步，當時我看到小屋裡的那個男孩跟某個帶長矛的少年。這次是那少年緊靠著樹幹，由男孩幫他口交。此刻，一般人自然而然會認為（可以預見，稍後當我把自己看到的情景轉述給艾絲蜜與塔倫特時，艾絲蜜的看法跟我一樣），那小男孩是幼小的性奴隸。但我相信並不是那麼一回事。在我們停留在村子裡的那幾個月，我目睹某種濫交與性開放的普遍氛圍，只是我很驚訝先前怎麼沒注意到：我看見成雙成對的性伴侶（一男一女，但也有其他組合）在小屋與森林裡翻雲覆雨，也看見各種年紀的小孩用身體去磨蹭其他小孩，當然成年人也是這樣。來到伊伕伊伕島之前，我未曾想過小孩也可能喜歡性關係，但在這村子裡看來是那麼自然而然，連骨子裡也是。

但是，容我把時間再倒回到當晚儀式結束後。我立刻小跑步去找塔倫特，他正用他那珍貴無比的手電筒閱讀一本筆記本，我試著靜靜地敘述自己的見聞。就像我先前說過的，我常覺得很難從臉色看出塔倫特的想法，但這一次很簡單（不過也只有這麼一次）：我看見他流露出震驚、無法置信、厭惡、興奮與羨慕等表情，每種情緒好像一張張投影片依序跑出來，被我看得一清二楚。

不幸的是，我才講到一半，艾絲蜜就醒來了，我不得不把事情從頭講一遍。一點也不令人意外，她半信半疑，等於在指控我說謊，聲調愈來愈高，直到塔倫特被迫叫她鎮靜一點。

「我就是不相信。」最後她用氣音說（我們都低聲說話，唯恐把夢遊者吵醒）：「沒有跡象顯示他們有這種行為，他們並未虐待小孩，而且也——」

「但就只是那樣而已。」我跟她說：「那不是虐待。事後那個男孩看起來完全沒事。」她用蔑視的口吻說：「你是說有個小男孩剛剛被九個男人強暴——」

「媽的，妳根本沒仔細聽我說。」我立刻把她頂回去：「他不是被強暴。他父母都在場。他們不是硬來的。」

「那種事**本來就**叫作強暴，諾頓！我才不管他父母在不在場。」

總之，那段對話令人非常厭煩，好像不斷繞圈圈，要不是塔倫特打破沉默，答應我們明天他會問酋長這件事，我們可能還會講個沒完沒了。

結果，他真的問了。酋長說，我看到的是一種叫作「阿伊納伊納」的儀式，每個男孩到了八歲都會接受那項儀式。儀式的重點是讓男孩學會做愛的方式，有誰比男人更適合當老師呢？而且，如果想要舒緩男孩的前青春期衝動與焦慮，有什麼方式比教他成為一個男人更好呢？由於女孩的性衝動沒那麼強烈，她們不用接受同等的儀式，但是在當地人的觀念裡，與男孩相較，她們本來就比較不需要性事的教導。酋長也邀請我們，下次「阿伊納伊納」儀式進行時，可以去觀禮，也就是三天後的晚上。酋長說，很少遇到有兩個男孩在這麼短的時間內先後滿八歲，但今年的確就是這樣。

我認為酋長針對「阿伊納伊納」儀式提出的解釋非常合理。艾絲蜜當然不這麼想。我看不出塔倫特有何想法。但三天後的晚上我們都去了第九間小屋，看著另一個男孩與酋長在門口會合，進去屋子裡接受他的成年禮，而這位男孩的肉比較多，也不像上一個那樣迷人而機靈。即使一切都跟我先前描述的一樣（包括村民的嗡嗡鳴響、酋長的禱告、火堆、男孩的順從態度，還有那一頂蕨葉冠冕），事後艾絲蜜還是拒絕討論。她像個氣沖沖的少女大步走回我們的蓆子，我想如果有門的話，她應該會跺腳走入房裡，用力把門甩上。結果她倒在地上，往側邊滾過去，假裝睡著，半夜卻偷偷啜泣，把我吵醒兩次。

多年後，我們的人生際遇已大不相同，艾絲蜜出書敘述她在伊伕伊伕島[9]的見聞，完全沒有提到那項儀式。我曾想問她為何完全不提，甚至著手寫信給她，但那個時候我還有更急迫的事要忙，沒有把信寫完。不過，我認為她將該儀式完全略去不論的舉動，反映出知識分子最虛偽的一面：當我們在記錄某種文化時，實在不該像她那樣，只要是自認噁心、令人震驚或不符敘事結構的細節，就予以刪除。到了更後來，我心裡的疑問是：那種反應也許是出於嫉妒？畢竟，就事件本身而言，阿伊納伊納是非常珍貴的人類學發現，而且第一個發現的人是我，不是她。這一點我當然可以理解，甚至也同情她，特別是後來又發生了那麼多事，使她變得愈來愈可有可無。

至於我，我不認為自己適合評斷那種儀式。我的確很驚訝，甚至震驚，但不能否認，那件事的確改變許多我對童年與性事的假設，也意識到我們對這兩方面的看法實在沒什麼對錯可言。這聽起來可能有點過於天真，但是直到那件事發生之前，我向來覺得世界上有少數幾件事是絕對的——像是某些行為（如謀殺）本來就是錯的，有些行為本來就是對的。但是待在伊伏伊伏島的那段時間，讓我學到所有倫理與道德其實都因文化而異。還有，艾絲蜜的反

9《與不死之人一起生活：關於伊伏伊伏人的研究》（紐約：哈珀和羅伊出版社，一九七七年）是艾絲蜜．達夫針對伊伏伊伏島之旅所寫的回憶錄，內容多愁善感。就像諾頓說的，達夫非常擅長記錄村民的生活細節（她在書裡把各間小屋儲藏的東西極完整地列出來），但是她對村民的描寫實在讓人倒盡胃口：像是她把孩子們描述成「肥肥的小天使」，女人的特色是「眼神溫柔」。她完全沒提及阿伊納伊納儀式，還有諾頓詳細描述、把樹懶打個半死的習慣。她只有在唯一一個段落，稍稍提及諾頓在一九五〇年跟他們初次踏上伊伏伊伏島，我節錄其中一段：

> 事實證明，後來那些年，佩利納幾乎獨力摧毀了那個島……我並不確定他是否真的在意過伊伏伊伏文化，更別說島上的居民了。能印證這一點的，就是他完全漠視那些被當地人視爲最具神聖地位的禁忌……儘管外界都誤以爲他「發現」了村民長生不死的現象（難道這種現象可以被發現？），但在我看來，他向來比較在意怎麼讓自己達到永垂不朽的地位，而且他利用當地人幫他達成此一目的，根本不在意他們必須付出什麼代價。

不幸的是，達夫的書在出版三年後，就於一九八〇年絕版了。

應讓我明白一個道理：從知識討論的角度，文化相對論是一個說起來很簡單的觀念，對許多人來講，要打從心裡接受，卻沒那麼容易。10

在我親眼目睹那些活動後，另一個沒人看出來，且不盡然令我愉悅的後果是，到了夜裡我愈來愈常夢到塔倫特。我有一點羞於承認，因為這聽起來非常孩子氣，但當時我還非常年輕，幾乎還是個孩子。每到早上我就記不得細節了，只知道他在我的夢裡，而我非常高興。到了白天，我通常極度憂鬱悲傷，覺得生無可戀，在回到對我如此珍貴的漆黑夜色之前，只得暫時忍耐。

III.

雖然表面上看起來不是這麼一回事，但我無意暗示我或者我們之中的任何人，對夢遊者及其遭遇的困境失去了興趣。難道我花那麼多時間耗在村子裡，就真的無法照顧他們？我不想給人這種印象。事實上，我還是花很多時間幫他們洗澡、餵他們吃飯、觀察他們、參與訪談工作，但所有的工作很快就變得非常單調。他們不再吸引我的原因之一是：有新的事物吸引我的注意力（包括村莊與村民）；另一個原因是，就夢遊者的本質與侷限而言，他們實在是很無聊的樣本。他們跟過去我每天早上負責殺死的一隻隻白老鼠其實沒什麼兩樣：他們的確有必要存在，但是一點也不迷人。大家都知道有某件關於他們的事情異常而重要，但沒人能指出那是什麼事，也不知道該如何提出正確問題，進而找出答案。相較於艾絲蜜與塔倫特，在這方面，我大概只有一項優勢：雖然不清楚原因，但我就是知道，夢遊者都那麼老，而村民都那麼年輕，兩者之間是有關聯的，還有村民拒絕看到夢遊者，跟他們那麼想回到村子裡（即便他們拒絕考慮進入村子裡），也有關係；他們甚至不願意面對村子的方向，總是比較喜歡看向森林的陰暗深處。但我無法弄清上述的關聯為何。關聯總是在那裡，像是一隻蹲在陰暗角落的小妖精，在最意想不到、最尷尬的時刻呼喚我，但只要我慢慢走過去，它就匆匆逃開，發出咯咯叫聲。

在此同時，夢遊者大致上都沒有改變。除了已知的部分，我們對他們的生平只是多瞭解一點而已：包括瓦奴來到島上的狀況，還有伊卡阿納記憶中的卡威哈。我們試著透過訪談瞭解他們在村莊與森林裡的生活，但得到的答案都是如此片段與模糊：像伊卡阿納，他似乎完全記不得了；至於穆阿，他的態度則顯得猶豫而謹慎。

我們抵達後大約十週的某天早上，就在我們吃那可悲的早餐時，塔倫特來找我們。（已經沒有先前那麼可悲了。好幾週前，塔倫特承諾要讓我們生火，最後也如願了，而且把法阿幫我們抓來的一串串霧阿卡烤來吃之後，才發現牠們極其美味。雖為哺乳類，吃起來卻像蒿

10 收到這一章之後，我曾寫信給諾頓，問**他**是否曾投稿到人類學期刊，把阿伊納伊納儀式的細節公諸於世。他的回覆是，他曾投過好幾次稿，但是沒有刊物接受他的那份報告，理由是，對於深受塔倫特影響的所有烏伊伏國研究者來講，阿伊納伊納似乎牴觸了他們先前提出的觀念，也就是把伊伏伊伏部族當成一個質樸悠閒且崇尚和平的社會。我們只希望這一批新的烏伊伏國研究者能用不那麼浪漫的精確角度來看待伊伏伊伏島，重新檢討長期以來對該島文化的看法，特別是關於孩童與性文化的部分。

雀。）他宣布：「我們受邀參加另一項儀式。」

「喔，天啊！」艾絲蜜抱怨了一下。

「是今晚。」塔倫特說：「酋長的生日。」

我不曾想過酋長也是個個體；我只覺得他就是酋長。接著我才意識到，我甚至不知道他的名字，也不知道哪些人是他的女人與小孩，還有他為什麼是酋長。他生下來就注定要當酋長？或者酋長一職是他靠某種成就換來的？[11]

「等一下會發生什麼事？」艾絲蜜問道，口氣不太好。現在她認為，村裡的任何儀式都會有人與小孩性交，但其實只有兩、三種儀式會有那樣的事。

「我不確定。」塔倫特說：「但我想應該會有一場盛宴——他們又生了另一堆火，而且大家都在那裡準備。」我瞇著眼朝村莊看去，的確有兩堆火在冒煙而非一堆。

「這是他的幾歲生日？」我只是隨口問問，沒什麼特別意思。

但此時塔倫特轉身對我微笑，說：「六十歲。」他那語氣好像要送我一個禮物似的。

六十。這兩個字就像有餘音在空中繚繞似的，我想著接下來要說什麼，內心與嘴巴都有千頭萬緒，但我必須把非問不可的那個問題找出來。

一如往例，那一刻還是被艾絲蜜給毀了。「六十歲！」她大聲怪叫：「跟夏娃同年！」

「是諾頓在幫夏娃體檢後預估的年紀。」塔倫特柔聲提醒她。

這也沒有用，因為艾絲蜜根本沒聽進去。說老實話，我也是。幾經思量之後，我才搞清楚他想通了什麼。這不再是一個只有年輕人的村莊；現在有些人看來年輕，但實際上也許並不年輕。我不確定這一點有何意義，但我知道這確實有**某種**意義。

「他是村子裡最老的人。」塔倫特緊盯著我，又補了一句，好像他正提供我一條重要線索，會讓我想起自己把答案藏在哪裡。

但我還是不明白。我必須思考，為此我必須獨處。我跟艾絲蜜和塔倫特說，我要去散個步。「黃昏時儀式就開始了。」塔倫特在我身後大叫：「到時候要回來啊！」

我繞著村莊外圍散步，圈圈愈繞愈大，等到天色變暗，我還是沒想出答案。這令我感到挫折，挫折之餘，周遭的一切都讓人火大，包括濕濕黏黏的森林地面、遠處夢遊者的呻吟抱怨聲，還有持續從樹上掉落在我頭頂與肩膀的乾燥植物。我開始變得不講理，有點痛恨塔倫特，恨他把我帶到這座島上，把一個偌大疑團丟給我，覺得我能找出解答。

等我回到村子裡，心情已經爛透了，但我還是走回那兩個火堆旁邊。村民在火堆兩側坐成兩排，而塔倫特與艾絲蜜也坐在他們之間。令人訝異的是，法阿也在那裡面，他坐在艾絲蜜旁邊，眼睛瞪著前方，長矛擺在大腿上。

「法阿在這裡？」我問塔倫特，在他左邊坐下。

---

11 跟烏伊伏人不同的是，伊伏伊伏人的酋長一職是要靠自己爭取來的，並非繼承而來。一般來講，誰能獲得酋長職位，取決於誰能最早在拿到長矛之前就殺掉一隻未馴化的野豬。取得此一殊榮的男孩必須要等到現任酋長去世或者退位，才能夠繼任。

「嗯。」他低聲回答（村民們又開始嗡嗡低鳴）：「酋長邀請了所有嚮導，但只有法阿想來。」

我還來不及思考這有何意義，酋長就現身了，慢慢走向兩排村民的排頭。他跟其他村民一樣沒穿衣服，走路的樣子卻彷彿披著重重的珠寶與斗篷：他那直挺挺的背，就像披著一條好長好長的深紅色沉重斗篷；他那又長又粗的脖子，好像掛著一條條串著鑲鑽金屬的金鍊子。他至少戴著一頂金黃色冠冕，跟我的大拇指差不多粗，色澤美麗，閃閃發亮，柔軟的材質在火光中閃爍著微光。我不曾認為酋長的長相特別俊美，但無疑地今晚他看來充滿威嚴：皮膚塗了油，跟頭上冠冕一樣閃亮，抹了油的頭髮往後梳，披在兩片肩胛骨上跟臉部兩側，如同火焰一樣四散；當他走近一點，我隱約可以聞到一股腐臭的肥油味。他的野豬也一樣塗了油（毫不令人意外，他的豬是在豬群裡最大、最殘酷且看來最危險的那一隻），一雙邪惡的小眼睛看來像彈殼一樣亮晶晶，但是牠的獠牙好像為了這個場合特別磨過，粗糙豬鬃也整理擦洗過。就這麼一次，兩者看來比眼睛都來得油亮。站在酋長左側的是跟他一起參與談判的兩個男人，右側有三個女人，看起來三十幾歲，還有兩個男孩，其中一個是帶矛少年之一（我曾目睹他與阿伊納伊納典禮上的那個小男孩性交）。

快走到第一個火堆時，酋長坐了下來，開始吟唱，有節奏的歌聲連續不斷，沒有開頭也沒有停頓，有時候音調飆高，像在哭叫，有時低聲呻吟，彷彿咆哮。幾分鐘後，我看見兩排村民的尾端騷動起來，只見兩人拖著一塊大石頭慢慢前進，石頭上又有另一塊差不多大小的巨石。等到他們現身時，我聽見群眾的嗡嗡嗚響暫停下來，變成一聲集體長嘆（我無法分辨他們的情緒是愉悅或沮喪）。等到那兩人接近我們這一排尾端時，我才看出大石頭上被我誤認為是另一顆巨石的東西，其實是一隻大海龜。

不管之前還是之後，我都沒看過那麼大隻的海龜。直到現在，我仍很難找到可與牠相提並論的東西。我只能說牠比什麼都大：大過卡車輪胎、浴缸和狼犬。因為牠不是特別厚（大約只有兩呎高）。牠能被稱為巨龜，全是因為龜殼其大無比。從牠那充滿特色的高聳背部看來，我就知道那是一隻歐帕伊伏艾克，但就像牠與酋長的凶狠野豬無關，似乎也與我幾週前在河裡看到的另一隻毫無牽連。

那兩個男人把海龜擺在最靠近我們的那堆火旁邊（也最靠近酋長），然後就退開了，兩人都因為用力拖行海龜而氣喘噓噓。酋長繼續吟唱，就在我聽見他的歌詞出現**歐帕伊伏艾克**的時候，海龜好像聽見提示似的，把頭從龜殼裡緩緩伸出來。牠面對著我，打開雙眼後似乎朝我的方向看，企圖傳達某種只想讓我知道的訊息。

真是荒謬，我居然低聲對牠說：「怎樣？」

牠抬起那奇怪而美麗的小小龜頭，持續把頭伸出來，眼睛仍然盯著我，我感覺到自己往前向牠靠過去。但是，就在我往前靠的時候，我聽見酋長的歌聲中斷，發出歡娛而可怕的喊叫聲，迅速把長矛拿到身前（先前我甚至沒注意到他手拿長矛），然後歐帕伊伏艾克的頭霎時掉到我的大腿上，黑色雙眼仍瞅著我，牠的鮮血流到了我的短褲上。

「真是個奇怪的儀式。」在我們走回蓆子的路上，艾絲蜜低聲咕噥。法阿在盡可能不失禮的情況下提早離開，所以只剩我們三個。「真不敢相信他們居然沒請我們吃東西。受邀參加那種活動卻沒被設宴款待，實在太不尋常了。但今晚沒有孩子被強暴，真的是謝天謝地了。」

我絕不可能大聲贊同她，但我得承認那實在是個沒意義的差勁儀式。而且令人感到奇怪的是，村裡其他許多儀式都是共同參與的，這個儀式卻像一場獨腳戲：無聊的漫漫長夜裡，大家只能看著酋長把歐帕伊伏艾克大卸八塊（他肢解海龜的方式特別血腥而費力，把龜殼扯下來時，還發出一種濕潤多汁但令人不安的聲音，然後用雙手把龜肉撕下來），一塊塊擺在火堆上炙烤，其他村民依舊發出嗡嗡嗚響，看起來飢腸轆轆。看過酋長用力雞姦那個男孩的過程後，我想自己不該對他吃東西的貪婪模樣感到意外（雖然他吃得不是很快）：我們坐在那裡看著他烤肉吃肉，接著還把海龜布滿鱗片的四隻腳拿來吸吮，把軟骨與血都吃下去。他拿走我大腿上的龜頭後，除了將眼睛咀嚼吞下肚，還把頭殼裡的腦漿加熱，像喝湯似的全部貪婪地喝下去。他只把肉拿給另一個人吃：就是酋長的顧問之一，他在第一個阿伊納伊納儀式裡，也曾與男孩性交；我們全看著他把閃亮亮的暗紅色龜肝掏出來，像一般人吃生蠔那樣吞掉。

我說：「讓我想不通的是，那隻歐帕伊伏艾克是打哪裡來的？」海龜的血甜甜黏黏，吸引蒼蠅在我的鼠蹊部圍繞打轉。「牠那麼大隻，不可能生活在溪流裡，但這島上也沒有其他水源。」

「好問題。」塔倫特說：「他們一定是在這附近抓到的，像是湖泊或大河。我們已經問過夢遊者好多遍了，他們都沒提到。」

我們沉默了一會兒。突然間，我知道自己該做什麼。「穆阿。」我跟塔倫特說：「我們必須跟他談一談。」

「但是他在睡覺！」艾絲蜜出言反對，但我不理她。

「拜託，塔倫特。」我跟他說：「我必須問他一些問題。」

塔倫特嘆了一口氣。他能怎樣呢？他也沒有答案，如果我覺得我能幫他找到部分解答，他就必須聽我的。「好吧。」他說：「艾絲蜜，請法阿把他叫醒。」

距離我上次參與穆阿的訪談，已經有好幾個禮拜，說來丟臉，主要是我開始認為他講的話一再重複，讓人覺得好累。但此刻看著他的睡臉，我發覺自己深信他能提供答案，如果我能把問題問對，一切就會明朗。

我請塔倫特幫忙翻譯。此時，法阿維持他一貫戒慎恐懼的表情。我小心思考要怎樣開口，因此有好幾分鐘不發一語；如果不知道或無法預期結局會是什麼，任誰都很難選擇怎樣開始。我覺得自己像個檢察官，試著要讓某個被起訴的人招供，卻沒有人跟我說他犯了什麼罪。穆阿坐在那裡，看來很有耐心，但也很睏。他似乎不介意我們占用他的時間。「穆阿，」最後我開口說：「你記得自己的六十歲生日慶典嗎？」

「喔，記得啊。」穆阿說：「那一天有瓦卡伊納。」

「什麼是瓦卡伊納？」

「慶典。」

「瓦卡伊納的時候，你們都做些什麼事？」

「到小屋裡去，把全身塗滿烏馬庫（烏馬庫是樹懶的油脂），然後我們養的山豬也被塗滿烏馬庫。接著，就到火堆邊吟唱瓦卡伊納的歌曲。」

「還有呢？」

「我們會吃歐帕伊伏艾克。」

我停下來思考，感覺就像我正在人頭獅守住的門口跟祂玩遊戲，但只有祂知道遊戲規則。

「你喜歡歐帕伊伏艾克嗎？」

「喔，喜歡啊。」

「你——」我又停下來，朝著關鍵問題邁進一步。那問題像一隻小妖精，踮著腳尖，隨時準備開溜。「大家都喜歡歐帕伊伏艾克嗎？」

他猶豫了起來，因為困惑而嘴巴開開。**拜託啊**，我心想，**拜託啊**。最後他終於開口：「我不知道。」

「你為什麼不知道？」

「因為不是每個人都吃得到歐帕伊伏艾克。」

「為什麼？」

「只有瓦卡伊納的時候，才能吃歐帕伊伏艾克。」

「那你們為什麼要吃歐帕伊伏艾克？」

「因為我們很特別。」

「為什麼？」

「因為我們六十歲了。大部分的人活不到那麼多歲。」

「所以如果你們活到了六十歲，就很特別？」

「對啊。所以才能吃歐帕伊伏艾克。」

「為什麼？」

「吃了歐帕伊伏艾克，神才會高興。」

「這是什麼意思？」

「祂們會讓我們……」我看得出他累了，他的臉開始變得又長又臭。「祂們會讓我們永遠活著，就像祂們承諾的那樣。」

沒有人說話，就連法阿也把身體往前靠，手緊緊握住長矛。

「穆阿。」我靜靜地說：「你幾歲了？」

他點點頭。「一百零四。」他說：「大概吧。」

好好想一想，我對自己說。「穆阿，跟你在一起的其他人，像是韋伊伊烏、伊瓦伊瓦，還有瓦阿娜，是不是全都吃過歐帕伊伏艾克？」

「喔，是啊。」

「而且他們都是在自己瓦卡伊納的時候吃的？」

「當然。」

我們又停下來。「我要問他是什麼時候離開村子的。」塔倫特低聲跟我說，然後把問題告訴穆阿。穆阿搖搖頭，簡潔地回了一句。塔倫特回過頭，用帶著遺憾的眼神看著我說：「他說他不記得了。」

穆阿說：「黑卡卡阿。」意思是**他累了**。

「等一下。」我跟塔倫特說：「穆阿，你的歐帕伊伏艾克是哪裡來的？」

他直視著我，看來有點困惑，好像我在問他有幾隻手。他說：「湖裡來的。」

「哪一個湖？」我問他：「在哪裡？」

「森林盡頭的湖。」穆阿說完，就算我們繼續嘗試，他也不想再說話了。

「黑卡卡阿。」他又說了一遍。

「帶他去睡吧。」塔倫特跟法阿說，然後我們就看著他們倆離去。

隔天天氣突然變熱，陽光像是從樹葉間流下來的蜂蜜。「烏阿卡來了。」口乾舌燥的我往塔倫特那邊看去，他聳著肩說。意思是熱季。自從我們抵達伊伏伊伏島，已經過了四個月又多幾天。

我真想吃點冰涼多水的東西，跟這島上到處都是的多纖維水果完全不同的東西。真感激法阿給了我一個尺寸跟小黃瓜差不多的葫蘆，外皮長滿粗糙的棕色絨毛。他把葫蘆上較細的部分往石頭上一砸，我發現葫蘆是空心的，裡頭有黏稠的透明汁液，跟石油一樣濃稠，卻跟忍冬花的花蜜一樣涼爽甜蜜。他看我把汁液喝下後，又拿了四個葫蘆給我，教我用手指把薄薄的果肉撕下來，果肉吃起來也很涼爽，帶一點甜味，一碰到舌頭就化成無數小小的冰晶。

吃完早餐，我去找坐在一起的艾絲蜜與塔倫特，跟他們說今天得去找湖泊。

艾絲蜜不想去，理由是就我們所知，根本就沒有湖泊，而且我們也不知道湖泊在哪裡，更何況穆阿看來筋疲力盡，還有就算找到湖泊，真的能找到什麼嗎？她說了一堆理由，但是讓我感到非常諷刺的是，她怎麼會開始抱持懷疑的態度，突然務實了起來？先前她不是還毫無疑問地深信伊卡阿納已經一百七十六歲了？我對此刻的狀況非常瞭解，知道她的不安並非因為她的觀念有所改變，而是我們三人之間的互動關係已經改變了：**我**有辦法發現我們一直在尋找的東西（無論我們尋找的是什麼），而非塔倫特。他有此體認，並接受了這項不可避免的事實，但是她艾絲蜜不能接受。

「好啊。」我跟她說：「妳不用跟來。」透過她的沉默，我知道她終究還是會去。

接下來該做的就是再詢問穆阿，不過令我感到氣餒的是，他看起來比前一晚更為小心。這肯定是難熬的一天。

「穆阿。」我問他：「我們在哪裡？」塔倫特幫我翻譯問題。

這愚蠢的問題讓他大笑。「伊伏伊伏。」

「沒錯。」我說：「但是在島上的哪裡？」我遞了一根樹枝給他，「你可以把我們在島上的地點畫出來嗎？」但他只是張嘴看著我。

我想了一下，幾乎可以感覺到艾絲蜜得意了起來。接著我想到該怎麼嘗試了。「穆阿。」我說：「我需要你的幫助。」他看著我。「另一次瓦卡伊納又要來了，我們必須找出一隻歐帕伊伏艾克。你可以幫我們忙嗎？」

「誰的瓦卡伊納？」當然，穆阿一定會問的。

我指著塔倫特說：「他的。」

穆阿說：「啊。」很有智慧地點點頭，然後站起來，開始朝著村莊的方向大步前進。

真的就這麼簡單嗎？顯然是。我思索了一下，發現這其實就是研究夢遊者們，希望他們提供答案與方向的難處之一：有時他們像驢子一樣頑固死守某種只有他們瞭解、遵從的邏輯，有時他們似乎完全忽略一些明顯無比的事實。塔倫特跟我一樣，顯然不到六十歲，而我們三人則是像神話故事中的幾個旅人，來這裡尋找烏龜之湖。也許他們並非刻意忽略那些事實，只是他們對這世界的看法跟我們截然不同。又或者他們完全沒有判斷事理的能力，如果有人說某人六十歲了，那他就是六十歲，無須證明。這種像流沙般捉摸不定的邏輯實在很累人，而且他們的言行往往前後不一，難測到令人挫折。

我們一行五人用走的，從樹林掠過村莊的一邊，法阿則先跑回去吩咐阿杜和烏瓦好好看著夢遊者們，再回頭找我們。到了第九間小屋後方時，穆阿停了下來，皺一皺眉頭，看了一下四周不遠處的森林，然後咕噥幾聲，好像認出了什麼，接著帶我們繞過一片特別濃密的瑪納瑪樹林，後方藏著一片像小路的粗糙地面，上面布滿石礫，因為路面緩緩上升，幾乎感覺不到接下來是上坡路段。

被困在村子裡那麼久，能出來走走實在很棒。空氣溫熱，地面聞起來很舒適，有一種餅乾味，我們身上沒有負重，只帶著筆記本跟筆；我注意到我們一邊走，塔倫特一邊描出一張大致能示意的粗略地圖。

這一段路程不難走，但若不是穆阿，我們不可能沿著那條路持續走。在某些地方，路面根本完全消失了，有些地方則成了驢灰色的礫石路面，布滿千百顆白堊色化石。我看得出裡面有一些精美的昆蟲甲殼，腿部宛如細線，以及背部隆起的蠍子，還有許多生物成了化石，我實在看不出牠們生前長什麼模樣。這一段路似乎也讓穆阿心情大好，他邊走邊用鼻音隱約哼著一首曲折的調子。看著他在樹木與大片蕨葉之間疾行，我才又想起他的身體狀況有多好，從背面看來彷彿不到三十歲。

四面八方的綠色植物有時濃密，有時稀疏，所以偶爾我們會被黑暗籠罩，像被困在一個綠黑魔繭裡。偶爾會有類似草原的地景出現，上面有一片片黃色羽毛般的巨大灌木叢，只矗立著幾棵大樹，樹枝上鬱鬱蒼蒼，披著布幔一般的綠葉。在草原上，我們可以看到朗朗晴天，那顏色藍到刺眼，感覺得到四周滿是一個個昆蟲社群的鳴叫聲，啾啾吱吱，有些則像機械的滴答聲響。我這才明白我們被困在監牢裡，樹木都是獄卒，光線、微風、空氣、聲音與天空，地球上生物所渴求的一切全都隔絕在外。

我陶醉在這些好久不見的熟悉感官中，因此一開始我沒意識到穆阿放慢了腳步，而我身邊的法阿則是停了下來。走過另一座樹木監獄後，我們再度進入一片草原（這已經是第五片或第六片草原了），此刻我看到前方約五百碼處有一座波光粼粼的湖泊。片刻間，我不敢相信自己的眼睛。不是因為湖泊特別大（事實上，它的直徑就跟那座村莊差不多）、湖光特別綺麗，或是有任何特別之處，而是我不敢相信居然有這麼一座湖。就像我幾乎忘掉陽光灑落肩頭的感覺（我是指真正的陽光，不是每天從樹梢滲透下來、像照在囚犯身上的那一點光線），我也忘記一池不能流動的死水是什麼樣子。我有一股想要跳下去的衝動，想體會一下穿透湖面是什麼感覺，但是我當然不會那麼做。

「歐帕伊伏艾克。」穆阿用平淡的口吻說。

我們看著湖泊。湖邊沒有任何東西：沒有蘆葦，也沒有樹林灌木。湖的邊界清楚明確，一如村莊的邊界，後來我想到，村民在打造村莊時是不是曾模仿這一座湖。等到我們走近一點（我們下意識地靠在一起前進，好像能藉此免於某種未知的威脅），我看到湖面上聚集著一大片又小又清澈的卵：這裡幾顆，那裡幾顆，看來脆弱不已，好像玻璃一般。

然而，等我們再靠近一點，才發現那不是卵，而是一些泡泡。此時我們之中有人大叫起來，第一隻烏龜的龜頭才從湖面伸出，只見牠的嘴巴微開，滿是皺褶的脖子朝太陽伸展，眼睛閉著。接著，牠們又一隻隻冒出來，最後我們算了一下，湖面上總共散布了七隻歐帕伊伏艾克。四周一片寂靜無聲，連牠們破水而出的聲音也沒有，等到牠們又潛入水底，取而代之的是另外六隻，其中三隻顯然還是幼龜，龜頭不比胡桃殼大多少。牠們就這樣上上下下，動作雖不複雜，卻可愛得像在表演水上芭蕾，我們目瞪口呆，站在僅僅幾碼之外。那時，我才注意到昆蟲的鳴叫已經被法阿的低沉歌聲取代，（也許）就是旅程一開始，我們看到一隻小的歐帕伊伏艾克往下游游去時，他吟唱的那首歌。

穆阿瞇著眼睛觀察，他說：「哈瓦納。」意思是**很多**。他還說了另一句話，塔倫特隨即翻譯出來：「有時很多，有時很少。」

然後，他又跟塔倫特說話，這次說得比較久。我看見塔倫特搖搖頭，穆阿很堅持，就連法阿也隱約發出低沉的驚呼聲。

塔倫特驚訝地看著我們：「他說我一定要從裡面挑一隻，他會幫我搬走。」

我的腦海裡有一些想法開始成形了。「問看看，我能不能挑一隻。」

他問了，接著轉身對我搖頭說：「他說，只有滿六十歲的人才能摸歐帕伊伏艾克。」

「所以你可以，因為他以為你六十歲了，他也可以，因為他早就滿六十歲了。」我身邊的法阿不斷更換雙腳的重心，凝望湖泊另一邊的樹林。

塔倫特向穆阿確認，接著點點頭。

「問他，問看看如果還沒有滿六十歲就去摸歐帕伊伏艾克，會怎麼樣。」

我看到穆阿的臉上立刻充滿怒意。他的答案聽來又長又複雜。塔倫特眉頭深鎖，專心聽著穆阿在說什麼。過程中，曾有兩、三次塔倫特要穆阿停下來，要求他講清楚，穆阿很快就回答他，雙手在空中揮舞著。

「他說，」塔倫特轉述給我們聽，從他刻意強迫自己講慢一點、措辭謹慎一點看來，顯然他很興奮。「我可能聽錯了，但是——他說，不到六十歲就去摸歐帕伊伏艾克，會為自己的家庭帶來可怕的詛咒。家人之中**一定會**有人活到六十歲，也**一定會**吃到歐帕伊伏艾克，但是一段時間過後，那個人會慢慢失去理智，變成摩歐夸歐。」

然後出乎意料地，他對我微笑，而且只對著我露出一抹燦爛的微笑。接著我就知道他想起了什麼：來到島上的那個禮拜，他跟我講過有個獵人變成摩歐夸歐的傳說，法阿曾在伊伏島的樹林裡看到那個仍活著，但已經沒有愛、也不會講話的獵人。幾十年後，當我回想起這件事，我總覺得塔倫特的成就（或者我們的成就）可說言之過早（畢竟當時我們還不知道這一切有何意義），但是在那一刻，我想他應該是格外興奮，而且鬆了一大口氣：他果真不是個笨蛋。他為了一個故事大老遠跑來這裡，而那個故事就算真實性有待商榷，至少是有人確認過了。他的作法其實像極了那些聽說有外星人住在新墨西哥州某個小鎮，就一窩蜂趕過去的人；到了那裡，僅憑居民曾親眼目睹的證詞，就把邏輯與各種道理暫拋腦後。也許，他只比那些人好一點，或是說服力稍強一點。

「問他，」我吩咐塔倫特：「變成摩歐夸歐之後會怎樣。」

塔倫特問了，他轉述道：「會被驅逐。」

我接著說：「問他，」實不相瞞，我跟塔倫特一樣興奮，「問他是不是被驅逐的。」

他問了，過了好久，穆阿始終沉默不語，至少有三分鐘，他只是看著湖泊，看著那幾隻還在表演水上芭蕾的烏龜，舞姿簡單而前衛。最後他開口了，但我並未注意他說什麼，光是聆聽他那彷彿悲嘆的氣音，我就知道他的答案為何了。

「E。」他說。**是**。

⚘

回到村莊後（此刻顯得如此封閉、令人窒息，簡直像監牢），我又像犯人一樣在林子裡散步，在空地上繞來繞去，最後才走到我的樹。我把某一棵瑪納瑪樹當成我的樹，它與其他棵樹不同，只因為它相對孤立；附近的樹木不多，我可以坐在樹下遮住地面的厚厚苔蘚上，甚至躺著。要抵達那棵樹，我必須從營地往西走十五分鐘，看到一株外型特別凶惡的蘭花後右轉，帶有尿味的花朵吐著兩根長長的螺旋狀血紅色雄蕊。

我在樹邊思考自己已經知道的一切。首先，我知道烏伊伏人把歐帕伊伏艾克當成神獸。其次，我也知道，除非年滿六十，否則任誰也不能碰觸牠，而且滿六十歲的人可以把牠吃掉。第三件事是，在伊伏伊伏人的儀式上，只有六十歲以上的人才能吃歐帕伊伏艾克。第四點，我知道很少有人能活到這麼大的年紀：看看酋長的瓦卡伊納儀式，其中只有他的一名顧問可以吃龜肉。這意味著村裡的六十六個人中，只有兩個人活到六十歲以上。第五點，我還知道穆阿跟他的同伴至少都六十歲了（至於他們的年紀比六十歲大多少，此刻我還沒有餘力思考），也就是說，他們都吃過歐帕伊伏艾克。第六點：根據穆阿的詛咒傳說，如果有人還沒六十歲就去摸歐帕伊伏艾克，他家裡注定會有人變成摩歐夸歐，繼而遭到驅逐。

這一切並不複雜，只是把資訊綜合起來而已。艾絲蜜與塔倫特也辦得到。艾絲蜜與塔倫特可能也**已經**做過了。「顯然，」我聽見艾絲蜜的宏亮聲音在耳際響起，「重點是歐帕伊伏艾克。」但那是什麼意思？任誰吃了歐帕伊伏艾克，終究會變成摩歐夸歐嗎？成為摩歐夸歐之後，**會變成怎樣**？先前塔倫特曾把摩歐夸歐一詞翻譯成「沒有聲音」，但是除了夏娃，所有的夢遊者都能講話。講的話當然不總是前後一致或有趣，不過他們都會講話。所以，為什麼他們被驅逐了呢？如果，吃了歐帕伊伏艾克**的確**會變成那樣，他們為什麼要繼續吃呢？

回到營地後，我跟塔倫特分享了我的某些結論——不過我沒能說出我想到的所有疑點，因為艾絲蜜走了過來，一如往常，發出沉重的呼吸聲，穿越矮樹叢，發出沙沙聲響。塔倫特眉頭深鎖，非常專心，最後我們倆都同意，我應該跟酋長做一次訪談。於是他派法阿去傳話，要求會面。

當晚稍後，村民都吃過晚餐，一群男人也出門打獵，捕捉他們最喜歡拿來燒烤、愛尖叫的紅眼蝙蝠，此刻我們才被叫過去。我們又回到火堆旁，仍是同樣的四個人（我曾試著暗示艾絲蜜，她不一定要去，去了甚至可能有害；因為自從目睹阿伊納伊納儀式以來，她開始不喜歡酋長，一旦她的不悅態度被察覺了，不是會冒犯酋長嗎？她怒目瞪我，宣稱她可以閉嘴，無論如何都要一起去）。酋長坐在我們對面，身旁再沒別人，只有他的野豬，那隻豬又恢復過去渾身灰塵的模樣，粗糙的獠牙牙尖沾滿泥巴。我看不出他在咀嚼什麼，但是偶爾他把點心在嘴裡轉動的時候，就會看到一根三隻腳趾的動物腳掌露出嘴邊，大小有如大拇指指甲，上面有一塊分布不勻稱的毛皮。

我知道我的想法不太合理，但是我持續看著酋長時，覺得也許可以看出他的臉部變化。畢竟，先前我已經看他參加過兩次重要的成年禮，兩次儀式理當對他或他的性格造成某種重大改變。就算他沒受到儀式的影響，但我的確看到他的脖子上戴了某樣東西：一個用藤蔓編成的圈圈，中間垂掛一個閃閃發亮的碎片，材質看起來很硬，在皮膚的襯托下發出微光。

我們坐在那裡，沉默不語，雙方看來都很有禮貌，但掩不住尷尬，也不願先開口。最後塔倫特說話了，酋長對他點點頭。

塔倫特說：「我跟他說，很榮幸受邀參加他的瓦卡伊納。」

酋長說：「嗯。」

雙方又沉默了起來。

「酋長，」我打破沉默。先是他的頭，接著他的豬也慢慢轉向我。「你們常常慶祝瓦卡伊納嗎？」

「喔，不常。」酋長說（當然，這句話是由塔倫特翻譯的）。

「上一次慶祝是什麼時候？」

「三年前。那次是拉瓦艾克的瓦卡伊納。」沒想到他的聲音如此溫柔。他一手握著長矛，一手順暢地撫摸野豬背部，從頭摸到尾，野豬發出滿意的嗚嗚聲響。我看見塔倫特在筆記本上振筆疾書：「**拉瓦艾克大約六十三歲**？」

「拉瓦艾克是慶祝您的瓦卡伊納時，跟您一起吃歐帕伊伏艾克的那位嗎？」

「E。」

「那在拉瓦艾克的瓦卡伊納時，有人跟他一起吃歐帕伊伏艾克嗎？」

「E。」

「誰？」

「還有三個人。」

「我們可以跟他們講話嗎？」

「他們已經不在這裡了。」

「他們死了嗎？」

「沒有，他們沒死。」

我不太確定該怎樣繼續。「那他們在哪裡？」

「走了。」

「去哪裡？」

他把手從豬背上抬起來，指著遠方的森林。「走了。」

「什麼時候走的？」

他把頭歪一邊，想了一下。「大約一年前。」

「他們為什麼要走？」

「因為他們快要變成摩歐夸歐了。」

我可以感受到身邊的塔倫特緊張起來，呼吸速度也改變了。「你怎麼知道他們快變成摩歐夸歐？」

「我看得出他們變了。我們都看得出來。」

「怎樣變？」

「一開始，他們會忘記一些事。他們去森林打獵後就忘了回來。他們會忘記帶長矛。他們用長矛獵殺動物，但不會把獵物帶回來，我們得回到森林裡去找獵物。他們會一直講同樣的事。有時候，講話沒頭沒尾。然後，我們知道他們被詛咒了，很快就會變成摩歐夸歐。」

「那後來怎樣了？」

「我們派最優秀的獵人把他們帶到森林深處，他們三個都沒去過的地方，把他們留在那裡。獵人們走了好幾天才回到村子裡。他們離開前，我們必須提醒獵人，這三人不能待在村子裡，因為他們快變成摩歐夸歐了。」

大家不發一語。「你後來還看過他們嗎？」

突然間，他發出一聲尖銳叫聲，就像木頭響板碰撞在一起的聲音（後來我才知道那是他的笑聲），然後用下巴朝夢遊者們的方向點兩下。「E。」

「夢遊者？」艾絲蜜驚訝地問道。酋長瞥了她一眼，她的臉紅了起來。

「哪一個？」我問酋長。

「穆阿。」他說。我可以聽出他的語氣帶著不屑。

我說：「所以穆阿是去年被你們帶到森林裡的人之一？」

「不是我帶的。是其他人。」

「嗯。但是那裡面還有你認識的人嗎？」我問道：「有另外兩個不能留在村子裡的人嗎？」

他往他們看過去，如果他的視力跟法阿或其他人一樣差，我實在很懷疑他能看出他們的身形，更別說辨認他們的臉了。「沒有。」他說。

「沒有？」我問他：「其他人都不是？不認識伊瓦伊瓦或瓦阿娜？不認識烏卡薇或瓦

奴？」

他用堅定的眼神看著我說：「沒有。」

「你是說，沒有，裡面沒有被帶走的人？還是，沒有，裡面沒有你認識的人？」

他換了一下坐姿。「裡面沒有被帶走的人。」

啊，我心想，**他**的確**認識他們**。

「所以，」我接著放慢速度提問：「去年，幾名獵人把穆阿跟其他兩個快要變成摩歐夸歐的人帶到森林裡，但是其中你最近看到的只有穆阿。對吧？」

他看起來有點不耐。「E。」他說。

「其他兩人怎麼了？」

他把頭歪一邊，我這才發現這不僅代表他在思考，也跟我們聳肩的意思差不多。「我不知道。」他說。

「您的父親……」我開了口又停下來。酋長在等我。「您的父親，」我說：「他也曾慶祝瓦卡伊納嗎？」

「不曾。」他很快就回答了：「我們家我是第一個。但是拉瓦艾克的父親慶祝過。」

「他在哪？」

「在這裡。」

「他在？」我看看四周，好像我可以認出他似的，也許可以看到他從儲肉坑爬出來，或是慢慢朝我們走過來。「他為什麼沒有出現在你的瓦卡伊納儀式上？」
「他身體不舒服。」
「怎樣不舒服？」
酋長嘆了一口氣，我覺得我在他那張深不可測的扁臉上看到了悲傷的神情，甚或遺憾（儘管很難看出來）。「他已經變成摩歐夸歐了。」
「所以——所以你會叫人把他帶走？」
「E。」
「他什麼時候變成摩歐夸歐的？」
他又把頭歪一邊。「不久前。一開始慢慢地，但現在他真的是摩歐夸歐了。」
「但是你還把他留在這裡？」
他用頭做了一個奇怪的姿勢，看來像左右搖晃一下。「他是拉瓦艾克的父親。」停頓了很久之後，他才說。我們全都沉默了片刻。
「他是什麼時候慶祝瓦卡伊納的？」
他想了一下。最後他說：「我還是個孩子。當時我才剛剛經歷我的阿伊納伊納。」他突然露出微笑，我看到他的牙齒跟法阿一樣，一顆顆都變了色。「他是幫我執行儀式的人。」就算我看不到，也能感覺到這句話讓艾絲蜜渾身僵硬起來。
我不知道塔倫特對我接下來的請求會有何感覺，而且我發問之後，他在翻譯之前的確頓了一下，很快地看了我一眼。「我們可以跟他見面嗎？」

酋長沉默了好一陣子，時間久到我以為自己冒犯了他，片刻間我們只聽見酋長的野豬津津有味地啃著他吃剩的可憐動物殘骸，還有孩子們的尖叫聲與婦女的大叫聲。但是，接下來他咕噥一聲，站了起來，我們跟著他和他的笨重野豬走過村子，來到第九間小屋後方的某棵瑪納瑪樹，後面就是通往湖泊的祕密通道。

但是，這次被人用棕櫚葉粗繩（繩子又短又粗，尾端有一個繩套，我想那是野豬的牽繩）綁在樹邊的，是一個男人。拉瓦艾克長得像他嗎？我不太記得拉瓦艾克的模樣，也記不住他跟酋長在內的其他人有何不同（不過，在我印象中他似乎矮一點），但我想應該像吧。這個男人看來並沒有比酋長老很多（也許他的皮膚看來更像麵包一點，像加了酵素那樣變得粗糙，不過也有可能是日曬過度或喝太多水，還是缺水，總之可能的理由有十幾個），他手裡也握著長矛，長著一大把濃密頭髮，脖子上跟酋長一樣掛有項圈，是一條皮革製的繩索，垂吊幾個細細的石片。[12]

我們站在拉瓦艾克的父親周遭，形成一個半圓形，看著他睡覺。他的嘴巴開開，一隻蒼蠅在上面盤旋，愈飛愈近，好像在跟自己玩遊戲一樣。我身後的塔倫特輕聲向酋長發問，酋

12 諾頓沒把話說得很清楚，除了刺青之外，另一個可顯示某村民舉行過瓦卡伊納儀式的跡象，是他（或她）身上突然有了飾品。只要過了六十歲，他們身上就會戴起某種裝飾，無論是項鍊、斗篷或是一塊布（當然，後來因為他們的環境改變了，這種習俗也就消失或被摒棄了）。這種裝飾品應該不具特別的象徵性或意義；似乎只是一種簡單的方式，代表他們接受過瓦卡伊納儀式表揚，讓其餘村民記得他們的新身分和了不起的成就。

長也給了他簡短的答案。如果酋長說得沒錯，那麼拉瓦艾克的爸爸大概有一百一十歲了。

回到營地後，我開始思考這件事。（我們看拉瓦艾克的爸爸看了幾分鐘後，好像也不能做什麼。酋長不希望吵醒他，而且當我把手伸過去戳他一下，他說了一些話，那聲調連我都不敢輕忽，於是我們只好各自回到空地的兩端。）我已經請法阿去把穆阿找來，此刻他從暗處走出來，抓著穆阿的手臂，穆阿還在打呵欠，舉步維艱，法阿那張通常沒什麼表情的臉，非常不以為然。我身邊的塔倫特嘆了一口氣。至於艾絲蜜，感謝上帝，她到溪邊去了。

「穆阿，」我用堅定的聲音起頭，即便我不這麼做，他還是會順從地回答任何問題。「這很重要。你曾經認識酋長，對吧？」

他瞪著我。「別害怕。」我跟他說：「酋長說你應該告訴我。」

接著，他就像聽到自己這輩子有吃不完的罐頭肉似的，喜悅的笑意立刻浮現臉龐。塔倫特在翻譯他的回答前，用警告的表情看了我一眼，穆阿說：「他說的？」

「喔，是啊。」我的語氣漫不經心，未假思索就狠下了心。「他說你該把一切告訴我。」

然後他把脖子往前伸，好像他看到酋長就在我身後為他祝福。其實當時天色已暗，他不可能看到酋長。

他說：「我們曾經是朋友。」臉色又悲傷起來。

「被帶到森林裡那一晚的事——你還記得嗎？」

他吐了一口氣之後才說：「記得。他們把我們帶到很遠很遠的地方，把我們留在那裡。

他們不得不。」

「多久了？」

他搖頭說：「我不知道。」

「沒關係。」我想了一下才說：「那兩個跟你一起被帶走的人——是男的還是女的？」

「男的。」

「他們在這裡嗎？是你的同伴嗎？」

他又用力吐了一口氣，聲音很大。我看得出他跟酋長一樣，漸漸對我的問題不耐煩了。但是，我感覺到酋長不耐煩是因為他對這個話題已經厭倦（更別說他必須保持謹慎），穆阿給我的感覺不一樣：他一直在等待我問到關鍵問題，如此一來，他才能把我想知道跟他想說的一股腦說出來。但他只說了「不是」。

我們倆就這樣來來回回，顯然我一直沒問對問題，穆阿每次的答案都非常簡短。一直要到深夜時分，我跟塔倫特坐在一起整理他的筆記，累積下來的資訊才讓我們看到故事的全貌。

某天晚上（就像我剛剛說的，穆阿不知道是哪一晚，但如果酋長說得沒錯，應該就是一年前左右），穆阿跟另外兩個男人被獵人們帶到森林裡。他們早就知道會那樣，早就在等待那一天的來臨。穆阿年輕時，也看過別人變成摩歐夸歐，他們有男有女，總是在夜深時被帶到森林裡，而且做這件事的也一定是村裡最棒的獵人。幾乎如今和他在一起的同伴，每一個被帶走時他都有印象，除了伊卡阿納、韋伊伊烏與夏娃。

他們在森林裡走了一整晚，然後又過了一天一夜，直到第二天晚上，穆阿才感受到周圍的空氣變得愈來愈清爽而輕透，他知道黎明到來了。他們身上都帶著一大包用棕櫚葉包裹的食物，繫在長矛上。最後他們可以把食物留下，卻必須把長矛交給獵人們。他們知道長矛會被拿走，因為摩歐夸歐不是正常人，沒有攜帶長矛的權利。但是，該交出長矛的時刻來臨時，穆阿的一位同伴拒絕了。

「他不願意。」穆阿回憶道。獵人們命令那個人，用長矛威脅他，接著真的攻擊他，試著奪走他的長矛。畢竟他們是村子裡最厲害的獵人。

那個人雖然快要變成摩歐夸歐了，仍然很強壯，於是便反擊了。穆阿說，多年前，那個人就曾帶著摩歐夸歐到森林裡去遺棄。獵人們用長矛戳他，他躲了好幾下，跳來跳去，直到最後連穆阿都看出他體力不支了，這時他轉身衝入森林深處，仍然手握長矛。

其中有個獵人奉命追過去，另一個卻把他擋下，說：「由他去吧。他只會迷路，再也找不到回來的路。」然後，他們不發一語地離開了，手裡除了自己的長矛，還多了另外兩支。

「我很難過，」穆阿說：「因為他們都是我的朋友。我曾跟他們一起打鬥打獵，他們也參加過我的瓦卡伊納，如今他們連再見都不說就走了。但我能瞭解，他們非那樣不可。」

我問他：「他們參加你的瓦卡伊納時，也吃了歐帕伊伏艾克嗎？」

他搖頭說：「他們比我小很多歲。」

我問他：「你在村子裡看過他們嗎？」

「沒有。他們死了。」

他的語氣斬釘截鐵，令我們深感訝異。

「你怎麼知道？」

他聳肩說：「我就是知道。」說完後他就吟唱了起來：「黑卡卡阿，黑卡卡阿。」**我累了，我累了**。

「等一等。」我懇求他，此時法阿已經站起來，準備把穆阿帶回他同伴身邊。「穆阿，你跟其他摩歐夸歐後來都怎麼了？」

他嘆氣說：「我們一直走一直走，食物吃完了。有時可以抓東西吃，但沒有長矛很難抓。有一天我們來到一條溪流，溪水很深很急，在溪邊待了很久。跟我一起來的那個男人愈來愈像摩歐夸歐——一直忘一直忘，我必須看住他，像顧小孩一樣。我做的工作愈來愈多。某天我覓食回去後，發現他死了。」

塔倫特輕聲問道：「他怎麼死的？」

「他在河裡。」穆阿搖搖頭繼續說：「他忘記請求允許就喝了水，結果嗆死了。」我們都不發一語。

「所以後來你是怎麼過的？」我問他。

「我離開了。」

「你有找到帶著長矛逃離獵人的那個人嗎？」

「沒有。」他說：「但是他愈來愈像摩歐夸歐，所以我想他可能也死了。」

「他可能怎麼死的？」

「也許是摔死的？或者他忘記請求允許就喝水，被詛咒而死。」

「那你是怎麼遇見——」我比了一下那一群人，「其他人的？」

「啊。」穆阿說：「我一直走一直走，有些日子我有東西吃，有時候沒有，有一天我就遇到了其中幾個，然後又遇到其他幾個，接下來我們就一起打獵、吃東西，有必要的話也跟其他人打鬥。」

我感覺到塔倫特在看我。「什麼其他人？」我問他。

「其他人。」他說，口氣有點不耐：「森林裡的其他人。」

「獵人？」

「不，不，不是獵人——是摩歐夸歐。」

「還有其他摩歐夸歐？」

「當然。」

「有多少人？在哪裡？你為什麼不跟他們講話？你們為什麼要打鬥？為什麼——」

「黑卡卡阿，黑卡卡阿。」他又唱了起來，幾乎帶著一種嘲笑我的口氣，彷彿他知道我急於想聽到答案，法阿則是態度堅決地站在那裡。

「等一等。」我跟他說，但這一次連法阿都搖搖頭，法阿未曾像這樣反駁我們，於是我們就此打住。

「塔倫特，」看著他們離去，我低聲跟塔倫特說：「我們必須立刻搞清楚這件事。」

「我們要等到明天再搞清楚。」艾絲蜜此時插嘴，就我聽來，語氣稍嫌太過堅決（不幸的是，她剛好從溪邊回來，及時介入）。

「明天吧。」塔倫特也同意她。「太晚了。」先前我沒留意（我們很快就習慣村民的作息時間），在那當下，我注意到時間的確很晚了，四下一片沉寂，除了我們的講話聲，僅有的聲音只剩夢遊者們一如往常的打呼跟咕噥聲，還有火堆在沉靜空氣中發出的嘶嘶聲響。

⁂

隔天早上醒來時，我嘴巴乾乾的，感到痛恨不已。我的天啊！我真是受夠了那些夢遊者。我痛恨他們，痛恨他們那種擠牙膏似的說話方式，而且總是一副嘲笑我們的樣子。我痛恨他們愚蠢的扁臉、呆滯的眼神、結塊的頭髮、圓滾滾的身形、差勁的記性，還有一再重複的對話。我痛恨這個村莊與島嶼，還有這裡的天氣（此刻的天氣炎熱到我們白天大都只能睡覺，而且我還真希望自己跟野豬一樣長出尾巴，可以趕走無所不在的蒼蠅、蚊蚋、跳蚤、壁蝨、甲蟲、螞蟻、馬蜂、蜜蜂與蜻蜓，牠們沒日沒夜地在我們身邊嗡嗡作響，未曾停止，也未曾減少）。也痛恨那種會蠕動的水果，痛恨他們有吃不完的肉（到現在他們連一片都還沒請我們吃過），也痛恨這裡的小孩總是吵鬧不休，婦女講話總是嘟嘟囔囔，男人沉默寡言。我痛恨這裡的微風如此稀罕、如此吝嗇，本來應該吹個不停的大量微風卻變得那麼少，真是變化莫測。我痛恨塔倫特不准我自己沿著那條路走到曠野去，也不說明我為什麼不可以，也不讓我帶著穆阿幫我認路。我痛恨那些死前毫不掙扎、如此認命的樹懶，痛恨牠們的聲音那麼小又如此可憐，也痛恨野豬清理自己身體時的慵懶模樣，好像用舌頭在舔冰淇淋。我痛恨塔倫特與艾絲蜜，痛恨三個嚮導，我特別痛恨穆阿和酋長，因為我懷疑只要他們願意就能立刻解答所有的問題，但是為了某個理由（因為無聊？還是因為好玩？誰知道？），卻拖拖拉拉。但最讓我痛恨的，還是這裡卑微可憐的生活方式。即便如此，我還是找不出關鍵問題，無法解開謎團。

然而，我人還在這裡，被困在這個島上（因為我知道此刻塔倫特無論如何是不可能離開的，他距離那起重大發現是如此接近），想離開此處，就一定要解決問題。

說了這麼多，我一定顯得很暴躁，但是我應該再補充一個讓我變成這樣的理由。過去大概一週以來，我注意到村子裡隨時隨地都有人在求愛交歡，頻率高到氾濫不已。我不知道這到底是一種異常現象，還是向來如此，只是我剛好注意到了而已。總之，每天都有許多伴侶在翻雲覆雨，多到我這種生性見怪不怪的人都開始覺得被冒犯了。只要走進村子，就會看見有人把濕黏的身體交纏在一起，在離火堆僅僅幾吋的地方纏綿悱惻，發出野豬般的呻吟聲。不知為什麼，夢遊者們也被喚醒了，每當我要睡覺時，他們常常一起呻吟了起來。某天晚上實在太吵了，我終於起身查看，發現他們正在用醜陋鬆垮的肉體彼此摩擦，上下其手，摸來摸去，動作既不熟練也不優雅。然而，就算我現身了，他們一點也不以為忤。我實在無計可施，就丟了一顆瑪納瑪果嚇他們，讓他們安靜下來，但是過沒多久，他們又繼續活動。我隱約聽見某人的背部壓到瑪納瑪果，發出了啪茲聲。

回到我的蓆子後，我發現有件事不太對勁：塔倫特與艾絲蜜都不見了。他們的蓆子都還在，但人已不見蹤影。「艾絲蜜？」我小聲呼叫：「塔倫特？」但是沒人回答我。

我的腦海立刻充塞最糟糕的念頭，彷彿看見艾絲蜜靠在樹上，塔倫特擁著她，她醜陋的嘴巴像隻貪婪的鯉魚開開的，那各方面都嫌過多的身體（屁股太大、肚子太凸、大腿太皺太凹、頭髮像蒲公英一樣太過蓬鬆）緊貼著他的瘦削身形。

遺憾的是，這讓我感到好折磨。被蒙在鼓裡，讓我無法忍受，但即使知道了還是一樣。儘管如此，我發現自己仍繞著村莊外圍找他們，每走一圈就往森林內部深入，每轉一個方向都會低聲呼喊他們的名字。他們會去哪裡？繞到第七圈時，我甚至踏上第九間小屋後方的那條小路，盡可能走，直到路面逐漸被苔蘚淹沒，愈來愈不明顯，才不得不循著下坡路面走回原處。生怕自己看到他們倆在一起的那種驚惶失措感漸漸散去，我開始擔心別的事情。在我們有限的活動範圍裡，有什麼地方是他們倆去得了，又不會被我發現的？這種事常常發生嗎？還有（我最後才想到這件事，卻最令我擔憂），他們不見了之後，照顧夢遊者的責任不就落在我跟只會講一點英語的法阿身上？

就在我腦海裡充滿各種思緒時（後來我才發現自己剛剛一直在奔跑，為了摸索黑暗中的樹木，還把雙手往前伸，活像殭屍一般），我遇到了那個男孩。此刻我已經到了森林深處，也許繞了九圈以上，一開始我還以為自己碰到了野豬。畢竟，他躲開了我，站在樹旁，當我的手指碰到他那一頭亂髮時，我還以為是豬毛，因為恐懼與詫異而低聲驚呼。

他也叫了出來，但我想他只是跟著我一起叫，因為當我在他身旁跪下來的時候，他看起來挺冷靜的，與我四目相交時，並未流露出疑懼的眼神（我們頭頂的樹冠間有個縫隙，流瀉而下的一點點月光，足以讓我看出他五官的大概樣貌）。

沒多久，我就認出他是第一次阿伊納伊納儀式上的男孩。就像我之前描述的，他是個非常俊美的男孩，身形苗條健美，儀態優雅無比，不過最令人驚嘆的還是他眼神中那股堅定不移。即便四周光線微弱，我幾乎看不出來，仍可以感覺到他凝望著我。

在這森林深處遇到他，靜靜的、不動聲色，實在令人不安，他幾乎是在那裡等著讓我發現，不過這自然是不可能的事。

「你在這裡做什麼？」我輕聲問他，儘管他聽不懂，沒有回答。

「你叫什麼名字？」自然還是沒反應，一點也不奇怪。

我指著自己說：「諾頓。」接著，我指著他說：**那你呢**？但他只是像酋長那樣，把頭往上抬，然後又正眼看我。

「夜深了。」我跟他說：「你不是應該待在家裡嗎？」

我還沒來得及繼續說話，他就把一隻手擺在我一邊的臉頰。這奇怪的手勢讓我產生極度親密的感覺，覺得他好像大人，充滿悲憫、智慧與母性，我發現自己幾乎哭了出來。在那當下，他好像在同情我，而且我根本不知道自己渴望被人同情，我的臉頰感覺到他乾燥的手掌是如此溫熱（後來我仔細檢視時，才發現那是一般男孩的手掌，黏黏的，隱約有點髒，布滿小小的割痕，但是表皮底下是如此柔嫩而無邪），過去幾天、過去四個月、過去二十五年的不快樂與寂寞湧上心頭，壓得我好沉重。

感覺起來，我們倆的姿勢維持了好久，我痛苦地蹲著，他就在我身前，此刻我把臉頰往他的手裡靠過去。我們頭頂的月亮躲進雲裡，在月光消失之際，他把手往下伸，舉起我的手，認真地擺在他的生殖器上。

我立刻把手抽開。但是，此刻四下一片漆黑，我只看得到他的眼睛（他也只看得到我的），他流露出一種沒人預料得到的眼神：既不熱切也不默許，既不渴望也不帶色欲，既不飢渴也不熱情。我不知道該怎樣解釋比較好；我不想多愁善感，說他的眼神充滿智慧或特別聰明，但持平來說，他的眼睛至少散發著沉著。

像要誘惑我一般，他又輕輕拿起我的手，開始在他的身上摸來摸去。我再度把手抽開，他還是很有耐性地把手放回去。

在這一來一往之際，我心想：**我被迷倒了**，我發覺自己的手開始不聽使喚，變成一隻在黑暗中逕自飛起的白鳥。接著，男孩變換了姿勢，在樹的底部躺了下去，然後抓住我的另一隻手。

喔，塔倫特！我心想：**喔，艾絲蜜，救救我吧！我的心被擄走了，我被灌了迷湯！**我甚至大聲說了出來。他們當然沒過來救我，森林仍是如此寂靜，四下只聽得見男孩的呼吸聲，月亮時隱時現，像是不斷在跟某個看不見的愛人調情，而男孩那張模糊的臉，也在我眼前若隱若現。

IV.

就某方面而言，我與穆阿的對話讓我非常困惑，其中又以最近這一次為最。**為什麼**他會被當成摩歐夸歐？他的確很健忘，言行多所重複，常常也很無聊（過去幾個月，我跟穆阿的對話之無聊、一再重複，就不在此贅述了）。他的短期記憶也真的很差（我們到湖邊看到那些歐帕伊伏艾克之後，隔天我問他一個關於那件事的問題，他卻把那趟湖泊之旅給忘了；而且，我的堅持也讓他害怕、焦慮），但是他的長期記憶很棒，雖然保持專注的時間不是特別長，卻不會比一般孩童短。當然，把這些問題加在一起，的確讓人氣惱，但真的有那麼糟嗎？難道光是因為一個人健忘、言行重複，就該把他遺棄？

先前我曾把夢遊者的大約年紀列出來，這裡我將那份清單分成兩個小組：一組顯然是村民認識的人；另一組村民顯然不認識。

村民認識的夢遊者

穆阿（大約一百零四歲）
瓦奴（穆阿的爸爸；大約一百三十一歲）
伊瓦伊瓦與瓦阿娜（姊妹；大約一百三十三歲）
烏卡薇（大約一百零八到一百零九歲）

村民不認識的夢遊者

夏娃（？）
韋伊伊烏（？）
伊卡阿納（大約一百七十六歲）

除了拉瓦艾克的父親，村子裡年紀最大的就是酋長與拉瓦艾克了。在後來的一次對談中，我們讓他們倆確證自己認識穆阿、瓦奴、伊瓦伊瓦、瓦阿娜與烏卡薇，而且也記得他們被帶到森林深處的事情。但是儘管我們一再嘗試，就是無法讓他們指認夏娃、韋伊伊烏或者伊卡阿納的身分。艾絲蜜以她慣有的思考方式，把這一點歸因於他們故意說不認識。她堅稱：「他們**當然**認識他們三個。」然而，她無法解釋這對他們倆有何好處。她說：「他們自有理由。」她就是覺得其中有什麼陰謀。因為這個文明是如此單純，居然能毫不諱言，只要村裡的老人背離社會一些隱約的行為規範，就會被遺棄。

然而，我想我們可以用一個非常簡單的方式來解釋：拉瓦艾克與酋長之所以不認識那三名夢遊者，理由當然就是他們三個實在太老了，老到他們被放逐的時候他們倆年紀太小，記不得了。這種解釋方式肯定可以用在伊卡阿納身上：如果此刻他已經一百七十六歲，那麼他大概是在一百一十歲時變成摩歐夸歐，他被驅逐時，他們倆根本還沒出生。

接下來，就只剩韋伊伊烏與夏娃的身分成謎了。我懷疑韋伊伊烏比伊卡阿納年輕，不過有可能差距不大。例如，他似乎不曾生活在卡威哈發生的時期，但是當伊卡阿納提起那件事的時候，他像是非常瞭解似的點點頭，好像是因為常聽人談起，忘了自己不曾親身經歷過。但他智力減退的情況很嚴重，這是無疑的：我還記得我為他做神經學檢測時，他的表現有多差，不但無法辨認出我擺在他前面的東西，就連我開始跟他講話時，他也無法專心傾聽。

最後一個問題是夏娃，她的情況就比較特別一點了。即便在夢遊者裡面，她仍算是一個特例。她做不到的事情實在太多了！她無法說話與傾聽，不能與其他人互動，她沒有羞恥心與禮貌，大剌剌的，行為不符常理。每當我從遠處看著她，總覺得她彷彿行屍走肉，走路跌跌撞撞，隨意大叫，抓到東西就往嘴裡塞，仔細觀察不重要的東西，真正迷人的卻被她忽略。從她身體的顏色與臃腫外型看來，有時真像一顆超大甘藷，只是長了兩條腿，在我們之間跳來跳去。她不像生物，卻能呼吸、嘆氣、吃東西。

後來，我突然有所領悟：這就是摩歐夸歐的模樣。**這就是**村民害怕的；**這就是**摩歐夸歐最後的下場。我把筆記本往前翻，看一下塔倫特針對摩歐夸歐提出的定義，那是幾個月前他說完那個故事後，我記下來的：「相貌看似正常，講出來的話卻語意不明。他們講話又快又急，語無倫次，常常無故大笑，像是智能不足的人發出的笑聲。」一看完我就知道夏娃是個百分之百的摩歐夸歐。其他人最後會變成跟她一樣。我知道，這需要一段時日。

我衝回營地。「拉瓦艾克他爸！」我邊跑邊叫。現在，我們該做的就是請拉瓦艾克他爸來指認伊卡阿納和韋伊伊烏，他和他們一定是同一時期的村民。我們也該請他指認夏娃，如果他不認識她，那就印證了我的懷疑：夏娃年紀非常大，她生活在村子裡的時候，連伊卡阿納和韋伊伊烏都還沒出生。也就是說她的年紀遠遠超過兩百歲。

「拉瓦艾克他爸！」我對著塔倫特大叫，他和法阿在一起，正帶著夢遊者們從溪邊回來。看到我之後，他就把他們交給法阿，走向我。

「塔倫特，」我上氣不接下氣，感覺自己在咧嘴微笑。「我們必須**馬上**跟拉瓦艾克他爸談一談。」

他或許叫了我的名字，但是我講話實在太快，他停下來傾聽我的話和我的理論——我知道我是對的，我能肯定，我這輩子不曾像那樣百分之百肯定過，那感覺實在太令人振奮了。振奮之餘，卻又那麼自然而然，好像我生下來就有資格享受那種感覺。我發現心裡浮現**一個念頭**：我的人生應該像這樣才對，充滿**這種**悸動，**這種**令人無法呼吸的興奮時刻。

「諾頓，」最後當我終於平靜下來，塔倫特才說：「拉瓦艾克他爸不在了。他們昨晚把他帶到森林裡去了。」

我當然覺得很糟糕。我對塔倫特大發脾氣，要他幫我找來酋長（那我就能怎樣？對酋長大吼大叫？指責他？），或是把人帶走的獵人（可是他們還沒回來），甚至借一頭野豬，靠牠靈敏的鼻子找出拉瓦艾克他爸走的路（我根本不知道野豬有沒有這種本領）。還有，當前這種情勢實在太不公平，讓我深受打擊。過去那麼多天以來，明明沒發生任何事（有時真是一丁點進展也沒有），就在我希望保持現狀時，情勢卻突然改變了。

最後他還是說服我，現在我們什麼也做不了。「我們還是可以測試一下你的理論。」他用冷靜的口吻說（此刻我一點也冷靜不下來）：「如果你說得沒錯，伊卡阿納應該記得夏娃才對。」

我用嚴肅的口氣問他：「為什麼？」

「因為她的年紀雖大，她離開時伊卡阿納不可能還沒出生。」他說：「如果真是那樣，又代表什麼？難道她快要三百歲了？那是不可能的。」

他那嚴肅而斬釘截鐵的態度讓我想要大笑。唉，我們怎麼立刻就習慣了這個荒謬的世界？一個人不可能活到三百歲，卻可以活到一百七十六歲！誰知道？也許活到三百歲也是可能的。也許夏娃已經三百歲，甚至四百歲、五百歲、一千歲了。也許，她早在卡威哈發生之前就被放逐了，遠比伊卡阿納出生的時間更早，也許她經歷過島上仍有數以千計歐帕伊伏艾克巨龜四處爬行的時代，也許當時我們身邊的樹都還是柔嫩的樹苗，從我們此刻站著的位置往四面八方看去，她看到的是一片廣袤無垠的藍天碧海。

結果，塔倫特的推論沒錯：伊卡阿納**真的**記得夏娃。她被流放時，他還是個小男孩，他想應該是在卡威哈之後（當年他五歲），但是比他的阿伊納伊納儀式早一點。他不知道她被帶走時幾歲了，但是塔倫特和我深信，從其他案例看來，大家都是在九十到一百零五歲之間出現摩歐夸歐的症狀。即便她提早發作，此刻她至少有兩百五十歲了。我想問塔倫特的是，那怎麼可能？

她生過小孩，但據伊卡阿納說，沒有半個活到六十歲，她丈夫也沒有。她也有孫子，也沒有人活得跟祖母一樣久。最後只剩下夏娃一個人，獨自在森林裡活了一百多年，在一座座山丘之間上上下下，靠蠕蟲與瑪納瑪果為生，找到什麼就吃什麼，只需要滿足她自己。因為獨自一人，她的世界是如此狹小，但屬於她的林中世界卻又廣大無比。森林裡到處是群聚的相似生物，像是霧阿卡、垂吊在樹上的瑪納瑪果、樹懶、蜘蛛，還有蘭花，各有各的同伴。夏娃卻是個孤零零的探掘者，像在大海上飄蕩，完全不記得自己在找什麼，也不知道自己想回到什麼狀態。

「當她發現我們的時候，我也感到很訝異。」伊卡阿納的眼神還是一樣茫然，他低聲說：「有很多年，我都忘記她的存在了。很多很多年了。但如今一看到她，就想到，**喔，是妳啊！**的確就是她。」

「伊卡阿納，」我說，試著壓抑聲音裡的怒氣，因為我知道生他的氣並不公平，也沒有用，「先前你為什麼沒跟我們講這件事？」

他居然看著我說：「你們又沒問過。」

也許每一個新發現來得都不是時候，但是（我試著說服自己），每個新發現都會導向一個我必須回答的問題。如今，我對夏娃年紀多大，還有摩歐夸歐是什麼，多少有點概念。進一步詢問伊卡阿納之後，我發現夏娃並非天生的啞巴，這意味著她的沉默與反社會行為都是腦部受損或退化，或是缺少與人互動的後果，而非天生的。

✽

有個理論漸漸成形，但是它看起來是如此簡單明瞭，我不好意思稱之為理論。理論的出發點是一項假設：歐帕伊伏艾克的肉會導致某種……什麼？疾病？症狀？總之，吃那種龜肉會讓人的壽命不自然地延長，長生不死。但諷刺的是，雖然這個病人的身體狀況凍結在她吃龜肉的那個年紀，她的心智卻沒有凍結。智力持續衰退（一開始是記憶力變差，接下來失去社交能力，然後是感官失靈，最後出現失語的症狀），直到剩下身體正常而已。隨著年歲漸增，她完全失去智能，腦力因為超過既有的極限而完全耗盡。我甚至可以想像夏娃的腦幹變得完全平坦，皺褶全都不見了，萎縮成一小截鉛筆頭。她的人生當然還是有盡頭，因為一切生命都有始有終。但是，看來她不會因老化而死，而是死於疾病、意外或是被殺掉。

現在回想起來，已經七十四歲的我有一種奇怪的感覺。然而二十五歲的人碰到這種事，大概只能從學術的角度去理解。但是，年紀這種事並非任誰都可以理解的；年紀是老人關注的焦點，而只要是年紀比我們大的人，就會被我們當成老人。大家都不想談論年紀，那似乎是個討人厭的話題，容易讓人沉湎其中，只有意志不堅、軟弱、愛發牢騷的人，才會悲嘆言老。如今，我也漸漸變老，成了老人，我愈來愈常想到那些夢遊者的命運，並且看清其本質：對他們來講，那是一種詛咒。雖然自己沒有意識到，本來渴望長壽的我們遲早都會認命（就我而言，大概從幾年前就開始了），接受生命的盡頭。那種觀念的轉變是如此突然，任誰都會不禁回想那轉變的時刻，但那變化是如此細微，讓人以為是在夢裡發生的。

當年，我的思維尚未被這種細微轉變擾亂，我知道接下來自己必須做兩件事，不幸的是，兩者都很複雜。首先，我們應該讓某個人吃一點龜肉，而且那個人不是我就是塔倫特。這當然不是什麼好事（我已經知道吃龜肉的後果與風險），但如果我想搞清楚歐帕伊伕艾克在那種病症中扮演的關鍵角色，這是必要的。因為，歐帕伊伕艾克的影響力可能沒有我想像的那麼大（這有可能，只是可能性不高）；也許是伊伕伊伕人基因的特色——如果他們通過某個年紀的門檻，就一定會長生不死。第二件事比較重要，就是我必須帶至少兩名夢遊者離開這個島，找一間適當的實驗室檢測他們，抽血做研究。我不知道該怎樣著手進行這件事。但是，如果做不到，我們（應該說我）等於是浪費了五個多月，那感覺就像一輩子（諷刺的是，我們面對的正是一群一輩子好長好長的傢伙）。如果缺乏明確的血液檢測結果，我所掌握的不過是一系列的童話故事，而我對虛構的故事向來不感興趣。

我先從難度稍低的任務開始：為了將來的實驗，我必須先弄到一隻歐帕伊伕艾克。可以預期的是，塔倫特與艾絲蜜都被我的計畫嚇壞了。我們開始爭吵，有時還吵得不可開交，但至少塔倫特瞭解我的目標，也知道那種作法的必要性，只是基於原則，他拒絕參與，我覺得這實在是非常爛的藉口。至於艾絲蜜，她甚至不願承認我想採取的行動是合理的下一步。我對他們大吼大叫，說他們是懦弱而濫情的知識分子。她也回嘴，說我是冷血的妖怪，褻瀆了這裡，而且她跟塔倫特試圖達到的成就幾乎快被我毀掉了。

「艾絲蜜，你們**想**達到什麼成就？」我用尖銳的聲音回答她：「妳以為把村民的大便詳細記錄下來就算是成就嗎？」我們吵得很凶，吵到幾個村民站在村子邊緣津津有味地看著我們，對著我們比手畫腳，低聲交談竊笑。塔倫特試著讓我們兩個冷靜下來，但已經太遲了。現在回想起來，實在是有點丟臉。

「你怎麼可以看不起我！我想要幫助他們！」

「妳根本不想幫他們！如果要幫，妳就會做妳該做的！」

「**是你**不想幫他們吧！在你眼中，他們跟昆蟲沒有兩樣，你也不在乎自己在過程中破壞了什麼！」

「我根本不想來！是你們需要我，我才來的！」

「我從來都不希望你來！」

沒錯，我們就是吵得這麼凶。要不是塔倫特用身體把我們隔開（打從認識他以來，我還是第一次看到他那麼生氣），我們會吵得更凶。「你們都太不像話了！」他用冷淡的聲音說：「艾絲蜜，帶夢遊者到河邊去喝水。諾頓——」他怒目瞪我，我突然意識到他很少要求我幫夢遊者做些什麼事，我不但沒鬆口氣，反而覺得心痛；難道他也不放心把他們交給我？「你去散散步。你們不要再那麼不可理喻了。」

「那歐帕伊伏艾克的事怎麼辦？」我低聲問道，那幾近哀鳴懇求的聲音讓我痛恨自己。

「諾頓，」這兩個字從塔倫特口中說出來有如千言萬語，他說：「我能瞭解你為什麼要進行這種……這種實驗。等我說完，」他舉手阻止我打斷他，「但我想那恐怕是不可能的。在運輸上，我們不可能做那種安排，而且那根本不是明智之舉。容我提醒你，在這個島上我們是客人。我們是因為酋長的善意才能待在這裡。別忘了這一點，諾頓。別忘了他們的長矛不是只能用來殺樹懶和霧阿卡。」

我不發一語，他也陷入沉默，我們就這樣瞪著彼此。

他說：「我要你向我保證，」他的聲音又恢復那種動聽的聲調，平靜無比，「向我保證，你不會抗命。」

我囁嚅道：「我不會。」

「諾頓，」他起了頭，又停下來，等到我看著他才接著說：「這是對你提出的警告。有很多方法可以測驗你的理論，但絕對不能用你提出的方法。」

「我明白了，塔倫特。」我嘴裡這麼說，但知道他是錯的。沒有其他方法可以測驗我的理論。如果他拒絕幫我，那我只好自己來了。

＊

每天晚上都有一小段時間，村裡所有的活動都停止了，在大概一、兩小時的時段裡，白天出門的獵人已經睡了，該在夜裡出門的獵人也還在睡覺，火堆的火勢終於變小，只剩森林暗處許多看不見的生物在爬行，發出各種吱吱呱呱的聲響。

那一晚的氣氛很僵。一開始，我跟塔倫特與艾絲蜜共進晚餐，三個人都不發一語，接著我們埋頭寫日誌，最後在沉默中把蓆子鋪好。後來，我自問為什麼覺得必須趕快行動，也發覺自己有點失之魯莽，不過我也知道必須快一點——以免膽怯收手，或是塔倫特意識到我一定會下手。

一旦我確認所有村民都睡了（他們的鼾聲在森林裡迴盪不已），我便偷偷爬向穆阿。我趁塔倫特在幫夢遊者洗澡時，偷了他袋子裡的手電筒，不過我決定盡量不用。只是為了找到穆阿，我一定要用手電筒；他們全都睡在一起，眾人肢體跟毛髮交疊，就算每天洗澡，看起來跟聞起來都像沒洗。

我在伊卡阿納附近發現了他。他的頭靠著韋伊伊烏的背，一隻手臂擺在伊瓦伊瓦的雙乳上。我慢慢跪下來把他搖醒。

「穆阿。」我低聲叫他，他壓抑住濃濃睡意，咕噥了一聲，終於掙扎地爬起來。「我需要你的幫忙。」接著，我才想起他不會講英語。

我拿起一根樹枝，在身邊的泥土地上畫出歐帕伊伏艾克的符號（一個圈圈被一條線分成兩半），指著我自己說：「歐帕伊伏艾克，」再說：「瓦卡伊納。」再指一指我自己。「啊。」說完後，他起身坐起來。當時我心想，夢遊者智力受損的好處之一在於，他們不太要求說明。即便我們能夠交談，穆阿還是不會問我為何要這麼晚把他叫起來，去抓歐帕伊伏艾克，也不會問我現在為何需要。漸漸地，他採取的行動都是多年來受到制約建立起來的反應模式。儘管當時我清楚看出失去理智可能很危險，但在那一刻我還是很高興。

我們繞行村莊，經過低聲嘆息的豬群、打呼說夢話的男女老幼，朝第九間小屋走去，進入後面的叢林裡，密林似乎一口就把穆阿吞了進去。四下沒有光線，片刻間，我感到一陣寒顫和沒由來的恐懼，令人無法動彈，甚至忘記自己帶著手電筒。不久，只見穆阿踮著腳走回來找我，跟我講一些我不懂的話，一遍又一遍。後來，我發現他不斷重複吟唱兩句歌詞，聽了一會兒，與其說像歌詞，更像不具意義的鼓聲，我感覺自己隨著那節奏踏出腳步。

自從我帶著某個目的走進叢林深處，好像已經過了一段時間。先前抵達之時，感覺裡面生機勃勃，如今看來卻像一座廣大的樹木墳場，除此之外，想像不到其他任何東西。我說不出自己為何會有這種感覺，只能說我已經發現這片叢林的最大祕密，相形之下，其他的一切都顯得微不足道。

穆阿往右轉時，我跟著他的聲音，突然間我們來到一片空地，是比村莊還高的矮小高地，伊伏伊伏島的剩餘部分，也就是那座堅不可摧的高峰矗立在我們上方。我們身後就是黑暗沉靜的森林，眼前則是一片懸崖，小島的這一側筆直地通往我們看不到的海洋。我開始像被催眠似的往前走到邊緣，直到穆阿伸手擋住我。他跟我說：「咿啊。」意思是「你看」。我抬頭一看，前方與左右是一片天空。不可思議、深不可測的漆黑，布滿點點星光，星星又大又亮，彷彿在用力眨眼，還可以感受到繚繞星星四周的冰冷星塵。星星實在多到讓我覺得夜空並非一片漆黑，一片空蕩蕩。

我凝望星空良久，眼前一片無垠天空好像把我包圍住了。為此，我想起了歐文，真想知道他在哪裡。還在康乃狄克州嗎？還是已經前往他處，就像先前他常嚷嚷的那樣？此刻，我發現自己哭了起來。儘管我試著不哭出聲，感覺還是挺舒服的，同樣能安撫我的還有那淚水的味道——我幾乎忘記它跟我嘴裡的血一樣鹹鹹熱熱的。

穆阿並未受到我的淚水干擾，我們又站了一會兒。星星在我們頭頂閃閃發亮。然後他咕噥了一下，我們又開始步行。

我一度有點不安（我們頭一次去看歐帕伊伏艾克時，到過這片高地嗎？），突然間害怕了起來：穆阿要帶我去哪裡？但是當我轉身看到一片漆黑、無法穿越的森林，我知道自己別無選擇，只能跟著他。

等到我們抵達最後一片空地時，我因為焦慮而發抖。黑暗中彷彿藏著許多怪獸幽靈，一片漆黑的眼前似乎布滿我曾經害怕的所有東西。接下來，穆阿用嚴肅的音調說：「歐帕伊伏艾克。」眼前只見那一座湖泊，烏龜們吐出的氣泡像一顆顆珍珠浮在湖面上。他用一隻手朝湖泊做一個手勢，便後退觀察。

直到此刻，我才感覺我的計畫也許不如我先前認為的周詳。趁村民們都在吃飯時，我曾溜進儲存棕櫚製品的小屋，偷走一只大網子，剛剛在往上坡走的過程中，我像披斗篷一樣把它扛在肩頭。但就在我往湖泊靠近時，我才想到：歐帕伊伏艾克容易捕捉嗎？牠們游得快不快？會不會咬我？如果可輕鬆偷取武器，我不會不偷，但既然偷不到，只能用網子。我回頭看看穆阿，好像在尋求建議，但他只是雙臂交疊，凝望遠方，好像我在做一件私事，他不便旁觀。

不過，我實在多慮了。當我靠近湖泊邊緣，成群的歐帕伊伏艾克就注意到我了，其中幾隻緩緩朝我游過來，牠們的腳輕輕攪動湖水，只在湖面留下最不明顯的漣漪。牠們的信任讓我更省事，也更為難：當我站在那裡思考要抓哪一隻的時候，出乎意料的是，我居然必須認真提醒自己，這件事我非做不可。

我選了最大的一隻；我想牠的身材應該代表牠是年紀最大的一隻，我希望讓其他年輕海龜活久一點。結果，我只需走進湖裡（湖水冰涼清澈，我可以看見月亮倒影在渾濁的湖底搖曳生姿），把牠拖出來。牠十分沉重、有點濕滑，但不難處理，其他歐帕伊伏艾克立刻重新整隊，把牠留下來的空間填滿，用一雙雙大眼看著我。奇妙的是，牠不像其他海龜，一碰到人類就把頭腳縮進龜殼裡，而是把腳動一動，頭轉一轉，因此我覺得自己好像抱著一隻大型食蟻獸，身有硬殼保護自己，卻像嬰兒一樣毫不防備。

我帶著海龜，蹣跚地走到森林邊緣，距離湖邊已經遠到牠的同伴看不見我打算做什麼。因為是上坡路段，加上海龜很重，我走得好累，於是我坐在牠身邊，把手放在龜殼上，牠黃色的眼睛閉了起來，好像很開心，彷彿我在撫摸牠。我們休息了一會兒，一人一龜享受著新鮮空氣，享受著四周樹林的寂靜，覺得光是活著就很棒了。

然後，該是下手的時候了。我的口袋裡有一把摺疊小刀（也是從塔倫特那邊偷來的），還有一大捲棕櫚葉（從小屋偷來的）。我的計畫是盡可能把烏龜肉割下來（坦白講，我不知道自己有沒有足夠的力氣或膽量拆開龜殼），包在葉子裡，裝進網袋，然後將龜殼埋在森林某處腐爛的泥土裡。把所有東西帶下山之後，再將龜肉晾在我那棵樹的樹枝上風乾。我自己會吃一點，再將任何有害的影響記錄下來；剩下的肉，我則打算帶回美國，做徹底的檢測。

一道微風灌進樹林裡，就在海龜把頭伸出來吹吹風的時候，我把刀刃拉出來，擺在牠的脖子上。本來以為這一刀應該很簡單，就像割下一塊溫熱的奶油，但是牠的皮膚遠比我想像的更粗、皺褶更多，最後我必須用刀子鋸下牠的脖子，牠的頭部慢慢與頸部分開，先朝著一側垂下，後來又掉到另一邊，最後只剩一片特別堅硬的皮膚。我必須順著皮紋往上切，濕潤而有彈性的皮膚彈了好幾次才被切開。除了像洩氣的輪胎發出一次無力的低聲嘆息，牠都沒有出聲，但眼睛始終是打開的，瞳孔終究消逝在虹膜裡，就像幾滴墨水在水裡不見了。

在我全神貫注，試著把海龜的一隻後腿卸下時，誤以為穆阿在喊叫，於是也喊了一聲跟他說我在忙，要他等一等（這聽來當然毫無意義）。但是，等到我聽見他在草地上跑向我，一路不知在大吼大叫什麼，我才被迫放下手邊工作。一抬起頭我才發現，朝我跑過來的並非穆阿，而是法阿。

愚蠢的是，第一時間我的反應居然是很高興。法阿來了！在他身邊，我總覺得比較安全，我甚至發現自己開始喜歡他了。儘管他謹慎地維持一副深不可測的模樣，仍掩飾不住他對我們這趟伊伏伊伏島之旅漸感失望。也許是我的想法過於浪漫吧，在我最悲傷與煩亂的時刻，法阿總是在我身邊，跟樹一樣堅固可靠。我還曾把他想成牧羊人，為正在睡覺或打獵的我們站哨，可以替我們監看四周環境，並且見證重要事件。另外兩位嚮導已經漸漸失去興趣，與我們疏遠了（他們當然沒有離開，但白天花愈來愈多時間獵殺霧阿卡。他們特殊的貪婪食欲讓我非常驚訝，而且有點反感。此外，他們也在森林裡撿拾採集各種水果、種子和奇異植物），唯獨法阿還是守在我們身邊。烏瓦與阿杜仍舊繼續照顧夢遊者們，但多少有點虛應故事，常常站在溪邊有說有笑。那些智力受損比較嚴重的夢遊者則在水裡用手撥水或用腳踢水，漫無目的，也不知道自己被帶去那裡做什麼。但是輪到法阿時，他總會用雙手捧水，潑在他們背上，幫他們把蓬亂的頭髮抖開，當他們感到滿意而嘆氣時，他也會低聲跟他們說上兩句。我當然敬重他，甚至可說是崇拜他。

但是等我看到法阿的臉，聽出叫聲含藏的情緒，不得不立刻調整我的反應。他一路大吼大叫，真的在吼叫，抓著長矛的那隻手一張一合，反映他的憂慮，另一隻手則指著死掉的海龜，龜頭（雙眼仍張著）被我整齊地擺在最大片的棕櫚葉中央，好像等待包裝的禮物。他非常憤怒，氣到眼睛都凸出來，嘴角噴出白色的口水沫，而我發現自己竟然想要大笑。

那時我才想起來。上次我們看到一隻隻歐帕伊伏艾克時，他曾用虔敬的態度吟唱，觀看瓦卡伊納儀式時，他也是一副讚嘆不已的神情，所以除了讓他大叫大罵，我也做不了什麼。先前我非常確定法阿不會碰我，但突然間（我永遠無法確定他的意圖），他舉起拿長矛的手臂：我必須承認，看起來不具威脅性，甚至長矛也沒對準我，但是舉起武器的動作畢竟讓我警覺起來，於是我本能地舉起烏龜屍體，以圓圓的龜殼為盾，當法阿朝我靠過來時，把龜殼往前推出去。就在我拿著海龜在身前晃來晃去，整個人縮在後面之際，我聽見法阿發出尖叫聲。我往龜殼的上緣看過去，發現海龜的一隻前腳擦過法阿伸出來的手。片刻間，我聽見他的吼叫聲變成哀號，他跪倒在地，舉著被龜腳擦過的手，痛哭起來。

要是我的感覺沒那麼敏銳，一定會大笑出聲。但那只是一開始而已，接著我立刻看到彎腰跪倒在地的法阿，朝海龜伸出握著長矛的右手，好像在獻祭一般，這時我才感覺到他的絕望有多真摯。他的哀號聲漸漸轉為啜泣，接著完全沒有出聲，只是肩頭與背部持續抖動，他臉朝地上，長矛棄置一旁。這是我第一次覺得不會講烏伊伏語值得高興，因為此刻他已經相信自己受到詛咒，將會變成摩歐夸歐，或是家裡有人會變成那樣，就算我費盡唇舌也無法說服他改變想法。所以我只是著迷而同情地看著他，直到最後什麼也做不了，只能繼續我乏味的差事，把一塊塊柔軟的龜肉包在光滑的棕櫚葉裡面，大量龜血將地面都染黑了。

從高地下來時，我們走得很快，而且不發一語，我先把穆阿跟受到驚嚇、步履蹣跚的法阿送回夢遊者身邊，再把六包龜肉綁在我那棵樹的樹梢，此刻天空已經露出曙光，第一批早起的鳥兒也開始鳴叫。

看來，我們都決心裝作沒發生任何事：塔倫特一副我們沒吵過架的模樣，法阿假裝自己沒被詛咒，我也假裝自己沒做過那件需要獲准與鼓勵才能去做、但無論如何非做不可的事。儘管我無法與任何人分享我前一晚展現的勇氣、決心，還有足智多謀，但在那一整天，還是不時讓我感到吃驚。我碰到法阿一次（我正要去溪邊取水，他則是從溪邊回來），但就在我朝他走去時，他就轉身了，只見他的臉漸漸垮下來，整個表情僵在那裡，完全看不出他的情緒為何。那一天之後，我看到他總是那副表情。我知道他絕對不會跟別人透露他在那晚看到的事發經過，因為那意味著他必須承認自己身上也沾了血，也被詛咒了。

只有穆阿似乎把那一晚的冒險給忘了。那天下午，我剛好看見法阿，雙手握著長矛，下巴撐在較鈍的那一頭，盯著穆阿。只是我不確定他是嫉妒，還是同情穆阿。

我曾經偷溜到我的那棵樹，把那幾包肉取下來，盡可能挖一個較深的洞，那柔軟的粉狀土壤跟蛋糕一樣營養而潮濕，然後將幾包肉埋進去，用土壤蓋起來。但是我把其中一包擺在一旁，打開來。有好幾分鐘，我只是蹲伏在那裡，準備把一隻潮濕的鮮紅龜腳吃下肚。我提醒自己，這就是我違背了塔倫特的吩咐，跑到湖邊的理由：品嚐並吞食龜肉，向自己證明沒有什麼好怕的。但是，我發現我因為自己的兩面態度無法動彈。如果不吃龜肉，就表示我承認自己害怕，不可能的事畢竟還是變得可能了。我真希望我的假設是真的，我希望它是正確的，我想確定我的發現是真的。但是，我也不希望我的假設成真：我不希望過去相信的一切都被顛覆，以至於確定性與實際性像發霉的水果一樣，遭到摒棄。吃下龜肉等於承認自己是錯的，承認我知道的世界會保持原貌，不受驚擾也不會改變，所有的法則也不會受到挑戰與攻擊。

但是我沒吃。幾十年後，我回想起此一時刻，覺得那件事好像是自己幻想出來的，也想起自己差一點變成摩歐夸歐。如果我不曾把那隻龜腳重新包好，跟其他幾包龜肉放在一起，而是用舌頭去碰它，會怎麼樣？那一夜是如此奇怪而可怕，發生的事非常不合理，卻十分具有吸引力。如果我任由自己陷入那不合理的情境中，又會怎樣？

當晚我做了許多誇張的夢，上一個夢的結局會滲入下一個夢，成為開端。我夢到自己在森林裡漫步，正要沿著上坡路爬到村子裡，所有的樹木突然變成伊伏伊伏人，他們的嘮叨言語化成林間鳥鳴，所有人的腳都流起血來，變成樹根，頭髮纏繞在一起，成為樹枝。我夢見酋長和我側坐在鞍座上，底下是一隻跟汽車一樣大的歐帕伊伏艾克，在一片完全沒有樹木的乾燥淤泥上跋涉，梅子色天空下的地平線上，隱約可見一座水泥材質的迷你城市。我發現我在木屋裡，天花板是一根根帶有粗紋的木材構成，我身前的一個大鐵盤裡，坐著一種奇怪的粉紅色四腳生物，身上的肉鬆鬆垮垮，後來我才發現那是一隻沒有龜殼的歐帕伊伏艾克。我對面坐著法阿，他身穿一件慘白襯衫，頭髮修得乾乾淨淨，與耳際齊一。他的手各自握著一柄刀叉，朝我伸過來，等到我發現自己必須把海龜吃掉，牠的頭抽動了一下，打開眼睛與嘴巴。牠的嘴巴打開時，卻成了那個小男孩的嘴巴，小小的牙齒高低不齊，舌頭又小又亮。

這時我就醒了。四周的森林依舊，艾絲蜜與塔倫特也照常在我身邊，而我們還在伊伏伊伏島上，在伸手不見五指的黑夜裡。周遭的一切沒有任何改變。

隔天早上，塔倫特宣布我們要離開了。

V.

我知道這很合理，而且也不可避免。先前我知道的是，我們至少要在這裡待四個月，或是一段有限的時間。但是得知要離開時，我還是很震驚。第一個理由是，雖然表面上看來不是那樣，但那確實是一個挺有秩序的地方，即便是山上的這個村莊，儘管沒有政府、科技、衣服、書籍、學校與醫院，我們也難逃其影響。其次是時間帶來的震撼：它突然又出現，與我們的生活有所關聯了。在這裡，時間並非直線式的，而是捲曲起來，成了螺旋狀，因此一切都和生物學及演化論的原則相左；就連人的身體也對時間不屑一顧。然而，我們遵守的那個時間定義，來自一個人們會使用時鐘、見面也會先約定時間的世界，那裡的時間單位遠比季節還小。當我意識到外面那個世界還存在，我不安了起來，雖然此刻我覺得它好陌生，它還是會對我們發號施令，影響我們的決策，並且決定我們的到達和離開。我突發奇想，覺得村民之所以可以活那麼久，也許是因為不曾有人跟他們說人不能活那麼久。

最後一週的行程極為緊湊：我們必須做最後的幾次訪談、測量與體檢工作，多畫一些關於村莊的畫，完成最後的人口統計，以及儲肉屋、乾貨屋與棕櫚屋的存貨統計工作。深夜時，我把帆布背包裡的一些東西拿出來，挪出空間放歐帕伊伏艾克的肉（我跟烏瓦要了一些醯巴，把我要打包帶走的龜肉醃了起來）。此刻，我看到二十幾根包在棉布套裡的針，光滑冰冷，表面像玻璃與金屬材質，彷彿古董，而這個村莊才是比較先進的文明，它們反而是功能不明的原始古董。到了這個節骨眼，我的旅行袋裡幾乎沒剩什麼東西：大部分衣物我都送給村裡的婦女，她們困惑地瞪著我的夾克和襯衫，直到我示範一些用法，例如把衣服撕成一條條，把兩條棕櫚繩接在一起，或是把樹懶的腳綁在長矛上。而我的顯微鏡在這趟旅程的初期就破掉了，近來溫度計也破了，看來很詭異的銀色水銀珠珠被村裡孩童拿去玩，外層沾滿了塵土，相碰之後又合併在一起，直到我把它們收起來。

一直到了很晚，我才想到瑟若尼肯定不是很重視我。其實醫學院的所有人肯定都不是很看重我。我真的是塔倫特主動找來的嗎？還是他們說服了塔倫特或那個隨隨便便拿資金贊助他的人，讓我參與這一趟探險？真的有人希望我來嗎？就我所知，重點是塔倫特想找到神話中的那個失落部族，雖然可能性極低，卻真的被他找到了。但是，誰想得到我竟然有了更重大的發現？而且居然是這種發現？事先沒人知道這趟探險需要科學家的參與，我之所以會來，不是因為運氣好，而是醫學院想要甩掉院裡最沒前途的學生，便派他去執行一個注定失敗的荒謬任務。讓我感到羞恥的是，先前我居然沒參透這一點，還成為一枚可悲遊戲的棋子。儘管此一領悟讓我不開心，但我決心不要像史麥瑟那樣想（**我會做給他們看；我會證明他們是錯的**）。另一方面，我不禁開始想像未來的發展，因為我非常肯定我的發現相當可觀，會是永遠改變科學界與人類社會的發現。那就是長生不死的祕密。這件事實在太過重要，不該大聲嚷嚷（所以我沒有聲張）。這個發現雖然帶著濃厚的童話故事味道，背後的含義卻不可小覷。

（費區和布拉薩，**你們**都在做些什麼？**喔，我們負責把病毒注射到老鼠的身體裡**。為什麼要問？那**你**在做什麼？**我發現了一群不會死掉的人**。）

此刻極為重要的是，我必須說服塔倫特帶幾個夢遊者離開這個小島，令我意外的是，他居然默許了，而且沒有太多爭辯。他自然是先長篇大論，說什麼把原住民帶離原生環境有多危險，如此一來，他們幾乎不可能重新融入自己的社會；但是他的論點有點軟弱無力，更別說有多荒謬了。如果我說得沒錯，他們很快就會完全忘記自己的原生環境，既然他們早就被他們的社會遺棄，為何不能帶他們走？

「呃……」最後他有氣無力地說：「至少我們應該請求酋長的允許。」

毫不意外，酋長並不在乎。就像我說的，整體而言他沒有流露出太多情緒，我們的提議似乎讓他有點高興。他為什麼不該高興呢？我們自願幫他帶走四個沒有用的摩歐夸歐，他們走掉之後，少了四個人跟村民搶霧阿卡跟瑪納瑪果，也少了四個到處不停閒晃、最後可能又回到村裡的傢伙。

這時，酋長問道：「那其他人呢？」

「什麼意思？」塔倫特答道。

酋長說：「他們不能待在這裡。」

塔倫特把嘴巴張開，立刻又閉了起來。他實在無能為力。他說：「我們會把他們帶走。」

酋長點點頭。

然後，酋長就轉身離去了。我不知道為什麼自己會這樣想，也許是電影或寓言故事的影響，我總以為雙方道別的時間會久一點，交換禮物或舉行個什麼儀式，尤其是他們的文化那麼熱愛儀式。但實際上什麼也沒有。我們只看到酋長的背影漸漸消失，一旁野豬的身後揚起些許塵土。那時我才想到，他們當然不會有道別的儀式，因為除了那些摩歐夸歐，不曾有人來訪，也不曾有人離開。

這時我想起一件事。「等等。」我跟塔倫特說：「叫他回來一下。」於是塔倫特叫住了酋長，他非常不情願地轉身回到我們面前。

「Ke。」他用平淡的語氣說。意思是：**什麼事**？

我吩咐塔倫特：「問問看，就他所知，有沒有人舉行過瓦卡伊納儀式、但**沒有**變成摩歐夸歐的？」

我看得出他不想回答。不只是這個話題讓他厭煩不已，而且在他回答的同時，等於承認了自己的命運。一直到我提出來之前，他都可以閃避這個問題，如同在他之前與之後所有的六十歲老人一樣，想像自己是第一個沒變成摩歐夸歐的人：他應該做過永遠當酋長的白日夢——每隔幾年，都有機會在別人的瓦卡伊納上吃一點龜肉，過著被妻妾與兒孫簇擁跟隨的日子，儲肉屋與棕櫚屋未曾匱乏。他可以活到為玄孫的孫子舉行阿伊納伊納儀式，活到玄孫的孫子長大變老，他再幫**那個孫子的**孫子舉行儀式。他可以活到村子邊緣那些瑪納瑪樹的樹苗長大，枯死後又被取代，活到有一天跟那些神明一樣老，有一天阿阿卡和伊伏伊伏在他面前顯靈，也許他可以變成跟祂們關係密不可分的三個神，獲得一個歸他管轄的領域。星辰、風、雨、水與太陽都有護衛它們的神明了，可能有個東西會指派給他，也許是樹木、花卉，或是盤據樹梢的那些鳥兒。這都是他作過的白日夢。難怪他總是一副如痴如醉的滿足模樣，那些白日夢彷彿他的興奮劑，可愛、美味又迷人，只要他想要，他可以盡情沉溺其中。

但是到了晚上，他的夢就不一樣了。他夢見有一天，自己也被帶到森林深處去，也許距離遠到讓他迷惑，不記得自己當過酋長，不記得養過一隻令人發抖的可怕野豬，像隨扈似地一天到晚跟著他。他夢到自己的長矛被人奪走，那人也許就是當年由他主持成年禮的孫子。他夢到自己日復一日在森林裡覓食，聽見從樹梢傳來的鳥類與猴子叫聲，但已經忘記怎麼捕捉牠們，甚或忘記當年捕捉牠們有多簡單——更糟糕的是，他仍然隱約記得，但是常常必須和自己的記憶拔河，讓他常常想起自己有很多事都介於知道與不知道之間。他夢見自己發現腳邊有一顆桃紅色水果，一隻隻蟲子像蛇髮女妖的頭髮一樣，要從果皮裡鑽出來，卻不記得那是可以吃的東西，而且他曾經很愛吃，一次能吃下十幾個。他尤其喜歡吃曬乾的瑪納瑪果，那些果實的邊緣又細又脆，還有糖的結晶。把它打成果泥，塗在樹懶肉上，吃起來甜甜鹹鹹的。他也夢見他曾是六十五人之上的酋長，變成孤身一人之後，生活只剩下日夜變換，沒有可標記時間變遷的東西，沒有儀式與重大事件，沒有歌曲也沒有性行為與打獵的活動，他也逐漸忘記自己是誰，但因為那忘記的過程緩慢而平順，所以他也沒有注意到。只有這些夢才是真實的，他自己也知道。這就是為什麼他喜歡白日夢，因為他控制不了夜裡的夢，只能控制白天的一切。此刻我才瞭解他需要多大的自制力與勇氣，才能允許那些夢遊者生活在他的周遭，因為他們每一個都能印證他夜裡的噩夢終將不可避免，還有白日夢都是假的。

他並未回答，逕自走開。就像我說的，只要回答了，就等於承認了那個他努力否認的事實。他已經六十歲了。再過不久（並非立刻，但那一天終究會到來），他就必須面對自己的未來，他會變得連自己是誰都不知道。他不須明講；他的沉默回答了我的問題。

⁂

下山的路走起來比上山快多了，也少了很多驚奇的感覺。我們再度看到一片片苔蘚平原、各種不同的鐵樹、像珠寶般閃亮的蜘蛛，偶爾遇上成群的蚊蚋或蝴蝶，還有隱身於樹梢高處、彼此鳴叫呼應的巨嘴鳥。將近六個月前，這裡曾是令我心中混雜著喜悅與恐懼情緒的地方，此刻已經成為探勘過的土地，令人厭煩不已。我們還是帶著夢遊者，用村民不大情願提供的一大段棕櫚繩，把他們綑在一起，由法阿帶頭，我或艾絲蜜殿後。塔倫特走在前面，在他身前遠方（遠到我們看不見）則是烏瓦與阿杜。

包括塔倫特、艾絲蜜、法阿和我都認為，應該把我們帶不走的夢遊者留置在叢林中樹木叢生的地方，也就是距離村落不遠處。酋長並未說清楚我們該把他們帶到多遠，不過法阿建議我們至少該走三天的路。就在第三天快結束時，我可以感覺到大家都把走路速度放慢，以便配合夏娃的蹣跚腳步，而不是像平常那樣拉著她行走。有時候，法阿會用鼻音對著夢遊者發出哼哼聲響，他們也會用哼哼聲響回應。儘管他們的音調並不好聽，卻可以一個音調哼很久，直到他們的聲音與森林裡的各種聲響融合在一起，好像我們被各種噪音給包圍了。

最後，四周的天色暗了下來，變成一幅水墨畫，我們知道沒辦法拖延下去了。包括塔倫特，還有兩個腳程超前的嚮導都回來了，與我們一起跟在法阿身後，由他帶著夢遊者走向一棵我看過最巨大的瑪卡瓦樹：我們六個人手牽手，也沒辦法圈住。法阿用他那和藹平靜的口吻跟夢遊者們講話，另外兩名嚮導負責把他們手上的棕櫚繩解開，將他們跟我們決定帶走的四個夢遊者分隔開來：其中當然有夏娃、瓦奴與穆阿（因為他們是父子），以及伊卡阿納，因為他年紀很大，而且他是能把夏娃跟其他人聯繫起來的橋梁。[13]烏瓦用另一條不同長度的棕櫚繩纏住他們的手腕，把他們帶走，四個人都很聽話地跟著，也沒問問題。入夜後，他們

13 後來諾頓跟我說，這段期間他最大的遺憾之一，就是沒要求把伊瓦伊瓦跟瓦阿娜帶走，為什麼他不要求呢？這常讓我納悶：畢竟她們是雙胞胎，可以針對她們做一項很有趣的研究。但是諾頓說，當時他認為他只能帶走並控制四個研究對象，而且，如果他的研究內容是兩個不同世代血親間的差異，會更有價值。這意味著他必須把雙胞胎留在島上。

更聽話了，看著他們走開，乖乖認命的模樣，還有老邁的蹣跚腳步，我實在不禁感到一陣心痛。

現在，只剩下四個夢遊者，也就是我們決定留置在叢林裡的那四個。阿杜跟法阿拿起那條長長的棕櫚繩，重新把他們串在一起，像是串起四個可悲的紙娃娃，讓繩子鬆鬆地纏繞著他們的手臂。阿杜跟法阿要他們坐在樹幹底部，背部靠著樹皮，然後將繩索的一端（還是纏得很鬆，鬆到用力一扯就會掙脫）纏在一根低垂的樹枝上。（至少我們認為繩子可以保護他們：如果他們能聚在一起，而非朝不同的方向到處亂晃，我們覺得他們就可以……就可以怎樣？看著同伴死掉，而不是獨自一人慢慢死去？總之在當時，那似乎是出於好意，儘管此刻我已想不起來是為了什麼。）塔倫特、艾絲蜜和我在他們前面放了一堆食物：罐頭肉已經從鐵罐裡倒出來，擺在棕櫚葉上，還有卡納瓦、瑪納瑪與諾阿卡等樹木的果實，以及夏娃最愛的那種奇怪菌類，和一些吃起來會嘎嘎作響的東西。我想一定是塔倫特從乾貨屋偷拿出來的食物，包括一小堆霧阿卡，讓阿杜跟法阿垂涎不已地看了一眼，才毅然決然轉身而去。

安排妥當後，我們往後站，看著他們全都凝望著我們的樣子，一雙雙有如樹懶的大大黑眼完全不疑有他，腳邊那些食物好像聖誕樹下的禮物，我實在心如刀割，片刻間被我們的殘酷作為嚇呆了。

我想我們所有人都有這種想法。因為就算我聽不懂法阿講的話，也聽得出法阿的語氣有多痛苦，還有他把手搭在每個夢遊者的肩頭時，有多溫柔，一邊跟他們講話，一邊朝著食物做手勢。後來塔倫特跟我轉述他當時說了什麼：**別走散了。要彼此照顧。肚子餓就吃東西。待在樹邊。我們很快就回來了。**

然後我們就離開了。「別轉頭。」塔倫特告誡我們，我們踏著蹣跚腳步往前走，一心想著盡可能遠離他們。此刻，他們突然一起發出哼哼鳴響，像蟲鳴一樣渾厚而單調，聽起來神祕而充滿凶兆，像是道別之歌，儘管實際上並不是，只是他們在日落之際的反射反應，一陣胡言亂語罷了。

那天晚上，我們破例走到很晚，晚到沒多久，我們身邊唯一的光源就只剩頭頂啪啪作響的蝙蝠的紅色眼睛，還有一群聚在我們頭頂高處、發出磷光的硬殼甲蟲，牠們咯咯鳴叫，彼此撞來撞去，發出清脆的喀喀聲響，然後從樹枝上掉下來。我們一定要盡可能跟我們拋棄的夢遊者保持距離，但即便是我們的腳步愈來愈小、愈來愈慢，根本難以為繼了（難道是在繞圈圈嗎？這我們無法得知），還是無法停下來。在一片漆黑的森林裡，伸手不見五指，所有聲音都會被放大，許多想像的畫面與夢魘從黑暗中跑出來。我發誓，我一度感覺到頭頂有一種毛茸茸的巨大物體快速掠過，幾乎讓我以為空氣長了毛，只是我問其他人是否也感覺到，他們卻都說沒有。我發現自己跟在村子裡的時候不一樣。此刻，我能意識到上方的許多樹木，在那一層層我們根本不想一探究竟的樹枝裡面，可能住著很多東西。那一天稍早，我曾經看到一群飛蛾，密密麻麻地聚在一起，看來簡直像單一生物。牠們用飛快的速度往兩棵卡納瓦樹衝過去，彷彿神風特攻隊。令我訝異的是，牠們就消失在兩棵樹之間，鑽進一道細得幾乎看不見的縫隙。還有什麼生物會穿越這道由樹木構成的屏障？這是一座我們瞭解的森林，但是在它後面可能還有另一座森林，是一個截然不同的生態體系，裡面的鳥類、蘑菇、水果與動物都和這裡的不一樣。也許那裡面還有另外幾個村落，千百年來都受到樹木的庇護，村民都能活到一千歲，也不會失去神智，或是活到十幾歲就死了，也不會跟小孩性交，或是只跟小孩性交。

我可以聽見法阿和塔倫特在交談。最後，等到法阿落後脫隊，我問塔倫特他們剛剛在說什麼。「他很懊惱。」塔倫特說，聲音聽起來也一樣懊惱：「他說我們不應該把他們綁在樹邊。」

「但是那條繩子很容易掙脫啊。」

「我也這麼跟他說。」塔倫特說：「但他說他不該叫他們留在原地。他說他們永遠不會掙脫那條繩子——他們會一直坐在那裡，等我們回去，因為我們許下了承諾。」

「但是，他們不會忘記我們說的話嗎？」

他先嘆了一口氣。「我跟他解釋過這件事了。」他說：「但是……」他沒有說下去。

大家沉寂了一會兒。我們的腳踩在地上，發出時而清脆、時而濕潤的聲響。

「所以他覺得接下來會怎樣？」我最後還是問了。

「他覺得他們會待在那裡，完全不去動那些食物，等著我們回去，直到餓死。」

「這會不會有點誇張？」我提醒自己，多年來，應該說好幾十年來，他們自己不也過得好好的？但是我心中也有一個角落能感受到法阿的沮喪情緒：如今我們既然進入了夢遊者們的生活，把他們命名為夢遊者，照顧他們，把他們當成我們的，是我們發現、也由我們來決定他們的意義，自然很難想像他們能夠不靠我們而獨自度日。

他又嘆了一口氣。「他想要為他們回去。他想把他們帶回他的村莊。我跟他說這不行啊。他說他是個殺人兇手。」

我說：「可憐的法阿。」我的回應充其量只是反射動作。他是個和藹的好人，儘管我認為他的想法太過戲劇化，但我相當欣賞他的同情心。既然無法採取任何行動，我也只能說一句「可憐的法阿」。

「可憐的法阿。」塔倫特低聲重複了我的話：「可憐的法阿。」

我們幾乎來到了終點。我們逆著方向體驗了六個月前的那一趟旅程，令人驚訝的是種種感覺是如此熟悉宜人：我被同樣濕滑而盤根錯節的樹根絆倒；面對一片無盡的綠色地景感到極其厭煩，而且四周的空氣潮濕到讓我覺得自己被一片吸飽水的蓆子壓著。即便我們還帶著夢遊者們（我必須說他們實在很乖，聽話而且溫和），仍舊比預定進度早一天。船隻會在週二中午來接我們，到了週日下午接近傍晚時，我們只剩下七個小時的路程要走。塔倫特跟先前一樣精確的計時效率，再度讓我印象深刻；他甚至從帆布背包拿出一本小日曆，我看到他用鉛筆在每個日子旁做記號，才真實感覺到我們在島上待了那麼久。

他決定我們該早早紮營過夜，隔天只要慢慢走就可以了。到了週二早上，就可以走完最後兩小時的路程，抵達岸邊，但是沒必要提早到，因為那意味著我們必須坐在岸邊被蚊子叮咬，愈靠近水邊，蚊子愈多。我知道我們已經非常靠近海邊，我因為緊張而迫不及待：我是多麼渴望看到比叢林或森林更壯闊而難測的大海啊！海面波光粼粼，而且即將帶我們離開這個地方。

當晚我們把最後的罐頭肉吃掉。我想起旅程剛剛開始時，我們曾把餅乾當餐點吃，塔倫特還說我會想念那種酥脆的口感。這次我們沒有餅乾（餅乾早就吃光了），但是沒有餅乾，剛好讓我想到這個島嶼是多不完美的地方：高山上那個村莊只有火，沒有水；這裡卻是一切都泡在水裡。不只樹木與地面飽含水分，就連我們的身體也不斷出水，我所有的東西都因為吸了水，變得柔軟光亮。然而，享用在島上倒數的第二餐時，儘管只是把剩下的東西拿來湊合，我們仍然覺得心情大好。夢遊者們也意識到即將有刺激的大事要發生了，他們臉上露出傻傻的微笑，七嘴八舌地聊了起來，穆阿甚至一度站起來，像山上那些月經結束的婦女，跳起一種不太像跳舞的奇怪舞蹈。烏瓦與阿杜利用這輕鬆的一天去捕獵霧阿卡，回來時帶著一大袋，霧阿卡在裡頭蠕動，那袋子簡直就像一顆鼓起來的超大瑪納瑪果。而且他們特別高興，有說有笑，露出一排有漏洞的牙齒，因為終於要離開這個不可思議的地方回家去了，為此他們鬆了一大口氣。更棒的是，他們滿載而歸，扛回一大袋霧阿卡。只有法阿仍是若有所思的模樣，當我們所有人看著穆阿跳舞，一邊拍手叫好，他還是看著那一個個夢遊者，大拇指不斷上下摩擦著長矛。很難不去想像他在想什麼：在那些夢遊者身上，他不僅看到自己的命運，也感覺自己對他們有責任。令他難以忍受的是，看著他們，他就會想起自己做了什麼，還有未來的下場。他跟塔倫特低聲講了兩句話，就離開了，大步走進遠處的樹林。我本來不在意，以為他只是想獨處，離我們遠一點。他當然想要獨處，這樣才有時間好好思考，離開島嶼之後一定會發生的事。回家後，他就是一個被詛咒的人了。他該對家人說什麼？

隔天早上，我被尖叫聲吵醒，烏瓦跟阿杜向我們跑過來，對著塔倫特大叫，受驚嚇的蟲鳥不斷飛走，發出刺耳叫聲。「法阿！」他們喊叫著法阿的名字，然後又說了一串話。

塔倫特立刻起身，跟他們一起跑步離開。「你們其中一人要留在原地，跟夢遊者在一起！」他對著身後的我們大叫，但艾絲蜜跟我還是拔腿跟在他後面跑，後來我得承認這實在不是明智之舉——他們有可能走失，我們就再也看不到他們了。

我們不斷奔跑，叢林好像也意識到我們的驚惶失措，首次幫起我們的忙。我們的腳並未踩進樹根的洞裡，也沒有因為踩到結霜的苔蘚而滑倒，摔斷腳踝，反而順暢地通過所有的障礙，每個腳步都利落而扎實地踏在地面上，好像我們就在草坪或柏油路面上。

遠處有一棵巨大的瑪卡瓦樹，長長的樹枝往下低垂延伸，像章魚的觸腳，法阿就吊在其中一根樹枝上。他用我們拿來綁夢遊者的棕櫚繩做了一個克難索套，我檢查了他的屍身，發現脖子並未被那個索套絞斷，因此可斷定他是窒息而死，他死得很慢很痛苦。

烏瓦與阿杜哭天喊地，仰天大叫，眼睛閉了起來，有力的長舌在嘴裡動來動去。艾絲蜜哭了起來。「喔！」她說：「喔，法阿！」塔倫特看起來精疲力竭，一張臉垮了下去，雙手垂在身側。

我們必須一起動手才能把他弄下來。阿杜爬到樹枝上，用塔倫特的刀子把繩索割斷。他掉下來的時候，塔倫特跟我把他接住。我們一起把他帶回營地，塔倫特與阿杜抬一邊，其餘三個人抬另一邊，法阿的沉重遺體在我們之間搖搖晃晃。

之前我們待在村子裡，不曾有人死掉，只看過一名嬰兒出生（那個新生兒跟世界上其他地方的寶寶一樣，從母體滑出來，呱呱落地時臍帶還在，渾身是新生兒特有的醜陋淡紫色。我在小屋後面偷看時，幾乎不敢呼吸，以免洩漏自己的位置），但沒看過有人死掉。所以我不知道伊伏伊伏人怎樣安葬死者，甚至不知道他們是不是常有這種機會。[14] 但是塔倫特提醒我，烏伊伏人對死屍的處理方式終究不同於伊伏伊伏人。他們會把屍體帶到烏伊伏島的偏遠山丘上，留在那邊讓動物吃掉。六個月後，才會回去把骨頭移往隱祕處；只有死者的家人知道地點在哪裡，也不會跟別人說，唯恐死者靈魂跟著骨頭一起被偷走。

但是在這附近沒有較高的山丘。那天下午，阿杜與烏瓦把法阿帶走（我們沒讓夢遊者們知道死訊）。他們去了好久好久。儘管他們痛恨這個島嶼，不可能留下來，還有一大袋霧阿卡等著他們，但我們三個都很怕他們不回來了，只是沒講出來而已。直到黎明之際他們才出現，天際已經綻放亮光，我們可以看見色如塵土的昆蟲，翅膀上布滿細細翅脈，宛如一顆顆黃色番紅花，聚集在我們身前與頭頂上方。

他們看來很累，臉色黯淡。他們跟塔倫特說話。「他們已經把他藏在某處。」他轉述給我們聽：「六個月後，他們會再回來，把他的骨頭藏起來。」但我們都知道他們不會回來，不管他們把法阿的遺體留在哪裡，都會被螞蟻、蝙蝠、飛鳥、甲蟲吃得一乾二淨，留下潔白無比的骨頭。

到最後，因為等阿杜與烏瓦等了太久，接下來下山的路段必須趕路才搭得到船。阿杜拿著法阿的長矛，他會轉交給法阿的家人，長矛也是法阿已經去世的明證。等到我們抵達那一小片海岸時，只見一波波大浪不斷打上岸，有一段約十碼的地方是海陸交界之處，兩個世界合而為一（可以看到魚在草裡面游泳，蘭花在油亮的海水裡閃耀微光）。太陽已經高掛天際，

14 伊伏伊伏人處理屍體跟紀念死者的方式之所以值得注意，是因為十分講求效率，和他們用熱情和歡娛來紀念日常生活其他事件的態度，形成強烈對比。他們把屍體擺在村子的正中央供人瞻仰，用拉瓦阿的蕨葉蓋住死者雙眼。當晚晚餐煮完後，他們就把屍體擺到火堆上，任由它燒一整夜。（塔倫特曾經目睹這種戶外火化儀式，他在書裡把那場景形容得栩栩如生。當身體各個部分持續爆開，體內器官在火焰中慢慢受熱，一整夜都聽得到小小的劈啪聲響。）隔天早上，他們把火滅了，將燒剩的東西蒐集起來，死者的一個親戚負責把那些東西埋在村莊外圍的某棵樹下（每個家庭早就分配到幾棵樹，專供這種時候使用）。塔倫特還強調，有人去世時，生者不會慟哭或啜泣，而是以「嚴肅到近乎莊嚴肅穆的神態，靜靜地懷想死者。死者的直系血親繼續進行他們的日常儀式，但是在這忙碌而親密的村落裡，他們的肅靜與沉默本身就是一種儀式，其他村人也盡量不干擾他們，直到他們表示能夠回歸正常的村落生活。這種沉默的哀悼儀式有時只需要幾天，有時需要幾個月。在這個地方，每位村民的存在感都很強，能夠保持低調沉默，而身邊有那麼多人，還能獲得獨處的機會，實屬難得一見」（塔倫特著，《森林裡的人》，一七八頁）。

我一度還擔心船來過又離開了，我們將永遠被困在岸上，與另一個島上的文明世界相距甚遠，卻又不願回到山上那個村落。接著，我們就聽見遠處傳來船隻引擎的嘎嘎聲響，剛開始只是遠處一個灰棕色小點，愈來愈近後，才現出原形。那艘船非常簡陋，幾個月後再度看到，卻覺得它先進不已，是一個大膽靈巧的社會的傑作。船首的船夫高舉雙臂，塔倫特也對他揮揮手。我心想，船夫對那幾名多出來的乘客不知有何看法，夢遊者們又會怎樣看待那艘船，等到我們出海後、在海面上搖晃顛簸時，他們又會怎樣。隨著船隻一碼一碼的駛離岸邊，我們也將漸漸遠離這個島嶼，這時它已經給人一種如夢似幻的感覺，那一連串的事件與際遇彷彿未曾發生過，我們則是要回到自己的社會了。我自問是否感到快樂，令我訝異的是，我也不知道答案為何。

船隻已經非常靠近，船夫看到我們身邊還有別人，我在岸上都能看到他的嘴巴張開，變成一個大大的O字形。

「把他們帶到岸邊——準備讓他們上船。」塔倫特跟我們說，同時他已經涉水踏進淺灘，幫忙把船隻拉進來。

阿杜、烏瓦、艾絲蜜跟我一起把他們帶過來，每個人握住一個夢遊者的手。他們勉勉強強地下水，但是一碰到水，全都高興得小聲驚嘆起來，不過伊卡阿納還是緊握著我的手。為了讓他安心，我也緊握他的手。

我跟他說：「來吧。」他聽不懂，卻還是用信任而溫和的眼神看著我，很難相信他也曾是用長矛保護自己性命的戰士。**我的長矛，就是我自己**。

我們小心翼翼地走向那艘船，我走在最後面。我們腳下的淺灘岩石凹凸不平，伊卡阿納走得搖搖晃晃。我看到船夫拉住夏娃的手腕，幫她登船，他的雙手都在發抖。我們身後的叢林持續散發熱氣。

但是我並未回頭。

第五部　第一個孩子

I.

接下來發生的事情已經有各種非常詳盡的文字紀錄問世，我想應該沒有必要再花時間贅述。其實有好幾本著作，將我第一次離開伊伕伊伕島之後的那十年完整記錄下來，巨細靡遺的程度連我自己都辦不到，特別是傑若米．勞爾曼所寫的《長生不死的人：改變世界的發現》，主要聚焦在我回美國後頭三年的事蹟。凱薩琳．海瑟林頓的《真實的小島：諾頓．佩利納與他創造的世界》，則是以我多年後的研究焦點，也就是所謂的瑟莉妮症候群為主題，全書結局更是把我獲頒諾貝爾獎描寫成千古未有的成就。最後則是安娜．基德的《石頭與太陽之間的一切：諾頓．佩利納傳》，雖然我不同意作者把我描述得有如上帝，但仍是三本裡面我最喜歡的一本，因為她對科學有較為充分的瞭解。這三位作者都曾與我做過很長的訪談，因此能以忠實的風貌呈現我和我的研究工作。

然而，那些年間仍有許多事蹟未曾向外界透露，我想要藉此機會闡明一些未解之謎。

首先是關於夢遊者們的命運。儘管我離開烏伊伏國的時候，握有二十世紀最偉大的科學發現，回到美國後卻像瘟神一樣遭人疏遠。身為探索者，我的確獲得難以想像的神奇發現，但是對學界來講，我只是一個沒有實驗室的研究人員，跟流浪漢沒兩樣。當年我還太年輕、太天真，無法適切瞭解自己的處境有多艱難：我還把自己想像成浪人武士，有誰願意收留我，我就為誰效忠。結果，收留我的就是塔倫特的史丹佛大學（他在不到六個月的時間內，就從人類學界的叛徒搖身一變成為英雄），該校很快地設法幫我弄到一間實驗室與一些經費，來源當然是某個神祕的非法基金。[1] 因為我的研究規模很小，不得不與隔壁那間更大的實驗室共用設備，這自然有許多不便之處。不過大致而言，我的同事都不知該如何評價我這一號人物：我太欠缺經驗，根本不該主持自己的實驗室，但是世故的我也沒辦法接受任何人發號施令。顯然有人在背後保護我；當年我每一天都希望他們不會發現保護我的是人類學系。

這樣說實在有點蠢（畢竟我也離開沒多久），只是要重新適應美國生活比我預期的還具挑戰性。周遭的一切是如此閃亮耀眼且新穎，令我印象深刻，例如汽車的烤漆亮晶晶，就像被舔過的糖果，大家穿著的服飾有各種各樣的款式，充滿新意，包括皮鞋、帽子、吊褲帶、皮帶、手拿包、叮噹作響的手鐲，還有跳來跳去的珍珠項鍊，明明只需要一個小包包跟一塊布就能搞定的事情，卻動用了許多不同的服飾語彙。讓我驚奇的還有，城裡到處光禿禿的，一片荒涼，缺乏植物，只有一塊塊灰色街區，本來應該種樹的地方卻是老鼠色的大樓林立，住滿沉默寡言的居民，包裹在一層又一層精美但多餘的服飾裡。

然而，實驗室裡的一切都是關於伊伏伊伏。我曾經努力以無縫接軌的方式，轉換夢遊者的生活環境（從島嶼到美國大陸，從石器時代到現代）。這意味著從我們抵達烏伊伏島的那一刻開始，就必須在他們身上下藥，因為一切對他們是如此恐怖而難以承受。（當年還沒有所謂的倫理委員會來管東管西，所以本來可能會害死他們的瞬間巨變才變得平順無比。）搭機返回加州時，我當然為他們打了鎮靜劑（在長途飛行的過程中，我必須不斷確認他們的脈

---

1 就像諾頓所說的，史丹佛大學幫他做的安排非常不符常情。更匪夷所思的是，多年後，他仍無法得知那一筆錢是誰給的。根據凱薩琳．海瑟林頓在書裡提出的理論，可能的人有兩個。第一個可能，也是較生動有趣的說法是，錢是富有的史丹佛校友魯佛斯．葛利普蕭提供的。特立獨行的他，因為發明了一種真空封口機而致富（許多食物工廠都用得到那種東西），而且他對追求長生不死向來非常著迷。她猜測，應該是塔倫特代替諾頓出面去找該校醫學院院長，由院長出面去找葛利普蕭，請他成為夢遊者研究的幕後贊助者。這個理論很具說服力（顯然，葛利普蕭個人對諾頓的研究計畫很感興趣），但是它假設的是，塔倫特非常想幫助諾頓做研究——儘管諾頓不曾這麼說（或者也不曾這麼認為）。這再度顯示一個事實：正因為現存資料中欠缺塔倫特的論文與日誌，所以想要重現當年歷史與瞭解其動機的人往往感到很挫折。接下來的那幾年，諾頓不曾確定塔倫特對他和他的研究工作有何看法，而且我們也不難想像，塔倫特自己對於要如何與諾頓合作、是否要合作，感到有所猶豫。（話說回來，當初諾頓也是在他的慫恿下，才把夢遊者帶回國。）

除了葛利普蕭，海瑟林頓暗示，諾頓的基金其實來自於他所說的「神祕非法基金」，出資者是某個想開發新藥的政府機構。這個理論聽起來神祕，事實上並非那麼一回事。當時是一九五〇年，二次世界大戰結束幾乎未滿五年，有很多資金用於發展新興的病毒學，還有早期的生化戰研究。史丹佛很可能就是獲得獎助、進行類似研究與實驗的大學之一，而且他們認為諾頓有資格接受贊助。（凱薩琳．海瑟林頓著，《真實的小島》〔紐約：萬神殿出版社出版，一九九二年〕，二〇五－二一八頁）

搏、呼吸，用一支神奇的筆型手電筒檢查他們的眼睛，看著瞳孔縮成黑珠子大小的針孔）。後來搭車前往實驗室下方的地下碉堡時也是：他們被留置在那裡好幾天，因為我們還在組裝他們的永久住處，直到我把他們安全地弄進了新家，才讓他們醒來。而所謂新家，其實是一個十五呎見方的無窗房間，確保外人不會看到他們，牆上什麼都沒有，油布地毯上鋪了一層層棕櫚葉，還擺著一盆盆的鳳梨花和盆栽，可讓他們聯想到伊伕伊伕島上的鐵樹，但其實是榕屬植物。我曾在房間裡擺一個玻璃箱養烏龜，但是某天早上，我進去時發現龜殼幾乎被扯下來，脖子垂了下去，尾巴上沾著一坨有血的排泄物。夢遊者們其實並不暴力，但是他們愈來愈憤怒與害怕，有時候還出現連自己也不熟悉的行為。為他們注射鎮靜劑時，劑量很難拿捏：下太多，他們會變得遲鈍蹣跚，很難斷定他們的理解問題是腦力退化，還是下藥造成的；如果下得太少，他們就會出現焦慮情緒，亂抓牆壁，無故哭叫。總之，我必須讓他們保持足夠的警覺性，對周遭事物感到好奇，但腦袋不能太清醒，以免發現什麼不對勁的地方。

這方面的工作，我有個助手；校方派了一個叫柳丘呂的博士後研究人員給我，他是來自漢城的訪問學人，領有獎學金。我不確定他是做錯了什麼事才被分派到我這裡，儘管他是外國人，而且遺憾的是，有點難以捉摸，卻對我有很大幫助。他不願開口說英語（他的英語聽起來沒問題，只是腔調很重），但能貫徹我的所有命令，不曾提出任何質疑，筆記也做得相當好。我們能找出適用於夢遊者的鎮靜劑與興奮劑劑量，都該歸功於丘呂；他知道把他們帶出房間多久便會開始感到不安，最後甚至能在夜裡把他們短暫帶出實驗室。那時各棟大樓的人員下班回家了（我一直不讓他們知道夢遊者們的存在），電燈也都關了，他們可以腳踩涼爽的草地。有時候，我會在夜裡跟他一起帶著夢遊者去散步，我們各自牽著兩個夢遊者的手，我跟著他穿越一片片管理完善的短小草坪，避開人行道與大樓，讓他們試探性地拍打尤加利樹樹皮，或是用肩膀摩擦細細高高的西洋杉。這種時候，他讓我想起可憐的法阿：他們都是那麼有耐性，也有保護別人的本能，才會帶著夢遊者避開水泥地，走向本來拿來種花的山毛櫸樹林。那一點也不像瑪納瑪樹，但我想至少是聊勝於無。

此時，夢遊者退化得愈來愈快。事實上，與離開伊伕伊伕之前、我和他們相處的那十四週相較，回來美國後的一個月裡，他們愈來愈像……呃，摩歐夸歐。我沒辦法為此下定論，他們會這樣是因為環境或身體本身出問題，還是另有原因，例如飲食。我當然沒辦法弄來瑪納瑪果給他們吃，在塔倫特的幫助之下，我盡可能為他們提供最接近伊伕伊伕島的飲食。我們用小牛肉取代樹懶的肉（不過，我想兩者的相似性只是給人的感覺而已；我根據自己的印象推想，因為樹懶跟小牛都是動作慢吞吞、肥肉很多的溫和動物，因此小牛肉應該是不錯的替代品），用烤小雞替代霧阿卡，把瑪納瑪果換成芒果。當年想在加州北部找到芒果可是比現在困難多了，實驗室的大部分經費都用於設法採購芒果。

然而，就算不是聰明人，也想得到罪魁禍首可能是實驗室本身。夢遊者本來是在全島的森林裡閒晃，後來被關在房間裡，只去得了上方的實驗室，被扎被戳被塗東西，被迫尿尿在塑膠杯裡（他們未曾看過那種東西），或者像鳥一樣被拔毛髮。有時我在想：那間實驗室對他們來講有何意義？是刺激太多，還是刺激不夠？一方面來講，裡面有些東西是他們無論如何也搞不懂的，像是玻璃、陶瓷工作檯檯面，還有塑膠與金屬。就另一方面而言，實驗室卻是如此了無生氣。室內到處是白的，除了一點涼涼的金屬質感，沒有任何顏色、聲音或氣味；他們一輩子活在目不暇給的愉悅環境裡，如今卻被困在景象單調、無法令人愉悅的地方。

無論理由為何，他們日漸接近死亡。但我指的不是身體機能上的死亡；事實上，從他們的X光檢查、反應測驗與每週抽取的大量血液樣本看來，唯一值得注意之處就是他們實在健康無比：他們的血壓正常，脈搏跟節拍器一樣又輕又慢，也沒有骨質疏鬆的問題。但是，好像為了把身體的過度健康平衡掉，自從他們吃了瑪納瑪果與鵝卵石狀蘑菇以外的食物後，他們的皮膚就愈來愈光滑，身形日漸肥胖，心智卻持續衰退。很快地，就連塔倫特每兩週來看他們一次時，穆阿都沒有力氣跟他講話了。

「E，穆阿。」塔倫特總是跟穆阿打招呼，一隻手擺在他的肩膀上，而穆阿好像在沉思似的，一開始慢慢打開眼睛，接著才抬頭看是誰跟他講話。他會打開嘴巴，但不出聲，接下來嘴巴就這樣開著，直到塔倫特把手拿開，拿出藏在身後的芒果。但穆阿也只是凝視著芒果，終究塔倫特必須把芒果切開，提醒他那是吃的東西，把一片布滿纖維的芒果塞進自己嘴裡，咀嚼後吞下去，穆阿才知道他自己也可以這麼做。

為了證明我的理論（吃了歐帕伊伏艾克的肉導致夢遊者們的壽命大幅延長，最後智力衰退），我必須試著讓動物出現跟他們一樣的情況。但是，基於各種行政上的阻礙（永遠無法解決的兩大問題：資金與空間），一直到一九五一年春天，我才有辦法開始實驗。[2]

我自製的醃龜肉似乎效果很好，但是我不輕易把肉拿出來用，仍包在棕櫚葉裡面，我幾乎是發瘋似的，一開始把龜肉儲存在塑膠容器裡，然後又移往實驗室的冷凍櫃，每天檢查溫度。我痛罵自己是膽小鬼，不敢把龜殼撕開，把裡面的肉拿出來；如今我手上只有四隻龜腳，還有頭部與尾部，誰知道老鼠要吃多少龜肉，才會發揮效用？誰知道我在使用龜肉時，應該謹慎到什麼程度？我已經沒辦法弄到**更多**歐帕伊伏艾克的肉了；實驗室的工作占去我

---

2 在此同時，諾頓也忙著進行一些實驗以外的計畫，其中最重要的一項是一篇一九五一年四月發表於《爬蟲學年刊》的論文。文中，他指出歐帕伊伏艾克是先前未被發現的一種烏龜，可以在鹹水與淡水中生活。這篇論文不長，卻充滿吸引力；就此看來，諾頓在島上也做了很多筆記。他對歐帕伊伏艾克（如今，牠的學名是「佩利納龜」）的活動與行為的觀察，在隨後幾十年持續被引用。這篇文章不僅完整介紹了諾頓發現並命名的一些新生物，也為他未來的研究論文打下基礎，也就是他在近兩年後發表的知名論文「永生假說」。

《爬蟲學年刊》那篇論文讓諾頓成為動物學界的注目焦點，有一小段時間，他甚至考慮改行當動物學家；後來他發現，唯一讓他卻步的是他壓根就不喜歡爬蟲類動物。然而，不是每個人都對諾頓的報告感到滿意；艾絲蜜．達夫就在回憶錄裡宣稱，她跟塔倫特才是歐帕伊伏艾克的真正發現者，應該歸功於他們才對。即便她能證明，所有科學家都知道（這個規定公平與否其實是另一回事，但是就這個層面而言，公平與否並不重要），只有將發現發表在科學期刊上的人，才會被冠上發現者的頭銜，而非單單在日誌或日記裡做紀錄的人。

我們無從得知塔倫特對佩利納的論文有何看法。他現存的少數論文並未提及這件事，諾頓也從未透露兩人是否談過此事。

所有的時間，儘管塔倫特已經在計畫夏天要重返伊伕伊伕島，我卻沒辦法請他幫我帶另一隻歐帕伊伕艾克回來——就連我手上有這一隻，他也不知情。

所以在用龜肉餵食第一批二十五隻老鼠時，使用的肉量我非常謹慎。我吩咐丘呂把一段前腳切成二十五小塊，每一塊差不多跟一顆圖釘一樣大小。我希望這樣就足夠了。這個實驗的前提是，只要餵一次，結果就很明顯（但也有可能不明顯）；成功與失敗的機率各是百分之五十。我用一隻從動物供應公司買來的箱龜，餵食對照組的二十五隻老鼠，分量相似。

實驗室老鼠最久大概可活一年半。如果我的理論沒錯，不但三個月後，第一批老鼠可以存活下來（被我選來做實驗的五十隻老鼠全部十五個月大，相當於伊伕伊伕人吃下歐帕伊伕艾克時的年紀），到了兩年、三年，甚至五年後，牠們都還會在。到了某個時間點，牠們會開始出現行為失常的狀況，但是身體方面大致上都沒改變。雖然稍嫌過早，而且幾乎像開玩笑一樣，我用了第二批的一百隻老鼠做了另一項實驗，其中一半吃歐帕伊伕艾克，另一半吃箱龜。這些老鼠都是新生的，會在對照實驗的環境裡長大成熟。

日子一天天過去。丘呂把老鼠跟夢遊者都照顧得很好。本來我希望塔倫特常來實驗室，但是除了他每兩週來一次的時候（每次來實驗室，大都在陪伴夢遊者們），我很少有理由或機會跟他講話，而且每次在他面前，我多少感到不大自在。實驗開始後，我不禁慶幸他每次來都待不久，對我做的事顯然也不感興趣；如果要跟他解釋實驗目的，等於承認我偷了歐帕伊伕艾克。我心裡多少懷疑塔倫特知道我在做什麼，卻同時告訴自己他不會在意——我們都離開那個小島，回到文明世界了，他不再是我的上司。但是，這些理由終究不夠有力，無法說服我自己，於是每次他來訪，我都找藉口避開。幸好他都是一個人來，艾絲蜜沒跟來，而且自從回美國後，我再也沒見過她。我知道她也待在校園某處，在做某件事，但只要我不用跟她見面，不用去猜想她跟塔倫特之間的神祕關係（至少對我來講是挺神祕的），我就無所謂。

實驗室的生活很孤獨，尤其是當你只有一個同事，地位尚未穩固，又像我這樣，瞞著可能的贊助者偷做實驗，還處於等待實驗結果的曖昧階段。喔，我當然還有別的事可以做——把幾十件每天例行的小事與工作完成後，就沒什麼可以忙的了，只是這種生活通常也不太刺激。迫於無奈，我不得不試著跟丘呂閒聊，簡直像在演一齣實驗性的荒謬劇。每次都是由我先開口，五分鐘過後，他才會說一些也許可視為回應的話……但也有可能只是牛頭不對馬嘴的廢話。到了那時，似乎也沒必要讓對話持續下去，只會徒增彼此的尷尬而已，於是兩人便陷入沉寂，幾小時或幾天都沒講話。

然而，這段時間也不全然白費，因為我決定用學習烏伊伏語，來填補每天的空檔。塔倫特拿了一本他跟艾絲蜜合編的入門教材給我（全用她奇怪的草寫體手寫，字都像泡泡），他們還將幾百個字彙與片語翻譯成烏伊伏語，如果找得到對應的字，也附上伊伏伊伏方言。不幸的是，即便我開始學習夢遊者的語言，他們的失語症卻日趨嚴重，我只能在深夜獨自練習那些語詞，實驗室裡回響著他們含含糊糊的低沉喉音。

令我驚訝的是，在生活步入全新常軌的幾週後，我收到一封歐文寄來的信。他有那麼多地方可去，誰知居然就在附近的米爾斯學院教大一英文（他後來跟我說，當年他就知道那是在浪費生命了）。

我們偶爾會相約吃晚餐。歐文有個朋友有汽車，常常南下前往帕洛奧圖市。為什麼我們會約在校園附近，而不是到舊金山去？這我現在想不起來了。但是，當時我的世界縮小到只剩實驗室和校園裡的公寓，要我另找學校以外的吃飯地點，還真是想不出來。

見到歐文讓我萌生開心的熟悉感（經過幾個月不熟悉感的強烈衝擊後，熟悉感反而讓我覺得很奇怪），不過現在他留起了落腮鬍，也比我印象中還胖。

他說：「嗨！」同時伸出手。

「嗨！」我跟他握握手，對他說：「你變胖了。」

他聳聳肩，低聲抱怨兩句。我記得他向來沒什麼幽默感。「我們走吧！」

我們喝了一點酒，我問起他工作的事情。「學生聰明嗎？」

「你覺得呢？」他又低聲抱怨：「都是一些蠢女孩。她們大都待在這裡，」意思是史丹佛大學，「還有加州大學，一心只想釣金龜婿。」他嘆了一口氣，接著說：「我覺得自己是雞舍裡面的母牛。」

「應該是雞舍裡的狐狸吧？」我說。

他好像被我惹火了。「不是。」他說：「我是說母牛。那種草食性動物對吃母雞沒興趣。對牠們來講，母雞只是臭臭的傻鳥。」

我覺得當時歐文是在用這種方式跟我說他是同性戀，因為我們再也沒討論過他的性向了。下回見面時，只見歐文身邊有個小夥子作陪，每次歐文講起冷笑話，他總是神經質地大笑。多年後，當人們公開討論這個話題時，我聽說他向某人表示他曾在我面前「出櫃」。顯然他「仍」對自己的聰明很滿意，但是再度聽到他的說法，只讓我覺得他實在是引喻失當，那個暗喻根本無法傳達他的意思。

吃晚餐時，我不大專心地聽著歐文抱怨米爾斯學院的事、他有多討厭加州，還提起某次房間起火，他不得不用我的大衣滅火，並為此解釋了一番。在此同時，我則想著他有多天真，關心的都是一些平頭百姓的小事，絕不可能受得了我經歷的一切，而如今自己有了多大的轉變。不過我不討厭他，跟他在一起還滿舒服的；對他來說，生活不過是由一連串熟悉的事件組成，每個問題都能解決，他也能在日常生活中找到快樂。令我訝異的是，我想起我曾經也是那種人，只是現在，再也不是了。

II.

當我們在回想各種情緒時，快樂也許是最模糊的，最難描述的卻是驚嘆。四個月、五個月、六個月過去了，餵食歐帕伊伏艾克的老鼠始終活得好好的，在塞滿碎紙的鼠穴鑽進鑽出，在轉輪上狂奔，用籠子邊的水瓶喝水。同一時間，對照組的老鼠卻已成為模糊的昨日回憶，在出生後的第十七到二十個月間一隻隻死去，早已被火化。多年後，大家不斷問我的問題是：當時我有什麼感覺？

我總是說：「我感到很驚訝。」這個答案真假參半。要到許久之後，我才有辦法承認（那時我仍努力裝出一副謙卑的模樣，只有展現謙恭的高貴精神，年輕的研究人員才有辦法獲得獎助），就算一開始我感到震驚，也被一股默默證明自己的理論無誤的企圖心給掩蓋過去。我看著那些老鼠持續活著，卻感受不到有所發現的興奮之情；其實那整件事還頗有高潮陡降的興味。我一直認為自己的理論非常合理，未曾質疑過，只是不得不採取必要但無聊的步驟，證明給所有人看。

第二批老鼠（剛生下就買來的老鼠）的餵食實驗早就開始。一九五一年七月，我開始做第三個實驗，這次用了兩百隻十五個月大的老鼠。如果我的理論正確，其中一百隻吃了歐帕伊伏艾克之後，平均至少能活到自然壽命的兩倍。

就在我觀察老鼠、被夢遊者弄得極厭煩的同時，塔倫特卻愈來愈有名。一九五一年十月（第一批吃過歐帕伊伏艾克的老鼠已經二十三個月大，活力不曾稍減），他在《民族誌學刊》上，發表了一篇名為〈烏伊伏國的「失落部族」：伊伏伊伏島村民的民族誌研究〉的報告。我興奮地翻閱那篇文章，發現一頁頁的文字巨細靡遺地勾勒出該部族的形貌，像是家庭結構、典禮、儀式（值得注意的是，他沒提及阿伊納伊納）、哲學觀、民族起源神話、禁忌、時間觀與社會運作機制。關於族人的長壽現象，他卻是輕輕帶過，委實令人驚詫。文章有一大段提及歐帕伊伏艾克，極其簡略地提及瓦卡伊納儀式（實在太過簡略，完全無法傳達觀禮者感受到的驚奇與恐懼）。深藏在註腳裡的是下面這段評論：

我曾提及這個部族對長生不死非常著迷。儘管這在烏伊伏人的神話中也是一個重點，要說村民對這個議題有所偏執，並不爲過。事實上，他們相信吃了歐帕伊伏艾克[3]（在瓦卡伊納儀式上，剛滿六十歲或超過六十歲的村民吃的那種海龜），就可以達到永生。我們當然沒有決定性的科學證據足以證明這一點，不過有證據顯示某些部族成員非常長壽。

看完這段文字，我有三個感覺。首先是塔倫特的怯懦讓我覺得很好笑；難道當初不是他很快就堅稱伊卡阿納活了幾百年嗎？其次，奇怪的是，他過於謹慎反而讓我鬆一口氣：他不僅沒透露我最大的發現，還留下空間，讓我用自己的見解強化潤飾他的論述。第三個感覺源自於前面兩個反應：我有一點懷疑那些報告內容並非出於塔倫特之手，而是艾絲蜜（從詞不達意與乏味風格即可看出），同時塔倫特會變得那麼謹慎，也是因為她。

3 塔倫特的論文自然引用了諾頓稍早那篇關於歐帕伊伏艾克的研究。

無論我的看法是否公允，我發現塔倫特令人失望。就像我曾說的，不管過去或現在，我都不認為人類學家是最具創意或最讓人消除敵意的思想家（不過，他們做筆記巨細靡遺的功力實在是一流的），但後來我逐漸開始欣賞他的專心一志。不過藉由他，我也首次觀察到一個怪現象：我們前往一個奇怪的地方，發現過去的許多假設和知識不只是錯的，還剛好與事實相反。在這些奇異的國度，學界、我們的同僚，乃至西方的歷史或宗教界都使不上力，甚至長期被誤導，這時我們反而能在知識上有勇敢的創見。但是想要摒棄所學遠比學習過程要來得困難，即便最勇敢的人也會發現，一有機會，自己就想退回熟知的領域。令人震驚且有點感傷的是，有許多發現和進展之所以拖延多年、甚至幾十年，並不是因為欠缺相關資訊，而是因為發現者太過膽小，怕被嘲笑，怕被同事排斥。

所幸，我不曾因為這種憂慮而畫地自限，也未曾因為這種恐懼卻步（被同事排斥這種事是我渴求的，完全不想避免）。於是，一九五三年，我就在如今已停刊的不起眼期刊《營養流行病學年刊》，發表了一篇短論[4]（其實只是一篇醫學宣言，就像當年馬丁·路德貼在教堂木門上的「九十五條論綱」一樣）。[5]我在文中揭露了我的實驗結果：不只第一批吃過歐帕伊伏艾克的老鼠有一大部分還活著，第二、三批老鼠的情況也一樣。[6]

每當我提及這篇論文所遭受的訕笑、蔑視與憎惡，我的傳記作者們和較年輕的科學家都覺得不可思議。《營養流行病學年刊》的名氣沒有多響亮，但不知為何，一般根本懶得看那種期刊的人似乎都讀了我的論文，接下來的幾個月，該年刊刊登了許多醫生與科學家寫來的

抗議文章（我想編輯們也被搞得筋疲力盡），他們說我那「兒戲般的虛構與誇大幻想」居然

4 諾頓·佩利納醫生，〈伊伏伊伏人長壽現象的觀察〉，《營養流行病學年刊》（一九五三年十二月）第四十二卷，三二四－二八頁。

5 那一年，主流醫學界與科學界遭受的猛烈攻擊，並非單單針對諾頓那篇革命性論文（後來被稱為提出「永生假說」的論文）。該年四月，詹姆斯·華生與法蘭西斯·克里克也在知名期刊《自然》發表了〈脫氧核醣核酸的結構〉一文，提出脫氧核醣核酸的雙螺旋結構假說。因為這篇文章，加上諾頓的發現，許多科學史家將一九五三年稱作「奇蹟的一年」——諷刺的是，上述三位科學家努力研究、想要否證的東西，就是所謂的奇蹟。

儘管華生的學術成就自然讓諾頓非常推崇，對於他的為人，諾頓卻不敢恭維，因為他貪戀女色（關於華生的風流史，可以參閱他自己在回憶錄《基因、女孩、伽莫夫》〔紐約：諾夫出版公司出版，二〇〇二年〕的詳細描述），也貪戀功名（的確，他的名聲始終響亮）。

6 諾頓一開始做了三個實驗，目的是證明老鼠只要吃過一次歐帕伊伏艾克，壽命平均都比自然壽命，也就是比十八個月長。到了一九五三年九月，也就是諾頓交稿、準備發表的時候，A組的老鼠（那二十五隻十五個月大的老鼠）有百分之八十一還活著，意思是牠們的平均年紀已達到四十六個月，幾乎是自然壽命的三倍。就C組而言，活到十五個月大才吃歐帕伊伏艾克的老鼠，有百分之七十九到四十一個月大還活著，這意味著牠們的壽命增加了一倍半。A、C兩個實驗的對照組老鼠（也就是被餵食箱龜的那些老鼠）平均壽命為十七·八個月大，換言之，與老鼠的一般壽命相符。諾頓的第一篇論文並未論及B組的老鼠（從小就被餵食歐帕伊伏艾克的新生小老鼠）。令人驚訝的是，他在寫那篇論文時，牠們都還活著，壽命已達三十一個月之久。但是因為還無法證明牠們是因為吃了龜肉而壽命倍增，諾頓認為要發表這一部分實驗結果還言之過早。

諾頓的實驗就兩方面來說是很重要的。首先，他證明某種有機體的生命可以用外物加以控制或操弄。其次，他證明只要吃了那個東西，就可以延長壽命（就是他所謂「可以想像的長壽」）。才兩年多的時間，他就解答了從亙古以來每個文明都在尋求答案的謎題。也許是這個緣故，他的發現才會招惹這麼多熱議與憤怒，因為只有恐懼方能引發那些回應。

取代了真正的科學，總之就是這一類的話。隔壁實驗室的那些傢伙開始造訪（年輕的我居然能享用實驗室空間，還有神祕的資金可用，仍讓他們強烈不滿），假裝與丘呂聊天，實則是為了跟他分享，他們從某些化學家或生物學家那裡聽來的最新誣衊之詞。（丘呂聽了只是目瞪口呆，偶爾眨一眨那雙眼鏡後面的小眼睛，他們卻一點也不在意，總是得意地突然離開。）

我曾為此感到困擾嗎？不，不曾。我確定我是對的（事實上，每過一個月，我就更為篤定，因為那些吃了歐帕伊伏艾克的老鼠都活著，牠們短暫的壽命像一條有彈性的細繩，持續拉長，愈活愈久），而且就像我說的，我天生就不喜歡聽人說閒話，尤其嚼舌根的人都是我不在乎的傢伙。

然而，我也不是不切實際。唯一讓我感到挫折之處，是論文飽受批評，將導致我較晚才有辦法過自己想過的日子。我說過，我對實驗室的生活基本上懷抱一種矛盾的態度，到現在仍是如此。雖說我不完全喜愛實驗室的生活步調，但如果是我**自己的**實驗室，那就另當別論了。如果沒有人來煩我（亦即沒有人監督，我不需要向任何人報告，也不用去管理別人無意義的實驗），那實在是我求之不得的自由，很快地我就知道自己想獲得那樣的自由。我想做自己要做的實驗，寫自己想寫的論文，解答自己想解答的問題，保持熱忱，滿足好奇心。為此，我必須有一間自己的實驗室。要有實驗室，就需要資金，也就是說，我必須在最快時間內證明自己有那個資格。

我大部分的時間都用來思考這個難解的問題。每當丘呂在餵老鼠、做筆記或照顧夢遊者的時候，我總是心不在焉（我花在夢遊者身上的時間愈來愈少）。到了一九五四年二月底，兩件事情接連發生，改變了我的命運。首先是，亞多佛斯．瑟若尼居然寫信給我。在那封短箋裡，瑟若尼恭喜我從烏伊伏國回來後成就斐然，還說他私底下也是爬蟲學家，我那篇關於歐帕伊伏艾克的文章寫得很好。更重要的是，他承認他對我發表在《營養流行病學年刊》上的那篇論文很感興趣，想要複製我的實驗。我當然立刻回信。瑟若尼是備受尊崇的科學家，手頭有一間管理完善的實驗室。如果他能順利重現我的實驗結果（我認為他絕對辦得到），我一定會馬上受到好評，證明我是對的，獲得我想過的生活及學術自由。即便如此，我仍不禁想起自己的處境有多諷刺：先前瑟若尼不是很討厭我嗎？我吩咐丘呂將一隻龜腳打包，[7]附上完整的數據資料副本，還有餵食量的詳細說明等資料，寄到哈佛大學。

第二件事則是，第一次與第三次實驗的老鼠開始出現嚴重的心智退化，但第三批的情況好一點。此時，第一批老鼠的年紀已經五十一個月了，第三批則是四十六個月。對此，我已有心理準備；其實前一年夏天我準備發表論文時，丘呂已經注意到第一批老鼠的行為異常。牠們會圍成小圈圈一直狂奔快跑，快到四隻腳都絆在一起，跌個四腳朝天，還不斷往上踢，吱吱叫個不停。或者，牠們會把鼻子塞在籠子某個角落，嘴巴做出不像齧齒類動物的奇怪動

7 進行第一、二次實驗時，諾頓已經用掉歐帕伊伏艾克的左前腳，右後腳則用於第三次實驗。事實上，他把剩下的兩隻龜腳，包括右前腳和左後腳，都寄給了瑟若尼，這樣瑟若尼的實驗才能盡量照原先實驗的規格進行。結果，被瑟若尼拿來做實驗的是左後腳。

作，小嘴一開一合，有時一做就是幾小時，一雙粉紅色的眼睛大開，完全沒眨眼。我覺得這很合理；畢竟，此時牠們的年紀已經比自然壽命的兩倍還多一點，與夢遊者們初次出現摩歐夸歐症狀的時間點相符。真正令人感到興奮的是，牠們的年紀達到自然壽命的三倍長，也就是夏娃的年紀時所做出的行為。的確，就像我原先預期的那樣，牠們的退化問題突然變得更嚴重。七個月前，牠們的神智還挺清楚的，行為仍像老鼠：在轉輪上跑步，在積雪般的碎紙堆裡面鑽進鑽出，會用兩隻前腳抓起我們給的食物，慢慢吃掉。如今那二十三隻老鼠連最基本的反射行為能力都喪失了。

後來，有人問我是怎麼決定不揭露這些發現，為什麼？但是，決定權幾乎可以說不在我手上。就像我說的，當時根本沒人要聽我的想法；如果我說那些壽命變長的老鼠出現了漸進的失智現象，情況應該更糟。就算我有話想說，也沒人想聽。我必須承認，導致我三緘其口的還有另一件事（我實在不想說自己有**先見之明**，但當時的確如此）。即便在當時，我已經知道我的發現不久就會獲得確證與應有的評價，老鼠的智力退化現象不只是我該發布的下一個實驗成果，也是我的下一個挑戰。既然我證明了歐帕伊伏艾克的肉能延長壽命，接下來我必須找出避免那可怕副作用的方法。

瑟若尼開始複製我的實驗後，[8] 那二十四個月我實在度日如年。如今，我當然瞭解二十四個月根本不算什麼：只要呼吸兩百萬次，歷經許許多多夜色朦朧的夜晚，飯照吃，書照看，時間很快就過去了。二十四個月（剛好是我要在這個鬼地方待的時間）其實很短，短到還沒機會做紀錄，就過去了。

但我不是無法瞭解最新狀況。瑟若尼會寫信給我（有時篇幅很長，巨細靡遺，有時寫得簡短馬虎），讓我持續掌握實驗進度。我也做了一個圖表，追蹤實驗的所有進展，記錄哪些老鼠已經死掉，哪些開始變遲鈍，還有存活時間比正常壽命多出幾個月、幾週又幾天。儘管如此，即便瑟若尼持續提供資訊，我也正努力研究為什麼歐帕伊伏艾克能延長壽命、卻會產生那麼糟糕的副作用，試著找出解決之道，我還是有一種時間緊迫感。隨著每一天過去，好像有個無情的時鐘滴滴答答響個不停，每一秒鐘聲都在我心裡**砰砰作響**。我滿三十歲了，接著是三十一歲，我身邊的每個同事個個比我年輕，[9]天分都不如我，但是都全力朝著重要職務衝刺，希望獲得頌讚推崇，而我只能坐在實驗室裡等待當天郵件送達，聽到啪的一聲後，急著衝去拿瑟若尼寄來的信，就像搶著吃飯的老鼠。

後來，我等待的那一天終於來臨：一九五六年四月初，瑟若尼寄了一封短信給我，說他

---

8 瑟若尼複製的其實是諾頓的第三個實驗。一九五四年三月十四日，瑟若尼開始做實驗，他把一部分歐帕伊伏艾克拿來餵食一百隻年紀為十五個月大的老鼠。對照組的一百隻老鼠吃的也是諾頓用的那一種箱龜。他們雙方有大量技術性的信件往來，討論兩組烏龜該吃多少數量的龜肉，所有信件內容都被刊載在瑟若尼的報告裡，目前所有報告都歸哈佛大學醫學院持有。

9 諾頓指的也許是詹姆斯·華生，一九五五年的時候，他年僅二十七歲。

已經準備把自己的報告交出去。他的老鼠在吃過歐帕伊伏艾克之後，有百分之八十七[10]活到了四十個月大；[11]對照組的老鼠則是早就死光了。瑟若尼的地位與名聲當然遠勝於我，他早就跟一位在《刺胳針》雜誌擔任編輯的朋友談過這件事；論文會刊登在九月號。

我料得到瑟若尼的論文刊登後，會引起什麼反應嗎？[12]當然料不到。我是懷疑過，但我好像一夕之間從賤民變成天神：簡直成了自己的歐帕伊伏艾克，有創造生命與奇蹟的能力，將不可能化為可能。當年，訊息的傳播不像現在這麼快，一直到出刊兩個多禮拜，美國各地讀者才看到瑟若尼的論文。這段期間大家都靜悄悄的，好像瑟若尼沒有寫那一篇論文似的。出刊前，我先拿到論文的初稿（內容令人滿意，大致上只是複述我說過或知道的，只是他這個消息來源更具公信力），出刊後那幾天我曾經打電話、發電報與寫信給他，次數多到連我自己都覺得令人厭煩，不斷問他接獲什麼反應，對我有何影響。現在回想起來，我發現瑟若尼始終對我很好，還沒發表論文前，他就好意介紹各大學與機構的要人給我認識，設法為我謀求長期的固定職位。最後，我跟史丹佛與加州大學的醫學院院長見了面，也回東部和哈佛的神經科學系面談（當時瑟若尼剛好出國去了，行蹤隱祕，無法與我見面），還曾跟約翰霍普金斯、洛克斐勒與耶魯等大學接觸過。回東部時，我曾去探望歐文，他變得更胖了，臉上的落腮鬍更多，當時在安默斯特學院教書，比起米爾斯學院，那裡顯然更合他的意。我們坐在英語系大樓的台階上（當時春天快結束，但氣溫依舊冷冽），喝著好像歐文用樹皮調過味的茶，我看著歐文凝視漫步前行的大學生，瞇著的眼睛流露貪婪的目光。某家小出版社[13]

幫他出版了第一本詩集《鸚鵡螺天空》，頗受好評，他非常得意。那是我人生的低潮，我感覺到他坐在我身邊，因為有了成就發光發熱，而我則是在實驗室裡跟我那沉默寡言的韓國助理虛耗多年，唯一的希望就只有瑟若尼的承諾與他的論文，前途虛無飄渺。

但是在大家讀過那篇論文後，情勢逆轉了！突然間，換我接獲一堆電報、信件與電話，每天到實驗室都發現有人對我讚嘆不已，各種詢問與佳評如潮，其中許多來自三年前曾經嘲笑我的人（除了以前史麥瑟實驗室的同事，或是我的新鄰居，《刺胳針》那篇論文問世後，那些傢伙突然就不來找丘呂了）。有理由與我聯絡卻未聯絡的，就只有塔倫特跟艾絲蜜：他們又回伊伕伊伕島待了六個月，聽說那篇論文為他們贏得一筆新的贊助費，我為他們感到開心。我是科學家，領域截然不同，什麼也不能做，但我還是害怕塔倫特有一天難免要質問我

10 此一存活率比諾頓的實驗稍高，但差別不大。下一條註釋提出各種可能的解釋。

11 沒人知道瑟若尼為何決定在老鼠僅僅四十個月時，就發表論文，而沒有等到四十六個月（諾頓的論文發表時，他的實驗鼠就是四十六個月大）。

12 請參閱：亞多佛斯．瑟若尼，〈回應諾頓．佩利納的「伊伕伊伕人長壽現象的觀察」一文〉，《刺胳針》（一九五六年九月一日）第二六八期第六九四〇號，四二一－二八頁。有趣的是，最後把伊伕伊伕村人命名為「伊伕伊伕島的歐帕伊伕艾克人」的，就是瑟若尼。村民沒有幫自己的部族取名，只是自稱為「u'ivu'ivu」，意思是「伊伕伊伕的」——於是瑟若尼幫他們取的小名最後普遍被接受。後來，瑟若尼還將那種副作用稱為瑟莉妮症候群。（大學時代，瑟若尼研讀過古典學，他的學生都知道他喜歡引用神話學典故。據說，修他的課想取得好成績，最好搞清楚滑車神經與三叉神經的差別，更重要的是，不能把梯林斯古城和塔耳塔羅斯（希臘神話中的地獄）搞混。）

13 歐文．佩利納著，《鸚鵡螺天空》（舊金山：城市之光出版社，一九五六年）。

偷走歐帕伊伏艾克的事。

接下來，快到一九五七年的時候，又有很多事同時發生，害我陷入混亂局面。當時每天都有很多來信，某一晚深夜我待在實驗室裡回信，聽見有人敲門，結果是一個留著落腮鬍的高個兒走了進來，手裡拿著沙沙作響的紙袋。

過了一會兒，我才發現那是塔倫特。當然，落腮鬍是他在伊伏伊伏島的時候留起來的（當時我也留過），但是他把鬍子修剪得如此整齊乾淨，我自然是認不出來，更何況他突然出現在這裡。

我們握握手，他在我對面的一張高腳凳上坐下來，對我說：「嘿，我聽說很多人都要恭喜你啊！」

落腮鬍讓我難以辨認他的臉部表情。我覺得他的聲音聽起來興味盎然（或者那只是我一廂情願？），但是無法確定。

我立刻開始講話，顯然我認為如果我講得又快又久，也許就能夠讓他——怎樣？原諒我？忘掉那隻歐帕伊伏艾克的事？最後他終於把手舉起來。「諾頓。」我聽出他的聲音帶著往常的倦意，一種他似乎在我身邊才會流露出來的疲態，他說：「我多多少少早就懷疑你幹了那件事。」

這讓我鬆了一大口氣，我問他：「你不生氣？」

他的嘴角抽搐了一下。「我沒說我不生氣。」他說：「你知道我並不認同你做的事。但我可以理解你為什麼要做。」

我們又談了一會兒，他問了幾個一知半解的問題，但令人訝異的是，他非常清楚我的實驗（他似乎看過那篇論文，也真的看懂了）。

「嗯……」最後，他用悲傷的聲音說：「他們完蛋了。」

「你這是什麼意思？」我問他。

「諾頓，不管你說的是對是錯，每間藥廠都會想去島上抓那些烏龜。更別說所有的人類學家、植物學家、爬蟲學家，大家都想去。我們認識的伊伏伊伏島即將消失了。」

光是為了這件事而責難我，似乎不太公平，我也這樣跟他說了。他自己的論文不是已經讓伊伏伊伏島曝光了嗎？那再也不是一個失落的島嶼。

「喔，你說對了，我也該受到責難。」他回覆：「但我的論文只是讓一小群人曝光，他們對任何人都沒有利用價值，也不重要。當然也無法讓任何人獲利。」[14]

14 一九九三年，一本頗具爭議性的書出版了，作者猜測，塔倫特不僅知道諾頓偷了烏龜，甚至非常清楚，吃了歐帕伊伏艾克會讓人壽命大增，但人生也就毀了。那本書叫《不見的島嶼：那個叫保羅．塔倫特的男人》（紐約：費伯和費伯出版社），作者亨利．龔布瑞希是威廉斯學院的美國研究教授，他宣稱塔倫特唯恐伊伏伊伏島會被尋寶人和科學家毀掉，所以未曾公開自己的發現。他甚至進一步宣稱，當塔倫特意識到諾頓也得到同樣的結論，他跟艾絲蜜曾經打算殺掉他，或者把他留在島上，但是在執行計畫前塔倫特卻步了。龔布瑞希也宣稱，塔倫特最後會失蹤，是因為他自認促成了伊伏伊伏島的毀滅，才會用那種方法懲罰自己，但令人好奇的是，在此他秉持學者的謹慎態度，不敢妄自猜測塔倫特是自殺了（很多人都這麼認為），還是只是遁入世上某個偏遠角落。

儘管龔布瑞希的理論有說服力且聳動，卻不太可能找到任何證據，因為塔倫特的個人著作從未出現。不過，自從他站起來，走到桌子的另一邊，隨意高舉一些燒杯，仔細看一看，然後大致放回原位。因為他是人類學家，本來我以為他有物歸原位的習慣，而且根深柢固，會稍微謹慎一點，但顯然我的假設錯了。「但是這……」他說：「這不一樣。」他停了下來，開始把弄一根丘呂沒收好的吸量管。像他這種草率大膽的外行人一進到實驗室，表現總是令人震驚困擾。因為不是科學家，整個實驗室對他們來講就像一間精品店，所有的儀器都成了可以拿起來把玩的小玩意。「這次我們回去的時候……喔，我上禮拜才回國，我們在烏伊伏島的岸邊等船，準備去伊伏伊伏島。國王的信差慢慢跑過來，手裡拿著一張信紙，國王希望我看一看。有一些人想去伊伏伊伏島，國王想知道他們的來歷，他該不該准許他們登島？還有，信裡提到一些關於我的事，我有什麼說法？

「那是另一位人類學家寫的信，來自哥倫比亞，我認識他。他是用烏伊伏語寫的，但是措辭生硬，顯然是邊寫邊查字典，一邊把英文句子翻譯成烏伊伏語。他宣稱曾是我的同事，也想去一趟烏伊伏島。他稱讚國王為偉大君主，就像我說的，措辭生硬，但是語氣誠摯，還說西方世界有很多地方必須跟他的文明學習。他說，如果能獲得國王的允許，他想去一趟烏伊伏國，才能回去教導西方世界。

「也許我不該感到意外，但是他在信末提到我把國王與當地人民描繪成瘋子和白痴，還有，因為我的論文，全世界都在嘲笑他們，更糟的是，已經準備好攻擊他們了。他建議國王，如果想要保護國民，應該立刻禁止我造訪，一定不可再讓我回去。」

他把吸量管放下，拿起我的一疊信翻來翻去，但沒有仔細看。「我曾預想會發生這種事，但是沒想過會這麼……嚴重。我想搭船離開，因為嚮導們已經在伊伏伊伏島上等我們了，但是這件事太重要，不能不管。所以我叫艾絲蜜先上船，我則陪著信差回到宮廷。」

「他很生氣嗎？」我問道。

「國王……國王是一個很難懂的人。跟他說話時，他常常停下來，沉默不語，我們必須習慣等待他開口。下午剩餘的時間，以及幾乎一整晚，我都在宮廷裡跟他在一起。他說了一些讓我覺得不可思議的話，例如：『你為什麼要毀謗我的國家？』我就得解釋半天，說我沒有，是別人扭曲了我的意思，而他只是坐在那裡，不知道在凝望什麼，直到他的沉默幾乎讓我無法忍受，他才會丟出下一個問題，像是『你要待多久？』感覺像在祝福我，也像在考我。這表示他准許我前往伊伏伊伏島嗎？他原諒我所做的一切嗎？或者這只是一個實際的問題？雖然我回答他：『陛下，我想待六個月。』但我不知道自己是不是應該更低聲下氣，跟他說：『那要看陛下讓我待多久。』

「最後他還是讓我走了，只比原定計畫晚一天抵達伊伏伊伏島。但是離開前，他跟我說，

那本書出版、引發爭議之後，龔布瑞希還是堅持己見，宣稱一位不具名人士把塔倫特第一次前往伊伏伊伏島期間寫的日記給了他。然而，因為他拒絕把那些日記拿去鑑定，也不願拿出來給同事看，再加上，最有機會拿到那些日記的人應該是艾絲蜜·達夫（她已經在一九八二年去世，當時龔布瑞希只是研究所學生，不太可能有機會獲得引薦認識她）與諾頓自己，不管是達夫或諾頓應該都會把那些日記拿給較有威望、值得信賴的學者，而非龔布瑞希，所以讓人很難相信或者去印證他的說法是否真實。

他收到很多很多請求來訪烏伊伏國的信件。他還沒有回覆任何一封。**那**是在警告我嗎？或者只是在陳述事實？」

「等一下。」我說：「那些信是怎麼寄給他的？」

他眨眨眼。「該國在大溪地的帕皮提設了一個代表處，算是非正式的大使館。代表每個月都會來回帕皮提與塔瓦卡一次。所有的國際信件都會送到他那邊。」

我說：「喔。」

他說：「諾頓，重點是，」他又開始走來走去，「總有一天，會有人送國王想要的東西給他，到時候伊伏伊伏島就再也不是你的或我的了。它會屬於最能打動國王的人。接下來，你我兩人的研究都必須喊停。」

「但是他不想保護伊伏伊伏島嗎？」

「不一定。國王不在乎伊伏伊伏島。那個島讓他覺得很累贅，他也不在乎島上的人。」

「但是，如果他發現那個島能幫他賺錢，他會怎樣？」

他搖頭說：「國王不在乎錢。那對他來講沒差。」

然後我想到一個問題，一個大問題，各種可能的答案都讓我害怕。「塔倫特。」我問他：「那**你**又是給了國王什麼，他才准你去島上的？」[15]

---

15 保羅．塔倫特的生平本來就神神祕祕，這一點仍是他許多未解的謎團之一。曾有人提出好幾個理論，其中最常被提起的兩個（不見得是最可信的兩個），就是塔倫特與國王發生過性關係，或是他設法讓國王相信他是神。第一種理論的

證據用現代語彙來說，意指國王就是所謂的雙性戀，儘管妻妾成群，他也有好幾個男寵。在選老婆方面，他嚴格遵守傳統的烏伊伏女性審美觀，因為她們都是身材矮胖、屁股渾圓、圓眼黑髮，而且眼睛微凸，但是在男伴的部分，他的品味就比較多樣化了，甚至主動尋找不同面貌的男寵（這在單一種族的烏伊伏國是挺難的一件事）。在所有研究烏伊伏國的人類學家裡面，海莉葉·麥斯威爾隸屬第二代，她曾在一九八六年出版的一本書指出，塔倫特在一九四七年首次前往烏伊伏國時，雖然時間很短，卻是國王的首席男寵，兩人的關係極其密切，被陛下視為後宮珍藏品（沒有人知道塔倫特平常是不是同性戀，如果這個故事屬實，就算他真的是，不也看得出他懷抱多強烈的企圖心與決心）。他們的性關係並未維持太久（儘管麥斯威爾認為此後塔倫特每次造訪都不得不獻身給國王），但是他顯然獲得國王的垂青，有很多年的時間，他是唯一獲准可以隨意進出伊伏伊伏島的西方人。

然而，麥斯威爾指出，塔倫特終究還是失去他獨享的登島特權，理由之一就像諾頓在這裡轉述的，國王做了錯誤的判斷：最後，的確有人**能夠**打動他。不是用錢（這一點倒是被塔倫特說中了），而是用各種東西：各大藥廠、許多冒險家和拍馬屁的人為了登島，送他飛機、船隻、電冰箱和其他家電用品（一直到一九七二年，各島才有普遍與穩定的電力），還有一些更便宜的爛東西。塔瓦卡的烏伊伏國家博物館有許多玻璃櫃，裝滿各種類似的恥辱遺跡，例如打火機、黑膠唱機、雪茄和裝有滾輪的行李箱，都是科學家與學者送來賄賂國王的禮物，希望藉此獲准登島探奇。（在國王的收藏品裡面，最令人不快而感到諷刺的禮物，是一本書，封面放了國王的肖像，書名叫《圖伊瑪艾勒國王陛下：偉大的烏伊伏國王》（但是國王的名字拼錯了）。那本書其實是美國總統林肯的傳記，只是書衣被換掉。國王讀不懂英文，但他可能覺得受寵若驚，自己怎會如此聲名遠播。根據贈與紀錄，那本書是「某位來自紐約的科學家在一九六四年送的」，當時已經有許多藥廠為了捕獵歐帕伊伏艾克，在伊伏伊伏島上活動。）（請參閱《失蹤的島嶼：保羅·塔倫特的神祕人生》）。

第二個理論指出塔倫特設法讓國王相信他是神，提出此一主張的是跟麥斯威爾同一世代的烏伊伏學者安東尼·佛拉格隆。一九九〇年，佛拉格隆在《人類學年刊》發表了一篇論文，透露烏伊伏國國王某個顧問的兒子跟他說，他父親看過塔倫特「靠在陛下身上，『用低沉而宏亮的聲音唱歌』，當時國王往後靠在椅墊上，一副瞠目結舌的入迷模樣」。除了使用「宏亮」這兩個字（不論是不是國王的顧問，不識字的烏伊伏人似乎都不會用這種措辭），這個故事還有好幾個值得懷疑之處。就像佛拉格隆提出的，塔倫特在天主教孤兒院被扶養長大，很可能吟唱做禮拜唱的聖歌來取悅國王，並不是要蠱惑國王。這世界上當然也沒有蠱惑那種事。更重要的是，佛拉格隆顯然沒辦法找到國王身邊的人，例他轉身凝視我。我彷彿再次看到他的落腮鬍底下出現了微笑。「我不能跟你說吧？」他說：「否則大家不都知道了？」

對此我不知該說些什麼。他是說我喜歡嚼舌根嗎？還是他在開玩笑？為什麼他講話總是這樣閃閃躲躲，令人抓狂？但是在我想出下個問題前，他已經朝著我們安置夢遊者的房間走去，他把手上紙袋高舉過肩，對身後的我搖一搖。「乾燥的胡諾諾蟲，來自伊伏伊伏的新鮮貨。」他說：「特別拿來請他們的。」

塔倫特帶來的困擾比想像中還多，而且也太多了。夢遊者的事情讓他生氣。他質問我：「諾頓，他們怎麼了？」因為他想用胡諾諾蟲來提振他們的精神，卻辦不到，明明不久之前，他們還會為此流口水，想吃想到牙齒打顫，發出嘎嘎聲響。我還來不及回答，他又說：「就連穆阿都沒辦法說話了。夏娃站也站不起來！還有他們都好胖，你到底餵他們吃什麼？」現在回想起來，我承認當年我陪伴夢遊者的時間實在是太少了，但是在那當下，我認為塔倫特把他們的退化問題都怪在我身上是不公平的。在這樣的環境裡，他能做得比我好嗎？（我短暫想起那些被我們遺棄、綁在瑪納瑪樹旁的夢遊者；與我們帶回來的這幾個相較，他們比較健康活潑嗎？他們還活著嗎？）

他氣沖沖地離開，我發現自己突然覺得很沮喪。這當然是很荒謬的反應，因為我早就不需要塔倫特的幫助了，也不需要他的認可，更何況（我必須提醒自己），我對他的研究領域已不抱太多敬意。不過，我的確對他有所求，只是他不願或無法滿足我的需求。

儘管如此，不久之後，當我聽說我將重返伊伏伊伏島的消息，還是感到一陣洋洋得意。瑟若尼的論文除了立刻讓我在學界站穩腳步，還造就一個額外的好處（如果你問塔倫特，他會說那是個災難）：此刻，全美國的醫學院都想派自己的研究團隊前往伊伏伊伏島，這次的唯一目的，就是盡可能多帶幾隻烏龜回來，拿到實驗室做研究。我在史丹佛還沒有正式或固定的職位（只要有機會，我就會提醒校長這件事），身為學校的「貴賓」，校方還是懇請我代表史丹佛回去一趟。他們說，陪我去的是我的熟人塔倫特。不幸的是，艾絲蜜也會去。

對於這個消息，我不知該作何反應。即使我看得出塔倫特對我沒什麼感覺，他對我的吸引力，以及我想待在他身邊的強烈渴望漸漸失去了控制：在我心中，那種感覺就像一顆肥大的蘑菇，如腫瘤一般醜陋，慢慢長成奇形怪狀。由於我們上次的互動，我也害怕他是被迫答應這種安排，其實他根本不想與我結伴同行。（我對艾絲蜜就沒有那麼強烈的矛盾感，但是當我問校長：「她真的有必要去嗎？」校長皺起眉頭，看來很困惑，於是我馬上決定不再提

如王子、公主或宮廷的其他成員來印證顧問之子的說法（《人類學年刊》第四十八卷第五七〇期，一三四－四三頁）。（有趣的是，佛拉格隆的論文促使另一個第二代烏伊伏人類學家，也就是麥吉爾大學的何瑞斯．格雷．霍斯默重新提倡第一個理論，他懷疑國王顧問看到的其實是塔倫特在引誘國王，作為某次性狂歡的前戲〔請參閱〈遠離烏伊伏國：重新檢視一位神祕人物〉，《紐約時報》，一九九一年三月二十七日〕。）

這件事。）

大概一個月後，我搭機前往烏伊伏國，同樣降落在那片凹凸不平、像馬球球場的克難停機坪，還是登上同樣的荒謬小馬（或者只是長得跟原來那匹很像），由帕瓦帶路（他就像阿杜或烏瓦的複製人，相似度很高）。但是，這次我們沒直接前往那間惡臭的棚屋，再去搭船，而是被帶到塔瓦卡覲見國王。當然，不管是去塔瓦卡，或是覲見國王，都讓我很興奮。

幾十年後，我到智利的瓦爾帕萊索去開會，站在飯店的會客廳往窗外看。海港在我眼前，港邊堆著一個個粉色貨櫃，一台巨型起重機輕易地移動它們，像孩子在玩的積木。四周的城市景象宛如整齊、但上下顛倒的古代神殿，房舍大樓就像一格格整齊的神殿階梯，通往潮濕灰暗的模糊天空。我從沒去過瓦爾帕萊索，但眼前情景卻有一種熟悉感，彷彿我去過似的。直到那天稍晚，我坐著聆聽另一場冗長演講時，才發現為何會有那種熟悉感：我曾經以為塔瓦卡就是那個樣子。

那個想法當然很荒謬。瓦爾帕萊索是個忙碌的港市，數千噸的貨櫃在港邊來來去去，但若要將塔瓦卡視為交通樞紐，不免誇大其詞。只是在那個時候（別忘了，儘管我很世故，卻很少旅行），似乎挺有道理的：塔瓦卡是個島國首都，多少能反映自身的地位。

不用我說，大家也知道它不是那麼一回事。事實上，塔瓦卡最令我震驚之處，是它和伊伏伊伏島的村莊非常相似。基本結構一樣（外圍是一圈圈房屋，中間圍著一片沒鋪路面的圓形土地），房屋四周也有一隻隻沒拴繩的野豬走來走去，同樣有半裸的孩子四處閒晃，彼此大呼小叫，跌倒、咯咯笑與哭鬧，做各地孩子都會做的事情。當地的房子蓋得比較堅固美觀（都是簡單的木造結構，有門無鎖，屋頂鋪著棕櫚葉），數量也比較多，但是從遠處看，就會被誤認為是伊伏伊伏島的村莊。最大的不同在於塔瓦卡可以看到海，海浪持續沖刷一片沙灘，離最外圍的房屋僅僅五十碼左右，國王的王宮大致上位於第九間小屋的位置，而且包圍塔瓦卡的也不是森林，而是一片片大型農地，深棕色土地上站著一排排剛種下的鮮綠色作物。附近當然還是有叢林，但是面積已大幅減少，少到可以看穿它，看見山岳，看到山頂濃密交錯的野林。

我本來期待王宮會華麗一點；它比其他房舍更大（大概是一般房舍的七倍），也稍微高一點，但是結構並無不同，而且絕對沒有王宮應有的氣派。王宮的門上方掛著一只歐帕伊伏艾克的龜殼，雖然也挺好看的，卻沒有第九間小屋的龜殼那麼漂亮。垂掛在龜殼上的是一大片飾品，由許多藤葉編織而成。當我從下方穿過時，聞到一股像檸檬又像胡椒的香味，我注意到龜殼上有個地方破掉了，用一隻隻木雕的小蝴蝶補了起來。

室內非常舒適，令我感到訝異。格局就像日本寺廟的內部，只有一個又長又深、天花板低矮的房間，左右兩邊各有一間小小的側廳，廳門口都用棕櫚編織的蓆子遮起來。那是一個沒有隱私的空間，也沒有聲音。國王的妻妾和大批兒女都到哪裡去了？國王呢？裡面的地板也很像日本寺廟，鋪著棕櫚墊子。面對入口的另一端牆上掛著另一片龜殼，比外面那片大多了。從它的顏色那麼深，還有已經褪色，龜殼邊緣變軟看來，歷史可能非常悠久，而且很貴重；在昏暗中直視龜殼，它就像一個陰影，只要往右或往左移動個幾吋，就可以看到陽光讓龜殼變成塑膠般的材質，散發著微光。

左邊側廳傳來一陣騷動聲，國王突然間蒞臨。他一現身，帕瓦馬上像蟑螂那樣匆匆往後屈膝倒退，在門邊微微鞠躬，然後就不見了。

我腦海中的第一個念頭，就是他看起來與那位稱頭的酋長差多了。從烏伊伏人的觀點看來，他的臉長得挺好看的，一張寬嘴看起來心情不錯，雙眼又圓又黑，像猴猴的眼睛。他的頭髮斑白，綁得像風滾草一樣整團捲曲，腰際披著一塊像緞子般滑亮的三角形布料，後來我才看出那是用千百根深紅與黑色羽毛編織而成。他身上特別的地方不多。首先是頭上那頂漂亮的王冠，我看出是用拉瓦阿蕨葉編成的華麗冠冕，裡面夾雜一些剛剛我在門口看到的檸檬味藤葉（那頂王冠讓我想起了阿伊納伊納儀式）。其次是他手裡的長矛特別細長，長度至少有九呎，白色的矛頭很大。即便從遠處仍看得出長矛上雕著許多歐帕伊伏艾克，底部蝕刻許多螺旋紋，後來塔倫特說那些紋路象徵海浪。

他身邊只跟著一個深棕色皮膚的瘦子，腰際掛著一個野豬皮革材質的小袋子，頭頂套著一圈藤葉。一直等到國王在我面前盤腿坐下，他才對我點點頭，並且坐下來。

他說：「我是翻譯。」

後來許多年，一再有人問起我與國王這次的見面經過，好像他是最後一隻獨角獸，而我是最後一個看到他在世的人。每次我只能讓問問題的人失望，把他們打發走，因為我跟國王的談話其實平凡無奇。（後來，當我見過其他國家的君王，才發現那席話之所以無聊，也許與圖伊瑪艾勒的能力比較無關，問題出在他的職位。）他問我喜不喜歡烏伊伏國，我說喜歡。他問我特別喜歡烏伊伏的哪一點，我至少知道不該提到伊伏伊伏，所以我說我喜歡美麗的花跟樹，還有他美好的王宮。他點點頭。接下來，我閃過一個念頭：也許我有機會把談話內容導向那只歐帕伊伏艾克的殼，但是任何與國家元首見過面的人都知道，想要把有趣的話題帶進來（一般都是元首們不想討論的話題），幾乎不可能不破壞雙方的關係。他說他知道我是塔倫特的同事；我不知道別人跟他說過些什麼，所以回答時非常小心：是的，我是塔倫特的同事。他是個好人。是的，他熱愛烏伊伏國。

然後，談話就結束了。國王不曾微笑，但是他那張蟾蜍似的大嘴一直咧開。他堅定地點點頭，像在作結，那位翻譯便對我輕輕彈了一下手指，我就往後爬，離開時，跟嚮導一樣將雙腿蹲成〇型，像甲蟲似的。出去後，我立刻找到帕瓦（他一直靠著一棵瑪納瑪樹，專心盯著門口），看到我之後他咧開嘴笑，我只能當他是要我跟著他。有人在見過國王之後，就不曾出來嗎？顯然我已經通過某種關鍵考驗，只是我猜不出那是什麼考驗，還有我到底避開了什麼懲罰。

他帶我走向最接近海灘的那一間小屋，停下來大叫。我聽見屋內有騷動聲，然後有個女人推開門走出來，站在我面前，在陽光下眨眼。我可以看見她身後的室內一片漆黑，有各種東西擺在邊上：一個個棕櫚葉墊子、被剖成一半的諾阿卡果殼像碗一樣疊在一起、一堆竹竿、許多手工編織的籃子，蓋子歪斜地掩著。跟帕瓦一樣，這個女人身上也有一件沒用的衣飾，無法達到衣服該有的功用；她身上掛著一條長長的項鍊，用很多野豬牙串在一起，項鍊往下垂，卻遮不住乳房。兩個孩子走出來站在她身邊（一個大概十一歲，頂多那麼大，因為他沒拿長矛；另一個則是大概九歲的女孩），但是沒和她靠在一起，值得注意的是他們都很沉默，保持警覺。一群奔跑的孩子吵吵鬧鬧經過，距離我們幾碼，但那兩個孩子沒看他們，只把眼睛往上移，看著我。

帕瓦用一種充滿期盼的眼神看我，好像我應該認識他們似的，但我沒說話，只是看著他們，然後看看他，他開始出現不耐煩的表情。

「他們是誰？」我用烏伊伏語問他。

他用驚訝的語氣回答我：「法阿諾歐哈拉。」意思是：**法阿的家人**。

震驚、憤怒與困惑等情緒湧上我心頭。為什麼要帶我來這裡？我有可能要求見他們嗎？不，不可能。

於是，我開始當天第二段奇異的談話。我問那個女人一些問題，結果她是法阿的遺孀，她的答案都是如此簡短而遲鈍，後來我想她也許是智力有問題。談話時，我隱約感到不安，因為都被一股強烈怒意掩蓋住了。為什麼要逼我感到罪惡，來跟法阿的家人見面，來看他們家可悲的小屋（那井然有序的室內空間，此刻在我眼裡是如此窮困，家徒四壁，顏色黯淡且欠缺生氣）？我與他的死根本無關，畢竟是那麼多年前的事情了。塔倫特也曾被迫跟他們見面嗎？他們想要什麼？錢嗎？還是東西？

就算我因為與國王的會面順利，贏得了帕瓦的尊重，此刻他的敬意應該也蕩然無存了。幾分鐘後（他看著我們雙方，一副愈來愈懷疑的樣子），他打斷我們，跟法阿的遺孀講了很久，說話速度快到我都聽不懂。他似乎在說教，也在懇求她，但我看不出來，因為她一直沒抬頭看他。兩個孩子稍微往她靠過去，但也沒抬起頭。我這才注意到他們的皮膚沾滿塵土，彷彿剛剛在滑石粉裡滾過似的，而其他孩子跑過時，好像把他們當空氣。小屋後面有兩個拿著籃子的女人慢慢走出來，大聲交談。她們走過時離法阿家只有幾吋之遙，卻沒想到要跟那位遺孀打招呼，甚或往她的方向看去。在居住空間這麼小的地方，很難想像有人會這樣被其他人徹底隔絕；顯然其他村民盡其可能把法阿的家人排除在外。就連小屋的位置也有特別的意義，因為它地處邊緣；這一家人能去的地方就只有海邊。我往海上看去，圓錐狀的伊伏伊伏島剛好矗立在法阿他家跟鄰居的小屋之間；此情此景每天都會讓這家人想起，他們的丈夫與父親就是去了那裡之後永遠回不來。後來我猜想，這就是他們被排斥的原因。[16]

---

16 法阿是當地一個有名望的野豬獵人家族的第三個兒子，他們家以慷慨與勇敢聞名整個塔瓦卡。但是因為烏伊伏人非常不信任伊伏伊伏島，法阿卻待了那麼久，又是跟三個白人在一起，以至於他和家族的名聲都嚴重受損。他死在伊伏伊伏島的消息傳開來後，他的家族譴責他，後來更宣布與他斷絕關係（值得注意，他的妻子並未這麼做）。後來諾頓跟我說，他聽過關於法阿下場的諸多耳語，有人猜他被伊伏伊伏人吃掉了（這是流傳很久的故事），或是他也變成伊伏伊伏人。最慘的是，還有人認為他變成他自己尋找的東西：也就是在那個島上四處遊蕩、半人半獸的摩歐夸歐。

無論他有多不小心，法阿不太可能跟烏瓦和阿杜說他碰過歐帕伊伏艾克；因為那是一個絕對不能逾越的禁忌。但最後，帕瓦發現法阿的遺孀不聽勸告，於是一把抓住那個男孩，把他推到我身邊。「你要他嗎？」他問我。

我問他：「什麼？」我當然很震驚，跟他說：「不要，不要，當然不要。」

他把男孩推回母親身邊（她還是低頭看腳），這次緊抓女孩的細瘦手臂。「那就這一個。」

「我不知道別人跟你說些什麼。」我對帕瓦說：「但是這兩個小孩我都不要。」

帕瓦跟我說：「但是他們都不能留在她身邊。」

「我也不能把他們留在身邊！」

本來以為他會持續與我爭論，但他只是轉身，再次跟法阿的遺孀說話，滔滔不絕，我聽不懂他的話，只聽得懂其中幾個詞：**妳**、**法阿**、**孩子**、**不行**等等，然後又轉過來看著我。他說：「我們走。」開始緩步離開村子。

我跟在他後面，煩躁又生氣。帶我來跟他們見面有何意義？我該怎麼詮釋？顯然我該瞭解的是，法阿死後，他的家人過得很困苦，為此我應該負責——不過，就算塔倫特不需負大部分責任，他的責任也不會少於我。難道已經有人先問過塔倫特了？還是這次見面有別的意思？他們真的生活困苦嗎？先前我總是以為伊伏伊伏島的村民都是一起過日子，沒什麼法律規定，不分你我，而烏伊伏國的運作機制也是某種鬆散、原初的社會主義，大家分享一切，除了國王，沒有人是特別的。如果是那樣，為什麼法阿的家人會陷入困境？更重要且更煩人的是，能做的事那麼多，他們為什麼偏偏要把孩子給我？叫我提供物品不是比較合理嗎？（不過即使如此，我也不太清楚該怎麼做，我對烏伊伏國的貨幣沒有概念，也不知道該去哪裡弄錢。）我的內心開始感到一點恐懼：難道是法阿看到我跟那男孩在林子裡的事，對我有了某種印象，並且向別人轉述了？但是我不能那麼想。跟過去一樣，我又開始對這島國感到有點厭煩，覺得老是有人問一些我不懂的問題，在這種無法雙向交流的難懂情境中，不管我回答什麼，都是錯的。

一週後（或是不只一週？），我回到塔倫特的營地，地點一樣在村落邊緣的那片灌木林（還是跟上次不一樣？）。這次，帶我上山的已經不是烏伊伏人，而是真正的伊伏伊伏人。我記得上次就看過他，因為他臉上的兔唇看來很可怕，臉的下半部好像曾經被野獸咬掉又吐出來，再重組起來似的。因為這樣，他當然不喜歡交談，不過他本來就沒有聊天的習慣；其次他說的每一句話都很含糊，帶有一種嘖嘖嘖的聲音，像是在水底下講話。

是他們倆**的確**有可能怕遭到責難，於是編造了一個故事，說自己是被法阿拖下水的。總之，他們跟其他家族成員一樣排斥法阿的老婆與小孩——儘管如此，據說他們還是偶爾會送食物和日用品給法阿的家人。

沒有人知道法阿的妻小後來怎麼了。所有烏伊伏人都只有一個姓氏：烏圖伊瑪艾勒，意思是「屬於圖伊瑪艾勒」（因為他們都是圖伊瑪艾勒國王的子民）；諾頓後來發現他沒辦法找到他們。由於他們的態度閃閃躲躲，他猜他們終究被迫與法阿斷絕夫妻與親子關係，才能重返社會，或是決定皈依基督教，因為接下來十年，島上到處都是傳教士。

上次一回到烏伊伏島，烏瓦和阿杜立刻急著回家。藉此可以看出，他們短時間內應該不會再去伊伏伊伏島，至少不會太樂意，但我還真想念善良的他們。然而，這位新的嚮導（我不知道他的名字到底是烏歐或烏伏）是很厲害的博物學家，儘管口才不好，我很快就開始敬佩欣賞他，因為他有能力把森林裡最微小的奇異事物找出來，而且他若不是帶過來，就是指給我看，讓我賞心悅目一番。某天，他把雞豆般大小的鮮紅色花朵拿給我看，仔細檢視之後，我才發現那是迷你蘭花，小到不可思議，中間唇瓣的顏色黯淡，是一種奇異的灰色。烏歐發現我喜歡那朵蘭花，便帶我離開我們正在走的路，到幾碼外的一棵卡納瓦樹旁邊，只見眼前有個小小的花海，叢林地面成了一片鮮豔深紅。但我最愛的還是那花香，一股夾雜香甜與腐敗的味道撲鼻而來，在腦海中繚繞數小時，久久不散。

跟著烏歐，我看到許多上次錯過的東西，而且我沒有上次那麼害怕，不會急著趕到目的地，才有辦法細細品味一切。這次我一有機會就做了該做的事：烏歐帶了一隻生物給我看，起初我以為是犰狳，後來才發現是一隻巨大的甲蟲。那隻蟲在他手裡動來動去，蟲殼活像一千片活動的板子，像漣漪般移動，變換形狀。我趁機把牠畫下來，做筆記，記載各種測量數據。上次，我不曾注意到一種金黃色樹幹的細長樹木，銀杏般的圓形樹葉長在搖搖晃晃、紡錘狀的樹幹上，我摘了幾片下來，夾在筆記本裡。那些樹葉在最底部都是綠色，長到樹梢時則變成紫色，中間有各種叫不出名字的奇怪色澤，讓我聯想到龍的鱗片。我還找到一窩紫黑色蜥蜴蛋，每顆都相當於鱷梨大小，蛋殼上一點一點，看似皮革，剝殼時才發現蛋殼像橘皮一樣又厚又軟。（剝掉蛋殼後，我驚訝地發現蜥蜴的胚胎包覆一團奇怪的棉花狀絨毛，只要胚胎的體液乾掉，那些絨毛就會開始分解。）[17]

最後路程走完，烏歐把我留在營地就走了，我還有點失落。我抵達時，塔倫特人根本不在，只有艾絲蜜在。很遺憾的是，相隔七年，我發現她不管是容貌或脾氣都沒有改善。看來她不歡迎我去。

她說：「諾頓。」

我說：「艾絲蜜。」然後我們就沒講話了。

雖然塔倫特非常擔心這座島被各種競爭者和傭兵毀掉，我們的團隊也只多了一名成員：一個長得像鼬鼠的小個子，是柏克萊大學真菌學家，叫尤翰．麥爾斯。他是那種看了立刻教人倒胃口的傢伙，主要是他的眼睛像兩顆小球，眨個不停（他近視很深），講話嚴重口吃，卻堅持把自己看到的一切描述出來。我很後悔某次一起跟他去找蘑菇，有好幾個小時必須忍受他在那邊嘮嘮叨叨：「現在我們看看——這是什麼？這是一種生長在瑪納瑪樹上的階梯狀菌類植物，硬度很低，幾乎像天鵝絨一樣柔軟，頂端有一層軟軟的絨毛，幾乎像蒼蠅一樣，

17 後來，諾頓把這些圖畫和圖說整理成冊出版，書名叫《一片繪製而成的大海：博物學家的伊伏伊伏島指南》（紐約：諾頓出版社，一九七二年）。他後來被認定為那種蘭花和甲蟲的發現者，蘭花的學名是「佩利納堇花蘭」，甲蟲是鍬形蟲的近親，被稱為「佩利納龍形甲蟲」。在美國自然史博物館和史密森尼博物館，都可以看到那種甲蟲的標本，保存完善。就那種蘭花而言，植物學家一直沒辦法找到理想的栽種環境，只有巴西的亞馬遜河上游和夏威夷州考艾島的懷厄萊山谷地區除外。

但表面不粗糙，而是粉粉的，幾乎是銀色……」總之就像這樣講個不停。跟大多數真菌學家一樣，麥爾斯這個人無聊到了極點，而且只對一種東西有興趣：菌類植物。當他在非常成熟的拉瓦阿蕨葉下方的水窪找到指甲狀的蘑菇時，這時就算有恐龍在林子裡離他幾吋的地方摧枯拉朽而過，他搞不好也不會抬頭起來看一下。他根本不想把時間浪費在烏龜或人的身上，更別說是非常老的人了，因此他最厲害的就是每當我們談起烏龜或那個部族，他就會把耳朵關起來，神遊似的進入自己想像的真菌世界裡。只要看見他的小嘴微張，厚重眼鏡鏡片後面的眼睛變得濕潤入神，我們就知道他陷入那種狀態了。我常常羨慕他能夠那樣。

我希望這次來島上可以完成三件事。首先是測驗酋長的心智狀態（此刻他才六十七歲，他的顧問七十歲，所以我只是純粹做個檢查，應該還不會發現心智退化的現象）。其次是確認還有誰舉行過瓦卡伊納儀式，如果有的話，也為他們建檔。第三件事最重要：我希望至少活捉兩隻歐帕伊伏艾克，帶回美國。我只有不到一個月的時間能做這件事；到了第二十八天，烏歐就會來把我帶回山下，與船夫會合，回到烏伊伏島，在第三十七天的黎明與飛行員在機場碰面。如果我錯過了他，就必須等到塔倫特與艾絲蜜回去時，也就是再過九週。

重回舊地，特別是重回一個沒人造訪、也沒有任何改變的地方，少數的好處之一就是完全不用重新熟悉環境，一回去就能融入當地生活。我在第四天找到酋長，他在對一些人講話。我非常確定他認得我，但是他並未特別意外或高興。就算此刻我能說他的語言，他也沒有對我另眼相看，更沒有意識到我其實不太可能重回他的生活。不過，我的確從他口中得到想要的答案：沒有，後來沒有任何人舉行過瓦卡伊納儀式。至於另一個問題，也就是他的智力是否銳利依舊，我必須自行推斷。畢竟幫他檢測的話，肯定會冒犯他，但是離開他的時候，我非常確定他的智力還未減退。

與我原先的預期相較，捕捉歐帕伊伏艾克的任務一方面變得更容易，另一方面卻也更困難了。所幸我不用扭扭捏捏，假裝自己對歐帕伊伏艾克毫無興趣；塔倫特和我沒有真的談過那件事，不過我們似乎達成了默契，他知道我是為了歐帕伊伏艾克而去的，如果我不提，他也不會開口。總之，我跟他和艾絲蜜見面的機會遠比我預期中的還少，因為他們研究的是伊伏伊伏人的家庭結構與社會，都是我不太關心的，而且大多數時間他們都在訪談不同的村民。

令我比較不高興的是，沒有嚮導可以帶我去抓烏龜。塔倫特禁止我向村民詢問那一條回到高地的蜿蜒路徑；他說，問路就是犯了他們的忌諱，能活著逃走就算幸運了。幾年後回想起來，塔倫特往往用伊伏伊伏人的暴力行徑來威脅我，但不知其中有多少是誇大之詞，好讓我遵守他認定的行為規範；有多少才是真的，以實際經驗為根據。我看過村民宰殺獵物的樣子，當然知道他們是使用長矛的高手，該用時絕不會手軟，但是先前待在村子裡的時候，也不曾看過任何人以武器相向。到底是沒必要，還是他們生性不可能殘殺人類？我一直沒找到答案。

我當然不想像個可悲的瞎子，在夜裡摸黑到湖邊去，所以我白天試著自己往下探路，把路段記熟，卻無法分辨哪些走過、哪些還沒走過。開始探路時，我總是把一條繩子纏在第九間小屋後面的瑪納瑪樹底部，最後把繩子另一端纏在路段結束的地方。我實在是太愚蠢，沒想過那條路會朝那麼多不同的方向分岔，但唯一讓我沒徹底絕望的是，每次探路失敗我都是走到死路：其中一條通往一片光滑的黃色竹林，竹子濃密到連手指都擠不過去，另一條的終點則是一大片油灰色巨岩。前方高處就是那條蜿蜒、不合常理的路，可以帶著我走向那片不可思議的草原，旁邊的湖裡面有許多大口呼吸、睜大眼睛的烏龜。[18]

我白天都是這麼過的。每到晚上我都在想夢遊者。很難不去想他們，特別是當我獨自一人待在森林裡時；我一直期盼某天我會遇到其中一人，可能是站在樹的前面，或者癱倒在岩石上面。也許就是我認識的夢遊者之一，當年我們留下罐頭肉與胡諾諾蟲之後遺棄的那幾個，或是我沒見過、但長得跟穆阿或伊卡阿納一模一樣。我不知道他們是成群結隊或獨自一人，有感覺或沒感覺，在那個當下可能很可怕或不可怕。有時在傍晚的光線中，我覺得周遭空氣瀰漫著千百萬個閃耀微光的金黃色分子，我幾乎可以確定我看到其中一個夢遊者，蓬亂的頭髮從樹林一閃而過，或是聽見其中一人的腳踩在我身後的枯葉地面，發出嘎吱聲響。但是當我仔細一看，什麼也沒有，而且我必須提醒自己，如果我真的碰到夢遊者，我一定有辦法征服他，而他絕對不會傷害我。

某天，我又結束一次徒勞無功的探路行程，回來時經過一棵巨大的卡納瓦樹。突然間，那個我曾在阿伊納伊納儀式上看到、那晚又一起待在樹林裡的男孩，再度出現在我面前。他當然不再是男孩（根據西曆，他已經十七歲了），在那當下，我因為驚訝叫了出來，他卻用平淡冷靜的眼神回頭看我，讓我覺得自己的激動表現實在太愚蠢。

我必須承認，自從抵達之後，我一直在找他——儘管不是非常認真地找。照理說，要找到他並不難，但當時是打獵旺季，許多大型獵物（包括猴子、樹懶，有時候在樹林裡發出叫聲的野豬）都被屠殺剝皮，平常在村裡閒晃的許多年輕人都分批出門打獵，偶爾晚上會突然回來，在村民醒來之前又不見了。

他長得很好，已經變成男人。他手執長矛，另一隻手擺在他的野豬上，那隻野豬跟別人的一樣眼神邪惡，身上沾滿泥巴。但我看得出那是他：長大成人後，他的臉展現出一種高貴鎮靜的氣質，下巴還是喜歡抬起來，眼神一樣冷靜。我想他應該結婚了，也許有了自己的小孩，不再像以往那樣，晚上躲在森林裡，擁抱其他男孩了嗎？還是，如果我照著那一晚的路線摸黑爬回去，一樣把手舉高，可以再次看到他靜靜站著不動，等待與我偶遇嗎？

我有好多話想跟他說，但是在那當下竟一時語塞，最後只跟他點點頭。過了很久，他才點頭回應我，然後轉身，默默離開那一條路，進入森林深處，他的野豬昂首闊步，跟在他身邊。不一會兒他就消失了，被他往旁邊推、讓出路來的細瘦樹幹立刻啪啪啪彈回來，他的蹤

18　事實上，他們在穆阿的帶領下第一次前往湖邊時，塔倫特畫過一張路徑圖，但是諾頓不敢跟他借——不過諾頓也跟我說，某晚他趁塔倫特睡覺時偷翻袋子，卻找不到。不幸的是，這張圖如今跟塔倫特的其他論文一樣，沒有學者知道其下落。

跡就此不見。

我站在那裡，看著他留下最後身影的地方。他還記得我嗎？看來他不可能不記得。奇怪的是，剛剛的互動讓我懷疑自己是否真的見過他。那一晚，我持續用雙手撥開矮樹叢，在森林裡橫衝直撞，直到遇見他，在那之前，我經歷在伊伏伊伏島最孤寂絕望的時刻。我好高興能遇到他——不只是因為他無私地包容我，而且他好像是要讓我意識到自己的存在與真實感，才站在那裡。在伊伏伊伏島，我常常有一種靈魂出竅的感覺，好像體內的原子完全重組，不比陽光永恆或扎實，所以我在島上待得愈久，就覺得自己的存在感愈弱。那一晚我在森林裡很可能會迷路。但我沒有。他發現了我。

⚘

某天下午我休息了一下，暫停尋找烏龜的計畫，因為沒有更好的事可做，便跟著塔倫特和艾絲蜜在村子裡閒晃。（麥爾斯邀請我到下坡不遠處去欣賞一片無疑非常迷人的菌類植物，但是我拒絕了。）

看著塔倫特與艾絲蜜坐在村莊邊緣，在筆記本上振筆疾書，其實也沒多有趣。過了不久，艾絲蜜便走到儲肉屋去騷擾看守小屋的可憐婦女，我則是靜靜坐在塔倫特身邊，他在做筆記，我便看著那些活潑的小孩，試著從那些大孩子裡面找出我在七年前看過的嬰兒。

接著我又想起那一座烏龜生活的湖泊，還有我可能要持續探掘的路徑。此刻有個學走路的小嬰兒蹦蹦跳跳走過來，手裡拿著一枝草。她可能只有一歲多一點，就伊伏伊伏人的標準來講，算是非常胖，臉色嚴肅的模樣讓我想起那個縈繞在我腦海裡的男孩。

「哈囉。」我對她說：「妳手上拿著什麼？」

她瞪著我。有些人覺得跟小孩說話很難，但我不曾那樣想。其實，祕訣是把小孩當成智力很高的農場動物：例如豬或馬。跟馬講話的難度更高，因為牠們很聰明，一旦發覺你不值得注意，就會對你不屑一顧。

總之，女嬰和我聊了好一會兒，最後她把那枝草給了我（我謝謝她），接著就跌跌撞撞地走掉了。跟她互動的過程中，我發現塔倫特停筆看著我們，女嬰離開後，他對我說：「你對小孩很有一套。」

驚訝之餘，我對他說：「喔。」我從沒想過世界上有兩種人：一種對小孩很有一套，一種對小孩沒轍，而我屬於前一種。

「你想要有自己的小孩嗎？」塔倫特問我。

這讓我更驚訝。別忘了那是一九五〇年代，一般人（尤其是男人）不會問別人要不要小孩的問題。我們總是預設自己會有小孩，喜不喜歡小孩根本無關緊要。這一切是如此理所當然：結婚後找到一份工作，接著生小孩。唯一的差別就是你可能生一個或好幾個，老婆可能漂亮或不漂亮，工作無聊或很棒，如此而已。所以我說：「我不知道，我還沒想過。」當時我的確沒想過。

塔倫特說：「嗯……我想你會有的。」

他那肯定的語氣讓我生氣。他總是有辦法讓我覺得自己就像他念過的書裡面的生物，注定要遭遇到只有他才曉得的命運。

「你呢？」我把問題丟回去給他。

他頓了一下，陷入沉思，讓我有點意外。「我覺得應該不會。」最後他說。

「為什麼不會？」

「我就是不適合。」說完後，他露出微笑，不是對著我，而是對著遠方某個東西，好像是他認得的某個東西或某個人。我順著他的目光往前看，唯恐他看的是艾絲蜜，但是我看不到任何人，那片難得空蕩蕩的廣場上只有火堆，火光四周因為油油的熱氣，顯得模糊不清。

⚜

直到第二十六天，我終於回到烏龜棲息的湖泊。牠們就像溫馴又有點好奇的乳牛，朝我游過來，我一把從水裡抓起較小的兩隻，放進我隨身攜帶的兩個打了洞的厚紙板箱子，牠們大概只有大餐盤的大小。

要走下高地並不難，只是速度很慢。我想過我也許可以沿路留下記號，但最後還是覺得這麼做一定會便宜其他人。例如，在地上釘樁子或者把樹皮刮出記號，都有可能在未來讓尋找歐帕伊伕艾克的人發現（當時我覺得情況可能沒有塔倫特預言的那麼誇張），循著記號走下去。最後，我只能設法畫出一幅非常詳細的地圖，不用地標來標記轉彎與改變方向的地方（因為此刻我看到的樹苗在兩、三年後肯定會認不出來），而是把轉彎處之間的大致距離標示出來。當然，畫圖的過程中，我必須不斷把那兩隻烏龜擺在地上，畫完後再拿起來。

走到第九間小屋後方那棵瑪納瑪樹之後，我就蹲坐在樹的後面，等天色完全變暗；艾絲蜜與塔倫特在這次或上次來伊伏伊伏島期間，終於獲邀參加火堆邊的晚宴，他們有可能在那裡待上好幾個小時，完全不會查看四周。至於麥爾斯，到了晚上一般都回到營區，拿出各種各樣的刷子把那些寶貝菌類的塵土刷掉，一邊用嘴巴朝著菌類呵氣。我沿著一間間儲物小屋後面朝我那棵樹走，躡手躡腳，隨手撿起細小的樹枝與苔蘚，把紙箱蓋住藏好。我隨身帶了一些在加州的動物飼料店買來的丸狀烏龜飼料，擺幾顆在那兩隻歐帕伊伏艾克前面，牠們吃掉前還先看了一會兒，隨後我才坐下，總算鬆一口氣。

後來，許多爬蟲學家在論文中詳述這種烏龜許多的異常特徵與特性，他們全都忘記一點，那卻是我認為最吸引人也最獨特的一點：牠們可以表現得跟狗一樣友善，同時跟貓一樣以自我為中心。吃完飼料後，牠們在我身邊晃了好幾分鐘，等我拍拍牠們的龜殼，牠們並未退卻或有所防衛，而是把眼睛閉起來，好像很享受的樣子，跟多年前牠們祖先的表現沒兩樣。

跟牠們坐在那裡時，我想起我跟塔倫特關於孩子的那席話。過去兩週以來，我發現自己唯一的慰藉與娛樂就是跟村裡的小孩在一起。每當我捕抓烏龜的計畫失敗，垂頭喪氣地走回營地時，都會在村子邊緣遇到他們，而且我漸漸看懂他們在玩遊戲或演戲，不再像先前那樣，覺得他們只是在胡鬧亂玩。有個遊戲他們特別愛玩：兩個孩子面對面，把一片植物的外殼平放在某根手指上。然後開始在原地轉圈，愈轉愈快，誰設法不讓植物外殼掉下來就贏了。

其中有個孩子，我特別喜歡與他交談、觀察他。他大概七、八歲，看起來沉靜專注，讓我想起先前那個男孩。他不像是被排斥的孩子，但是和其他孩子也並非相處融洽；每當他們在玩丟東西的遊戲、在村裡追逐，或是比較膽量，看誰敢往村子外圍走，甚至離開第九間小屋後面那棵瑪納瑪樹，爬個一步、兩步再重回山下，因為害怕或得意而大聲尖叫的時候，他都只是在一旁觀看，把一隻手指擺在嘴邊，臉上一副憂慮的模樣。他皺著眉頭的表情令我動容，因為那個模樣讓他像個大人，卻出現在小孩臉上，顯得如此悲傷而睿智。在他與我愈來愈熟，漸漸信任我之後，有時他會把一隻小手擺在我的手臂上，或者緊挨在我身旁坐著。而我總是發現自己嘮嘮叨叨跟他講個不停，把我的生平、實驗室和歐文的事都跟他講。就算他一點也聽不懂，還是靜靜傾聽，好像我的話是一陣溫熱的雨，舒服得讓他覺得沒必要躲雨。

某個非常熱的下午，其他孩子又衝往村子另一頭，消失無蹤，我發現那個男孩在我身邊睡著了。本來我打算在那天結束前，再往高地走最後一次，探尋通往湖邊的路，但是不知為何我沒有移動，也許是他深深滿足的氣息讓我一動也不動，以便維持姿勢，讓他睡覺。**我可以擁有一個這樣的孩子**，我心想。接著我又想到：**但是我不想娶老婆**。即便我距離美國十萬八千里，暫時不受社會規範的約束，我仍覺得那不可能，我想不出任何擁有孩子卻不用娶老婆的方式。當時我對女人還不太瞭解，但是就算我與女人相處的機會有限，我知道女人不適合我。娶老婆！我能跟她討論什麼？我想像過那種日子：我坐在一張純白餐桌旁，拿刀子鋸一塊外表很脆的烤肉，耳邊傳來我老婆走過閃亮亞麻地板的喀噠聲響，她用盛氣凌人的口氣跟我聊起金錢、小孩和我的工作；我看見自己不發一語，聽她嘮嘮叨叨述說她一天是怎麼過的，還有洗衣服的事，在店裡見到誰，他們聊了什麼。然後，我的腦海浮現一連串不同的影像：我抱起一個沉睡的孩子放到床上，傳授昆蟲知識給他，我們一起捕捉甲蟲或蝴蝶，還有頭一回一起去海邊。

但是那一晚我躺在蓆子上，並未睡覺，心裡想的大都是那個小男孩的體溫，還有他的小手。我覺得他好像還在我身邊，接著我開始悲嘆自己未曾擁有過的，以及未來可能不會再擁有的一切。

III.

一切都沒改變；但也可以說一切都改變了。回到實驗室後，老鼠還活著（變得更遲鈍，也愈來愈不像老鼠；牠們開始出現走路東倒西歪的現象，亂踢尖叫，顯然不知該如何翻身站起來，令人看了入迷，但也驚詫），夢遊者們也是。我拿那兩隻歐帕伊伏艾克給他們看，希望他們能有所反應，但只是眨眨眼就不理會牠們了。

老鼠與夢遊者，當然還有丘呂，這三者可說是我不到六週前的生活中僅存的遺跡。我的新人生就此開始（我到了很久之後才意識到），而且有很長一段時間，我都處於恐懼和驚訝的狀態。因為每天同時發生很多事，我很難用直線狀的圖表傳達接下來幾年的經歷。我只能說，事實證明塔倫特是正確的。

過了一段時間，我才發現自己雖然沒有意識到，但已經開始參加一場比賽。我常常聽到瑟若尼提到某些藥理學家與生理學家想盡辦法，就為了去伊伏伊伏島。瑟若尼自己是不會去的；他說他太老了，不想長途跋涉。但是像他這種人只是少數。每天我們倆都會收到新的信件（有些用懇求的，有些想耍詐，有些隱約帶著威脅的語氣，也有根本看不懂的），希望我們提供進一步訊息，試著要我說出我打算怎麼使用已獲得的研究成果，或是寫信來宣戰，說要打敗我的研究。從我一點也不擔心，可以看出我很天真，至少一開始是那樣；其實這一切讓我輕飄飄的，甚至覺得有趣。我之所以抱持這種錯誤的自信態度，原因之一在於我信任國王，因為他顯然不願讓塔倫特以外的人登島（與他相關的人例外）。此外，我也覺得，既然連我都花了那麼多天才找到烏龜棲息的那座湖（而且我去了兩次），若有少數人有一天真的獲准登島，少說也要花上好幾週反覆探路，充滿挫折。過程中，他們當然不能請求協助；打擾烏龜是伊伏伊伏人的嚴重禁忌，對烏伊伏人來講更是如此。

此刻，大家都推測出歐帕伊伏艾克的祕密了。長生不死！難怪有許多大學與公司只要能夠登島，不管花多少錢，做什麼都願意。他們一定認為我正在研究，找出龜肉中讓動物長生不死的成分。由於我手上握有他們不知道的資訊，面對他們的問題與懷疑，才能保持沉默：我知道這種長生不死的形式會有可怕的副作用。我知道，要用這種方式追求長生不死，就一定要先發現解藥或解毒劑。

過沒多久，瑟若尼就發現不太對勁。我們通電話的頻率愈來愈高，某次交談時，他指控我：「你有事瞞著我。」

我向來不善於裝傻，不論過去或現在都是，然而我還是故意問了一個笨問題：「你在說什麼？」

他說：「那些老鼠有點不對勁。」接著，他把老鼠的退化情形詳細描述給我聽。（總共有百分之七十九仍活著。我第三次實驗的老鼠有百分之六十一還活著，[19]不過第一次實驗的老鼠已經存活了九十個月，他的第一批老鼠至今活了五十三個月。）我聽見牠們的症狀與我的老鼠幾乎吻合，相當振奮。

於是，我不得不跟他說，我們在老鼠身上看到的情況早已出現在夢遊者身上。我跟他轉述先前在伊伕伊伕島上遇到的事，還有我帶回來那些人的狀況與粗估年歲，他愈聽愈驚訝。

「諾頓。」最後他說：「這真是……這真是不可思議。」但這沒什麼不可思議的，因為活生生的證據距離我只有幾碼之遙，就住在我創造出來、仿伊伕伊伕島的小型環境裡。我們

19 就是那些從十五個月大開始飼養的一百隻老鼠。

討論了一會兒該如何用人體實驗證明我的理論，結論是不可能；沒有人會願意承擔那麼大的風險。瑟若尼問我可不可能帶幾個伊伏伊伏人回來美國做實驗。我提醒他，龜肉的效果可能要好幾十年才看得出來；即便我們找得到一些四十幾或五十幾歲的實驗對象，也要再等個四、五十年，才能在他們身上看到症狀。我跟他說，更要緊的事，是找到可化解龜肉副作用的解藥。

瑟若尼問道：「你跟誰講過這件事嗎？」他的聲音溫和，但我已經學會絕對不要相信假裝沒興趣或沒有企圖心的對手，或是以學術為名、宣稱只想和你進行知識交流的對手。因此，我得意地告知瑟若尼（我刻意壓抑欣喜之情），在我前往伊伏伊伏島之前，早已向《營養流行病學年刊》投稿，把老鼠的退化問題公諸於世，而且也獲准刊登（這是當然的）。

沉默許久之後，瑟若尼說：「唉……」我聽不出他究竟是生氣還是失望，或兩者都有。「好吧，諾頓。」他說：「我希望你知道自己在做什麼。」說完就把電話掛掉了。

我當然不知道自己在做什麼。我之所以會投稿，實在是慌了，因為兩種不幸的結果讓我進退維谷。如果我等得太久，瑟若尼一定會用自己的名義發表老鼠的實驗結果。他的觀點會帶有更多推測性，但那不重要：到時候，他就成為發表實驗結果的第一人，接下來，無論我寫什麼，都只是進一步闡述他的發現而已，而非我自己的發現。如果我的論文太早發表，所有垂涎伊伏伊伏島和我的研究，想以「永生不老」為號召、推出商品的各界人士，就會發現他們的計畫受阻。這麼一來，歐帕伊伏艾克會被大肆獵殺，我也必須跟其他人一較高下，看誰最快找出解決之道；其實我不說，他們根本不知道有問題存在。不管我選擇哪個結果，情況都不利於我。無論如何，我都只能怪自己。

接下來，就像後來許多人說的，情況變得很糟糕。大約八個月後，我又去了一趟伊伏伊伏島，這次只有我自己一個，而且登島前又短暫覲見了國王，但我還是不太瞭解他。這是我最後一次獲准覲見國王，只是當時我還不知道。事後回想起來，那一趟伊伏伊伏島之旅有很多事都是最後一次，例如：那是我最後一次成為島上與村子裡唯一的西方人，也是我最後一次在不受干擾的情況下造訪那一座烏龜棲息的湖泊，看著牠們從布滿泡泡的湖面游過來，如此相信我，和善不已。那更是最後一次我感覺到村民完全不注意他們的訪客，就算最微不足道的生活常軌也不會受到外國人打擾。我再也沒有看過他們用那種延續了幾百年的方式製作與儲存食物，此後，他們的生活少不了罐頭肉、餅乾與含糖的丁狀水果罐頭。我再也看不到全裸的婦女在堆積如小山的豆莢前彎腰幹活，晃動雙乳。再也聽不見獵人於晚間打獵歸來時，一邊漫步，生殖器與大腿一邊發出輕輕相互碰撞的聲音。

當時我什麼都不知道，我還記得我曾心想（有一點自鳴得意，又覺得鬆了一口氣）：塔倫特還是錯了。就算外來者帶來了改變，也會是緩慢漸進，不致讓當地生活驟變。我注意到某些樹的底部纏上紅色麻繩，樹木四周插著一根根木樁，用細繩繞起來，許多寫著拉丁文樹名的小張牌子固定在樹上，字跡潦草難辨，自然是麥爾斯幹的好事。我心想，如果這個島上的改變只是這樣，就沒什麼好擔心的了。我畫的圖派上了用場，我又去了一趟湖邊，甚至與上次結交到的年幼朋友重逢，他也願意跟我深入森林。燠熱的下午我們都在森林裡小睡，早上到處探險（我發現好幾個肯定會讓麥爾斯興奮不已的菌類聚集地，採集了一些樣本，畫了幾幅圖，準備帶回去給他）。我也見到了酋長、烏歐、拉瓦艾克，還有其他幾個我認得出來、但不見得知道名字的人。

後來我問自己：我是不是下意識把伊伏伊伏島之旅的時間跟《營養流行病學年刊》的出刊日期排在一起，[20] 如此一來，可能就不需要考慮論文問世的後果？許多人認為答案是肯定的，但我的看法不同，只是我無法改變他們的看法。我只知道，六週後我回到史丹佛（這次再度帶回兩隻歐帕伊伏艾克），科學界已經陷入一片混亂。許多人批評我，撰文質疑我，我的論文收到的回信數量也創下《營養流行病學年刊》的紀錄。就連一般的媒體也接獲訊息，《泰晤士報》和《時代》雜誌都因為我的兩個發現，訪問了我。差不多也是從那個時候開始，塔倫特不再與我聯絡，但我一直不知道原因。難道是他覺得，我終於讓伊伏伊伏島走上了慘遭破壞的命運？（後來很多人的看法跟他一樣。）還是，長生不死的夢遊者因為我失去了美好的形象？或者是我出了名，他卻無法跟我齊名？丘呂說，我不在的時候，有人試圖入侵實驗室；某天早上他上班時，發現實驗室的門鎖布滿刮痕，門板底部出現一道很深的裂縫。他覺得可能是其他科學家或醫藥團隊幹的。我嘴巴說同意，心裡卻懷疑是塔倫特，但我仍然只能猜測他的動機：為了毀滅我手上的證據？為了把夢遊者們救走？接下來的幾個月，我透過各種管道與塔倫特聯絡，寫信、打電話、在他的辦公室外一等就是好幾個小時，也去過他住的荒涼公寓外面。我懇求教務長與院長介入。我甚至跟艾絲蜜談過。我就像個相思病發作的女孩。我甚至不知道如果真的跟他搭上線，我該說些什麼。我只知道自己必須見他，在某種程度上獲得他的寬恕。雖然我不斷提醒自己，發現那些事情的人是我，但若沒有塔倫特，我根本不可能有所發現。（等到我聽說輝瑞大藥廠的藥學家成功說服國王，成為第一支登島的團隊時，我的腦海也浮現這樣一句話：**如果不是你，伊伏伊伏島到現在還是安全的。**）

我只能說，我**的確**試過了。我做了我認為最佳的處置。如今，每逢提起這部分的發展，我都會為了是否該道歉而掙扎。跟許多後來的人不一樣，我登島的目的不是為了賺錢，也不是為了改變一群人，讓他們用我的方法過活吃飯，信奉我的宗教。我只是去冒險而已，只是想要有所發現。雖然常有人指控我毀了一個部族與國家，事實上，那種事情沒那麼常發生，也不常有人故意為之。然而，他們真的是我毀掉的嗎？這我無法斷定。我只是做了任何科學家都會做的事。如果重新來過，即便我知道伊伏伊伏島與島民會變成怎樣，我可能還是會做同樣的事。

不過，這句話並不是百分之百正確：我應該說，我**肯定會**做同樣的事。連想都不用想。

20〈食用伊伏伊伏島歐帕伊伏艾克烏龜後智力退化的觀察〉，《營養流行病學年刊》（一九五八年一月）第四十七卷，二五九－七二頁。

兩年後，我在國家衛生研究院的病毒學部門有了自己的實驗室，直到退休前都在那裡服務。丘呂回到韓國，最後也在漢城國立大學主持自己的實驗室。夢遊者仍由我照顧，只是我與他們愈來愈少見面。負責他們生活起居的，是幫他們做血液、身心與反應能力檢測的工作人員。[21]衛生研究院把一間多出來的實驗室改造成非常舒適整潔的空間，在裡面種樹，鋪葉子在地板上，也有服務人員幫他們洗澡穿衣。理由是，那一間實驗室雖然沒有窗戶（院方不希望窗外黑色樹枝光禿禿的奇異景象令他們擔心或沮喪），晚上卻冷颼颼的，不該讓他們繼續全裸。我們也漸漸把夢遊者的飲食調整成西式，藉此瞭解這群食物全來自打獵採集的原始人改吃處理過的食品後，會產生什麼效應。遺憾的是，此刻他們已將近全然麻木愚鈍。當我第一次看到穆阿經過一整天的檢測，坐著輪椅被推回睡覺的地方（他的頭傻呼呼地往後靠，垂在大腿上的雙臂有氣無力，眼睛張開卻轉來轉去），我感到一陣心痛，想起過去他在森林裡快步走路、精神奕奕的樣子，也想起他曾經為了跨越地上巨大的樹根而高抬短腿，雙腿劈開。這種研究工作是必要的，而他們的退化也無可避免，但情感上我仍希望他們好過一點。[22]

那兩隻歐帕伊伏艾克過得也沒有比較好。此刻我必須承認，我實在沒有想到原來的天然環境是讓牠們存活與保持健康的關鍵。我曾數度試著刺激牠們交配，也常常設法讓牠們固定攝取飲食。都怪我未曾好好調查歐帕伊伏艾克都吃些什麼，如今為時已晚。為了尋找適合的食物配方，我浪費了許多時間（最接近成功的一次是沙丁魚、萵苣加嫩蕨菜），但終究無法增進牠們的食欲，維持營養均衡。牠們愈來愈無精打采，最後我們將年紀較大的那兩隻安樂死（其中一隻保存下來，[23]另一隻則解剖），將心力改投注在較年輕的幾隻身上，不過結果一樣令人失望。

我的人生與實驗室愈來愈遠，經常四處講課、寫論文，直到一九六一年底才再度踏上伊伏伊伏島。透過不同的消息來源，我得知當時島上的研究員人數不論何時都比村民人口多，大批輝瑞大藥廠與禮來公司所屬科學家居住的帳篷形成一個小小的聚落，他們搭乘飛機與汽船來來去去，彼此看不順眼，自畫地界，壁壘分明，全都想要打敗對方。我還聽說叢林有很多地區被剷平清空，許多動植物因此喪命。某天晚上，麥爾斯從加州大學打電話給我，他的口吃問題又更嚴重了。他說自己剛從伊伏伊伏島回來，他描述的景象有如畫家布魯蓋爾筆下

21 自從來到美國後，至少有十年的時間，夢遊者展現出六十歲老人該有的反應能力與健康狀態（特別是身體部分）。後來，他們的膽固醇、心跳、肺功能與骨質密度等問題都持續惡化，諾頓歸因於飲食方式改變了，同時缺乏運動。然而，因為沒辦法在伊伏伊伏島上找到對照組來做實驗，他的看法也無法確證（進一步說明請參閱第五部註28。）

22 前往國家衛生研究院任職，其實也意味著諾頓的人生開展新的篇章。在他離開史丹佛前的那個月，第一個實驗中剩餘的老鼠都死了，活了一百二十個月。第三批老鼠，還有第二批實驗的新生老鼠也在他到該院任職後不久去世，牠們的年紀落在一百一十八到一百二十一個月之間，是自然壽命的六倍。

23 遺體仍保存在國家衛生研究院，提出特殊申請者可以觀看。

的地獄場景：村子的廣場布滿塵土，髒污薰臭，許多火堆冒著嗆人黑煙，到處都是人。

我希望麥爾斯說的是誇大之詞（菌類以外的事物，我不全然信任他），但我在啟程時，的確懷著忐忑不安的心情，甚至不太情願。當時我已經是政府員工，自然不愁沒人幫我安排交通工具。我搭乘一架小飛機，等著降落在烏伊伕國凹凸不平的地面上。令我訝異的是，降落時感覺很平順，幾乎不曾顛簸。我一踏出飛機，第一眼就看到重大的改變：有飛機跑道了——儘管只是一塊土壤平整的長條狀場地，但印象中凹凸不平的地面、石頭與一些灌木都被移除了。事實上，整塊地已經剷平，只剩一大片空蕩蕩，沒有草，沒有小白花，平坦的土地像清掃過似的。我感到自己的內心深處產生了變化，第一次覺得不寒而慄。

嚮導與我會合，我沒見過這個人。他長得跟其他人沒兩樣，但會講一點英語，穿著一件太長的西式汗衫，下半身圍著一條黯淡的芥末色紗籠。他的頭髮剪得很短，與耳際切齊。他沒帶我去騎馬，而是搭乘一輛讓他引以為傲、滿是鐵鏽的老爺拼裝車，車上有許多切割與焊接的痕跡，慢吞吞地把我載往碼頭。碼頭上有一座蓋得很差勁的新平台，船夫站在碼頭上（他就是多年前我們第一次登島時的那個船夫，但是裝作不認識我），他的船就算不是全新，至少是翻新過了，裝上一具有力的馬達。當我們乘船疾馳海面時，發出轟隆聲響，不斷噴水。我們只花了原先一半的時間就抵達伊伕伊伕島，等到我們繞過轉角，往潟湖停靠時，又出現另一件讓我震驚的事：岸邊的叢林已經被剷平後退，讓出一大片海灘，灘上沙石的顏色灰灰髒髒，後方有片樹林構成不太整齊的邊界。我們的船靠岸時，只見沙灘上站著一個人，笑容可掬，高舉雙臂對我揮舞。

那個人說：「諾……頓！諾……頓！」我這才驚覺那個人是烏瓦，可是他和我印象中的烏瓦已經不同了。[24]他穿了一件過大的卡其褲，身穿衣領有扣子的襯衫，不過一看就知道已經洗得褪色，而且有些地方縫了又縫，宛如刀疤。他的頭髮跟船夫和嚮導一樣，已經剃得整整齊齊，鼻子上的骨頭也拿掉了，不過兩側鼻孔各有一個深褐色的疤，原來的洞已經收攏癒合。

烏瓦面帶微笑說：「你好嗎？」他剛剛學了英文，聽來頗為自豪，但不知為何這讓我的皮膚一陣刺痛，清楚意識到伊伏伊伏島的改變實在太巨大了。

到處都跟以前不一樣了。他們鋪了一條通往山上的路，儘管還是必須步行，但這次烏瓦改用推車載運我的補給品。他因為不習慣穿那麼多衣服，搞得汗流浹背。走了一段時間，他笨拙地解開扣子，把襯衫拉開。我想鼓勵他自在一點，便將襯衫脫掉，結果他瞪著我裸露的上半身，流露出羨慕的眼神，又轉身把扣子扣上：我幾乎可以看出他臉上擺明的決心，他想要堅持全身穿上衣服的新習慣。**但是，為什麼呢**？我想問他。畢竟，伊伏伊伏人最適切的生活習慣之一就是不穿衣服；生活在這麼潮濕的環境中，穿衣服不但愚蠢，甚至有害。

一路上，我情不自禁研究起身邊的樹景，試著找出改變。與上次相較，此刻是不是安靜

24 當時烏瓦應該已經五十二歲了。

許多？蟲鳴鳥叫與猴子的尖叫聲是否都減少了？瑪納瑪樹是不是變少了，所以掉落地面的果實也減少了？與過去相較，卡納瓦樹上沾到的霧阿卡糞便好像也變少了？四處的苔蘚是不是出現長期踐踏的痕跡，或是最近有人剛剛走過？某片棕櫚樹林之間的小路總是那麼寬敞，還是最近才拓寬的？蘭花上面的白色卡片是植物學家弄上去的標籤，或是一隻翅膀收起來、看起來方方正正的蝴蝶？

在村莊映入眼簾之前，我們已經聞到它的味道，聽見一些響動了，但不是這裡特有的味道，而是美國的味道，聲音也不是伊伕伊伕島本來就有的。我聞到煎培根時特有的強烈酸味，還有培根肉片在高溫煎鍋裡滑來滑去的嘶嘶聲響。我聽見男人講話的聲音，講的全是英語，一陣洗衣精的清新激烈香味撲鼻而來，還有金屬碰撞石頭的鏗鏘聲響。

接下來，那些人就出現在我們面前：他們的帳篷整齊乾淨，洗好的衣服掛在低垂的瑪納瑪樹樹枝上（包括攤開來的T恤和棉褲，全是一般棉布的顏色），有人用兩支金屬火鋏將一罐豆子架在火堆上加熱，罐子邊緣不斷冒出泡泡。

我不得不自我介紹，接著我便得知他們是輝瑞大藥廠的人；禮來公司的人顯然紮營在村子西邊，不過兩個營地與村子的距離都差不多。他們對我恭敬有禮，但也帶著敵意，並感到驚訝；我看得出來他們非常羨慕我，因為就在他們試著研發新藥與冷霜時，我做的才是真正的研究工作，他們知道我的位階比他們高。但是，他們手頭握有各種資源（而我擁有的，顯然只是烏瓦的手推車裡唯一的帆布袋），而且手握各種資源的人顯然會是勝利者。這向來是科學界的法則，在當年也是。我盡快找個藉口就離開了。

但是來到村子邊緣，我才感覺到伊伏伊伏島的改變是如此恐怖，而且事態嚴重。村裡的小屋還是一樣，泥土地和森林之間的界線依舊清楚，但是尚未改變的事物僅止於此。一大塊罐頭肉插在棍子上，油水不斷滴在下方的火焰裡；一塊烤好的肉擺在火堆旁的棕櫚葉上，葉子因為肉的熱度枯萎捲曲。幾呎外，有一群男人圍著另一塊肉，直接用手指頭撕肉來吃，每吃兩、三口就拿一小塊餵自己的野豬。最糟糕的是，村子左側有一條掛衣服的線橫越兩根瑪納瑪樹之間；那條線是用幾條棕櫚葉繩索製造而成（那種繩索珍貴無比，本來是用來修理或拖拉物品，或者充當野豬牽繩），上面掛著許多破爛的舊衣服：泛黃的內衣、口袋破掉的長褲，還有樸素呆板的長袖棉質洋裝，在美國穿可能都嫌太熱，更別說在熱帶的伊伏伊伏島了。穿著衣服的村民在我身邊走來走去，有些人穿衣服的方式正確，有些不正確，但他們都很認真，努力把衣服穿上身——就許多方面來講，這是最驚人的，因為這意味著他們不是穿好玩的，而是相信穿衣服是值得採用的習慣、必要的改變。但，是誰告訴他們的？他們又為什麼會相信？

我發現自己朝著第九間小屋走過去。小屋旁有兩名藥師在踢足球，笑個不停，村裡有些孩子也加入（其中幾個穿著過大的襯衫，簡直像穿和服，他們邊跑邊跳，衣袖晃來晃去）。小屋內部的樣子跟我的記憶相符：安靜而涼爽，有點陰沉。我暫時鬆了一口氣，但隨即心想：像這樣完全沒改變，是不是**太不正常**？我幾乎感覺到那間小屋**塵封已久**，荒謬的是，我居然開始查看室內的泥土地，尋找它被忽略的跡象。在一個充斥改變的環境裡，第九間小屋的不變並未凸顯它的重要性，而是它無關緊要了。顯然，曾經備受珍惜的一切，從衣服到食物，甚至小孩玩的遊戲，都不再重要了。而且在新世界降臨之際，村民居然沒想到要更新第九間小屋，這就表示他們不再將之視為值得珍惜的象徵，而是陳舊的遺跡。

之後我才瞭解，當年自己花了幾週才發現的東西，兩個研究團隊只用幾天就發現了。再後來，我急著前往高地上的湖泊（此時那條小路看來就像剛剛有遊行隊伍經過一般，沿路有許多鮮紅色的帶子纏繞在樹與樹之間的竿子上），發狂似地衝向兩名科學家（這兩人隸屬一家德國公司，紮營在禮來公司營地的不遠處），他們正合力將一隻很大的歐帕伊伏艾克從湖裡抱起來，牠的四隻腳因為驚恐不斷舞動。稍後等他們一離開，我在湖邊把身體往前傾，原本乾淨的湖畔被十幾個人的靴子踩得髒兮兮，我只看到五隻歐帕伊伏艾克冒出湖面，我等了很久，牠們還是不願朝我游過來，只在湖心徘徊，我必須壓抑自己，才沒有大吼大叫。後來，其中一位德國藥理學家跟我說塔倫特失蹤了，至少已有兩週不見蹤影：先前他自己來到島上（艾絲蜜沒有跟來），跟島上的一些人見過面。接著，某一天他就不見了。過了一陣子，大概兩、三天吧，大家才注意到他不見了，這時所有人立刻分組進入森林尋人，然後又帶著嚮導一起去找，但是沒有任何線索。他只帶了一只隨身攜帶的背包。儘管他們全面搜尋，仍無法在叢林裡尋得蛛絲馬跡：布滿苔蘚的地面就連最輕微的足印也沒有，沒有吃過瑪納瑪果後留下的種子，也沒有生火留下的焦黑土壤和樹枝。

這下子我知道了，**這就是**最糟糕的情況。與此相較，其他事都沒那麼糟了。那些烏龜終於學會不該信任人類，但為時已晚，牠們已數量大減。那個不久前曾睡在我身邊的小男孩，如今看到我就轉身離去，身後拖著宛如新娘禮服裙襬的過長褲管。我實在無法相信，也不能接受塔倫特就這樣離我而去，而且永遠離開了世人。白天我盡量找所有的村民與藥理學家討論，詢問消息。那些藥理學家發現這件事能讓我分心，不會礙著他們，也樂於跟我交談，但是他們的消息少得令人挫折，好幾次我都後悔去問他們。失蹤前那幾天他看起來怎樣？他們說他看起來很好，但是因為他們不瞭解他（我必須承認，我自己也一樣不瞭解），也無法判斷他的行為是否正常。他很平靜，常常在沉思，不理會別人。他在研究什麼？他在觀察什麼？他們說他們也不知道；有時他會和村民交談，但大多數時間他只是觀察他們，做筆記，一個人寫東西。他是不是特別常和某個村民交談？他們說沒有。他看起來是不是……我頓了一下，直到我確定自己想知道答案才接著問，是不是儀容凌亂，似乎有病在身，抑或講話顛三倒四，出現了幻覺。他們說沒有，都沒有。

每到晚上，我就開始找他，在叢林裡的曲折小徑亂走。那樣走是沒有用的，因為我未曾走遠，也沒有呼喊他的名字，只是拿著手電筒在身前照來照去，光線從許多地方掃過去，照亮樹皮、樹葉與地面的時間都很短暫。我不覺得自己找到他的機率很高。但是在找他的時候，我總會想起初次與穆阿相見的情景。他從叢林暗處走了出來，像是夢魘成真一樣，而我內心仍有一部分認為這種事會再發生。也許某一晚，我把手電筒往右稍稍移動，燈光剛好就打在塔倫特身上，他臉上的表情被落腮鬍擋住，只聽得到他說：「喔，諾頓，什麼風把你吹來了？」

儘管相當罕見，但每隔兩年左右總會有某個村民在森林裡失蹤：通常是欠缺經驗的年輕獵人，獨自進入森林深處後就沒再回去，有時就此消失。伊伕伊伕人有一句諺語，說的就是這種事：「Ka ololu mumua ko」，意思是**叢林吞噬了他**。奇怪的是，他們不覺得失蹤的人死了；而是認為他只是離開而已，一時找不到回家的路，但還活著，正不斷試著返回村子。

此後，許多人針對塔倫特的失蹤提出各種理論。他想去找其他夢遊者。他跟著某個夢遊者進入森林。他瘋了。他發現另一個更神祕的部族，跟他們生活在一起。他有了非常偉大的發現。他發現非常恐怖的東西。他被村民謀殺，屍體在夜裡被帶走。他被一種他發現的花卉迷住了。他跟某個女性或男性村民一起私奔（這種說法荒誕不經，因為沒有任何村民失蹤）。他想離開文明世界，後來又找到另一個文明。他偷偷離開伊伕伊伕島，用假身分在夏威夷生活，在那裡的大學教書。他自殺了。他仍活著。他知道自己在做什麼。他不知道自己要去哪裡。

我不能宣稱自己知道他怎麼了。但我常常想起他，沒人能想像我有多常想起他。當他消失無蹤，我恐怕必須承認，我心裡曾經擁有的某種東西也跟著消失了：可能有人會看出來，任何事物都無法再引發我熱切的關注，只是還有別的改變。有時候我心想，如果他仍在世，我會有多麼不同，我是否會改用別的方式來追求自我滿足，而不是用我最後採取的手段。如果不得不做出一個結論，我必須說，我也認為是叢林吞噬了他，他仍在叢林深處的某個地方行走著。事實上，我腦海裡常常浮現他的身影：因為多年來身處叢林深處，不見天日，變得憔悴而蒼白，抬起頭讓那僅有的一點點陽光灑在他的臉上。在我的腦海裡，我不曾看見他與別人在一起，他總是在森林中獨行，衣服已經破破爛爛，像飾品一樣不足以蔽體，手執一根竹竿當拐杖，鬍子長到了胸前。我心想，他是不是也吃了一點龜肉，因此長生不死？他是否會唱歌，或者像有人作伴那樣自言自語？他還記得我嗎？他是不是找到返回村子的路，他是不是一年會回去一次，站在樹後面觀察徹底改變的村子，直到某一年才不再回去？

在我的腦海裡，有時我會大聲叫他。有時他會轉身，雙眼明亮睿智，流露飢渴的眼神，他那強烈的飢渴與熱切目光讓我無法呼吸，目瞪口呆，難以言語。最後，他用一隻變黑的細手緊抓著拐杖，轉身離開我，然後就消失了。

IV.

就這件事而言，我還有什麼好說的？你知道，大家都明白接下來發生了什麼事。沒有一件事的結局是令人快樂的。每次有人問我接下來發生了哪些事，我總是忍不住用簡單明快的答案回覆，原因是，這個故事應該是一個主角死掉的漫長曲折傳奇，但是若要把它說成那樣的傳奇故事，實在太困難了。

後來發生許多充滿反諷意味的事件，就像那些結局令人難過的悲慘故事一樣。我想說的是，那些藥廠人員、腦神經科學家與生物學家在抓到烏龜後，立刻趕路回國，得到的實驗結果跟我一模一樣，也是我一直試著跟他們說的：老鼠的實際壽命會達到自然壽命的兩倍、三倍、四倍之多（後來又找了大型老鼠、兔子、狗、猴子與許多謠傳過但無法證實的動物來做實驗，結果也一樣），但是所有存活下來的都徹底瘋了，無法恢復。老鼠的腳踢來踢去，像嬰兒般哭個不停；貓則是嘴一開一合，卻發不出聲音，不停地用身體衝撞籠子；狗用爪子挖出自己的眼睛；性情及感官與人類最接近的猴子則是持續吱吱叫，直到有一天停下來，眼神茫然呆滯，眼底映照著你想得到的任何景象，如大海、片片雲朵、一個有許多烏龜的湖泊。

而且，等到有科學家發現了端粒、[25]等到基因序列的技術趨於成熟，能夠推測歐帕伊伏艾克是透過什麼機制影響正常端粒酶的時候，歐帕伊伏艾克已經絕種，無法研究了。[26]因為湖裡的烏龜早被抓光了。儘管一九七〇年代有十幾名科學家回去探掘湖泊，沿著河流，從山上水源地到山下的下游盡頭全部清查一遍，還是找不到一隻歐帕伊伏艾克。大家都知道我們差一點解開長生不死之謎，卻任由大好機會溜走，到頭來浪費了幾十年時間，花掉的錢也是數以百萬計，最後成仙的美夢全都變成了泡影，懊惱之餘只能互相指責，絕望悲嘆。但是有些人偏偏不信邪，計畫要研發延緩老化的藥品、抗老乳液，以及讓男性重振雄風的仙丹妙藥，但終究還是放棄了。為此，輝瑞大藥廠感到悲傷，禮來公司覺得沮喪，嬌生公司懊惱不已，默克集團則是怒火中燒。後來的許多年期間，還是有人在絕望之餘，試圖用世上其他各種烏龜取代歐帕伊伏艾克，只是全部徒勞無功。實驗期間，他們花了好幾個月等待，希望看到老鼠超越自然壽命，卻眼見牠們一隻隻死掉，只能用另一批老鼠重新來過，改以夏威夷海龜、另一種稜皮龜或加拉巴哥象龜來做實驗。也有人改用伊伏伊伏島上可取得的各種動植物

---

25 譯註：染色體尾端的結構。

26 先前，諾頓已經證明一個無可爭辯的事實：吃了歐帕伊伏艾克之後，實驗對象的壽命會出現不可思議的增長現象。但不管是他或其他任何人，都不知道為什麼。這不是諾頓的錯；難處在於，現有的科學水準連找出問題的能力都沒有，更別說是找出解答了。別忘了，我們所謂的基因學其實是一種非常不成熟的研究領域；就像諾頓說的，等到科學有辦法提出理論，主張歐帕伊伏艾克可以把端粒酶鈍化，延長生物壽命，已經太晚了。（簡單來講，端粒酶是人體的一種天然酵素，會讓端粒退化，藉此限制每個細胞的分裂次數；如果沒有端粒酶，細胞就會變成「長生不死」，人類也不會老化。根據這種理論，歐帕伊伏艾克可以讓體內大多數細胞的端粒酶無法發揮作用，但不知道為什麼，端粒酶在某一部分腦細胞的作用仍然正常。儘管身體及聽力和粗大動作能力等不受影響，但腦部的某些區域，包括控制精細動作、視力與推理能力的部分，一樣會受影響。）

然而，科學就是這麼一回事。科學始自某個人的發現。他不知道自己發現的是什麼、有什麼功用，或者能拿來解決什麼問題，但他知道自己發現了一塊拼圖，只能猜測拼圖全貌的形狀與形式。接下來，他用自己的餘生試著發現另一塊拼圖，但他不知道自己在找什麼，找得非常辛苦，也不太可能找到解答。到了下個世代又出現另一人。他看到那一塊前人發現的拼圖，又找到了另一塊。所以現在他手裡有了兩塊拼圖。接著又找到了第三、第四與第五塊。但是，不管到了什麼時候、有多少塊拼圖被發現，任誰都沒辦法宣稱自己知道最後拼圖的全貌是什麼。他以為自己拼的是一幅馬的拼圖，卻突然找到一塊魚鰭的拼圖，這才發現自己一直以來都錯了。他認為自己要拼出一條魚，接下來卻找到展開高飛的鳥翅膀。當科學家的人，就要有一輩子無法解開問題的心理準備，而且要知道自己不是生得太早，就是太晚，而且苦惱的是，沒辦法猜出解答為何。但是解答一旦出現，看起來又是如此明顯簡單，只能痛罵自己與解答擦肩而過，當初只要稍稍調整方向就找出解答了。

與蕈類來嘗試。樹懶、野豬、蜘蛛、霧阿卡、大嘴鳥、鸚鵡、胡諾諾蟲、瑪納瑪果、卡納瓦果、像蜥蜴的奇怪生物、外表毛茸茸的葫蘆、棕櫚葉，還有豆莢——為此，伊伏伊伏島上所有的東西都被奪走，整片森林被剷平，大量的蘑菇、蘭花與蕨類植物被採集一空，像在採收肥美草莓與翠綠萵苣一樣。加上樹林消失，清出許多空地，全都可以用直升機直接運走。

至於酋長，他在一九七〇年代初就被約翰霍普金斯大學騙到美國，每天抽血檢查，做各種測驗，採集各種體液，直到現在可能每天都過著這樣的日子，因為再也沒人聽到他的消息或提起他了。至於拉瓦艾克，當時就消失了，再也沒人找到他。（輝瑞大藥廠指控禮來公司綁架他，禮來說那是明尼蘇達大學幹的，明尼蘇達大學則是怪罪漢堡大學，漢堡大學聲稱應該歸咎默克集團才對，而默克卻保持緘默。）森林被剷平後，有人發現了其他夢遊者，他們踏著踉蹌的步伐四處遊走，漫無目的，因為突然被陽光直接照射，猛眨眼睛。此外，也有人謠傳其餘夢遊者的人數高達幾十、甚至上百人。我自己並未親眼看見，但是據說各大藥廠像分糖果那樣把他們分掉了。他們搭機離開，住到無聊的實驗室裡面，至今仍然過著每天被針扎的生活，手臂上插滿點滴接頭，腿上到處是皮肉與骨頭被採去做樣本的痕跡。[27]到了一九六六年，第一個人體實驗監督委員會成立時，我幾乎保不住我的四個夢遊者，後來因為威爾布魯克與塔斯克吉兩地的人體實驗出現爭議，生物醫學及行為研究之人類保護國家委員會在一九七五年問世，我就永遠失去他們了。[28]

27 曾經有非常多年的時間，諾頓持續向好幾家藥廠打聽那四個被他留在島上的夢遊者的下落（包括伊瓦伊瓦、瓦阿娜、烏卡薇與韋伊伊烏），那幾家藥廠據說曾把夢遊者進口到自家實驗室。也許不該感到意外，每次他都失望了。時至今日，沒有人知道他被迫遺棄的夢遊者到底是被抓了、躲了起來（這似乎不太可能），抑或死了（我們只能抱持這個希望，因為這對他們來講是件好事），才沒有被抓。

諾頓也持續打聽塔倫特的下落，但是沒人能夠或者願意承認自己遇過他。而且，儘管伊伏伊伏島的森林有很大一部分被清除掉了，理論上，塔倫特還是可以躲過外人的積極探尋，不被發現。

28 諾頓這裡指的是現代科學史上兩個較為惡名昭彰且更不幸的人體實驗計畫。史坦頓島上的威爾布魯克州立學校收容了大約六千名智能不足的兒童。一九六三到一九六六年間，為了進一步研究A型肝炎對患者的影響，那些學童被注射了肝炎病毒。這件事曝光後，社會大眾當然義憤填膺，實驗因而喊停。至於兩者之中較為有名的，則是發生在塔斯克吉的案例，這個計畫的時間長達四十年之久（一九三二到一九七二年），研究者充滿企圖心，實驗方式是讓阿拉巴馬州的貧窮黑人佃農感染梅毒，即便盤尼西林早就成為治療梅毒的常用藥劑，為了研究他們，還是不幫他們注射盤尼西林。

塔斯克吉醜聞直接促成了當代人體實驗法規與準則的通過（而我們知道的生物倫理規範更是與那一件事密不可分）。雖然國家衛生研究院在一九六六年成立了研究受試對象權利保護處，但是一直要到八年後，諾頓在這裡提及的委員會才得以成立，真正獲得監督與相關權力。

該委員會的委員們於一九七五年造訪諾頓的實驗室，親自參觀夢遊者的安置情形。處境比他們惡劣的人體實驗對象那麼多，為什麼他們決定聚焦在這少數幾個人身上？迄今仍然沒人能解答此一問題，但是我們只能想像，委員們應該是受到諾頓的多位敵人之一鼓動。那次訪視通常被描述成「突襲」，身為權威的消息來源，我可以大聲說並不是那樣。然而，經過幾次訪視後，委員們的決議是：更社會化的環境應該能讓夢遊者住得更舒適，所以他們才會在一九七五年十月被移往馬里蘭州弗雷德里克鎮的索恩黑吉退休社區安置。

不令人意外，安置結果並不成功。即便在這個階段，夢遊者對環境已經沒什麼感覺了，但在新環境裡，他們有時還是會產生警覺，感到害怕，想念彼此陪伴的日子（過去在國家衛生研究院期間，他們都是一起住在一個大房間裡）。環境、飲食方式與照顧者的徹底改變，對他們來講很殘忍，讓他們更迷惘，退化情況也更嚴重。一九七六年二月，諾頓向委員會請願，希望該會能夠改變原議，因為夢遊者顯然出現了苦惱與憂傷等情緒問題。

請願期間，不知道為什麼，多家主流媒體得知夢遊者的存在（直到那一刻，這件事幾乎未曾曝光）。三個月後，仇視我的人多達數十位，包括瑟若尼、艾絲蜜、所有史丹佛大學人類學系的成員，還有整個《哈潑》雜誌社。他們對我提出各種指控，說我隱瞞真相，扭曲事實，毀了一個文明，甚至毀了人類的希望。[29]至於伊伕伊伕島，真的是厄運連連，在所有藥廠人員撤離後，緊接

也就是在一九七六年六月，一個叫哈威卡（HAWIKA，「夏威夷人以憤怒殺戮行動報復白人帝國」的縮寫）的夏威夷原住民主權促進激進團體，企圖綁架夢遊者未果。該團體聲稱要「代替所有密克羅尼西亞與美拉尼西亞地區原住民，展開對抗行動〔但未曾說清楚到底想對抗什麼〕」，用他們的話來說，他們想要「解放」穆阿和伊卡阿納，但是遭到老人之家的警衛逮捕。瓦奴已經坐上了輪椅，差一點被他們推上廂型車。後來，大家才發現哈威卡有一個叫帕伊亞·麥克納米的成員，曾經在索恩黑吉退休社區臥底，當了兩個月的護佐。麥克納米和三名共犯都被判刑入獄，夢遊者又被安置回社區各自的房間。

很多人一發現，我長期以來與諾頓於公於私關係都很好，總會詢問我很多問題。他們最先提問的幾件事之一，就是關於夢遊者：他們還活著嗎？現在變得怎樣了？第一個問題的答案是肯定的：他們都還活著。夏娃已經兩百九十九歲（因為我們假設她離開伊伕伊伕島的時候，至少已經兩百五十歲；她的實際年紀當然可能不止於此）。伊卡阿納是二百二十五歲。瓦奴與穆阿分別為一百八十和一百五十三歲。（別忘了，這些數字都是根據烏伊伕曆法算出來的。如果換算成西曆的年歲，他們的年紀就更大了。）

不幸的是，就像諾頓在回憶錄提及的，他們的體能退化得又快又嚴重。他們的體力變得非常差，失去許多基本的動作技能。他們能走，但不太情願。伊卡阿納幾乎全盲。他們很少說話，有人跟他們講話也很少回應。反射能力也退化了，受刺激後，大都反應得很慢。唯一讓他們感到有樂趣的，就只有吃這件事：老人社區的飲食讓他們的體重快速增長，一九八五年他們換成一種飲食方式，較接近他們傳統的飲食。儘管沒辦法大量減重（這個期待本來就不合理，別忘了此刻他們都不太活動），但他們很喜歡芒果的味道，也很愛他們以為是胡諾諾蟲的東西（事實上，那是從一家動物供應公司買來的蚯蚓）。然而關於夢遊者，最悲慘的一點就是，我們永遠無從得知他們的體力退化是因為年紀太大，還是生活環境改變。我們必須認為環境是最重要的因素，理由是他們的年紀相差甚大，卻在同一時間出現類似的退化現象。（我該補充說明一件可悲的事：夏娃完全無法享受吃的樂趣，也徹底失能了：她的照顧員在兩年前注意到，

即使在強光照射下，她的瞳孔還是不會縮小，進一步檢測後證明，她已經等同於腦死了，只是肺功能跟遠比她年輕的女性一樣好。）

哈威卡事件之後，諾頓努力爭取，希望能讓夢遊者再次由他來照顧。該委員會拒絕他的請求，儘管如此，隔年夢遊者被移送到一個安全的機構安置。我不能洩漏那個地方的名字，理由很明顯，但那其實是一間知名的最高戒護聯邦監獄的老人牢房。夢遊者們得以再次團聚，生活在與外界隔絕的廂房裡。監獄與貝塞斯達鎮相距太遠，諾頓無法定期探視他們，但附近有一間聲譽卓著的研究型醫院，經由諾頓建議，該院一群老年醫學與腦神經醫學專家常常到監獄裡去研究、觀察夢遊者。

常有人問我的第二個問題是：我是否認為諾頓該為夢遊者們的際遇負責？多年來，這對我來講也是一件較複雜的事。我在一九七二年初次見到夢遊者時，他們已經接近今天的樣貌，與諾頓在一九五〇年發現他們時不太一樣，所以我不能宣稱我感嘆他們不再是原來那個模樣。話說回來，一九七五年該委員會重新安置他們時，跟我一九七七年獲准再度探視他們時看到的，已經截然不同，非常驚人。初次相遇時，他們還有一點活力與體力：如果有人打一下夏娃的手，她會發出呼嚕呼嚕的聲音，我們可以想像那是愉悅的叫聲。如果她的頭懶洋洋地靠在輪椅的靠枕上，則代表她心情很好。到了一九七七年，她已經沒有任何反應了。她的頭往後傾，額頭被綁在靠墊上，以免頭部往前掉，而且不發一語。她的手冷冰冰的。她給人的感覺比較像是長著毛髮的陶土雕像，而非人類。

這種體驗是如此驚人且令人不悅。現在我只能想像諾頓心裡有多難過、多身心交瘁，因為一開始相識時，他們還充滿活力，可以正常講話活動，各自保有特殊的感官功能。說來有一點丟人，我必須承認當時我很生氣，覺得他應該負責。有很多年，我都覺得他應該設法用更好的方式照顧他們（但是我並未說出這種想法），甚至覺得他應該設法把他們送回伊伏伊伏島。但我實在是狀況外，才會這麼幼稚，最後我的想法也改變了。

事實是不變的：在諾頓能為夢遊者付出的期間，他盡了全力。他的所作所為遠遠超過他在道德上與法律上該做的。為了讓他們過得舒適，身心健康，他設法提供他們最好的居住環境。在他的監督下，他們未曾受傷或被虐待，也從未挨餓。事實上，我們將他視為人體實驗的先驅，儘管當時的客觀條件非常艱難。如果有人為此批評他，那肯定是不知道他付出了那麼多，而且有惡意毀謗之嫌。

29 艾絲蜜·達夫對諾頓的攻擊特別惡毒無情，而且令人困惑的是，她始終認為諾頓該為塔倫特的失蹤負責。塔倫特失蹤後，她繼續在史丹佛大學當講師，但是未取得終身教職。她終生未婚，在一九八二年、六十二歲時自殺。

著又有大批傳教士進駐，這次他們達到過去傳教士無法達到的成就。他們促使幾百人改信基督教，至於伊伏伊伏島上剩下的村民，因為林木被剷除殆盡，四處一片光禿禿，不得不搭船前往烏伊伏島，被美國特別活躍的普若佛市摩門教傳教士安置在島上東邊用鐵皮與木頭蓋成的村子裡[30]被安置後，代理酋長因為想幫某個男孩舉行阿伊納伊納儀式而鋃鐺入獄（當時監獄才剛成立，因為烏伊伏國的國王向來喜歡較直接的處罰方式，例如把罪犯放逐，或流放外海）。據說，伊伏伊伏島的所有奇觀都消失了，各種動植物、蕈類與花卉被採集一空之後，美軍把那個美麗而神祕的小島拿來當作核子彈試爆的場地——不是法國人，也不是日本人。還有，根據小道消息，繼位為國王的圖伊烏沃烏沃太子其實是某國軍方的傀儡，但他總是喜歡穿著紗籠和一件別滿動章的羊毛夾克，在烏伊伏島上四處巡視，昂首闊步，滿臉是汗。接下來的故事，我想都不是什麼新鮮事了：男的村民個個成了酒鬼，婦女忘了手工技藝，無論男女都變得更肥胖、粗魯、懶惰，他們對傳教士言聽計從，要他們離開家裡，就跟採摘熟蘋果一樣容易。從某天開始，有村民染上不知從哪裡來的性病，而且性病一旦出現，就成了不會絕跡的傳染病。這些事都是我親眼目睹。我一再重返當地——即使我早就沒有贊助經費可用，即使其他人不再有興趣，即使伊伏伊伏島不再是伊甸園，早已成了密克羅尼西亞地區的廢墟。它曾經充滿希望，如今卻令人厭惡尷尬，就像個身材變胖、頭髮變少、嘴上開始長毛的美女。

所有改變對伊伏伊伏島而言都是恥辱，到頭來能跟我一起記錄那些改變的人，就只有麥爾斯。因為多年來，只有他跟我一樣堅持重返當地，一開始是靠經費補助，後來則是完全自費。一九六八年春季的某一天，就在我們倆漫步於塔瓦卡（此時它成了雜亂可悲的小鎮，因為換了國王，也改名為圖伊烏沃）的時候，被兩個小孩跟上——他們一男一女，顯然是兄妹，哥哥大約五歲（或者說，當時我覺得他大約五歲），看來很機警，三歲左右的妹妹則是常常咯咯笑。有個垂頭喪氣的婦女站在鐵皮攤位賣瑪納瑪果，她用棍子將果肉串起來，放到砂糖裡滾一遍。麥爾斯跟我買來給那兩個小孩吃，看著他們狼吞虎嚥，砂糖像鬍碴一樣沾在臉上。他們倆每天緊跟著我們，在我們從伊伏伊伏島回來、正感到筋疲力盡與沮喪不已之際（此時我們搭乘的船都是引擎有力的汽船，船頭不時高高飛起，再掉回海面上，實在教人害怕，我們避免對望，因為不想看到對方臉上悲傷的表情），只見他們蹲伏在碼頭上等著我們。我們逢人便問，是誰在照顧他們（女孩叫馬卡拉，男孩是穆伊瓦）。結果答案似是而非，或者根本沒有答案，麥爾斯與我幾乎是一時興起，衝動之餘就把他們帶回了美國。

穆伊瓦可說是我的第一個孩子（不過，當時我當然沒把他當成第一個孩子，只認為他是我唯一的孩子、我自己的孩子），雖然我已得知他不是五歲，而是七歲，而且我必須從頭教

30 在伊伏伊伏島上發現摩歐夸歐的各家藥廠和大學把他們都帶走了，因此不太可能將他們安置在烏伊伏島。當然，藥廠與大學之所以不讓夢遊者移居烏伊伏島，理由各自不同，但烏伊伏人有許多關於摩歐夸歐的傳說，本來就害怕摩歐夸歐，更不希望跟夢遊者住在一起（後來，幾家藥廠宣稱已把他們發現的夢遊者帶回美國，就近保護；如果把他們安置在烏伊伏島，一定會被虐待排斥）。結果，烏伊伏人跟美國人一樣，也覺得夢遊者與瓦卡伊納儀式是如此奇特而不可思議，他們甚至比美國人更把夢遊者的傳說當一回事，視其為非常生動的鬼故事，永遠沒有人能證明那些鬼不存在。

起，教他怎樣吃飯、使用廁所，也教他講英語。就許多方面而言，他就跟夏娃沒兩樣，但我還是很愛他。他真是個甜美的男孩，為我帶來許多歡樂，滿足我在伊伏伊伏島就開始懷抱的夢想，也就是抱著一個睡著的孩子上床。這樣的夢想實在太迷人，我不免想要一直活在夢裡。於是我開始收養其他小孩，而且在我用心關注之後，我發現當地有幾十個無父無母或是父母沉迷於酒精或宗教的小孩——起初我只收養男孩，因為我發現自己跟他們比較談得來，後來也收養女孩。就連烏瓦的兒子也找上我，要我收養他剛學會走路的兩歲弟弟瓦伊亞。一九七七年，麥爾斯胃癌發作，很快就病逝了。我收留了馬卡拉，讓她成為我的第十六個小孩，當時我想她是最後一個了。沒想到我還真的錯了，而且一錯再錯，每次去烏伊伏國（對我來講，這已變成兩年一度的大事，雖然我心裡曉得害怕，卻不得不回去）都會帶一個孩子回國。每次，我都想找與我失散的那兩個男孩（如今已長大成人，無疑也有了自己的小男孩）：一個是我在阿伊納伊納儀式上看到的那個男孩，另一個則是曾和我一起睡覺。我一直在找他們，我每次新收養一個小孩，都希望他能擁有類似的特質，同樣沉穩的眼神，靠在我身上時，讓我感到同樣的信任。每次我領養一個新的小孩，我總是非理性地想：**這一個就是了。這一個孩子能讓我快樂，能讓我的人生圓滿。這一個孩子不會枉費我多年來的企盼。**

結果我不只一錯再錯，還錯了十八、十九、二十次，不斷錯下去，就是停不下來，我不能停，因為我還在尋找。

我根本料不到，一九八〇年那趟伊伏伊伏島之旅，終將毀了我的人生。

當時我已領養了二十六個孩子，這個數字當然超過我需要的，也超過我想要的。此刻，一般人對我大量領養小孩的行為，看法已經改變了，在某些地區甚至成為人面獸心的例證。一開始領養小孩時，大家都視我為英雄；也許是個奇怪的英雄，儘管怪癖頗具爭議性，但終歸是個英雄。身為單身男人、知名科學家，卻對那些營養不良的原住民孤兒敞開我家大門（我家離小鎮外不遠，是一間殖民地時期的房屋，有八間臥室，是我用一部分遺產購得的）。皮膚黝黑且鼻子扁平的他們除了生活淒慘，完全沒受過教育。

我的英雄身分大概在我帶第九個小孩回來後，就毀掉了。突然間，那些喜歡嚼舌根與發表意見的人，還有世界上的女人（對我的個人行為最有意見的似乎都是女人，她們常常這樣），都開始懷疑我。為什麼我需要領養那麼多小孩？為什麼我有那麼多小孩，卻不娶老婆？我到底想幹什麼？這件事一定有鬼，不是嗎？懷疑歸懷疑，從來沒人敢直接提出指控，但我總是感覺到許多人在懷疑我，就像一塊方糖卡在舌頭底下，雖然正在融化，還是可以感覺到它的存在。我相信，就連我家那位來自當地的管家兼奶媽湯林森太太（她之所以獲聘，全憑外表，因為她看起來愚鈍、健壯、臉色紅潤，活生生是小說家狄更斯筆下的廚房女傭，唯一的差別在於她是住在馬里蘭州的現代人）也喜歡向我邀功，說她數度在女性友人和姑嫂面前幫我辯護，但無疑地，她也會跟她們分享自己的想法：**好吧，說到底，他領養那麼多小孩要幹什麼？**（當時我的確不太理會別人說什麼，現在回想起來，我還真的是過於狂熱怪誕，領養小孩的速度也太驚人了。）

後來，到了一九七四年，因為獲頒諾貝爾獎，我再度成為英雄。我有許多「失算之處」（就像《泰晤士報》說我顯然辜負了夢遊者；在同一篇文章，作者又繞著彎罵我，是我造成塔倫特消失，並且毀了伊伏伊伏島），但顯然無損於我深具人道關懷的事實，我把自己的單人慈善事業經營得有聲有色，簡直不輸馬戲大王費尼爾司．巴納姆。接下來的幾個月，我不斷接受訪問，問題都繞著伊伏伊伏島、夢遊者、塔倫特與歐帕伊伏艾克打轉（反而較少論及我的研究工作及其意義），但關注的焦點還是孩子們：我可以帶著他們一起亮相嗎？他們是否有適應不良的問題？他們有什麼故事是我最喜歡的？訪問者總是希望挖出故事、讓孩子們顯得很可愛的軼事，但是從我嘴裡老是問不到：畢竟他們只是孩子，而且沒有太多可愛之處。一再有人問起為什麼我要領養他們，我覺得這問題很難回答。說真話會令人厭惡，但是如果扯謊，說我想幫助貧民，喜歡有小孩作伴，答案卻又失之於簡單陳腐，甚至可笑。但令我驚訝的是，所有訪問我的人都不曾質問我，很快就把答案寫下來，等到報紙與雜誌把訪問稿刊登出來後，我看到自己被稱為「充滿父愛的老爹」或「溺愛孩子的父親」，更是覺得驚奇不已。

在烏伊伏國，我的諾貝爾獎得主頭銜沒有用；我只是一個兩年會去一次的白人，他們會把各種沒人要的孩子硬塞給我。諷刺的是，我在那裡發現一個長生不死的部族，但那些幫我發現的人卻並非不死之軀。烏瓦死於一九六五年，當時他五十六歲；不久阿杜也走了。烏瓦與阿杜的一些孩子也都去世了（例如烏瓦的兒子，他曾把自己的一個孩子硬塞給我；阿杜女兒生的那對雙胞胎兒子如今都是我的養子），自然壽命本來就不長的他們，因為酗酒而提早離世。

圖伊烏沃的寬闊街道泥濘不堪，布滿腳印，沿途兩側到處是不可能實現的興建計畫，早就被放棄，只留下殘瓦碎礫（只見一包混凝土鬆垮垮的，中間劃開了一個洞，原本要用來興建道路的泥沙慢慢流出來，別處則擺著一綑用破爛棕櫚葉繩索綁起來的鋼筋，鏽成了橘色）。偶爾我在路上行走時，會有一種奇怪的感覺，覺得自己下飛機的地方好像不是伊伕伊伕島，覺得自己過去熟知的那個烏伊伕國首都應該在島上的另一邊。這個城鎮實在太不像話，乞丐愈來愈多（一直讓我感到納悶的是，他們要向誰乞討？因為這個鎮上沒有人有錢，過去曾經大批來訪的忙碌外國旅客早在十年前便已離去，再也不曾回來）。他們在路邊生起小小的黯淡火堆取暖，路邊棚屋看來破破爛爛，使用的棕櫚葉建材因為長黴，布滿黑點。唯一的新房屋是國王的寢宮，寬闊的門面是混凝土結構，顯得醜陋無比，上面鑿了一個個沒裝玻璃的窗格。在粉刷與鋪屋頂的工作完成前，國王的錢就用光了，所以粉刷只完成一半就突然擱置，寢宮頂端也只鋪了一層層棕櫚葉；至少棕櫚葉是新鋪的，看起來像戴了假髮；鎮上沒人記得怎樣把棕櫚葉編織成同時具有保護作用與優雅外觀的屋頂。

每次去島上，我總是住在老地方：豪華程度排名鎮上第二的客棧，是全鎮兩棟混凝土建築之一，有六間客房，我向來是唯一的投宿旅客。我的房間有一張勉強稱為床的東西（鐵製床框非常古老，床墊是一個很大的棉布袋，用清脆的棕櫚樹外殼塞得半滿），還有掛在牆上的竹竿十字架，可輕易成為鎮上最漂亮的東西。客棧靠近海邊，我總是坐在屋頂吃晚餐，享用罐頭肉與水煮甜薯，看著天色變暗，伊伏伊伏島終究消失在夜裡，整片被黑暗吞噬。再也沒有人獲准登島，違者將遭處死；據說，國王深信有一天科學家與金流還是會回來，到時候他打算再大敲一筆錢。然而，此刻不管哪一國政府付錢給他，都還是能使用伊伏伊伏島。不過，接下來我又聽見其他謠言：有一個科學家團隊遠赴伊伏伊伏島的另一頭（沒人知道他們來自哪一國），追查是否還有剩餘的歐帕伊伏艾克，他們正在探掘水底下的洞窟；也有人說國王把那個島嶼當成流放地，任誰受罰，下半輩子就必須生活在幾乎與世隔絕的狀態。有時候我心想，**塔倫特也在那裡**，我彷彿看到他抬頭看著太陽，被一大片迷霧般的象牙色蝴蝶包圍，往山上移動。

我後來漸漸發現，我之所以一再回去，是為了懲罰自己，我強迫自己把一切的改變看在眼裡。舉目所及，都是令人極其沮喪的景象：當然，我不能錯過鎮上的髒污面貌，還有相形之下整潔無比的傳教士營地。營地位於烏伊伏島北端，那裡的叢林被清除得一乾二淨，讓人覺得彷彿置身蒙大拿州。那裡是另一種悲慘景象：烏伊伏人不能喝酒、乞討、生火，於是便當起了信差、農工、女僕，臉上總是掛著微笑。不過，最糟糕的莫過於，幫傳教士工作的烏伊伏國男人都不拿長矛了，他們放下長矛，成為基督徒——看到他們手上沒有長矛令人不忍，跟他們的頭不見了沒有兩樣。在圖伊烏沃鎮，即使最貧困、最不起眼的男人也手執長矛；長矛通常是他們唯一的財產。

我也去過伊瓦阿阿卡島，那裡曾經有大批的菜園與樹林，但早就被摧毀，因為禮來公司買下土地所有權，開起了烏龜養殖場。當年該公司蓋的人造湖已變成微微含鹼的沼澤，裡面的水像石油一樣又黑又濃，四周的油膩土地充滿惡臭，而且有毒，死亡的氣息吸引了大批蒼蠅，在空中四處嗡嗡飛舞，怎樣也趕不走。少數幾名從烏伊伏島來的季節性農工還住在那裡，站著守衛這片宛如臭水溝的沼澤，他們的眼睛凝望地平線，等待雇主搭飛機回來。

這個島曾經不知道等待為何物，此刻大家都在等待。當地文化對過去本來就沒有太多眷戀，而且為什麼要呢？這是一個不曾改變的地方。但是此刻一切都變了，所有居民只能緬懷自己失去的一切。所以他們保持警覺，無法動彈，在希望與絕望之間進退兩難，等著他們的世界恢復原狀。

那一天是我待在烏伊伏島的最後一天，我正要去機場趕搭飛機。一如往常，我的行李裡面總是帶著一些樣本盒，因為我可能把一些有趣的東西剪下，隱藏在盒子裡加以保護，但是跟過去幾趟一樣，這次要離開時樣本盒還是空的。

一如往常，每次我沿著鎮上主街往下走（突如其來的陣雨過後，街道總是泥濘不堪），就會有大批烏伊伏人突然默默出現，對我伸出雙手，不論我施捨什麼，他們都會拿走。我也習慣了這種景象，所以口袋裡裝著許多我認為對他們有用的東西：錢沒有用，所以我拿給他們的都是芒果乾、手帕（可以用來清理長矛或當成嬰兒尿布）、乾果，並且把小刀送給那些看起來特別可憐的人。

我在機場上等待。聽說，默克集團曾經突發奇想，以投資者僅存的樂觀態度花錢興建跑道，但是尚未完成就放棄了，所以那條跑道跟島上許多地方一樣，只是個半成品，對烏伊伏國的任何人來講，並未發揮更大的功用。此刻，柏油路面已經是雜草與小樹叢生，黑色的路面凹凸不平，很多地方早已變形。

有個男人慢慢朝我走來。不知為什麼，機場周圍看不到幾個島民（也許是他們的習慣，這裡畢竟曾是國王的獵場，或者出於恐懼，因為他們都不喜歡飛機），他走過來時，我一邊用扇子散熱，一邊盯著他。等到他靠近一點，我立刻看出他是伊伏伊伏人。他們很好認：身形比烏伊伏人矮小一點，而且不管他們在這個新的居住地待了多久，看起來總是一副迷惑、不知所措的樣子。

這個男人的年紀較大，大約四十幾歲，與大多數伊伏伊伏人相較，也比較沒有精神；他的長矛矛頭鈍掉了，矛柄上許多地方都有木頭掀起來，變成細小的刺。他圍著一條可能曾經是深藍色的紗籠，我可以聞到他身上散發著濃濃酒味，跟腐爛的玫瑰花一樣甜甜的。儘管如此，奇怪的是，他看起來還是很有自信，他叫了我一聲，我也不知不覺地跟了過去。

機場邊緣矗立著一片參差不齊、垂頭喪氣的芭樂樹林，那個男人指著一疊藏在樹林裡、跟他的紗籠一樣褪色的布料。我並未走過去把布料拿起來，於是他用腳趾踢一踢，布料翻了過來，我才發現那是個孩子。男人大聲下令，那個孩子就站了起來。他只穿一件T恤，上面有許多破洞與裂縫，頭髮全部糾結在一起，到現在我還記得，當時我下意識地浮現了一個念頭：我一定要把他的頭髮剃光，讓頭髮重長。

接著我才回過神來，跟那個男人說我不想再領養小孩了。

那個男的瞠目結舌，顯然不相信我的話。當然，我也拒絕過其他父母（大都是因為孩童的身體畸形），但他們通常只是靜靜地認命點頭，然後回到路邊的棲身處。這個男人看來有所不同。他說，我一定要把那個孩子帶走，等我拒絕了，他又說了一遍：我一定要帶他走。我跟他說，我不想要那個孩子，我家已經容納不下其他孩子了。

「但他只是個小孩子啊！」他跟我說，眼看我不為所動，他改換口氣，變得比較溫和：可不可以拜託我把那個小孩帶走？他知道我是個有錢人，一個好人。他甚至知道我的名字。

「諾……頓。」他說：「諾……頓，拜託你把孩子帶走。」

那個孩子一直低著頭，此時那個男人把他推向我。「把他帶走！」他大聲哭喊，又講了一遍那句話，這次是用吼的，因為飛機已經在我們的頭頂盤旋，螺旋槳呼呼大聲作響，準備要降落了。

我轉身朝飛機走去，那個男人跟了過來，身後拉著那個男孩。「他會幫你做任何事！任何事！你想要怎樣處置他都可以！」此刻他喊了起來，他的聲音夾雜著憤怒與絕望，於是我轉身仔細看看他。片刻間，真的是在那一剎那間，我突然覺得我認識他。因為喝太多酒，他的下巴長滿鬍碴，眼睛蠟黃，但是看著他抬起下巴的樣子，看著他那細瘦的雙臂，宛如蜘蛛的腳，我發現他不就是阿伊納伊納儀式上的那個男孩？那個頭部直挺挺不動、雙手像昆蟲翅膀輕拂我全身的男孩？

接下來，在我還沒有意識到之前，我就把雙臂伸了出去，那個男人鬆了一口氣，呻吟了一聲，把那個不發一語、仍低著頭的男孩推到我懷裡。飛機的門打開了，梯子降下來，我大步走去。這時我又聽到那個男人在我身後大叫。

「你還想怎樣？」引擎聲轟隆隆作響，我對著他大叫：「我帶他回去！」

「你要拿東西跟我交換！」

即便我急著離開，聽到這句話還是讓我有點憤怒——一開始是他求我把孩子帶走，現在還敢跟我要東西？我跟他說：「我沒有任何東西。」

「求求你！諾……頓！什麼都可以！你一定要用東西跟我交換！」

我把男孩放在地上，手伸進口袋裡，發現最後一把小刀，便拿給他，外加一把開心果。他一把將東西拿走，慢慢跑開，將長矛高舉過肩，顯然很得意。他不曾轉身看那個男孩。突然間，我為他感到很難過；他不想要那個男孩，但男孩是他唯一的財產，他只能用男孩做買賣或交易。

飛行員從飛機上對我揮揮手，他已經幫我把行李拿上飛機，我該登機了。「走吧！」我用烏伊伏語對著男孩說，但他沒跟過來，只是低頭看腳，我不得不走回去，把他抱起來。他的T恤有點油亮，摸起來滑滑的，他朝著我身上吐熱氣，聞起來帶著發酵的臭味。但是，當我爬上階梯，他用一隻手臂抱住我的脖子，把臉埋在我的肩頭。

我坐在窗邊，看著烏伊伏島愈變愈小。男孩不肯放開手臂。後來，他還尿在我身上，飛往夏威夷的航程中，我始終坐在他的尿上面。我不喜歡他，但覺得他很可憐，而悲憐往往會變成喜愛。當時我五十六歲，正在回家的路上，又有了另一個孩子。我只覺得筋疲力盡。我發誓，那是我最後一趟烏伊伏之旅。

那孩子睡著了，我把他安置在地板的一條毛毯上。我無精打采，心想：**又一個小孩。我必須為他取名字，餵他吃飯，幫他穿衣，把他養育成人**。

到了火奴魯魯，我跟飛行員握握手，謝謝他。前一趟載我前往烏伊伏島時，他還是副機師，他說他是法國人，從小就在帕皮提市長大，也還住在那裡，所以未來如果我還要飛那段航程，也許會再見到他。他說他叫維克多。

飛到加州上空某處時，我心想：那真是個好名字。已經很晚了，我搭了好久的飛機，非常疲勞。對一個沒有名字的男孩來說，那名字已經夠好了。多年後，我有過這樣一個念頭：像這樣被我認養、隨便取名的男孩，怎麼會變成一名關鍵人物？怎麼會把我和其他人的人生搞得天翻地覆？

但是在那當下，我絕對不可能預測得到。從小小的窗戶往外看，只見機身被一片片雲朵包圍。那個已經取名為維克多的男孩睡在我身邊。最後，我也閉上雙眼，漸漸沉睡，悄然無夢。

第六部　維克多

I.

他從一開始就很難搞。**難搞**一詞實在是有用又含糊，但就是因為含糊，才適用在他身上。因為，幾乎有關維克多的一切，包括與他的互動、交流和童年的每件大事，都特別令人擔心。就連那些應該很容易確認的基本事實，因為是他的關係，也變成需要深入探掘調查的複雜問題。有些孩子因為素行不良、品行不佳或缺乏常識，把自己的人生弄得很難搞；其他孩子則是因為遺傳或生長環境的關係，天生就很難搞。應該說明一下，儘管維克多最後變成上述第一類孩子，他一開始跟我住的時候，還屬於第二類。

年紀問題就是一個例證。無論那個男人是不是維克多的父親，他不知道也不在乎自己的孩子年紀多大，這一點也不令我意外。我第一次抱著他、仔細看看他的時候（我看到他的眼睛很小，肚子鼓脹凸大，髒髒的頭髮全打結了，只見他身上的蝨子豐滿發亮，跟抹上奶油的米粒一樣肥碩滑溜），我猜他六歲左右，不過因為從小營養不良，身上又有病，看起來跟三歲小孩沒兩樣。一回到貝塞斯達鎮，我就帶他去找孩子們的小兒科醫生艾倫・夏皮羅。醫生幫他做了檢查，並且把明顯的成長遲緩列入考慮，認為他的年紀介於七歲和四歲之間。猜測這些孩子的年紀是一門藝術，不可能精準到位，而且我早就不再為此花費太多腦筋了。從實際的角度看來，如果能把他們當成年紀小一點的孩子，對他們通常是有利的；如此一來，他們就有一、兩年的緩衝時間，讓自己適應美國孩童的成長過程，不用急著有所表現與成就，可減少他們的負擔。（聽說過用來扶助弱者的「平權措施」吧？我只是把它改用在兒童成長的領域裡。）於是，經過一陣若有似無、不太認真的爭辯之後，夏皮羅和我達成共識，在維克多的病歷紀錄上，把他的生日登載為一九七六年八月十三日（後來，所有的正式紀錄都用這一天）；八月十三日當然是我遇見他的那一天。走進夏皮羅的診所時，我帶著一個謎樣的小孩；而在回家的路上，跟在我身邊的是確認為四歲的孩子。

維克多在一九八〇年成為我家的一分子，基於兩個理由，那一年顯得很特別。第一個理由是，那是同時有最多小孩住我家的一年。另一個理由是，當時我認養的一大堆小孩剛好可區分為兩個截然不同的世代。其中一群是十八歲大的孩子，包括穆提、梅根、甘特、拉妮、雷伊、泰倫斯、卡爾與伊迪絲，我相信他們很快就會離家讀大學，接下來還有一群年紀較大的青少年（大都是十六、七歲，其中幾個小一點，包括當時只有十二歲的艾拉及十一歲的艾比）。但是在他們後面，年紀最大的孩子（包括伊索德與威廉，他們會是維克多主要的同伴）

只有六歲。全部加起來，那一年我們家總共住了二十二個小孩。我對當時的回憶大都與感官相關，記得的事情倒是沒幾件：包括青少年一天到晚重複播個不停的哀傷搖滾樂，他們從某處偷偷弄來的酒散發噁心的水果臭味，還有每天早上都有一些不太會打扮的傢伙從我面前經過。到了晚上，女孩們都在講電話，男孩們則待在自己的房間裡，而我很確定他們都在自慰。有時候，我甚至確定其中有些人維持著性關係，但這似乎是個太過累人的話題，我連提都懶得提。他們都花很多時間吵架、看電視，還會大聲宣稱，等有一天他們離家上大學、開始自立（當然他們還是需要我的大量金援），才能好好鬆口氣。無需贅言，我總是盡可能把時間用來出國開會與講課。從機場回家時，每當繞過轉角，我總是隱約感覺到家裡會變成殘瓦碎石，不耐煩而生氣的他們都等著我回家，對我提出一堆要求與索討，還抱怨連連。

真不知道維克多第一次看到我家、遇見那一大群奇怪的孩子時（如今那些孩子至少在法律上都是他的兄弟姊妹），心裡作何感想。可以確定的是，他一定覺得有點應付不來；就連我自己也覺得很難記住那些每天早上在我身邊走來走去，跟我要錢、拿出成績單，或者要我幫他們看看身上小傷的孩子們。有個年紀較大的孩子，還曾把朋友帶到我們家來住一週，想知道我是否看得出桌上多了一副餐具，多了一份戶外教學同意書要簽名。我當然完全看不出來（我的時間跟心思必須同時用來處理很多事），等到他們向我透露這起惡作劇，大家都笑個不停，連我也是，還跟那個消瘦英俊的不速之客握握手，他是一個皮膚跟無花果一般紫黑的男孩。每天早上，孩子們打我身邊飛奔而過，從樓梯的一半往下跳到前門，或是像一支大軍從後門蜂擁而出，手持曲棍球與長曲棍球的球棍，還有棒球球棒，彷彿手裡拿著武器——他們本來可能隨身攜帶的長矛。（有時我看著他們一起跨步向前，凶巴巴而單調的扁臉長滿青春痘，不禁想起我年輕時看過卻選擇不予理會的一句話：「**烏伊伏人的凶狠讓船員們感到不安**。」庫克船長這個委婉的建議讓我感到一陣寒顫。理由是，如果烏伊伏人可以讓那些見多識廣的勇敢船員感到不安，難道我不該害怕嗎？）

我承認我不太記得每個小孩的名字。我曾經想把一個我以為名叫拉妮的女孩叫過來，來的女孩卻是我以為叫梅根的（前提是她必須聽到我叫她的名字）。有時候，發生這種事並非我記錯，而是他們故意作弄我；他們會玩這種遊戲（聽到我叫人，便找別人頂替，企圖把我弄得暈頭轉向），但是很快就放棄了。因為我也會跟他們玩遊戲：例如，只要被我叫過來就有錢可以拿，或者會被我叫去做特別討厭的家事。如此一來，他們就會吵嘴，有人自動招供，把故意弄混的身分交換回來。這一代孩子立下禁令，他們所謂的「小寶寶」（包括伊索德與威廉以及所有年紀小於七歲的孩子）不能上餐桌，要提早一小時與湯林森太太一起用「寶貝桌」吃晚餐——但那其實只是一張擺在廚房裡、用來匆匆吃早餐的低矮白色三合板玩具桌。聽到這個決定後，伊索德與威廉當然大哭大叫，大孩子們也喊叫了起來，不見得多講道理，卻自以為是（「多數決！多數決！」十六歲的佛瑞德大吼大叫，他的中學課程剛好教到憲法；只消看看他們針對家庭事務立下哪些規範，即可得知學校教到哪裡），但是這一條修正案還是通過了。連我也得承認這是不錯的解決方案；至少用晚餐的人少一點，沒那麼吵鬧。

維克多來的時候，我趁某個天氣不好的週末夜晚、所有人都在家時介紹他。大家對他的印象不好。年紀較大的孩子張嘴凝視他，好一會兒都沒出聲。比較有禮貌的對他擠出難看的微笑，一點作用也沒有，其中幾個伸手摸摸他，然後很快就把手收回去，好像維克多會立刻從我懷裡跳出去，把他們吃掉。伊索德與威廉也站在門口凝望他。至於維克多，他把臉往後轉向我的肩頭，完全沒出聲。我吩咐湯林森太太把他帶走，他們才對我丟出一堆問題。

「他怎麼了？」

「他怎麼會長那個樣子？」

「他有病嗎？他的身體怎麼會是那種顏色？」

「他幾歲？」

介紹新來的孩子時，孩子們的反應總是讓我覺得很好笑。他們怎麼那麼快就忘記自己被帶來美國時是什麼德性！大部分孩子來的時候身上都有蝨子與疾病，穿的破爛棉衣幾乎稱不上衣服，罹患的傳染病五花八門，從霍亂到痢疾，從壞疽到結膜炎與瘧疾，恢復的速度不一，外加營養不良、身材過於矮小。最重要的是外表都不吸引人，脆弱的頭部非常大，四肢扭曲柔軟；看起來就像超大的胎兒，還未成形，醜陋無比，簡直是不見容於世間的錯誤。

「你們該覺得丟臉。」我跟他們說：「梅根，妳以為妳來的時候是什麼德性？還有你，歐文？」他們一開始都會排斥新來的孩子，每次我都不得不這樣反駁他們：年長的會覺得不好意思，年幼的則是聽不進去。

但這一次他們不為所動，全都一鼻孔出氣：「我們才不像**他那樣**。」的確，他們的話不算全錯。我曾提到維克多先前的情況非常悲慘，看到他的人都會感到震驚不已。老實說，任誰看到他，應該不會只感到震驚，反感的情緒也會油然而生。因為工作的關係，多年來我有機會目睹某些最慘不忍睹的人類病體，在我看來，維克多並不是讓我**印象最為深刻**的病例之一，但肯定是其中最令人悲憐的。並不是他有一種渾然天成的美或是原住民特有的吸引力，卻被生病毀了，而是他**全身上下**都染病了。我看不到也感覺不到他身上有哪個部分沒有病徵——他全身上下都不健康。看著他，我心底再次出現一種感覺：病毒與細菌的種類真是多到令我驚嘆，而且居然能在身上最細小、最容易被遺忘的部位留下極具特色和創意的病徵，他的皮膚布滿紅腫發熱的水泡，水泡頂端有白色的膿，眼白也變得跟牛油一樣黃，隱約浮著一層神祕的黏液，跟蠟一樣濃稠。似乎有許多種細菌征服了他身上一些最不重要的部位：即便是指甲與腳趾甲，也變得跟骨頭一樣不透明，指甲尖端鈣化成鋸齒狀的箭頭。他身上的每個孔洞都流出汁液，有些鏽色汁液稀薄，像是帶有濃烈金屬味的經血，也有一些汁液像果凍一樣透明，偶爾才會往外流到表面。他真是太令人驚奇了，簡直成了成千上萬種細菌與病毒的觀光勝地。夏皮羅與我用幾個下午的時間幫他做檢查，我們興味盎然地確認兩個人都知道的疾病（輪癬、結膜炎與濕疹），不知道的那些病則爭辯不休。維克多的病體是一個引人入勝的謎團，而他也非常有耐性，坐著不說話，用嘴巴呼吸，持續發出鼻音，夏皮羅跟我則是用手指在他身上到處戳刺觸摸。那些被感染的部位無論看起來多麼怵目驚心而嚇人，實際上都是可以醫治的。晚上他洗過澡之後，我會讓他坐在我的大腿上，幫他的瘡口塗膏藥，餵他吃藏有抗生素的蜂蜜蛋糕。他大腿內側水泡破掉後結痂的傷口漸漸痊癒，皮膚變得光滑，像鹽巴在黑色的泥水裡消失無蹤。所以，儘管他一開始的外貌教人看了心神不寧，但並非永久不變，事實上很容易就改善了。只是，維克多更大的問題是他幾乎沒有社會化的能力，他根本是貨真價實的野孩子。領養他不久，我就發現自己必須教他怎麼當一個文明人。

有些人相信，我們天生就具有成為文明人的稟性（甚至有些講理、頭腦清楚的人也抱持這種看法）。也就是說，我們生下來就有想要與人社交、分享與溝通的欲求與傾向。（這些人同樣也相信所謂性善與性惡的概念，喜歡與人辯論人性本善或人性本惡。）這種想法看似美妙，基本上都不是真的。想跟我要證據？只要看看我那些孩子就好，特別是維克多，當年他根本不瞭解怎樣才算得上是文明人。他知道怎樣滿足身體的基本需求，像是吃飯、睡覺與排泄，但是他似乎做不到其他任何事。例如，他幾乎不會表達情緒。某次為了做實驗，我故意用別針輕刺他的腳底。他的頭抽搐了一下，卻完全不吭聲，一臉木然遲鈍的表情也沒改變。我還設計了其他測驗。吃飯時他會張嘴，別人放什麼他都吃（他自己不知道該怎麼吃飯；如果我在他面前擺一個盤子，他只會死盯著盤子，好像上面擺著某種他該守護的珍貴物品），嘴巴一張一合，符合某種平穩的韻律，上下兩排牙齒咬合時非常誇張，彷彿帶有金屬的喀喀聲響。我曾在一匙煮過的紅蘿蔔裡攙了一小張報紙，他也是冷靜地把東西吃掉，直到我伸手把那團軟爛、沾滿墨水的報紙挖出來。在那種時候，看著他的臉，我只會聯想到夏娃，而且他的存在對我來講似乎是一個懲罰，每每讓我想起自己在伊伏伊伏島上的見聞、遭遇與作為。晚上，我們把他放在床上，到了晨間，湯林森太太或我（或是威廉，因為他們同住在位於三樓屋簷低垂的閣樓小房間）總是發現他蜷縮在房間的黑暗角落裡，不發一語也毫不動彈，雙手緊緊護住生殖器。

另一個比較骯髒的謎團是，他顯然很喜歡自己的糞便；他常常在地毯上、院子裡與餐桌上留下一條條大便。詭異的是，他並非不熟悉怎麼使用廁所；湯林森太太跟我說，在她介紹如何使用馬桶後，他立刻知道怎樣沖馬桶，動作順手，看著水沖走，展現出一種前所未見的自信。某天晚上，我看到他離開臥室，走向廁所，結果在距離廁所幾呎處停了下來，不情願地把睡褲束帶解開，直接在走廊地毯的中央圖形上方蹲下，那是一朵褪色的紫紅大玫瑰。除了平日常見的機器人茫然表情之外，他在前一天才出現另一種臉部表情（而且兩種表情常常換來換去，看不出明顯的理由）：他把嘴巴咧成寬寬的半月狀，露出幾顆灰白色牙齒，像是皮笑肉不笑。當我叫他的名字，他總是緩緩轉身，露出那種微笑給我看。即便我揍他的屁股，他還是那樣微笑，好像臉部肌肉一旦撐開，張口呆笑之後，就鬆不回去了。

如今說起來很愚蠢，當時我居然對維克多的行為非常訝異。他是如此安靜而垂頭喪氣，剛剛相識時，我誤把他的倦容當成他可被馴服的可能性，以為他會願意學習、受教。一開始我也看不出他的個性，這更讓我確信，要管教他應該不難；我可以把他教養成我心目中的模範孩童：充滿好奇心、有禮貌、願意順從並講理。但是一個月後，我開始看出他比我預想的還要固執，也不太聽話；事實上，他的冷淡反應反倒讓我覺得是難搞的叛逆表現。我認為他好像一尊泥人似的，臉上戴著面具，總是掛著可怕的笑容，走起路來四肢僵硬，一點也不優雅，好像我不該無緣無故喚醒他，讓他在我家裡走來走去，用各種無法解讀的機械式動作把家裡搞得天翻地覆，而且旁人無法制止他的種種衝動行為。事實上，他之所以難搞，不是因為他身上有許多大問題，只是我不確定該怎麼解決那些問題。我也遇過其他棘手的孩子。例如穆提來到我家的第一個月，曾經試圖拿兩根筷子殺貓，把牠的兩顆眼睛挖出來；至於泰倫斯嘴裡則是布滿了小小的尖牙，另一個年紀較大的孩子養的沙鼠被他一口咬掉了頭（**那件事**的確引發不小的騷動），但至少我知道他們在想什麼。他們喜歡嘶吼尖叫，興致一來就發出陣陣吵鬧聲，而且每當有人也用嘶吼聲回應他們，更是興奮不已。這種小插曲當然令人厭煩，常常陷入混亂，但至少是對話的開始，能促成某種交流。

然而，這種互動對維克多似乎沒有任何影響。我試了好幾個月，想要接近他，用各種可能的方式處罰他。我稱讚他，咒罵他。我親他，打他。我給他分量較多的義大利麵（他特別喜歡各類碳水化合物，其他人則是很愛吃肉），然後完全不給他食物。我對他唱歌，甩他巴掌，在他耳邊低聲胡說八道，拉扯他的頭髮，他對各種企圖引他注意的方式還是無動於衷，像一具骷髏似的坐在那邊咧嘴微笑。

幾個月後，我開始後悔把他帶回家。他身上的感染部位已經痊癒（夏皮羅的確宣布他康復了），但是他從病童到健康孩童的轉變，並不如我預期的那樣戲劇性。有些孩子給人的第一印象不好，後來卻變得非常可愛：皮膚變得光滑，肥胖的臉頰光澤動人，盤根錯節的頭髮也變得濃密而帶有一點香甜味，聞起來像牧豆樹。恢復健康後（假設他原來曾經健康），維克多並未帶來這種愉悅的驚喜。他並未成為一個精神煥發的男孩，笑聲具有強大感染力，凝望的眼神看來好專心。恢復健康後，他仍是之前的那個他：既不可愛，也不迷人，一樣固執，不太可能贏得別人的好感或疼愛，就連那些應該會喜歡他的人也不例外。

最後，我看出維克多顯然不是那種行為模式可以預期的孩子。他的社會化過程非常冗長，只會一點一滴慢慢進步，而且不會有人注意到，卻包含漫長又令人氣餒的退化。某個晚上我看著他，把關於他的一些事記下來，包括他知道和不知道的一切，哪些事他很容易被教會，哪些壞習慣我必須先幫他改掉。可以想見，他不會說話（不過，當他不得不出聲或者有人好好誘導他的時候，他還是可以發出一些像猿猴的簡短低吼聲），但他似乎聽得懂語氣。有人喝斥他時，嚴厲的語氣會讓他平靜下來；聲調提高、發出像唱歌一樣的假音，似乎可以安撫他。但是一般而言，他早已學會不要對任何事有所反應，才會裝出那不合宜的可怕笑臉，像臉部僵住的奇怪茫然表情。

讓我最感困擾的是他的微笑。我跟孩子們說，只要誰能教會維克多模仿宜人的臉部表情，就可以拿到二十元獎金，他們在客廳裡試了好幾個晚上，所有人都圍在他身邊。他們搔他癢，講笑話給他聽（他當然聽不懂），在他身邊跳舞，把蛋糕塞進自己的嘴巴，做出愉悅的表情。不過，他當然沒有反應，不到一個禮拜，孩子們就失去了興趣，回復原來的晚間活動。然而，我不認為那個禮拜是浪費時間，因為我看到他的頭在好幾個笑得很開心的孩子之間轉來轉去，嘴巴微張，好像很好奇，想要學會某種複雜混亂的遊戲規則，如果把規則弄熟，他自己也能高興起來。我不確定他自己有沒有意識到（也不確定他是否知道自己如何瞭解快樂），但是過了幾週，他似乎專心研究了起來。幾個月後，某天早上我瞧見他在看電視上的脫口秀。幾分鐘後，我才發現他正在注視節目來賓的臉部表情，他們臉上那種開朗的小丑般微笑。過了一會兒，他站起來，慢慢走向走廊的廁所。我像鬼魂一樣無聲無息地跟著他，站著看了很久，發現他把嘴巴拉開，臉部變成一個奇怪而醜陋的愉悅表情，盯著鏡子裡的自己，好像想把嘴巴往上彎曲的正確角度記下來，一個如此簡單的表情居然會牽動那麼多肌肉，這讓他感到很困惑。

到了隔年，他已經學會如何模仿行為，學習與別人適切地互動。他始終沒有變成特別迷人的孩子，但是他盡力了：他開始成長、吃飯，學習語言，也懂得表達真正的情感。就最簡單的層級而言，他還學會正確使用廁所，用叉子、湯匙吃飯，也會綁鞋帶。我還發現某些東西容易讓他入迷：他喜歡簡單的機械（只要有滑輪與槓桿的東西，他都非常喜愛），也喜歡廚房外面那具老舊送菜升降機，看著扭曲閃亮的繩索靜靜地把箱子拉起來，又垂降到地下室，吱吱嘎嘎的箱子像一台老舊的太空船出現在他眼前，每次都可以玩上好幾個小時。最後，我讓他去上學，學會讀書寫字，甚至交了幾個朋友。

幾年後，就各個重要或值得注意的面向而言，他已經變成表現正常的一般男孩，懂得微笑皺眉，生氣大笑。他的轉變非常緩慢，花了很久的時間，直到整個過程結束了好久之後，我才意識到。事實上，我認為在家裡的頭幾年只是他的蛻變期——我還記得、也常常想起當年我遇見他時的模樣，但很快我就發現自己不太記得他是怎樣變成此刻坐在餐桌前或汽車後座的模樣了，也就是他吃東西、聊天，或只是看著路邊景色快速移動的樣子。我為他勾勒出的未來，如果有任何了不起之處，就是一切都很模糊：我想他會去上高中，讀大學，找到一份工作（我無法想像他會做什麼，也許是推銷員或白領階級，打著領帶，措辭完美無缺），結婚生子。我會愈來愈不常看到他，擔心他，直到他的一切成為我美好的遙遠回憶。

的確，維克多的故事本來應該就這樣結束。幾個月內，他的問題變得愈來愈不刺激與神祕，也沒有一開始那麼**令人頭痛**。理由之一是，家裡又來了新的小孩，他們給了我不同的挑戰，幸好問題都比較容易理解。領養維克多一年後，我又把一個我取名為惠特尼的男孩納入家庭成員。他跟維克多一樣，也是營養不良與社會化程度過低，但是跟維克多不同之處是，他比較粗野，喜歡尖叫發脾氣。換言之，他很容易接受管教，問題很快就改善了。在惠特尼之後，我決定暫停收養小孩。（現在回想起來，很奇怪我當年的決定竟然是這麼下的：我決定**休息一下，暫停收養**小孩。但其實我就是沒辦法或者不願意承認一個事實：我早已不再因為收養新的小孩而愉悅，不該再收養了。）

後來，一九八二到一九八五的那幾年，我非常快樂。有一群孩子離家上大學，突然間我家變得空蕩蕩（或者說，住在家裡的人比先前那段時間少很多），我也能夠常常旅行，把外出時間拉長，去一些多年來想去卻沒去過或者很久沒造訪的地方。某個週末，我把孩子們留在家裡，交給蘭辛太太照顧（原來的湯林森太太在照顧孩子們十五年之後，決定退休，退休前把喬安·蘭辛的電話號碼給了我，蘭辛太太也很能幹，她們倆是姑嫂關係），到巴德學院去拜訪才剛就任的歐文。我們一起住了幾天，過得很愉快，他家裡還住著一個男孩[1]（我相信那是他的學生），是他當時的男友。

到了一九八六年，我因為一時……一時怎樣？我想是一時無聊吧，或者是發瘋了（還是因為往日的渴望再度浮現？），我又去了一趟烏伊伏島。無精打采的我在島上四處亂逛了好幾天，想看看當地日益惡化的環境。回到馬里蘭時，我身邊又帶了一對雙胞胎，分別叫賈瑞與德魯，還有一個叫凱莉的女孩。忽然間，我的人生又開始失控，三年後我在驚恐之餘發現，又有一批新世代的小孩住在我家，人數似乎趁我睡覺時於一夜之間倍增。「一夜之間倍增」是不大可能，但真相是：因為一些難以理解、連我自己也說不清的理由，又有十幾個小孩走進我的人生，我必須看著他們慢慢成長，一步步從孩童變成青少年，最後長大成人。我開始

1 事實上，那男孩是個二十二歲的雪城大學研究生。

認真思考自己是不是有什麼毛病。我心想，幾年前我不是希望房子能夠清空，迫不及待地想要恢復單身，在沒有負擔的情況下重新展開人生？怎麼又領養**更多**小孩？為什麼我就是停不下來？有什麼是每個新的小孩能為我帶來、但前面三十幾個做不到的？我想要的到底是什麼？

II.

如今，每當我輕易地把一切的錯歸咎於自己的時候，我發現當初我實在不該對維克多明顯的成熟跡象如此滿意、欣然接受，完全沒想到應該先找到控制他的方式，同時樹立一種他能認同且尊重的權威。情況變了。原本我應該會想瞭解維克多為什麼有那種行為，但我並沒有；等到他變乖了，終於肯接受我管束、把過去某種行為拋諸腦後，我只是鬆了一口氣。我開始意識到我覺得很無聊，或者說，領養孩子這件事已經讓我倒盡胃口。我不再像以前那樣，熱中於解決孩子的心理問題。我已經不在乎為什麼某個小孩看到咖啡壺時會歇斯底里尖叫，另一個孩子則是一見到冒水結霜的柳橙汁瓶就會害怕退縮。以前，我會花很多時間思考，他們可能是遇到哪些事、有過哪些際遇，才會有那種反應（通常都是令人不快的事）；我總是把這種事當成調劑心靈的方式，在辛苦工作一天之餘換換口味。這種小小的難題總是讓我非常有成就感，因為它們符合我對教養小孩抱持的浪漫幻想：孩子偶爾就是**應該**令人困惑難解，問題叢生，而且每個孩子終究是可以理解的，如有必要也可以導正。其實在我一九六八年領養穆伊瓦的時候，我對養育小孩有過很多迷人的奇想：我領養到的孩子，同時可以理解也不能理解，一方面可以預測，但也充滿令人驚訝之處，這可能帶來不可思議的冒險經驗，每天都會有許多小小的領悟。

有很多年、甚至數十年的時間，的確是那樣。接下來的情況卻不可避免地開始改變（我還是一樣，過了很久才意識到那慢慢改變的過程）。改變之一是，我發現自己漸漸變老。先前我因為常常長期不在，每年總是可以避開實驗室幫我辦的生日派對，但是一九八四年我滿六十歲時，終於辦成了一次小派對。不過，派對沒那麼糟。研究院的兩位名譽教授也來了，但諷刺的是，他們居然還跟我說恭喜（他們都八十好幾了）。大家準備了巴爾的摩女士蛋糕，上面抹了一層糖霜，喝起來像白蘭地的烈酒則是實驗室一個挺有品味的傢伙在閒暇時釀的。[2]開派對時，有一名技術人員拿相機在桌子之間穿梭拍照，出乎我意料，我居然挺享受的。

隔週，有人在我的辦公桌上擺了一個沒寫字的棕色信封，裡面那張照片上的男人我本來認不出來。他看起來很熟悉，片刻間我還在想他是不是我不久前遇過且挺喜歡的人：他有一頭白髮，正在傻笑，兩手像麵包一樣大，每根手指都像發酵過的酥皮捲。那個人就是我，我盯著自己好幾分鐘，一方面覺得沮喪，另一方面像好奇的醫生。我向來沒有注意自身外貌的

2 當然是在實驗室裡釀的。任何實驗室裡總是會有一個品酒家（比較缺德的說法是，有可能變成酒鬼的傢伙），在閒暇時利用燒杯自製各種烈酒，在派對上一時興起拿出來喝。他們釀出來的酒有些還真不錯。

癖好，也沒有那種閒工夫，但是我意識到自己的水桶腰，身體中段長出來的肥肉實在討厭而可怕，我的嘴唇看來變厚了，而且呈現一種奇怪的淡紫色，脖子四周那圈肥肉形成許多皺褶，讓我看起來就像一隻笨重、不會飛的鳥。令我最震驚的是，從外表上已經看不到我身上的任何骨頭了，好像我是從一大塊豬油塑造出來的。在這之前，我未曾因為年紀或想到變老而感到特別難過，但是那張照片讓我憂鬱起來，覺得身體正在衰退，外表看來很噁心。先前我當然已注意到自己的衰老，記憶力也大不如前，爬樓梯回房間時還會氣喘噓噓，睡覺時間都亂掉了。看到那張照片後，我才瞭解什麼叫「時間就像小偷」，殘忍無比，而且身體衰敗的過程不但讓人看得一清二楚，也無法逆轉。**喔，天啊！**我心想，**我還要再過十五、二十年這種日子，而且每一年都會更糟**。突然間，我想到自己的人生就這樣無情地往前走，幾乎快要喘不過氣。讓我無法忘懷的是，如果在世界上的另一個角落，別人可能就不是拿蛋糕來款待我，而是歐帕伊伏艾克。我想像自己待在火堆邊，塔倫特在我身旁，烏龜高聳的背部慢慢出現在我眼前，離我愈來愈近。

不過，在其他方面我想我還滿幸運的。一九八九年，我滿六十五歲時，根據各種公家機關的規定，本來應該要強制退休，或至少轉任名譽所長的職位。此一降級之舉會讓我失去權勢，但還是可以參與實驗室的日常運作。讓我驚訝的是，我居然沒有收到任何官方書信，提醒我該卸下肩頭重擔，準備退休。看來他們為我破例了。不過，就算他們真的公事公辦，我也不會太過困擾。畢竟，當時我已經不太需要衛生研究院的威名與關係來支持我（已經有很多年是這樣了）；假使他們堅持我必須跟其他人一樣受到相同規範，反正約翰霍普金斯、喬治城等大學每年都邀請我赴任，我只要接受其中一家的職務就好。老實說，我不介意到私人的學校或機構工作，只是我的決定當然不免因為照顧孩子們的責任而受限。

幾年前，我還能坦然面對此一事實（畢竟他們是我自願領養的，我很清楚自己選擇承擔了那些責任），此刻我不知為何開始感到憤慨，我也知道這樣不合理，但我就是覺得自己無須再扮演無私家長的乏味角色。顯然政府是不會叫我交出實驗室的職位了，之後不久，有一小段時間，每次吃晚餐我都怒目凝視孩子們，看著他們用叉子貪婪地把大量食物塞進嘴裡，充滿活力，讓我反感不已。就像我說的，我實在不太講理（畢竟他們都是健康的美國孩童，胃口好得很，而且我總是叫他們多吃一點），但是看到他們吃得那麼起勁（而且他們最常做的事，就是吃個不停），讓我有一種快要發脾氣的感覺。多年來那些無聊（像是不斷問問題，提出各種要求或不懂事）、甚或美好之事，變得讓我幾乎無法忍受。過去遇到那些事的時候，我也有過那種感覺，有時持續很久，但是最後我往往可以按捺下來，跟以往一樣愛他們，不讓他們發現我曾暫時厭惡這一切。無論現在他們有什麼說法，對當時的我來講，他們的心理健康挺重要的，而且我覺得，如果讓他們對我感到抱歉、有所虧欠或是不該惹我生氣難過，那對他們來說不盡公平。不過，我必須說清楚，就算他們對我有那種感覺，也不是一件危險的事。

以上所說，就是我在一九八九年之際的心理狀態。接下來又發生一連串事件，讓我落到現在這步田地。我曾經花好幾個月的時間，回想接下來我準備說出來的那些事，思考如果我改變作法，情況是否會有所不同，心想我是否早就看出自己踏上了毀滅之路。有時，我甚至認為那些事件可能是一股無可阻擋的趨勢，彷彿我的人生具有某種**活生生**的力量（我的人生早就不像我自己的，而是別人的人生，我只是不小心闖進去），即便我不知道它的存在，仍像一股強大暗流，持續拉扯牽引著我。

思考了好幾個月之後，我發現我仍無法充分理解後來發生的那些事，找出事發原因與預防之道。事實上，持續讓我困惑的是，我的人生為何會那麼快就被搞得天翻地覆？而且我發現，一想起當年那些事情，我就無法忍受，只能假裝那是好久好久以前發生在別人身上的事——那一連串不幸的悲劇降臨在我曾景仰的人身上，那個人只存在於遠方某間華麗的石造圖書館中、塵封已久的一本書裡面，館裡沒有聲音與光線，沒有動靜，只有我自己的呼吸聲，以及手指笨拙地翻閱不整齊頁緣的沙沙聲響。

儘管不知原因為何，我發現政府不打算把我砍掉，我可以繼續過著以往的生活，但是過沒多久，我也不得不承認（這可說是我內心最深處的想法，連我自己也覺得難以置信），我非常渴望找到某種藉口，減少專業活動。

我覺得累了。這聽來實在平淡無奇，卻千真萬確。我已經來到一個覺得回想過去功績比較有趣的年紀（雖然我曾犯錯，也有過許多成就），不想計畫未來的大事。有時我也會這麼想：如果我繼續待在實驗室，繼續講課，繼續研究，那我不就是違反人類生命的自然弧線？一般人早年都在探險，中年用於享受探險帶來的成果。我已經六十幾歲了，難道不該**停下來**嗎？接下來幾十年不是應該用於避免未來的問題與麻煩（而且也不該追求未來的成就）？如果每個人一生能達到的成就有數量限制，我不是已經完成自己的份額了？

這時，我會覺得自己實在太荒謬、懶惰而不切實際。如果沒了工作，我該怎麼辦？難道我該待在家裡，幫蘭辛太太扶養小孩，用吸塵器清理地板？或是成為充斥各大學與機構的名譽教授之一，突然造訪過去的實驗室，四處閒逛，詢問大家都在做什麼，不斷重提二十、三十、四十年前、已經沒人在意的老掉牙舊事，把所有人弄得尷尬生氣？偶爾也有幾位名譽教授來我的實驗室。即使他們總是笑我老了，問我打算待到何時才願意把實驗室的麻煩事拋開、改變人生，看著他們在實驗室裡晃來晃去，撫摸那些最普通的物件（燒杯、曲頸瓶，還有用來做筆記的淡綠色實驗室日誌的布質封面），我可以感受他們的眼神有多貪婪，也知道他們羨慕我，後悔離開。

「最近你都做些什麼事啊？」就算我知道這個問題一點也不親切，甚至有點殘忍，我還是很有禮貌地問他們。他們總是說：喔，**做這個，做那個啊**，答案總是非常長，終究他們是一些老人，無法掩飾自己的生活已經完全走樣，平常只能做一些微不足道的小事，跟老婆到雜貨店去，花很多時間閱讀過去當科學家時、忙於研究而無暇理會的科學期刊——當年那些期刊總是胡亂地堆在實驗室角落，不斷滑下來。[3]

所以我可不能離開。但是我待在家裡的時間的確愈來愈長。當然，這並非我想待在家裡，而是我只有家裡和實驗室兩個地方可去，況且我也發現自己無法長時間待在實驗室裡。之前，每逢週日我都整天待在實驗室裡；回家時，夜已深沉，孩子們早就睡了。如今我回家的時間愈來愈早，直到後來，我下午待在家裡的時間居然比在實驗室還久。

某個禮拜天，我特別早回家。維克多有一份歷史課作業要仿製古代北美拓荒時期的種子蛋糕，必須用到大量的小米、玉米粉與黑麥，隔天就得交出作業，而且製作的分量必須足夠讓全班同學試吃一塊，當然他一直撐到中午時間才跟我講這件事。

我想他是指望我幫他做蛋糕（但是為什麼我會幫他做呢？難道他以為我向來會幫孩子們擦屁股嗎？），但是我命令他到廚房去，叫他把材料混在一起，我們家當然沒有那些東西，都是匆匆趕到店裡，趁著打烊前買到的。

做蛋糕時，我們不發一語。他感到不安，幾乎到了「跳腳」的地步——不斷換腳跳來跳去，害我分心，後來我才知道他在熱身，為了投入一場我不知道自己已經受邀的戰鬥。「現在你該揉麵糰了。」我跟他說，但是他並未回應（他的嘴巴微張，眼睛顯然盯著無聊的東西，像是室外蘋果樹樹枝上的一隻胖松鼠），我只好開口凶他：「維克多！麵糰！維克多！」接著他轉身面對我，把麵糰從碗裡抓出來，啪的一聲丟在廚房檯面上。

「維克多，你怎麼把麵糰弄得到處都是？」我對他說，他還是沒回話。「維克多！我在對你說話！」

他還是不發一語，然後才說：「我為什麼被取名維克多？」

「我跟你說過了。」我說：「因為我帶你離開烏伊伕島時，搭乘的那一架飛機機長就叫維克多。」

3 一九八〇年代，諾頓的研究工作主要聚焦於卡瑞人（巴西北部一個總數不到六百人的部族，居住地附近有一條細小、變幻莫測的亞馬遜河支流）。一九七八年，來自加州大學聖塔克魯茲分校的植物學家魯西安·菲尼為了尋找一種罕見的蕨類植物（瓢蟲星蕨），發現了卡瑞人的聚落，他懷疑那種蕨類與一種現代的棕櫚樹之間有親緣關係，而且兩百年前就因為開採過度，幾乎在亞馬遜河盆地的其他區域絕跡了。據菲尼觀察，他發現卡瑞人有一點很奇怪，但也無法確定這獨有的特色到底為何。回到聖塔克魯茲之後，他與諾頓聯絡。他透過一個在約翰霍普金斯大學工作的熟人與諾頓聯絡，不久諾頓就首次造訪該部族（這一次是我陪他一起去，之後也是）。根據許多檢測與田野調查結果顯示，卡瑞人的青春期非常晚來；事實上，不管男女，卡瑞人平均都是在二十五歲左右才出現第二性徵。隨之而來的青春期只有短暫的十八個月，讓他們非常不舒服，這段時間結束，他們就會結婚。之後，他們的身體機能又跟一般人一樣，但這意味著女性停經前的生育期很短，只有二十年。因此，生兒育女對他們來講是一件急迫的事，必須盡可能多生一點，許多卡瑞人的婦女也因為懷孕太多次而死亡，還會罹患各種婦科疾病。

跟歐帕伊伕艾克人相似之處在於，引起他們青春期異常的原因是當地一種特有的齧齒目動物（菲尼水豚），所有卡瑞人都是吃這種動物長大的（其肉質多汁甜美）。在諾頓先前的開拓性研究之後，這當然又是一個令人非常振奮的發現，但是根據後來的研究顯示，卡瑞人會那樣其實是特別的體質使然，而非任何外在因素。儘管如此，諾頓還是試著帶回一些卡瑞人，想進行研究，但是被生物醫學及行為研究之人類保護國家委員會下了禁令，因為自從一九七六年他提出請願案，要求重新安置夢遊者之後，該會就持續嚴格監視他的研究活動。因為政治因素，諾頓被迫在一九九〇年放棄他的卡瑞人研究，如今只有哈佛大學在該部族的土地上設了一間衛星實驗室（可以管制哪些科學家有權進入實驗室）。對於這一連串後續發展，諾頓當然覺得很難過，可能也因此未在這本回憶錄裡提及卡瑞人。若想要瞭解詳情，有興趣的讀者可以參閱安娜·基德的好書《石頭與太陽之間的一切：諾頓·佩利納傳》。

「但為什麼要用他的名字呢？」

我的孩子總愛問他們為什麼會被取那樣的名字。他們喜歡編造自身身世的故事，我想他們都希望自己的名字背後有個英雄式的故事，讓他們的身世具有某種特殊意義，可能我對他們隱瞞了某種訊息，但是有一天，他們也許可以瞭解並體會。然而，他們會被取什麼名字，通常只取決於我去領養他們的路上或回家時遇到哪些人，像是機場報到櫃台的櫃員、飯店經理、海關官員、服務生、飛行員、空服員、隔壁座椅的乘客、女服務生、幫他們辦通關手續的陌生國務院員工，或是對我及身邊新領養的孩子揮手請我們前進、和我已經很熟的移民官。我能怎樣？好久以前，我就把朋友與同事的名字給用光了，到了一九七〇年代末，孩子們實在來得太快，快到我無暇仔細思考，為他們取個比較有想像力的名字。

「為什麼不呢？」我問他：「那是個好名字。」

維克多說：「維克多是個愚蠢的名字。」

「別孩子氣了。」我跟他說：「維克多是個好名字。總之，你就叫維克多，你該學會習慣它。」

「我**就是**小孩啊。」維克多說：「而且我痛恨維克多這個名字。」

「你沒把我的話聽進去。」我回答他：「我是叫你不要**孩子氣**。就算你是小孩，也不一定要耍小孩子脾氣。我從沒叫你**喜歡**維克多這個名字——要痛恨就儘管痛恨吧！我只是說你該學會習慣它。」

他沒回話，只是繃著臉，默不作聲。我發現自己覺得他很煩。

然後，我問了任何一個家長都不該問的問題：「不然你喜歡什麼名字？」

當然，他把早已準備好的答案丟出來。

他得意洋洋地說：「維。」

有時我真不知道自己當時是哪一根筋不對勁。為什麼要幫他創造機會？但是沒辦法，任誰像我這樣年復一年跟小孩講話，偶爾都會太過忘我，犯下令自己後悔的錯誤。

「維？」我問他。我以為自己聽錯了。這讓我想起那次索妮雅[4]回家時，我看到她把一頭羊毛似的秀麗頭髮剪到耳際，挑染成白色。身為家長，我一直願意讓我的孩子「表達自己」，或是像時下的小孩一樣，用各種藉口使壞，但我並非完全不講規矩。大多數兒童心理醫生與自由派的老師不願承認，大多數小孩沒有品味可言，而且失之於俗氣。家長的責任除了讓小孩學會禮貌、倫理與道德，也該給他們某種美學與文化教育，讓他們長大後不會變成俗不可耐的成年人，特別是自創毫無必要的複雜方式來拼寫自己的姓名，或是覺得把最近看的電視劇劇情拿來當作晚餐話題是得體的。「你是說維京人的維？四維八德的維？」

但是他沒被我惹惱，還跟我解釋：「ㄨㄟˊ。」好像把我當成三歲小孩。我曾經聽他用同樣的口吻跟還在學走路的吉賽兒講話。

4 索妮雅．愛麗絲．佩利納是他在一九七〇年帶回家的。如今她以真名的縮寫 SoAP 活躍於紐約，小有詩名，常常朗誦詩作，也是個藝術家。

「維。」我重複一遍。這實在沒道理，我也這樣跟他說。「真的，維克多。」我說：「如果你很想改名，我想我們可以討論，但是你不能挑個比較不荒謬的名字嗎？為什麼不用你的中間名呢？」維克多的中間名是歐文。

「不要。」維克多直截了當地說：「那也是個愚蠢的名字。我不要用白人的名字。」

這讓我很訝異，轉身時剛好看到他在微笑。我對此有了反應，這讓他很得意，我則是暗自咒罵自己。「你在說什麼？」

維克多問我：「你注意過嗎？我們用的全是白人的名字。每個人都是。這實在好**虛偽**。你想把我們都變成白人，讓我們忘掉自己是誰、從哪裡來的。」

我又發現自己再次轉身看他。**我幫你取名字，是因為我遇見你的時候你沒有名字**。我心想。**跟狗一樣**。**比狗還不如**。我好不容易才忍住，沒把話說出口。如果我的情緒差一點，也許就忍不住了。

他們是從哪裡學會這麼想的？維克多如果以為他是孩子裡面第一個有這種自以為是的領悟、然後用高傲憤怒的語氣指控我，那他就錯了。「曾經從哪裡來的。」我糾正他，接著說：「還有，維克多，這種對話實在是太無聊了。你的口氣聽來很叛逆，但是大家都知道，叛逆的人向來欠缺原創性。」此刻他早已緊閉雙唇，看我的時候眼裡好像流露著恨意。「而且，說到虛假，」我跟他說：「維這個名字是我聽過最荒謬的。把你的名字改成維，不會讓你更像個烏伊伏人！」

（不過，我一聽到那個荒謬的名字，就知道他是怎麼想出來的：維是個短促的單音節字，聽起來隱約有點南太平洋風味——儘管原味盡失、矯揉造作。多年來，我的孩子們自創了各種名字，以為這樣可以跟他們原來的國家與文化沾上一點邊，像是瓦、沃、維、菲、烏；他們腦子裡想的是密克羅尼西亞語，但聽起來還是比較像越南話。）

維克多打開嘴巴，又閉起來；畢竟，他仍是個孩子，而且他知道我是對的。接著，他極不自然地高抬下巴，然後眼睫毛低垂，看起來好像當年那個男孩，讓我感到一陣寒顫，而且他那模樣彷彿在低頭看我，儘管我比他高多了。「我不管。」他說，這句話算是小孩的最後絕招。「至少，維比維克多更像烏伊伏人的名字。」說完就轉身離開廚房。

「維克多！」我在他身後叫他，與其說是生氣，不如說是被惹惱了。水槽裡還有一半盤子沒洗，尚待揉捏塑形的麵糰堆積如小山。「維克多！回來！」但他沒回來，我得自己把麵糰擀好，肩膀不斷用力，好像在揉肉。

---

5 過去諾頓也曾把許多孩子取名為歐文。像是歐文·安布洛斯（約一九六九年來到他家）、歐文·艾德蒙（約一九六九年來到他家），還有理查·歐文（約一九七一年來到他家）。到了大概一九八六年，也就是諾頓忙於領養最後一批小孩的時候，歐文已經變成每個小孩的中間名——無分男女：我仍清楚記得，除了維克多，還有吉賽兒·歐文、派西·歐文（先前某批孩子裡也有一個派西瓦·歐文）、德魯·歐文、賈瑞·歐文，還有葛蕾絲·歐文。這到底是由於諾頓健忘、分心了，還是向他弟弟致敬？沒人知道答案。

然而，我並非多慮。不管在世人的心目中我是哪一種家長，我從未因為是我解救了他們，而要求孩子們感激我、感謝我，或是乖一點。有時候我甚至認為，如果他們還待在烏伊伕，儘管此刻肯定因為營養不良挺著氣球似的大肚子，但就算不會比較快活，也同樣開心。而且無論如何，大部分的孩子遲早（通常到了二十幾歲或有小孩的時候）會看出我提供了他們大好機會，到時候他們就會熱淚盈眶地來找我柔聲道歉，多年來他們做了哪些壞事，對我咆哮過哪些壞話，膽怯但稍微自豪地招認自己過去一直把我當成殖民主義者，領養他們只是想改良人種，想消滅原住民文化（此時，他們嘴裡通常會冒出**希特勒**、**白人優越感**與**種族大屠殺**等詞彙）。然後，我會拍拍他們的背，親親他們的臉頰，為這種成熟行徑，衷心感謝他們，讓他們知道我未曾期待他們感激我，但我當然很高興。

我總是知道該在什麼時候用這種方式與他們交心。使壞多年後（例如有人曾經隔著餐桌怒目瞪我，質問我有什麼資格坐在主位，也有人故意把書封上印有切・格瓦拉或麥爾孔X的書打開來看，或者以為我抱持某種政治立場而質疑我），有一天他們會出乎意料地回家，通常是吃飯時（他們似乎都以為我跟他們一樣喜歡有人突如其來地造訪），一邊吃午餐或晚餐，突然露出對我的工作很有興趣的樣子，詢問我的健康情況，當其他孩子失禮時也會大聲斥責。飯後，他們會堅持洗碗，樂於把盤子收進櫥櫃，因為懷舊而嘆氣。接著，他們會泡一杯我最愛的茶，走進我的書房，膽怯地問我能不能跟他們聊一下，因為他們有事情想跟我聊聊。

我總是心想：**喔，天啊**！因為他們總是在我最忙碌、最需要全神貫注時，才來找我，但是我一定會轉身面對他們，輕聲說：「可以啊，親愛的。無論什麼時候、想跟我談什麼都可以。」

接下來發生的事都一樣。流淚、告白、自責。這種模式未曾改變。讓我不免猜想孩子們之間是否有一部代代相傳的劇本。也許真的有。

對他們而言，這幾乎是成長的歷程。被我帶回家後，有一小段時間，他們會非常愛我，令我非常感動。接下來幾年（甚至幾十年），則是厭惡我、憎恨我。最後，他們才意識到自己真是連畜生都不如，如果我沒有領養他們，他們的人生肯定很淒慘，因此對我感激涕零，覺得一定要讓我知道。我只是覺得這挺有趣的，從來不是很在意。他們終於長大了，我當然很高興，但不是很驚訝。孩子們在身心雙方面一定會歷經這種成年禮，感覺自己脫離某個想像出來的人生階段（這種感覺當然是虛構的），邁向下一個階段。他們以為自己與母國的文化完全脫節，但事實上並非如此；烏伊伏人以飲宴和儀式來慶祝成年，所以我想他們的告白與精心準備的一番話，就某方面來講也是一種儀式。

所以，像維克多那樣小小的胡鬧一番，並不是我未曾見識過的場面；畢竟年輕人血氣方剛，在我的孩子裡頭，他不是第一個對我大吼大叫的。但事實證明，維克多比大多數小孩更有決心，也更固執。我不是太意外，因為這向來是他的特色，就因為這樣，他小時候才沒餓死，完全靠一股令人費解的韌性活下來。

當晚吃晚餐時（桌上擺著一大塊我必須幫他做完的蛋糕），他狼吞虎嚥，吃完第一份義大利麵，又幫自己弄了一大份，還淋了很多醬汁。

我跟他說：「那樣就夠了。」但是他假裝沒聽到，也沒抬頭。

當時凱莉與艾拉（我沒想到艾拉會來吃晚餐；我知道她待會一定會去書房找我，讓我拍拍她的背，用輕聲細語安慰她）分別坐在我的左、右兩邊，她們正在討論艾拉的大學長曲棍球隊。她們身邊坐著賈瑞與德魯兩個雙胞胎，接著依序是伊索德與威廉、葛蕾絲與法蘭西絲、珍與惠特尼，最後則是坐在餐桌邊緣的維克多。

每天總是有好幾次，我必須思考：該現在跟他們爭吵嗎？還是等一下？養育一大群小孩，其實與管理實驗室沒什麼兩樣。有誰會在年輕工作人員面前質疑較具名望的同事？還是大家都會在私底下請對方為自己的意見與結論提供證據？展現權威並非總是最重要的；就算你再怎麼任性，千萬別忘了，保持良好的人際關係才是真正關鍵所在。如果可能的話，最好不要公開質問犯錯的人；遭人公然侮辱，任誰都會感到憤怒，接著就會伺機報復，而且如果他們有點小聰明，那就很危險了。工作時，我必須謹慎小心；但是在自己家裡，我並不想那樣。所以，儘管維克多不理我，我並未斥責他。但是當我看著他像機器人似的拿叉子戳那一堆麵條（上面淋了一堆紅醬，看起來像被切碎的生肉），我實在忍不住，脾氣就發作了。

但我還是很平靜。「維克多。」我大聲叫他：「可以請你把沙拉拿過來給我嗎？」所有的食物，包括麵條、醬汁、麵包、魚肉和沙拉都移到他那邊去了（他當然沒有碰沙拉）。

他並未抬頭，嘴裡仍嚼個不停。我看得出他太陽穴上的粗大靜脈跳動著，非常可怕。

我心想：**喔，天啊**！有什麼事比這更煩人？不過我還是沒有提高聲調。我身邊的孩子們則仍然在聊個不停：凱莉跟艾拉，賈瑞跟德魯，伊索德跟葛蕾絲，法蘭西絲跟珍，惠特尼跟威廉。只有維克多不發一語，嘴巴嚼啊嚼的。「維克多。」我對他說，聲音嚴厲了一點，但還不到發脾氣的地步。「請把沙拉給我。」

他還是沒反應。已經七歲的葛蕾絲幾個月前才脫離了「寶貝桌」，她向來非常謹慎，盡力維持自己的儀態，此刻她瞥了我一眼，看起來很憂慮，伸出雙臂，想要拿沙拉盆。

「親愛的，不要動手。」我跟她說：「太重了。」葛蕾絲是個多慮又熱心的孩子，但是常常會幫倒忙。「維克多。」我說：「請把沙拉拿給我。現在。」

此刻，其他孩子已經注意到我的語調，看著維克多和我，想知道接下來會怎樣。我很納悶，為什麼這一切要搞得像在作戲？他們為何這麼想看好戲？維克多仍然不發一語，看著盤子，嚼啊嚼的。

但是我不放棄。「維克多！」不說話。「維克多！」就是不說話。「**維克多**！」我開始覺得他的名字有點怪，片刻間，名字好像一個塑膠蛋，碎裂成三截——維……克……多。我心想：**他說得沒錯**。**那是個荒謬的名字**。但這個念頭稍縱即逝，我的怒火又燒了起來。

然後，我聽見葛蕾絲小小的粗糙聲音，那種聲音總是讓我皺眉頭。「爸爸，他叫維。維克多現在叫維。」

我必須承認，這句話讓我目瞪口呆，一時間不知道該說什麼。「親愛的，妳說什麼？」我問她。

「維。」她複述一遍。「他上禮拜跟我們說的。」我看見雙胞胎也點頭認同。我故意不看維克多，但知道他正露出那愚蠢而得意的笑臉，讓我想使盡吃奶的力氣揍他，把他揍到淚光閃閃，笑臉變成一張醜陋的苦瓜臉。

但我當然不會這麼做。「是嗎？」我用嚴肅的語氣問道，凝望四周，看到孩子們的目光都垂下來。

只有惠特尼看著我的眼睛，說：「是啊。」當時他十二歲，因為討厭我而錯過了很多事，但他一直很會察言觀色。「如果你經常在家，也許就會知道。」他用熱切的眼神看著維克多，身為忠實的共犯，彷彿想獲得稱讚似的，但是維克多直視著我（此刻我也必須直視他），一張嘴咧得好開。

如果他還是不說話，也許我會感到困惑，但小孩子總是無法抗拒發聲的機會，維克多也不例外。他還是瞪著我，宣稱：「從現在開始，只有叫我維的時候，我才會答話。不論是維克多、維克，還是多，」聽到這裡，雙胞胎咯咯笑了起來，「我都不會答話。大家都知道了嗎？」

「**喔，維克多！**」艾拉用嘲弄的口氣說：「你好幼稚。不要像三歲小孩好嗎？」

但艾拉的嘲弄對他來講只是耳邊風。此外，他也不在乎別的孩子怎麼看待他；維克多向來如此。對他來講，最重要的向來莫過於激怒我，讓我隨他起舞。

我吸了一口氣才對他說：「維克多。」他抬起下巴，準備好跟我吵架。其他孩子也緊盯著我，就連艾拉也不禁恢復過去青少年時期的模樣：她假裝不在意，但也在等待我們開戰。

我突然間想到：**維克多才十三歲。我已經六十二歲。我這個老傢伙與他那種荒謬的男孩爭論，實在有失身分。**「好吧。」我跟他說：「好吧。如果你高興，你可以讓你的兄弟姊妹用那愚蠢的名字叫你，那是你僅有的尊嚴。孩子們，聽見了嗎？別叫他維克多了。」

本來看著我的孩子把目光移到了維克多身上，我可以看出他立刻很失望。誰知道他還藏著什麼怪招，誰知道他為了這次對決看過什麼書，想跟我吵些什麼，打算要什麼把戲？當練習賽的對手棄賽時，最失望的莫過於拳擊手。

我把椅子往後推，站了起來，椅腳摩擦地板，發出嘎吱聲響。「我現在要去書房了。」我說：「伊索德，你洗盤子。惠特尼，你負責擦乾。」

伊索德與惠特尼提出抗議，但是艾拉用甜美的聲音說：「爸，我來做就好了。」

「好。」說完我就離開餐廳。走到門口時，我停了下來，對著空蕩蕩的走廊大聲說：「這是我最後一次把時間浪費在這個話題上。」我說得很大聲，餐廳裡的孩子都聽得見。「但是維克多，別以為我會叫你的新名字。從現在開始，我會把你當成沒有名字的小子，就像流浪狗一樣，好嗎？我可以跟你保證，維克多這個名字從世界上消失了。晚安了，艾拉、凱莉、賈瑞、德魯、珍、伊索德、惠特尼、威廉、法蘭西絲、葛蕾絲。晚安了，小子。」

我不必轉過身去看，也知道一片沉默中發生了什麼事：孩子們露出了焦慮興奮的表情，眼神愉快，像在看好戲。而維克多的下巴高抬，一雙烏黑的內雙眼睛藏著讓人看不出的心思。

⚜

後來那幾天，我發現維克多自認那一天是他大勝。不幸的是，其他年紀較小、較易受影響的孩子也有那種想法；他們不希望像維克多那樣被我羞辱，卻玩起了挑釁的遊戲，例如在我面前叫他維，接著立刻瞥向我，緊張地咯咯笑了起來。我總是露出洋溢微笑的表情或是不理他們，他們會再次咯咯笑，這一切只會讓維克多想要挑起的緊張氣氛緩和下來，他則是皺眉癟嘴。但是過沒多久，他們也玩膩了這個遊戲。

每當需要叫他的時候，我還是叫他小子，但是通常我不會叫他。困惑之餘，他也默認了那個名字，我想主要是他找不到反駁我的理由。只要我不叫他維克多（我也信守諾言，立刻不再用任何名字叫他，每次跟他講話也會深思熟慮），他就會忿忿地慢慢走過來，實在跟狗很像。（任誰都可以看出哪些小孩跟他吵架或者對他不滿，因為他們也會叫他小子；不過，跟他友好或支持他的人就叫他維。）

幾個月後，這已經變成常態。事實上，在任何大家庭裡面，生存的王道並非聰明，而是持續改變自己，因此許多本來異常的事情終究會變成常態。有很長一段時間，我們的生活已經固定，按照一個無聊的節奏運行：孩子們上學、遊玩、吵架、吃飯。孩子們討厭我，然後意識到愛我之後，才回家向我告白。我到實驗室去上班，四處演講，撰寫並出版著作。那一段時間，我們都過得很滿足。

感恩節來了，十幾個年紀較大的孩子帶著配偶與小孩回來，行李裝滿要送給現在這些小孩的禮物：洋裝、足球、充電玩具車，還有從購物中心買來的小東西，所有的孩子都搶瘋了，好像這輩子沒看過玩具似的。那一年，我的二十六個孩子聚在一起吃感恩節晚餐，還包括八位配偶和十一個孫子孫女。當然，就算我家有三倍的房間，還是容納不下所有人，但有很多時間，他們都在家裡閒晃，等到假期結束，他們回到生活常軌，我才能樂得清閒，終於可以享受聖誕節之前短短一週的寧靜。接下來同樣的戲碼再度上演，只是人數更多了。不過，我非常期待那一年聖誕節，因為歐文與他當時的愛人、三十七歲的雕刻家薛西斯也會來訪（他曾經不小心洩漏薛西斯的真名，其實是尚恩．佛德利——佛德利？這是什麼姓氏啊！）。

感恩節與聖誕節之間的那個月，總是整年中最難熬的時間，但那一年特別難熬。先前，每年至少會有兩、三個年紀較大的孩子負責假日前的採買工作，包裝禮物，並且把孩子們堅持要求的聖誕樹掛上飾品，還會監督清潔與烹飪的工作。不過，沒想到那一年家裡最大的孩子是伊索德與威廉，兩個人都是十五歲，因此用處不大：他們都還不會開車，年紀也不夠大，管不動弟妹。已經讀大學與研究所的小孩一樣沒什麼用；他們一般都在聖誕節前的那個週末才回家，不但用垃圾袋帶回一堆臭烘烘的髒衣服，而且一個個都成了沙發馬鈴薯，把電視頻道轉來轉去，吃晚餐時，夾雜一堆不標準的德語或西班牙語嗡嗡嗚響，但是信心滿滿，對弟妹完全沒耐性。最後，我打電話給在華盛頓讀大學的艾拉，問她是否能回家過週末，含糊其辭地請她幫忙。

「喔，我很想幫忙，老爸……」艾拉對我撒謊：「但是……」然後她詳細地列出一堆學校的功課，說自己能在三年內寫完就算走運了，更別說是三個禮拜。艾拉也曾哭著向我告白，因為感激而百依百順，但那段時間是如此短促，我連一絲好處都沒撈到，而且此刻顯然已經結束了。

我的這些孩子啊，我心想，而且不是第一次有這種想法。但一如往常，我也不確定是怎麼勸自己不要再想下去。

所以，我終究被迫一肩扛起大部分的工作。而且，蘭辛太太居然挑十二月的第一個禮拜去做她的子宮切除手術，也就是說，我在家裡要負責各種枯燥的大小事務：開車去貝塞斯達的差勁購物商場，花好幾千塊買東西，包括那些易碎的銀色錫箔包裝紙，還有一隻隻塑膠機器人，按下按鈕，手臂就會發射小小的塑膠飛彈，以及許多金髮的嬰兒洋娃娃，喉嚨上綁了許多蕾絲，身上亮亮的光滑布料聞起來就像煮過的塑膠。當然，該做的雜務與家事不只如此：我做了大量餅乾麵糰，最後還得趁深夜製作成餅乾，在放進烤爐前，先用亮晶晶的各種糖霜來上色裝飾。本來清潔女工馬太太一週來兩次，現在我請她來三次，但是每次她離開不到一個小時，屋子裡又到處是垃圾，牆壁被蠟筆畫得亂七八糟。我想說的是，像這樣被迫在一天內說許多話、做許多事，實在太令人厭惡了。過不了多久，有個念頭持續在我的腦海浮現：過去每一年我都把這個月拿來工作與開會，實在太睿智了。幾乎每天我都很納悶，為什麼我會選擇拿這些無意義而惱人的事來害自己？

我之所以留在家裡，我想理由之一是我很期待與歐文見面，非常興奮；前年七月我們大吵一架，到了隔年十一月才和好，中間相隔那麼多個月的時間，害我常常想念他，甚至有種胸口空蕩蕩的感覺。另一個理由是，那陣子我開始感到非常老邁寂寞，而且精疲力竭，我非常渴望有舊識相伴，因為當時我已經了無罣礙，只需忙自己的事情。有時候，我看著家裡年紀最小的孩子艾洛伊絲，竟然會感到絕望。**喔，天啊！我心想，我到底在玩什麼把戲**？突然間，在我眼裡，自己成了一個大騙子、愛吹牛的傢伙，牛皮都快吹破了，自己卻還沒發現。我看著孩子們圍在餐桌吃個不停，忽然開始厭惡眼前的景象，覺得很不自然。我不是第一次感到自己造成的局面非常荒謬且誇張，但的確**是**第一次感到一種隨之而來的徹底絕望。

那一陣子還有另一件事讓我感到困擾：我發現自己不斷回想起那個男孩，想起跟他在一起的感覺，有多麼渴望並試圖重獲那種感覺，讓那種愉悅感成為日常生活的一部分，**那**才是我帶他們回來的理由。**那**才是我想從他們身上獲得的。但是他們帶給我的愉悅感愈來愈短暫，那種感覺愈來愈遙不可及、難以掌握，我也愈來愈寂寞，最後孩子們的存在只能證明我的失落、我無法遏抑的悲傷情緒。有時，我也感到納悶：我是認養他們來懲罰自己嗎？果真如此，為什麼？是因為伊伏伊伏島？還是因為塔倫特？這種猜測令我不快，但至少是合理的想法。我總是認為我會對自己做這種事，一定有個理由；絕非無緣無故，或只是一時愚蠢；我當然不是因為他們的父母、叔伯舅舅與祖父曾經讓我困在一個奪走我愛過的一切的地方，我才領養他們，再度害自己的人生陷入困局。每當這種想法浮現，我總覺得自己對這些孩子的熱情盡失，他們幾乎像實驗室裡的猴子，在一天結束時，我就能離開他們。

但是，我當然不可能離開他們。有時，我會夢到自己是個旅人，被困在一個住著許多未知的奇怪生物的國度。我隨身帶著筆記本，旅行期間的所見所聞都記錄在裡面，但是那些生物很難描述，想把牠們畫下來又更難了。牠們不討人喜歡，但也不殘暴。牠們看起來都很像，彼此間卻有某種足以區別的特色：其中一隻長著大大的鳥嘴，看來堅硬無情，身上的牛奶狀血液是淡粉色；另一隻身上則有一對泥色翅膀，舉起來時卻會露出一片片豔紅色與淡紫色。牠們大致上都很溫和，但有時未經挑釁就跳上我的臉，笨拙的爪子抓住我的鼻子與眼鏡，嘎嘎怪叫。牠們的家園（從某個方向看過去，是一片冒泡的泥濘沼澤，另一個方向則是堅固無比的森林，一望無垠的樹林消失在白霧裡，從另一個方向看則是整片乾枯的橘紅色土地）也一樣奇怪難解。但是眼前景觀（四周是蘇鐵，樹上有許多像香蕉的水果往下垂，一根根都很粗大，聞起來有糖與泥炭的味道）最特別之處是聲音：呼呼呼、咯咯咯、嗚嗚嗚的聲音從四面八方傳來，音量大到幾乎可以觸摸得到，好像有看不見的生物從天而降，或從有條紋的高高草叢裡爬出來。有時，我幾乎可以分辨出各種叫聲，並且納悶那些生物為什麼可以在一片嘈雜中分辨出許多聲音。後來我注意到，那些生物沒有耳朵；牠們之所以發出聲音，只為了讓閃閃發亮、長滿鱗片的喉嚨感到陣陣振動，感受令人恐懼的沉靜大地因為牠們的聲音而回響。

因為太常做這種夢，我已經習慣了。一開始，我覺得這夢境奇異神祕，恐怖戰慄，讓我大開眼界。但後來我發現自己只是渴望趕快夢醒。在夢裡，我總能看到一顆巨岩，上面長著一種茄子色的柔軟菌類植物，我靜靜坐著，等待被送往他處，離開這個對我來講早已不再神祕、神奇的國度。我的頭頂有一群不和善的烏鴉，是我唯一認得的動物，牠們緊緊群聚俯衝，排成弧線，讓人看了感到悲傷。牠們來來回回，來來回回，小小的眼睛閃爍銳利，就算我仔細聆聽，也從未聽見牠們發出任何聲音。

III.

等到聖誕夜那一天來臨，我已經巴不得假期趕快結束，因為前一天我才接受斯德哥爾摩大學最後一刻的邀請，準備去參加在十二月三十一日到元月五日間舉辦的研討會。

那個禮拜我過得很糟。前一天，我本來在跟歐文聊天，最後卻互相咆哮起來。多年來，歐文自己沒有任何小孩，卻愈來愈覺得自己對小孩比我在行，因為他一直在教大學生閱讀惠特曼、卡瓦菲與普魯斯特等人的作品。即便如此，等到我們都老了，歐文的天真還是讓我震驚不已：他久久來一次，但某次來訪後曾打電話給我，表示孩子們跟他抱怨我家井井有條，其實是「向他求救」，好像我是統治一個小小奴隸國家的暴君，他則是熱血的聯合國特使，被派去見證他們的慘狀與受到的不公平待遇。我不喜歡歐文在我家裡扮演起人類學家的角色，我也老實跟他說了。但他還是不罷手，常常提供討厭的建議。過去三十幾年來，我把幾十個小孩帶到長大成人，而他的紀錄掛零，卻還是常給我一些不中聽的訓誡。

然而，這一年聖誕節，他在電話中對我多所批評、自以為是，跟我說我們家的大學生艾比跑去他跟薛西斯在紐約住處的大廳找他，看來「害怕而絕望」（他幾乎把悲傷的艾比描述成維多利亞時期的可憐女人），宣稱我把她逐出家門。我跟歐文說，沒錯，整個秋天她幾乎都蹲在家裡的臥室抽大麻，屢勸不聽，所以我不得不趕走她。一點也不意外，歐文認為我令人髮指，完全沒有人情味。一般來講，就算歐文挑釁，我也不會跟他一般見識，但是在那當下我實在忍不住了，吵起來之後，他便開始數落我這個家長過去幾十年來的所有缺點。時至今日，我仍然無法理解他為何突然發飆。是太無聊？還是老人本來就喜歡多管閒事？又或者是（雖然我盡可能避免那樣想，但他真的就像我偶爾認為的）在嫉妒我？我老是感覺到那種情緒潛藏於歐文的意識表層底下，時隱時現，隨著我受到的認可愈來愈多，孩子們也一個個出社會，他內心的不滿也年年增強。畢竟，我擁有一切，他卻只有薛西斯，出過幾本薄薄的詩集，一輩子大都只生活在紐約州。

總之，我們不歡而散，說到最後，他宣稱他會在紐約過聖誕假期（和我一直很好奇、想見一面的薛西斯，以及艾比——如果他認為他比我更盡責，想把艾比留在身邊，無論多久我都沒意見）。掛斷電話之前，歐文氣沖沖地說：「我會把孩子們的禮物寄過去。」雖然我既沮喪又憤怒，但他的話仍讓我苦澀地鬆了一口氣：歐文送的禮物總是比較好，孩子們每年都很期待。

那天晚上，大家都回房間後，我拿著蘭辛太太在感恩節過後不久，幫我準備的大型塑膠檔案箱到樓下客廳去。樓下只要是有平面的地方都掛著寫有孩子名字的長襪，總計幾十隻，他們甚至把牆上的圖畫拿下來，把自己的襪子掛在鉤子上。整個客廳就像瘋子的房間，只是看不出他執著於什麼特殊癖好。

蘭辛太太已經把明確的指示寫給我了：從檔案箱裡拿出巧克力球，每隻長襪都要放一顆，用來包裹巧克力的是像橘皮一樣皺的錫箔紙，此外還要擺一顆長方形的薄荷糖、一塊乳白色的圓形甘油肥皂，肥皂裡藏有一個塑膠玩具（有恐龍、蝴蝶、豬或鯊魚）。此外，還有一本小小的螺旋筆記本，每本都附上一枝更小的鈍頭鉛筆，最後則是一把我非常喜歡的鹽味蜂巢糖。除此之外，還住在家裡的十三個小孩都會收到一個包裝起來的玩具；送給成人與大學生的，則是裝有支票的信封。我把這些東西分裝在樹下的長襪裡（矗立在角落的聖誕樹看起來驚人可怕，上面的飾品都是孩子們在學校用各色圖畫紙做成的，飾品上的膠水變成一塊塊亮晶晶的凝結物，看起來像該丟掉的破爛衣服，樹上的閃爍白燈極為俗麗），而且不能漏掉任何一隻。弄完後，我坐下來吃了一點年紀最小的孩子們當晚稍早自製、留在壁爐上的巧克力碎片餅乾，因為烤得不夠久，吃來軟軟黏黏，然後把一杯牛奶倒回塑膠罐裡。我突然想到過去塔倫特曾神祕兮兮、非常肯定地說，我一定會有小孩。難道他當年就知道我會這樣度過一生？我有一種被人監視或觀察的感覺，而且我還真的轉身，在那片刻以為我會看到他從某個高腳抽屜櫃後面偷窺我，一樣用鉛筆在筆記本上振筆疾書，而我則是一個他早就料到會變成怎樣的樣本。但我看不到任何人，我覺得尷尬但也鬆了一口氣，接著又因為自己鬆一口氣而感到丟臉。

我累了，但還不想睡。事實上，不耐與失望的情緒讓我不安。那一陣子，我一直在思考和歐文吵架的事，發現自己甚至想過要打電話向他道歉。我會跟他說：**聽我說，歐文，我很抱歉。我們不該吵架的。我們都是老人了**。五年前，我根本沒想過會跟他有那一席對話。過去，我們之間的爭論是如此刺激、令人振奮，用生動有趣的方式展現出我們的意志與見解，此刻卻變得累人而乏味。也許我該打電話給他，向他認錯。他會得意一陣子，把我惹惱。不過我心想，我在歷史上已有一席之地，但我的故事並不包括我和歐文之間由他掀起、結束、雙方有輸有贏的爭吵細節。

從廚房門口，可以看到月亮灑下膿汁般的淡黃月光。我走到外面，只見天空布滿稀薄殘雲，還有一顆顆明亮的白色星辰。我不知道自己在那裡站了多久，只見我的嘴巴一直吐出鬼魂般的霧氣，冰冷肥大的手裡仍拿著一片孩子們沒烤好的肥大餅乾。我想，我可以走了。我可以收拾一個小小行囊，驅車離開，搭機到歐洲的某個城市，哪一個都可以，在那裡定居。

毫無疑問，任何大學都會熱情地歡迎我。這個時機太完美了：年紀較大的孩子們剛好回到家裡，他們會照顧年紀較小的，也會知道該打電話給誰。我想，年紀最大的那些人也許會領養年紀最小的幾個，包括艾洛伊絲、吉賽兒和傑克。遺憾的是，其他小孩應該會被送到寄養家庭。但是因為他們與我有關，可能有人願意領養他們；對此我樂見其成。這計畫對我來講挺合理的，但是當然行不通。

時間已經很晚了，夜空暗黑而寂靜，我很想回書房去。也許我會睡上幾個小時，孩子們會把我叫起來，接著又度過另一天。但是，等到我要開門回到室內時，卻發現動不了門把。

我的嘴裡幾乎立刻五味雜陳，先是恐懼，然後是憤怒，好像嚐到了血、鹹水與金屬的味道。那一扇門是不會自動上鎖的，所以一定有人故意從裡面把門鎖起來。我使勁敲門，用手掌拍打正方形的玻璃窗窗格。「有人嗎？」我愚蠢地大叫：「有人嗎？讓我進去！」然後我看見某個人從暗處快步走出來。他的軀幹隱藏在黑影裡，我只看見他的腿；在那片刻間，我幻想那不是我的孩子，而是個小魔怪，在黑暗的房子裡穿梭來去的邪惡小鬼，尋找著另一個小鬼。

但是我當然知道那是誰。「維克多！」我不敢放聲大叫，但盡可能大聲叫他，用力拍打玻璃。如果要繞到前門，我必須跨過前院與後院之間那道不比我高多少的木門，但是前門也有可能鎖起來了。（為什麼？我真納悶。）我別無選擇，只能叫維克多幫我開門。要不，高喊救命吧？但吵醒鄰居對我沒有好處：我這個偉大科學家居然身穿睡袍、拖鞋，被鎖在自宅外面，對著自己的小孩下令，要他幫忙開門！（我想其他小孩已經在樓上，沒有任何付出，卻能用慵懶的姿勢休息，圓而黑的耳朵戴上全罩式耳機，可憐脆弱的耳膜正接受貝斯、鼓聲與管樂器的摧殘攻擊。）只有維克多在這裡，只有他一個。「小子！立刻把門打開。趕快。」

接著，那雙腿不再移動，在距離我幾呎處停了下來。「小子！」我說：「現在就把門打開。趕快。」我正打算威脅他，但意識到不管我說什麼，聽起來都無力可悲：是我被困在寒冷的室外，身上只有浴袍可以蔽體。待在室內的是他，就在**我的**房子裡。我可以看見聖誕樹投影在窗格的玻璃上，燈光閃閃爍爍，毫無意義。一閃一爍，一閃一爍。「維克多！」

接著，他突然朝玻璃靠過來，遺憾的是，我往後退了一步，他當然也注意到了。他露出邪惡的微笑，把嘴一咧，牙齒又尖又白，眼睛黑得像黑色天蛾，分不清瞳孔與虹膜，看起來就像惡魔似的讓我害怕。

「我的名字，」隔著玻璃，我聽見他說：「叫作維！」

「維克多。」我用一種自己也知道很嚇人的口氣慢慢跟他說：「你趕快幫我把門打開。然後你給我上床睡覺。如果你不開門，我一定會把你狠狠揍一頓，揍到別人認不出你來。」我對自己說：**不管他是現在或五分鐘後開門，我都會揍他**。

但他只是把頭一歪，瞪著我，還是掛著那張邪惡的笑臉，把他的嘴巴撐開，變成細細長長、邪惡的形狀，就像大鐮刀的刀刃。我發現那就是他以前那種可怕的笑臉，我以為我讓他改掉了，多年後再次看到，令我全身一陣寒顫。「我本來打算開的。」他故意學我的聲音，對我說：「但是你叫我維克多。你已經說你不會再那樣叫我了。」

我知道他一定沒完沒了。「維克多！」我又敲門。「維克多！你這個畜生！」

他不為所動。「所以，」他接著說：「我想你說謊了。關於說謊這件事，一直以來你都是怎麼教我們的？說謊的就成了小人。但是我不相信。我覺得除了說謊的變成小人，被騙的一樣也受到傷害。所以我要懲罰你。」他往後退了一步，他的臉再次消失在陰影裡。我還是可以聽到他的聲音。「恐怕我必須把你留在這裡，」他用冷冷的聲音說：「讓你反省一下自己做了什麼。」他又退了一步，這下子我只看到他胸部以下的部位。此時，他的聲音變得更模糊了。「就算你再老，」他又退了一步，此刻我只看得到他的腰部與腿部，「也能學到教訓。」他又後退一步。「老爸。」那兩個字聽起來就像低聲呢喃。然後他轉身離我而去，我可以看到他白色的鞋底。

接著我發現，聽到維克多說出最後那幾句話的時候，我一直沒有動彈，突然間，我看到自己在玻璃上的身影：一隻皺巴巴的手掌抓著門，目瞪口呆，一副無助困惑的老人模樣。**我的天啊**！我心想，**天啊**！**他是誰**？**這個住在我家的孩子到底是誰**？我再次想到自己與他相遇的經過，想起他蜷縮在地上，渾身沾滿濃密的煙灰，看來好像毛皮。當時我心想，就像動物一樣，並且感到一陣義憤。但是如今我再次回想當時的情景，他還真的**像畜生**。而我感到一陣義憤，並不是因為他很可憐，而是我很慘。當初我應該把他留在那裡，我心想。如果別人都不想救他，憑什麼要我救他？

我還是持續叫他。「維克多！」我放聲大叫，用手抓門。「維克多！維克多！」我連敲了好幾分鐘，好幾小時。「維克多！」我知道，他上樓後會蜷縮在我給他的床上，在我給他的房間裡睡了起來。

隔天早上發現我靠在門框上的人是葛雷哥萊，他是幾個成年的孩子之一。看來最後我還是睡著了，他的叫聲把我吵醒，因為自己出了糗，全身凌亂，從來沒那麼丟臉過——一長條亮晶晶的口水垂掛在我的嘴唇和下巴間，進去後，我開始抖個不停，上下排牙齒像響板似的嘎嘎作響。

「老爸，你剛剛在外面做什麼？」他問我。我想他已經打開信封，因為他表現得特別殷勤，在我身邊忙來忙去，把他的咖啡拿給我喝，拿一條毯子披在我的肩頭。

「幾點了？」我聲音嘶啞地問他，感覺字句刮在喉嚨上。

他說：「八點。」

八點了。我在寒冷的室外待了多久？五個小時？六個小時？我沒有凍死，是因為我氣到渾身發燙，熱血沸騰。

葛雷哥萊帶著我穿越廚房，來到客廳，我看見所有的孩子都聚集在那裡，忙著把糖果塞進嘴巴，有說有笑，也有人在吵架。

「看看我發現誰在外面？」葛雷哥萊高聲跟大家說（他向來是個渴望受到矚目的傢伙），其他人都看過來。一陣陣嘈雜聲立刻此起彼落，跟海灘上一群大鳥飛起來時的叫聲沒什麼兩樣，其中有許多人（只有年紀較大和較小的孩子們；青少年們只會傻傻地看著我）朝我衝過來，張開雙臂，臉上露出非常同情我的複雜表情。

「老爸，剛剛我們還到處找你呢！」

「你去了哪裡？」

「你在發抖嗎？」

「你的身體好冰！」

「我拿到的糖果沒有賈瑞多。」

但我沒有仔細聽，目光在人群中搜尋維克多，但是他不在。

接著，突然間他衝進客廳，一隻手高舉兩顆電池，腋下夾著他求我買給他、不到一週前我才買來包好的遙控汽車。「我拿到電池了！」他大呼小叫，從地毯上滑過去，靠在傑克身邊。「這樣車子就能動了。」他還沒看見我。

這個小畜生。我心想，**這卑鄙的怪胎**。我恨不得他馬上死掉，或者我可以把他殺掉。

「維克多。」我刻意用冰冷的聲音跟他說：「維克多。」

他當然沒有抬起頭。

「維克多！」

他沒有回應。此刻，客廳裡議論紛紛、不以為然的聲音開始蔓延。其中幾個成年的孩子不知道我們曾經因為維克多改名而爭論（而且我也讓步了），他們公然對他咆哮。「老爸跟你講話的時候，你要回答，維克多。」我聽見有人這麼對他說，接著有個女孩用細細的聲音回答：「他現在叫維。」

然後我朝他走過去。「站起來。」我用命令的口吻說：「站起來。」他看著地上，不屑的嘴巴跟魚一樣又扁又醜，不願站起來。我抓住他的手臂，把他拉起來。他只比我矮幾吋，但是瘦骨嶙峋，我的手可以清楚感覺到他手肘一根根交錯的骨頭。然後我用盡全力打他。他的頭往後仰，接著快速往前傾。我又打了他一下。兩次我都是甩他巴掌，打完後，感覺就像我拍打玻璃門、大聲叫他時那樣刺痛。「你哪來的膽子？」我用可怕的低沉聲音問他：「你這隻可惡的臭蟲，**哪來的膽子**？你是什麼東西？你**什麼都不是**。你怎麼**敢**下樓來分享我對你們的慈愛與慷慨？你怎麼敢打開這些你根本不配拿到的禮物？因為慈愛而**買**給你的禮物？

「你知道，」我聽見自己接著說：「為什麼我會帶你回家嗎？因為我可憐你。因為你根本不像人，沒人把你當小孩。我大可用一顆爛掉的水果向你父親買下你。我本來可以任意處置你。我真希望當年我把你帶回來之後，把你鍊在地下室，沒有人會知道或在乎。我大可把你賣給別人，讓你大卸八塊，變成豬飼料。有人真的會那樣做，你父親會非常樂意把你賣給他們，只是他剛好先把你賣給我而已。

「你什麼都不是。我讓你的生命有了意義。我讓你過好日子。結果你幹了什麼好事？」

我又甩了他一巴掌。少量的紅黑色鼻血從他的鼻孔潺潺滴落。

客廳裡當然一片鴉雀無聲。我知道，如果我環顧四周，舉目所及只有一個個目瞪口呆的木頭人，他們的嘴巴微張，手裡拿著我送給他們的禮物。

我仍抓著他的手臂，彎腰撿起他的玩具車，還有裝滿糖果的長襪，丟給最靠近的一個孩子，那孩子已經嚇傻了，沒辦法高興尖叫。「畜生憑什麼玩玩具。」我跟他說：「你比畜生還不如。給我滾。滾遠一點。我不想看到你。」接著我放下他的手臂，他站起來，有點搖搖晃晃，然後轉身朝樓梯走去。

「不是那邊。」我在他身後大叫：「畜生只能住地下室。去樓下。」

他再度轉身，身體仍不太穩固，雙眼直視著我。片刻間，他臉上浮現一種奇怪的微笑，但我發現那是出於困惑與恐懼，而非得意，這才鬆了一口氣。然後，他不發一語，再次轉身，我們看著他走出客廳，穿越廚房，下樓走進地下室，身後的門靜靜關上。我走過去把門鎖起來，把鑰匙丟進浴袍口袋裡。我身後的客廳仍然沒有動靜，像一幅畫那樣無聲無息，時間彷彿凝結了。

聖誕節當然就這樣毀了。成年的孩子過沒多久就離開，他們對我微微揮手，道謝時的語氣謹小慎微，讓我感到尷尬。我還沒提出要求，年紀較小的孩子就把客廳清理乾淨，帶著新玩具與衣服悄悄上樓。通常我們都會在聖誕節聚餐，但是那一天我待在書房，接著回臥室睡覺。下午醒來時，我可以聽見孩子們在樓下鬼鬼祟祟，弄出一盤盤的食物來吃。

我整晚都待在臥室裡。整間房子一片死寂。那一天深夜，我躺在床上想到，維克多有意讓我死在外面，讓我靠著自家大門凍死。

喔，我心想，感到一陣寒顫。以前曾有小孩討厭我，應該說是憎恨我，看著我的時候目露凶光，但是我沒遇過想殺我的小孩，因為厭惡我而想了結我的生命。知道這一點反而讓我很安心，因為此刻我已經知道他的能耐，接下來的任務就是想出控制他的方法。我下定決心，絕對不要害怕自己的小孩。我絕不能。

隔天早上日出前，我下樓到廚房裡準備了兩盤食物。兩盤都擺了一些火雞肉片和幾片三角形起司、包著清脆堅果的幾個捲餅、一匙油亮的橄欖，還有一堆顏色像奶油的萵苣。我把其中一盤擺在廚房餐桌上我的座位前。然後把地下室的門打開，將另一盤放在階梯頂端。

我幾乎以為他會坐在那裡，像一隻野貓那樣，準備好直接朝我的臉撲過來，但地下室一片漆黑，階梯下半段隱沒在黑暗中，無聲無息。我聽不見任何響動，沒有呼吸聲，也沒有其他聲音。「維克多。」我對著漆黑靜默的地下室叫他：「我留了一些食物給你。」我頓了一下，不太確定接下來該說什麼，最後我說：「等一下我還會再留給你。」我想說些具宣示作用的話，但不知如何開口。最後，我只是把門關起來鎖好，坐下來享用自己的餐點。

那天結束，上床睡覺前，我再度把門打開，留了另一盤食物給他。但是早上我放的那一盤還在，食物沒被動過，火雞肉片的邊緣變成褐色、捲了起來，像一張老舊的羊皮紙。我不發一語，只是把新的那一盤擺在前一盤旁邊。

三天後，我開門後不再鎖門，那裡已經擺了八盤食物，全都腐爛了，除了一隻蒼蠅在盤子之間緩緩盤旋，各種選擇讓牠滿意極了之外，食物都沒動過。「維克多。」我對黑暗的地下室叫他：「我要去工作了。離開地下室後，請你把東西清乾淨。」我再次猶豫了一下，不確定該多說什麼。然後我就離開了，任由身後的門開著。

那一天工作時，我發現自己無法專心：晚上我會碰到什麼狀況？每次電話鈴響時，我都畏縮了一下，覺得一定是某個技術人員打給我，要來找我，睜大眼睛跟我說，警察局、消防局或醫院的人在電話線上等我。我想像自己開車回家，黑暗的夜空裡處處飄著雲朵，接著我發現那不是雲朵，而是煙霧，一路往我家蔓延。到家時，我發現房子已經燒成焦炭，草坪像是爆發過的火山口，孩子們站在路邊啜泣，維克多則不見人影。

但是當晚我回家時，通往地下室的門仍開著，但是盤子都不見了。原來，盤子都洗好了，整齊地疊在流理台上，在上方燈光的照射下，幾乎閃閃發亮。[6]

事後，維克多的情況就算沒變得更容易處理，至少比較好預測。事實上，那件事幾乎沒有值得一提的地方了。他未曾成為大家所謂的模範生或乖小孩，但也沒有照我料想的那樣，

6 身為編輯，我選擇把這後面的一段文字刪除。

變成少年犯。接下來五年，他雖然住在我家，但就某種程度而言，並非家裡的一分子。孩子們每個月有幾個晚上聚在一起看電影，他總是趴著，與其他人隔著一點距離，吃爆米花的樣子跟他做任何事的方式一樣心不在焉，瞪著電視螢幕卻毫無反應。有時候，其他孩子們哄堂大笑之後，他也會咯咯笑，但時間點總是太晚，沒人知道他在笑什麼。我想連他自己也不知道。他的行為退化成種種反射動作，表現常常不太對勁，讓他看起來很奇怪，反應的時間點總是跟別人不一致。看著我的時候，他還是一樣眼神冷淡，但過去那種質疑與倔強的目光已經被茫然的黑眼珠取代，他的眼睛彷彿一攤黑水。

我想如果我真有錯，就錯在我內心深處還挺滿意他那副德性。然而，我也知道那樣不太健康，我不該希望自己的孩子變成那樣。但我就是沒辦法不那樣想。自從他青少年的火爆脾氣發作後，就開始叛逆固執、不受控制，與小時候判若兩人，像動物與人類那樣截然不同，因此我幾乎任由自己相信，此刻的他就是他改變之前的模樣。此外，他也不真的像行屍走肉；生活中還是有許多他喜歡做的事，例如他加入了田徑隊，參加比賽，也是高中合唱團的一員。（在一場演唱會上，我聽出他那與眾不同、平淡單調的男高音，納悶他為什麼沒有被刷掉。）他的成績中等，從來不是模範學生。不過我跟他說，我樂於送他進願意收他的最佳學府，就像我跟其他孩子說的那樣，結果他進了馬里蘭的陶森州立大學，我立刻開了第一張學費支票，也買了一只不鏽鋼手錶給他，就像兩年前威廉與伊索德高中畢業時，我買給他們的那種。後來，我用箱子與垃圾袋幫他打包衣服、書籍和各種小飾品，送他去宿舍，把蘭辛太太幫他買的新床單與毛巾給他。之後，我看到他的機會愈來愈少，不過我還是歡迎他回家。跟其他小孩一樣，他喜歡大學，或者說我認為他喜歡，因為他從來不和家裡聯絡。事實上，只有透過學校出納組寄來的帳單，還有斷斷續續的成績單（我知道他主修的學科是運動理論，成績是丙，另外兩、三科則是乙），我才知道他還在讀大學，出席率怎樣，是否有念書，也許開始參加派對，和覺得異國情調很刺激的漂亮女孩共度春宵。有時候，我會胡思亂想，猜想他前一晚或那個當下在做什麼，我未曾這樣想過其他孩子的生活。我想像他在上課，兩隻腳伸直，頭部與長長的脖子往後伸，打著呵欠，張嘴露出粉紅色的舌頭與潔白牙齒，每一顆上面都套著所費不貲的小小全瓷牙冠。

維克多大二那年春天，某一天我坐在我家外面的花園裡。初春的天氣如此美好，只是有點潮濕，當時所有植物好像同時變成上百種無以名狀的驚人綠色，我欣賞著樹上半透明的輕薄嫩葉，一片片散發金箔般的光芒。那一天我提早下班回家，因為我得了腸胃型感冒，頭暈目眩，口水帶有鹹鹹的痰。但是我記得我覺得很幸福，可以待在自家花園裡，身邊的世界一片寂靜。

我是如此陶醉，根本沒聽見敲門聲，也沒聽見門鈴響個不停。所以，當兩個男人從後門走到花園時，害我嚇了一跳，很快地站了起來。他們一黑一白，一老一少。我問：「你們是誰？」

年輕白人用問題回應我：「是亞伯拉罕・諾頓・佩利納嗎？」

我能怎麼辦？只能點點頭。

「我是蒙哥馬利郡警局的馬修．班維爾警探。」那個男人咳了一下，似乎有點尷尬，他說：「佩利納醫生，恐怕我們必須請你到警局去回答一些問題。」

突然間，我看見那個春天的第一隻蝴蝶在空中飛舞，在我的臉頰附近拚命拍打潔白的蝶翼，有那麼一刻，我覺得牠在試著對我發出警訊，而且是只有我才看得懂的訊息。

但是沒有警訊。等到我轉身面對那兩個男人，他們還是靜靜等待著，臉色凝重漠然而冷酷，一般人見到我時不會露出那種臉色。

「我要先拿我的藥。」最後我終於能夠開口。班維爾警探看著另一人，他點點頭，我們三個一起走進我家。他們讓我自己進入浴室，我在鏡子前站了很久，凝視自己的臉，心想我會遇到什麼事。這時，我發現我還沒問他們為何要盤問我。**我沒做壞事**，我告訴鏡中的自己，但影中人只是索然無味地瞪著我。**我要問他們為什麼來找我**，我心想，**我不會怎樣，這件事很快就會結束，好像沒發生過一樣**。於是，我走出去問個清楚，但就如大家所知道的，我真的出事了，他們沒放過我，我的人生也永遠改變了。假使當時我知道自己的處境會急轉直下，我想我會設法在浴室裡待久一點，看著自己的臉，彷彿在尋找答案，就讓他們在外頭等待，任由地球緩緩轉動。

第七部　後續發展

現在，我的人生進入一個令我非常沮喪且處境艱難的階段，如果可以選擇，就算時間再短，我也不願這樣（但老實講，這是我不得不面對的）。

我必須承認，一開始接受偵訊的事我都不太記得了，更別說我被逮捕的情況，但這很奇怪，因為我還記得自己在進行這件事的時候（不幸的是，所謂「這件事」就是把導致我人生毀滅的所有事情說出來），非常警覺，幾乎是很痛苦。我記得自己環顧四周，在我眼裡，所有東西的顏色與形狀都變得更清晰，色調與輪廓鮮明，整個世界讓我有一種壓迫感，因為顏色超乎必要的鮮豔刺眼，一切物體看來是如此奇怪，聲音尖銳刺耳。有時我必須把眼鏡摘下來，讓世界暫時變得稍微模糊溫和，不要如此真實而無情。我記得特別清楚，我在警局偵訊室等待的情況。那個空間是如此平淡無奇（不管是磚牆、地板，或是表面有一條條絲線般銀色線條的鋁桌，全是一片沉悶的灰撲撲），但我有一種被壓迫感，好像眼前灰色的東西全化為一道道大浪，就快要把我捲進去了。

所以，面對那些針對我的指控、調查、文章，還有後來的審判，我能說什麼？衛生研究院讓我留職停薪（院方向我保證他們會全力支持我），而《紐約時報》、《華盛頓郵報》與《華爾街日報》也出現一些不具名的研究院人員的說詞，面對這些，我還有什麼話好說？同樣讓我無話可說的是，政府把還住在我家的孩子都帶走，我也不能與維克多聯絡，等到我出現在他的宿舍房間（我只想跟他談一談，先前他都不回我電話或回信），即便我有權利跟他講話，卻像罪犯一樣遭到逮捕。我付了錢，讓他有地方住，他卻躲在裡頭笑我，而且當初他能來美國，還不是花我的錢？

上述所有的事情是如此可怕、令人難以忍受，但最糟的不是我發現自己的權利很快被剝奪了（每天都有人背叛我、羞辱我、叱罵我），而是我發現這件事居然都是歐文在背後作梗：某晚維克多打電話給他，結果勸維克多直接找警方談的人就是**他**，幫忙找律師的是**他**，後來我沒辦法幫維克多付大學學費，也是由**他**出錢。他是我的雙胞胎弟弟，我最忠實的同伴，卻還擇支持一個孩子，而不是我。當時我想不透這件事，現在還是想不透。

這整件事還有許多細節。維克多先和歐文的男友薛西斯成為朋友（我真想知道他們怎麼成為朋友的，一個成年男子和男大生之間的關係難道不可疑嗎？），薛西斯再把維克多的指控轉述給歐文，並讓歐文相信維克多說的句句屬實。我會獲知這些零星消息（有些對我沒有幫助，有些則讓我沮喪），是因為少數幾個孩子決定相信我這個多年來出錢並養育他們的人，而非維克多。他們的忠誠當然令我高興，但是人數太少（遠比我設想或預期的少），而且有時一想到我該感激他們，他們分內的事居然變成一種義舉，我就忍不住義憤填膺。不過，到最後我怪罪的人並非薛西斯，而是歐文。被提訊後，我與他最後一次對話，我問他：「你**到底**是誰？」之後，審判程序開始，我們再也不曾交談。

他不滿地說：「那**你**又是誰？」然後掛斷電話。

那真是我這輩子最糟的日子之一。那天，我在屋裡隨意翻找東西來砸來摔，也想找個人亂踢亂踹。當時我被軟禁在自宅，諷刺的是，我偶然胡思亂想的事情居然成真了：屋子裡沒有任何小孩，一片寂靜，他們的東西、氣味與噪音都不見了，只剩不時會看到的玩具或衣物（例如被我誤認為一塊巧克力的骨牌，或是一隻邊緣脫線、腳跟破掉的襪子），都是州政府人員急著把他們帶走時遺留下來的。幾十年來第一次，我家浴室的排水孔不會被孩子的頭髮塞住，窗戶玻璃也不會留下油膩的小孩手印。我總覺得我家隱約之間總是在震動，好像屋子下方岩盤深處有一列幽靈列車在繞圈圈。孩子們走了之後，我才發現之所以有那種感覺，是因為有太多人住在同一個地方，不管是吉他聲接上擴音器的喇叭聲，從上層床鋪跳到只鋪薄薄一層地毯的地板撞擊聲，或是男孩們早上走到洗手間的打鬧推擠聲，都會讓我感受到那種震動。我心想，**可憐的房子啊**！偶爾我發現自己會輕輕拍打屋內的白色門框，像在拍馬的鼻子，動作又輕又慢，希望能發揮安撫的作用。

在那些日子裡，我深信自己不會有事。我當然不認為自己坐牢的機率很高。因為我的孩子們都還活得好好的，這不就證明了我沒有對他們做不該做的事？後來，審判期間，律師們曾向陪審團出示一張家庭合照，其中幾個年紀較小的孩子的臉被刻意弄糊，即便如此，還是看得出他們穿著得體，身後的草坪一片鮮綠，在草坪的對比下，他們的皮膚像光滑的黑檀木充滿光澤。其中一個臉被遮住的孩子，我想應該是年紀很小的女孩葛蕾絲，她拿著一根冰棒，張開手臂，顯然很高興，冰棒的汁液往下流，在她的手腕內側留下鮮紅色痕跡。我真希望領養每個小孩時，都把他們的狀況記錄下來，當年他們都像狗一樣枯瘦，皮膚有如礫石般灰白，從沒想過自己能擺出那麼無憂無慮的姿勢，也不知道自己會任由一支冰棒融化，因為冰箱裡總有更多冰棒可以拿出來吃。我常常想起維克多和他那特別悲慘的狀況，夜裡每當我睡不著，聽著電冰箱壓縮機念經般的嗡嗡鳴響，我總是想：如果我不多管閒事，轉身離開那個男人，直接上飛機，讓維克多留在島上繼續那可悲的生活，我的人生不知道會怎樣？

結果，我當然失算了。我以為我的寬宏大量一定能引起世人共鳴，但是那些作為終究不具意義——至少在面對那些指控時。我的諾貝爾獎簡直像保齡球賽贏得的塑膠獎杯，沒有太大意義。

我和歐文見了最後一面。那一天，維克多出庭證實檢方對我的種種指控。當時法庭裡鴉雀無聲，我看著他走上證人席，即使身陷那樣的處境，我還是隱約感到一種近似驕傲的情緒：這個精瘦俊美的男孩是誰？他穿著一套我沒看過的西裝，後來我想到那一定是歐文買給他的。他坐在座位上時，我可以看到他左手手腕戴著我送他的手錶。片刻間，我認為那或許是個徵兆：照理說，他不會不假思索就把手錶戴上？感受到手錶的重量，他難道不會想到我，不會想到自己的作為對我有什麼影響嗎？

維克多的表現的確好極了。他講話時，答案簡潔明白，聲音低沉，眼睛也一直看著檢察官，看得出來我把他養得很好。曾經，他跟一隻畜生沒兩樣，但是我把他社會化了，我教會他正確的行為舉止，也幫他培養能把我毀掉的一切能力。退席後，他朝我看過來，笑了一下，那甜美的微笑露出昂貴的牙齒，當我還在思考他是什麼意思的時候，我發現他不是在看我，而是看著後面。轉身一看，我才發現他對我身後幾呎旁聽席裡的歐文微笑。身邊坐著薛西斯的歐文也笑著回應他，看起來像個白痴或共謀者，然後他的眼光飄到我身上。在他還來不及反應、變成怒目而視的表情前，我看到他對我微笑，我過去的愉悅映照在他臉上，彷彿可以看到以前我有多快樂。

當晚，律師來找我。他勸我更換證詞，但我不願意。

我跟他解釋那為什麼不公平，而且非常不公平。之後他對我說：「那些我都聽不進去。」然後他頓了一下，用更溫和的聲音說：「諾頓，陪審團也聽不進去。我勸你更換證詞。」

但我沒照做，而我們都知道接下來會怎樣。

⚜

曾有許多人跟我說我非常幸運，因為我的刑期很短，又關在這座監獄的隔離囚房，而且獄方對我的處置算是「比較好的」。有時候，我覺得自己好像是奇蹟似地獲准進入名校就讀的愚蠢學生，無時無刻都有人提醒我，不要忘記自己有多走運。

如今，我的刑期即將結束。比較樂觀的時候，我總是告訴自己，這裡將成為另一個我待過又離開的地方：林登鎮、漢米爾頓學院、哈佛醫學院、史丹佛大學、國家衛生研究院，還有我在貝塞斯達的住家。但是清醒一點的時候，我知道並不是那麼一回事：所有我想去、也獲准進入的地方（林登鎮除外），都是我研究之後選擇的，進去後我總是設法取得我需要的一切，好前往下個目的地。這些地方都是我夢寐以求的，等到我準備好離開，就會離開。這個地方卻剛好相反：我被迫來到這裡，能夠離開，也是因為他們覺得我待夠了。

我認為自己向來很幸運，因為我作過一些非常精彩的白日夢。年輕時，我曾把這個想法告訴歐文，他說我的夢總是很誇張、不太可能實現，而且過於美妙，因為我清醒時根本不會那樣想；他說，沒有人可以不靠奇想活下去，而我會有那些美夢，是因為我平常太過刻板生硬，美夢可以讓我的生活多采多姿。當然，他的話有一半是在開玩笑，但也是認真的，接著我們爭執起來，但吵得不凶，只是講求嚴格知識的科學家和喜歡放縱自己的詩人彼此看不順眼罷了。

來到這裡以後，我已經沒有夢想了。每當我渴求夢想，需要孔雀般的華麗夢想來填滿我清醒的時刻，夢想總是消失得無影無蹤。沒了夢想，我愈來愈常神遊到伊伕伊伕島，而且奇怪的是，那是跟監獄最像的地方。我當然不是說兩者的外貌相似，而是兩者都如此無情，都把我給困住：都是由它們決定我是否待得夠久。此刻，顯然時候未到。

所以，白天時我會把過去的情景像放電影那樣拿出來回味：我看到柔和的天色中，皮毛閃閃發亮、好像被星辰照射的霧阿卡，也看到桃粉色的瑪納瑪果。我看到火堆在一隻焦黑的動物下方悶燒，牠的皮膚燒到裂開，出現許多鋸齒狀裂痕。我也看到宛如龍捲風的群鳥在一棵卡納瓦樹上方發出刺耳尖叫，一隻歐帕伊伏艾克把頭伸出湖面。我看見那個男孩，他的雙手宛如暗夜中的花朵那樣明亮，撫摸著我的胸膛，彷彿想把我的悲傷洗掉，好像悲傷是附著在我身上的污垢。我當然也看到了塔倫特，他仍在樹林裡行走，動作跟樹懶一樣無聲無息，金黃與棕色夾雜的長髮披在背後。我總是盡力撐到熄燈，到夜晚來臨才睡覺，但有時我還是忍不住在白天打瞌睡，想像自己跟他並肩行走。在那些時候，我未曾離開伊伏伊伏島，我們是在島上四處閒晃的伴侶。即使是小島，它還是給人一種無邊無際的感覺，好像我們可以在島上的森林與山丘行走幾百年，怎麼走也走不到邊境。我們的頭頂是太陽，四周被海洋包圍，但我們看不見太陽與海洋。舉目所及，全是樹木與苔蘚、猿猴與花卉，還有一條條藤蔓和布滿刮痕的樹幹。島上有個能讓我們休息的地方，那是我們的歸屬，我們可以並肩躺下，知道我們再也不用睜眼看這個世界。但是在我們發現那裡之前，必須不斷尋找，我們只是兩個在地景上移動的人影。在此同時，外面的世界生生滅滅，星辰自燃，慢慢化為一片黑暗。

諾頓．佩利納

一九九九年十二月

最近假釋出獄的知名科學家消失無蹤

（美聯社／二〇〇〇年一月十三日）

馬里蘭州貝塞斯達鎮報導——曾經獲頒諾貝爾獎的科學家亞伯拉罕．諾頓．佩利納醫生最近從費德列克懲教機構釋放出來，已經消失無蹤。

佩利納醫生在一九九七年因爲兩樁性侵案被定罪，獲判二十四個月的有期徒刑；他在一月獲釋。這個月稍早，他未向假釋官報到。據本郡警方表示，佩利納家中的物品已搬空，且獲釋後，也不曾跟過去的同事聯絡。

讓此事更神祕的是，曾長期與佩利納共事交好、住在加州帕洛奧圖市的隆納德．庫波德拉醫生也失蹤了。據悉，去年底佩利納已經將大部分資產過户給曾在他實驗室當過多年科學家、最近在史丹佛大學擔任教授的庫波德拉醫生。該校表示，庫波德拉醫生於一月三日失蹤，當時他已有兩天沒去上課。顯然，他也搬離了公寓。

現年七十六歲的佩利納，因爲發現瑟莉妮症候群，獲頒一九七四年諾貝爾醫學獎，那種病症會讓病患的壽命變得很長，卻也會導致心智退化。貝塞斯達鎮的人都知道他領養過四十三名來自密克羅尼西亞烏伊伏國的孩童，而瑟莉妮症候群就是佩利納醫生於一九五〇年在該國發現的。

「我們一定會找到佩利納醫生。」蒙哥馬利郡警局的發言人表示：「任何人握有他下落的線報，應立刻通報警方。」

後記

諾頓跟我已經遠走高飛了。這種說法既不俗氣，也不煽情，我的意思就如字面所說的：我們遠走高飛了。但是就這件事而言，我能說的也只有這樣。[1]還能說什麼呢？我只能說，這個地方的空氣令人難以承受，到處瀰漫著香味，有時我受不了，必須回到室內，而且過去十天都沒下雨。諾頓喜歡在廚房裡擺放大把亂插的花，所以每週有幾個早上，我都會與我們的園丁P先生一起去採集大量花朵盛開的不知名植物，用雙手抱回去。其中一種花莖的尾端有許多花蕾聚集成女帽狀的花朵，每一朵都跟日本的醃蘿蔔一樣鮮黃。另一種是冒出許多小花的樹枝，狀如裂開的開心果果殼。還有一種花看來味美多汁，樹葉厚厚黏黏，尖塔狀的花瓣非常堅硬。P先生幫我把花剪下來，插進一個大玻璃瓶；一看到花，諾頓總能高興起來。我們倆在這裡過得很快樂。

但是我必須承認，有時我還挺懷念之前的生活。我常常想起我的實驗室和同事，偶爾也會想到我的孩子，我知道自己再也見不到他們了。有時我真希望有機會與故人說說話。每當我渴望過去那種生活時，不免思索自己做的決定到底對不對。但那些想法都不持久，因為我總是能找諾頓聊一聊（畢竟我是為了他才來這裡），一聽到他說話，我就知道我的決定也許不盡完美，卻是正確的。而且無論如何，我也相信自己的那些感覺會隨著時間過去而消逝無蹤。

剛來的時候，我非常渴望知道老家的情況，不論什麼消息都好。我不禁想用以前的生活來比較現在的日子。來到這裡的第二天，我心想：**老家的人提到我的時候，都說了些什麼**？**提到諾頓的時候呢**？**他們是怎麼想的**？我想像實驗室裡的電話一定響個不停，信箱裡塞滿信封與紙張。離開前，我寫了幾封短信，但是盡可能精簡：一封給我的前妻，跟她說我在銀行開了戶頭，裡面一些錢是給小孩的，還有既然我不回去了，小孩就是她的責任；一封寫給我的姊妹，感謝她多年來始終善待我；一封則是寫給史丹佛的校長，但是沒多說什麼。我曾打算寫信給我的兩個小孩，但重寫了幾次都不知道該如何措詞，說出該說的話（事實上，我也無法確切決定我想說什麼），所以最後只好作罷。我知道他們的媽媽會想出一套可信的說詞；這方面她總是比我厲害。

儘管這種渴望已經沒那麼強烈，那些念頭有時還是會冒出來，大都是在夜裡試著入睡

---

1 我們為什麼能夠順利躲避追查？我想讀者都很納悶。我只能說，如果情勢有利，這種事並不是太難安排。還有，如果這篇後記有扭捏作態之嫌，委實可惜，我也在此先跟各位道歉。為此我也很怨自己，不過讀者應該瞭解，如果我太坦率，可能造成一些令人不快的後果。

時。第一次是肚子餓的時候，那一天我剛好沒吃晚餐。我小心翼翼，不去吵醒諾頓，獨自到樓下廚房去，站在打開的冰箱前，看著M太太（P先生的老婆，我們的兼職廚師）留給我當早餐的菜餚。我拿了一盤東西坐在餐桌前，有水煮雞肉，泡橄欖油的起司塊，還有奶油櫛瓜，一直吃到太陽升起，之後我生了一場大病。這種暴食行徑重複了好幾次，最終我才發現我渴望的不是食物，而是某種遙不可及的東西。有了此一體悟，讓我確信每當那種渴望出現，就不會那麼難熬了。無論如何，我認為假以時日，我就不會再有那樣的反應。就算是夢寐以求的新生活，還是有一段適應期。

我的故事，還有諾頓的故事幾乎都說完了，但還有兩件事要跟大家分享；兩件事一前一後發生，不過你未必要讀完它們。我們的故事將在這裡畫下句點，希望你跟我們一樣，都對這個結局感到很滿意。諾頓的回憶錄有一個段落被我拿掉了，我必須承認，此刻在這裡把它寫出來，仍教我非常猶豫。我不確定這麼做對不對。我想我也非常憤世嫉俗，所以我才能瞭解，把這件事說出來不會改變別人對他的觀感，但還是有可能有所影響。我只能說，我希望這件事被當成一個奇特的小小註腳（因為本來就是一件小事；故事主軸不會因此改變），而這本回憶錄反映出諾頓的機智與智慧、熱情與悲憫，這些才是讀者該牢記於心、讓他留名青史的事情。但是，經過一番深思熟慮，我選擇把這件小事寫出來，理由無他，只因為我認為，儘管它令人尷尬，卻反映出一種溫柔、心胸開闊的人格特質，代表諾頓勇於表達自己的情愛，也承認自己有所缺陷。這讓我們想起了愛情——至少就很少人願意承認自己感受到的純愛而言，是一種複雜、黑暗而暴力的東西，一種不該輕易互許的諾言。就算我們不同意諾頓在這方面的觀點，還是可以把他當成一個健全的好人。至少這是我個人對讀者的期待，不過，最後的裁判權還是掌握在你們手裡；只是我早就做出自己的判斷。

第二件我必須和大家分享的事，發生在我去監獄接諾頓的那一天，距今剛好一年（不過，讓你我感到挫折的是，我沒有辦法在這裡與大家分享自己的生平事蹟，這當然是仔細考慮的後果，而非隨意決定）。我等待那天已有一段時日，於是提早幾天搭飛機前往貝塞斯達。在某次難得的電話交談中，諾頓先把他的計畫告訴我，我回答時非常謹慎，甚至有點擔心，但幾小時後我就瞭解到：我當然願意照做。畢竟成年後我就一直等待著這種事，而且我知道自己永遠不會後悔，也沒有任何疑慮讓我卻步。我向來忠於諾頓，此刻也看不出我有理由改變我的直覺。

我在鎮上閒晃三天，逛了很多高檔的小精品店，看過我無法想像有誰會買的無用擺飾（包括由設計師設計瓶子的橄欖油和醋，形狀像陶瓶的燈心草手工籃子，還有外表像燈心草籃子的陶釉瓶子）。最後，我開車到費德列克懲教機構去接諾頓。我做了一些他交辦的小事，像是到店裡買一些我知道他需要的用品，也去找過他的會計師和律師。他的律師見到我，露出一種我看不透的表情，只是默默地把諾頓要的東西交給我。自從聽證會之後，我就沒再看過他，我們只講了幾句話。我沒去他的實驗室——事實上，我不想跟我們的任何舊識見面。

完成搜身程序後，獄方人員要我走兩遍金屬探測門。我把自己的和幫諾頓裝好的兩個包包都留在車上。有人引導我到一個窗口，簽了幾份文件，然後要我在一個氣味不佳的混凝土房間等待。我看著時鐘的分針不斷移動，持續候著。我都等了那麼久了，不介意多等一會兒。

過了大概兩小時，一名人員走進小房間，跟我說出了一點差錯，諾頓已於當天早上離開，此刻顯然在他的律師辦公室等我。我當然發了一頓脾氣，倒不是因為自己的時間被耽誤而懊惱，而是我不喜歡諾頓離開時沒人招呼他，他必須拖著自己的東西，自行前往律師的辦公室。但是那名人員跟我說，是諾頓的律師親自來接他的（說真的，我去辦公室找他時，他可能提過這件事），而且所有程序都進行得很順利。不過，我持續斥責那名人員（我想只因為我心直口快），而他依然平靜，完全沒有要道歉的樣子，令人火大。最後，我意識到自己跟那名人員就像秀才遇到兵，有理說不清，而且他顯然不為所動，我只好認輸了。我這才開始意識到，自己不用再去那座監獄或其他監獄了，突然間我急著想離開。

我知道在那當下，諾頓應該是坐在律師身旁，聽他囉唆講解假釋的相關規定，露出完全同意的表情，點頭稱是：**一定會，一定會，當然了**。他當然會被轉介到某個治療重度戀童癖的門診。他當然同意去看心理醫生。肯定也同意尊重維克多申請的禁制令規定。一切規定都不會太過分，對他的限制也不會太多；他想表現出洗心革面的樣子，也希望盡可能配合。他願意簽署各種文件，同意與假釋官見面的次數，並善盡各種責任。但是幾個小時後，這些責任將不再具有任何意義——只要我們夠小心。那位律師在輸掉諾頓的官司後就對他不聞不問，此刻也一定擺出高姿態，但諾頓不會介意；裝腔作勢的遊戲就快結束了，他會覺得自己是個寬宏大量的人。

我的時間很趕。我知道我說過，既然已經等了那麼久，我打定主意要耐心等待。話說回來，我也知道諾頓離我那麼近，我們倆的新生活即將展開，也不禁焦慮起來，甚至感受到多年來未曾出現的興奮情緒。一名警衛對我搜身時，我不耐煩地等待著，最後我離門廳只剩下一百碼左右，再開一小段車程，就能再度看到諾頓了。我們會在某間飯店共度一晚，隔天離開，這一切會被遺忘得一乾二淨，無論是這幾年發生的事、我們的事業、家庭、那一樁官司，還有他承受的羞辱。我們眼前有輝煌燦爛的新生活等著我們，雖然我還看不出未來會怎樣。接著，我從門廳朝出口走，愈走心跳愈快，差點就用力把門打開，沿著監獄樓梯往下狂奔，胡亂大吼大叫。諾頓在等我；很快我就會看見他了。重獲自由的全新人生後，他想做的第一件事是什麼？

出去後，我朝車子走過去，本來聚在車頂的一群黑色烏鴉立刻振翅飛走，發出刺耳的尖叫聲。在那個片刻，我想要開懷大笑。牠們看來好壯觀，三三兩兩飛進沉悶的空中，白白的天空布滿一顆顆砂礫，要我永遠看著它也無所謂。

隆納德．庫波德拉

二〇〇〇年十二月

附錄

（這一段文字敘述諾頓與維克多鬧翻的過程，原本出現在回憶錄的第四二三頁。）

我也希望這件事發生過後，一切會變得比較順利，但事實並非如此。或者應該說，一方面變得更順利，另一方面並沒有。把維克多從地下室放出來之後，有好幾天的時間，維克多的確願意承認自己失敗了：他安安靜靜，也乖乖聽話，目光害羞地低垂，幾乎像在跟我調情。其實最值得注意的是，他變得很安靜。維克多向來不是喜歡吵鬧的小孩，但也不算沉默寡言；他跟其他孩子一樣喜歡聽自己講話，發出各種聲音。我想之前他挺喜歡與別人來往，但很快就變了。

但是，我不希望讓人有一種他在受罰後開始封閉自己的印象。應該說他似乎成熟了一點；在輪到他的時間以外，如果我叫他去洗碗盤，他不會再像以前那樣噘嘴生氣。我要他去做功課時，也不會再皺眉繃臉。每當我提醒他注意禮節，控制音量或糾正他講話的文法，也不會再唉聲嘆氣了。他的表情看來茫然而心不在焉，好像有人幫他做了一次無害無血的腦葉切除手術。然而，他也不是變成機器人那樣；他看來跟其他小孩沒什麼兩樣，也會與人打架、玩耍、聊天、爭論、說笑。他不曾哭泣，不過他本來就沒哭過。這是他向來受我敬重的一個特色。

而我也一樣扮演好自己的角色。他是個自尊心很強的男孩，我知道也認同這一點。所以我不曾讓他想起自己受辱的事，未曾跟其他孩子說不能做他做的那種事，而且我也不再叫他維克多了。我希望他保住尊嚴。

但是，這樣平靜了大概一個月，他又故態復萌了。他開始翹課，為此說謊。還把德魯從樓梯推下去，害德魯手腕骨折。他用剃刀在鄰居的貓身上，剃了極不雅的字眼（他剃得小心翼翼，講究技巧）。我走進他跟威廉共用的房間，剛好撞見他在剃貓毛。不過，在那瞬間我只能瞪著他，看他一手溫柔地環抱那隻貓，右手握著剃刀（**我的剃刀**），在柔軟的貓毛上面劃來劃去。他喃喃低語，安慰那隻貓。最令人吃驚的是他終於把頭轉過來時臉上的表情：我可以預期他平淡的眼神帶著叛逆與怒意，但也很困惑，好像他沒辦法阻止自己使壞，好像揮舞手裡那把剃刀、利落地剃著貓毛的人不是他，是一個他無法控制的惡魔。

事後，我們的關係再度惡化。晚餐時，他常常無故對我吼叫、惡言相向。我當然不會被他傷到，但是罵他打他，想新的方法處罰他，還有逼他聽話，這一切讓我愈來愈厭煩。某天晚上，我夢見維克多變成一隻凶猛的大蜘蛛，蛛腳堅硬強健，冷酷的紅眼閃閃發亮。但不知為何，我居然想試著引導他走進一只脆弱的小籃子。我騙他逼他，甚至用一塊蜂蜜引誘他，但是被他一再脫逃，我也就此驚醒，雙拳緊握，手心流了許多汗，心中倍感挫折。

後來，當我打算把他趕出我家，或者關進精神病院（只要有門路，這種事不如一般人想的那麼困難）之際，他突然改善了，開始聽話，甚至柔順起來，漸漸再度退縮。不過很快地，每當他假裝平靜下來，我便開始害怕、不信任他，因為這意味他在醞釀某件特別惡毒的事；他會等我放下心防，等我愚鈍昏沉，趁我不注意的時候向我撲來，他那令人費解的怒氣跟爪子一樣銳利危險。這種時候，我心裡總是想，維克多或許病了，他的憤怒總是帶有目的性，受到控制，不可能是心理疾病導致；這只是他全盤計畫的一環，目的是什麼？逼我殺他？逼我自殺？時至今日，我還是不確定他希望我做什麼。也許這對他來講只是一場遊戲，屢屢佯裝要進攻，卻又退縮，每次都比前一次認真、更具威脅性。我當然可以很快地擺脫他；畢竟我是大人，比他更聰明也更堅強，而他只是個孩子。但他也是個男孩，精力無窮，有許多時間讓自己變得狡詐無比，像磨刀那樣仔細籌畫自己的惡行。

某天晚上，我從實驗室回到家已經深夜，發現書房地板上有一小堆碎片。走近一看，發現是我獲頒諾貝爾獎時，歐文送我的一只水晶大碗打破了。那個水晶碗沉甸甸的，質地像水一樣純淨，色彩豐富，菱形的水晶表面是淺綠色和蟒蛇般的翠綠構成的。那個碗是歐文送我的少數幾件禮物之一，具有特殊意義，因為那本來是他的。某天，我在他的公寓看到那個碗，讚嘆不已，驚訝地把它拿到燈光下，一邊拿在手裡轉圈，一邊欣賞它反射出來的光線。歐文把碗搶走，大呼小叫，說我會把它打破，我們吵了起來。但是那一年稍晚，我收到一個笨重的大包裹，在一層層棕色包肉紙包裝的一只木條箱裡，就是那個碗，用一塊布裹起來，綁著上蠟的紅色麻繩，跟我印象中一樣完美而沉重，像珠寶閃閃發亮。

結果它就這樣被毀了。我知道是維克多幹的，他從碗底的凹槽下手，將碗打成碎片，如今變成了一堆亮晶晶的垃圾。碗的側邊碎裂，變成不平均的大塊碎片，每一片上面都有深深的刮痕（也許是用石頭刮的），像出自外行人之手的粗糙飾紋。碎片底下有一張字體醜陋的紙條，是用我的信紙寫的：「唉喲！」

我連站著都有點困難，瞪著那個碗好幾分鐘，耳裡傳來對這一切毫不在乎的滴答鐘響。然後，我轉身沿著走廊走向樓梯，又停下來，不知道為什麼等待著，然後上樓來到他的房間。到了門口，我從半開的門往裡看，凝視呼吸起伏的維克多。那個週末，威廉到朋友家過夜去了，維克多睡在他的床上（維克多深信他的床比較好）。我看了很久。他仰躺著，雙臂擺在頭上，睡衣下襬的扣子沒扣，露出一片黝黑光滑的肌膚，還有凸出的可笑肚臍。**喔，維克多，**我心想，**我該拿你怎麼辦**？

我走進房裡，把門關上。百葉窗是打開的，我可以看見月亮出現在窗子角落，暗黃的月光穿透窗簾灑進室內。我坐在威廉床上，維克多的腳在我身邊，許多念頭依序浮現腦海，但如今我沒辦法說清楚，甚至當時我就無法用言語表達了；千頭萬緒宛如黑色的洪流怒濤，像是有許多零散肢體被捲了進去，痛苦嚎叫，彷彿夢魘裡的場景。

我站起來，拿起維克多床上的枕頭，再度坐下。大概有幾分鐘的時間，我始終把枕頭擺在大腿上，看著他吸氣吐氣、吸氣吐氣。我又想起在機場與他相遇的往事，他身上到處是流膿的傷口，虛弱且疲倦到無法哭泣。我注意到他腳踝踝骨上方有一個模糊的鐮刀狀疤痕。疤痕是白的，在黝黑的皮膚上好像散發著微光，宛如卡通人物的微笑，突然間我為他感到非常悲傷，情緒激動。我幫他輕輕搓揉腳踝，用拇指與食指撫摸，他在睡夢中動了一下，露出微笑，輕輕嘆了一口氣。

然後我爬到他身上，用枕頭蓋住他的嘴巴。他看見我在他身上，炯炯有神的雙眼露出凶光，等到我拉下他的長褲，眼神又露出困惑與害怕。儘管被摀住口鼻，我聽見他開始大叫，聲音聽來非常遙遠，像漸漸消逝的模糊回音。

「噓……」我跟他說：「不會有事的。」然後用另一隻手輕拍他的臉，就像我有時跟嬰兒講話那樣輕聲低語。他在底下掙扎，試著抓我的臉，但我比較強壯，也比較重，即便用一隻手抓住他的雙臂，將兩隻手肘的內側壓住，還是能用一隻腿的膝蓋把他的雙腿分開。

我用力侵犯了他，我實在無法確切描述那種輕鬆、飢渴與純粹快樂的感覺，我再度感受到那一陣又一陣的甜美怒意。荒謬的是，我居然在他耳邊低語：「你把我的碗打破了。我弟弟給我的那個碗。你這個畜生。你這個小妖怪。跟動物一樣的傢伙。」我隱約聽見他的呻吟聲，然後更用力推進，他發出小小的尖銳叫聲。真不知道他的感覺是否跟我一樣，我整個人好像神魂顛倒，身體輕飄飄，嚴厲的冷風吹進我可憐骯髒身體的每一個孔洞，把不乾淨的東西帶走清空，在夜空中化為烏有。

過去多年來，我跟許多男孩在一起過，說來也沒什麼好丟臉的，其中有幾個是我自己的小孩：包括俊美的蓋伊，他那長長的睫毛和鬈髮都是皮膚的那種古銅色；泰倫斯手長腳長，身上布滿了痣，像墨漬一樣；穆伊瓦是我的第一個小孩，就許多方面而言，我最喜歡的也是他。我愛這些男孩，愛他們的俊美，也愛他們的認命屈從，讓我有一種如夢似幻的感覺。他們很可愛，我是懂得欣賞他們可愛之處的男人，讓他們知道那是他們的天賦，把自己獻給別人的天賦。但我未曾遇到像維克多這樣讓我如此生氣、義憤填膺、愛恨夾雜的男孩。他一直在掙扎，即便隔夜我去找他時也一樣，還有第三天夜裡，以及接下來的許多夜裡。我總是低聲跟他說我會處罰他，好好揍他一頓，逼他循規蹈矩。完事後，等到筋疲力盡的我趴在他身上，我發現自己會跟他說一些情話，說我有多渴望他，也做了一些未曾許過的承諾，因為流淚聲音聽來多愁善感。後來，當他指控我，我非常震驚。我是愛他的，我不計較他做的那一切。在審判過程中，我說我給他的一切跟我給其他孩子的一樣多：金錢、家庭與教育。但實際上，我心裡的想法是：**我給他的勝過我給其他人的一切。我把我一直渴望付出的都給了他**。月光灑在威廉的床上，他在我的底下蠕動著，我知道他一直在撩撥什麼，那一晚我就如了他的願，毫不猶豫。在天色將亮、離開房間前，我對他低語：「維，」枕頭仍蓋在他的嘴巴上，他不得不聽我說，「我愛你。我把我的心給了你。」

諾頓・佩利納生平年表

一九二四年：諾頓・佩利納生於印第安那州林登鎮。

一九三三年：母親去世。

一九四五年十二月：西碧兒姑姑去世。

一九四六年：父親去世。

一九四六年五月：從漢米爾頓學院畢業。

一九五〇年六月：從哈佛大學醫學院畢業。

一九五〇年六月二十一日：登上伊伏伊伏島（小雨季即將結束時）。

一九五〇年十一月底：從伊伏伊伏島返國，開始在史丹佛大學的一間實驗室工作。

一九五一年春天：開始進行第一個歐帕伊伏艾克的實驗。A組的老鼠有五十隻，年紀為十五個月大；其中有一半被餵食歐帕伊伏艾克；另外五十隻老鼠是對照組。B組是一百隻剛出生的老鼠（一半對照組，另一半被餵食歐帕伊伏艾克）。

一九五一年春天：在《爬蟲學年刊》上發表一篇關於歐帕伊伏艾克的文章。
一九五一年七月：開始進行第三個實驗。C組有兩百隻十五個月大的老鼠；其中有一半被餵食歐帕伊伏艾克；另外一半是對照組。
一九五三年十二月：在《營養流行病學年刊》上發表論文（也就是所謂「永生假說」論文）。
一九五四年三月：亞多佛斯・瑟若尼開始重做佩利納的C組老鼠實驗。
一九五六年四月：瑟若尼準備發表他的論文。
一九五六年九月：瑟若尼的論文發表在《刺胳針》雜誌上。
一九五七年二月：重返伊伏伊伏島。
一九五七年五月：把老鼠的心智退化現象告訴瑟若尼。
一九五八年一月：重返伊伏伊伏島。在《營養流行病學年刊》上發表論文，討論食用歐帕伊伏艾克之後出現的心智退化現象。
一九五八年二月：返回史丹佛大學；不再與保羅・塔倫特聯絡。
一九六〇年：開始在國家衛生研究院管理自己的實驗室。
一九六一年年底：重返伊伏伊伏島；塔倫特失蹤。
一九六八年：領養了第一個小孩，即穆伊瓦・佩利納。
一九七〇年：隆納德・庫波德拉進入國家衛生研究院，開始在佩利納的實驗室工作。

一九七四年：獲頒諾貝爾醫學獎。
一九八〇年八月十三日：領養了維克多・歐文・佩利納。
一九九五年三月：遭逮捕。
一九九七年十二月：被判二十四個月徒刑。
一九九八年二月：開始在費德列克懲教機構服刑。

烏伊伏語重要詞彙

說明：烏伊伏語的母音發音方式就跟日語或西班牙語的母音一樣。

E：是的，或一般的問候語（就像哈囉、早安等等）。

Ea：注意看（命令語）。

Eke：動物。

Eva：這是什麼？

Hawana（哈瓦納）：許多。

He：我是（放在形容詞前面）。

Ho'oala（荷瓦拉）：白人。

Ka'aka'a（卡阿卡阿）：一種如今被明令禁止的醫療方式。

Kanava（卡納瓦）：一種樹木，是瑪納瑪樹的親緣植物，霧阿卡的棲息地。

Ke：什麼？（對話中的回應方式）。

Lawa'a（拉瓦阿）：一種類似龜背芋的大型蕨類植物。

Lili'aka：可直譯為「小太陽季」；相當於我們的夏季，是當地最宜人的季節（持續一百天）。

Lili'ika：伊伏伊伏人的午休時間；中餐後直接開始，持續到下午快結束。在烏伊伏島上，因為受傳教士影響，圖伊瑪艾勒國王已於一九三〇年明令禁止這種午休習俗。

Lili'uaka：可以直譯為「小雨季」；相當於我們的春季（持續一百天）。

Ma：敬語，放在某個字的前面或後面，後面跟著一個喉塞音。可直譯為「我的」（作所有格或所有格代名詞使用）。

Ma'alamakina（瑪阿拉瑪奇納）：烏伊伏人的傳統長矛，所有男性在十四歲之後都會獲贈一把。

Makava（瑪卡瓦）：一種曾經生長在烏伊伏島的樹，如今大都生長在伊伏伊伏島上。

Male'e：小屋。

Manama（瑪納瑪）：一種果實像芒果的樹。

Mo'o：沒有。

Moa：食物。

No'aka（諾阿卡）：一種像椰子的水果；島民把它的殼拿來當碗；烏伊伏島上一般都稱為

uka moa，意即「野豬食物」。

O'ana（歐拉阿魯）：烏伊伏曆法中的一年，長度為四百天。

Ola'alu：史前的烏伊伏象形字母；現代已經很少使用。

Tava：一種很像樹皮布料的布，將棕櫚葉搗碎製成。

U'aka：最熱的季節，相當於我們的秋季（一百天）。

'Uaka：傳統的潮濕季節，相當於我們的冬天（一百天）。

Uka：野豬。

Umaku（烏馬庫）：樹懶的油脂；可當作潤滑油與磨長矛的油。

Vuaka（霧阿卡）：一種原始的小型猴子；被當地人視為美味。因為濫捕，在烏伊伏島上已經幾近絕跡。

謝詞

非常感謝從一開始就相信我的諾曼・辛德利（Norman Hindley）與羅伯・侯斯莫（Robert E. Hosmer）；也要感謝瓦爾帕拉伊索基金會（Fundacion Valparaiso）與紐約文藝基金會（New York Foundation for the Arts），讓我有時間與經費寫作；感謝卡雅・佩利納（Kaja Perina）的機智與好姓氏；感謝大衛・艾伯修夫（David Ebershoff）提供的諮詢與耐心對待；感謝約翰・麥克艾威（John McElwee）的幽默與協助；感謝拉維・米羌達尼（Ravi Mirchandani）的魅力與熱情；感謝吉姆・貝克（Jim Baker）、克拉拉・葛洛齊斯卡（Klara Glowczewska），特別是凱瑞・勞爾曼（Kerry Lauerman），即便我不知道要怎樣高興起來的時候，他們仍為我感到高興；還要感謝史蒂芬・莫里森（Stephen Morrison）總是能安慰我，忠誠以待，感謝他幫人安排相親的出色技巧，並且願意當我的摯友。

我也很感激雙日出版社（Doubleday）的熱忱與關愛，特別是比爾・湯瑪斯（Bill Thomas）。感謝聰明、令人寬心、能力超強的漢娜・伍德（Hannah Wood），尤其要感謝蓋瑞．霍華（Gerry Howard）願意維護我，展現大無畏精神，身為編輯，他以一種優雅與無私的方式全力付出，提供他的才智。

我永遠感激、尊敬並深愛安娜．史坦．歐蘇利文（Anna Stein O'Sullivan），她非常可愛，而且態度始終未曾動搖，從一開始就相信我，我也一直珍惜她的意見與建議。對於在關鍵時刻拯救我的安德魯．基德（Andrew Kidd），我要獻上十二萬分感謝之意。如果沒有他高超的編輯洞察力，還有不斷的支持，我一定會迷惘不已。

賈瑞．霍爾特（Jared Hohlt）是我第一個也是最喜愛的讀者（多才多藝的能人），他慷慨而睿智，有耐性也有智慧，與我長相左右，我對他的虧欠實在太多太多。但是我希望他不在意我無法用言語表達我有多愛他，感謝他，信任他，同時也充滿歉意。任誰當他的朋友，都很幸運。

最後，我要向我的雙親朗恩與蘇珊表達我至深無比的感謝。他們除了對我展現上述所有的德行與寬宏大量，也教我保持懷疑精神與應有的品味。特別是我父親，他不只是一直鼓勵我，也常常不吝與我閒談。為此，也為了其他許多理由，我要把這本書獻給他。

國家圖書館出版品預行編目資料

林中祕族 / 柳原漢雅（Hanya Yanagihara）
著 ; 陳榮彬譯. -- 初版. -- 臺北市 : 大塊文
化, 2015.10
面 ;　公分. --（to ; 85）
譯自 : The people in the trees
ISBN 978-986-213-625-6（平裝）

874.57　　　　　104014785

LOCUS

LOCUS

LOCUS

LOCUS

bravely, though with occasional half-rebellions, went on being my father's wife, but her offended nature got its own back in many ways, and her children's instincts chimed with her instincts more readily than they did with my father's reason.

The scenes were always over trivialities. My mother was an impatient person, hating to wait about, hating slow meals, hating almost to hysteria being late for anything. My father was slow, deliberate, unpunctual. Taking his time over anything gave him a positive pleasure – as it does me. If, on a shopping expedition, he went into the post office to post a registered letter, he would certainly find someone with whom to gossip. Waiting with us in the car, my mother would know that he would do this: she would begin to simmer before two minutes were up. I would resent the way she was working up for a scene, since time mattered to me as little as it did to my father, but still I would begin to feel irritated by his slowness, even to despise it. My brother and I, in the back of the car, would exchange warning looks, and later one of us might say, 'Why is Daddy so *silly* – he always does just the thing to make her lose her temper.' Another thing in which, by nature, I was on my father's side but which came to irritate me, was his scrupulous honesty. He was the sort of man who will seek out the guard on a train to pay the excess fare if a crowd has caused him to travel in a first-class compartment with a second-class ticket. My mother had a streak of bandit in her, was usually prepared to get away with what she could, and used deliberately to enrage him by describing some minor delinquency of her own. With one side of me I admired my honourable father, but with another I saw him as absurd. Because my mother's irritation with him on such matters was a symptom, a release of nervous tension through permissible outlets, it had an infectious force beyond its apparent triviality.

Apart from this, my father did not much care for children. He was always pleasant to us, but he did not find childishness in itself seductive. When he sang, 'Bat, bat, come under my hat, and I'll give you a slice of *ba-a-a-con*', or 'Bony was a warrior', he was funny and we enjoyed it. We thought him clever when he made up nonsense verses for us, and later wrote plays for us to act, but the things he enjoyed doing with us were things which he enjoyed doing anyway because they exercised his talents or his sense of humour. Just to be with children, to watch them, to enter into their imaginations, was no pleasure to him, and he had no physical rapport with them. Nowadays I sometimes watch my brother handling three small sons, and I see exactly what it was that my father could not feel. My brother will throw his boys about, fondle them, sniff them, stand by a window to watch them as they play in the garden with an unconscious smile of pure pleasure on his face. He loves them with a comfortable, animal warmth, and they respond to it like crocuses in the sun. That is something that was outside my father's nature.

Much of myself comes from my father – my equable temperament, my powers of detachment, my enjoyment of poetry and of the absurd – and the better I knew him as an adult, the more clearly I saw that he was an agreeable, intelligent, upright and witty man. But I never felt closely bound to him; never felt, as I did about my mother, that for good or ill, this person and myself were made of the same substance.

So being separated from my father for so much of the time seemed, when I was thirteen, more of an advantage than otherwise, while living at the Farm – *that* was delight. It was a house to which we could go only to be happy. We knew it intimately, having already stayed there when we were younger and my father was abroad, and spending much of our time there when we were at the Manor. My mother's generation had passed legendary holidays there, to be near my great-grandparents. It was part of Beckton and for children the best part: a pleasure ground richer and more absorbing than garden or park, with the real business of the country going on in it. The first time we had stayed there, my brother and I had become distressed in our loyalties, because surely it was impossible for us to love any place better than Gran's house, and yet . . . It was my brother, then six years old, who had discovered the pleasures of nostalgia for us. We shared a large bedroom looking out over the farmyard, at the end of a passage and remote from the rest of the family so that we could talk and play with impunity for what seemed like hours after we had gone to bed. One evening, when we were leaning out of the window watching the horses drinking after late haymaking, a cuckoo began to call in the distance. 'Listen,' said my brother. 'It makes me feel funny – it makes me think terribly of being at the Manor.' I listened, and soon each hollow note seemed to be struck on my own heartstrings: tears began to come into my eyes. Past summers – not just the eight I had lived, but innumerable past summers, long and golden, and all experienced at Beckton Manor, seemed to be saying goodbye.

A few days later we discovered that when we heard a cuckoo while at the Manor, we could summon up exactly the same feeling for the Farm. After that we decided that the two houses were part of the same place, so that it did not matter which we loved best.

They were less than half a mile apart. You went out of the back door of the Manor, into the gravelled space between its two wings which in summer was decorated with tubs of fuchsias, down past the stables, through the bottom orchard and a corner of the plantation girdling the kitchen garden, and past three beech trees on which everyone had, at one time or another, carved their initials. The highest initials had grown blistered and blurred; the lowest – mine and my brother's – were clear and still the colour of sawdust. From there a footpath ran along the bottom of the back park beside a line of bat willows planted by my great-grandfather (they were never made into cricket bats, reaching and passing their prime during the last war, when no cricket bats were being made). This led to the stream, at the point where it slid over a little weir to become the beginnings of the lake. You crossed it on a broad footbridge, pausing to drop sticks into the water or just to stare into it, and came to the water meadow – a boggy meadow criss-crossed with little ditches choked with marsh marigolds and ragged robin. The path here was slightly raised, with planks, usually collapsed, over the drains which traversed it. We knew it so well that even in darkness we could tell where we had to take a long stride, or step to the left, or balance carefully because a plank was extra narrow. At the far side of the water meadow the path rose steeply to the small wooden gate into the Farm orchard, and at the top of that was the benevolent Dutch end-gable of the house, curving comfortably above white walls and partly screened by the row of beeches which bordered the back yard. The working buildings sprawled to the left, not at that time the responsibility of those who lived in the house, but definitely part of their territory. This house was to be the background of my growing up (we continued to live there, all but rent-free, for about twelve years); but the love we all felt for it was already established and was rooted in the knowledge we had of it from our earliest childhood.

Mouse droppings, husks of oats quivering in spiders' webs, piles of old sacks – the musty smell of a loft would make me hesitate now. I would stoop to avoid the wispy grey shreds hanging from rafters which cling to one's hair, step carefully to avoid the fangs of disused machinery. But when we were children we shinned along beams over which old pieces of stiff, cracked harness had been looped, and jumped off them into the hay at the end of the loft, near the chute down which it slid to the stable, raising a cloud of dust as we landed, so that motes swam for minutes on end. ('Never jump down into hay: there might be a chopper or a pitchfork buried in it. A little boy once jumped into a pile of hay and was cut *right in half*.') The picture of the farm buildings I carry in my mind is framed by the loft window – the opening into space with a pulley above it up to which sacks were hauled. When we were small my brother and I would squat there as silent as cats, unobserved, watching the cowman cross the yard with buckets of skimmed milk for the calves, or a horseman bringing in a pair of butterball-smooth Suffolk Punches, unharnessing them, then sending them with a slap on the rump to drink endlessly from the tank, burying their nostrils in the scummy water, after which they liked to hang about in the yard taking their ease for a while, until the man shouted at them and they plodded into the stable, each to his own place. They had names like Tory, Prince, Captain, Bess. When Tory died a new Tory took his place, but he had a different character, he should have had another name.

The granary had a dusty smell, too, but not like the loft's. Wheat, oats, barley, and sometimes beans – they were heaped like sand dunes and each made a different sound when you thrust your hands into the heap, or waded in it – which was forbidden because it scattered the grain. The stables, the cowsheds, the various yards in which animals were kept at different stages of their lives, all of them had their own smells, and none of the smells, however dungy, seemed to us displeasing. An adult watching children scurrying about a farm must see their movements as mysterious, like those of animals. What makes them decide to sit on a certain wall, stare solemnly for perhaps ten minutes at a certain pig, then jump down and run into a barn, clamber to the top of a pile of sugar beet? It is like the flitting of birds from tree to hedge. But I can remember that each building, each activity, each time of day had its own value and meaning – we went from one to another as an adult would decide to drop in at a picture gallery, or go into a shop to buy bread.

'Going to look at the bull,' for example, was not a random whim but an accepted pastime. A bull is a spectacle in himself. We hoisted ourselves up the stout timbers of his loose-box, and with our elbows on the top of the partition would stare at him while he stared back. Placid he might be (and our bulls usually were), but not to be trusted, they said: a bulk of violence rested behind that curly forehead and those small eyes, and when he shifted his feet in the straw or blew through his nostrils there was a shadow of threat in it. If, while we were watching him, the bull piddled or let his red penis protrude from its sheath, we counted it an event. He was sex as well as violence, and we were in awe of him.

The men who worked on the farm were patient and kind. The cowmen were too busy to be interesting companions, but the horsemen had time to talk as they took their teams out to the fields, and would let us ride with them either on a broad back or on a loaded wagon (how it would heave and rock, and sometimes the branches of a tree would sweep it so that you had to flatten yourself on the load). The man whose company we most enjoyed was the shepherd. He was alone a lot in outlying pastures, living out in a hut on wheels during the lambing season, and he was glad to talk. He presided over the most interesting ceremonies of the year: lambing, dipping, and shearing. His dogs were watchful and aloof to anything but their master and their job, so that if they wagged their tails when one spoke to them, one felt flattered. Like all shepherds, ours knew his sheep as individuals, and this seemed a magic power.

For a time, when I was about eight, the shepherd had a boy working with him called Jack Grey. Perhaps he was fifteen years old, but to my brother and me he seemed almost grown-up. His father, who was the woodman, came of gypsy stock and Jack had gypsy talents: he could make sounds which rabbits mistook for other rabbits, he poached, he could climb any tree and knew everything about birds and animals. We envied and admired him for living out of doors so much, and at the same time were impressed by his matter-of-fact attitude towards it, his remarks implying that we would not enjoy it as much as we supposed if it were part of a job. We collected birds' eggs then, under strict injunctions to take nothing unless there were at least four eggs in the nest and never to frighten the parent birds so that they would desert. Jack could climb higher trees than we could and was uninhibited by rules (which were awkward in the cases of birds which laid only two or three eggs). The treasures of our collection – our jay's, our heron's, and our sparrow hawk's eggs – came from him. We were with him whenever we could be, and he treated us as equals, not as children. Later he shot at and wounded his father, who had come home drunk and had threatened him. He pleaded self-defence but was sent to prison. Much later, when I was eighteen or nineteen, I was at a roller-skating rink (roller-skating had become a passion with me and my friends) and the attendant, a man at once sleek and seedy with heavily oiled hair and a flashy checked suit, knelt down in front of me to fasten my skates. He did not look up. I looked down at the hair plastered in straplike segments across the bent head, and I heard my voice – this is quite literal, I was unconscious of recognition or of forming words – I heard my voice saying 'Jack Grey'. He looked up and said 'Hullo, Miss Dinah', and then, after 'How are you' and 'It's a long time', we were at a loss. The exact nature of our earlier intimacy, what we had talked about besides birds and animals, I could not remember, but I was sharply aware of the ghost of friendship standing there between me and this shady-looking man. We smiled at each other shyly and I left the rink feeling shaky and unhappy. Perhaps as a boy Jack had welcomed the company of small children so kindly because already there were things in his life of which he needed to avoid thinking. I hope he knew how much we loved and admired him.

The friendships children make with their family's employees seem to the children friendships between equals. If a cowman, or my grandmother's head gardener, caught us at some mischief and said 'I'll tell your grandma on you', the words were, to us, no more than a formula: it was not the threat but the wrath of the speaker which had authority. It never occurred to us that even when the gardener caught us stealing his beloved grapes he would never actually clout us, nor did we notice that however intimate we were with Jack Grey, he never invited us to his house, nor we him to ours. A relationship which felt natural was possible because the lines laid down for it were so deeply engraved by time and custom that neither side thought of questioning them, but those lines defined a narrow area. When we went back to the Farm 'for good' I was in my early teens, no longer a child. I knew all the men on the farm, of course, but without realizing it I had moved out of the realm of friendship with them.

We were still at our poorest for our first year or so at the Farm, still without servants, though a woman used to come in to do the scrubbing and another to cook lunch. Soon after we settled in, I was sent to the back yard to bring in the cold meat we were going to eat for supper. It was kept in a perforated tin meat-safe hung on the wall in a cool place. I opened the safe, took out the dish – and the shelf was bare. For the first time since my mother had told me about our poverty I felt afraid: *there was nothing in our larder once that meat was eaten.* At the Manor the larder was an L-shaped room with a brick floor and wide shelves made of slate on which were crocks of preserved eggs, flat pans of milk waiting to have the cream skimmed on them, tins and tins of cakes, biscuits and buns, joints of meat, at least one ham, strings of sausages, pounds of butter, big cheeses, bowls of dripping, bottles of fruit, stone jars of currants – food on which the house could have lived for days if it had suddenly been cut off from the outside world. Whatever the breakfast dish in that house – kidneys on toast, or kedgeree, or bacon and mushrooms – there was always an egg boiled for every person there. A houseful of us could amount to sixteen or so, and sometimes no one ate a boiled egg (what *did* happen to them?). At our house in Hertfordshire the scale had not been so grand, but always beside what we were then eating there had been the remains of what we had eaten recently and something that we were soon going to eat: the larder had continuity. I stood in front of the empty meat-safe telling myself that it was silly to be scared, my mother would be buying more food tomorrow, but for a few moments poverty had become real. And because food did reappear on the shelf (and as soon as my mother had recovered her nerve, accumulated there as merrily as ever), I soon concluded that ours was not real poverty. I remained far away from the real thing, I hardly ever had the chance of glimpsing it, but that moment in the back yard had made me feel what a bare shelf was like, and understand that it could happen. It would be an exaggeration to say that it made me think, but it may have given me the beginnings of a sense of proportion.

My mother resembled my grandmother in her generosity towards her children. I never heard her say it, but she must have resolved that we, at least, should not suffer from the financial muddle into which the family had drifted, and it is only now that I see how much unfamiliar work she did about her house at that time. All she expected from me (my sister was five years younger) was that I should help her make beds and clean the bedrooms in the morning, wash up supper and sometimes cook it. It was almost always eggs, usually scrambled – she did not know any other cooking to teach me. Housekeeping generally became rough and ready – a pleasant state for children – and although even at that it must have weighed on her, it was never a bogy for anyone else. She did not mind things which ought to shine not shining, and she did not mind 'clean' dirt (earth, grass seeds, spilt dog biscuit). While there was a carelessly arranged vase of flowers on every surface flat enough to hold a vase, she felt her drawing-room pretty, and so it was. It smelt lovely, too, more like a garden than a room, and since most of its untidiness came from the litter of books on chair arms, footstools, and occasional tables, it was an agreeable room to be in.

That accumulation of books silting up the flower-free surfaces in the house: that, at bottom, I owe to my grandfathers. Both were men who took it for granted that a gentleman should have a good library, and my maternal grandfather's library was a very good one. In addition to this, my grandmother's father had been Master of an Oxford college, which meant that however unscholarly his descendants might be, they all esteemed scholarship: they might not read much (most of them, in fact, did), but they considered a house without books in it uncivilized. At the Manor, not only was the library walled with books, but the morning room and my grandfather's smoking-room as well, while the whole of one upstairs passage was given over to shelves containing more trivial volumes (delightful shelves, badly lit, from which you might fish a handbook on veterinary surgery or *The Scarlet Pimpernel*). There was an angle of bookshelves ceiling-high in the nursery, and although reading in the bath, in the WC, or in bed was forbidden to the younger children, everyone knew why one did it.

Reading ran in two currents. My grandfather's interest had been history, and most of the family, including my mother, inherited his tastes. Gibbon's *Decline and Fall of the Roman Empire* was my mother's bedside reading for a long time, and she knew Horace Walpole, Madame de Sévigné, and Mrs Delaney like old friends. On the other hand, one particularly beloved aunt, and my father, most enjoyed imaginative writing and poetry. My mother had no patience with books which were 'not true'. She always insisted that she actively detested poetry, finding it a lot of words about nothing, and she would not go to see a play by Shakespeare. My father revelled in Shakespeare and made frequent sorties into one poet or another. During the second world war, when, to his great content, he was back in the Army and serving abroad, he suddenly decided that he must read Dryden and wrote home for his complete works.

In a life where the adults took books so much for granted, it was natural that the children should do so too. About eighty per cent of our birthday and Christmas presents always consisted of books: it would have been impossible not to have become a compulsive reader. I developed the lust early and violently, following my father's tastes rather than my mother's, and would smuggle an electric torch to bed almost as early as I can remember so that I could continue to gobble my books under a tent of sheets. I was always puzzled by how *they* knew. Thump, thump, the steps would come along the passage, under the pillow would go book and torch and I would screw my eyes shut, but the minute the light went on and 'they' saw my body stretched so rigidly innocent under the blankets, they would say accusingly, 'You were reading!'

At other times they would say 'You must be skipping', or 'You can't remember books if you read so many at a time, so fast', but I never skipped, and any that I understood I did remember. Failing to understand did not prevent my reading. Before I was twelve I had been through most of Meredith in my grandfather's handsome, vellum-bound edition, undeterred by the fact that the involved prose was too much for me. Those submerged, and it was only years later, when I picked up *The Egotist* for what I thought to be the first time, that I rediscovered those sessions on the window seat in the morning-room. Pages of it seemed new to me, then I would come to a 'visual' passage – Clara wearing pink ribbons, finding her young man asleep under the cherry tree, for instance – and I would think, But I have been here before, I have *seen* this, and gradually the whole thing swam up: the slight warmth of the radiator boxed in under the window seat, the green damask on the flat cushion, the smooth binding and the thick, handmade paper with its ragged edges, and my grandmother coming in and saying 'Darling, are you really *enjoying* all those Merediths? He's rather grown-up for you.'

Boys, poor creatures, became part-exiles from our world when they were about eight years old and were sent to their preparatory schools. Girls stayed at home, with governesses. I had run through seven of them by the time we settled at the Farm, starting with 'nursery governesses' whom I shared with my brother (two years younger than myself), and going on, when he had been exiled, to better-qualified women shared with cousins or the daughters of neighbours. With ponies, goats, dogs, streams, tree houses, fruit stealing, and poetry writing to compete against, lessons could hardly be anything but a chore, and I suppose that it is this which has left me with an ineradicable feeling that work is the opposite of pleasure. I have tried to persuade myself out of this, but in vain. After twenty years of working in jobs usually congenial, I still leave my offce with the sensation of returning to life.

One of the governesses was sacked because she cowed us, to be forgotten quickly and thankfully. The rest were forgotten slowly and naturally, simply because they meant little to us. Fragments of them remain. A very early one had a kind horse face and was a sucker. Once, when I had irritated her beyond endurance and she had gone out of the room to recover her temper, I leant out of the window, picked a fat, creamy-pink rose from the wall, and laid it on her open book. My eyes must surely have been beady with calculation when she came back to the table, but she noticed nothing, she fell for it, her silly heart melted at the charming ways of children, and I felt a delicious sense of power.

More of Mademoiselle remains bccause we were cruel to her, and we had not until then realized that it was possible for children to be cruel to grown-ups. Her poor hands purple with chilblains, she would sit there weakly accepting our assurance that it was the custom in England to eat boiled eggs with honey, mustard, Ovaltine, and a pinch of birdseed stirred into them (we did it for several mornings to prove our point). Then she turned, and forced my sister, the baby of the family and not strictly under her jurisdiction, to eat all the fat on her cutlet. My brother and I did not think much of my sister at the time, but she rose to the occasion so well, being instantly sick on the table, that we rallied to her with cries of 'Poor little girl, you have been *cruel* to her,' and bolted into shrubberies and beyond, where we stayed all day, knowing that Mademoiselle would not venture further than lawns and flower gardens. We came in that evening knowing that we had been very naughty, but our mother used other words. 'You have been unkind,' she said. 'How could you have been so cruel to poor Mademoiselle?' The incident engraved a trace of uneasiness on my conscience which made me slightly less horrible than some to the duller, plainer mistresses once I was at school.

Only one governess remains solidly a person: Ursula, the last of them, who stayed with us for five years. Her broad red face and her thin, cottony hair augured ill for her, but her common sense and her affectionate heart soon prevailed. She loved dogs, she could corner a recalcitrant pony in a paddock almost as efficiently as my mother, she made jokes we thought funny, and she, too, in her heart, felt that real life was better than lessons. She taught me, one of my cousins, and two girls who lived near us, according to a pleasant system (still practised, I believe) by which we never worked for longer than twenty-five minutes at a time on any subject for fear of tiring young intelligences. Lessons often consisted of looking at smudgy reproductions of pictures by Pre-Raphaelites, then describing them. I was good at this and have loved irises and lilies ever since. When part of the syllabus proved dull – 'citizenship', for example, contained in a book with a dreary blue cover and crossheads printed in a clumsy bold type face – Ursula let it fade out and gave us essays on 'My Best Day's Hunting' to write instead. She was ruthless about good sense and good manners, though, and she did us good.

When the bank's lack of sympathy finally drove me to school (can it really have been cheaper than governesses, or had I become so uppish by then that they felt I needed it?), the headmistress told my mother that she had never before encountered a girl so badly grounded. I felt indignant on Ursula's behalf, but it was probably the truth. She enjoyed the things that we enjoyed too much, and skimped the rest. She must have reported me intelligent, because even in her day it was understood that I would be the one to go to

Oxford, but what, apart from my lust for reading and my facility for 'essays', led her to that conclusion, I now find it hard to see. I cannot remember employing my mind, at that time, on any subject other than horses and sex.

4

MY PARENTS' IDEAS on bringing up children (or rather my mother's, for my father was not much interested and left it to her), were slightly more progressive than those of the rest of the family. Sex was a distasteful subject to all of them, but I believe my mother would have given us honest answers if we had asked questions. She would have been embarrassed, though, and we knew it, so we did not ask. I cannot remember her telling me of any aspect of it except menstruation, which she did not describe as connected with the tricky subject of childbirth, but only as a boring thing which happened to women and, luckily, did not hurt. She got out of giving us 'little talks' or one of those hygienic handbooks for the young by letting us run loose with a lot of animals and forbidding us no book, however 'grown-up'. With this freedom, she believed, we would soon know all about it and, knowing all, would develop a healthy attitude towards it: which, in her terms, would have meant forgetting it. On the same principle, when I was older, she imposed no chaperonage on me but allowed me to come and go with my young men unchecked, hoping that trust would breed reliability. She was aware of the increasing freedom of the 'twenties, she had come to see her own upbringing as absurdly strait-laced, but she was at that stage of emancipation where it is believed that it can be applied to manners without affecting morals: a touching stage. 'You know that I trust you,' she would sometimes say, nervously. I was always grateful for this attitude, partly for its generosity, partly because its consequences were not what she expected.

Animals unaided did not do the trick. At eight or ten years old you can know all about bitches coming on heat, and how a bull mounts a cow, without connecting it with human beings. It was in a book that the odd, almost inconceivable fact that people do what animals do turned up under my hand, as solid as a stone. I think that my mother, in spite of her policy, had *hoped* that we would not chance on Marie Stopes's *Planned Parenthood* – small and black, it was pushed very far back on one of the lower shelves – but chance on it I did, at the age of eleven. Can I really have pulled it out with a slightly cynical amusement at the idea of our parents reading up on how to rear us methodically, which was what the title suggested to me? That is how I remember it.

The diagrams, and the clear descriptions of sexual intercourse, astonished and thrilled me: I had stumbled on the Answer. At first excitement was mixed with dismay – I had seen those awkward, panting, heaving animals: could human beings be so undignified? – but I got over that in a day or two and was soon borrowing Dr Stopes's reverent tone as I explained to Betty, then my closest friend, that it only seemed ugly to us because we did not have husbands: done with one's love it would be beautiful. Lord, but that was a full week! A summer week in the Hertfordshire house, because I remember hurrying through the fence between our paddock and the park round Betty's house, loaded almost to bursting point with information and impatient even of the moment it took to disengage my cotton frock from the brambles which caught at it. First the immense discovery, the reading and rereading, the digesting of the principle of the thing, and then of the fascinating details (it was a good idea to put a towel under your hips to keep the sheets clean – years later my first lover was much tickled when I got into bed for my deflowering equipped with a towel); then the complicated shift of focus, the act of faith almost, by which I converted what was dismaying into what was desirable.

According to the sort of theory half-held by my mother, that should have settled that: fully informed, Betty and I should have relapsed into thinking only of our animals, our games and our lessons, with sex pigeonholed until the time came for it. Instead, intoxicated by our discovery of what was clearly the most exciting thing in life, we rarely thought or spoke of anything else from the day I first read the book to the time, a couple of years later, when Betty's mother found one of my letters to her daughter and forbade the continuance of the friendship on the grounds that I was a dirty-minded little girl. This was unfair. I had access to more information than Betty had, but her interest in it was no less avid than mine. It was also humiliating, but one of the reasons that I believe my mother was prevented from helping us about sex more by shyness than by a fundamentally prudish attitude towards it is that she comforted me in my shame by taking the incident in a matter-of-fact way: it did not seem to surprise her that we had discussed such things – she did not consider me a monster, as I had half expected her to.

Marie Stopes taught me the facts; anonymous English ballad writers confirmed my belief that they were pleasures. The spring following my initiation we went, as usual, to stay at Beckton. My grandmother never allowed anyone else to spring-clean my grandfather's books: each year, with a scarf tied over her hair, she would spend weeks going through the shelves – clap-clap, a flick with a duster, then a quick polish to already gleaming bindings with some unguent prepared from an antiquary's recipe. She was doing the smoking-room one day, kneeling on the floor among stacks of books while I lolled on the sofa. 'What are those?' I asked idly, reaching for the top volume of a pile of six lovely ivory-coloured books with the one word 'Ballads' gleaming on their spines. I felt smug at asking. Ballads, I knew, were the kind of poem one ought to like best at my age, but I usually found them dull and preferred Elizabethan conceits or eighteenth-century elegancies ('Cupid and my Campaspe played/At cards for kisses' was one of my favourites). 'You wouldn't enjoy those,' said my grandmother too quickly, and added, half to herself, 'Horrible things, I can't think how they got here.' ('Men!' she must have been thinking.)

I was on to it at once, put back the volume I had picked up, and talked of something else. That evening I sneaked down, took one of the books at random, and carried it off to my bedroom.

The first poem I read was a long one, and dull, but it was about the gelding of the devil so it had its anatomical passages. Others were far more exciting. The collection was an orgy of rustic bawdy, full of farting and pissing and sex spelt out, embalmed in an atmosphere of guffawing, leering naughtiness. I went through four of the volumes in a fever, hiding them in my underclothes drawer, for in some ways children are as trusting as adults and it did not occur to me that they would be found there. They were, of course. The strange thing, considering how little we did for ourselves in the way of folding up or putting away, was that it did not happen sooner. No one said anything about it – they felt, I suppose, that the incident should be played down rather than up – but when I went to fetch the fifth volume, the whole set had gone. My sense of deprivation was violent; not far, I am sure, from what an alcoholic would feel if his secret stock of whisky was discovered and removed.

Those poems gave me physical sensations of excitement, which *Planned Parenthood* had not done. Flushed and wriggling, searching greedily back and forth for the sexiest passages, I must have been a displeasing sight as I read them. If, now, I found a little girl reading those books in that way, my impulse would be to stop her doing it. But I do not think it did me any harm. 'Dirty-minded' Betty's mother thought me, and dirty-minded I was, doing furtively what I felt to be wrong, but what is the dirty-mindedness of adolescents? Where does it come from, in families where the parents have made no attempt to force their children to think in such terms?

There are always the nuances of behaviour which betray adults' reactions to things whatever their rational policy may be; nuances picked up by children with infallible accuracy. There is always the sense of taboo which comes from silence. And there are always the effects of experiences connected with excretion – 'dirty little girl' over a wetted bed, or merely an adult's expression of distaste over a smelly chamberpot (or one's own distaste over it) – to attach an idea of dirtiness to anything belonging to the private parts of the body. But beyond these things there is something else which no attitude, however 'wholesome', can be sure of getting round: the fact that sex is an *activity*. To learn about it, then put it in cold storage – it is not so simple as that. Learn about sex, and you want, if it has not been deliberately smeared for you, to *act* it; and while, according to the mores of the society in which you live, you are too young for that, you must inevitably go through a period of tension and frustration. 'Dirty-mindedness' is the way – or one of the ways – in which this tension relieves itself, and what is so dreadful about that? 'Laughter of the wrong sort,' as a woman I knew called the titters released in classrooms by paintings of the nude, is not a charming sound, but it is a harmless substitute for illegitimate babies bred between teenage children. I dislike the picture of myself reading those ballads, but I do not wish that I had never done so.

Perhaps children who act it out by masturbating spend less time thinking about sex than I did. If I had known of the activity I should certainly have indulged in it, but I did not know of it, and not having a strong practical bent, I did not invent it. I doubt whether it would have made much difference. Physically precocious as I happened to be, I was bound to go through an obsessed stage; and having been spared neurotic extremes in my parents' attitude I was not likely to be damaged by it. I believe now that the way a person feels about sex, once he has struggled through adolescence, depends largely on other things than his 'sex education': on, for example, his imagination, his honesty, his capacity for tenderness, and his ability to comprehend the 'reality' of other people. Those are the things to fret about, rather than the little horror's passion for looking up rude words in the dictionary or peeping through keyholes.

Absorbing though my obsession with sex remained throughout my teens, it stayed in a watertight compartment: it did not leak out, or hardly leaked out, into my relationship with boys. From the age of nine to the age of fifteen, right through the hot early stages of the fever, I was protected by being in love with a boy of my own age, for the reason that he was kind, gentle, brave, honest, and reliable:

the most rational love of my life. In my daydreams he and I would rescue each other from appalling perils in order to melt together in an endless kiss; but in real life I should have been astounded if he had so much as pecked my cheek – something unthinkable: the nearest he came to expressing affection was to tell his mother that I was a good sport. Only once did a glimmer of true sexual feeling occur. At the end of a violent afternoon spent sliding down a haystack, he came panting up and flopped beside me. 'How red and sticky he looks,' I thought, with what I expected to be distaste – and suddenly, strongly, wanted to feel that hot cheek against mine. I recognized what was happening. 'So *that*,' I thought with surprise, 'is what it is really like!' and I felt adult for having experienced it – adult and secretive. It was not among the things on which I reported in my ill-fated correspondence with Betty.

5

'GOOD EVENING . . . Oh, my god, it's Paul's girl!'

'Maggie, you recognized me!'

'Recognized you? Of course I recognized you.'

Maggie held my arm for a moment after kissing me, looking as though she might cry, while I stood there feeling a curious internal vertigo. It was almost twenty years since I had last gone through the narrow door into the taproom of the Plough at Appleton, a small village about ten miles from Oxford; almost twenty years since Maggie and I had seen each other.

I had returned to it by chance. An Oxford friend not seen for years had come home to England with his family on leave. The village in which he had rented a house happened to be Appleton, and he had asked me to stay for a weekend. He had once known me very well, and remembered that it had been 'my' village although by the time I had met him I had become unwilling to visit it again because it was the place to which I had always gone with Paul. To my dismay, this friend was delighted that now, when everything was safely distant, he could be my escort along two hundred yards of country lane into such a significant patch of my past. It was the sort of thing which he himself enjoyed – he was a great man for pious pilgrimages, for gently melancholy evocations of youthful emotion. I had not thought of Maggie's for a long time and was horrified to feel such a violent revulsion from his sentimental kindness. It seemed to me a shocking intrusion on something which had nothing to do with him, and if a refusal would not have been even more sentimental than the visit, I would have been guilty of that rudeness.

And Maggie looked just the same; or perhaps as though she were having one of her 'bad days' after a thick Guinness evening, only now it was twenty years, not a hangover, that made her look like that. When I saw that she, too, did not know what to say, it was almost intolerable. It had taken a long time, but the whole thing had at last been put away as though behind a glass door – always there to be looked at, it need no longer be felt. But standing there in the taproom, with Maggie's hand on my arm . . . 'Oh, my god, it's Paul's girl!' Of course I was. And yet finally, conclusively, for ever, I was not. So vision skidded and squinted into dizziness.

Paul began long before the days when we went to Maggie's. When I was fifteen my parents decided to employ a tutor during the holidays, to cram my brother for the entrance examination to his public school. They offered the job to the son of a friend of theirs, who was at Oxford, and he, unable to take it, recommended a fellow undergraduate whom he knew to have run out of money and to be looking for a way of earning some. I was beginning to find my pure and unrequited love for the boy who thought me a good sport too quiet for my taste, so I fell in love in advance, first with the friend's son, then, when I heard that Paul was coming instead of him, with Paul. If he had been ugly or shy or snubbing I might have fallen out of love again when he appeared, but he was none of these things, so within two days the lines of my life were laid down.

I wrote to a friend of mine: 'The tutor's come, and he's a perfectly marvellous person. He's got brown eyes and fair hair and I suppose he ought to be taller really but he has got broad shoulders and a good figure, and he's country and London at the same time. He would be at home anywhere. He's very funny and he reads a lot, but he isn't a bit highbrow. We took a boat up the stream yesterday, through all that tangly bit beyond the wood, like going up the Amazon, and he made up a tremendous story about who we were and what we were doing. He knows more about birds than anyone I know, but he dances well too.'

Paul was very much as I described him. Fair-skinned myself, I am rarely attracted by fair people, but he, in spite of hair which in summer would bleach into golden streaks as though he had peroxided it, had an almost Latin pigmentation: sherry-coloured eyes and a matt skin which went with the compact, smooth cut of his features. He was common-sensical and quick-witted rather than clever, good-humoured and high-spirited rather than witty, but the distinctions were not at that time perceptible to me. He was confident, a charmer, and was considered by some of his elders and by more sober young men to be slightly delinquent because he was rarely out of money trouble and would make love to any willing woman, even though she might be the wife or daughter of a friend.

His chief quality – the thing I hit on with 'he would be at home anywhere', the thing for which I most loved him, the thing which influenced me, I now gratefully believe, more than any other quality in any other person – was that he went like steel to magnet for the essence of any person, place, activity, or situation, working from no preconception or preferred framework. He had his own touchstone for what he called 'genuineness', his own unformulated laws which determined whether people were 'real' or not. This eager acceptance of diversity of experience was immensely exciting to me, and of great value, coming as it did when I was ready to take any imprint which came my way. I had reached the stage of being vaguely and for the most part privately in opposition to the laws governing my family's outlook, but it was not a strong or reasoned opposition because there was not enought to oppose: I loved my family and my home, and I enjoyed all the things we did. It was Paul, with his simply expressed but passionately felt dicta – 'The great thing to remember is to *take people as they come*'; 'I hate people who aren't *natural* in any situation' – who broke down my conditioning and made me anxious to meet people as people, regardless of class or race: a freedom from shackles which did not then chafe me, but which would probably have become locked on me, for which I shall always thank him.

Paul used to boast of his 'sense of situation' and his 'way with people'. It was because he felt his way through life with such whiskers that he became at once a member of the household at the

Farm. He enjoyed the place and us as we felt we should be enjoyed; he steered clear of the divergencies that might have alienated my parents; and he plunged happily into the situation of moulding admiring youth as he felt it ought to be moulded. As far as I can remember he managed to hammer a certain amount of information into my brother's then resolutely closed mind, but chiefly he concentrated on opening our eyes to Life.

His family lived in London but spent most of each summer on the coast not far from us, where they had a cottage. His father was a businessman and, without being rich, had more money than mine. Paul had gone to Eton; my brother was going to Wellington. Paul, if his father had his way, would leave Oxford for a job in some organization like I.C.I. or Unilever; my brother, unless he developed some strong bent in another direction, would probably end up like my father, in the Army. Anyone who lived in London and who made money as Paul's father did (he sometimes lost it, too), by knowing what went on in the Stock Exchange, seemed to us so dashing as to be almost disreputable, while anyone who lived in the country and either just had money or, failing that, earned a salary seemed to them so salt-of-the-earth as to be almost dull. In spite of this the two families liked what they knew of each other and no one frowned on the intimacy which soon developed between Paul and me. After that first summer of employment as a tutor, he would come to stay for parties to be my escort, or I would go to stay at the cottage to sail with him and the youngest of his three sisters. She, two years older than he was, became for a time my substitute for Paul, the object on which I focussed my love and admiration, for I had found a letter in his bedroom from a girl with whom he had clearly slept, and this, with the four years between our ages (to fifteen, nineteen is grown-up.), had persuaded me that this love, too, must stay unrequited for a time. I was too sensible to hope to compete while still in pig-tails. So deliberately and fairly calmly, hanging about his sister as much as I was able, I settled down to wait.

The best days of that time were spent sailing. There is nothing to beat messing about in boats (well, yes: there is writing and making love and travelling and looking at pictures, but there is nothing *like* it, and it is good). Estuary sailing in a fourteen-foot half-decked cutter of doubtful class but sound performance was what Paul introduced me to, so estuary sailing is the kind I like best. To do more than poke my nose out to sea while inching along the coast from one river mouth to another, frightens me a little. Sailing on the open sea is surely even better, to those who are accustomed to it, but I remain uneasily aware of how extraordinary it is that so small and frail a man-made contraption as a sailing-boat can survive such gigantic and indifferent opposition. Water I have always loved, but the sea – there is too much of it. Only one thing is more frightening: cloud seen from above, on those hallucinating occasions when it takes the form of landscape. After a flight in such conditions I am haunted by those gullies, those escarpments, those cliff faces and peaks rising out of stretches of eroded desert. I cannot throw off the feeling that I have been watching a *real world*. The common-sense knowledge that if I were to float down on it by parachute I should go through it is bad enough; but worse is the nightmare image of landing on it, finding that it existed, but on unearthly terms – no water, no warmth, no growth – so that I would be the only living thing, with no prospect but to die slowly as I stumbled antlike through a world that was solid but belonged to an eternally foreign order of being. The sea, too, is a world with laws which do not accommodate human life. That human ingenuity has found ways of using it, even of playing with it, is foolhardiness.

But an estuary – from the first shift of shingle under rope soles, the first breath of river-mud smell, I was ready to be at home. The sound made by the planks of a jetty underfoot, the strands of seaweed drying on its piles above water level, unfolding beneath it; the glimpses of water between its planks and the feel of rough iron rings to which dinghies are made fast: I know no purer or simpler pleasure than sitting with legs dangling over the edge of a jetty while someone has gone to fetch the new tiller, or to fill water containers, or (more often) to see the man who is repairing the outboard motor.

The waiting about which attends any sort of boat's motor is the only thing I like about them. In use they are a torment. Chuf chuff chuff – silence. Chuff, a couple of smoke rings, a reek of petrol – silence. 'You'd better go up and take another sounding.' 'There's enough water but we're drifting to port.' 'God damn this bloody bastard.' The absence of a motor can be inconvenient, however, as I learnt when becalmed without one for a whole week on the Clyde, sailing with a man who allowed six inches of weed to flourish on the bottom of his already lumpish boat and who left wet sails huddled in a heap at the end of a day (Paul's ghost asking, 'What on earth are you doing with this frightful chap?').

That boat would hardly come about in anything less than a stiff breeze, and in the few light airs we had each morning it was no more handy than a dead whale. On those light airs, and on tide and current, we meandered slowly about the Clyde, getting stuck at last at an anchorage off a tiny island called the Little Cumbrae, in the middle of an hysterical ternery. The birds felt our presence an outrage the whole day long, their querulous screaming and wheeling turning our idle craft into some ravening sea monster, so that when on the second morning there was a breath of wind it was a relief to put off. A long reach took us to the edge of a sandbank running out from the mainland, and there the wind died. There was a mist. 'I'm going to row to the Great Cumbrae and ask for a tow home,' said the boat's owner – there was a village on the Great Cumbrae. 'You take soundings and anchor when you get between four and three fathoms.' He set off in a vile temper to row for more than a mile, vanishing into the mist after about fifty yards.

It was a thirty-foot boat, everything about it heavy and contrary. After I had got the anchor down I doubted whether it was holding in the sandy bottom, but I could not check whether we were drifting because I could see nothing to check by. Bits of flotsam on the oil-smooth water were certainly moving in relation to the boat, but was it because they were being carried on a slow current, or was it because the *boat* was being carried? I could sense the cat-backed sand lying in wait, expected every instant that deceptively gentle stroking sensation which heralds running quietly aground.

If we did? I saw myself going overboard into water up to my neck to prop her side against the tide's ebbing with oars and the table-top from the cabin. It would not be the first time I had done it, but I had never done it alone, without help. And supposing a squall struck? Squalls could come up in two minutes out of a dead calm on those mountain-surrounded waters, or so I had repeatedly been told: 'A very tricky estuary, you have to know it well.' I did not know it at all.

I tried to repeat poems to myself, and I tried to summarize the plot of *Emma* – not just what happened, but the exact order in which it happened – but every few minutes I would notice that a particular clot of weed was now floating to the right of the cleat for the jib sheet instead of to its left – that it had crept another six inches towards the stem. After half an hour my hands were sweating, and when something suddenly began to *snort* out of the mist I could feel the blood draining from my face. 'I am going mad!' I thought, until smooth shapes came rolling lazily out of the soft greyness: a couple of porpoises to distract me. They had never come so close before and made me happy for a few moments, but soon they went away again, and then there was nothing but a few invisible birds going over, lamenting like exiled ghosts. When I went below to get a whisky I could hear the rim of the glass clinking against my teeth. A book, I thought, and dug out an Agatha Christie from a mess of rotten cord and baked-bean tins, but could not concentrate. To be so scared is ridiculous, I thought. Even if we *do* run aground . . . But what if running aground and the squall *happen at the same moment*?

An hour later, back at my flotsam-watching, I heard a new sound: the tap-tap of a rope end against wood. A breeze was coming up. I licked my finger and stuck it in the air: it was coming offshore, off the sandbank. I'll give it five minutes, I thought, but in less than that time it was with me, a decent, steady breeze blowing in a direction which would sail me off that bank without any manoeuvring being necessary. I knew that I could do nothing single-handed with that horrible boat but sail her in open water with just the right amount of wind; I had rarely done more than crew for Paul and had always had his vigilant eye on me when I took the tiller, and anyway I was not strong enough to handle this awkward bitch. 'You will probably get in a mess,' I told myself, but I did not care. I would not have sat there another minute for a hundred pounds. I skinned my hands as I hauled the anchor in – her bows swung across the chain – and I fumbled and cursed and even cried as I struggled to get the sails up, but I managed it, felt them fill, heard the popple start under her bows, and off I went.

The breeze remained steady, so I could probably have succeeded in taking her into the harbour of the Great Cumbrae, where, no doubt, I should have fouled several people's moorings and brought shame upon myself, but I had in mind nothing so definite as that intention. Just to be under sail in open water was all I wanted. If I had not met the returning dinghy by pure chance, I might be sailing still. I brought the boat about and picked up her owner very neatly, but he, who had found no tow available, whose hands were raw and whose every muscle was aching, was in no state to appreciate it. It was not, in any way, a successful week, since even before that contretemps we had discovered that we had nothing to say to each other, but it was a week which proved the magic of boats. Displeasing though that one was, frustrating though the weather had been, and uncongenial as the boat's owner and I had found each other, what still lives in my memory (besides the sights and sounds, always a delight) is the sharpening tremor of fear in my nerves and the triumphant discovery that it blew away as soon as I was under sail.

The first time I had stayed with Paul's family in their seaside cottage I ate almost nothing for three days, chewing and chewing on mouthfuls which, I feared, would make me vomit if I swallowed them. Nor could I sleep – or not for one night, anyway. I lay listening to the sea on the shingle while feverish tiredness made the bed rock, and whatever I did to my hands clenched them, shook them, rubbed them, relaxed them – I could not rid them of a dull ache in the palms. This sensation is one that I have not experienced, now, for many years and will almost certainly never experience again, for what could be exciting enough to send my nerves into such a state? I must have spoken, I suppose, since everyone welcomed me kindly and they always seemed pleased to see me again, but I cannot remember doing anything but listen and watch. Paul at the Farm was familiar and unalarming – I even lectured him, sometimes, with fifteen-year-old solemnity – but Paul with a boat, Paul with his gay, wild, funny, grown-up sister: there was something piratical about them together, they had a careless way of flouting the law under which I still was, they were so sure that their own touchstones made nonsense of the conventions. My complete acceptance of everything they said, my rapt attentiveness to every nuance of their behaviour, flattered them both into adopting me. There was never a cabin boy more eager to stow away on a gallant pirate ship than I was to join those two in whatever they did.

Part of my tension came, of course, from love, but much of it was due to my ignorance of their chief occupation: sailing. Horses were my thing – and horses had taught me all the pitfalls of a sport. I knew well how *damned* was the rider who came to a meet in the wrong clothes, or worse, in clothes too right if his mount or riding was wrong; one shrewed glance at a newcomer and I could size him up, *in* or out. The man whose bridle had a coloured browband or who had shaped his horse's tail by clipping instead of pulling; the girl who showed curls on her forehead under her bowler, or who had plaited her horse's mane into more than seven plaits – they got short shrift from me. So thoroughly was I conditioned that I could no more have failed to react to such things than a dog could keep its hackles smooth if a strange dog came in at its front door.

So sailing, I knew, would also have its language, its ritual, its taboos. Like anyone of that age, I greatly minded making a fool of myself, and to do it on Paul's ground, under his eyes, would have been intolerable. I had to lie low, lurk in the undergrowth, all eyes and twitching whiskers, picking up clues. I had enough flair to avoid obvious mistakes. I knew, for instance, that I could not go far wrong in my clothes if I kept them warm, practical, and not showy. But all the rest I had to learn.

I never did learn enough to sail well myself. I was not there often enough, and when I was, my anxiety not to make mistakes kept me too docile so that I concentrated on doing what I was told rather than on working things out for myself. But I learnt that when a flight of dunlin zigzags against a thundery sky it is almost invisible until the birds turn so that for a moment all their bellies are exposed; then it is as though a faint streak of white lightning ran across the clouds. I learnt the gait of oyster catchers, the arrowy flight of terns, the ways in which water ruffles, goes sullen, or flashes with what were called locally 'tinkling cymbals' – those neat points of light reflected from every ripple. I learnt that when you wake up at night on a boat anchored far out from the shore, you sometimes hear people *walking* round it, and that when you tip a bucket of water overboard in the darkness, with luck a plunge of white flame will go showering into the depths. I learnt the creakings and patterings, the strainings and shudderings of boats, the gentle winging of sailing before the wind, the clatter of going about, the hissing and ripping of tacking. And I learnt the comfortable silences of two people sailing together, out of which, in the relaxed moments, you say whatever comes into your head. It was an intermittent apprenticeship in sharing profound pleasure.

Ashore, when I was a little older, we would drink beer and eat oysters or bread and cheese with pickled onions in small, dark pubs. I found that I could play darts fairly well – an agreeable surprise for someone with as little coordination between hand and eye as I have, to whom games were a mortification. There was a technique in getting in on a game of darts, or in getting accepted at all, for that matter. 'Foreigners', meaning people who have not been established locally for several years, are distrusted in East Anglia, and the comfortable gossip of watermen and farm labourers over their pints would stop when we came in. Usually when they saw that it was 'old paul' (everyone there is old, even a 'little old baby'), they would greet us with pleasure, for he had been about those parts for some years and was known to be 'all right', but even so it would have been a mistake to push in too eagerly, especially for a girl. Pub manners, on which Paul was an expert, demanded quietness, deference to whatever elder, male or female, was installed in 'his' or 'her' corner, familiarity (but not a *display* of familiarity) with water and country, and an appearance of being at ease without an impertinent assumption of being at home. After a while the presence of the well behaved 'foreigner' would be forgotten by the people who were always there, then remembered again, but in a different way: 'Anyone want a game of darts – what about the young lady?' – and we were off. If I were playing well – if, as on one triumphant occasion, I opened the game with plunk plunk, a double twenty – then we were off into celebration and festivity as well as acceptance. And nothing gave these times more flavour than the knowledge that I would have them to remember when I got back to school.

6

FOR I DID have to go to school soon after we had 'lost our money' and retreated to the Farm. I had been there a term or two by the time Paul came to us. I had not wanted to go, but I had been too ignorant of school life to dread it as I ought. As most adults accept a disagreeable climate, or a dull job, or illness, so children accept the conditions of life wished on them by adults: not willingly, but with fatalism.

As schools go, it was a good school, and I knew as much even at the time. I was also prepared to believe that it would do me good, for at home I had begun to earn accusations of 'uppishness', 'sulks', and 'superiority' which I had not enjoyed. I had only been unable to see what I should do to stop earning them. If school would 'rub the corners off' me, as people said it would, if it would 'teach me to get on with other girls', then good luck to it. But I was not able, and did not see why I should be expected, to go beyond resigned endurance, and enjoy it.

It was a small school looking out over the North Sea. There must, somewhere, have been some kind of land mass between its playing fields and the North Pole, but it did not feel as though there was: in winter the sweat falling from your brow as you ran after a lacrosse ball (you never caught that ball if you were me) all but turned to icicles before it reached the ground. Irritatingly, the rigorous climate and our constant exposure to it, both outdoors and in, really were very healthy so that no one there ever had an infectious disease and only twice was I able to escape into the civilized privacy of the sickroom.

I was fourteen when I first set foot on the loose gravel made from small beach pebbles and went through the elaborate porch of white woodwork into that smell of polish, ink, and gym shoes; fourteen when I arrived, and almost eighteen when I left. A lifetime, it seemed. Good God, think only of one summer term! No stretch of time has ever looked so endless as those *thirteen weeks* before I had been able to black out one single day on my calendar. Three or four years ago I was walking down Oxford Street when I saw a shop-window display of school uniforms, trunks, and tuck boxes backed by a huge mockery of a schoolchild's calendar, the days blacked out up to the current date, crowned by the monstrous legend 'Only Five More Days to the *Beginning* of Term' . . . I stared at it in incredulous horror. Whoever designed that display can only have heard of boarding schools, never have been at one, for how could anyone who had experienced it forget the despair under the stolid endurance with which one crept forward, square by tiny square, towards that red-embellished date which meant freedom regained?

Apart from games, the things I had to do at school were not objectionable. Lessons I saw as necessary, often interesting, and sometimes enjoyable; I made friends whose companionship I appreciated. It was the *absence* of things which had to be endured: the absence of freedom, the absence of home, the absence of privacy, the absence of pleasures. When I understood that not for one minute of the day could I be alone, except in the lavatory, and that every minute had its ordained employment, my spirit shrivelled.

During my first term, when it was all strange as well as barbarous, I used to employ talismans. There was a thrush which sang outside my dormitory in the mornings, whose fountain of song, a voice from the outside world, I listened to so avidly that I learnt to recognize the bird's recurrent phrases. One of them, in particular, seemed like a promise, and I could get up more easily once I had heard it. Our cubicles in the dormitories were surrounded by white curtains hung on rails. At least, I thought, I can keep them pulled round my bed and *imagine* that I am alone. But on the first evening the monitor explained kindly that once we were undressed we must pull the curtains back. I did so, got into bed, and lay staring through tears at the band which held the curtains to a hook in the wall. One of the brass rings on the end of the band was squashed into an oval shape. I invested that ring with friendly powers, gave it a name – Theodore – and would touch it before going to sleep. Nobody else could know about it, nobody could guess at something so absurd, so the ring at least was something privately mine and could transmit little messages of reassurance. All through my schooldays, even when I was established and secure and had won an unusual number of freedoms by a mixture of luck, determination, and suppleness in accepting the role of 'a character', I maintained a private stable of symbols to keep me in touch with outside. Chrysanthemums were one. They smelt of the dance my grandmother gave for us every Christmas, always called 'Diana's dance' because my birthday fell at that time. There was a blue bowl in my headmistress's sitting room the beauty of which I chose to think was noticed by no one else; there were the frogs making slow and shameless love in the lily pond; there was Rufty, the matron's fat, cross smooth-haired fox terrier. These things would catch my eye as I went from class to class, or came in from the playing fields, and would say, 'Patience, outside hasn't stopped existing.' But no talisman was more comforting than the knowledge that I, anonymous as I might seem in my blue serge gym tunic and my black shoes with straps over the instep, was the girl who had played darts with Paul, Hooky Jimson, and old Gooseberry King in the back bar of the Swan. And after Paul had kissed me for the first time . . . 'I am ashamed of you,' said my headmistress. 'You are an intelligent girl, you can work when you want to. These marks are the result of feckless idleness.' I looked back at her serene and unmoved. Arrows of shame were in the air, all right, but all I had to do was to say to myself, 'Last holidays Paul kissed me,' and they melted away.

*

It was at school that my secret sin was first brought into the open: laziness. I was considered a clever girl, but lazy. It has been with me ever since, and the guilt I feel about it assures me that it is a sin, not an inability. It takes the form of an immense weight of inertia at the prospect of any activity that does not positively attract me: a weight that can literally paralyse my moral sense. That something *must* be done I know; that I *can* do it I know; but the force which prevents my doing it when it comes to the point, or makes me postpone it and postpone it until almost too late, is not a conscious defiance of the 'must' nor a deliberate denial of the 'can'. It is an atrophy of the part of my mind which can perceive the 'must' and 'can'. I slide off sideways, almost unconsciously, into doing something else, which I like doing. At school, with my algebra to prepare and a half-hour of good resolutions behind me, I would write a poem or would reach furtively behind me for a novel out of the communal study's bookshelf, by which they were foolish enough to give me a desk. It was a year before they understood that no amount of scolding or appealing to reason would cure me of this habit, and moved me to a desk from which I could not reach the shelf unobserved. I do the same sort of thing today, at the age of forty-two. I may have advertising copy to prepare. The copy date comes nearer – it is on me – it is *past* . . . and I find myself dictating a letter to an author telling him how much I enjoyed his newly submitted book. So often have I proved that this form of self-indulgence ends by making my life less agreeable rather than more so that my inability to control it almost frightens me; but that I should ever get the better of it now seems, alas, most unlikely.

Once my headmistress had sized me up, she used to deal with it by savaging me once a term, at a well-judged moment about two weeks before the end-of-term examinations. 'Diana – she wants you in her study.' With my heart in my boots and my record only too clear in my head I would trail along the dark corridor and tap at her door. She would be standing in front of her fireplace, wearing one of her brown or bottle-green knitted suits, hitching the skirt up a little, perhaps, to warm the backs of her legs. 'Miss Beggs tells me . . . Miss Huissendahl tells me . . .' and the shameful evidence would be put before me in a voice of such disgust, with such ponderous sarcasm, that I could have hit her. Almost in tears with resentment and humiliation, I would go back to the study and defiantly read a novel or write letters all through the next preparation period – but mysteriously, when the examinations came, my marks would be adequate. After a couple of years of this ritual I should have been dismayed if she had skipped it, for I liked to do well. I remember feeling indignant one term, when she left it until too late so that the only subject in which I came top was English. That I came top in anyway, because I liked it.

Even my headmistress, however, could not inject adequacy in mathematics. At the sight of figures I became, and still become, imbecile; and this is a block so immovable that I do not feel guilt at it – there is nothing I can do about it. What set it up I do not know. My first lessons in arithmetic, given by a beloved aunt, I remember with pleasure. We played with matchsticks and it made sense. But once I had mastered adding, subtracting, and dividing I reached a point beyond which nothing could make me go. So profound is my aversion to the symbols of number that I cannot even trust myself to number the pages of a typescript with any reliability: I will find on looking back over it that I have written '82, 83, 84, 76, 77'. Recognizing a hopeless case when they saw one, my teachers recommended that I should drop mathematics and take one of the permitted substitute subjects for the obligatory School Certificate examination of my day – botany, it was. I enjoyed dissecting blackberries and the heads of poppies and then making drawings of them, and was so thankful to be relieved of those nightmare numbers that I did quite well in it.

I do not regret knowing nothing about mathematics, but I am sorry that I had another, slightly less serious block about Latin, and I believe that it could have been undermined. If, after the barest minimum of grammar had been taught me, I had been let loose with a dictionary and, say, Ovid's *Ars Amatoria* . . . But oh, how badly Latin used to be taught! Those nameless girls, constantly making presents of goats to that boring queen! I used to hang on to the goats for all I was worth – I liked goats, goats interested me immensely – but they were never allowed to do anything in the least goatlike, so it was no good. I tried hard with Latin. If there was a choice of verbs to learn I would pick the ones which meant something to me, such as 'to dance', 'to ride', 'to drink' – and, of course, 'to love' – and I found that the future tense, which could be used as an incantation, stayed with me fairly well. 'I will dance, you will dance, he will dance' – pause to dream about 'he' – 'we will dance – I shall be wearing a dress with a huge skirt of shell-pink tulle – no, heavy gold lamé, perhaps – and he will . . .' Even more memorable was the form 'Let him love.' 'Let him love!' – my hair, for that scene, would have had to go raven black . . . I struggled through the school examinations; with stubborn holiday coaching from an elderly clergyman I survived the entrance examination for Oxford, and once there, with more extra coaching, I got through the first-year examination known as Pass Mods. And then, having spent all those years on it, having learnt what must have amounted to quite a *lot* of it, with one great 'Huff!' of relief I blew the whole language out of my mind. The only words of Latin I know today are a few future tenses and *veni, vidi, vici.*

In the Hall of my school, used as a chapel and for all communal occasions, there was, and I suppose still is, a board carrying the names of all the head girls. Mine (and this still seems to me very odd) is on it, which only goes to show how closely biographers should examine evidence. I had been there a long time by then, and had made myself comfortable. By having my appendix removed I had been excused games for all of one term, and the headmistress was tactful enough never to withdraw this blissful dispensation (perhaps the games mistress implored her not to) so that while others were thumping about after balls, I could go for walks. Once in the sixth form, I was free to sit in the little library instead of in the communal study, and attempts to stop me going to bed at eight-thirty, with the little ones, had long been abandoned. The point of that was that the little ones were too much in awe of me to bang on the bathroom door. I could lie alone in hot water for as much as ten minutes at a time (and Blanche Dubois was no more addicted to hot baths than I was while suffering school), and once in bed I might have, if I was lucky, a precious half-hour in an empty room. To begin with, a few girls had been mildly unkind to me for being bad at games and reading so much, but the two things had now become part of my public persona, funny and rather engaging. I was good-tempered and obliging, and had an easily won reputation as a wit: I could feel that people liked me. I expected my last year at school to be almost pleasant, particularly as School Certificate was behind me and I was specializing in English, my best subject, in preparation for Oxford.

It had not occurred to me that *everyone else had left*. Like flotsam stranded by a receding tide, there remained of the senior girls only myself and a large, kind, dull girl called Jennifer. The departing sixth form had to go through an almost parliamentary procedure for electing the new head girl, and after their session an anxious delegation came to me as I peacefully read *Sparkenbrooke* in the library, and said, 'We are awfully sorry, we know that you will hate it – but Jennifer *can't* be head girl – you can see that, can't you? So we *had* to elect you.'

'Nonsense,' I said. 'I won't do it. You can't make me if I don't want to.' They pleaded for a little while, then went away to ask the headmistress what they should do. While I waited, I examined my feelings. Horror had been my first reaction, but after that, had I been putting it on a little, was I not faintly pleased, underneath, at the prospect of such eminence? With immense smugness I decided that I was amused, yes, but *not* pleased: I really was a girl who so despised everything to do with school that nothing would persuade her to accept.

Then the old woman stumped in and said, 'Come into the garden.' She put her arm through mine and walked me briskly up and down among the roses, chuckling and saying flattering things like 'Look, you've got enough sense to see that all this is quite unimportant, but it would make life easier for me if you accepted.' I was fond of her by then. She had once nearly expelled me and had shouted, 'Have you no moral sense at all?' to which I had shouted back 'None, if that's what you call moral sense,' so we had battle scars to share. Soon I was arguing to myself 'Ah, why make so much fuss, it's not worth it,' but a secret feeling of importance was swelling in me. I made my own terms. I would have nothing to do, I said, with the head girl's traditional responsibility towards games (making up teams and so on); Jennifer must do that. All right, she said, and I accepted. And I did not feel ashamed. I still felt amused, and I did not feel very pleased, but I did, alas, feel a *little* pleased. I had shown that I did not want it, and now I had got it; I had made my little omelette, and it was not ungratifying to find the eggs still there.

I can truthfully say, however, that by the end of that short spell as queen of a tiny castle I came back to my first frame of mind. The very fact that I could from time to time feel myself becoming slightly corrupted by an apparent eminence – feeling self-satisfied, when no one knew better than I did how little reason there was for self-satisfaction – ended by confirming in me a native indifference to matters of status. It was all a lot of nonsense, I concluded, and whenever since then I have been in situations where official status was held to be important, I have continued to find that true.

On my last day of school, Packing Day, the day of joy, the day when we stayed up late after fruit salad for supper and sang, heaven knows why, the Eton Boating Song and Harrow's 'Forty-Years On', I looked down from my heights at the cheerfully bellowing crowd of girls and thought, 'Now perhaps – yes, surely – you will feel a moment of regret that it is ending?' But I did not. I knew that I had learnt a lot there, had made some good friends and had some amusing times. I remembered lying flat on my back on the big table in the middle of the study, so overcome by laughter that I thought they would have to carry me up to bed. I remembered drawing lessons in the summer garden, and playing the part of Mr Badger in *Toad of Toad Hall.* I remembered standing for Labour in the mock election we had run at the time of a real one (my grandmother sent my opponent a bundle of Conservative literature as ammunition). I had not, after my first two terms, been unhappy except when in trouble through my own fault – I had even enjoyed a lot of it. But never, for, a single day, had I been doing anything but wait for it to end and now it had ended. Thank God.

7

THAT I STOOD as Labour candidate in the school's mock election when all my family were unquestioning Conservatives was partly the result of Paul's influence, partly of my headmistress's. Paul was more or less apolitical, but he had jolted me out of conformity with my family's mores, He was anti-Them. Particularly he was, as an undergraduate disgusted by standards of material success which threatened to involve him in the kind of career he would detest. His father hoped that he would settle down as a Man in a Grey Flannel Suit, and of that, by temperament, he was the antithesis. He talked of most conservative conventions as tedious or funny and of some of them as immoral, and since, at that stage, whatever he said was Revealed Truth to me, rebellion rather than conformity inevitably became my line. It went with the modern poetry to which he had introduced me. His first present to me, some time in my fifteenth year, had been the complete works of Oscar Wilde and T. S. Eliot's collected poems, and while the Wilde had been just my cup of tea, the Eliot had been champagne. It was a brilliant present, coming from someone not himself a great reader of poetry ('I don't understand much of this,' he wrote in it, 'but I expect you will. Love, Paul'), but he had a flair for present-giving. Nonchalantly but neatly he pushed me into a kind of reading of which I knew nothing but for which I was ripe.

Whether my headmistress voted Liberal or Labour I do not know, but she and her sisters, one felt, had spent their distant youth in earnest concern for women's rights or the reform of education and the prison system: she came of a family with a good old-fashioned radical tradition, she was a pacifist, and she saw to it that the school library was salted with pacifist and Left Wing reading. She made no overt attempts to influence her pupils politically, seeing her task as that of teaching us to think for ourselves (not to mention that of retaining the confidence of our parents), but one of the reasons why she liked me in spite of my shortcomings was that in so far as I thought at all, my thinking went in what seemed to her the right direction. The national newspapers and the weeklies were always spread on a long table in the school's entrance hall; we were not forced to read them, but we were encouraged to. In the 'thirties anyone who had had her shell cracked for her and was not a moron could hardly read the papers without veering to the left. By the time I finished school I was an imperfectly informed but convinced socialist, pacifist, and agnostic.

My agnosticism did not have my headmistress's blessing, though, true to her principles of non-intervention in matters of conscience, she took no action when I stopped taking Communion. I had been brought up as a member of the Church of England, liking God. He knew everything about me but he was Love and he was Understanding, so it would be hard to do anything for which he would not forgive me. In the book of Bible stories from which my grandmother read to us on Sundays, he was a figure of benevolence manifesting himself in a landscape remarkable for its beautiful sunsets, and later, in the Bible itself and in Beckton Church (as familiar and beloved as the morning-room), he was a less material, more complex development of the same spirit. I have friends who turned their backs on the churches in which they were brought up because of the churches' irrational rigours; I was able to drift out of mine so easily because of its mildness.

The early vision of meaningless chaos beyond the rim of human experience with which I had confronted my dismayed grandmother had come to me, as far as I can recall, unprompted. It is echoed in the sensations given me by cloud landscapes, and was crystallized in an experience I had when going under an old-fashioned anaesthetic at the age of sixteen, when I had my appendix out. As a small child I had known the usual terror, no worse than anyone else's, of *things* under my bed. I had readily accepted that these monsters were imaginary and was not troubled by them for long, but while I was going under the anaesthetic, one of them came out and killed me. I had lost consciousness, then regained it, perhaps because the anaesthetist had reduced the flow too soon. Opening my eyes in a strange white room, I had not the least idea where I was, why I was there – the strong white light seemed to be that of terror at my helpless ignorance of my situation. Then something came down over my face and I knew in a flare of horror that it was a claw – the claw of the monster who *had* been under the bed all the time, in spite of what they had said. Now it had come out and got me, and in a moment I would be dead. I pitched over the edge of a cliff and began to roll down into blackness, gasping to myself, 'They were lying, they were lying!' I got a fingerhold on the cliff and clung to it frantically, knowing that once I could hold on no longer I would be gone – gone into what I expected to be nothingness. But as I peered into the blackness I saw that it was worse than that, it was not nothingness. In cold, absolute horror I saw that the endless night was full of moving shapes, galaxies of dim light circling and interweaving *according to laws of their own* which I, *by my very nature*, could never understand. I thought that I was screaming aloud 'At least let me change!' but I could feel conclusively that I was not going to change. I would have to let go of that cliff and plunge into this new order of being, equipped with nothing but my usual, totally inadequate self. It occurred to me that I might start believing in God, and that if I did it might work – it might give me whatever faculties were needed – but at the same moment I felt it so shameful to clutch at belief simply because I was *in extremis* that I could not bring myself to do it. So in desolation and despair I let go, and down I went.

I did not draw any conclusions from these experiences, nor did I consciously relate them to my religious belief, or lack of it, but I suppose they were symptoms of an innate sense that God was not so simple as man invented him; that if there was a God, he did not necessarily exist to answer man's questions and smooth his way, as did the kindly God of whom I had been taught. The older I grew and the more I read of what was happening in the world, the less likely that seemed, but when I started to attend confirmation classes I was still assuming that in this matter 'they' were more likely to be right than I was, still expecting that with further instruction my doubts would vanish.

The clergyman who came to the school twice a week to prepare us was a gentle, ascetic-looking man of obvious goodness and subtle intelligence. He was better at talking to us about Plato than about Christ, which made me admire him, but at the same time his burnt-out face was that of a man moved more by the spirit than by intelligence: he clearly felt the real object of his classes to be more important than the interesting ideas with which he adorned them. I liked him and admired him, and was impressed by the picture he gave of the Protestant Christian faith. It was beautiful, I could see. It was something to which, if you believed in it, you would have to dedicate your whole life as this man had done – indeed, to believe in it and *not* to dedicate your whole life, *not* to give all you had to the poor, *not* to go out among the unenlightened as a guide, would surely be to make a nonsense of it. I was confirmed, and took Communion for the first time. 'You will find it such a *great* help and comfort in times of trouble,' wrote my godmother, but I was ready for more than that. It would not have surprised me if this mystery had tipped the balance of my doubt for good. It would not have surprised me, but it would most definitely have dismayed me: for if I did turn out to believe with all my heart, if as a logical consequence of belief I did have to give all I had to the poor and so on – just think what I would be giving up!

So how can I be sure what was the real cause of the complete lack of meaning which the sacrament had for me? I only know that I took it reverently, thought with concentration of Christ's crucifixion, and came out feeling just the same as I had felt when I went in. I was well enough instructed to know that to expect 'a sign' was absurd, but still I felt let down. Having gone through this I *ought* not, any longer, to be saying to myself things like 'But if it is not really the body and blood of Christ that I have tasted, why all this fuss about it? It is not – of that I am sure. It is a piece of symbolism to remind us, and how can a piece of symbolism be so *holy* as they make this out to be?' It looked as though God had not made up my mind for me, so I would have to make it up for myself.

Time telescopes, so whether it was for weeks or for months that I considered the matter I do not know. I came to the topsy-turvy conclusion that whether I believed or not depended on what I was prepared to do about it. The Ten Commandments, for example, of which confirmation classes had refreshed my memory: would I be prepared – would I be *able* – to keep them? I was having one of my happy interludes in the sickroom while I pondered them, lying there in comfortable solitude with a mild attack of tonsilitis and nothing to distract me. Most of them were easy, but when it came to 'Thou shalt not commit adultery' – I did not need to examine my heart, it was self-evident: the fact must be faced that I was absolutely sure to commit adultery just as soon as I got the chance. So, I thought, slightly awestruck but also relieved, I do not believe in God.

'Adultery' and 'God' were both, of course, shorthand terms. I knew the technical meaning of adultery, but I meant something different by it: I meant making love, whether married or not – but marriage would not come for years and love I was going to make *soon*. The obsession with sex in the abstract had faded out and been superseded by a wholehearted concentration on love, usually directed upon one man, but if Paul failed me it would be someone else, and too bad for Paul. We never discussed such things at my school, where the standard of purity was so high that we did not even understand the purpose of the rules which maintained it – the curtains drawn back at night, the ban on less than three girls being alone together. I felt that I knew more about sex and men than most of my companions, and thought about them more, but I would have felt it irresponsible and lacking in taste to spread my knowledge. On one thundery afternoon, during dancing class when we were practising stage falls, I lay sprawled on the parquet in my sage-green art-silk tunic and bloomers and my salmon-pink lisle stockings, thinking, 'If a stevedore' – why a stevedore? I am sure I had never met one – 'if a stevedore would come and rape me at this minute, I would let him.' It was an incongruous idea to have in that setting and I enjoyed it as such, feeling sorry for my companions, whom I supposed to be innocent of such emotions. As for me, I knew that I was made for love, and love meant lovemaking, and I was going to bring this two-things-in-one to a blazing consummation (no, not with a stevedore, that was a joke) as soon as possible. God forbade me to do so and I did not – I could not – feel that he was right.

For just as 'adultery' was shorthand, so was 'God'. I meant by the word that God I had been brought up on, the God of the Church of England as revealed to me by my family and teachers. It was his laws that I was going to break, and because of his convenient, English mildness, I was not afraid of breaking them. And because I was not afraid of breaking them, they were not laws. Anything which could be dismissed with such surprising easiness could not be the whole answer.

I have thought of more logical arguments for non-belief since then, and I have still felt no need to replace that God by another one, but I am not so sure that I ever really stopped 'believing'. I suppose I shall have to come back to this later, if I am to understand why I did not shiver after my dying grandmother asked me why she had lived.

8

FRENCH TAFFETA, THIN but crisp, striped with a pencil-point black line on the pure evening-sky blue which Mrs Siddons wore when Gainsborough painted her; grey silk velvet, dove-coloured in shadow, silver in light; another grey, corded silk veiled with chiffon, sashed with lemon yellow; more chiffon, pink over pink pearl embroidery on the breasts; more pearls, a trellis of them as a belt: dresses for dancing in! How many hours – weeks, months, years – did I spend thinking about clothes between the ages of fifteen and twenty? Day clothes too, of course, but evening-dresses were the ones which worked a change, making me feel like a mermaid, a swan, a willow tree, making me move differently, making me ready for love. Usually my mother made them for me; a shop dress was at the same time a luxury and (too often) a disappointment. My mother was clever and romantic about them, raiding shops and fashion magazines for ideas, spending far too much on materials, stitching into them, I see now, the gaiety she was not herself enjoying. She was only in her thirties. For what seemed like hours she would keep me standing in the middle of her drawing-room while she fitted me, both of us growing irritable and I never thinking that she might have been making dresses like that for herself. It was by her choice that we were living at the Farm, away from my father except at weekends, and her temperament was such that given her family, her garden, and her animals she could occupy, or appear to occupy, all of herself with energy and conviction. But there was another side to the coin. Not long ago she flipped it over for me, startling me by saying, 'Sometimes I used to wonder if I could bear it another day. No man, no fun, no travel – it was a dreary time.'

The gayest time of my life was a dreary time? I looked back and saw the frightening abyss between parents and their children: that young woman making the best of the situation into which she had stumbled, 'difficult' and contrary, leading her husband a dance but feeling ashamed of it so that she endured her wilful choice of an unmanned country life as a 'punishment', while I never questioned the front she put up: that was how she *was*. I accepted her thought and work for me, the generosity with which she turned me loose, as though it were her pleasure and my due. And when she lay awake fretting because I was being driven back from a dance by a young man, I held it against her: why, as I crept upstairs, must she always call apologetically, 'Darling, are you back? Was it a good party?' And when she betrayed anxiety as to how I was using my freedom – an anxiety usually suppressed and often justified from her point of view – anger flared in me.

Paul came and went and came again. Sometimes I would not see or hear from him for weeks, then there would be a long letter or a telephone call, he would rattle up the lane on a motor bicycle or in a second-hand car, and we would be off to a party together, or over to the coast for sailing.

He excelled as someone to do things with. When I remember him it is less for what we said to each other (although we always had plenty to say) than for what we did together. If Paul were playing with a dog, his pleasure in its silky ears, its movements and its expression would make the dog more real; if he were driving one of his old cars, his handling of it made the mere act of driving more interesting. Any place that he loved – the place he called Little Japan, for instance, where the flat land on either side of our sailing estuary curved up and fell again to the marshes in a sandy cliff on which grew a few wind-tortured Scotch firs – sprang its nature at me because of his relish. When he went with me to pick primroses one Easter – an annual ritual for the decoration of Beckton Church – he was astonished at my matter-of-fact attitude to the thick cushions of flowers in a certain part of the wood. I took it for granted that primroses grew thickly there – they always did. He, who lived either in London or on the coast, where they did not flourish, *saw* them. He squatted to bury his face in a clump, then laughed and said, 'My God, but they're marvellous. You're like that chap in the poem – a primrose by the river's brim a yellow primrose was to him!' At once the frail, reddish, slightly hairy stalks of the primroses, their delicate petals, the neat funnels of their centres, the young leaves, folded and lettuce-green among the darker, broader old ones, the grouping of each constellation of flowers, their delicious, rain-fresh scent – everything about them became alive.

He was a good illustration of that thing so difficult to explain to anyone who does not know it from experience: the point of participating in such sports as shooting. A good shot, he liked to exercise the skill, but to accompany Paul as he walked a rough shoot was to see that there was more in it than that. Any kind of hunting, whether with a gun or with hounds, brings the hunter into a close intimacy with the country over which he does it. He learns what kind of cover a partridge, for instance, will favour – learns it so intimately that he can almost feel himself crouching under the broad, wet leaves of a field of sugar beet. He knows what weather does to 'his' land, and to its animal inhabitants; he knows smells and textures, the sounds different sorts of fallen leaves make when he walks through them, the feel under his palm of the moss on the damp side of a tree trunk. Because of his pursuit his senses have to be more alert than those of even the most enthusiastic walker, so he takes more in. He has to contend with nature, not merely look at it, wading through heavy land, clambering through thorny hedges, allowing for wind, observing the light – and discovering, of course, as much as possible about the habits of the creatures he is after. People who have always been, as a matter of course against blood sports often gibe at the sportsman's professed affection for animals, but paradoxical though it may be, it is perfectly true that there is no surer way to identify with an animal than to hunt it. The man who shoots for pleasure only is doing, I myself now believe, something wantonly destructive – but I have no doubt that it is he who knows best *what it is like to be* a hare, a partridge, a pheasant, a pigeon . . . Paul knew this very well. He got from shooting the same kind of satisfaction that he got from sailing: that of playing with *real* things – water, wind, living creatures. Sailing was the better of the two, because there the game was more even: water and wind can kill you if you are not cleverer than they are. But shooting (and hunting, as I could have taught him) has the same power of engaging you more closely than anything but work with nature, with the elements.

His enjoyment and acceptance were as infectious at a theatre or an exhibition of pictures, dancing in a London nightclub (he took me to my first, finding the last remaining hansom cab in which to see me home) or gossiping in a village pub. I do not think that it was only because I loved him that I found it so, because I often saw other people responding to this quality in him, but no doubt the fact that I had fallen in love with him even before meeting him had made me specially ready to embrace it; and that, in its turn, had made him accept me as an ally from the beginning.

Our relationship developed slowly but steadily. Even after I had left school I would still react to any opinion of Paul's by going through the motions of accepting a Revealed Truth, but I began to find that afterwards I would sometimes blink and have second thoughts. I began to see that being five years older than I was did not prevent him from being young. He had a pontificating vein when he generalized and it was not *lèse-majesté* on my part if it sometimes struck me as funny, or even absurd. If Paul said 'It is *far* safer to drive fast than to drive slowly' I would not go so far as to say at once 'Don't be silly'; I would suppose that it must, in some mysterious way, be true, but later I would come back to the idea and think about it, and reach my own conclusions. Was he, for example, right when he expounded a theory of which he was fond for about a year: that all sexual relationships were basically the pursuit of an essential thrill which, in its purest essence, could only be found in rape? This, he warned me gravely, was why I should find making love with a man who loved me, and therefore could not rape me, a little disappointing. It seemed to me an impressive idea at first, but later I began to wonder if, possibly . . . I began to tease Paul more often, as well as to argue with him, and his elder-brotherly affection for me was a little modified each time we met.

There were plenty of other young men about – our county was well-endowed in that respect – and I never thought of holding them off for Paul's sake: the gaining of experience was too valuable and exciting in itself to be rejected. He was the man I loved, he was the man I was waiting for, but meanwhile if anyone else wanted to fall in love with me, or to kiss me, or to tell me I was attractive, I would welcome it greedily. It was pure chance that it was, in fact, Paul who kissed me first. By then I had been waiting for him for two years, which anyone over twenty-five should read as five, or eight, or ten, for it seemed an eternity. The vigil, I felt, had earned me recompenses which I was ready to grasp. But it so happened that going to a dance with my cousins, at just seventeen the youngest of the party and ready for anything, I met Paul unexpectedly after one of our gaps and he saw more sharply than he had seen before that I was growing up. He noticed it halfway through the evening, left his own party, and swooped me away from mine.

He took me out to sit in a parked car, put his arm round me and told me a fairy story – he liked to make up stories. I dared not move for fear that he would think I was uncomfortable, which I was, and take his arm away. When we were dancing again he said, 'Don't go home with them. I'll drive you if you think your mother will let me stay the night.' To an anxious elder cousin I announced that I was coming home separately, then disappeared; and she, when she got back to the Manor, telephoned my mother and asked, 'Is Diana home yet? Paul carried her off and I couldn't stop them.' Meanwhile, halted by shut gates at a level crossing, Paul had put his arm round me again and I, my heart thudding, had learnt how to relax and let my head fall against his shoulder. When he turned my face up and kissed me on the mouth, we were both surprised: I because his lips were cold and a little sticky whereas I had expected them to be warm and smooth; he because mine were hot and parted whereas he had expected them to be like a child's. He told me later that he had thought, 'The little devil, she has been at it already, this is not the first time,' but it was. I was thinking, 'Paul is kissing me!'; I was thinking, 'And high time, too'; I was thinking, 'Silly, of course his lips are cold, the night air has been blowing on his face'; I was thinking, 'It is natural for first kisses to be disappointing so it doesn't matter, it will be all right next time'. I was coming into my own at last, as I had always intended to, and the difference between anticipation and reality could only be to the advantage of reality, simply because it *was* reality.

When we arrived at the Farm my mother sat up in bed, furious with worry. 'How could you have behaved like that!' she said, 'Why did you take so long to get home, what did you do?' I meant to say nothing, but I was too full of it to keep it in. 'There was a train shunting at the level crossing,' I said. 'Paul kissed me.'

'Oh,' she said, and I could sense the clutch of fear in her stomach. 'Did he just kiss you, or did he – are you sure he didn't *mess you about*?'

I could not strike her because she was in bed and I was standing some paces away. I could only mutter savagely, 'How could you say that!' and slam out of her room thinking, 'Damn her, damn her, damn her!' I could still feel Paul's dinner jacket against my cheek, those surprising lips, and his hand lightly on my breast where my own hand held it; I was still wrapped about with *the most important moment of my life*, and she had said 'mess you about'.

'They are filthy!' I thought.

Poor parents, what are they to do?

From Christmas 1935 to October 1936 I stayed at home, losing the last shreds of my desire to conform to my family's plan for me by going up to Oxford. I had tried for a scholarship and failed; something of which I was ashamed but which was just becoming a relief when a great-aunt stepped in with an offer to help with my fees. 'Darling Aunt Mary,' they all said. 'How wonderful of her' – and I thought 'Interfering old crone.' Now this is a bad thing to remember: that never, other than formally, did I thank Aunt Mary for the three best years of my life.

I did not know that they were going to be so delightful because I saw them as a continuation of school. Here was I on my eighteenth birthday, and *still* they wanted to stuff education down my throat. But because the months ahead of me, before the first term began, looked so rich and free – a clovery green meadow to a pony who had stood in a stall all winter – I kicked up my heels and forgot about the future. New dresses, friends to stay, dances, reading what I liked, horses, hunting, tennis parties . . . If I had been asked 'Do you want to do this forever?' I should have answered with an emphatic no, critical as I had become of the structure on which it all rested, and depressing as I found even then the spectacle of girls older than myself who *were* doing it forever – taking the dogs for walks, arranging the flowers, helping their mothers at garden fêtes. No, I did not intend to be like that. But I did want to do it *now*.

Not all of it was pure pleasure. The tennis parties, for instance, almost amounted to misery. My eye sent messages to my hand no more quickly for a tennis ball than for a lacrosse ball; I was always the worst player there and I hated to show at a disadvantage. But they were a large part of our social life as soon as summer began, and that I would not miss. Besides, the white-clad figures against green lawns, the smell of new-mown grass, the taste of iced home-made lemonade, and the presence of men – once the playing was over the parties became enjoyable. Driving to them, I would practise a fierce self-discipline: 'It does not matter if you make a fool of yourself, it does not matter what they think. It is only vanity which makes you think that it matters and if you stop thinking it, it won't.' When this had only depressed me further I would switch to 'And anyway you dance better than they do, and you ride much better, and you read more, and you're a socialist.' It did not do much good, but even so the parties' pleasures were never wholly obscured by their pains.

Hunting had no pains – or rather, its pains were both private and shared, and sharpened its joys. That I was nervous almost to the point of throwing up at every meet, hearing the crack as my horse's forelegs hit the top bar of a gate, the crunch as one of its hooves came down on my skull, was at the same time an internal matter and something in which I was not alone. During the waiting about before the field moves off; many people are likely to be either unusually silent or unnaturally hearty. The more frightened you were, the more miraculous the vanishing of fear as soon as things started to happen; the more exciting the thud of hooves, the creak of leather, the more triumphant your thrusts ahead by risking a blind bit of fence while others were queuing for a straightforward bit. What instinct it is in a horse that gives it its passion for following hounds I do not understand. It is not only the obvious herd instinct, for I have often known horses who continued to quiver and dance, to be alert in every nerve, when we had lost the field and were riding alone, stretching our ears for the hounds' voices, and I once had a pony who was so mad about the sport that she would not eat when she got home after a long day but would lean against the door of her loose-box, straining to hear the intoxicating sounds from which I had had much trouble turning her away several hours before. Whatever it may be, it is shared by the rider, and it is not lust for blood. I used, whenever possible, to avoid being in at the kill, and of all the many people I have known who enjoyed hunting, not one took pleasure in the chase's logical conclusion.

A long hack home after a hard day could be physical torture: cold, stiff, often wet, you could reach a stage when your mount's every stride seemed a jolt, and every jolt drove your spine into the back of your head. That, and the nerves, were part of the game that made it more than a game, that extended you more than you thought you could be extended. At the Manor there would be a groom to take our ponies when we got in, but in Hertfordshire and at the Farm, where we looked after them ourselves, it went without saying that we rubbed them down, fed and watered them and put on their rugs before we plodded our own aching bodies up to their hot baths (oh, the agony of numb fingers coming alive in hot water) followed by tea-with-an-egg. Absurd though one may think the

English gentry's obsession with animals, a child gains something from their care. To be able to feel your own chills and fatigues in the body of another creature, to rub them away with a twist of straw and solace them with a bran-mash, is to identify with a being outside yourself.

My family's way of talking about its animals – horses, dogs, and goats – would have sounded absurd to anyone who had no experience of them or liking for them. We saw them not as docile or bad-tempered, ill- or well-trained, but as personalities with attributes similar to those of humans. 'Poor Cinders, he gets so bored in the lower shed,' we might say of a pony; or of a dog, 'Lola is in a very haughty mood.' This anthropomorphic approach to animals, despised by those who do not share it, can be taken to foolish extremes but does not seem to me to be an error. I think Freya Stark put her finger on it when she described the death of a lizard she had once owned. She was grieved to a degree she thought exaggerated until it occurred to her that the distance between the lizard and herself was far less than the distance between her and God, and in that way she expressed a truth which urbanized people forget: that *Homo sapiens* is not a creature apart, but one development of animal life. The more subtly developed animals *do* share with human beings certain muscular movements and actions which express similar states of consciousness; in them these actions are released more directly, by simpler stimuli, but at bottom they are not different and we flatter ourselves if we suppose too great a distance between our own behaviour and that of Pavlov's salivating dog.

I have always taken great pleasure in the company of animals, or even in their neutral presence – a rabbit hopping across a lawn or a bird teasing at some berries in a tree – and I am glad that I was brought up in such a way that this pushing out of feelers into a part of nature other than my own is possible to me. I am also glad that circumstances enabled me to go one step further in this than most of the people among whom I was raised, and ask myself the question 'If I feel like this about dogs and birds and horses – what about those poor foxes?'

It was hares and stags in my case, for ours was not a fox-hunting county and we had to make do with harriers and a pack of staghounds which hunted deer maintained for the purpose and captured alive after the day's sport, to be returned to their paddock. It was sometimes argued that the older, more experienced deer knew that this was going to happen and fled from the hounds for the fun of the thing, but they did not look as though they thought it fun. I hunted in order to ride. The subtleties of working hounds meant little to me, and throughout my youth the pleasure I got from riding was so great that I averted my eyes and shut my mind to thoughts of the creatures the hounds pursued, but the images registered, all the same. I cannot be certain whether I would have acknowledged them if those months between school and Oxford *had* 'gone on forever' and my country pleasures had continued unbroken, but I believe I might have done. My father did: he did not merely give up shooting, but came to loathe it.

As it happened I was living in London, and no longer killing anything, by the time I acknowledged that to kill for amusement was barbaric. Now I detest blood sports. I would never hunt again, nor would I go out to watch anyone shoot, nor even, I think, catch a fish unless I were without food. Living creatures have to prey on each other in order to exist, but not one of them can annihilate another *for its own amusement* without committing an outrage.

For the rest of that time I feel no guilt, though I often behaved badly. Badly in the conventional sense in that I flirted extravagantly with any man willing, considering a dance a failure unless I had been kissed at least once by someone, it did not much matter whom; and badly in another way, in that I became affected and a little arrogant, feeling myself more intelligent than most of my acquaintances, and sometimes (where were those Left Wing principles?) socially superior to some of them. I did not put it like that. At the smaller parties, the local parties, with the sons and daughters of parsons and estate agents and wine merchants and veterinary surgeons, I simply allowed myself to feel that I and my cousins were more dashing and stylish than they were, and showed off accordingly. We could be the stars of those parties (or felt we could be) and I can only hope that the good manners in which we had been trained prevented us from making such monkeys of ourselves as we might have done. If I went to a more sophisticated dance – a dance with people *from London* at it – it was another story. On such an occasion I would be hushed with admiration, and grateful for any attention I received: only if I went to such a dance with Paul could I be quite at ease.

But that exuberant, slightly gauche girl, wearing her hair in a curly fringe because a young man had said that she resembled Katharine Hepburn, does not weigh too much on my conscience. Even if I had never gone to Oxford, I would soon have stopped being eighteen years old.

9

I WENT UP TO Oxford in 1936 and I did not join the Communist Party while I was there. I cannot claim that this was because of intelligent criticism of Marxist principles, nor that I had an instinctive prescience greater than that of many of my more serious contemporaries: it was simply that I was lazy. Bad smells were as acrid in my nose as they were in the noses of any other Left Wing undergraduate at the time, and it seemed to me, as it did to others, that only an extreme, a revolutionary opposition to capitalist society would be effective. But to become an active Party member – that looked to me like hard work. As I had slid away from the Church of England, so I slid away from Communism, but with less excuse: for the first sliding I had felt valid reasons stirring behind the laziness, while for the second, at that time, I could feel none. I greatly admired anyone who committed himself and I did not believe that to be, in a desultory way, a member of the Oxford Labour Club and to cut sandwiches for hunger marchers was an appropriate response to the circumstances. 'I am,' I felt with regret, 'an essentially frivolous person.'

I felt like that not only when I considered the state of society, but whenever anything forced me to acknowledge that the war would soon be on us. 'We who live in the shadow of a war . . .' Stephen Spender's poetry I knew by heart several years before I went to Oxford – he had been one of my adolescent passions – and neither he, nor anyone else I read, nor the daily evidence of the news permitted ignorance. But 'Oh shut up, let's talk about something else,' I said. 'There's nothing we can do, anyway.' It was only at night that I would sometimes say to myself the words: 'It is really coming, you know. As things are, it can't fail to come.' One summer night at Oxford there were aeroplanes droning for an hour, circling or streaming over the town for what purpose I do not know. Bombing raids: Spain had given us plenty of book learning about them, but it is odd that I should have known so certainly that the steadily throbbing hum was that of bombers, not fighters. That's how they will sound, I thought, and almost, in the chill of dread, That's them. I cannot remember ever feeling colder or more hopeless when lying in later beds listening to real raids. It was no good pretending that it might not happen: it would. And I cried tears soon dried by their own inadequacy. All I could do about the coming war was to cry. Once I said to a friend, 'I shall kill myself when it starts,' and she replied, 'But that's silly – to kill yourself to avoid death.' It was not death I was thinking of avoiding, it was having to know this horror about life.

So yes: I was frivolous, and I was lazy, and it seems to me now that I was lucky to be those things, because by being able almost all the time to slide sideways, not to think, I could store three years away like jewels before it came.

All the way from home to Oxford I was in a near-coma of alarm, sleepy and detached as though I were watching events from far away and they did not really concern me. Nervousness still has this effect on me, which (though it had unfortunate results during University examinations, making me slapdash and flippant) is a fortunate quirk. Apart from going to school, the only journeys I had ever made alone had been for short visits to friends, for parties, when on arrival I would be met by expected faces and carried off to do expected and pleasurable things. Leaving home frightened me. The super-school for which I supposed myself bound chilled me. I had not believed that those lush green months were going to end so soon.

I had been to Oxford earlier for my interview, so I knew about the gasworks and the marmalade factory and the prison, those melancholy outriders to beauty when you arrive by rail. I knew, too, that my college was an undistinguished building, or sprawl of buildings. If my spirits had been high enough to be dashed, they would not have been dashed by these things. But I did not know quite how institutional my room would be, with its dark-blue curtains of cotton repp, its dark-blue screen round the washstand, its dark-blue cover on the bed and its mud-coloured carpet, limp with use. Oh dear. And then to have to venture out down those long corridors, peer at notice boards, find those other freshwomen ('freshers' I would have to call them, I supposed with distaste), all so confident and clever-looking. One had got out of a taxi just in front of me, tall, wearing a fur coat and carrying a bag of golf clubs. Another I had talked to at our interview and she had almond eyes, wore exquisite little shoes, and had dismissed some girl as 'the sort of girl who keeps count of the men who have kissed her' – which I did, too. It was strange that my two best friends should have been the first to catch my attention and to strike awe: Nan, terrified, paralysed with shyness, not knowing what to do with the horrible golf clubs her father had insisted on giving her; Margaret, more like the effect she made but as absorbed by love as I had ever been.

We trooped from interview to interview, being told what we were to do, what classes we were to attend, who was lecturing where, on what; and we were given copies of the Statutes to read. Good God, the restrictions! This would be worse than school. The Statutes have been revised since then, but at that time they appeared to date from my mothers' generation when a girl had to be accompanied by a woman don as chaperone if she went to tea with a man, and naturally no one explained that most of them were ignored.

The first day or two were much as I had feared they would be, though too fully occupied to allow homesickness. It was not until the weekend that the clouds lifted. On the Saturday there was a telegram waiting for me in my pigeonhole: 'FLYING DOWN TO COLLECT YOU TEN O'CLOCK TOMORROW WEAR RIDING CLOTHES PAUL.'

On Sunday I went in to breakfast in riding clothes. The haughty

Nan, her fur coat and golf clubs still casting their aura, had kindly kept me a place. Erroneous though my impression of her had been, it was nothing to hers of me when I casually mentioned that my young man was coming to see me *by aeroplane* and that we would spend the morning riding together – it was several days before these two dashing creatures faded away and the real girls met.

Paul had tried to please his father by working for Cadbury's but had not been able to endure it and had bolted into the Royal Air Force after a few months. He was stationed in Lincolnshire but could borrow a plane from time to time and land at Abingdon, where he could borrow a car. I did not much want to ride with him because I despised hired horses and it embarrassed me to see him doing anything at which he was not good – he hardly knew how to ride – but that he should have thought up this way of making me feel at home touched me so deeply that I would have ridden a donkey round Rotten Row all day. And after we had ridden he said, 'I'm going to take you to my favourite place.' We drove to Appleton and there I was, going into the taproom of the Plough for the first time, being introduced to Maggie, who, twenty years later, was to cry 'My God, it's Paul's girl.'

Maggie had a husband, known as Dad, but he was not a very efficient man. It was typical of him that when Paul was staying the night and had to get up at four in the morning to be back in Grantham in time for work, Dad would test the alarm clock to make sure that it was working and would forget to rewind it. He used to smile and nod and be gently shooed into the background by his wife, who ran the place. She looked a little cottage housewife rather than a pubkeeper (in spite of the occasional Guinness hangover), and she gave the impression that opening time was the beginning of a party. Gay, brisk, endlessly generous, she adored an invasion by any of the enterprising young men who had discovered her pub while they were at Oxford, calling them 'her boys' – and of all 'her boys', Paul seemed to be the favourite. She would always find a bed for him, lend him money, tell lies for him, scold him, pet him, give him good advice, and welcome his girls without giving any of them a hint that there had been others. She approved of me.

The taproom was narrow and dark, with a solid table down the middle of it and wooden settles along the wall. That was where evenings would begin, or where we would drink when we visited the place at lunchtime. But towards the end of an evening the sheep would divide from the goats – ordinary customers would stay in the taproom, while the more solid 'regulars' and honoured guests would move into the parlour. There was a piano with a pleated silk front in there, and a good deal of shabby furniture in a small space so that we could sit down. It was in the parlour that I spent the first of many Plough evenings, and that I heard the Poacher sing.

Maggie was all for a bit of music and would play herself when she could escape from the taproom. It started, that night, with songs like 'Shenandoah', or 'When Irish Eyes Are Smiling', which everyone knew, then went on to the soloists. In the corner sat the Poacher, his cap pulled down over his red face, shuffling his feet and grinning into his mug when people began to urge him. He was coy about it – heaven knows how many pints had to be poured down him before, suddenly, he lurched to his feet. There was a shout of pleasure and he was jostled into the cramped middle of the room. He took off his cap, looked into it for a moment, then slammed it back on to his head the wrong way round. Deliberately, dramatically, he got into his singing posture: one foot advanced, the knee bent, his right arm extended stiffly in front of him (the only other person I have seen in that position was a Maharajah posing for a photograph at the time of King George V's Jubilee). Everyone leant forward in their chairs, and a deep droning sound began, so that I thought 'But what was all the fuss about, the man can't sing at all!' and then I began to hear the words. The Poacher was singing songs composed by the people who had composed the 'Ballads' in my grandfather's wicked white volumes.

'Where did he get them from?' I whispered to Paul.

'From his father. And he got them from his father, and he got them from his. Nobody has ever written them down.'

Back they went into time, the pretty maidens going to market, falling into ditches and showing first their slim ankles, then their round knees, then their white thighs, then . . . A miller went down to his mill to see if his apprentice was filling sacks properly, and found him filling the miller's wife . . . A naive young shepherdess asked a young shepherd what it was that the rams were doing, and why . . . Some of them were not lewd but romantic, like the one about a girl lovelorn like a nightingale, leaning her bosom on a cruel thorn. Once the Poacher was launched, others joined in. They all knew the songs and loved them, sentimental or bawdy, and none of them thought of them as anything but 'the old songs' as opposed to 'modern jazz' – none of them thought it strange that they should still be singing them. But when I saw Maggie again after all those years, 'Oh, my dear,' she said to me, 'they never sing the old songs now, not ever. The young ones don't go for them any more and the Poacher's dead.'

I sat through that evening in spellbound silence, made shy by the family greeting Paul got, afraid that I should not be considered worthy. I drank my half-pint of beer to his pint, I watched, I listened, and happiness crept up like a rising tide. Later we drove off somewhere to see a man called Bernard – my first of many a confused exodus at closing time, the cool air of night so sweet on one's face, the handle on the car's door so strangely not quite where one expects it to be, the plans to go to such and such a place changing so mysteriously en route to arrival at another. Bernard was a homosexual, Paul told me as we went up the stairs, but a grand chap, great fun. Goodness, another first! I had never spoken to a homosexual in my life. And soon I was not just speaking to one but was in bed with him, snuggled between him and Paul and drinking whisky, because Bernard it turned out was in bed with a cold and his room was chilly. I was living! Thawed, happy, drunk, kissed, I was delivered back to my college two minutes before midnight – when the doors were shut – and I knew that I was going to love Oxford.

To me Oxford became a game at a time when play was life. The play of young animals, their pouncing and stalking and woolly wrestling, is serious. It is learning, without which they would not survive as adults, and that kind of play among human beings is too often restricted by economic necessity to childhood, in which a great deal is learnt, but not everything. Oxford struck me – I am not being wise after the event, it struck me like this at the time – as the perfect place for this kind of learning, or growing. Some of my friends became impatient of it, feeling it unreal, but I argued that if for three or four years you could have the advantages of being adult with none of the responsibilities, what more could you ask? And to have a whole city which, by custom, the young could treat as their own, to be able to walk down its High Street as confidently as though it were your garden path, to be free to be arrogant and absurd – to annoy other people by making loud, precious talk in restaurants, or to carry a grass snake with you when you went to parties – that was the kind of thing which you would never be able to do unselfconsciously anywhere else, and which you needed to do. Behind you were the prison walls of school and the deflating intimacy of family ('No one likes an *affected* girl,' when you had thought you were being witty), and in front of you were the necessary, not unwelcome, disciplines of a job or marriage. But here, now, in the present, was the chance to think and talk and behave in whatever way you wished, and this I could only see as a glorious good.

To say that I did no work while I was up would be to exaggerate only slightly. Certain things I could not avoid: writing an essay for my tutor once a week and attending classes, which were smaller and more intimate than lectures, consisting only of the people from one's own college, in one's own year, who were reading the same subject, visiting some don in his or her room as a group. It was only possible to be absent from a class with a watertight excuse, but no one knew whether one attended lectures or not, since they were a University, not a college, matter, given in the impersonal setting of the University Schools or in the hall of the lecturer's college. I soon thought up the argument that all lecturers wrote books on their subjects, and that one could benefit more from reading than from listening: an argument which would have had something in it if I *had* read, since no form of instruction is more soporific than words spoken to a large audience by someone who has often spoken them before. I must have attended about six lectures in the course of my three years. On those occasions I carried a pen and several sheets of paper, sincerely meaning to take the methodical notes on which, I had so often been told, everything depended. I would get to (3), or perhaps (3a), and then a drawing of a crocodile, a horse, a hat would appear, or a note to show at knee level to Margaret: 'Isn't that man with red hair the one who got drunk at Gerry's party?' 'No, he was fatter.'

I had chosen to read English because I reckoned that I would be reading it anyway, for pleasure. A good deal of it I did read, and wrote about with spirit though always at the last possible moment and too briefly, in essays which gave the impression of intelligence and enthusiasm. But native wit could not disguise for long so thorough a lack of application; indeed, when it came to the barbaric Anglo-Saxon language, an extensive knowledge of which was required, it could not disguise it at all. I was soon starting each term with a little talk from my Moral Tutor – the don responsible for one in a general way throughout one's career. Mine was a small, shy woman of great tact and delicacy of feeling, a scrupulous scholar and a scrupulous respecter of other people's liberties fastidiously disinclined, to bully. Gently, almost humbly, she would ask how I intended to work that term. 'You *ought* to get a First,' she would say during my first year. 'It would be such a pity if you did not.' In my second year it was 'You *ought* to get a Second.' In my third year we reached the point, painfully embarrassing to us both, when she had to steel herself to speak out. 'You cannot do enough work to catch up and avoid disaster if you continue to go out so much, and to act. Rehearsing takes up so much time. I am afraid I really must ask you to think seriously about cutting down your activities – giving up the acting, for instance – now that Schools are nearly on us.'

These interviews made me angry with the itchy, irritable anger which results from knowing yourself to be in the wrong, and after the anger had died down, they made me sorry that I should have inflicted such a disagreeable task on a woman who would so warmly have appreciated the pleasant one of praising me. They did not, however, influence my behaviour in the smallest degree. Even the acting I clung to, although I was no actress and did not think myself one. I only loved everything about it: being onstage, being backstage, making up, painting scenery, the smells, the lights, the sounds.

Intelligent in certain ways I may have been, but I was by nature entirely, hopelessly unscholarly. What I got from Oxford, on the level of formal education (apart from a Third Class degree, and if one were going to do badly the rare Fourth Class would at least have had the merit of dash), was no more than the reading of a few books which I might not otherwise have read and which I am glad to know, and a vague, general idea of what scholarship is. I can recognize it in others, I can wince at its imitations. But if that were all Oxford had given me – or rather, that I had been capable of taking from Oxford – I should have cost my parents and my great-aunt a lot of money for an appallingly small return.

I believe, however, that I owe to Oxford much of the stability and resilience which enabled me, later, to live through twenty years of unhappiness without coming to dislike life. I already had the advantages of a happy childhood and a naturally equable disposition, and three years of almost pure enjoyment added to those advantages confirmed in me a bias towards being *well-disposed* to life without which, lacking faith, lacking intellect, lacking energy, and, eventually, lacking confidence in myself, I might have foundered.

On the river at night, moving silently through the darkness under trees: suddenly the man punting whispers 'Look!' and I turn my head towards the bank. Three naked boys are dancing wildly but without a sound in the moonlight.

On the river at night again, moored in the cave of shadow made by a willow: music in the distance, coming slowly nearer. We stop kissing and another, solitary punter passes us without knowing we are there, with a gramophone in the stern of his punt on which 'The Swan of Tuonela' is playing into the night.

In someone's room on an October evening, the air outside the window turning deep blue: a long way away, someone begins to play the Last Post on a bugle and we stop talking while the whole of autumn, the whole of Oxford, the whole of time passing seems to be drawn up into an exquisite sadness. Even at my father's funeral, when the Last Post was played over his grave, it carried me back to that room.

People who have been happy in a first marriage are likely to be happy in a second: they are conditioned to companionship and affection. In the same way, I, having lived for so long in a place which I loved passionately, had a readiness to love another place: it was because of Beckton that Oxford, as a place, meant so much to me. I do not believe that I ever went out of my college, even if only to buy a tube of toothpaste, without taking conscious pleasure in something that I saw, some chime of bells, some smell. Coming back from a class I would deviate from the shortest way to go by the Turl, or by New College Lane or Magpie Lane, or some other street for which I had a particular affection, and I liked to walk by myself so that without distraction I could soak these streets and buildings up. The place seemed to me to give off a physical exhalation to which my very skin responded. If at Oxford anything had irritated, bored, or frustrated me, if I were unhappy or lonely or angry with myself, I could always be restored by the place. Towards the end of my time there I would go out with the deliberate intention of 'soaking up'.

The room which depressed me so much on my first arrival was not mine for long. Soon I was given the chance of moving into better accommodation, and got a room in the Old Building, looking over a lawn with apple trees growing out of neat rounds cut in the grass: 'the unicorn garden' Nan and I used to call it, because it had the look of a garden in a tapestry. My extravagant mother came to visit me and saw at once that all that dark blue, with the ugly washstand, was intolerable. With guilty excitement we hurried out shopping and I chose a shockingly expensive chintz for bed and curtains, and a neat cabinet to enclose the washing paraphernalia which, when shut, looked pretty with a bowl of roses on it. Once books, pictures, and china were arranged, that room became to my mind the most charming and adult-looking in the college, and from that day it was my habit to spend almost my whole allowance of a pound a week on flowers for its decoration. After the detestable promiscuity of school life and the pleasanter but no less unavoidable infringements of privacy in a family, a room of one's own was both an adventure and a reassurance. Thinking it pretty, I even kept it tidy: something which to this day I can only do to rooms I like.

I never used the common rooms except for the short periods during the mornings when I was winkled out of my own by a housemaid; and then, unless it was the morning before I had to produce an essay so that work was unavoidable, I would prefer to visit Nan or Margaret, or to meet friends for coffee in the town. Our social life sounds extraordinarily mild. Except for my escapades with Paul, it was meeting people for coffee, meeting people for a walk, going on the river, going to tea with people – those were by far the most frequent entertainments. There was a scattering of pub-crawls and sherry parties, but few of our young men had more money than we had ourselves, so that although a bottle of reasonably good sherry cost only seven and six, debauchery was usually beyond our means. Except for the summer term, which ended with the Commemoration balls, we were not likely to dance more than two or three times in the eight weeks, while dining at the George, at that time the dashing restaurant, had to be kept for special occasions. Paul took me there, of course, but my undergraduate friends would manage it only during the early, display-dance stage of a wooing.

Because mild though such occupations may sound, they were in fact nearer to being feverish. During nearly all of them love was being approached, made, or dissipated. Sprawling on beds in each other's rooms, Nan, Margaret, and I would certainly often discuss books, politics, religion, and the meaning of life, but more often we would discuss people, and most of the people we discussed were men.

When, and to whom, were we going to lose our virginity? That was our covert, and sometimes our overt, preoccupation. Both Margaret and I had come to Oxford officially in love, and Nan was soon to become engaged, though not for long. Since we all felt that this serious step was synonymous with the sealing of a great love, we should have had no problem – but we did. Not inevitably, but most often, to meet a new man, to be asked out by him, and to get to know him beyond a superficial point was to be embraced by him; and with the embrace he would become at once more than a casual aquaintance, he would become a new person to know. These little explosions of meeting were constantly blasting new shafts into the mine of experience, opening new galleries of relationship to be explored.

Sitting behind two girls in a bus not long ago, I heard one of them saying gravely, 'The trouble is, I'm beginning to think that it *is* possible to be in love with two people at once,' and her words gave me an instant feeling of exhaustion. Yes indeed, that *was* the trouble. How could it not be when the people one was meeting were all different, all real, none of them yet visibly crippled by the patterns their life would impose on them into distrust, or masochism, or boredom, or whatever deformity might overtake them later. I never believed that I would *marry* any of the men I came to know at Oxford – it was Paul whom I was going to marry – but this did not prevent them, sometimes, from being more immediately important to me than mere liking could account for. When Paul was out of sight he was not so much out of mind as tucked away into cold storage in the back of my mind, and during those times other relationships, intense, delightful, or harrowing, could flourish. We all, in the end, steered the course we believed to be right: Margaret married her love soon after leaving Oxford, Nan postponed decision until she was older, and I went to bed with Paul. But it was a serpentine wake that we left behind us before reaching those points, and regularly once a term, I for one would have to spend a day in bed for no other reason than nervous exhaustion.

In one of these subsidiary relationships I was all but trapped, reaching a stage in which I said to myself in so many words 'I love him so much that I would *even marry* him' and clinging to that stage even after I had laughed at my own momentary conception of marriage as a desperate resort. He was the first man I had met for whom I felt the tenderness which comes with physical accord in its purest form: that sympathy between skin and bone and nerves which on its own level is as rare as true temperamental affinity. Simply to look at his thin hands, the way his hair grew crisply above his ears, the slant of his eyelashes and the freckles on the bridge of his nose, gave me such intense pleasure that it *had* to involve the whole of me. I knew perfectly well that although he was a gentle and sweet-natured person, and had a kind of secret integrity of character which was deeply likeable, he was not someone with whom I could communicate. Ideas might flow between me and other people, and between him and other people, but they did not flow between me and him – we came up against a blank wall in each other and a marriage between us would have been a disaster. But we only had to kiss each other for this knowledge to vanish, and at the end of one summer term, when our long, shy lovemaking had reached a point of tension unbearable to him, we had a scene from which I emerged determined that the first thing I would do at the beginning of next term was to commit myself to him by sleeping with him.

I brewed this decision for the whole of the vacation, becoming more exalted as I became more nervous – and he, at his end, brewed it too, coming, though I did not know it, to an opposite conclusion. He was a level-headed young man with high principles, and he decided that to seduce a girl whom he liked but did not want to marry would be asking for trouble. We met again, I in my fine fever, he in his anxious lucidity – and no other meeting in my life, however much more grave in reality, has remained with me in its detail more painfully than that one. I have written a story about it so I will not describe it here. I will only say that the pain and humiliation and sense of loss seemed to be quite literally unbearable.

So unbearable were they that after two days I saw that I could not bear them. I wrote to Paul: 'Darling Paul,' I said, 'I am so miserable that I want to die. Robert does not love me. Do you think that you can come to Oxford *soon*?'

Back came a letter by return, telling me that even if Robert did not love me, Paul did; telling me that 'he will miss you more than he can bear and will throw care to the winds'; telling me that I must not stop loving or stop being unhappy 'because now you are living'; telling me to 'read Ralph Waldo Emerson in the Oxford Book of E. V.'; telling me that he was coming.

Before he arrived I did read Ralph Waldo Emerson, a poet whom I much despised but whose message now, coming through Paul, left me between crying and laughing:

Give all to love;
Obey thy heart;
Friends, kindred, days,
Estate, good fame,
Plans, credit, and the Muse –
Nothing refuse

'Tis a brave master;
Let it have scope:
Follow it utterly . . .

Oh, darling Paul! What a terrible poem to choose and what a splendid message to send! And when I reached the last three lines, miserable though I was, laughter won:

Heartily know,
When half-gods go
The gods arrive.

Whatever Emerson may have intended by that, I had a pretty clear idea of what Paul meant. 'Oh my love,' I thought, 'what a conceited old thing you are.'

The comfort that letter gave, the gratitude and affection with which it filled me, were the most adult of all the love-feelings I had yet experienced for Paul. It was at the end of that term that I spent three nights with him in accommodating lodgings which he had discovered when he himself was up at Oxford, and it was during the next vacation that we became engaged.

10

REALITY, AS USUAL, was different from its anticipation. I discovered, for example, that the housework in hotels begins at extraordinary hours. When we spent the weekend of our engagement at Nottingham, which was not far from where Paul was stationed and could be disguised to my family as a weekend in his commanding officer's house, the vacuum cleaners began to hum almost as soon as the washing up of crockery after dinner ended. I had supposed that after making love one always fell into a deep and especially refreshing sleep, and now discovered that one could quite well lie awake all night, limbs twitching under the strain of immobility imposed by fear of disturbing the sleeper beside one. Nor did the earth move under me when we embraced, as Ernest Hemingway had said it would. I knew already that Paul, although an attractive man, was not to me especially attractive – not one of those men like Robert, in response to whose body my every nerve vibrated. Complete lovemaking confirmed this. It was comfortable and delightful with Paul, but not so totally exciting that my physical sensations became one with my emotional commitment.

I observed these differences from the anticipated, but they did not distress me; they interested me, rather. They interested me constantly and absorbingly in the way that details of life in a foreign country visited for the first time interest me, and I was perfectly confident that I should soon learn my way about them. After a few more weekends I should be able to turn over and stretch my legs without worrying about Paul's sleep, and after a few more I would find a way to be totally immersed in our lovemaking. In the short time we were together this did, indeed, begin to happen. He was a gentle and understanding initiator and we knew each other too well for inhibitions or reserves. My confidence was soundly based.

Our families were neither surprised nor displeased when we told them that we intended to marry; only a little anxious, mine because they thought me young for it, his because they knew him to be wild. They all pointed out that to live on four hundred pounds a year, which was apparently what a pilot officer's pay came to in those days, would not be easy, and they all kept telling us that there was plenty of time. I did not see what time was needed for. We had agreed that I should not cut short my three years at Oxford – Paul had enjoyed his own time there too much to expect it of me – but that we should be married once my precious last year was over was as certain as the rising of the sun, so why wait before we said so?

I felt selfish in wanting that last year of freedom so much, but it fitted in well. Soon after we had decided to get married, Paul heard that he was to be posted to Egypt at the beginning of that year, and we agreed that it would be a good thing for him to have time to settle down to the kind of work he would be doing there, size up the kind of life we would be living, and find us a house before I joined him. So although I ought not, perhaps, to long so urgently for more people, more emotions, more adventures before I married, I could disguise the longing as common sense.

It is curious now to remember our relationship between my growing up and Paul's departure for Egypt: I would hardly believe in it if I did not still have letters to bear witness. For all that long-short time in my teens I had been the lover waiting to be loved, and for all the long – the really long – time that was to follow, I was to revert to that role, but during this interval, when everything seemed settled, I was confidently, even smugly, the beloved. Paul often told me that he understood my wish to stay on at Oxford and that he wanted me to have my fling, but after these generous gestures he would report nightmares in which he saw me walking away down a street with Robert, and would scribble a miserable note saying 'I know I said I wouldn't mind, but I would, I can't help it.' We would have a wonderful afternoon over at Maggie's, spending hours lying together in the grass by the river, then idling back to the pub for drinks and gossip; and suddenly, rather drunk, I would snap at him with an accusation of possessiveness; or he would press me to decide on the time for a meeting and I would answer coldly that I could not be sure, and I had to see so-and-so, go to a dance with such-and-such. I was not deliberately playing the bitch. I felt that we had a lifetime together – and a lifetime in which Paul would certainly be unfaithful to me whereas I could not see myself being unfaithful to him – so that I still had and deserved time to play.

That he would be unfaithful was something that I could not doubt when I knew him so well. For a long time before our engagement he had reported to me on his affairs, filling me at first with awe and with pride that he should choose to confide in me, then with a feeling of security. One of them was 'a very gorgeous and exotic time, but it became indigestible, like an absolute orgy of rich, delicious fruit cake. I can't tell you how wonderful it was to get back to sanity and you.' This was when I was about seventeen, and although I felt a little wry at being considered plain, wholesome fare, I was flattered at being told about it. Later this kind of thing stopped, but even after we had begun to sleep together I had seen him answering a roving eye with an eye no less roving, and I did not believe as firmly as he did in his protestations of absolute fidelity for the rest of our lives. It would be a long time before Paul would be content to leave any situation unexplored.

Once, when we were already engaged, we went out to the Plough in a taxi and since we were both feeling liverish and hung-over, dismissed the cab before we got there so that we would walk the last mile. It was a winter day with a low grey sky above flat brown fields over which fieldfares were flitting. While Paul watched the birds, I watched him. It was soon after I had observed the exchange of roving glances; I was distressed that he should have been ready to click with a girl while I was actually present and he was penitent and extra tender, as he always was when he felt guilty. It will be all right for a long time, I thought. He won't love any of them, he will always come back to me. But I had better face the fact that it will be hell when I get old, when I am thirty – and I had a vision of a scraggy neck and pepper-and-salt hair reflected in my mirror. He will still be in his prime then, I thought. That's when I shall have to learn how to be clever, in case he finds love creeping up on him with one of them.

I knew that this problem existed, but it did not worry me deeply. I was sure that I was loved in spite of it, I could see for myself that when I, in my turn, had moments of considering Paul to be plain, wholesome fare, he was more distressed by the role than I was. Perhaps this contributed without my knowing it, to the slightly offhand manner I slipped into after we were engaged.

Whether that was so or not, the manner had brought him to heel so smartly before a few months were over that it led me into a new development of feeling. Seeing my carefree Paul so distressed, I began to understand that even someone who knew me as well as he did might be confused by my behaviour. If he were to take my love for granted as surely as I did, I must manifest it more clearly, and so I did. The prospect of a year's separation was becoming real; it was easier to sacrifice the small freedoms and the slight independence on which I had been insisting. 'Thank God,' he wrote from the ship, 'that before I left you managed to convince me that you love me as much as I love you. I shall never doubt it again.'

The end of Paul's embarkation leave coincided with the beginning of my term. We had spent a week sailing together at Burnham-on-Crouch, tarnishing my Woolworth's wedding ring in salt water and knowing a more relaxed and lovely intimacy than we had ever had before, and after it I went to London to stay with his family. Our last evening together was wretched. We drank too much and made love unsuccessfully, unhappiness making me cold and stiff, and Paul rough. He cried and I could think of nothing to say to comfort him, nor could I cry myself. The next morning, when he was seeing me off at Paddington, it was I who cried and he who was inarticulate. His parents, my parents, all our friends had been saying 'Never mind, a year is not *really* very long,' and now Paul fell back on this. 'Daddy told me that he waited four years for Mummy,' he said through tile train window, and I sobbed, 'I don't care. A year is *forever*.' When the train pulled out I thought of going into the lavatory to conceal my tears, but realised that if I indulged in this privacy I should never be able to check them. I stood in the corridor wrestling with them, facing the lavatory door so that the passengers who edged past me should not see my face.

It would have been a horrible farewell if that had been what it was, but in the few days he spent at Grantham before he sailed, Paul gave a typical twist to our parting. He did not warn me but wangled a day off, flew to Abingdon and turned up unexpectedly in Oxford. We clung to each other in the little den of a waiting room in which we had to receive visitors, and knew that everything had become smooth and natural again: the goodbyes were done with, we could be together. We went to Maggie's and were happy all that day, and when he left it was almost as though there were nothing special about our parting. A year had become just a year. In Egypt I was going to ride a white Arab stallion and keep a white saluki to run behind me. We were going to have four children – Paul had always wanted children on the grounds that creation, in whatever form, was the justification of living, so that for people like ourselves, who could not write or paint or compose, children were the thing. I had as yet no stirrings of maternal feeling, but was prepared to believe that I would like babies once they were there. 'I expect you will change your mind and come out to me sooner than you think,' said Paul, and I answered, 'I expect I shall.'

So Oxford became a good place to wait in. Flaking stone, blue mists over the river, laburnums showering over garden walls in the road leading to my college, the scent of stocks and roses from behind the walls, voices calling up to windows, and the charming frivolities of friendship now suddenly revealing a deeper value than I had suspected. Even love still went on, though now that I was committed to Paul it was different. Once the obsessing question of virginity had been solved, the clouds of sex rolled back a little and I became more familiar with affection, patience, tenderness, and understanding, all of which I accepted gratefully, even greedily, as something to keep me warm while I waited for Paul's letters. Perhaps, at that time, I enjoyed Oxford even more intensely, knowing that my 'real' life was already being lived for me – half of it, at any rate – in Egypt.

I was both nervous and arrogant at the prospect of becoming an 'RAF wife'. The other wives, I was sure, would talk of nothing but their servants and would play bridge every afternoon. I would have to be a rebellious and eccentric wife, I decided, and Paul's letters suggested that this could be achieved fairly easily. It was true that he reported that no one else on the station met Egyptians or ate Egyptian food – 'They might be Colonel Blimp in person, every one of them,' he said – but he himself had made the rounds of the Arab nightclubs in Cairo before he had been there a week, enjoyed the food and was guest of honour at an Arab village wedding within three weeks. He wrote about Egypt with a lively tourist's relish, easily tickled by the picturesque or the comic: not a particularly serious or understanding approach, but an open, welcoming one. He described the problems of sailing a dhow; the white Arab stallion was going to materialize – a man in the neighbouring village knew of a perfect one; we would ride far into the desert, we would sleep out, we would meet nomads. It seemed likely that by the time I arrived his 'Arab technique' would be almost as good as his 'pub technique'. The RAF wives, he said, were not so bad as I had expected and would be kind and helpful, but we would have more fun than they did: not for us the narrow circle of club, swimming pool, and bridge table.

He worked out a budget for us – something which neither of us had ever done – proving that we could live on £24 a month, with a furnished house, a servant, a car, and plenty to drink ('Mind you, we could live cheaper than £24 a month, but it would be more fun if we didn't'). 'Our gloomy pictures of marital boredom are quite impossible,' he wrote. 'My day and your day – an ordinary day, when we weren't doing anything special – would be like this: 5 a.m.: I get up and go to the camp in car to work. 7.30 a.m.: I return for breakfast, by which time you have got up and quite probably will have already been for a ride with the saluki on your white Arab. 8.30 a.m. to 12.30 p.m.: I work and fly. You drive into Cairo, do some shopping, bathe at the Ghezira sporting club and have some lovely looking Frenchman flattering you. 12.30 p.m.: Both home to lunch. 1.30 p.m. to 5.30 p.m.: The whole of Egypt sleeps in a temperature of about 105 in the shade, but a lovely, dry, energizing heat!!!! 5.30 p.m. to 6.30 p.m.: Tea and toast and baths and wanderings about in kimonos. 7.00 p.m.: Drinks and friends. 8.30 p.m.: Cairo for dinner, dancing, and cabaret. 2.00 a.m.: Bed.' Mentally turning half of the shopping time into reading time, I had to acknowledge that this deplorably idle life, provided it were lived with Paul, would be just the life for me.

I always knew when Paul's letters had come. Before I had opened my eyes in the morning, something in me would have sniffed the air and I would know. He wrote well, and at length, but not often, so that morning after morning lassitude would come over me again and I would have to struggle not to bury my face in the pillow and go back to sleep. Then a morning would come when I would be out of bed without thinking of it. I would try to dress slowly and calmly, and not to run downstairs, telling myself not to be excited in case I was wrong, but I was never wrong.

When Hitler invaded Czechoslovakia I knew that I had been a fool. We only had time to draw a deep breath before the war began, so I wrote to Paul telling him that I had indeed changed my mind and was ready to join him at once. He answered with delight, but hardly had his letter arrived than it was followed by a cable saying that he had been transferred to Transjordan, then in a state of emergency, and that we must revert to our plan of marrying at the end of the year. He was transferred. I had two more long, alive, loving letters from him, and then I never heard from him again until I received a formal note, two years later, asking me to release him from our engagement because he was about to marry someone else.

11

THE TIMES – WHEN the pain was nearest to the physical – to that of a finger crushed in a door, or a tooth under a drill – were not those in which I thought 'He no longer loves me' but those in which I thought 'He will not even write to tell me that he no longer loves me.' For weeks his silence seemed no more than his usual unreadiness as a letter writer; then, for months, the result of his absorption in his work and in the place where he was working, both of which he had described with vibrating enthusiasm. Such excuses I went on making for much longer than any detached observer could have accepted them, shutting my eyes in panic to the considerate silences and distressed expressions of my mother and my friends. I remembered what he had said in the third but last letter I had from him: 'Never write to me less often. I know that I don't deserve it, but it is terribly hard to write here and I'm bad at it anyway, so if you don't hear from me often enough you must never think it's because I am not thinking about you. I think about you *all the time* and I would die if you stopped writing to me.' So I went on writing, and I tried not to complain at getting no answers. But after a while my letters became involuntarily appealing, then humiliatingly pleading, then unconvincingly threatening. Before I myself became silent – after how long I cannot remember – I had thrown off all attempts at consideration, strategy, or pride: I had told him as nakedly as I could what his silence was doing to me – and still it continued.

If he had written to say, 'For such and such a reason I no longer want to marry you, I no longer love you,' I should have been stunned with grief and loss but it would have made some kind of sense and I could have come to terms with it. But that Paul, who had loved me, and who knew what I was now feeling, should have wiped out my existence so totally . . . I was often literally unable to believe it, it was something he *could not* do.

It was not until many years later that I learnt the reason for what had happened – a love affair, of course, although not with the girl he was to marry. Feelings of guilt snowball. When they have accumulated beyond a certain point, a sense that nothing can annul them makes any action seem inadequate, so that oblivion becomes the only easy answer. Paul, who was never good at doing anything which he disliked, must have felt at first that a time would come when he would be able to explain, then that the time had taken too long in coming. So he cheated; he shut his imagination.

If I had known him less well the whole thing might have been over comparatively quickly: I might have written him off as a monster, dropped all hope, and have been cured. Two things prevented this. One was the reaction common to almost everyone in such a situation: the terrible knowledge that if you accept the unworthiness of the object of your love, then your love itself is discredited and all the good in its past becomes poisoned retroactively. The other was the plain fact that Paul was not a monster. I had known him for so many of the longest years in a lifetime, I had grown up with him, I had loved him, after the first spell of childish infatuation, with the sort of love which brings knowledge rather than illusion: I was unable to make a grotesque of him. He was a spoilt young man who lived intensely in the present, and I had always known that in whatever place he happened to be, his present would be there. It was not in his nature to live suspended between past and future, as I could do. So although there were many times when I was cornered by that worst of all manifestations of suffering – the certainty that what is happening, what is being done, is too painful to be borne, but that the logical consequence of this, which would be that therefore one would not have to bear it, is simply not going to come about – although this happened night after night, and although I laboured through long stretches of incredulity and anger, and great bogs of self-pity, I always came back to the knowledge that it was not Paul's fault that our relationship had become unreal to him.

Knowing this, I would not give him up. When he came back to England, I was sure, I would again become his present. At one point, about eighteen months after he had fallen silent, a cousin told me that a man she knew had met Paul at a drunken party, somewhere in Palestine, and that when Paul had learnt that this man knew Beckton, my family, and me, though only slightly, he had burst into tears (he always cried easily when thoroughly drunk). He had wept, he had said that he was a worthless brute, he had said that I was the only woman he really loved. My cousin, it seems to me, took a risk in passing on this report to me, because it might have led me to build some wild structure of hope, but in fact it did no harm because the structure was already there. I simply took it as confirmation of what I already believed: if Paul and I were to meet again – I could see that in all probability we would not, but if we did – it would be possible to overcome what had happened. More than any other image of him, I remembered a moment when, in a room full of people, he had come across to light my cigarette, our eyes had met, I had felt my own changing and I had seen his lighten from brown to gold as the flash of understanding passed between us. Whatever happened in the interval, I was convinced that if we saw each other again a moment would come when our eyes would do that; that while I remained myself and Paul was Paul, we could not be together without being as we had been.

Perhaps this might have happened if the war had not prevented his return to England. He was then cut off from us, and flying bombers, with the airman's usual cold knowledge of the chances against his ever coming home again. England and everything in it must soon have become incredibly remote to him, and who knows what chill stretches of loneliness he must have lived through, loving his lost home and his lost life as he did, before he met a girl who could give him warmth and certainty, and whom he married. He was killed before their son was born, but at least he knew that they were to have a child. It is now easy to be grateful to that girl for having existed (she married again, I am happy to say), but at the time . . .

His final letter, arriving after two years had passed, with its formal request 'to be released' from our engagement, seemed to me so cruel that I still cannot think of it as having been written by Paul. It seemed cruel not because of its contents but because of its wording. It was written in the kind of words men use in letters to women who, unless everything is 'cleared up', might sue them for breach of promise, and that Paul should write in that way to me seemed to annihilate the half of our years together that had existed in his mind. The manner was dictated, I can now see, by guilt and embarrassment. It would have been no more possible for Paul to remember me as such a woman than it would have been for me to remember him as mean or vindictive. But when the letter was brought up to me early one morning by my silent mother, my body went cold and limp on the bed at the image it suggested of what I had become in Paul's memory. Then I dropped the horrible piece of paper and thought, Well, anyway, it's over now. The final desolation was to see, even as I thought the words, that it was not. The picture which came into my mind was of a long bridge suspended between two towers. One of the towers was knocked away, so surely the bridge must fall – but it did not. Senselessly, absurdly, it went on extending into space.

The humiliations of grief are revolting. If only I had kept silent! But in the short letter I wrote back I permitted myself the whining, miserable words 'I hope you never make her as unhappy as you have made me' and I have never been more ashamed of anything I have done. That was the kind of thing about being unhappy which I loathed: the spectacle of oneself being turned into something despicable. That was what I struggled against, and for that reason I was pleased for many years by the knowledge that I had never for any length of time lost my hold on the truth of the situation: never, at bottom, held Paul 'guilty' for what had happened. But now I am not sure that this was so fortunate.

Paul was not any 'guiltier' than any other human being – all are capable of the unpardonable from time to time – but if I had let myself feel that he was, I believe the effects of his desertion might have been less far-reaching. By heaping blame on to him, I might have kept my confidence in myself intact. As it was, frightened by a vision of myself gone sour and self-pitying, I went further than allowing the situation not to be his fault – I took 'fault' on myself. 'Why should he have gone on loving me in absence?' I began asking myself bleakly. 'The fact that he was not able to do so proves that I am not the sort of person who has the right to expect such a thing.' During the nights which followed the blank, heavy days, when bitterness began to mount in me, I would hammer it down with this thought.

A long, flat unhappiness of that sort drains one, substitutes for blood some thin, acid fluid with a disagreeable smell. When in those days I stared at myself in the looking glass it seemed to me that I was the same as usual: my colour normal, enough flesh on my bones, my hair shiny. But I had proof that I was not the same. People had noticed me when I was happy, had chosen my company, and laughed with me and tried to make love to me. When I was no longer happy they did none of these things, they saw something about me which made them avoid me. I remember telling myself that this was subjective, that it was I who was not responding to other people – none of them had any quality other than being not-Paul – so the lack of contact came from me, not them: self-pity, I told myself, was working on my imagination. Before I went to a party I would try to persuade myself that if I expected to enjoy it I would do so, and then there would be no more of those eyes straying in search of other glances while flat talk was made. No one, I would assure myself, was thinking of me as diseased – why *should* anyone think of me in that way? But the most horrible moment of that horrible time was not imagined.

One of our family friends was an exceptionally attractive, slightly raffish man, nearer my parents' generation than my own, with whom I might well have fallen in love if I had not been otherwise occupied. He was just the man for it: tall, lean, very handsome in a fine-drawn way, he had bummed romantically about the world busting broncos, sailing on tramp steamers, ruining his health (who knew how?) in places full of parrots and mangrove swamps. My own acknowledgment of his charms remained detached, but not so that of my sister. She, five years younger than I was, felt his glamour to the point of hero worship, and he, tickled by this and observing that an attractive child was developing into a lovely girl, used to flirt with her. She was a busy diarist, filling fat notebooks by the dozen, writing 'Secret' on them and leaving them about in her bedroom so that her private life was not so private as she hoped. I am sure that my mother read those diaries from end to end, and I too would leaf through them from time to time, half amused, half sympathetic. My sister's passion for this man was faithfully recorded, and so was his mischievous but harmless response to it.

Once, driving her back from some party, he held her hand. When they got home they sat for some minutes in the car and she, dizzy with expectation, thought that he would kiss her. He did not. 'He told me that he was not going to kiss me although he wanted to. He said that I was going to be a fascinating woman but that I mustn't begin that sort of thing too soon or it would spoil me. *Look at Di, he said, you don't want to be like her. And of course I don't.*'

The shrivelling sensation of reading those words is something I still flinch from recalling. I could not even summon up indignation at their smugness and unfairness, or question the misconception that 'being like Di' resulted from being loved too soon instead of from misery at being loved no longer. With a shameful, accepting humility I saw that I was diseased in other people's eyes: that unhappiness was not a misfortune but a taint. In the depths of my being I must have wanted to kill my sister for it, but all I recognized was a shuddering acknowledgment that out of the mouths of babes . . . Pretty and vital as she was, for many years after that I saw her as prettier and more vital, and was prepared to take second place to her, to rejoice at her triumphs and fret over her sorrows like a model sister. This was not a bad thing, since she gave good reason for admiration and affection, but there was a streak of falsity in it: I was over-compensating for my resentment at the scar she had left with her innocent, idle thrust.

Some time after that, during the first May of the war, I was invited for a week's sailing on the Broads. There would be six of us: Hugh, the young doctor who had asked me, who would be paired with a pretty cousin; an engaged couple, both of whom I liked; and a friend of Hugh's to pair with me. The girls were to sleep on the boat, the men ashore, in tents. Every week that the war continued 'phony' was, we knew, a week to grab. It had not yet closed the Broads for defence purposes, but it had driven people off them, so that we would see them as they are never ordinarily seen, free of motor launches, houseboats, and picnickers. The weather was miraculous, a springtime out of a pastoral poem, and I felt a lift of heart at being invited. Sailing I loved, and Hugh must want me with them or he would not have asked me. Perhaps I would be able to enjoy something, at last, enough to break through the barrier and get a foot back into life.

Two days before we were to start, Hugh telephoned to say that the man invited for me had failed us, his leave had been cancelled. It would make it less amusing for me, they feared, but please would I come all the same, it was not the kind of party on which even numbers mattered. I felt foreboding, but I went.

During most of each day it was true, even numbers did not matter. We were busy sailing and sunning and preparing absurd meals, all enjoying having those strange waterways to ourselves, manoeuvring through the narrow cuts, coming quietly out on to the wide expanses with nothing on them but coot, grebe, and duck. No people. We seemed to have gone back in time to a wild, untouched country. Both Hugh and the engaged ones knew of Paul's long silence and were kind and welcoming, doing their best to include me and to cheer me up. But the engaged ones *were* engaged – and the little girl cousin was fiercely in love with Hugh. She had no reason to be jealous of his amiability to me, but she was; and he, although not deeply involved, was touched by her; he could not do anything but treat her, gently, as his love. When the early evenings fell, when we had wrestled with our primus stove and eaten, and the moon had sailed up above the rushes, it was inevitable that the two couples should link up.

The engaged ones would take the dinghy and paddle off, leaving an uneven wake of silvered ripples on the smooth, inky water. Hugh, the girl, and I would wash up, sit on the deck to talk in low voices, and the tension would mount. It was painfully beautiful. Reed warblers (Paul would have known if they were really reed warblers) would toss off little beads of song, almost like nightingales, and the uncanny booming of the bitterns – more like some ancient monster bellowing – sent shivers down my spine. After a while the couple's wish to be alone would force me to my feet. 'I know what I want to do,' I would say, my wretched humility brightening my voice. 'I'm going for a walk to see if I can get nearer to that bittern.' Hugh would go through the motions of asking the girl whether she wanted to go too, and she would go through the motions of deciding that no, on the whole she thought she was too sleepy.

I did not cry as I wandered by myself through the tufty marsh grass. I tried to be only my senses, soaking outwards into the beauty, savouring night-time, of which one always has too little – and I must have succeeded up to a point because when I remember that week the beauty is still sharply with me. But only a yogi could keep that up, and I had to face the truth. This was before I had heard of Paul's marriage, but far enough on for my belief in his return to have been reduced to its minimum: less a belief in his return, than a belief that *if* he returned, all might be well. On the night when the moon was full I had to put aside that belief. On that night there was no cloud in the sky, but there was a wind. It came rushing between the moon and the flat land, bending the forest of reeds where earth melted into water with such a steady, even thrust that it hardly made them rustle. With the same relentless flow it seemed to flood through my emptiness. Out on the Broad the engaged couple would be whispering and laughing; in the boat's cabin Hugh and the girl would be holding each other close and kissing. I stood under that moon, in that wind, and knew myself to be absolutely alone. It was so absolute that for a time I might have been my skeleton lying somewhere, as Paul's was soon to lie, to be picked clean by the elements.

It was a feeling far too powerful to be evaded; it had to be accepted. 'This is it,' I thought. 'This is how it is,' and with a sort of dull, weary recognition I saw that it could be endured, and that if *that* could be endured, then anything could be. After about an hour I went back to the boat to find that the others had reassembled as a party and were brewing tea. Hugh reached out and squeezed my hand in the cabin's almost-darkness, for which I am still grateful to him. And from that time I made better progress in my discipline against self-pity and it was less bad than it had been, or so I thought. But perhaps it was that experience of absolute acceptance which put the seal on my loneliness for so much of my life.

To be in love and engaged at nineteen, and disengaged at twenty-two, is not fatal: you have lost your love, you have lost your job (for that is what it amounts to for a woman, as surely as though she had been training to be a doctor, only to be prevented by circumstances from practising), but you are still very young. 'You are still very young,' I used to tell myself. 'It is absurd to consider your life ruined at this age. However improbable it may seem, someone else will take Paul's place.' And that, naturally, happened. What my self-admonishment did not take into account was the change brought about in my nature by my own loss of confidence.

Why should my sense of my own value in relationships with men have collapsed so completely? I have sometimes wondered whether the smallness of the part played by my father in my childhood may have been responsible. Did I once, long before I can remember, want to fall in love with him as little girls are supposed to do, and was I chilled by an indifference that left me with a tendency to expect rejection? It would make sense, it is the sort of explanation offered by convincing textbooks, but it seems a bit too simple to me.

Whatever the reason for it, there was a flaw of some sort in me which split under the impact of my abandonment by Paul and ran through all my subsequent relationships with men until I believed that I had come to the end of them. Love still took up most of my attention, but to describe in any detail my other affairs would be tedious, because they ran to a pattern. I could only be at ease in a relationship which I knew to be trivial. If I fell seriously in love it was with a fatalistic expectation of disaster, and disaster followed. By the time I had reached my thirties I was convinced that I lacked some vital quality necessary to inspire love, and it was not until my forties were approaching that I began to see the possibility that instead of lacking it, I might have been suppressing it; that my profound 'misfortune', of being unable to make the men I loved love me in return, might be the result of an attitude of my own which came from a subconscious equating of love with pain.

Twice I fell in love with happily married men – the first time quite soon after Paul's marriage. It felt like coming back to life with a vengeance, but I recognized from the beginning that it was 'hopeless', in that when he said 'love' he meant something less than I did, and the more I recognized this, the greater my secret abandon to the situation. It must have been chance that he repeated the pattern of Paul so exactly – going away, writing a few times, then silence – but although this second blow on the same spot was an agony, it was not unexpected: I had been waiting for it from the moment I realized that this was a 'real' man, not just a man who was not Paul. And both with that man and with my second married lover, I flattered myself that I was unselfish and fair-minded in not wanting to force them into leaving their wives: indeed, their affection for their wives, underlying their readiness to enjoy themselves with me, was something which I esteemed. I felt with both of them that they would not have been the kind of man I could have loved so much if they had been prepared to wreck long-standing marriages for my sake, and estimable though this attitude may be on the face of it, there now seems to me something fishy about it. I was hungry to be alive, so I was hungry to love – but was I hungry, in fact, for the companionship of those particular men, or of the third one, unmarried but not in love with me, whose reservations about me turned a lively attraction into infatuation so that I did not *fall* in love with him, but might have been *jumping* off a cliff? I have always shrunk from the idea of possessiveness, I have never tried to mould people into my own idea of them, and I have been satisfied with myself because of this; I have considered it a virtue. It may have been in part the virtue I took it to be, but I suspect now that it had other aspects as well: that if I did not grab at people, I grabbed at emotion, and that for many years the most intense emotion I could conceive of was one of pain.

12

'OF COURSE IT'S different for someone like you, a career woman . . .'

Good God! I thought, and was about to protest. But what is a woman with a job and no husband, once past thirty, if not a career woman? I remembered a book in a blue binding which, when I was twelve, I shared with my friend Betty: a book with questions in it, and spaces for the answers. Who is your favourite character in fiction? What is your favourite food? What is your ambition? Betty wrote that her ambition was to be a great actress. Mine was: 'To marry a man I love and who loves me.' I never went back on that and I do not go back on it now, but I have not made it; so a career woman is what I look like, and what do I think of *that*?

At Oxford and immediately after I left it, I was extremely naive about careers. So was the rest of my family. It is astonishing to remember how few working women we knew – none at all well, except for my mother's unmarried sister, who had been a hospital almoner until she was arbitrarily summoned home to live with my grandmother on my grandfather's death. Sometimes a report would come in that so-and-so's daughter – 'such a clever girl' – had got 'a wonderful job in the Foreign Office' or was 'doing so well on the *Manchester Guardian*'. We would admire this, but the mere fact that the girl was in such a job removed her from our sphere and made her seem a different kind of person from oneself. I never had any doubt that the kind of job I would like would be one connected with literature, painting, or the theatre, but that sort of thing seemed far outside my range. I had a humble idea of my own abilities. I lacked the proper arrogance of youth in that respect. Lazy and self-indulgent, I was a lively girl only in my capacity as a female, and once I was wounded in that capacity I became, to face the truth, dull. (Since I believe that any recognition of truth is salutary, this should be a bracing moment, but it does not feel like that: it feels sad.)

So instead of having some wild but inspiriting ambition I thought vaguely that I might like to be a journalist because I enjoyed writing letters and essays, or I might like to be a librarian because I enjoyed reading books. I did not have to read many newspapers before I saw that I was probably off-beam about the first, so the second was what, in a half-hearted way, I was planning to be when the war began.

The war began. I sat on the dining-room floor at the Farm with my sister, filling bags of hessian with fine, prickly chaff to make mattresses for refugees from London, while we listened to Chamberlain's announcement on the radio and swallowed our tears. (I do not remember that any of the refugees actually slept on those emergency mattresses, but most of them stampeded back to London quite as fast as if they had.)

I was no longer a pacifist in any formal sense. To make gestures against the war once it had come seemed as absurd as to make gestures against an earthquake or a hurricane. The horror had materialized and it must be endured, but to *participate* in it any further than I was compelled to do by *force majeure* did not occur to me. A mute, mulish loathing of the whole monstrous lunacy was what I felt; almost an indifference to how it ended, for no matter who won the war, it had happened; human beings – and I did not recognize much difference between German human beings and English ones – had proved capable of making it happen, and that fact could never be undone. Later, when 'unconditional surrender' was the watchword and furtive peace feelers from the Axis were being snubbed, the madness seemed to me to have become so great that my imagination could not even *try* to comprehend it.

To have become a nurse would have made sense to me, but I knew in my bones that I had no gift for nursing. To have joined one of the women's services was something that I could have done, becoming one of thousands of regimented women, learning to talk military jargon, growing ruddy under a uniform cap and broad-beamed in khaki bloomers. It seemed to me an intensely disagreeable prospect, but what particular right had I to avoid it? I cannot remember even attempting to think of a justification. I was determined that I would not do it unless 'they' came and got me, and that was that.

This refusal to take any part not forced on me seems to me now an unmistakable measure of smallness of spirit. To remain detached from the history of one's time, however insane its course, is fruitless even on the private level, since only by living what is happening (whether by joining it or by actively opposing it) can the individual apprehend its truth. Detestable as the 'white feather' mood of the First World War certainly must have been, an expression of all that was most ridiculous in 'patriotism' and most hysterical in suffering ('My man is going to be killed so why shouldn't you be killed too?'), it had in it a grain of truth: there can be no separateness from the guilt of belonging to the human species – not unless the individual withdraws into a complete vacuum and disclaims participation in the glories as well. There are two honest courses when war strikes: either to make some futile but positive gesture against it and suffer the consequences, or to live it – not in acceptance of its values, but in acceptance of the realities of the human condition. I did neither, and I have no doubt that I was wrong. 'Living' the war, for me, would have amounted to no more than putting on uniform and working, most probably, at some kind of clerical job for the purpose of 'releasing' a man so that he could kill and be killed. It would have been as stupid a thing to do as I felt it to be at the time, but by handing over my freedom in that way I would have tasted *what was happening*, which is the duty of anyone who wants to understand, to be aware, to touch the truth. It could be argued that the civilian jobs in which I ended up served the same purpose as a job in the services would have done, since I would not have been allowed to remain in those jobs if the officials responsible for directing my labours had not classified them as 'essential'. The difference was a subjective one. I chose civilian work because it represented the minimum loss of personal freedom possible in the circumstances, and loss of personal freedom was exactly the phenomenon most characteristic of the situation I should have been exploring. It was the people in concentration camps who were drinking most deeply the poison of what was happening; they, and men like the soldiers from West Africa and the Sudan, carried on the tide of madness into a war that could mean even less to them than it did to me. The actual consequences of any choice of mine were, of course, too infinitesimal to be perceptible outside my own skull; but within my skull, the choice I made was of a kind to build a wall between such people and myself.

It follows, naturally, that one should be to some extent 'engaged' at all times, not only in times of crisis: that I am no less wrong now than I was then, since I still take no part in any sort of political or social activity; I have never marched against the hydrogen bomb, I have never distributed leaflets urging the boycotting of South African goods. Whether, believing this, I shall some day turn to action, I do not know: given my record, it seems unlikely. Both by conditioning and by instinct I continue to cling to the wrappings of self-indulgence which keep safe my privacy and my female sense of another kind of truth running beside the social one: the body's truth of birth, coupling, death that can only be touched in personal relationships, and in contemplation.

Determined not to join the services, I answered an advertisement for women to build small boats in a factory at Southampton, supposing that because the boats were small the factory would be small too. I imagined it with a boatyard attached to it in which, though I might not be permitted to build a whole boat single-handed, I would work on recognizable features of boats – shape a tiller, perhaps, or screw cleats into place. The papers I received indicated that I was mistaken. Engagingly, one of them was a form on which I was to state whether I preferred my dungarees to be sky blue, apple green, or rose pink, but the rest of it gave a clear picture of monotonous hours doing something with metal at a factory bench. To anyone as spoilt as I was, the working day seemed atrociously long, and the wages made me sceptical forever of sweeping talk about big money earned by factory hands. Such talk was in the air – 'Those are the people who have the money, of course' – but the factory which might have been mine paid a disconcertingly small basic wage and only someone made of steel could have earned overtime. Because I could hardly back down at that stage, I said that I would wear sky blue overalls and waited for instructions, but my relief was great when I received an apologetic letter saying that they had no more vacancies after all.

Then I heard from a friend that the Admiralty, removed from London to Bath, was recruiting women busily. My enquiry was answered by a kind, discouraging letter asking why I wanted an ill-paid office girl's job when there were surely other things I could do, but I persisted. I did not want my refuge to be comfortable. To be bored, badly paid, but useful seemed to be what the situation required.

Bored I would have been, had it not been for Bath and the friends I made there; badly paid I was, pocketing fifteen shillings and ninepence a week after the money for my billet had been deducted; useful I was not. The permanent civil servants, uncomfortably overworked in requisitioned hotels and schools, had little time to teach undisciplined recruits, however willing. They were burdened not only by me, but by a large number of young men and women from the neighbourhood who saw working for them as a good way of filling in time before they were called up (if men) or could persuade their parents to let them go further afield (if women – labour was still undirected at that time). I was so conscious of my own inefficiency that I would have accepted brusque treatment as just, but the regulars were charmingly kind and patient. They gave me and my like documents marked 'SECRET' to carry from one room to another, they let us make tea (although we made it too weak), and they sat us down to use logarithm tables at which they supposed, mistakenly, no one could go wrong. In the end my harassed master used to give me a sheet of paper and say, 'Copy this on to that.' I would copy it carefully, he would say, 'Good, thank you very much' – but once I saw him slip my copy into the waste-paper basket.

I felt at first as though I were in an uneasy but not intolerable dream. The close ranks of inky desks in the dining-room of the Pulteney Hotel, the stacks of forms referred to by numbers and initials, the scratching nibs, the tin trays marked 'PENDING' – all this made sense to the others, obviously, but not to me. I knew that my sub-section of a sub-section of a department was concerned with transferring equipment for mine-sweepers from one naval base to another, but I could not envisage the equipment and no one seemed to know anything about it either before or after its transfer. Gravely and carefully, these rather tired middle-aged men laboured away at their ant-like task, and in the years they had spent on such things they had built up a small, snug office world with its own rites, necessities, taboos, and humours: not by any means a disagreeable world, not a world one could dislike or despise when one saw it at close quarters, but not a world to which I could imagine myself belonging. I would leave it each evening and return to a little box of a bedroom in a council house owned by a plate-layer. His wife would give me a sturdy supper, and then I would lie on my bed and read. After Beckton and Oxford, this was too *odd* to be depressing. I simply felt suspended, waiting dumbly to see if I would ever begin to find my bearings.

Soon my voice was noticed by a snobbish but helpful woman who had volunteered to drive for the Admiralty and ferried people to work from the remote suburb in which I was staying. Would I not like, she asked, to be transferred to more congenial billets? I had not supposed such a move to be possible, tried to suppress a start of hope (because the plate-layer's wife, though reserved, was a kind landlady), and mumbled that if it could be done . . . To my surprise she remembered to speak to the billeting office, and I was whisked into the town to be established with a family of Christian Scientists so astonishingly generous and welcoming that I have had a weakness for the sect ever since. In their benevolent, easygoing flat I could wake up.

Every day I walked to the office across the Royal Crescent, through the Circus, down Gay Street – oh, lovely Bath! There is no city in England more beautiful than that one, stepping down into its bowl of mist. There was always something to look at – a fanlight, a wrought-iron cage for a lantern, a magnolia growing out of a basement against the soot-dimmed golden grey of stone – but my chief daily joy was the great arc of the Crescent, with its broad, worn paving stones, its spacious view, and the curious silence it holds within its curve. A man who was walking me home one night said, 'It's like going into a church,' and I was speechless for several minutes in outrage at hearing my own feelings put into such clumsy words.

Before long I had become flippant about the job and had made one of the most charming of all my women friends. She emerged like a dragonfly from the dull envelope of a letter of introduction: 'Your dear Aunt tells me . . . We would be so pleased if you would come to tea on Sunday.' The youngest daughter of a spirited Irish family, polite but unenthusiastic, was sent to fetch me, and within an hour I had tapped a source of amusement and drama on which I can still, today, rely. Where Anne goes, disaster strikes: disaster too extreme for anything but laughter. If we borrowed her father's car without asking him, it was stolen; if we went to London for a night to meet young men, we lost either our tickets or the keys of our baggage, and our dresses split as we put them on; if we had no money but one penny and one half-crown, it was the half-crown we dropped into the slot on a lavatory door. 'Imagine what's happened *now*,' Anne would say (and still says), and out would come a vivid, exaggerated story of the bizarre, the macabre, or the absurd. I have always liked to watch pretty women and have enjoyed the company of gay ones: she, one of the prettiest and gayest I know, as well as one of the most generous, courageous, and, at times, infuriatingly perverse, became and remained a friend to be thankful for.

Living a new kind of life away from home, where I had been my unhappiest more recently than my happiest, I was often at that time able to dodge my misery over Paul. Laughter, frivolity, even silliness and affectation (and Anne and I must often have been silly and affected) are dependable salves in my experience, besides being strong threads in feminine friendships. I enjoyed much of my time at Bath and was sad when I decided that I had better resign before I was sacked, and go home to think about finding a 'real' job.

There was then a dreadful interlude when an aunt persuaded me that it was my duty to teach in the village school, understaffed and overcrowded with children from London to such a pitch that an untrained volunteer would be welcome. I did it for two terms, proving that teaching was not my *métier* but that I could call upon a certain amount of courage at a pinch. It was during that time that I met the first of my 'hopeless' loves, felt myself blaze into life again – it was so good while it lasted that even when I think I can see its unreality, I do not regret it – and sank back into even colder ashes. By the time chance had put me on to a 'real' job in the BBC, I was far from being alive.

It is strange to remember that when I was at Oxford, the BBC had glamour. When, before going down, we visited the Appointments Board which was supposed to help us find jobs, one after another of us said, 'Well, I rather thought the BBC . . .,' only to be laughed to scorn. (Does anyone ever get a job through a University Appointments Board, I wonder? I have never known anyone who did.) This made me see it as a stronghold of rare and brilliant people, so that to join it, although far down in the submerged seven-eighths which never sees a microphone, struck me as extraordinary. I did it because my Oxford friend Margaret had found a job in its recruitment office and tipped me off when a vacancy for which I might be suitable occurred.

For a time I was still prepared to grant glamour to the greater part of the Corporation, for I never saw it. My section, the part of an information service attached to the part of the BBC which broadcast to 'the Empire', had been evacuated to Evesham. 'The Empire' included, endearingly, I always thought, the USA, and it was some time before the Corporation got round to noticing this and changed the name of the Service. We worked in an ugly manor house overlooking Housman's Bredon Hill, and because we were a new development, without which the News Room and so on had managed successfully for many years, few people, to begin with, bothered to consult us. With this job I went into a curious hermit existence so drained of feeling that it seemed even more unreal than it was.

I became shy, a condition unfamiliar to me. We were scattered about Evesham in billets, with a couple of clubs at which we could meet each other. I went twice to one of the clubs and spoke to no one. Still assuming that they were all unusual and exceptionally intelligent people, and observing that they knew each other well, I felt that they would consider me drab and dull, and did not dare to make any claim on their attention. I went back to my billet and after that I never did anything in my spare time but read: not even when I had realized that most of these alarming people were middle-aged journalists of no particular distinction.

The only things that I enjoyed at Evesham were the beginnings of the early shift and the ends of the late one. We covered the hours from six in the morning until midnight, and the first and last person to be on duty worked alone. At half-past five in the dark of a winter morning, the BBC bus would put me down at the Manor's gates and I would make my way slowly up the drive, picking up firewood as I went. Having lit a fire in the grate of what had been one of the best bedrooms, I would fetch tea and sausages from the canteen and eat them sitting on the floor, watching my fire prosper. It was cold to begin with, and still, since only a skeleton staff was on at that hour, none of them in our part of the house. There was something secret and amusing about those picnic breakfasts, as though I were a tramp squatting in abandoned premises, and that slightly dotty pleasure is the only one I can remember from that time.

When we were transferred back to London and had become an accepted part of the BBC's machinery, it became an ordinary job and lasted for five years, until after the end of the war. It was never an exciting one but it kept us busy. We were supposed to be able to answer any question at any time, and usually we could: an information service is only a matter of knowing where to look. I liked most of the women with whom I worked, and if there was one I did not like she was usually disliked by all of us; it is not a bad thing in a group, I discovered, to have one unpopular member who will act as catalyst on the others. I came to be head of the section after a time, having first been 'passed over' in favour of a more efficient girl, which was supposed to be a drama. I was only slightly pleased when she turned out to be less efficient than had been expected and at last went away to have a baby, while the other women said, 'It should have been you in the first place.' I liked their liking me (it was lucky that they did, for it was, in fact, they who kept the section running), but my concem for the work was barely skin-deep. My concern for anything, at that time, was barely skin-deep.

My life became no more closely knit with the war. Paul was killed, but he had already gone away from me. A cousin was killed, but he was younger than I was and I had never been very close to him. Other people I knew were killed, but they did not belong to my daily life. These deaths were as though the poisonous atmosphere had condensed for a moment and a drop had fallen: horrible, but natural. The nearest violence came to my own person was when a room I was to sleep in that night was blown in, and when the curtains of another room suddenly, silently, bellied towards me, sweeping a china bowl off the window sill, and I had time to wonder whether I was having hallucinations before the sound of the explosion followed. I was not even affected by whatever feverish gaiety there may have been about (people speak of it in memoirs); it did not come my way. Years of emptiness. Years leprous with boredom, drained by the war of meaning. Other people's experience of them was far more painful, more dramatic, more tragic, more terrible than that; but that too, in its small, dim way, was hell.

During that time my soul shrank to the size of a pea. It had never been very large or succulent, or capable of sending out sprouts beyond the limits of self, but now it had almost shrivelled away. I became artful in avoiding pain and in living from one small sensation to another, because what else could one do when one had understood that, as far as one's personal life was concerned, one was a failure, doomed to be alone because one did not merit anything else, and when every day a part of one's job was to mark the wartime papers? I remember particularly a cutting about an elderly Pole who had killed himself, leaving a letter to say that he had tried everything to make people see what must be done for Poland but no one would listen. He was killing himself because it was the only gesture left him by which he might be able to draw people's attention to what was happening. He was a man who chose the other way, the opposite way to mine, and the poor old fanatic got about an inch and a half in a corner of the *Manchester Guardian.* If one were not to be a walking Francis Bacon picture, a gaping bloody mouth rent open in a perpetual scream, what could one do but go to the cinema and be grateful for an amusing film; go to bed and feel the smoothness of the sheets and the warmth of the blankets; go to the office and laugh because Helen's lover was at home on leave and she had asked Kathleen to say, if her mother telephoned, that she was staying with her. After the late shift the tiny sequins of the traffic lights, reduced by masks during the blackout, changed from red to amber to green down the whole length of empty, silent Oxford Street. They looked as though they were signalling a whispered conversation, and they were the kind of thing with which I filled my days.

Some people take refuge from emptiness in activity and excesses. They are the ones, I suppose, who cannot sleep for it. Mine was a dormouse escape, a hibernation. Instead of being unable to sleep I slept to excess, thinking lovingly of my bed during the day and getting into it with pleasure. Sleep for me has always been dreamless yet not negative, as though oblivion were a consciously welcomed good, so the only thing to dread about my nights was the slow, heavy emergence from them when an unthinking lack of enthusiasm for the days into which they pitched me made getting up an almost intolerable effort. Sleep at night, and a cautious huddling within limits during the day: walking to work along the same streets, eating the same meals, going back to the same room, then reading. In theory I longed to depart from this pattern and felt sorry for myself when I did not, but although I would have liked to have lived differently, the smallest alteration seemed to be beyond my energies.

I had to be feeling unusually *well* before I could go so far as to take a bus to the National Gallery on a day off, instead of sleeping all the morning and reading all the afternoon.

Within these absurd limitations imposed on me by inertia, there were palliatives to be found: the company of the few friends then accessible – and that I do not say more about my friends is because their lives are their own affair, not because they are not precious to me – and the books I read, and the little life spun within the walls of the office, which was often amusing. The intimacy between people working together is an agreeable thing and very real, in spite of the disconcerting way in which it vanishes as soon as the same people meet each other in different circumstances. And always, at any time, I could look at things, whether at leaves unfolding on a plane tree, or at people's faces in a bus, or at a pigeon strutting after its mate on a roof, or at pictures. Perhaps the nearest I came to being fully alive for months on end was when I was looking at pictures. This joy I owe partly to the natural acuteness of my response to visual images and partly to one of my aunts, the only one of my mother's sisters to remain unmarried and the only one of them to escape from the family's way of thinking.

An intelligent and sensitive girl, she was extremely short-sighted and had to wear glasses. It was this, I believe, that caused her, as well as the rest of the family, to think her plain in spite of looks which by present-day standards would be considered striking. As a child she had stammered, and quite early in her life she must have written herself off as a shy and unattractive girl. She went to Oxford and became the family bluestocking, much loved by everyone but little understood. Her greatest friend became an almoner in a hospital, and my aunt followed her example. They shared a flat in London, decorated with hand-woven materials and reproductions of Impressionist paintings, and they worked with dedication and enjoyment.

When my grandfather knew that he was about to die, he told his daughter that she must give up her work and come back to Beckton to look after her mother. No one questioned this. My grandmother must have been about sixty at the time, an extraordinarily healthy, able woman whose house was constantly filled by visiting children and grandchildren. With a little planning she need hardly ever have been alone, and she had a character strong enough to withstand loneliness if it had to. But according to her ideas of what was fitting, it was taken for granted that an unmarried daughter owed a duty to her parents compared to which her duty to her work was frivolous and her duty to herself did not exist. My mother, the other sisters, and their brother shared this belief. Their own children were still young and they had not yet foreseen their own acceptance (in my mother a splendidly generous one) of their daughters' rights to lives of their own. 'It horrifies me now,' my mother has said to me. 'How *could* we have let her be sacrified like that? But at the time it just seemed natural.'

What my aunt felt about it she never said. She was not only a reserved woman, but the most genuinely unselfish person I have ever met. Silent, a little apart, she threw herself into work. She gardened, she served on committees, she taught Sunday school in the village, she became a Justice of the Peace. The books on her shelves were not quite like the books of the rest of the family, the pictures in her bedroom were not like their pictures, and she was the only one who would slip away for holidays abroad, walking in the Dolomites, or staying in rough inns in Italy or Yugoslavia. She loved small children and they loved her. Gently, diffidently, she dropped crumbs of poetry or romanticism or liberal opinion along their paths for them to pick up if they cared to. One of these crumbs was an occasion when she took me up to London to a great exhibition of French painting given in Burlington House in the early 'thirties.

I have never forgotten that exhibition. To be in London was exciting enough, and to be doing something so grown-up as visiting an exhibition was even better: I was ready to enjoy the pictures, and enjoy them I did. I loved the Watteaus and the Fragonards, which seemed to me glimpses of an exquisitely graceful life in which I longed to join, but the canvases which impressed me as the most beautiful of the lot were *La Source* and *La Belle Zélie* by Ingres. That marmoreal perfection, that polished, heightened realism of texture, conveyed to me Ideal Beauty. Why did my aunt stand for so much longer in front of a *baigneuse* by Renoir? Why did she say, undidactically as usual, that she thought it more lovely than the Ingres? I looked at it attentively and could only see a smudgy painting of a plain girl who was too fat and too red. But my darling aunt, who knew about pictures – she did like it better than *La Source*, I could see that without being told. So although I did not then *see* the Renoir, nor any of the other Impressionists except Manet's boy playing the fife, I understood that this was a limitation in myself, not in them: the first, the vital lesson for anyone who wants to enjoy painting. Looking at that Renoir was like meeting someone at a party and getting nowhere with him because one or both of you happen to be distrait. You do not discover until you meet again that he is going to be one of your best friends – but useless though the first meeting may have seemed, without it the second one would not have taken place.

There was another occasion, too, earlier than this, when my aunt dropped a hint about art and I picked it up. I was drawing horses, as I constantly did, when she leant over my shoulder and said, 'Draw a naked man – a man or a woman.' Disconcerted by a suggestion that seemed to me indecent, I hesitated. She, seeing what I was thinking, became embarrassed in her turn and said, 'Go on, you needn't put in his – er – his little arrangements if you don't want to.' So I drew a shapeless forked radish and she looked disappointed. I did not understand her fond hope that a child's eye would produce something original and alive, but I knew that I had failed in some way: that there was something of significance I should have been able to do with the human body instead of being embarrassed by it. When, after that, I looked at paintings of the nude, I was looking for beauty.

So my aunt and my own temperament equipped me with eyes, and seeing things remained, through the dreariest stretches of my life, a reason for living.

Another device for filling emptiness – a common one, difficult to consider with detachment – is promiscuity. Lack of energy prevented me from ranging about in pursuit of men, but if they turned up, I slept with them. I had started this soon after unhappiness set in, and if I am to be honest I must admit that I was less shrivelled when I was doing it than I was when I was not: when, for instance, during a long period at Evesham and in London, I was too cowed by the double blow I had received from love to do even that.

It always seemed to me that the factor of physical frustration on the simplest level, although it must have played its part, was much less important than the reassurance which came from the sense of being desired and the mitigation of boredom which came from having something to *do*. That I must iron my pretty dress and wash my best underclothes because on Friday the bell would ring and I would be going out to dinner with a man, however dull, was at least to appear to be living. It was going through the familiar motions, it was getting back into harness, even if the drive would not lead anywhere – and I was determined that it should not. Only in an encounter which contained no threat of serious emotion, no real relationship, could I, at that time, feel safe.

Sometimes these sorties were not to be regretted. If there was enough companionship and physical compatibility, a small expansion beyond the confines of my own predicament into another person's life was possible, some tenderness could be felt – and tenderness between bodies, though restricted, is real. At other times they were simply absurd, and I would be both amused and puzzled by them. I would meet a man with whom I had nothing in common, who was perhaps fat and garrulous, who told boring anecdotes and could not even dance well. He would make the first movements of a pass at me and I, a little warmed because he was behaving as though I were attractive, would make the first responses. Hands would be held under restaurant tables, or as we danced my body would yield to his pressure until our thighs were touching. At that point I would say to myself, 'Now steady! You do not want to go on with this, you know quite well that it will be deadly.' But whatever reason might be saying, once the first moves had been made there was no breaking the pattern. It was as though a familiar music had begun to play, I had stepped into a familiar measure, and to go against its rhythm was beyond me. A certain kind of look, certain words, gestures, and contacts, and all my faculties would go into a state of suspension: bed was the only conclusion. 'What is *obliging* me to do this?' I would wonder, going up in a hotel lift or watching someone who should have been a stranger as he put his keys and change on a dressing-table. I would split in two on those occasions, one half going obediently and easily through the routine, the other watching with an ironic amusement. When the dance had reached its inevitable conclusion and the night in bed with whoever it might be was over, the two halves would rejoin and I would wake up thinking, 'But I am mad! Never again!'

This was where complications could set in. Common courtesy would have seemed to me, during the night, to demand that if I was making love with this man I should appear to enjoy it, so how, without insulting him, could I avoid a repetition? He would be under the impression that he had met a girl of easy virtue and amorous temperament, and would look forward to other meetings. I used to be forced to spin elaborate tales of my own fickleness, neuroticness, bitchiness – 'You are well rid of me really, I promise.' Once, becoming hopelessly enmeshed in my own tangled web, I implied that it was only the man's ardour that had demolished my normally strong defences, whereupon he believed me and soon afterwards asked me to marry him: perhaps the most disconcerting thing that has ever happened to me.

These foolish and always short affairs were threadbare rags against a cold wind, but they were better than no rags at all. During the period when my spirits were too low for me to grasp at them, the shrivelling affected my body as well as my soul, my health deteriorated, my appetite dwindled, and sensations of faintness and nausea attacked me whenever I left my room or the office. I reached the stage of dreading the short walk between the two for fear that I should faint or vomit in the street. I went to a doctor, was told that I had become anaemic, and was sent home for a month's sick leave.

Beckton could always restore me. I used to imagine a 'scientific' reason for it: that the nature of its soil made its leaves and grasses give off a certain kind of exhalation which suited me above all others. But although as I sat in the train returning to London I felt better physically, I knew that at bottom I was the same: I would continue my dreary round unless I took some kind of action. 'It is not that life has deserted you,' I told myself. 'It is you who have deserted life.' I thought of the brisk injunctions in women's magazines – 'Take up an interest', 'Join a club'. At that sort of thing I could only laugh or shudder, it was too far outside my line of country. So I said to myself (it is not an inspiring thing to recall, but it is true) – I said to myself, 'Look, the next man you meet who. appears at all attracted to you, whatever he is like, however unreal he seems to you, you will revert to your bad old ways and will accept whatever happens.'

I went straight from the station to the office, for the late shift. After a little gossip the girls I was relieving collected their things and left me alone in the racket of typewriters and ticker-tape machines from the News Room next door which had come to seem like silence. I was about to go to the canteen for a coffee when the door opened and there stood a man whom I shall call Felix, a great womanizer and until recently the lover of a friend of mine who had left for a job abroad. 'Hullo, sweetie,' he said. 'Are you all alone?' A stocky little figure leaning against the door post, crinkling professional charmer's eyes. 'Yes,' I said, 'What can I do for you?' 'You can come out for a drink with me.' 'No, I can't, not until midnight, anyway.' 'All right, I'll come and collect you at midnight.'

Felix was anchored by marriage and was not a man whom I could admire enough to love. With him I could feel absolutely safe. At the same time he was a gay companion and we shared great pleasure in making love. Our relationship was pure *cinq-à-sept*, except that its venue was a restaurant where we would eat as good a dinner as could be found in wartime London, and drink a lot, before going to spend a night in an hotel or, if Felix's family was in the country, at his house. Neither of us ever set foot in each other's daily life. We would bring to our meetings incidents from it, if they were amusing or bizarre, but neither ever expected the other to take more than a passing interest in anything more grave; I would never, for example, have told Felix about money troubles except as a joke, and he would hardly have referred to any difficulties he might be having with his children. Our roles were clearly defined: to make each other laugh, and to give each other physical pleasure. At both of these he was very good. He was an excellent raconteur with a quick eye for character and an immense relish for the absurd, whose sympathies, though not profound, were wide. He had also the disarming honesty with which a rake will often feel that he can justify himself. He loved having money and making a vulgar show with it, because to make a show was more fun than being discreet. He loved success, even though he had got it by jettisoning his integrity as a writer. The relish with which he lived eclipsed any thought of how he might have lived.

I had become so emotionally impotent because of the tension between a conscious longing to love and a subconscious fear of it that my feelings for anyone, for a long time, had gone no further than a detached well-wishing. Towards Felix I could feel a positive affection, and it was not – most certainly it was not – to be despised. For two years I remained his mistress (or, more probably, one of his mistresses), and only put an end to it when restored vitality and confidence pushed me out again on to the perilous waters of deeper feeling. And although I was to capsize yet again, my years with Felix had made me more buoyant. With him I had been happy, though in an inglorious way, and I was by that much less likely to drown.

I wish I had never met Felix again after we had separated, but I did. Eight years later the telephone rang and I heard that familiar, husky voice, that contented chuckle, and cried, 'Felix! Come round at once!' As I opened the door to him I thought 'Heavens, he must have been having a hard day,' because he had something about him a little dishevelled and awry that I had never seen. Then I noticed a smell of alcohol – stale alcohol – that was almost sickening. 'He is drunk,' I thought with surprise, for in spite of all the whisky we had put away together I had never seen him drunk. We went out to dinner, and as the evening passed I realized slowly that this was no unfortunate chance. The bartender had greeted him with bored patience instead of with the old comradely twinkle, the head waiter had given us an obscure table, and no wonder, because Felix started making bawdy jokes, very loud. At one point, when he had eaten a little, he appeared to pull himself together and began to talk as he used to talk and to ask me questions about myself, but I soon realized that he was unable to listen to the answers. When he screwed up his eyes at me it was horrible – the scrag-end of charm, ossified with exploitation. Deliberately frivolous as he was, a hedonist, an opportunist, vulgar in some ways though with a flourish that seemed to me to redeem it, my dear Felix should have been able to bob his way merrily into old age in defiance of Nemesis, but he could not. When he died soon afterwards, people said it was from drink, and I could only suppose it to be so: a man who had actually said in my hearing, 'Don't be silly, you know that I can take it or leave it alone'; a man who would have detested himself in the role of object lesson for any end other than merriment or pleasure. I suppose he is an odd person towards whom to feel gratitude and tenderness, but those are the emotions his memory will always bring to life in me. Felix enjoyed women so much that he could not help making them feel valuable, indeed he would have considered it amateurish not to do so. It was he who began the slow process of my restoration.

13

THE SQUARE, SCRUBBED woman with cropped hair sat behind a desk on which was a vase of catkins. Her consulting room was decorated in cream and green, a combination I detest.

'Well, now,' she said in a voice intended to nip hysteria in the bud, 'it's not the end of the world.'

I had never thought it was. She saw, I supposed, a great many unmarried women who had become pregnant, so that she could hardly have avoided treating them according to formula, but I began at once to resent that she was applying her formula to me.

'In fact,' she went on, 'one might almost say that in wartime, when there is such a shortage of beds in the maternity wards and so on, it is simpler to have a baby when you are not married than when you are.'

'Oh?' I said.

'Yes, there is a lot of help available. I would strongly advise you to go on with it. It's your natural function and if you frustrate it you will find that a trauma results, a profound trauma. And it's quite simple when you have made up your mind to it – there are plenty of war widows about. You can change your job and wear a wedding ring and no one will suspect a thing.'

'But what about afterwards, when the baby is born?'

'That's the simplest part,' she said. 'I can put you in touch with organizations to look after that. There are three alternatives. One: you have the baby and its adoption is arranged beforehand. You won't even see it. The committee is extremely careful in its vetting of couples who want to adopt children – we make sure that they really want them, as well as that they are able to support them, and I can assure you that it is pure sentimentality to worry about the child in that case. It will probably be a good deal better off with its adopted parents than it would be with you.' She laughed as she spoke: little shocks of briskness were the thing.

'I don't see much point,' I said, 'in going through nine months of pregnancy and a birth, and not even *seeing* my child after all that.' I had a vivid mental picture of waking in a hospital bed to an emptiness through which I could never crawl.

'No. Well then, there's the second alternative: foster parents. We find a foster mother for it and you are free to see it whenever you like, and then, when you are in a better position to look after it, when you are making more money or have got married, you can take it back. You would be surprised at the number of men who can be made to accept such a situation.'

What, I thought, if I never make any more money, or never get married, or can't make a husband accept the situation? And what of a child brought up by a woman who must seem to be its real mother, only to be snatched away by someone who has been no more than a visitor? It was less intolerable than the first prospect but not something I would risk. I nodded and looked expectant.

'The third solution,' she said, 'is to my mind much the best. You take your parents into your confidence straight away and get them to help you keep the child. What have you got against that?'

'My parents,' I said. 'They would be horrified.'

'Do them good, silly old things,' said the woman.

I looked at her in astonishment. She was speaking of people of whom she knew nothing – not their ages, nor their income, nor their way of life, nor their feelings towards their daughter – so how could she possibly presume to know whether it would do them good or not? Her high-handed dismissal of my parents as 'silly old things' was a piece of gross impertinence. I sat there thinking 'What a frightful woman!' while she went on to explain that most families, once an illegitimate child becomes a *fait accompli*, adapt themselves to the situation after a time, however shocking they find it at first. 'You would probably find,' she said, 'that it would become your mother's favourite grandchild. I have seen that happen.'

My reason told me that she was right: that if I were to go on with this, it would have to be on those terms. I was earning only five pounds a week and could not save anything like enough money to make me independent. Someone would have to help me, and the child's father was not able to. It was probably true that my parents, after their first horror and distress, would come round to taking the responsibility – but if they did, it would only be at a great cost both emotionally and financially. Their lives as well as mine would be disrupted and complicated, and it seemed to me outrageous that I, because of my own folly, should force them into such a situation. This pregnancy was my business and no one else's.

'No,' I said.

'Well,' said the woman, 'you will regret it terribly if you have an abortion. You're in perfect shape physically – I would say that yours is an ideal pregnancy, so far. You will suffer in every way if you terminate it.' She looked down at her hands, then reached out to straighten a folder on her desk. When she looked up, her eyes were sharp with calculation. 'It is, of course,' she went on slowly, 'entirely your own business. It is entirely up to you if you want' – she paused a moment to throw the verb into relief – 'if you want *to murder* your first child' – and she watched me.

'Yes, it is,' I said, getting up. Her look, the choice of verb, had clarified my mind in a flash. I knew, now, that I must get on with the job of finding an abortionist.

Walking down the street, I began to laugh. 'The old blackmailer!' I thought. 'Murder, indeed!' Applied to an embryo two and a half months developed, the word, I was abruptly convinced, was nonsense. What was happening in my womb was still simply a physiological process concerning only me, a new departure of my body's. Later there would be a creature there to consider, but at this stage – no.

I had become pregnant by subconscious intention and had recognized the fact clearly as soon as it had happened. I had felt brilliantly well from the first day, and proud. I was already having fond dreams of babies in their prams, I knew that I wanted one, I knew that my body had plotted in order to achieve what it most needed – and not only my body but the subconscious layers of my mind. Until I had visited that woman I had seriously been considering bearing the child, but now I knew, without regret, that I would not. The birth of a child was not a matter of therapy for the mother. Would I have a trauma as a result of frustrating it? Too bad for me if I did. I was not going to become a mother unless I could do it properly.

As it turned out, the suffering of which the woman had warned me never materialized. Physically my health was distinctly improved by three months of pregnancy followed by a curettage, and any trauma that may have resulted has yet to manifest itself. I have often regretted my childlessness and I have caught myself up to my tricks again in attempts to remedy it, but neither of the two attitudes I thought likely have developed: I have never yearned over other people's children, nor have I recoiled from them. I like them, I enjoy their company, I find them interesting, and that seems to be that. I can only suppose that by nature I am a maternal woman but not passionately so.

How far did laziness and self-infulgence come into my decision? That they did so to some extent I am sure. One of the many strands of feeling running through me as I sat in that consulting room was certainly dismay at the prospect of having to find a new job and new lodgings, of having to uproot myself (although from a life which I knew to be empty and dull) and turn to solving practical difficulties outside my experience. My inertia was heavy on me, making me reluctant to face the inevitable complications of my situation. I was partly a coward, and a coward in the face of effort, rather than of anything else.

But although it is probable that my justification of my attitude was – and is – to some extent an attempt to rationalize this lack of spirit, the other elements in my argument did exist. It still seems to me that it is absurd for abortion to be illegal. I do not believe that something not conscious can be 'murdered' – the distinction between preventing life and putting an end to it is, to me, a clear one. Other women who bear the full consequences of their actions I admire and even, if they make a success of it, envy. Whether they have argued that life must be respected, or whether (which is, I imagine, more often the case) they have obeyed the dictates of their own hungers, they show a courage which I lacked. But in bestowing on a child the chancy fate of illegitimacy, they have shouldered a heavy responsibility. Only if I felt myself able to offer it security would I do it myself, and such security I could not offer at that time.

So I say, so I believe: but supposing the woman behind the desk had been one who, while putting forward the same arguments, had not alienated me by her manner, had spoken to *me* instead of to a pregnant girl of her own invention? . . . The points, perhaps, would have been switched, my life would have veered on to another course. Even though reason was mixed with my weakness to a point where they are hard to disentangle, it does not quite raise it above regret. I am glad that I did not risk giving a child a difficult life, but I am sorry that I was not the kind of girl who would have braved that risk.

14

THE WAR WAS in its third year or perhaps the beginning of its fourth. I was still working in the BBC, slightly better at living by then, since Felix was a part of my life and I had left bed-sitting rooms behind me for a flat which I shared with another girl – a commonplace event which must be remembered by millions of working women as a turning-point in their lives. Who could feel their circumstances anything but temporary, their condition anything but one of time-biding, while the daily mechanics of living consist of eating only what can be boiled on a gas-ring (frying is usually forbidden because of the smell and the spitting of fat on to the carpet), keeping half one's clothes in a suitcase under the divan or on top of the wardrobe, moving books and writing things from a table to a divan or chair before setting out a meal, and turning a divan from couch into bed every night before going to sleep in the froust of one's cigarette smoke? I had taken a modest pride in my ingenuity with small bedsitting rooms, the way in which I could make myself comfortable and control the ebullience of my too numerous possessions; so much so that when I first experienced the delicious freedom of a flat, I was astonished by the violence with which I cast off single-room living. I had not known that it had been horrible, but it was with horror that I decided 'Never again!'

In a flat we could give parties. To one of them a friend brought a small Hungarian said to be in publishing. He did not seem to be much amused by our company, although he did not whisper audibly, as I have heard him do since then, 'Can we go now?' He sat on the floor looking boyish and disdainful, then sang 'The Foggy Foggy Dew' in a manner implying that he, personally, had discovered this song. When he telephoned a few days later to invite me to a play, I was surprised. I was also pleased because I believed that anyone connected with publishing must be interesting.

It did not take us long to decide that our relationship would not be an amorous one. Instead we slipped into a friendship of a curiously intimate nature, nearer to the fraternal than anything I had experienced within my family. My real brother, with whom I had been close friends when we were small, had been taken out of my life first by his schooling, then by what his schooling had done to him. He had hated it and had spent much of his boyhood taking refuge in stupidity and near-oafishness, happy only when disguised as a gamekeeper or, better still, poacher, wearing an ancient, many-pocketed waistcoat, talking dialect, and sloping about the woods at Beckton either alone or with friends from the village. By the time he began to emerge from this camouflage I was at Oxford, and after that the war removed him. On the rare occasions when we met there was always a comfortable freedom between us, an ability to say or to listen to anything and a clear view of each other's shortcomings which did not prevent affection, but we did not have much in common beyond our temperaments and our memories. With the Hungarian, André Deutsch, I shared a way of life, political views, and interest in the arts, as well as an undemanding kind of intimacy very similar to that I already knew with my brother.

We began to see each other often and became, in a lopsided way, each other's confidants: lopsided because while I had a tendency to underestimate my own value, André had no doubt about his. He was always ready to put himself out for friendship's sake in any practical way – lend money, or bring round food if I were in bed with influenza – but he did not find it easy to believe that I (or anyone else) would be as interested in a discussion of my own life as I would be in his.

He had come to England before the war broke out, ostensibly to complete his education but with a private determination to settle here. With liberal views and a Jewish father, he had decided while still a boy that Hungary under Horthy was not the country he would have chosen, whereas English literature, combined with everything he had heard about Great Britain, suggested to him that England was. So early and complete a transference of loyalties, made without any great pressure from events, seems to me unusual and strange. André had reacted to things which were in the air rather than to anything which had happened to him or his family. When I have questioned him about it he has answered no more than 'I just knew, always, that that was what I wanted to do.' Caught by the war, with no money but an occasional cheque from an uncle in Switzerland, he picked up jobs here and there and was working as floor manager in a big hotel when detectives came to remove him to the Isle of Man. To be an enemy alien was not, however, an unmixed evil. Internment did not last long, and once he was released he was free to take what civilian work he liked, provided he reported at the proper times to the Aliens' Office. He found his way by chance into the sales side of an old – indeed tottering – publishing house, and by the time I met him he had burrowed well into its structure, was saving a little money, and was already talking of starting a firm of his own.

André was my age – twenty-six. By that time he did not have a penny beyond what he earned, nor did he have a single relative, old friend, or useful connection in this country. I used to listen to his plans indulgently, contributing to them as one contributes to talk about what one will do when one wins the Irish Sweep. 'If you join me,' he said to me one day as we walked arm-in-arm through Soho, 'what would be the minimum money you would have to earn, to be comfortable?'

'I don't know,' I said. 'What am I earning now?' And he worked out for me, as he has so often done since, what my weekly salary came to by the year. It was three hundred and eighty-eight pounds, I believe – the BBC paid civil-service rates and Temporary Women Clerks, the category under which I worked, did not come high in those rates.

'What about five hundred pounds?' he asked, and I agreed to it, feeling that such a large sum could safely be considered since it existed only in his imagination. I had not yet understood that André is the kind of person in whom ideas and action are inseparable. It is true that when the time came, five hundred pounds proved at first to have been optimistic – but the time did come.

I have sometimes wondered whether, if chance had shouldered André into property, or manufacturing cars, or catering, his obsessive nature would have seized on that as it did on publishing. Perhaps it would have done, but it is hard to believe. Picture dealing, maybe, or concert promoting . . . The nature of his talent is practical, the demon which possesses him is a business demon rather than a literary one, yet it is impossible to imagine it functioning for an end unconcerned with artistic expression. The ultimate good for a business demon *ought* to be power through money, but André's demon drives for something else. He is immensely concerned with money, but as an idea rather than as something to possess: while he can have a car and good clothes he is indifferent to his own income. He will cry out in pain at the least mistake in the costing of a book or the most trivial slip in his opponent's favour during a deal, but the pain is aesthetic rather than pecuniary: he is offended in the way that a stylist is offended by a badly constructed sentence or an interior decorator by an ugly juxtaposition of objects. The only power without which he cannot live is that of being his own master – over other people he exercises it both reluctantly and clumsily. His business demon is one which, by some quirk, has become bound to the production of books so firmly that its energy would bleed away if it were cut off from them. Whatever he may say when he feels resentful at the demands of his own obsession, André is a man with a vocation.

No two people could be more different than he and I. He has the most exact and capacious memory I have ever encountered, while I can remember hardly anything but people and feelings; he is a fiend for detail, while I am sloppy; he has this instinctive understanding of money and what can be done with it – the structure of a company, the financing of a new enterprise, are things which he can grasp at once without any previous experience – while to me the simplest contract is sterile: words on paper which I can understand if I concentrate but which have no implications beyond the mere statement, none of which I can criticize in relation to a set of ideas. André has the sometimes blinkered driving force of the obsessive, to whom his own ends are both *necessary* and *right*. I have the detachment of the disassociated, always prepared to believe that the other side of the question may have something in it. Above all, André is active, he compels things to happen, while I am passive, I accept. It is easier for me to see what I have gained from our long partnership than it is to understand why he values it.

As soon as the war was over, André formed his company: Allan Wingate, it was called, we picked the name out of a hat in the belief that 'Deutsch' would still meet with prejudice. I had to round off my work at the BBC and then took a three-months holiday at Beckton, so I did not join him until 1946 and cannot exactly remember how the absurdly small capital was raised. It was little more than three thousand pounds. Part of it, I know, came from a man who made handbags, who liked books and who had sized up André as a young man who would go far. Printers, binders, and papermakers reached the same conclusion, allowing him generous credit and taking extraordinary trouble to be helpful. Partly they were charmed, for André is capable of exerting great charm, and partly they were convinced, because absolute conviction breeds conviction. It is fortunate that André is by inclination honest, for if he were a liar he would be one of those mesmeric pathological liars whose fabrications dupe everyone for years, simply because such liars believe in them themselves.

Our first office was two rooms, a passage, a WC and a box-room with a skylight next to the WC in which sat a sequence of morose little men who did our accounts. That they were morose was not surprising. The chief thing that I remember about those first few years was the agony of bills coming in: the agony of paying them when we had to, and the agony of not paying them when we could get away with it. There is at all times a sum without which, the pontiffs say, you cannot launch a publishing house. It stood in those days at fifteen thousand pounds – five times what André had been able to raise – and stands today at fifty thousand. At any period I am sure that this sum can safely be halved by anyone prepared to work hard, while by fanatics it can probably be quartered. But in cutting it by five we had gone too near the knuckle. What was to happen later could still have been avoided, but the need to avoid it would not have arisen if we had begun with more capital.

Meanwhile, in spite of money worries, we enjoyed ourselves. We made a few mistakes, published one or two of those handsome editions on handmade paper, illustrated with woodcuts by expensive artists and bound in buckram, which few people can resist producing when they first get their hands on the means of bookmaking and which never earn their keep. But for the most part we managed, thanks to Andre's vigilance over every halfpenny, to produce our books at an economic price, and we succeeded, after great difficulties, in organizing their distribution on the right lines. That our overheads should have been unnecessarily high by as little as a pound would have shocked us all: 'Have you switched off your fire?' 'Why are you using a new envelope for this, don't you know what stickers are *for*?' We kept our stock in the passage leading to the WC where a narrow bench had been installed, and there, just before a publication date, the whole firm would stand, working away with sticky paper and string, under the benevolent eye of our real packer, Mr Brown.

Mr Brown would always have to accompany whoever it was who was making the London deliveries in Andre's small car, because only a Union member could hand a parcel of books to another Union member. I used to enjoy my turn on deliveries, listening to a gentle burble of London lore, for Mr Brown, a compulsive talker, prided himself that he knew every inch of the city, and so he did. His interpretations of what he knew were sometimes eccentric, museums becoming cathedrals, and monuments commemorating events that had happened or people who had existed long after they were erected. Strange things went on in Mr Brown's London, too: men in Islington bit off the heads of rats for a shilling, and there was a building near Westminster Cathedral full of holy images covered with blood – 'You know, all Christ and bloody Mary and that.' When I asked him how he knew, he told me that he had once spent a whole night there, packing singlehanded to oblige, and that all these images with the blood on them had got him down so much that he didn't half let out a yell when the bishop came in at three o'clock in the morning to offer him a glass of wine. 'Wine, that's what he called it, but if you ask me it wasn't nothing of the kind.' When I laughed and said, 'Do you mean that he was trying to poison you?' he answered, 'Well, I don't know that I'd go so far as to say *that*,' but in a doubtful voice. And then, he said, when morning came, a great many women arrived, all dressed in black from top to toe, and all of them crying as though heartbroken. Mr Brown often left his stories hanging at a point like that, but I was so disturbed by all these sad, black-clad women that I persuaded him to explain them. 'Well, they was all rank Catholics, you see,' he said, 'and some old cardinal had kicked the bucket. I tried to jolly them along, I did. You wouldn't see me taking on like that, I said, not for him anyway, he's just another man to me. Cor, they didn't half think me a *vile* man.'

Mr Brown called me by my first name, but I would have felt it impertinent to have addressed him by his – André was the only person who ever did. He was a fatherly man, and kind, although his kindness could be disconcerting. 'No,' he said, 'I don't hold with giving up my seat in a bus to a young girl, she's as fit to stand as I am, only when she's having her monthly I will.' 'But Mr Brown, how can you tell?' 'Tell? I can always tell. Tell at a glance with the lot of you, I can.' The intimacy of a small business is certainly no myth.

The firm prospered, in that the books coming its way became better and that we were selling the right number of them, but in publishing money goes out fast and comes in slowly, and we had no margin. Every now and then the bills would heap up beyond the danger point and something would have to be done. There would be a short period of blank despair when we faced the fact that none of us knew anyone with money, and then André would pick up a scent. Someone, it would turn out, did know someone who had heard of someone who had always wanted an interest in a publishing firm (once it was a manufacturer of lavatory seats). I have learnt by now that there is *always* someone about who wants such an interest, but in those days it used to seem a miracle. Meetings would be arranged, friendships would flare up, and a new director, more or less active as the case might be, would appear on the Board.

The trouble with directors recruited by André in this way – and at our peak we had six of them – was that they thought of themselves, not unreasonably, as directors, while we thought of them as stooges. I had no official finger in the pie at that time, being only an employee, not a partner, but because I knew André so well and had been working with him almost from the beginning, I was his close ally, no more willing than he was to see anyone else in control of a firm so essentially his own. Only the last man to join the Board had any practical experience of publishing, and none of them had anything like André's flair, eye for detail, or capacity for hard work.

André had been drawn to England by a romantic conception of it, and this he still retained. Confront him with an Hungarian goose and he would see it for what it was, but his English geese always began as swans. This led him into the folly of agreeing to 'a gentleman's agreement' instead of to a service agreement when we reached the ticklish point at which one of the infiltrating directors acquired fifty-one per cent of the shares in the company: the words 'a *gentleman's* agreement' sounded to André so much more British. That such an agreement should work when the other party, although having financial control, was expected to play the role of office boy (as he plaintively remarked) was a vain hope.

Tact was needed: tact, restraint, easygoing dispositions on both sides, and equal or complementary abilities all round. These conditions were lacking. The firm, while becoming outwardly more prosperous every day, deteriorated into a state of guerrilla warfare.

I blush for us now, when I remember the spirit with which we entered into it, but I still cannot see how either André or I could have continued to work with any pleasure or profit except on his terms.

After five years of hard work we had moved our office to a charming house in Knightsbridge; we had published some good and successful books; we were making a profit; we were at home in our trade: and there we sat in our office (all right, we would have acknowledged crossly, the money was not ours but without us there would have been no office at all) in what, by the last painful weeks of a painful year, amounted to a state of siege.

During that year tempers had worn quite away. One of our directors would draft a contract and André, always quick to scent danger, would pick it off his desk. 'Are you mad?' he would cry – and that the oversight he had spotted was a grave one did not make his intervention more acceptable. Another of them would write a blurb and I would take it upstairs and rewrite it without consulting him. That his version was embarrassing, and that he would not have agreed to alter it if I had asked him, did not prevent my action from being high-handed. And in the usual way, inexperience and ineptitude became clumsier for being jumped on, so that the jumping daily seemed more necessary. Soon we had reached the point of dissecting each other's characters with morbid relish behind each other's backs, then of rival factions taking each other out for a drink in attempts at conciliation, only to come back to the office with new foibles to dissect. One of our directors wept easily after his third drink. He did not seem to notice it, but tears would spill out of his round blue eyes and smear his broad face as he catalogued the insults he had received. I would feel sorry for him and for a moment would really believe that I was discussing ways of improving our relationship, but all the time I was watching this extraordinary spectacle with secret glee, ready to caricature it as soon as André and I were alone together. I doubt whether unhappy marriages bring out the worst in people any more surely than unhappy business partnerships.

The frightening thing about a situation such as this one is that when recriminations begin about recent events, two people, each absolutely convinced that he is speaking the truth, will advance two opposite versions of a conversation or a happening. When that point has been reached no intermediary – and several were called in – can bridge the gap. Once meetings start being held in lawyers' offices, you might as well give up.

We did not give up until everyone was shut in his separate room, communicating only through secretaries. At that point André had to allow himself to admit that he had no choice: the other man had financial control, André did not have a service agreement, 'gentleman' was a word that could hardly have been applied to any of us at that moment – we were beaten.

I cannot remember where it was that André and I sat down to digest the fact, but I have an impression that there was a table between us, with white cups on it. 'Well,' he said, 'what do we do now?' We looked at each other and it was hardly necessary to speak the words. There was nothing we could possibly do but start another publishing firm.

That André should have had no doubts about this was only natural, but that I should have felt as he did suggests that I had become, if not a career woman, at least a woman who had found a career. And so, I suppose, I had. I would have preferred, and I would still prefer, not to have to work for my living in an office, but if I must, then a publisher's office is the one to be in. The formation and progress of the new firm, in which our friend Nicolas Bentley and I became and remained the only working directors beside André, is a story to be kept in reserve in case André should one day want to write it, but if I am ever to say what I like about the game, I should be able to say it now.

Book X is not so good as Book Y. Books A, B, and C have good reasons for their existence but do not happen to interest me. Books D and E – God knows what we were thinking of when we took those on, they will both flop and they deserve to flop. Book F is embarrassing – I do not like it, I do not think it good, but it will make a lot of money and it is not actually pernicious. But books G,

H, I, J, and K: now there are books with which I am pleased to have been concerned, there are voices which deserve to be heard; and somewhere among them are my darlings, the books – not many of them, for in no generation are there many such writers – the books which, I believe, *had* to exist. This is why I like the work, and this is why other people in publishing like it, although some of them choose to affect a 'hard-headed-businessman' attitude and say at cocktail parties things like 'I never read books' or 'I can't stand writers'. If a publisher does not have a good head for business either on his own shoulders or on his partner's, he is a poor publisher, but if a good head for business were all he had, he would be making detergents or shoes or furnishing fabrics, not books.

Apart from that it is a job which suits me because it has a constant element of extemporization in it, if not lunacy. Its nature forbids the hardening of its arteries into routine. This often makes me bilious with rage, or sullen, or reckless: I long fiercely to know what it would be like to do work in which I could start something and be sure that I could carry it through to the end uninterrupted. But against that, I am not often bored.

I used to have a dream of a pretty office. When I became a director, I imagined, I would acknowledge the fact that the greater part of my waking life is spent at work and I would have a room which gave me pleasure, with a wide enough desk, a comfortable chair, decorative objects on the shelves, colours I enjoyed on the walls, pictures and plants. For several weeks I relished the thought of this room, but the day I moved into it was the last day it looked pretty. A meticulously neat person – our third partner, Nicolas Bentley, for instance – can keep paper at bay, but not someone as untidy and lacking in method as myself, and while most work involves paper, mine produces things made of it as well. How does one control paper? Letters and copies of letters not yet filed because I must be reminded to do something about them; a layout pad, and loose sheets from it with rough sketches on them; periodicals and cuttings from periodicals; memoranda on the backs of used envelopes; lists of publication dates, of contracts signed, of changes in the prices of books, of advertising space bought, of people to invite to a party, of other people to whom complimentary copies are to be sent; samples of paper for book jackets or text; typescripts and synopses; reports on typescripts and synopses; proofs, both in galley and in page; roughs submitted by an artist for a jacket, or the finished artwork roosting with me so that I remember to telephone the artist about a correction: a perpetual autumn sheds its paper leaves, heaping them on to my desk, drifting them into piles on my floor so that I cannot push my chair back without tumbling them. My reference books can never be dusted because of the paper lying on top of them and when I want my ruler, my scissors, or my india-rubber, my hands grope into the drifts on my desk and sheets of paper, unsettled, flutter to join the paper on the floor. Only outsize matchboxes and bumper tins of rubber solution are any good to me. The smaller sizes would submerge with the bottles of coloured ink, the roll of Scotch tape, and the pretty lustre shell which holds my paper clips. Only my type-gauge usually remains above paper, because if I cannot see it out of the corner of my eye I grow hysterical.

A type-gauge is a thin metal ruler marked with the units of measurements for type: twelve points to a pica; a twelve-point em is this long—; the type area of this page is twenty-two picas wide. The type in which this page is set is a twelve-point type, and there is one additional point of space between the lines. The type-gauge is one of the tools of the typographer and has no business on an editorial desk. But our firm, although it is growing too big to be called a small firm, still feels like one; not so long ago any of us might have had to turn our hand to anything, and we have got into the habit of it. Because I can draw after a fashion and enjoy problems of design, I was the one to whom it fell to lay out advertisements, through which I came to know enough to lay out a book if I had to, and to design odd jobs such as leaflets and showcards, and to criticize other people's designs. Nowadays, if the production department is overloaded, it will be to me that any overspill of designing comes. It is in this part of the work that one comes nearest to the actual making of a book as a physical object, that one learns something of the printer's, binder's, and blockmaker's problems. It is here that the element of craftsmanship comes in. Because this, like all making, is fascinating, my type-gauge has become a symbol of *being a bookmaker* as distinct from being a seller of books and an assessor of the merits of a writer's work, and of the three activities the making is the most comforting, the most sane in its procedures and dependable in its consequences.

So no sooner have I settled down to edit a typescript, or to read some unhappy writer's work which has been waiting for several weeks, than the internal telephone rings and the sales manager says, 'I promised Hatchards a showcard for such and such a book by the day after tomorrow. Is there any chance of it?' Pushing the typescript or book aside, I disinter the layout pad and begin to scrawl an idea to take to the sign-writer across the street (I shall have to take it across myself because I shall have to explain that the lettering is to be in such and such a style and that the girl is not supposed to have a squint although I have given her one). An idea is beginning to hatch when the telephone rings again: have I remembered that copy for our six-inch advertisement in the *Observer* has got to be sent in today, or have I made my notes yet on that draft letter to the lawyer about the possible libel action, or when will the blurb for the jacket of Book X be ready, or 'Mr Hackenpuffer is here with some drawings to show you, he says he has an appointment,' or 'There's a lady on the line who wants to submit a manuscript, only she says it's written in Polish so she must talk to an editor about it,' or 'Will you please speak to Mr Z, Mr Deutsch says he's out' (oh God, trouble!). On many days there comes a moment when a loud scream would be the only appropriate expression of feeling, and this is happening not only in my room but in André's room and in Nicolas Bentley's room (in spite of his neatness) and to some extent in all the other rooms. Even the specialists, snugly enclosed within their specialities – the sales manager, the production manager, the accountant, the chief invoicing clerk, the head packer – even they are dealing not with one process but with as many processes as there are books being produced and sold, for each book is a separate operation, with its own problems and timetable.

Many of the problems which beset a publishing firm do not come to me, but all of them are in the air. It is not a peaceful job.

In addition to the enjoyable liveliness which belongs to work unamenable to routine, there is another side of the job which I enjoy: meeting writers. An artist is not bound to be likeable and I have no doubt that many publishers could give examples of writers whose work they admired while they detested the authors as individuals. I have been lucky. Among the writers I have known, the better the artist, the more I have liked the man or woman. 'We are a neurotic lot, every last one of us,' one of them said to me, and certainly the good ones I have known have included the violently moody, the super-sensitive, the spiteful-about-other-people's-work, the hard drinker, the bad husband, the unable-to-communicate-in-speech, the cheerfully perverse, the conventionally amoral. Underneath whatever it may be, however, they have all had a private sanity which does not seem to me to be neurotic: they are the people to whom truth is important, and who can see things. The greatest pleasure I have found in publishing is in knowing such people.

The relationship is an easy one, because the publisher usually meets his writers only after having read something they have written, and if he has thought it good it does not much matter to him what the man will be like who is about to come through his door. He is feeling well-disposed for having liked the work; the writer is feeling well-disposed for his work having been liked; neither is under obligation to attempt a close personal relationship beyond that. It is a warm and at the same time undemanding beginning, in which, if genuine liking is going to flower, it can do so freely. My own feeling, if I have been truly excited by a book, is nearer to a curiously detached kind of love than to liking: I have looked at the head of the man or woman sitting opposite me and thought, 'It all came out of that head,' and I could have taken it between my hands and kissed it. There cannot be many other kinds of middlemen whose wares inspire feelings so satisfying as that.

It did not surprise me to discover in myself, when I first went into publishing, this profound respect for good writing. I had not thought much about it before because I had not had occasion to use it, but it was always there. How could it not have been? It was not only a matter of being reared in a reading family, it was a matter of having lived, quite literally, a great part of my life entirely in terms of the printed word, or of images on canvas or on the screen.

It is a startling realization. To have lived from 1917 to 1961 and to have known violence only through the printed word or through images; to have known social injustice and revolution only through the printed word or through images; to have seen Jews stumbling down concrete steps into the gas chamber only through the printed word or through images; to have experienced fear, hunger, loss of liberty, or courage, relief from want and the impulse to fight for freedom only through the written word or through images: this is astounding. I remember that when shadows on a screen formed the sticklike limbs of Belsen protruding at awkward angles from piles of bodies, the feet grotesquely big at the end of legs shrunk to bone, I was engulfed in a terrible silence of unreality – my own unreality, not that of the shadows. In the same way books have been my windows on to vast tracts of experience, both destructive and creative, in which I have not lived. To the poet, to the painter, to the writer of serious prose as distinct from the entertainer (much though I owe to the latter), I am so much in debt that if artists did not exist, I cannot imagine that I would. I shall be grateful all my life to André Deutsch for having come to my party and thus steered me into a job in which I have been able to get to know a few of what seem to me by far the most real human beings in the world.

15

SO WITH THE end of the war, work which I thought worth doing came my way. Had I been asked whether it made me happy, I would have answered 'Happy? No. But who is likely to have more than a few months of positive happiness during a lifetime?' That I was lucky I knew. My basic sense of failure was always present like a river bed, but the water running over the bed had become deeper than I had supposed it would ever be. My work brought enough incident and movement into my life for me to be content to exist with very little beyond that.

Of social life I had, and still have, almost none. I have never had a talent for acquaintance, only an enjoyment of intimacy. People who have more than three or four friends whom they wish to see often, who come and go to dinner parties and so on with a wide circle of acquaintances whose company they enjoy although they do not know them very well, fill me with envious admiration. When I was young I enjoyed parties so much that any was better than none – the murmur of voices and clink of glasses as I came up a staircase, the smell of the women's scent, the spurts of laughter, the sparkle of lights would delight me in themselves. Once during my twenties it occurred to me that a time would come when not only would I no longer dance but I would not mind not dancing, and I wept. But now, although I usually enjoy parties when I go to them (with the exception of large cocktail parties, which are the antithesis of social pleasure), I do not miss them, and I only missed them sharply in fits and starts during the years immediately after the war. Partly my seclusion came from lack of money and space, for I myself could not afford to entertain people other than casually, and partly it was the natural result of being a single woman moving into her thirties. Such new acquaintances as I made were usually married couples, most of whose friends were other married couples, and the occasions on which a spare woman can be comfortably fitted in are few. But chiefly, I suspect, it was my own unreadiness to offer more than a surface interest to strangers which left me so unusually isolated in this way, for other single women of my age often seem to lead more active social lives than I do.

I was not lonely because for many years I shared a flat with a cousin. My sister, who married during the war and went to live abroad soon after it, was less close to me than my cousin was and would not have been a more congenial companion, much as I liked her. Eight years younger than myself, my cousin was an exceptionally pretty girl with a haunting personality, so that her life was considerably fuller than mine, and I slid prematurely into an attitude common among good-natured middle-aged women: that of taking so strong an interest in other people's lives that it largely fills the emptiness of one's own. I was comfortable in the routine of those years, and when on rare occasions I felt a stab of misery my reaction to it was not revolt against my circumstances but a deliberate attempt to become resigned to them. But to say that satisfying work was something that had made me happy – that I could not have done. Something else, occupying only a fraction of each year and appearing to be marginal, made more difference to the colour of my days than did my work.

My holidays. I am not a traveller, only, once a year if I can manage it, a tourist. But those short journeys to France, Italy, Yugoslavia, or Greece have done more to alter my life than anything except love.

I owe them to the same aunt who taught me to enjoy painting. Before the war I had been taken abroad twice by my parents, driving fast round Europe on business trips, staying one night here, two nights there, never longer than the five or six nights we slept in Budapest. Most of each day was spent getting from place to place, and most of our meals were eaten with people to whom my father was selling mica, who were sometimes pleasant but rarely the companions we would have chosen. It was a useful bird's-eye view of Europe, but a frustrating one. We would be in Paris, Vienna, or Prague – places woven in my imagination from books, films, and hearsay into magical cities where anything might happen – and all that we would do was to go to bed early to be ready for an early start. I often had to share a room with my mother. I did not try to escape – my parents would not have allowed it, and I would have been scared – but I would long to lean out of the window into the foreign night, breathe the foreign smell of cigars, coffee, drains and unknown leaves, listen to the foreign dance music which always seemed to be coming so teasingly from lit doors and windows across the street. I wanted violently to be in these places, but with a man – with Paul, or with Robert, my Oxford love, or even with whatever man had been eyeing me across the room during dinner. Failing that, I wanted to sit by the window and write long letters to my friends describing my anguish. But I did not wish to hurt my parents by betraying how different I would have liked the journey to be, so I went to bed like a good girl, telling myself how lucky I was to be seeing these places (as indeed I was), and at breakfast the next morning I would be sulky.

Then, with the war, travel became impossible. I grew so accustomed to not thinking of it and to being short of money that I no longer saw it as something I could do. Given to inertia as I have always been, it is possible that if in 1947 my aunt had not unexpectedly sent me the money for a holiday abroad, I might never again have set foot on a Channel steamer.

It was a gift typical of her, offered shyly and suddenly, with no fuss. Can any other gift have bestowed so much pleasure? Without hesitation I plumped for Florence, and set off on that simple journey as tremulous with excitement as though I were crossing the Gobi desert. I expected to step out of the train into the gold, red, and blue of a painting by Fra Angelico, and shall never forget the shock of surprised recognition, the delicious anticipation-reality complex as I experienced it again on seeing that Florence was a crumbling biscuit baked pale by the sun, with a kind of beauty quite different from but much more disturbing than the beauty its name had held for me. I remembered Proust and his conjuring with names, this elaborate balancing of places not yet seen or no longer seen against places in their reality. 'That's not for me,' I thought. 'There's nothing to balance. This paving stone on which I am standing, that torn poster on that wall, that little dusty tree, that tomato skin in the gutter – any single object you like to name that I can see or touch is worth more to me than the whole of Petra or Angkor Vat in my imagination!'

Even more exciting than the discovery that Florence was real, was the discovery that the sudden distance between myself and my usual environment, the breaking of the daily habits by which I was conditioned, had released me from the creature produced by that conditioning. I felt as though I were my naked self, starting from scratch. A skin had been peeled off my eyes, my nerve-ends were exposed. I, who was usually able to sleep twelve or fourteen hours at a stretch if I were not woken, and would then get up reluctantly, found myself jumping out of bed at seven-thirty or eight in the morning, outraged by the idea that I should lie there one minute after my eyes had opened. There was no time to want anything but to be where I was and to see, see, see what I was seeing. That first turning loose after the war was the purest and most intense of all the holidays I have had, and it convinced me that from then on, whatever my circumstances, I must continue to travel abroad. It is not only seeing landscapes and works of art hitherto unseen, different kinds of building, faces of a different cast and complexion, behaviour formed in different moulds, which makes travelling important. It is the different eyes with which the traveller, startled out of habit by change, looks at these things.

To catalogue such ordinary journeys as mine would be tedious. I can put my finger on what I have gained from them by thinking of only one place from among those I have stayed in: the Greek island of Corfu, in the Ionian Sea.

I can recognize sandstone, chalk, and granite, but that is all. I cannot name the kind of rocks which lie under and jut through the thin skin of soil on Corfu, although the shapes of their abrupt and disorderly outcrops are printed on my brain. Hellenophiles sometimes refer to Corfu patronizingly as green and soft, because it is so much less nakedly rocky than the Cyclades or most of the mainland, but in spite of its richness of vegetation its skeleton is almost as near the surface as that of the rest of Greece. It is rock, not earth. Its bones are not the sort that make smooth, swelling lines; they heave, break, and tumble, and their debris, from which the supporting walls of olive terraces are built, is rough, layered, pocked. The terraces are not hard to climb at any point because of the foot and handholds offered by the crude masonry of the walls, but most of them have their 'paths': easy places made easier, where the rocks form steps or have been pressed by use into oblique, broken ledges where men climb regularly to the olive trees, and old women lead a goat or a donkey to be tethered on fresh grazing.

Each terrace has a different character. On some the stony earth, ochre or light terracotta, is almost bare, on others there are many thistles, among them a frail one of great beauty with steel-blue stems and leaves. On a recently grazed terrace the spiky grasses and small flowers will be flattened and scattered with dung, drying quickly into earthiness, while another will be green, with a higher percentage of what the English recognize as grass in its growth, and softer, more caressing plants. Each terrace has its tree or trees, with a slight depression round the roots to hold the rain when it comes.

I am a connoisseur of terraces. I look for one greener and therefore softer than the rest, with the best view possible and an old, well-grown tree to throw a wider and more opaque shade than a young tree can. Such a tree is easy to find on Corfu, where the method of cultivation (due, say other Greeks, to Corfiot laziness) is to leave olives alone and let them grow to a great age and size until they split and gnarl into extraordinary shapes. Their trunks become distorted, ropelike columns of bark-enclosed tendons which writhe apart, then join again, sometimes leaving windows of space so that you can look right through the tree. They give an impression of restless movement curiously at variance with their gentle, peaceful colouring. I have seen dull olive trees in France,

Italy, and some parts of Greece – little orchard trees, monotonous in shape and no more than pretty – but because of those on Corfu, the olive is the tree I would choose to keep if I could have only one: for the variety of shape, for the comforting roughness of its bark, for its minnow leaves, dark on top and silver underneath, which cast a shadow more delicately stippled than any other, and for its ancient usefulness, which makes it, like wheat, a symbolic thing.

There is one terrace at Paleokastritsa, on the west side of Corfu, which I first found six years ago and revisited last year. Its position favours the holding of moisture and it is almost meadowlike compared to its neighbours. It is possible, though – not particularly comfortable, to lie on it without spreading a rug or a towel against prickles. (One gets better at lying as the days pass. At first every pebble and spike and exploring ant is a discomfort; but after several days of sun and wine and oil one's body relaxes and becomes accommodating, so that one could almost sleep as Greek workmen sleep in the heat of the afternoon, lying loose and comfortable on roadside stones.)

Although this terrace would be a good place for sleeping, I have never slept on it because I found it impossible to stop looking. Below it, only a little masked by the silver tops of lower trees, is one of the bays of Paleokastritsa. This is a place where land and sea meet in an interlocking clover-leaf formation, three almost enclosed bays divided from each other by two steep promontories which may once have been islands, since they are joined to the steeper main island by a narrow strip of flat land. One of the promontories is crowned by a small monastery, but the one on which my terrace is has only rebarbative scrub and rock above its orchards. The best-known bay is under the monastery, round and dark blue, with a small hotel on its beach. The bay I overlooked is bigger, less regular in shape and more beautiful in colour. It is broken by a small promontory within it, and goes from navy blue near the open sea, through every shade of aquamarine, with depths of pure emerald under its cliffs and chunky emerald patches where a boat throws a shadow. Its depth and the nature of its sandy bottom combine in a ratio perfect for transparency, sparkle, and movement – I have never seen it when it was not netted with light, whereas some Mediterranean and Aegean bays, though lovely, can become almost too still, too smooth. Only to look at this bay is like drinking champagne would be if I enjoyed champagne, and to swim in it is something quite different from swimming in any other water that I know. From where I sat I looked back across it at the mainland. Just under the terrace is the strip of beach which edges the flat, linking neck, with a tiny, shacklike taverna, a few caiques and rowing-boats lying at anchor, where one or two fishermen, either old men or very young boys, move slowly about and sometimes call to each other. Beyond that, cliffs (at the bottom of one of them a little spring of fresh water bubbles up a few inches from the sea – one of the several places where Ulysses is supposed to have been found by Nausicaa, although there is no room for the bushes or reeds in which he hid his nakedness); above the cliffs steep, olive-fleeced, cypress-punctuated mountainside, rising to an abrupt escarpment with a sheer rock face which turns apricot-coloured in the evening sun and is rimmed by the rapid, stumbling line of the mountain's profile, plunging out and round to one's right to hit the sea on the far side of the bay.

All this is bathed in light and silence. It is silent in spite of the fishermen's voices or the occasional grinding of a truck or taxi creeping round the edge of the bay to visit the hotel or the monastery; silent in spite of a donkey on a lower terrace calling to another donkey on the further mountain. The braying of donkeys – that painfill, wheezing, lion-like sound – might be the voice of rock, as the creaking of cicadas might be the voice of sun. I once spent four hours alone on that terrace with an unread book and untouched writing-pad, turned by the spectacle into nothing but eyes, with no idea of the time that was passing until the sun went down.

Such pleasures can only be enjoyed alone and on foot. Earth, stone, water, trees must be touched and smelt in order to be fully realized. I have seen landscapes more magnificent from cars, buses, trains, and boats, and have been pleased to see them; but the ones I have *learnt*, the ones which have become part of the fabric of my memory, are those which have made the muscles of my legs ache, have scratched my ankles and caused sweat to drip off my forehead. Why I should still consider the conscientious hiker slightly absurd I cannot conceive. He is undoubtedly gaining a more intense and enduring experience than any other traveller.

A small, slow motor bicycle would be a good substitute for walking. I have been taken across Corfu from Paleokastritsa to the town of Corfu itself, a distance of just over twenty miles, riding pillion on such a machine, and a thousand nuances of a road which I thought I knew well became evident, its smells especially. The smells released in a Mediterranean climate by evening, when the baked herbs and aromatic leaves begin to breathe again, are almost as positive as clouds of colour, but only wisps of them can be caught from a car. I was riding behind the sedate manager of the hotel at Paleokastritsa, who liked a speed of about fifteen miles an hour: perfect in the circumstances. The friend who was with me was piloted by one of the waiters on a racier scooter, and would have been hurtled across the island like a thunderbolt had the manager and I not started out first and the waiter felt that it would be *lèse-majesté* to overtake his employer. So through the golden evening we trundled, weaving among the potholes to a dialogue of 'pip-pip', 'beep-beep', whenever we had to pass a donkey with a load of brushwood, or half a dozen thin sheep. It would, I thought, have been the ideal way to travel about Greece.

The hurtling came later, at one o'clock in the morning, when we were on our way back by taxi from the dinner to which we had been invited. In England a car or a restaurant with a radio in it depresses me. Had I been told of a taxi with not only a radio but a gramophone, I should have been appalled. How could one bear to drive through an arcadian landscape untouched by time, under a full moon at that, to the sound of rock and roll or even of bouzoukia? But given an evening drinking retsina with a soap manufacturer and a municipal electrician in Corfu, those great gales of sound became exhilarating. The taxi bounced, the moon reeled, scented breezes whipped our hair, the two men sang in passionate baritone voices and embraced us, and although the fierce, tomcat wailing of the Greek music was the better, even the Elvis Presley records played in our honour took on a throb and a swing which fitted them to the night. Only on Corfu have I seen taxis fitted with that device: a narrow, cushioned slot on gimbals under the dashboard, into which the driver shoves small records from the library which he keeps on the seat beside him. He only has to push them in and pull them out; the playing is automatic and undisturbed by even the most violent bouncing. Loud it has to be – loud and strident, with the hood of the car down and a road diversified by sharp bends and sudden stretches of unsurfaced stone. Then the music becomes not an offence but a celebration, one hears it as its addicts hear it, vulgarity is blown away, and its platitudes touch the nerves like truths.

Strenuous though the end of such an evening usually is, streaked with anxiety as to how to taper stormy declarations of premature and unreal passion into an agreeable acquaintanceship, I would not have missed the wild musical taxis of Corfu. Evenings like that – absurd, comic, undignified, even at times slightly alarming – following days like those I spent on the terrace: those are what I travel for. That I should see works of arts and monuments which I should not see otherwise, and that I should make the sudden but enduring friendships which sometimes blossom out of a time when inhibitions are melted by strangeness and renewed vitality, is certainly important; but the secret days and the comic evenings have been the best treasure I have brought back.

Anglo-Saxon and Scandinavian women are commonly supposed to go south in search of men, and so they often do. The neuroses of northern societies, in which men feel that they see too much of women, dovetail neatly with those of southern societies, where men feel that they see too little of them. Whether she shrinks or expands under it, no Englishwoman can remain unaware of having her sex openly recognized in street, train, or restaurant, after months at home during which the most startling recognition it has received has been the quick, sidelong twitch of a gooseberry eye here and there, which vanishes under a hat brim as soon as it has been observed. Whatever the weather, I feel cold when I return to London.

But societies which acknowledge the power of sex, and therefore shelter their respectable women (and thereby increase the power of sex – it is a spiral), are romanticized by societies with opposite tendencies. Much nonsense is talked by swaggering southerners and wistful northerners about the absence of puritanism and inhibition in the warmer parts of Europe. So much theorizing, so much emphasis on masculine *bella figura*, so much keeping of scores – it is not, perhaps, repressed sex that one encounters in countries like Italy and Greece, but it sometimes looks suspiciously like sex-in-the-head. And in spite of the millions of real and warm relationships that must exist, fat Yanni Hajikakkis, admittedly an extreme case, seems to me to have his significance.

He was a huge, thick-necked man with a bellow, who boasted that during his military service he had been the most spectacular sergeant in the Greek Army, able to make even colonels jump out of their boots when he let himself go. In ordinary conversation he would try to keep his voice down, but he never succeeded for more than a few sentences. Swimming with a friend of mine, at whom he was making a desultory pass, he could be heard across fifty yards of water and the beach, from the balconies of the small hotel which stood on its edge, as he argued, 'But you cannot like to make love with your husband or you would not be here without him.' In the Army he had been popular because he had never put his men in prison but had taken offenders outside and punched their heads, which, he told us, had made him much loved. Yanni was on holiday in Corfu when we met him, a prosperous store-owner from Salonika, rich, and contented with his lot except in one way. His mother was dead. His father was dead too, 'but for my father I am not suffering. For Mama . . . "Not Mama!" I say, "No, God, not my Mama, not my Mama!" But God did not hear . . . What is a man without his mother? In a man's life she is his angel, she is the only pure love. I make love to many women – I am a strong man as you see, I am always making love – but what are these whores to me? I love only my Mama and she loves only me, she would die for me – and now she is dead!'

Whenever Yanni spoke of his mama's death, and he spoke of it every time I met him, his big bold eyes would pop with tears, he would bow his head and drop his fists on the table so that the glasses rattled. Large, loud, and aggressively masculine though he was, through my head there would flash images of thousands of plump, soft, pale little boys – cherished, indulged little Greek boys of the middle and upper classes – growing up in a society which inspires western Europeans with nostalgia because its values are simpler and more ancient than our own, because its members believe that children love mothers, that brothers protect sisters, that insults should be revenged, and that something has been lost since they can no longer shoot their enemies without getting into trouble. No doubt there are some little Greek boys of that kind whose value as children and males in such a society does not mean that sweetmeats are stuffed between their lips even when they do not ask for them, or who are not allowed to stay up long past their bedtime because they cry and kick, but they are the minority. Mostly the baby, and particularly the boy baby, is god, and that this privileged status makes the best sort of man of him can appear doubtful.

'Now that you are so lonely,' I said to Yanni, 'why don't you get married?'

'Married? I will never marry! How can I find today such a girl as I would marry?'

What qualities would he require, I asked, and he catalogued them: she need not be rich because he was rich, and he held opinions too modern for him to insist on money as a matter of form; she need not be pretty, though it would be better if she were; she must come from a suitable family; she must be no more than seventeen so that he could be sure that she was a virgin (in England, he said, she would have to be under fifteen for that, from all he had heard). But above all 'she must be like my mother, she must be to me a mama'. It was distressing to think that this prosperous man, still only in his thirties, almost certainly would get married soon in spite of his protests: that some girl in her teens really *would* have to buckle down to being his mama because he felt in his bones that mamas were the only kind of women who were good. Englishmen are supposed to be split-minded about women, to divide them into 'good' and 'bad' according to whether they like men or not, but no Englishman I have ever met was more split-minded than poor fat Yanni, slumped over a cafe table and bellowing the loss of his mother like a calf bereft.

Some western Europeans go to Greece – I go to Greece – not only for its haunting beauty but to touch a life more straightforward and governed by simpler necessities than our own. After being spellbound by it we turn back to our own values and see them as over-complex, shoddy, and absurd – I have found myself envying Greek or Yugoslav women for their unquestioning acceptance of their status in a world more dominated by men than my own. But not when I was talking to Yanni; and not when, for example, I have ventured into a Greek restaurant at night in a provincial town – a restaurant kept as a preserve for men, by men, because men believe that it is right to keep their mothers, daughters, and sisters safely at home behind invisible bars. If there is a woman entertainer in the restaurant, singing bouzoukia, watch those hungry faces turned towards her, listen to the groan which greets her demure and lazy dancing – the pressure of frustration is explosive. The woman tourist who fondly believes herself to be succumbing to an uninhibited pagan is more likely to be serving as a crust thrown to a starving man – a deliberately starving man, who would only pick up a crust because a crust is worth nothing. If all she wants is to be free of her own inhibitions for a day or two, well and good, but I suspect that the freedom is often bestowed by someone no less cramped than herself.

Having too little money is an advantage in travelling which I regret losing. I am still far from being able to stay in really good hotels or to fly except on the cheaper night flights, but my standards are creeping up: cheap the flight may be, but it is a flight, and not a third-class train journey. It would be possible to travel more cheaply than necessity dictates, but fondly though I remember journeys made in less comfort, I feel myself reflecting a miniature image of the rich whose money forces them so inexorably into a certain manner of living. It seems an affectation not to take a room with a shower if I can afford it, although I know by experience that a hotel too small for showers will be less impersonal. I *know* that an excursion by local bus is more amusing and interesting than an excursion by taxi, in spite of the heat, the jolting, and the passenger who will vomit, but the money in my purse works a sinister distortion, emphasizing the bus's disadvantages, highlighting the taxi's luxury, so that against my will I find myself in the latter, and thus likely to meet other people of my own sort instead of the friendly, curious strangers in the bus. An insulating layer has been put between my naked self and the place I am visiting, and I have lost something by it. I can only be grateful that the layer is never likely to become thick.

From every journey I have made I have come home happier, and what I have gained from them has not vanished with time. It is not only that I have seen beautiful things with which to furnish my imagination, learnt interesting things, met interesting people, laughed a great deal. Something has happened as a result of all this: one by one, nerves which I thought to be dead have come to life.

16

BY 1958, WHEN I was forty-one, I had come to feel that middle-age, provided I did not look more than a little way ahead, was a peaceful time rather than a depressing one. A deliberate myopia could give the impression that I was on a level plain rather than on a downhill slope. It was a long time since I had been in love, a long time since every unoccupied moment had been filled with thoughts of men, or of a man. Sometimes, when I went to bed, I would try to return to the memories, hopes, speculations, and dreams which had taken up so much of my time for so many years, but I would fall asleep before they had properly begun. I worked, and liked my job. I travelled, and loved it. I met my friends, and was as familiar with their troubles as though they were my own; and because trouble was the prevailing condition in the life of almost everyone I knew, my own calm, though negative, began to seem a good fortune. My grandmother had died, and soon afterwards my father, who had retired some years earlier and had been living with my mother in a house they had bought near Beckton during the war, when it had become necessary for the Farm to house a working bailiff. These deaths, and the ageing of my other relatives, who were shrinking a little and stiffening in their joints, while their loneliness and their fear of it showed through the chinks in their courage as they pushed their days so bravely from incident to incident, had put Beckton in a new light – or had made me notice the new light sharply for the first time. It was no longer a place to which I could go back for comfort; it had become a place to which I ought to bring comfort, and the meagreness with which I did this made me realize the degree to which I had become detached from my family. When I spent a weekend with my mother I could talk only of her affairs, or of the most superficial of my own, because on many of the subjects which touched me closely our opinions and emotions would be too different for easy communication.

Or so I felt, and continue to feel with people of her generation and background. I wish, now, that in my youth I had loved my family less. If I had not loved them I might have had the courage for revolt, instead of going quietly underground. If in my twenties I had been open about the sexual freedom I was practising, had pressed political arguments instead of sliding out of them into silence, had discussed my agnosticism instead of merely avoiding going to church, there might not have been the breach I expected and feared – or, if there had been, it might not have been permanent. With divergencies openly recognized it might have become possible for us to touch at more than a few well-defined points. Instead, I find myself apparently permanently inhibited in such relationships, even to keeping almost entirely silent on the most important thing that has ever happened to me.

For one January morning in 1958 I was crossing the Outer Circle in Regent's Park, bringing my dog in from her walk, when a passing car slowed, accelerated again, slowed and stopped. Supposing that the driver wanted to ask the way somewhere, I turned towards the car. The man peering back at me over his shoulder looked familiar. 'Why, it's Marcel!' I thought. Marcel was a diamond-polisher from Johannesburg whom I had once known well. I began to hurry towards him, smiling, but when I got nearer I saw that it was not Marcel. 'The name is Mustafa Ali from Istanbul,' said the stranger. 'I was wondering whether you would have a cup of coffee with me.'

I explained that I had mistaken him for someone else, told him I was busy, and crossed the road, laughing. 'What optimism,' I thought, 'at nine o'clock in the morning! And how odd that someone looking so like Marcel should do such a Marcellish thing.' I began to remember Marcel. For the rest of the day I felt extraordinarily alive and cheerful, and that evening, as soon as I got home, I began to write about Marcel.

It went smoothly for several pages – the little man was there in front of me, I got him down – but when, next day, I reread what I had done, it was clear that I could not persuade what I had written into any shape. Marcel would have to belong to a story about diamonds, and I did not know enough about the trade. 'Well, it was rather fun remembering him,' I thought, putting it aside, but the energy, the feeling of something bubbling inside me, was still there. I went on thinking about him until he reminded me of another man whom I had once known for a short time, and at that point it happened. 'By God,' I thought with jubilation, 'I know what I'll do: I'll write about *him*, and I'm going to get it *just as it was*.' That story came straight out, with no pause, exactly as I meant it to, and I was perfectly happy all the time it was coming.

Until I left school I had written poems fairly regularly. I wrote half a dozen more while I was at Oxford, and another three or four, widely spaced, when I was in my twenties. They were not good and I did not suppose them to be good, but they were real in the sense that they were pushed out of me by their own growth rather than pulled out by my volition. They represented intensities of experience, they were high points of my 'real' life, but they were secret. I did not think of myself as someone whose intensities deserved to be communicated, so when they stopped coming I was regretful but not distressed.

Writing prose was something of which I had rarely thought except as an enviable gift possessed by others. Two or three times, when more than usually short of money, I had taken some incident and tried to turn it into a 'travel piece' for the *New Statesman* or a 'funny piece' for *Punch*, without success. I was facetious when I tried to be funny, high-flown when I tried to describe. I could see clearly enough that I would dislike the results if they had been produced by someone else. Three times during my adult life I had scribbled a few pages for no purpose other than to put down what

I was feeling: once about Crivelli's *Annunciation*, once about Forster's *A Passage to India*, and once about my first visit to Florence. These I kept, but simply as reminders to myself. The 'feel' of the story triggered by Mr Mustafa Ali was entirely different. I did not bother to envisage a market for it, but it was, from the beginning, a story which I meant people to read.

As soon as that story was finished, another one began, and by the end of the year I had written nine. I did not think about them in advance: a feeling would brew up, a first sentence would occur to me, and then the story would come, as though it had been there all the time. Sometimes it would turn into 'work' halfway through and I would have to cast about for the conclusion to which the story must be brought, but more often it finished itself. Some of them connected very closely with my own experience, some of them, to my astonishment, depended on it so slightly that they might almost have been 'invented' (the 'invented' ones were the ones of which I felt most proud, although, with one exception, the others were better).

In March, when I was halfway through the third of these stories, I saw the announcement of the *Observer's* short-story competition for that year, the story to be called 'The Return' and to be three thousand words long. Neither of my finished stories had that title, but it could have made sense with either of them. One was too long, the other only needed cutting by a hundred words. Friends had encouraged me, so I put the shorter of the two in an envelope, chose for the necessary pseudonym the name of the horse which had just won the Grand National (Mr What, God bless him), posted it and forgot it. Or rather, I remembered it twice between then and December, when the results were to be announced, on selling two other stories to magazines. 'Perhaps,' I thought, 'if these have proved good enough to sell . . .' But both times I slapped myself down so firmly that when the literary editor of the *Observer* telephoned me at my office on December 21st, my birthday, the competition did not enter my head.

I had written to him a little earlier, asking him whether his paper had omitted to review one of our books because he did not like it, or because he had lost it – the sort of nagging a publisher only permits himself for a book he cares about. I was therefore pleased to hear that he was on the line, and more pleased when he said that he had good news for me. 'Hurrah,' I thought. 'He is going to send it out for review after all.'

'At least, I think I have good news,' he went on, 'if it *is* for you . . . Did you send in a story for our competition?'

The consolation prizes, I thought in a split second. There were several of them, of twenty-five pounds each. 'Yes,' I said.

'Then you have won first prize,' he said. 'You have won five hundred pounds.'

You do not look up because you know that you cannot climb the tree. You have forgotten, by now, that there is fruit hidden among its leaves. Then, suddenly, without a puff of wind, a great velvety peach falls plump into your hand. It happens to other people, perhaps; it never happens to oneself . . . I am still licking peach juice off my fingers.

Although, if the metaphor is to be exact, the peach does not fall into your hand so much as land on your head. It stuns you. Imagining such an event, I would have imagined blank incredulity followed by a clean burst of rapture, but the two emotions blurred together, there was no perfect moment. By the time I had gathered my wits to accept such a moment, I found that it was already in the past, I had had it. Something ought to *happen* at moments of delicious surprise: one ought to fly up into the air, one ought to change into music or light. I went on sitting at my desk, watching the cold pigeons huddling on a bit of roof outside my office window, and it was totally inadequate. Even when I was hurrying down Bond Street at lunch-time that day, buying prettier Christmas presents than I had planned, I found that frustration was mixed with my delight because none of the people in the street looked as though the world had changed. There were moments during that lovely day when I felt that I had better stop groping or I might touch a thread of real anguish in the evanescence of moments. For the first time in years I remembered little Rosalba's song from *The Rose and the Ring*, and I was humming it all day:

Oh what fun
To have a plum bun,
How I wish
It never were done!

But although at first it seemed as though nothing – or not enough – had changed, two things did happen as a result of this event: one of them no more than an amusing insight, the other with a value hard to calculate.

'Poverty' is a word which should be forbidden to anyone who has lived as comfortably as I have lived, with a family in the background which, however ill it could afford it, could be counted on to rescue me in an emergency. But I have never had any income beyond my earnings, and my earnings have always been small. (The small independent publisher who does not plough most of his profits back into his firm will soon either dwindle to nothing, or stop being independent.) Every penny I have earned I have always spent at once, and always without having many of the things I would have liked. To me, therefore, five hundred pounds tax-free seemed wealth. I could go to Greece during the coming spring without worrying – I could even travel *first-class*! I could buy a fitted carpet, and new curtains which I really liked, and there would still be money over. During that winter I felt rich, and because I felt it I gave an impression of being it. A little while earlier I had been looking at dresses in a large, smart shop, and when I had pointed to a pretty one and said 'I'll try that,' the girl serving me had answered in a tired voice: 'It's expensive. Why try on something you can't afford?' In the same shop, wearing the same clothes, soon after I had paid my five hundred pounds into the bank, I was served with such civil alacrity that I could have ordered two grand pianos to be sent home on approval and they would have offered a third. Courteous men spent hours unrolling bolts of material for me, urging me to consider another, and yet another. A pattern for matching? Why, yes! And instead of the strip two inches wide which I was expecting, lengths big enough to make a bedspread were procured for me. For about a month I believe I could have furnished a whole house on credit, not because I was looking different, not because I could, in fact, afford it; simply because, for the first time in my life and for no very solid reason, I was feeling carefree about money. I learnt a great deal about the power of mood during that month.

The second happening was of more consequence. This plenty was the result of competent judges preferring my story to several thousand others, and my story was something I had done spontaneously, for the pleasure of it; something as much a part of me as the colour of my eyes. To have written one story considered good does not amount to much, but it does amount to something: it is not failure. It would be an absurd exaggeration to say that for twenty years I had been unhappy – I had enjoyed many things, and for most of the later years I had been contented enough – but it is the exact truth to say that if, at any minute during those years I had been asked to think about it, made to stop doing whatever was distracting me and pass judgment on my own life, I should have said without hesitation that failure was its essence. I had never really wanted anything but the most commonplace satisfactions of a woman's life, and those, which I had wanted passionately, I had failed to achieve. That I would have answered in such a way is not speculation. I *did* answer exactly that, to myself, over and over again, in the minutes before falling asleep, in the worse minutes of waking up, when I was walking down a street, when I looked up from a book, while I was stirring scrambled eggs in a pan. The knowledge was my familiar companion. It had been, at first, hot coals of pain and grief, and had later grown cold; but cold though it had become, its lumpy presence had still been there. My only pride had been that having by nature an easy disposition, and a fund of pleasure in life stored up from a happy childhood and youth, I was good at living with failure. I did not think that it had turned me disagreeable or mad, and that I considered an achievement.

And now something which did not go against my grain, something which was as natural to me as love, had worked. I believe that even had I never written another word, the success of that story alone would have begun to dissolve the lumps. Bury me, dear friends, with a copy of the *Observer* folded under my head, for it was the *Observer's* prize that woke me up to the fact that I had become happy.

It is surely important to make a few notes on that rare condition, happiness, now that I am in it. It began when I started to write, was fanned into a glorious glow when I won that prize, was confirmed when, soon afterwards, I began to love, and it shows no sign of altering.

A symptom of life: opening my eyes in the morning to wakefulness. The long hours of unconsciousness which I used to treasure are now meaningless. Even on Sundays I will sleep for no more than eight hours unless I am unusually and genuinely tired.

A symptom of life: not caring much where I live. Single women can root themselves in their rooms, their furniture, their ornaments, so that not to have the right things about them in the right order becomes intolerable to them. I love rooms and objects and materials; I love to choose them and to arrange them, and when – rarely – I have done it well, I am snug and satisfied. But I attach less importance to it now than I used to. Recently, being between flats, I have been camping here and there with friends, and once in a place which was everything I dislike. I expected to be uneasy and discontented, but found that while there was a table to write on, a stove to cook on, and a bed, I was at home.

A symptom of life: people saying 'What has happened to her? She looks so well,' or 'She looks so young.' My own sensation of physical well-being is perceptible to other people. 'She might be twenty-five,' said a woman in her seventies, and even allowing for the telescoping of the years when seen from that age,which would make thirty-five more accurate than twenty-five, some degree of physical rejuvenation is suggested. If it exists, it corresponds to an inward change towards the years. I was twenty-three when I began to be aware of ageing as something sad. While I had Paul every year passing carried me towards something better than I had hitherto known, possibilities proliferated, anything might happen to me. When I had accepted his disappearance the years became slow steps downhill. Common sense forbade me to consider myself old while still in my twenties, but I felt old, and once past my thirtieth birthday I began to accept the feeling as rational. Most of my thirties were overshadowed, when I allowed myself to notice it, not only by my forties but by my old age: by a sense that there was nothing ahead but old age, by an awareness of the disabilities of old age, a shrinking when I watched an old person stepping carefully, painfully on to the curb of a pavement, or noticed the round, puzzled eyes of old-age pensioners sitting on a bench in the sun, looking baffled by what had happened to them. Now that I am, in fact, several years nearer to them, have my first grey hairs, a neck less smooth and a waist considerably less slim – can observe in my own body the clear indications of time passing and know that they are there for good, not as a sign of a physical condition that could be cured – I have, perversely, stopped feeling old. The process of ageing is undeniable, but it no longer touches an exposed nerve. Being happy has made it unimportant.

This is because the present has become real. No one can be detached from his past, but anyone can come to see it as being past, and when that happens one is partly liberated from its consequences. I cannot only see mine as being past, but have become indifferent to it. *Then* is less real than *now*, and *now* has become potent enough to shape the future, who knows how, so that the future is no longer an immutable threat. Nothing is immutable: that is the thing. My condition has changed – even, to a small extent, my nature has changed – so possibilities exist again.

The sensation of happiness itself is one for which I have only a physical vocabulary: warmth, expansion, floating, opening, relaxation. This was so from its beginning, and has become more so with its confirmation in love. Unintellectual, unspiritual as I am, I have always identified closely with my body: for most of the time I am it and it is me. What happens to me physically is therefore of great importance to my general condition – a disposition threatening serious problems in illness or old age, but conducive to an especial happiness in love. To split the relationship of love into 'physical' and 'mental' is something which I cannot do. Making love is not a fugitive good, contained only in the time in which it is being done: it is, each time, an addition, an expansion of a whole happiness. I have never in the past known it to be quite wiped out by subsequent events, and I know that it will not be wiped out now. This final way of communication is one of the things which, like my feeling for Beckton and Oxford, I know to be stored in me: a *good* which I have experienced, which enters into and is entered by everything I see and hear and feel and smell, and of which I can only be deprived by the decay of consciousness. That when two people have lived together for several years their lovemaking loses its value is, in most cases, obvious, and I should expect it to do so with me: I should expect that only if the man I was living with and I were really as well suited as we had first believed would the habit of companionship and interdependence successfully supersede physical delight. But I do not see that this would discredit physical delight. If it exists, it will always *have existed.* Now, therefore, that it exists again for me, I am by that much richer to the end of my days.

So happiness, followed by love and increased by it, has for me the colour of physical pleasure although it embraces many other things and although it seems to me to mean something larger than my own emotions and sensations. This is a period in which many people are concerned with the difficulty of communication. Poetry, novels, plays, paintings: they emphasize this theme so constantly that anyone who feels that human beings *can* communicate is beginning to look naïve. But what is meeting a man from a different country, a different tradition, a different social and economic background, and finding that you and he can both speak about anything exactly as you feel, in perfect confidence of understanding even if not of agreement, if it is not communication? The discovery of trust and easiness which comes with such a meeting is another, and greater, enduring good.

On the face of it this love is of the same kind as others I have known and is no more likely to lead to a permanent companionship.

I must take my own word for it that it is not the same. It does not feel the same. *Then*, with a sort of despairing joy, I used to jump off cliffs into expected disaster; *now*, hardly knowing what I was doing, I slipped off a smooth rock into clear, warm water.

I have come to have a horror of many of the states to which human beings give the name of love – a horror at the sight of them, and at the knowledge that I have been in them. I feel like André Gide, when he wrote in *So Be It*, 'There are many sufferings I claim to be imaginary . . . few things interest me less than so-called broken hearts and sentimental affairs.' Gide, poor man, was not well equipped to talk about love, split as he knew himself to be between physical and mental to such an extent that both were crippled. (I know of no more striking example of the dependence of style on honesty than his descriptions of relationships with boys. Trying to write most honestly, he is betrayed by the sudden, tinny ring of his words because he is not writing honestly. He is persuading himself that a sick greed had beauty. I would have been prepared to believe that it *did* have beauty if it were not for the timbre of those sentences.) But the old man's impatience with sad love stories contains much truth. Hunger, possessiveness, self-pity, the stubborn obsession to impose on another being the image we ourselves have fabricated: good God, the torments human beings are impelled to inflict on themselves and each other!

I am frightened by my own arrogance in saying that now, because I had stopped expecting to love and had therefore almost stopped wanting to love, I love; but that is what it feels like. I do not want the man I love to be other than he is; I want more of his time and presence than he is free to give me, but not much more. I want him to exist as himself, without misfortune or unhappiness. Perhaps this is because I am too old and fixed in my habits to want anything more, or perhaps I am deceiving myself. If I am telling the truth – I must reread this in ten years' time! – I shall have been justified in calling my present condition happiness.

I do not think that I have become more agreeable for it. My relationship with other people has changed: they have, with one exception, become less important to me. In a sad or neutral condition I pored over my friends' lives almost to the extent of living them vicariously, whereas now I am more detached, particularly from their misfortunes. I have one friend, a woman, who is bound by some flaw in her nature to uncertainty and confusion so that she has rarely been able to know the rewards which her beauty, intelligence, and generous ways ought to have earned her. There have been times in the past when I was so concerned for her that I would lie awake puzzling her problems in real distress, but now, although I am still sorry for them, they no longer attack my own peace of mind. This increased selfishness both dismays and pleases me: dismays, because it is disagreeable to see in oneself so clear a demonstration of the limitations of sympathy; pleases, because I have suspected the motives of the concern I used to feel. A fictional character who has always made me uneasy is Sonia, in *War and Peace* – humble, unselfish Sonia, abdicating from her own claims on life, identifying so thoroughly with the Rostovs that their lives were substituted for hers. Tolstoy need do no more than present Sonia without comment to show that in spite of her virtues he dismisses her as a person incomplete, a failed human being. His attitude towards her has always made me wince: it is the right attitude, and there have been times when I myself was near deserving it. To grasp greedily is detestable; to abdicate is despicable. When unhappy, I have veered towards the despicable rather than the detestable, and if vanity must choose between the two evils, whose vanity would not prefer to be detested rather than despised?

In these circumstances happiness will, of course, end, in so far as it depends on a relationship. Or if not 'of course', then 'probably'. I have been puzzled because, in foreseeing this probability, I remain sure that I am not 'expecting disaster' as I used to do when I fell in love. If the man I love were to stop loving me, or were to go away, there would certainly be an eclipse of joy at first total: I should have a bad time to go through. Am I so far from being frightened by this only because I can see no reason why such a thing should happen *soon*? Is it because, growing old, I am used to the thought of the losses which come with age, so that I would see such a loss as just another of them? Or is it because I happen to trust the relationship as one in which no mystification is likely to enter (the worst part of Paul's disappearance was the silence)? No doubt these things contribute to my lack of 'disaster-expectation', but there is something else as well. It is embarrassing to revert to my writing when it still amounts to so little – to hardly more than a private satisfaction – but I believe that it is the impulse to write which underlies my peace of mind. If I ask myself, 'So what will become of me if *that* happens?' the answer is, 'I will be all right after a time. I will go on writing.' And because I can say that, I can live in the present with nothing but gratitude for and joy in what it offers.

It is now midnight, early in December. From this table, with this white tea-cup, full ashtray, and small glass half-full of rum beside me, I see my story, ordinary though it has all been and sad though much of it was, as a success story. I am rising forty-three, and I am happier in the present and more interested by the future than I have ever been since I was a girl: amused and delighted, too, because to find oneself in the middle of a success story, however modest, when one has for so long believed oneself a protagonist of failure, is bizarre. But is it a story which will seem worth having lived through, of value in itself, when I come to die? Will the question my grandmother asked – and I shall have no grandchild of whom to ask it – overshadow my last days?

17

THE THINGS WHICH I will not be able to claim for myself are easy to list.

I have not been beautiful. Looks do not matter, I was taught; indeed, handsome looks are even bad, tempting to vanity and silliness. This, for a woman, is a lie. If I had been beautiful I would not necessarily have been happier, but I would have been more important. Perhaps if I had been ugly I would also have been more important, an awkward body forced to build an awkward personality to protect grief. But my kind of looks – someone may say, surprised, 'How pretty you look in that colour,' or, if in love with me, 'You have lovely eyes' – that kind of looks cannot be accounted even momentarily a reason for existence, as beauty, so confusingly and sometimes so fatally, can be.

I have been intelligent only in comparison with dull people. Compared with what I consider real intelligence I am stupid, being unable to think. I do not even know what people do in their brains to start the process of thinking. My own brain has a door which swings backwards and forwards in the draught. Things blow into it – a lot of things, some of them good but none of them under my control as I feel they ought to be. I have intuitions, sympathies, a sense of proportion, and the ability to be detached, but nothing which goes click-click-click, creating structures of thought. In my work I am often humiliated by this inability to think. I do things, or leave them undone, purely through stupidity, and this hurts and puzzles me, so that each time it happens I turn quickly to something unconnected with the organization of facts or ideas. I am good at liking or not liking somebody's work or, at understanding what somebody means, or is trying to mean. If I am wrong about such things, it is for reasons other than stupidity. But because I see the ability to organize and to construct as something which it should be possible to learn, and I have not been able to learn it, I am more oppressed, in my work, by my lack than I am comforted by what I have. Outside work, in life, I do not mind being stupid in this way; it is sometimes inconvenient but that is my own business, and I get pleasure and interest enough from the blowing about of feelings. But clearly I shall not be able to claim intelligence of a high enough quality to justify a life.

I have not been good. My 'good', partly a legacy of my Christian upbringing and partly arrived at empirically, is one which centres on selflessness. I have seen few evils, and few ills, which could not be traced to the individual's monstrous misconceptions of his own value in relation to that of other individuals. But people are what they *do* more than what they believe; and over and over again my actions have been those of a woman who values things as trivial as her own comfort or convenience above another person's joy or sorrow.

I have not been brave or energetic. To push back the frontiers of experience is an activity which I believe to be essential, but lethargy and timidity have prevented my doing it to anything like the extent to which it would have been possible. For political engagement I have been too lazy; for exploratory travel I have been too unenterprising, fearing the insecurity in strange places which it would entail for someone with no money. My sympathies are with the hipster, but when I consider his techniques of broadening experience I can see myself in comparison, as square as a cube from a child's set of bricks: to me excesses bring discomfort and fatigue rather than freedom.

So I have not been beautiful, or intelligent, or good, or brave, or energetic, and for many years I was not happy: I failed to achieve the extremely simple things which, for so long, I wanted above all else: I found no husband and it is not likely that I shall ever have a child.

There is plenty of evidence, then, that my existence has been without value: that if, like my grandmother, I approach death slowly and consciously, I shall be driven to ask the question she asked: 'What have I lived for?' All that I shall be able to answer is that I have written a little, and I have loved, and if I do not die until am old, those things will have become too remote to count for much. I shall remember that they once seemed worth everything, but quite possibly the fact that by then they will be *over* will appear to have wiped out their value. It ought to be a frightening thought, but I am still not frightened.

I was looking through a dictionary of quotations in search of a title for a friend's play when I chanced on Carlyle and Ruskin, both saying something which caught my attention. Carlyle: 'No most gifted eye can exhaust the significance of any object.' Ruskin: 'The greatest thing a human soul does in this world is to see.'

Eyes are precarious little mechanisms, lodged in their sockets as though that were that. When I was living at Beckton we used to buy the heads of sheep for our dogs, boil them, then strip or gouge the meat from them. It was a horrifying job until you became used to it, then almost fascinating: the brain, the tongue, the eyes became meat of different textures. It was hard to believe that the rubbery globes of the eyes had ever been able to receive impulses and turn them into images; still harder to believe that when they had done that, they had filled even a sheep's head with the world. To me the mechanism of sight is the principal wonder of conscious living: the mechanism which, more than any other, brings into the mind that which is outside. Sight brings in objective reality. Sight is the proof that you are as real as I am, that a pencil is as real, that a tree, a bird, a typewriter, a flower, a stone is as real; that each object is as much the centre of its universe as I am, and that conscious, human objects have each a universe as enormous as my own.

'*You are not the only pebble on the beach*' was often said to me during my childhood: words with the force of the metaphor still strong in them, since the East Anglian beaches I knew were composed almost entirely of pebbles. I used to spend hours searching among them because I collected cornelians and amber, which I kept in a jam jar, with water to make them gleam. I knew pebbles well: the different shades of grey, the almost white, the mottled, the porous, the ones with microscopic sparkles in the graining of their surfaces, the flat, the round, the potato-shaped, the totally opaque, the almost translucent. It was obvious that there was an infinite number of them, and an infinite variety, and that they were all equally real. I handled them, but more often I looked at them. It was by looking at pebbles that I began to feel their nature, and it is by looking that I feel the nature of people. 'What are you thinking?' my lover asks, and often I am not thinking, I am looking. The way the hairs of an eyebrow grow along the ridge, the slight movement under the thin skin beneath the eyes, the folding of the lips, the grain of the skin behind the ear: what I am learning from them I am not sure, but the need to study them is imperative. No doubt I should still love if I were blind, with only my reason and my hands, but could I recognize a man's separate existence in the same way?

Marcel, the diamond-polisher whose recall by Mustafa Ali released my first story, did not find objective reality a comfort. Once he leant out of a window in the Savoy Hotel, looked down on trees in which starlings were bickering their way to bed, and pavements over which people were hurrying, then slammed the window shut and exclaimed, 'I can't bear it!'

'What can't you bear?'

'The thought that I might die in the night, and next morning everything would *still be going on.* All those bastards trotting up and down the street, and those silly damned birds chirping . . . It's horrible! Sometimes, when I'm at home, I wake in the middle of the night and start thinking about it, and then I have to telephone my sister.'

'What does she do?'

'She comes over and makes tea for me, and talks. Sometimes I keep her there all night.'

He walked up and down the room, splashing whisky out of his glass in his agitation, his mouth twitching, his eyes bilious: a sad little figure for whom the world would not come to an end.

To me, on the other hand, the knowledge that everything will *still be going on* is the answer. If I die with my wits about me, not shuffled out under drugs or reduced to incoherence by pain, I want my last thoughts to be of plants growing, children being born, people who never knew me digging their gardens or telephoning their friends. It is in the existence of other things and other people that I can feel the pulse of my own: the pulse. Something which hums and throbs in everything, and thus in me.

Reading Aldous Huxley's account of his experiments with mescalin, I caught myself thinking that this exceptionally intelligent man was naive. The crease in his trousers, the chair and the bunch of flowers in which he discovered the vibrating truth of being: had he not known that they contained it? That every object contains it? It is true that one does not usually see it with the intensity he describes, but it is not necessary to see it in that way to know that it exists. Chemical vision-sharpeners are a luxury, not a necessity. My own (I have not seen this remarked by anyone else, but it cannot be a unique experience) comes with whatever change in glandular activity it may be that heralds menstruation, so that almost every month I have a day or two of heightened vision, a delicious spell in which to see things living.

This 'isness business' – what smartypants called it that? – is, to me, too obvious to be chic. Only the gifted mystic, in whom the necessary disciplines channel a power which already exists, is likely to get further in it by studying Buddhism: indeed, I suspect that in the East, as in the West, only the rare saints have gone beyond the man-invented paraphernalia with which the rest tag along in their wake for comfort and reassurance. It is the obviousness – the obviousness of the quiet throbbing of life in every object – which has filled for me the silence that should have been left by non-belief, and which makes me question whether I did, in fact, stop believing. Believing in what? God, I suppose, knows – if knowledge in a human sense is an attribute of whatever lies behind the throbbing, and I do not see why it should be. My senses tell me, not that 'God exists', but that 'it is'.

The test for anyone whose balance depends on messages received through the senses will come when the senses begin to atrophy. When I can no longer see (my grandmother had not seen the stars for ten years before she died), when I can no longer hear (larks dwindled away first, she said, then all other birds), when my body, which has not only given me all my most reliable and consoling pleasures but has also helped me to go out of its limits into other people and into things, becomes no more than a painful burden – and think only of what it can do to one under the influence of something so trivial as indigestion! – what will happen then? It may turn out that the throbbing was no more than the sound of my own blood in my ears. What I hope is that even if it does I shall not be afraid, because why should that blood have throbbed so steadily, for so long, in spite of so many reasons why I need not have lived, if it were not that I too have *been*, with the same intensity as any flower or matchbox or dog or other human being: all part of something which can only be expressed in the words 'I am that which I am', and which needs no further proof or justification?

I should like to appoint someone younger than myself to be a witness at my death: to record my success or lack of it in coming to terms with death, as I mean to do if I can, by simultaneously remembering the pulse in my self, and defeating the passion for self-preservation which makes death seem an outrage (easily said! Let the hum of an aeroplane's engine turn to a whine and my body stiffens, my stomach chills: 'Not *yet*!'). To die decently and acceptingly would be to prove the value of life, and that, in spite of limitations and inadequacy, is what I have felt inclined, still feel inclined, and have a hunch that I will always feel inclined to do.

STET

an editor's life

PART ONE

1

SOME YEARS AGO Tom Powers, an American publisher who is also a writer and historian, kindly told me I ought to write a book about my fifty years in publishing. He added: 'Put in all the figures – that is what one wants to know.' With those well-intentioned words he nearly finished off this book before it was begun.

Partly – as I shall explain – from conditioning, and more – I am pretty sure – because of some kind of mental kink, I cannot remember figures. When I recall the various houses I have lived in in London I can see the colours of their front doors, the way the steps leading to those doors were worn, what kind of railings guarded their areas; but not one of their numbers can I remember. My bank account has had the same number for years and years, but I still have to consult my chequebook every time I need to produce it. When I needed to tell one of my authors how many copies of his or her book we were printing, I could – having all the material to hand – tell them; but ask me three months later, was it three thousand or five, and I would not know. The only publishing figures that remain with me are the shaming £25 we paid Jean Rhys for an option to see her novel *Wide Sargasso Sea*, and the impressive (at that time) £30,000 we were paid for the serial rights of Franz von Papen's memoirs.

But surely I could research the figures?

No, I could not.

Soon after André Deutsch Limited, the firm of which I had been one of the directors since it was founded almost forty years earlier, was sold to Tom Rosenthal in 1985, Tom sold its complete archive to Tulsa University in Oklahoma, and I have neither the money nor the energy to go to Tulsa and dive into that mountain of paper. And I confess that I am grateful for those lacks because of another one: good researchers enjoy researching, which I have never done, and I am not going to develop the instinct for it now that I am in my eighties. So I am sorry that this will not be the useful kind of book which would interest Tom Powers, but there it is.

Why am I going to write it? Not because I want to provide a history of British publishing in the second half of the twentieth century, but because I shall not be alive for much longer, and when I am gone all the experiences stored in my head will be gone too – they will be deleted with one swipe of the great eraser, and something in me squeaks 'Oh no – let at least some of it be rescued!' It seems to be an instinctive twitch rather than a rational intention, but no less compelling for that. By a long-established printer's convention, a copy editor wanting to rescue a deletion puts a row of dots under it and writes 'Stet' (let it stand) in the margin. This book is an attempt to 'Stet' some part of my experience in its original form (which happens to be sadly short of figures). Other people have given better accounts of our trade (notably Jeremy Lewis in *Kindred Spirits*, which is not only a delight, but also says everything which needs saying about what has happened to publishing, and why). All this book is, is the story of one old ex-editor who imagines that she will feel a little less dead if a few people read it.

The story began with my father telling me: 'You will have to earn your living.' He said it to me several times during my childhood (which began in 1917), and the way he said it implied that earning one's living was not quite natural. I do not remember resenting the idea, but it was slightly alarming. This was because my great-grandfather on my mother's side, a Yorkshire doctor of yeoman stock, had made or married the money to buy a beautiful house in Norfolk with a thousand acres of land, which seemed to the children of my generation to have been 'ours' from time immemorial. It was largely because of this place that my mother's family was the one to which I felt that I belonged. My father's had lost money, not made it, so they had no land for us to feel rooted in. They had taken off from Norfolk to Antigua in the seventeenth century, had done very well as sugar planters, but had eventually fizzled out financially with their trade, so that by my time several generations of Athill men had taken the earning of livings for granted. But even on their more down-to-earth side, mine was the first generation in which this applied to daughters as well as sons. Daughters would not, of course, have to earn their livings if they got married, but (this was never *said*) now that they would have to depend on love unaided by dowries, marriage could no longer be counted on with absolute confidence.

Not until recently, when in my old age I began to ponder my career in publishing, did it occur to me that my family background had done a lot to determine the nature of that career.

In 1952, after working with André Deutsch for five years in his first publishing firm, Allan Wingate, I became a founding director with him of his second firm, to which we gave his name. I can therefore say that for nearly fifty years I was a publisher, but the truth is that I was not, and it was my background that prevented it.

Although for all my life I have been much nearer poor than rich, I have inherited a symptom of richness: I have a strong propensity for idleness. Somewhere within me lurks an unregenerate creature which feels that money ought to fall from the sky, like rain. Should it fail to do so – too bad: like a farmer enduring drought one would get by somehow, or go under, which would be unpleasant but not so unpleasant as having blighted one's days by bothering about money. Naturally I always knew that one did in fact have to bother, and to some extent I did so, but only to the least possible extent. This meant that although I never went so far as to choose to do nothing, I did find it almost impossible to do anything I didn't want to do. Whether it was 'cannot' or 'will not' I don't know, but it felt like 'cannot'; and the things I could not do included many of the things a publisher had to do.

A publishing firm is a complicated business which has to buy, sell and manufacture or cause to be manufactured. What it buys and sells is products of people's imaginations, the materials for making books, and a variety of legal rights. What it manufactures is never the same from one item to the next. So a publisher must be able to understand and control a complex financial and technical structure; he must be a smart negotiator, good at bargaining; he must have a shrewd instinct for when to lash out and when to penny-pinch; he must be able efficiently to administer an office full of people, or to see that it is efficiently administered; and above all he must be able to sell his wares in all their forms. Against this, all I have ever been able to do with money is spend it; I loathe responsibility and telling people what to do; and above all I am incapable of selling anything to anyone. Not being a fool, I was well aware of the importance of all the aspects of my trade which I couldn't and didn't want to master, and even came to know a fair amount about them. But although I felt guilty about my own incapacities, the only part of the business that I could ever bring myself *truly to mind about* was the choosing and editing of books. This is certainly a very important part of the publishing process, but without all the rest of it, it would amount to nothing.

So I was not a publisher. I was an editor.

And even as an editor, a job which I thoroughly enjoyed, I betrayed my amateurish nature by drawing the line at working outside office hours. The working breakfast, and taking work home at weekends – two activities regarded by many as necessary evidence of commitment, both of them much indulged in by that born publisher, André Deutsch – were to me an abomination. Very rarely someone from my work moved over into my private life, but generally office and home were far apart, and home was much more important than office. And whereas I was ashamed of my limitations within the office, I was not ashamed of valuing my private life more highly than my work: that, to my mind, is what everyone ought to do.

In spite of this, being an editor did enlarge and extend my life in a way for which I am deeply grateful. It gave me a daily occupation which brought in enough money to live on and which was almost always enjoyable, and it constantly proved the truth of that ancient cliché about working in publishing: You Meet Such Interesting People. The first part of this book is about the daily occupation. The second part is about some of the people.

2

ALTHOUGH MY FAMILY contributed to my limitations in publishing, they prepared me well for editing. Asking myself what were the most important things in my childhood, I get the answer 'Falling in love, riding and reading'.

They all started early. I can't have been more than four when I first fell in love, because surely someone who attempted communication with the beloved by leaning out of a window and spitting on his head can't have been older than that? He was the gardener's 'boy', his name was Denis, he had melancholy brown eyes, and every day he manned a green iron hand-pump by the back door to provide us with bath water. Each crank of the pump-handle was followed by a splosh in the tank in the attic above the lavatory – rich, cascading sploshes to start with, gradually turning to meagre little splishes. One day, hearing the pump at work, I went into the lavatory to lean out of the window and gaze fondly down on the flat cap below, until I became unable to resist the longing for communication, collected a mouthful of saliva, and spat. He felt it, looked up, those beautiful brown eyes met mine – and I shot out of the lavatory, scarlet and breathless with excitement. After which I was never, so far as I can remember, out of love.

The riding, too, started earlier than it could properly be done. When my mother, instead of Nanny, took me out she disliked pushing the pram, so a strange little saddle shaped like a miniature chair was strapped onto an aged pony and I was tied into it, to be led over grass instead of pushed along paths – a lovely improvement, heralding many years of being on a pony or a horse pretty well whenever I was out of doors.

And reading started with being read aloud to, which went on to overlap with one's own reading because my grandmother (we lived near her for many years) read aloud so beautifully that we never tired of listening to her. She might be doing a Beatrix Potter or the *Just So Stories* for the little ones, or *Uncle Remus* or *The Jungle Book* for the middle ones, or *Kim* or a Walter Scott (skipping the boring bits so cleverly that we never knew they were there) for the bigger ones, and whichever it was, everyone would be listening because she made them so marvellous. And everywhere we looked there were books. In our own house they were piled on tables and chairs, as well as on the shelves; and in Gran's house, where we so often were, they rose from floor to ceiling all round the library, along one whole wall in the morning-room, on three walls of my grandfather's study, along the full length of a passage called 'the corridor', and along three-quarters of a wall in the nursery. At Christmas and birthdays about eighty per cent of the presents we got were books, and no one was ever told not to read anything. My grandmother's father had been Master of University College, Oxford, and my grandfather, who wooed her when he was an undergraduate, had written several prize essays (which she kept and published privately after his death) which suggest by their distinction that he must have thought about becoming a professional historian before his father's death made him a contented landed gentleman. It never occurred to anyone in that family that reading could be a duty, so it never occurred to me. Reading was what one did indoors, as riding was what one did out of doors: an essential part of life, rather than a mere pleasure. As I grew older and 'You will have to earn your living' changed from being something my father said to being a real prospect, I was not bold enough to imagine myself worthy of work in publishing, but I would never have doubted that such work was the most desirable of all.

If publishing was too glamorous for me, what was I going to do? I was reasonably intelligent, I had been to Oxford . . . but I had certainly not qualified myself for anything while there. Indeed, it was at Oxford that my idleness found its fullest expression and all I did there was enjoy the best time of my life. Teaching was, I supposed, a possibility, or nursing; but both inspired in me the sensation of being faced with a bucket of cold porridge. And I didn't really know of any other kind of work. A vast difference between then and now is that then a middle-class Englishwoman in her early twenties could, without being exceptional, know not a single woman of her own age who was in a job. I had a fair number of friends, but to none of them could I turn for guidance.

Before the problem could become truly agitating it was blown away by the beginning of the Second World War, which made it unnecessary – even impossible – to think in terms of a career. You had to bundle into whatever war-work offered itself and get on with it. If you liked it, lucky you. If not, that was just a part of the general bloodiness of war and you expected yourself to endure it without making a fuss.

I was lucky. After a couple of false starts I was given a nudge towards the BBC by an Oxford friend who happened to have found a job in its recruitment office and thought I would have a chance of getting into a new information service that was to be attached to Overseas News. I did get in, and was allowed to stay there until the end of the war. I forget which Ministry it was that controlled the matter, but all jobs were reviewed from time to time, and if you were seen to be making no contribution to the war effort you were directed into something more useful. Telling the Overseas News Room who General de Gaulle was or how much oil was produced by the wells of Ploeşti was work classified as essential, so my wartime lot was an easy job shared with pleasant companions. The job was easy because an information service is only a matter of knowing where to look things up – and anyway, in those days the BBC confused *The Times* with Holy Writ: you showed someone a cutting from *The Times* and he believed it*.

* The BBC's Information Services were initiated by a man called Bachelor, who had built up the same kind of service for *The Times*. We used to laugh at our customers' dependence on the newspaper, but the truth was that thanks to Mr Bachelor it was amazingly well-served with information. It had a slight edge on us because its press-cuttings library had been going for longer and was therefore larger; but we were no less admirably structured and no less keenly scrupulous. By the time I got there Batch, as we called him, had become too grand to be often seen by his minions, but he was undoubtedly brilliant at his job.

3

WITH ONE OF those BBC companions, after a while, I launched into flat-sharing. Until then I had lived in billets while our office was evacuated to Evesham in Worcestershire for safety's sake, and in a sequence of depressing bedsitters when we were brought back to London to await Hitler's secret weapons, the flying bombs and the long-range missiles. The flat was the two top floors of a stately house in Devonshire Place, one of the streets traditionally inhabited by England's most expensive doctors who had left a temporary vacuum in the neighbourhood when carried away by the war. Marjorie and I had the top floor, which included the kitchen. George Weidenfeld and Henry Swanzy had the floor below us.

The few young men in the BBC at that time had to be exempt from military service. George was exempt because he was still an Austrian, Henry because . . . and I suddenly see that I don't know why Henry was exempt, which speaks well for the Second World War compared with the First. In the First a feverish jingoism prevailed, with women thrusting white feathers on men simply because they were not in uniform. In the Second I never saw or heard of any jingoism. Perhaps Henry was disqualified for active service by some weakness in his health, or perhaps he was a conscientious objector who was considered more useful in the BBC than down a coal mine. Probably I once knew, but if so it was unimportant to me and my friends. Anyway, there he was, sharing the flat at first with George and a man called Lester Something, and when Lester moved away from London, with George, Marjorie and me. George was wooing Marjorie at the time, so our inclusion was probably his idea.

The men's floor had an enviable bathroom, all black glass and chrome, given extra distinction by containing a piano on which Henry often played moody music. Our bathroom was very mere – it had probably been the maids' – but the kitchen gave us an advantage since what communal living went on in the flat had necessarily to centre on it. Neither Marjorie's parents nor mine questioned the propriety of our ménage – but whether this was because they chose to believe us unshakeably chaste, or because we avoided mentioning George and Henry, I no longer remember.

The two of us who ended up in bed together were Marjorie and George. She fell seriously in love with him, causing some of our colleagues to exclaim 'Yuck!' and 'How could she?', because George at twenty-four already had a portly presence and a frog face. But he also had five times the intelligence of most of the young men we knew, and a great deal of sexual magnetism. I soon noticed – though Marjorie did not – that the women whose 'Yucks!' were the most emphatic were usually in bed with him before a month was out.

To be more exact, I did not notice this, but heard it from George himself, because in his early salad days he relished his sexual success too much to be discreet about it. He kept a list of his conquests at the back of his pocket diary, and would bring it out to show me when we were in the kitchen together without Marjorie. I remember him saying gleefully: 'Look – the fiftieth!'

At that time I was all but unsexed by sadness, because the man I was engaged to, who was serving in the Middle East, had first gone silent on me, then married someone else, then been killed. A little later I would start to find that promiscuity cheered me up, but our Devonshire Place days were too early for that. My inner life was bleak, which made surface entertainment all the more important. If Marjorie had been sailing into happiness with George I might have found the spectacle intolerably painful; but as it was, although I liked her and was far from wishing her ill, I found watching the relationship so interesting that it became enjoyable – the first time that I was shocked by my own beady eye.

After eight or nine months Lester came back and claimed his half of the apartment, so Marjorie went to live with her parents for a while and I returned to bedsitters. Just before we left, our kitchen witnessed a significant event: the four of us chose a name for the periodical which George would soon be editing. After much list-making and many disappointments when good names turned out to have been used already, *Contact* was picked. During one of our naming sessions, when we had drifted onto other subjects and one of us asked George what his central ambition was, he replied: 'Very simple – to be a success.' So that was where George's publishing career began, and where its direction first became apparent; and soon afterwards, because of someone I met through George, my own publishing career put out the first pale tip of an underground shoot, like a deeply buried bulb.

Before this happened I had begun to feel a good deal better, partly because I had the luck to fall into a frivolous and enjoyable affair, and partly because Marjorie's mother's dentist told her that he wanted to let the top floor of his house in Queen Anne Street, which is a few minutes from Devonshire Place, and Marjorie and I took it. The dentist had converted this floor into an elegant little flat for his son, who had killed himself in its kitchen by putting his head in the gas oven – which we did not at first enjoy using. But soon we began to think that the poor young man must have had a weak personality, because no flat could have had a pleasanter atmosphere. Devonshire Place had been fun, but also uncomfortable and shabby to the point of squalor. Queen Anne Street was a delight to come home to.

So we decided to celebrate it by giving a party. George came, of course, and brought André Deutsch, the man who had introduced him to the publishing firm which was going to produce and distribute *Contact*: a firm which would soon cease to exist, called Nicholson and Watson. André, a Hungarian the same age as

I was (twenty-six), had come to England to study economics, had been caught by the war, and had been interned as an enemy alien on the Isle of Man. The Hungarians were soon let out on condition that they reported regularly to the authorities, and André returned to London armed with a letter from a fellow internee to a well-known bookseller who had passed him on to John Roberts, managing director of Nicholson and Watson. Roberts, a kind, lazy, rather boozy man who was struggling to keep the firm going almost single-handed, took him on as a salesman and was pleased to discover that he had acquired an intelligent and energetic young man who was greedy to learn every aspect of the trade: who was, in fact, finding his vocation. By the time André came to our party he was doing much more for the firm than visiting booksellers and librarians – not that I was bothered about that. He could have been a junior packer for all I cared. His being the first person I had ever met who was 'in publishing' was enough to exalt him in my eyes.

He was small, trim and good-looking in a boyish way. I remember thinking that his mouth was as fresh and soft-looking as a child's, and being surprised that I found it attractive – usually I liked my men on the rugged side. He sat on the floor and sang 'The foggy foggy dew', which was unexpected in a Hungarian, and charming, so that I was more aware of him than of anyone else in the room. Two days later, when he asked me to dinner and a theatre, I was gratified. He was living in a tiny house in a Knightsbridge mews, and that was impressive, too. The possibility of having a house had never entered my head. André's had been lent him by a friend who was away on war-work, but it seemed like his, which made him more 'grown-up' than I was. In that little house, after the theatre, we ate an omelette and went to bed together, without – as I remember it – much excitement on either side.

In old age I can still remember the matchless intoxication of falling in love (which may well be a neurotic condition, but still nothing else lights up the whole of one's being in that way) and the more common but no less delicious sensations of a powerful physical attraction; but I have gone blurry about the kind of affair I had with André. I wonder what took me into such affairs, and what held me in them, almost always, until the man moved on. Rather than remembering, I have to work it out.

It was not thinking myself in love when I was not – I was too clear-sighted for that. And it was not simply the nesting instinct, because I was romantic enough (or perhaps realist enough?) to be sure that I couldn't marry a man I didn't love. To start with it was probably curiosity – a cat-like impulse to poke my nose round the next corner – combined with the emptiness of my emotional life at the time: this would at least seem to fill it. And once it had got going . . . well, perhaps the nesting instinct did start to come into it, after all. Although I knew from experience that whenever I genuinely fell in love it happened almost on sight, perhaps in this other kind of affair I allowed myself to slide into a vague hope that this time, given the chance, love might develop. And anyway I was pleased to be wanted; I liked the social and erotic occupations involved; I enjoyed being fond of someone; and I continued to be moved by curiosity. Quite early in my career the image of a glass-bottomed boat came to me as an apt one for sex; a lovemaking relationship with a man offered chances to peer at what went on under his surface. Once, listening to someone as he told me for the third time a story about his childhood, I caught myself thinking 'He's a squeezed orange' . . . oh dear, the beady eye again!

It was soon apparent that André and I would not be lovers for long. I felt that I could have enjoyed making love with him if he had been more enthusiastic about making love with me, and given my essential coldness since the shock of losing the man I really wanted, he probably felt the same about me: less than adequate grounds for an affair. And he was an insomniac whose bed, though a double one, was not wide. When I wanted to sleep, he wanted to sit up and read *The Times*, and what he wanted to do he did, with much uninhibited rustling: it was his house, his bed – and insomnia commands respect while somnolence is boring. Englishwomen are notorious for somnolence, he told me tetchily. He often remarked on the shortcomings of the English as lovers, a habit shared by many continental men with a touching failure to see how easily it can provoke the bitten-back response 'Who are you to talk?' Rather than enjoying the dozen or so nights we spent together, we went through them 'because they were there', and the only sadness I felt when he moved on to another bedfellow was the knee-jerk reaction 'There you are, you see – you're unable to keep *anyone*'. Understanding that I owed this droopy feeling to the fiancé who had jilted me, I didn't hold it against André. It turned out that the slightness of our affair did not matter because – mystifyingly given how unlike we are in temperament – we had ended it as friends.

We continued to meet, I became his confidante about his love-life, and he introduced me to his other friends: a handful of other Hungarians and three or four likeable and intelligent older women who had more or less adopted him. Two of the women ran an organization which helped to settle refugees, in which he had done part-time work before being interned; one – Sheila Dunn, who became a dear friend of mine – was the aunt of a girl he'd had an affair with; and one – Audrey Harvey – was an old friend of Sheila's. Because of my inwardly broken-spirited state, when we met I knew no one in London apart from the people I worked with; while my pre-war friends were scattered and out of reach. Even the merry lover who had done me (and was still intermittently doing me) so much good came from a neighbouring department of the BBC's Overseas Service; and anyway we saw each other only to dine and hop into bed because he was both married and busy. The sudden acquisition of a group shading from slight but amusing acquaintances to great friends was an important pleasure.

The first flying bomb came over while I was lying awake in André's bed. Its engine-sound was strange but we assumed that it was a plane, and that the sudden silence followed by an explosion as it landed meant that it had been shot down. The news next day that it was Hitler's 'secret weapon', which we had all been trying not to believe in, was the most frightening news that had yet hit us. As well as fearing the pilotless engine-driven bomb in itself, you feared the idea of being panicked by it; so it seemed best not to think about it, and that was how most people dealt with it, confining their fear to the short time between first hearing one of the horrible things approaching, and feeling guilty relief when it chuntered past without its engine cutting out, to fall on someone else. When the V2s took over – huge missiles launched at us from hundreds of miles away – I thought them less bad because they came down bang, without a whisper of warning, so you might be killed but you didn't have time to feel afraid. (In retrospect I find them the more frightening of the two.) To get a good night's sleep, André and I sometimes spent weekends with Audrey Harvey, who lived about an hour by train from Marylebone Station. Sheila would be there too, and usually one or two of the Hungarians: how dear generous Audrey found suppers and breakfasts for us in those tightly rationed days I can't remember: I suppose we took our rations with us. These were delightful occasions, which contributed a good deal to the feeling of being 'family' which grew up between André and me.

It was this feeling which made it natural for us both to expect me to be involved in his plans when he decided that he would start a publishing house as soon as the war ended . . . not that my own expectations, to begin with, were anything but provisional. He had no money and no connections: how could he possibly start a publishing house? It was like someone saying 'When I win the football pools'. But of course if he *did* win them, I would want to be in on it.

He asked me one day – we were walking arm in arm down Frith Street – 'What's the minimum you'd need to earn, to start with?' I didn't know what to say. I would like it to be more than the £380 a year I was getting from the BBC, but I didn't want to sound greedy. Impatient with my hesitation he said: 'What about £500?' and I replied: 'That would be lovely.' It sounded a lot to me, but we were only talking about a dream so what did it matter?

We spent VE Day (Victory in Europe) together, milling about the West End in a mass of people who mostly seemed deeply relieved rather than over the top with joy. Certainly my own feeling, which I had to keep stoking up to overcome incredulity, was 'It's over!' rather than 'We've won!' VJ Day (Victory over Japan) worked better – unlike more sensitive people among my friends I felt on that day no shadow of horror at the Atom Bomb: that came later. We were swept into the crowd which surged up the Mall to call the royal family out onto the balcony over and over again, and there was no resisting the mood engendered by that crowd. It was one of a joy so benign that it was no surprise to read in a newspaper report next morning that although people had stood all over the flower beds in front of the palace, they had placed their feet so carefully that hardly a single plant had been damaged.

4

ANDRÉ STARTED HIS first publishing house, Allan Wingate, late in 1945. I missed its first month or so because I did not leave the BBC until after July that year, then took a refreshing break at home in Norfolk. I know I was still in the BBC in July because a wonderfully exhilarating experience – more so, even, than VJ Day – was spending the whole night in the Overseas News Room when the results of the first post-war election were coming over the ticker-tape machine, and we gradually realized that Labour was winning. That *was* a matter of 'We've won!' Other people's memories of the years just after the war often stress the continuation of rationing and 'austerity', and a sense of fatigue, but it didn't feel like that to me. Recovery was slow – how could it be anything else? – but it was going on all the time. Why fret when it was evident that things were getting better and better, and that society was going to be juster and more generous than it had ever been before? And for many years to come the existence, and smooth functioning, of the National Health Service was by itself (how can people forget this?) enough to justify this now naive-seeming optimism.

One of the things I missed was the naming of André's firm. Before I left for Norfolk we had spent an evening together looking through the London telephone directory for a name beginning with D that he could feel at home with. (His father had written from Hungary, urging him not to use his own name, on the grounds that

English people would think he was German and would resent him.) His reason for wanting to keep his initials was that he had just had them embroidered on some new shirts, the logic of which was as obscure to me then as it is now, and proved too flimsy to overcome his lack of response to any of the D-names in the book. Although I disagreed with his father (what about Heinemann?), I liked the name he hit on while I was away. It sounded so convincing that people sometimes said they were glad to see the firm in business again, as though we were reviving a house that had existed before the war.

By the time I got back to London André had rented an office – the ground floor of a late Georgian house in Great Cumberland Place, near Marble Arch – and had moved into it with Mr Kaufmann who was to be our accountant; two secretaries; Mr Brown our packer; and Audrey Harvey who had put up some of the capital and was to edit *Junior*, a magazine for children, under our imprint. Sheila Dunn, who drew well and wittily and made her small living as a commercial artist, was to come in part-time as Audrey's art editor, and a gravely handsome man called Vincent Stuart was to design our books on a freelance basis. A figure in the background who remained shadowy to me was Alex Lederer, a manufacturer of handbags who had provided the greater part of the capital. My innate amateurishness is demonstrated by my lack of interest in how André persuaded this agreeable but alien being to cough up: it never occurred to me to ask. I did know, however, that our capital as a whole amounted to £3,000, and that it was generally held that no publishing company could make a go of it with less than £15,000: we were constantly reminded of that by André, as he urged us to recycle used envelopes, switch off lights behind us, and generally exercise the strictest economy in every possible way.

We had at our disposal a large front room, once the house's dining-room, with two tall windows and a pompous marble chimneypiece; a smaller back room – perhaps once the owner's study? – looking out into a well; a wide passage along the side of the well accommodating Mr Brown and his packing-bench; and at the end of the passage a lavatory and a small one-storey extension in which Mr Kaufmann lurked, which looked back across the well to the 'study'.

Although at the BBC I had shared an office with several other people, I was dismayed by the front room when I first saw it. André had his desk at one of the windows, Audrey hers at the other end of the room, and against the wall opposite the fireplace there was a rather handsome dining-room table almost hidden under piles of manuscripts, paper samples, reference books and so on – we had as yet no shelves, cupboards or filing cabinets. A corner of this table was to be mine, and Sheila was to use another corner on the two or three days a week when she would be in. It seemed likely that the work would need more concentration than anything I had done before, and here I would be, sandwiched in the exiguous space between the intense working lives of other people, with their animated telephone conversations and frequent visitors . . . would I be able to endure it?

The discomfort I went through to begin with – there must have been some – has faded from my mind, but I remember clearly a moment which occurred after three or four weeks. It was lunch-time; I pushed aside my work and looked round the room. There was André arguing for better terms with a printer's representative, Audrey talking to one of her authors who had two children in tow, Sheila going through a portfolio of drawings with an artist. 'How amazingly adaptable people are,' I thought. 'Until I happened to look round this room, I might have been alone in it.'

My job was to read, edit, copy-edit, proofread, and also to look after the advertising, which meant copy-writing and designing as well as booking space after André had told me which books he wanted advertised in which newspapers, and had given me a budget. Although reading and editing were by far the most interesting of my tasks, they did not at first seem the most important. This was because I could do them easily: I had read a lot and I was developing confidence in my own judgement. Against which I had never before even speculated as to how advertisements got into newspapers, and as soon as I had learnt what the process was I saw that I would be no good at an important part of it. Booking space was no problem, but after that was done I had to persuade the advertising manager of the paper concerned that although our space was a small one (usually a six or eight inch single column) it should be given the kind of conspicuous position usually occupied by much larger ads. This, to André's incredulous indignation, I hardly ever achieved, and almost every time I failed he would telephone the newspaper's man and tell him that next time he must give us an even better position to make up for his disgraceful failure this time – which the wretched man would usually do. But not without imploring me to keep André off his back because he couldn't go on inviting trouble for himself by granting such favours. I was soon feeling sick at the mere sound of the word 'advertising', and the fact that I continued to carry this albatross round my neck for several years is evidence of the power André could exercise by the simple means of being utterly convinced that what he wanted was *right*.

Over the advertising he was aided by my own guilt at evading so many other disagreeable things: it was ample expiation. But his power *was* extraordinary. Watching him use it I often thought I was witnessing the secret of the successful pathological liar: the one who persuades businessmen and politicians to back crackpot ventures. The liar is, of course, helped by the greed and gullibility of his victims, but he could not succeed on a grand scale without the 'magical' persuasiveness which comes from utter self-persuasion. How lucky, I used to think, that André is by nature an honest man, or where would we all be?

Another of his characteristics which I learnt at this time was less useful – indeed, it was to be his great weakness as a manager of people. He saw everything not done *exactly* as he himself would have done it as being done wrong – enragingly wrong – and anything that was done right as not worth comment. Things often were done wrong to begin with, and his vigilance taught us a lot, but the apparent indifference which took the place of carping when all was well was discouraging. Sheila and I often pointed out that praise and kindness made people work better as well as feel happier, and he would promise to mend his ways, but he never did.

For a while my experience of this in connection with the advertising was painful. I think I was brave in the way I plunged into the unfamiliar task, and showed fortitude in overcoming my nature and going on with it for years in spite of loathing it (except for the bits which involved messing about with pencil, ruler and eraser, which I quite liked).

True to form, André was always sharply critical, not only of my feebleness with the papers' advertising managers, but also of the wording and spacing within each ad. For some time this was helpful, then the implication that I was bad at this boring task into which he had shoved me began to get at me, so though I could soon see for myself that my ads didn't look too bad, a muted drone of guilt was gradually induced, to underlie this side of my work.

It threatened for a time to underlie everything, because once André's nagging focused on someone it did so with increasing intensity. I was sometimes slapdash about detail which struck me as unimportant. I might, for example, forget (not when dealing with a book's text, but perhaps when typing out an ad or the blurb for a jacket) that it was our house style to use single quotation marks, reserving double ones for quotations within quotations. When something like this happened André's shock would be extreme. 'How can I go to Paris next week if I can't trust you over something as simple as this? Don't you realize what it would cost to correct that if it got through to proof stage?' . . . and there would be a slight crescendo in guilt's drone. And a creepy result was that one began to make more and worse mistakes. I was to see this happening over and over again to other people after the nagging had swivelled away from me (I came to envisage it as a wicked little searchlight always seeking out a victim). It could escalate with mystifying speed until you began to dread going into the office. You knew that justice was really on your side in that he was making an absurd and sometimes cruel fuss over small matters, but you had been manoeuvred into a position where you couldn't *claim* this without appearing to be indifferent to the ideals of perfection to which we were all devoted. I can still recall the sensation of tattered nerves which came from the mixture of indignation and guilt which ensued.

To polish off this disagreeable subject, I must skip forward a few months to a time when he returned from one of those trips to Paris (they were book-hunting trips) and asked me for the key of his car. 'What do you mean? I haven't got it' – and he exploded. 'Oh my God – you're impossible! I gave it to you just before I left. What have you done with it?' I was stunned: how, in six short days, could I have forgotten something so important? I struggled to recall taking the key from him and was unable to summon up the least shadow of it, but his conviction was absolute and my own awareness of my shortcomings was inflamed: I had to believe that he had given me that key, and I truly feared that I might be losing my mind. I went home in misery, worried all night over this sudden softening of my brain, and next morning it was all I could do to crawl back to the office.

André's car was parked outside it, and he was at his desk looking cheerful. How, I asked tremulously, had he got it started? 'Oh that . . .' he said. 'I didn't leave the key with you after all, I left it with the man at the garage.'

That silenced the guilt drone for ever, and soon afterwards I learnt to disregard unnecessary fusses when what he was complaining of was something being done in way B instead of way A, and how to forestall his rage when I had genuinely erred. It was simple: a quick resort to *mea culpa*. 'Oh André – I've done such a dreadful thing. They've spelt Stephens with a v on the back flap of the jacket and I didn't notice!' – 'Is it too late to correct?' – 'Yes, that's what's so *frightful*.' – 'Oh well, worse things have happened. You'll have to apologize to Stephens – and *do* remember to get someone to give your jacket proofs a second reading.' End of scene. Once I had twigged that confession always took the wind out of his sails I had no more trouble from the 'searchlight'. But there would rarely be a time during the next fifty years when it was not making life a misery for someone, and working first in Allan Wingate, then in André Deutsch, would have been a great deal more pleasant if this had not been so.

One feels the lack of counterpoint when using words. Anyone reading the above account of André's nagging might wonder why I continued to work for him; but that was only one thread in many. I was doing and enjoying other parts of the job in addition to the advertising, while as for André . . .

It was not easy to summarize his activities. He read books; he hunted books; he thought books up; for several years he did all the selling of books, and the buying and selling of book rights; he bought paper; he dealt with printers, binders and blockmakers; he made all the decisions about the promotion of our books; he checked every detail of their design; he checked copy-writing, proofreading, important letters; he soothed and cajoled the bank; he persuaded suppliers to give us unprecedented credit; he raised capital out of the blue when we could no longer pay our bills; he delivered books in Aggie, his Baby Austin named after its AGY registration number (I did that, too); if we were sending out leaflets he sat on the floor stuffing them into envelopes until after midnight and always did more to the minute than anyone else; and his own pulse was no more part of him than his awareness of our turnover and overheads. He also did all the firm's remembering – the car-key incident was unique. Usually his memory for detail was so good as to be almost frightening. He had learnt his way about his trade so rapidly and so thoroughly, and had committed himself to it so whole-heartedly, that it is not fanciful to describe him as someone who had discovered his vocation. One never doubted that the firm, having been created by him, was now being kept going by him: if he had withdrawn from it, it would have ceased to exist.

Dictatorships work: that is why they are so readily accepted, and if they are demonstrably more or less just, as they can be to start with, they are accepted with a gratitude more personal than can be inspired by other kinds of regime. In its miniature way André's dictatorship was strong for the following reasons: he had already learnt so much about publishing while those working for him still knew nothing; it was his nature to turn ideas into action without delay, which is a rare gift; while he paid us mingy salaries he also paid himself a mingy salary, and the company was so small that we could all see with our own eyes that there was no money available for anything else; when he was mean, chiselling down payments, scrounging discounts, running after us to switch off lights and so on, even though he was certainly not offending against his nature, yet he was still always and evidently doing it for the company's sake; and when he nagged and raged, even when it was maddeningly out of proportion with the offence, that too was always and evidently for the company's sake. Reasonable explanation of errors and amiable encouragement to avoid them would have been more effective as well as pleasanter, but if such behaviour didn't come naturally to him, too bad: we would have to put up with him as he was which, on the whole, we were glad to do. Sheila and I, in particular, who were the people closest to him, had such a habit of fondness for him that it never occurred to us to do anything else.

So there we were, the strain and gloom of war gradually fading away behind us, starting on a delightful adventure supported and exhilarated by the energies and abilities of the man who had launched it. Even if the ride had its bumpy moments there was no question of wishing to climb down.

5

I REMEMBER ALLAN WINGATE'S first premises rather than its first books simply because the first books were so feeble that I blush for them. The firm kicked off with a list of four: *Route to Potsdam*, a piece of political journalism commenting on the Allies' plans for Europe, by Bela Ivanyi, one of André's Hungarian friends, the argument of which had no perceptible effect on anyone; *Beds*, a boring history of mankind's sleeping habits by Reginald Reynolds, to whom André had been introduced by George Orwell; *Fats and Figures*, a little book on diet, sensible but hardly more than a pamphlet, by a prison governor who was to become Lord Taylor; and the fourth has vanished from my mind. To start with André simply snatched at any homeless manuscript that happened to float by, and the reading public just after the war was so starved of books and so short of alternative forms of entertainment that almost anything (in our case almost nothing) could be presented by a publisher without looking silly.

A sad irony underlay this situation. While André was with Nicolson and Watson George Orwell submitted *Animal Farm* to them and John Roberts asked André to read it for him. André declared it wonderful, but Roberts, when he heard what it was about, said: 'Nonsense, laddie – no one nowadays wants to make fun of Uncle Joe.' André, who was determined to help the penniless and modest Orwell whom he saw as almost saint-like, decided that Jonathan Cape was the right publisher for him, and Orwell took his advice. Cape accepted the book, but shared Roberts's doubts to the extent of making a condition: it must be checked by some sort of official authority to make sure that it was not considered damaging to the war effort. And it was so considered: His Majesty's Government sincerely hoped that Mr Cape would refrain from publishing something so sharply critical of our Soviet Ally – and Mr Cape did refrain.

Orwell, who by this time was getting pretty desperate and who knew that André was planning to start his own firm as soon as he could raise a little capital, then said to André: 'Look, why don't *you* do it? Why don't you start off your firm with it?' And André, strongly tempted to pounce but still far from sure that he would be able to start a firm however much he wanted to, felt that he must not let a man he liked and respected so deeply take such a risk. No, he said. And the essential resilience of his nature was later to be well illustrated by the fact that the more famous *Animal Farm* became, the prouder he was of his own early recognition of it and of his not letting Orwell take the risk of giving it to him, with never a moan at having lost this prize.

The first book we took on because of me still sits on my shelves, and fills me with astonishment. André, through Hungarian friends in Paris, had come to know several people in the French literary world, among them Gerard Hopkins. Hopkins suggested that he should look at the work of a writer called Noël Devaulx, so André brought back from a visit to Paris *The Tailor's Cake*, a tiny volume of seven stories which he dumped on my corner of the table: he couldn't read French while I, though I had spent no time with French people so had no confidence in speaking it, had been taught it very well and could read it nearly as easily as English. So the decision was to be mine.

There was a solemn awareness of responsibility. There was bafflement for a while, then an increasing fascination. These were surreal stories in which characters who assumed you knew more about them than you did moved through strange places, such as a busy sea-port which was nowhere near the sea, or a village in which everyone was old and silent except for foolish laughter, and which vanished the morning after the traveller had been benighted in it. Everything in these stories was described with a meticulous sobriety and precision, which gave them the concentrated reality of dreams. Perhaps they were allegories – but of what? The only thing I felt sure of was that the author was utterly convinced by them – he couldn't have written them in any other way.

I would soon begin to find such fantasies a waste of time – of my time, anyway – but then, in addition to liking the sobriety and precision of the style, I felt the pull of mystification: 'I can't understand this – probably, being beyond me, it is very special.' This common response to not seeing the point of something has a rather touching humility, but that doesn't save it – or so I now believe – from being a betrayal of intelligence which has allowed a good deal of junk to masquerade as art. Whether that matters much is another question: throughout my publishing life I thought it did, so I am glad to say that the publication of *The Tailor's Cake* in 1946, beautifully translated by Betty Askwith, was the only occasion on which I succumbed to the charm of mystification.

A more amusing aspect of that publication is that even in those book-hungry days we would have had to go far to find a piece of fiction more obviously unsaleable than those stories, yet once I had pronounced them good we didn't think twice about publishing them. And they cannot have been a hideous flop: given my sense of responsibility for them, and André's tendency to attribute blame, I would surely remember if they had been. It is sad to think that we did not appreciate the luxury of not having to ask ourselves 'Is it commercially viable?' in those happy days before that question set in.

At Wingate I was André's employee, not his partner. My opinion of a book might or might not influence his decision, but if he took something on without asking my opinion I accepted without question that it was my job to work on it whether I liked it or not. Usually my attitude was 'No doubt he knows best'. Partly this was a hangover from my original feeling that working with books was something for people cleverer and more serious than I was; partly it was a realistic assessment of my own inexperience; and partly – something which shocks me now that I recognize it – it was that old inherited idleness: it didn't really matter enough to me what he brought in, provided a large enough proportion of our books struck me as good enough.

The first of these to appear on our list were of a sober – almost stately – kind, a result of the post-war book famine which meant that the reissue of classics was felt as a need. Villon and Heine, for example. André had met a man called Bill Stirling who considered himself capable of translating all the major poets of Europe. Although in this he was aiming too high, he did produce translations of those two which were up to appearing in good-looking bilingual volumes with which we could justly be pleased. We also produced a good edition of the novels and poems of the Brontë sisters edited by Phyllis Bentley, whose introduction stands up well against modern Brontë scholarship, and who included examples of their important juvenilia – the first time that had been done in a British edition.

Our first two money-spinners could hardly have been less like the above, or each other. The first was *How to be an Alien* by George Mikes. André had been at school in Budapest with George's younger brother, when he had glimpsed George enviously as a dashing grown-up. Meeting again in London, as exiles, they found that the years between them had concertinaed, and became friends. George's little squib on being a foreigner in England had an extraordinary success. Its foreign rights seemed to sell themselves, it is still in print today, and it was the foundation stone of a career as a humorous writer that kept George going comfortably until his death in 1990. It also brought in Nicolas Bentley, who would become our partner when André Deutsch Limited was founded. A book so short needed to be given a little more bulk by illustrations, and an author so foreign and unknown could do with a familiar British name beside his own on the title-page. André persuaded Nick with some difficulty to do twelve drawings for *Alien* – and was never to let him forget that he had been dubious enough about an alliance with these two flighty central Europeans to fight for an outright fee of £100 rather than a cut of the royalties. When André refused to give way over this, Nick almost backed out. I don't know exactly what he eventually made out of those twelve drawings, but it was certainly well over £10,000. Nick and his wife Barbara were soon close friends of André and the woman who became André's great love soon after he had launched Wingate, to whom he would remain loyal for the rest of his life.

Our second money-spinner was *The Reader's Digest Omnibus*: the first important chunk of loot brought home by André from New York. He had seen at once how important an annual shopping trip to the United States would be, and built up a network of good relationships there with amazing speed. Knowing that he would have trouble persuading Audrey and me that he was not disgracing us all for life by taking on this project, he made no attempt to do so but simply announced the *fait accompli* and told us we must lump it. We did indeed wince and moan – I more than Audrey, because I had to proofread the thing and write its blurb. *The Reader's Digest* may have changed by now – I have never looked at it again since that intensive experience of it – but at the end of the forties its central message could fairly be represented by the following little story. A man is faced with the choice between doing something rather dishonest and making a fortune, or refusing to do something rather dishonest and staying poor. Virtuously, he chooses to stay poor – whereupon an unexpected turn of events connected with this choice makes him a *much bigger fortune* than he would have gained by the dishonest act. Looking back, I think that having started off so prune-faced about it, the least I should have done for dignity's sake was keep up the disapproval; but in fact the book's success was so great, and so many people seemed to think that we had been clever to get hold of it, that I ended by feeling quite pleased with it.

Two other books from those distant days were important to my apprenticeship. One was a serious technical account of developments in modern architecture which revealed an incidental pleasure to be found in editing: the way it can teach you a lot about a subject unfamiliar to you, which you might not otherwise have approached. The other was about the discovery of Tahiti, which taught me once and for all the true nature of my job.

The latter book was by a man who could not write. He had clumsily and laboriously put a great many words on paper because he happened to be obsessed by his subject. No one but a hungry young publisher building a list would have waded through his typescript, but having done so I realized that he knew everything it was possible to know about a significant and extraordinary event, and that his book would be a thoroughly respectable addition to our list if only it could be made readable.

André had recently met an urbane and cultivated old man who had just retired from governing a British outpost in the Pacific, and who had said that he hoped to find the occasional literary task with which to fill his time. We brought the two men together, the author agreed to pay Sir Whatsit a reasonable fee for editing his book, and the latter carried it off, sat on it for three months, then returned it to its author with his bill which the poor man paid at once before forwarding his 'finished' book to us. To my dismay I found that lazy old Sir Whatsit had become bored after about six pages, and from then on had done almost nothing: the book was still unreadable. Either we had to return it to its author with a cheque to cover the expense we had let him in for, or I would have to edit it myself. We were short of non-fiction. I did it myself.

I doubt if there was a sentence – certainly there was not a paragraph – that I did not alter and often have to retype, sending it chapter by chapter to the author for his approval which – although he was naturally grouchy – he always gave. I enjoyed the work. It was like removing layers of crumpled brown paper from an awkwardly shaped parcel, and revealing the attractive present which it contained (a good deal more satisfying than the minor tinkering involved when editing a competent writer). Soon after the book's publication it was reviewed in the *Times Literary Supplement*: an excellent book, said the reviewer, scholarly and full of fascinating detail, and beautifully written into the bargain. The author promptly sent me a clipping of this review, pinned to a short note. 'How nice of him,' I thought, 'he's going to say thank you!' What he said in fact was: 'You will observe the comment about the writing which confirms what I have thought all along, that none of that fuss about it was necessary.' When I had stopped laughing I accepted the message: an editor must never expect thanks (sometimes they come, but they must always be seen as a bonus). We must always remember that we are only midwives – if we want praise for progeny we must give birth to our own.

The most important book in the history of Allan Wingate was Norman Mailer's first novel, *The Naked and the Dead*, which came to us from an agent desperate because six of London's leading publishers had rejected it in spite of its crossing the Atlantic on a wave of excitement (it was one of those books, always American at that time, which are mysteriously preceded by a certainty that they will cause a stir). Our list had gained substance and our sales organization was seen to be good, but we were still too small to be any agent's first choice for a big book – or indeed even their seventh choice, had they not concluded that none of the more firmly established houses was going to make an offer.

The book was a war novel, all its characters soldiers going through hell in the Pacific, where Mailer himself had served. He was bent on conveying the nature of these soldiers and their experiences accurately, so naturally he wanted the men in his novel to speak like the men he had known, which meant using the words 'fuck' and 'fucking', and using them often. His American publishers had told him that although they knew it to be a great book, they could not publish it, and nor would anyone else (which appeared to be true) with those words spelt out. I believe the use of 'f—' was suggested; but 'fuck' and 'fucking' occurred so often that this would have made the dialogue look like fishnet, so 'fug' and 'fugging' were agreed as substitutes.

It might be argued that the six English publishers who rejected the book because of the obscenity of its language were less ridiculous than the American publisher who accepted this solution. Given the premiss from which they were all working, that 'fuck' was unprintably obscene, how could another word which sounded so nearly the same, and which was loaded with the same meaning, not be equally obscene? There has never, I think, been a clearer demonstration of the idiocy of making words taboo.

We, of course, pounced. It is many years since I reread the book and much of it is now hazy in my mind, but I still have a strong memory of a passage in which exhausted men are struggling to manhandle a gun out of deep mud, which makes me think that I was right in feeling that it was very good – a book which had genuinely expanded the range of my imagination. We wanted to restore the 'fucks' but dared not; and as it turned out we were right not to dare.

Review copies went out to the press about three weeks before publication, and the literary editor of the *Sunday Times* left his lying about in his office. The newspaper's editor, who was an old man nearing retirement, ambled in and chanced to pick it up and open it. The first thing to meet his eye was 'fug' . . . followed by 'fug' and 'fug' again. So that Sunday, on the paper's front page, there appeared a short but furious protest, written by the editor himself, against the projected publication of a book so vile that (and he truly did use these words) 'no decent man could leave it where his women or children might happen to see it'.

As always on a Sunday I was sleeping late, so I was cross when I had to answer the front-door bell at eight-thirty. There stood André, unshaven, a pair of trousers and a macintosh pulled on over his pyjamas, and a copy of the *Sunday Times* in his hand.

'Read this!'

'Oh my God!'

I was as alarmed as he was. The book was printed and bound – the first printing was large – it was a long book, expensive to manufacture . . . close to the wind as the firm was still having to sail, if this book was banned we would go down.

'Hurry and get some clothes on,' said André. 'We must rush a copy to Desmond MacCarthy – I've got his address.'

MacCarthy was the most influential reviewer then writing. We scribbled a note begging him to read the book at once and to say publicly that it was not obscene, then we set off in Aggie to push it through his letter-box. To insist on seeing him so early on a Sunday morning might, we felt, put him off. In retrospect, the chief value of our outing was that it was something to *do* in this nerve-racking situation: I don't think that MacCarthy's eventual response can have been more than civil, or I would not have forgotten it.

Next morning orders started pouring into the office, and only then did it occur to us that if we were not heading for disaster, it might be a triumph. Meanwhile we were instantly served with an injunction against publishing *The Naked and the Dead* until the Attorney General, Sir Hartley Shawcross, had considered the case and had given us permission to do so (if he did). Whether the injunction was handed over by the large and apparently amiable police detective who spent the morning questioning us all, or whether it came separately, I do not know.

During the next two or three weeks the flood of orders nearly submerged us, the frustration of not being able to supply them became acute, and the encouragement we received from everyone we knew began to make triumph seem more likely than disaster. Finally André persuaded an MP of his acquaintance to ask a question in the House of Commons about the book's fate: was the Attorney General going to ban it or not? The answer was no – a rather grudging one in that Shawcross said that he thought it was a bad book, but still no. So we were off – into, ironically, quite worrying financial problems, because we were hard put to it to pay for the several reprints we had to order.

What we gained from this adventure was more than a good and best-selling novel; more, even, than the presence of Norman Mailer on our list from then on. Overnight we began to be seen as a brave and dashing little firm, worth serious attention from agents handling interesting new writers, and André's welcome when he visited New York became even more richly rewarding.

6

ALLAN WINGATE'S PERFORMANCE looked quite impressive from the outside. Our books soon became more interesting and we produced them well – even elegantly – within the limits imposed by continuing paper rationing. (The quality of paper was poor, and there were regulations controlling the use of white space in a layout and so on, which made good typography a challenge for several years after the war.) And we were good, by the cottage-industry standards of the day, at selling. André's work as a rep for Nicolson and Watson had taught him a lot about booksellers and librarians (the latter our chief customers for fiction), and he never underestimated the importance of good relations with them: again and again we were told how rare and pleasing it was for the head of a publishing house to visit and listen to booksellers, as he often did, and to be ready to negotiate directly with them about, for example, returning copies if they had over-ordered, instead of leaving such matters to a rep. To begin with he did this because we *had* no reps – no sales department, for that matter – but it was an attitude which stayed with him for all his career. He would always be liked by the people to whom we sold our wares – vital to a firm like ours, which remained short of books which the trade *had* to stock such as works of reference, how-to-do-its, and the cosier and flashier sorts of entertainment book.

From the inside, however, we looked wobbly. This was because the experienced people who said it was impossible to start a publishing firm on £3,000 were right. We were always running out of money.

Not being able to pay our bills used to give me horrible sensations of hollowness mixed with nausea, and I think that poor Mr Kaufmann, the man who actually had to do the desperate juggling which was supposed to stave off disaster, felt much the same. To André, on the other hand, these crises appeared to be invigorating, chiefly because he didn't feel 'I have run up bills I can't pay', but 'These idiotic printers and binders are trying to prevent me from publishing truly essential books which the world needs and which will end by making enough money to pay them all and to spare'. So although he recognized that he would have to raise some more money somehow, he was never debilitated. Instead he was inspired. Never, at the time when a crisis struck, did we know anyone who wanted to invest in a struggling new publishing house; but always, in a matter of days, André found such a person. My own way of weathering a panic was by thrusting it aside and concentrating grimly on what was under my nose – reading a manuscript, designing an advertisement or whatever – so instead of following his manoeuvres with the intelligent interest which would have made this account so much more valuable, I kept my eyes tight shut; and when I next opened them, there would be André, cock-a-hoop, with a new director in tow. This happened five times.

There was, however, an inconvenient, though endearing, weak spot in André's otherwise impressive life-saving equipment. He had come to England because he loved the idea of it. In the Budapest of his schooldays the language you studied, in addition to Latin, was either German or English, and he, influenced by a beloved and admired uncle, had chosen English without a moment's hesitation, and had found it greatly to his taste. The books he read as a result must have been an odd selection, because they left him with a romantic picture of a country remarkable for honesty and reliability, largely inhabited by comic but rather attractive beings known as English Gentlemen. I am sure that if, when he was trawling for someone to invest money in his firm, his net had caught a fellow-Hungarian, he would have insisted on their agreeing a thoroughly businesslike contract; but each time what came up was an Englishman – an Englishman radiant with the glow which shines from the answer to a prayer, and coloured a becoming pink by his viewer's preconceptions. So – it is still hard to believe, but it is true – what existed between André and these five timely miracles was, in each case, nothing but a Gentleman's Agreement. You couldn't even say that it wasn't worth the paper it was written on, because there wasn't any paper.

Before this process began we lost Audrey, because André was unable to tolerate her husband Ronald. Her investment had been made largely to provide Ron with a job to come home to when he was demobilized from the Army, and within a few months of our opening he joined us as sales manager. He was a gentle, serene-looking person, a listener rather than a talker, and what his previous occupation had been I never knew. After he left us he trained as an osteopath, at which he was successful. There was nothing about him of the businessman – and certainly not of the salesman.

Because none of us had met him earlier, Ron was not strictly an example of André's inability to see what people were like. This weakness related to his impatient and clumsy handling of staff, both of them stemming from an absolute failure to be interested in any viewpoint but his own. It was quickly to become apparent that if he wanted a particular kind of person for his firm – a fireball of a sales manager, for example, or a scrupulously careful copy-editor – then he would see the next man or woman who approached him as that person, and would impatiently dismiss any dissenting opinion. Before he was done he would cram innumerable square pegs into round holes, and it is exhausting to remember the emotional wear and tear involved when, to his furious indignation (against the poor pegs) he began to see them for what they were and they had to be wrenched or eased out. But in Ron's case it was bad luck rather than bad judgement – bad luck, especially, for Ron, who was not with us three weeks before he was pinned helplessly in the eye of that alarming little searchlight, was seen to be doing nothing right, and as a consequence began doing more and more things wrong.

Sheila and I, who both loved Audrey and liked Ron, tried to make a stand, arguing and persuading as best we could, but in vain. I remember when Ron's sin was paying a bill on demand, as I would have done in his place. 'That blockhead! Doesn't he know what credit means?' – 'But you can't yell at a man like that – have you ever *explained* to him that their bills don't have to be paid for thirty days? Why should he know that? He's never done this sort of thing before.' – '*I* didn't have to have it explained to *me*.'

Ron *was* the wrong person for the job, but by the time he and Audrey decided that there was nothing for it but to pick up their money and go, what we would have to put up with for the sake of what we liked and admired in André had become uncomfortably evident.

Then the five timely miracles began, and brought us together again. They were all so astonishingly useless that it was impossible not to gang up against them. (Though none of them was quite so bad as one that got away because – by God's grace – he approached me not André. He was a charmingly camp old friend of my childhood who had married a very rich woman and wrote out of the blue to say that if we had a niche for him he would gladly put a lot of money into the firm. André quivered like a pointer, but it was I who was asked to lunch so it was I to whom my old friend said: 'Well, my dear, the chief object of this exercise is to give me something to do before lunch instead of getting drunk.' I often wondered how André would have managed to blank that sentence out if he had been sitting in my chair.)

Of the five, numbers one, two and three soon became discouraged, whereupon numbers four and five bought them out, thus ending up owning more of the firm than André did – and he with no scrap of paper to give him any rights at all. Neither of them was a crook; both of them to start with were ready to admit that André had created Wingate and that he was the person who put most into running it. With a lot of tolerance and tact it might have been possible for them and him to rub along together, but tolerance and tact were not at André's command.

Number four I shall call Bertie, because he looked and sounded exactly like P. G. Wodehouse's Bertie Wooster would have looked and sounded had he been in his forties. He was the son of a well-known middle-brow man of letters and had himself written several novels in which expensive sports cars figured more prominently than any human character (André used to say that the only thing that had ever given Bertie an erection was a Lagonda). He lacked business sense and common sense – indeed a nonsense was what he usually made of any of our daily tasks unless someone was breathing down his neck. I would take things away and quietly do them again, which naturally riled him, while André would attack him in an appallingly humiliating way.

Number five, whom I shall call Roger, had worked in publishing for years, but in an old-fashioned firm specializing in books on architecture and the British countryside, which had not demanded the expenditure of much energy. He knew the language of the trade, which was something, but he did not care to put himself out, and was often drunk (after, rather than before lunch, unlike my old friend). Occasionally he came in with a black eye, having been roughed up by an ill-chosen boyfriend, and he spent many of his afternoons in tears. (Roger was to end by killing himself – but at that time, on an acquaintance that was very superficial, I saw him only as foolish without understanding that he was also sad.) Perhaps he had thought he would work gently, between hangovers, on elegant books about eighteenth-century chinoiserie or Strawberry-Hill Gothick, but he never got round to signing up any such work and made no contribution to what we had on the stocks; so Roger, too, received short shrift from André. And, like Bertie, the more he was treated as an incompetent booby, the more he remembered that the two of them, not André, were now in financial control of Allan Wingate.

For a year or two this disastrous set-up bubbled and seethed, at first without the intervention of any outsider, then in the offices of lawyers. We had moved to more commodious offices near Harrods, and now had a sales department and a production department (but still no one in charge of publicity except me with my hateful ads). In spite of our problems we were producing about fifty books a year, most of them profitable, and we would have been exuberantly happy if we could have enjoyed Bertie's and Roger's money without their presence. It seemed impossible, with everything going so well, that André would be ousted from his own firm by these two fools . . . but the more expert advice he took, the clearer it became that this would happen. He hadn't a legal leg to stand on and the best his lawyer could do was to wangle a 'generous' gesture out of Bertie and Roger which allowed him, when he finally left, to take a few cookery books and three or four very unimportant others (he and I had agreed, once we had brought ourselves to face the facts, that there was nothing for it but to start another publishing house).

There was, however, one book due to be delivered quite soon, about which a decision was still to be reached. This was the memoirs of Franz von Papen. To quote my own catalogue description of it:

> Franz von Papen's life has faithfully reflected the fortunes of his country for over half a century. As a boy, when he was a court page in the Kaiser's entourage, he witnessed the traditional pomp of imperialism. In his seventies, though cleared of war guilt by the Nuremberg Tribunal, he experienced defeat to the full when his own countrymen sentenced him to imprisonment. Between these extremes he was always at the centre of affairs in Germany, and whether the balance he maintained was the result of a clear or an ambivalent conscience is still a matter of conjecture.
>
> His own interpretation of his career and the events with which it was so closely connected is of the greatest importance. He describes his activities as military attaché in the United States from 1913 to 1915; he gives an account of Allenby's campaign in the Middle East, as seen from 'the other side'; he analyses the decline of the Weimar Republic, which he knew both as a member of the Reichstag and as Reich Chancellor. On the subject of his collaboration with Hitler as Vice-Chancellor, his mission to Austria before the Anschluss, and his appointment as Ambassador in Ankara during the last war he is exhaustive. He does not shirk the central enigma of his career: his acceptance of

further high office under the Nazis after his open criticism of their methods in his Marburg speech, the murder of his colleagues during the Roehm Putsch, and his own house arrest.

This book is of outstanding interest, both as a commentary on recent history from the German viewpoint, and as a personal record.

To which I would add, now, that no one who hadn't just lived through the Second World War can imagine how fascinating it was, so soon after it, to hear one of *them* speaking.

This book the old man had been persuaded to write by André, who had visited him in connection with *Operation Cicero*, the story of the valet to the British Ambassador in Ankara, who towards the end of the war had cheekily supplied the Germans with copies of the contents of the ambassadorial safe. Von Papen, having been our man's opposite number at the time, was in a position to confirm 'Cicero's' story (which at first sight seemed too good to be true), which he did. André might, of course, have written to him about it, but characteristically saw greater possibilities in a meeting. Capturing the Cicero story was already one of his more striking achievements, involving a lightning dash to Ankara, but the way he used that book as a lead into another and more important project was an even better example of his energy.

Technically the memoirs he had secured would, when completed, belong to Allan Wingate, but even the lawyers felt that André had a moral right to them; something which Bertie and Roger were reluctant to acknowledge. The wrangling was bitter, but they did finally accept a suggestion made by the lawyers on the Friday which was André's and my last day at Allan Wingate: that there should be a 'moratorium' on the subject of von Papen until the following Tuesday, during which everyone should calm down in preparation for a decisive meeting about it.

On the intervening Sunday I went to André's house at lunch-time, to discuss our next move. While I was there the telephone rang, and hearing André switch to talking German it dawned on me that von Papen was on the line. Who, he asked, was this person who had just called him to say that André had been sacked from Allan Wingate? How could he have been sacked? What on earth was happening?

André, always quick on his feet, was never quicker than at that moment. The call had come as a complete surprise, the situation he had to get across was not a simple one, and he was trembling with rage at this sudden revelation of Bertie and Roger's sneaky manoeuvre; nevertheless in little more than ten minutes he had explained what was up with perfect lucidity and in exactly the right tone, and by the time he hung up he had von Papen's assurance that in no circumstances would Allan Wingate ever set eyes on his manuscript, which would be André's just as soon as he had launched his new firm. Seeing that silly pair of English Gentlemen being hoisted so neatly by their own petard remains one of the choicest satisfactions of my career.

This event also provided a solid foundation for André's new firm, of which I was to become a director. Within a very short time he had sold the serial rights of von Papen's book to a Sunday paper called the *People* for the sum (peanuts now, but awe-inspiring then) of £30,000.

7

1952: TWO THINGS about the new firm were certain from the start: it would be called André Deutsch, and André would be its absolute boss. There would be other shareholders – eight of them including Nicolas Bentley and me, who would be working directors – but the value of each holder's shares would be limited so that even if one of them bought out all the others, he would not gain control. A loan, soon to be repaid, enabled André to ensure this satisfactory state of affairs, and the von Papen serial deal lifted the firm at once into profitability.

My own investment, the minimum necessary to qualify me for a directorship, was £350 given me by my godmother. Like Nick, I was in it for the job. The other shareholders were in it as a friendly gesture to André, not as a business venture, although all would end by making a modest but respectable profit. It was a sensible and pleasant arrangement, and a profound relief after Allan Wingate – which, gratifyingly, died a natural death about five years after André's departure.

From the five Wingate years we brought friends on both the manufacturing and retailing sides of the book trade, a good reputation with agents, and much useful experience. It hardly felt like starting a new firm, more like carrying on the old one in improved conditions: we now had the equivalent of Bertie's and Roger's money without Bertie and Roger – just what we had longed for. This was so delightful that it might have relaxed some people's moral fibre, but not ours. Perhaps the most useful thing gained from Wingate was a disposition shaped by poverty. It had always been natural to André to be careful, and those who had worked with him at Wingate, seeing that his attitude was strictly necessary for survival, had fallen into it themselves – even those like me, whose natural tendency was towards extravagance. Since then I have often noticed that it is not good for people to start a venture with enough – not to mention too much – money: it is hard for them to learn to structure it properly, simply because they are never forced to.

Even if we had been eager to relax we would not have been allowed to. André felt it to be a danger. He countered it by putting up a blood-chilling front of gloom about our prospects for the next forty years. However well we were doing, the slightest hint that expenditure of some sort would not come amiss (the redecoration of the reception area, perhaps, or thirty-two pages of illustrations in a book instead of sixteen, or – God forbid – a rise for someone) would bring on a fit of shocked incredulity at such frivolous heedlessness in the face of imminent disaster. Much though the rest of us used to complain about this frugality, it is a fact that our firm continued to make a profit every year until he sold it in 1985, in spite of the last five years of that time being hard ones for small independent publishing houses; and this might not have been – towards the end certainly would not have been – possible had his control of our overheads been less fierce.

For three years we rented the top two-thirds of a doctor's house in Thayer Street. They were happy years, but still a touch amateurish: did proper publishers have to put a board over a bath in order to make a packing-bench? Did proper editors and proper sales managers work together in the same small room? Our performance, nevertheless, was good enough to let us buy up Derek Verschoyle's firm in 1956, and move into its premises at 14 Carlisle Street in Soho.

Derek Verschoyle was a raffish figure, vaguely well-connected and vaguely literary, about whom I had first heard from my father who had encountered him as an agreeably picturesque feature of the *Spectator*. Verschoyle was its literary editor for a while. His room looked out over the mews behind that periodical's offices in Gower Street, and he, lolling with his feet up on his desk, used to take pot-shots at the local cats out of his window with a .22 which he kept on his desk for the purpose. He must have been able to raise a fair amount of money in order to set up his own publishing firm (its assets included the freehold of the house, which was very well placed) but it didn't take him long to get through it. We gained only two really valuable authors from him – Roy Fuller, whose novels and poetry added lustre to our list for a long time, and Ludwig Bemelmans, whose 'Madeline books' for young children did very well for us. One of the more burdensome books we inherited from him was a pointless compilation called *Memorable Balls*, a title so much tittered over that we thought of leaving it out when we were arranging our stand at the *Sunday Times*'s first book fair. Finally one copy was shoved into an inconspicuous corner – where the Queen Mother, who had opened the fair, instantly noticed it. Picking it up, she exclaimed with delight: 'Oh, what a tempting title!' André insisted that it was his confusion over this that made him drop her a deep curtsey instead of a bow.

Verschoyle was the kind of English Gentleman André seemed fated to meet, but although undeclared liabilities went on leaking out of crannies for a long time, and the bills which came in with despairing regularity from his tailor and his wine merchant used to make our eyes pop, he did us no harm and much good. Settled into his house, we ceased being promising and became pros.

There were two large and well-proportioned rooms, and the rest of the house rambled back from its narrow frontage in a haphazard but convenient jumble of partitioned spaces. André, as was only right, had the better of the two good rooms, and Nick Bentley had the other. I moved fast to secure the smallest room there was, knowing that only the physical impossibility of inserting a second desk would save me from having to share. If I had put up a fight for Nick's room I would have got it, because Nick was far too well-mannered to fight back; but André would quite certainly have seen it as a chance to squeeze two other people into it with me, neither of whom would have been my secretary because I didn't have one. It never entered his head to ask Nick to share it with anyone other than his secretary.

Nick edited our non-fiction – not all of it, and not fast. He was such a stickler for correctness that he often had to be mopped-up after, when his treatment of someone's prose had been over-pedantic, or when his shock at a split infinitive had diverted his attention from some error of fact. I don't think I am flattering myself in believing that I was busier and more useful than he was (though there was nothing to choose between us in uselessness when it came to exercising business sense – a fact often bewailed by André, although he enjoyed the jokes he could make about it). I certainly noticed the privileges enjoyed by Nick as a result of his gender, just as I noticed that his salary was a good deal larger than mine; but what I felt about it was less resentment than a sort of amused resignation. All publishing was run by many badly-paid women and a few much better-paid men: an imbalance that women were, of course, aware of, but which they seemed to take for granted.

I have been asked by younger women how I brought myself to accept this situation so calmly, and I suppose that part of the answer must be conditioning: to a large extent I had been shaped by my background to please men, and many women of my age must remember how, as a result, you actually saw yourself – or part of you did – as men saw you, so you knew what would happen if you became assertive and behaved in a way which men thought tiresome and ridiculous. Grotesquely, you would start to look tiresome and ridiculous in your own eyes. Even now I would rather turn and walk away than risk my voice going shrill and my face going red as I slither into the sickening humiliation of undercutting my own justified anger by my own idiotic ineptitude.

But one can, of course, always walk away. That I could easily have done, and never thought of doing; so I doubt that it was *only* the mixed vanity and lack of confidence of the brainwashed female which held me there in acceptance of something which I knew to be unjust and which other women, whom I admired, were beginning actively to confront.

Some time in January 1998 I read in the *Independent* an article about recent 'research' (it sounded small-scale and superficial) into the differences between the attitudes of men and those of women towards their jobs. Men had been found more likely to aim for promotion and increased pay, women to aim for work they would enjoy and the satisfaction of doing it well. As so often when industrious people 'discover' something obvious, my first reaction was 'You don't say!'; but this was followed by an oddly satisfying sense of agreement, because the article did so exactly sum up my own experience. I hadn't just loved being an editor, I had also positively liked not being treated as the director I was supposed to be. This was because, as I have explained, I loathed and still loathe responsibility, am intensely reluctant to exert myself in any way that I don't enjoy, and am bored by thinking about money (in spite of liking to spend it). So while it is true that André took advantage of my nature in getting me cheap and having to bother so little about my feelings, it cannot be said that *in relation to the job* he did any violence to those feelings.

Obviously it is true that indifference to status and pay is not found in all women, but I have seen it in a good many who, like me, enjoyed their work. All my colleagues during the sixties and seventies admired and sympathized with other women who were actively campaigning for women's rights, but none of them joined in as campaigners: we could see injustice, but we didn't feel the pinch of it, because we happened to be doing what we wanted to do. Lazy or selfish? Yes, I suppose so. But I have to say that when I search myself for guilt about it – and guilt comes to me easily – I find none. While conditioning must have played some part in the inertia displayed by myself and my friends, my own experience suggests that it was at work on an innate disposition to be satisfied with my lot. After all, there are *some* men who mind more about enjoying their work than about what they are paid for it and where they stand in the hierarchy; so why, when a woman does the same, should it be taken for granted that she is brainwashed?

8

THE CARLISLE STREET years hummed with possibility. Although we had now been in the game long enough to know that the majority of manuscripts received would disappoint, we still expected excitement daily, and among the seventy-odd books a year that we published, a fair number justified that expectation. To Mailer, Richler, Moore and Fuller we soon added Terry Southern, V. S. Naipaul, Jack Kerouac, Philip Roth, Mavis Gallant, Wolf Mankowitz, Jack Schaefer, Jean Rhys – the poets Stevie Smith, Elizabeth Jennings, Laurie Lee, Peter Levi, Geoffrey Hill – the non-fiction writers Simone de Beauvoir, Peggy Guggenheim, Sally Belfrage, Alberto Denti di Pirajno, Lionel Fielden, Clare Sheridan, Mercedes d'Acosta (not all of them names likely to be recognized now, but all remarkable people who wrote remarkably well).

By now I considered myself a proper editor, so perhaps this is the place to describe the job as I saw it. In many firms a distinction was made between editors and copy editors, the first being concerned with finding authors and keeping them happy, encouraging them in their projects and sometimes tempting them down this path or that; the second being the humbler but still essential people who tidy texts. In our firm a book's editor was responsible for both sides of the operation. Not until the eighties did we start farming out tidying jobs to freelance copy editors, and I doubt whether any Deutsch editor felt happy about doing so. I know I didn't.

The things which had to be done for all books were simple but time-consuming and sometimes boring (what kept one going through the boring bits was liking – usually – the book for which one was doing them). You had to see that the use of capital letters, hyphens, italics and quotation marks conformed to the house style and was consistent throughout; you had to check that no spelling mistakes had crept in, and make sure that if the punctuation was eccentric it was because the author wanted it that way; you had to watch out for carelessness (perhaps an author had decided halfway through to change a character's name from Joe to Bob: when he went back over the script to make the alteration, had he missed any 'Joes'?). You had to pick up errors of fact, querying ones you were doubtful about at the risk of looking silly. If your author quoted from other writers' work, or from a song, you had to check that he had applied for permission to do so – almost certainly he would not have done, so you would have to do it for him. If a list of acknowledgements and/or a bibliography and/or an index were called for you had to see that they were done. If the book was to be illustrated you might have to find the illustrations, and would certainly have to decide on their order and captioning, and see that they were paid for. And if anything in the book was obscene or potentially libellous you must submit it to a lawyer, and then persuade your author to act on his advice.

All that was routine, and applied to the work of even the most perfectionist of writers. Where the work became more interesting was when it was necessary to suggest and discuss alterations to the text.

Editorial intervention ranged from very minor matters (a clumsy sentence here, a slight lack of clarity there) to almost complete rewritings such as I did on the book about Tahiti (although I don't remember ever doing another rewrite as extensive as that one). Usually it would be on the lines of 'Wouldn't it work better if you moved the paragraph describing so-and-so's looks back to where he first appears?' or 'Could you expand a little on so-and-so's motive for doing such-and-such? It's rather arbitrary as it stands'. I can't remember anyone resenting such suggestions, though sometimes of course they would disagree for good reasons: mostly, if what is said by an obviously attentive reader makes sense, the writer is pleased to comply. Writers don't encounter *really* attentive readers as often as you might expect, and find them balm to their twitchy nerves when they do; which gives their editors a good start with them.

It was a rule with me that I must not overdo such tinkerings: it must always be the author's voice that was heard, not mine, even if that meant retaining something that I didn't much like. And of course it was an absolute rule with all of us that no change of any kind could be made without the author's approval. It was those two points which I considered my ground rules. The ideal was to receive a script which could go through unchanged (Brian Moore, V. S. Naipaul and Jean Rhys were outstanding providers of such scripts; and books already published in America were equally trouble-free, because such editorial work as they had needed would have been done over there). If, on the other hand, the text had needed work, then by the time it reached publication it must read as though none had been done on it, which could usually only be achieved by working closely with the author.

Writers varied greatly in their attitude to intervention. I never came across anyone who was anything but grateful at having a mistake, whether of fact or syntax, pointed out, but when it came to changes some weighed every word of every suggestion, many accepted suggestions cheerfully, a few asked for more, and a very few didn't seem to care one way or another.

George Mikes, for example, needed a lot of work done on his books. He was a lazy man, one of those people who, once they have become fluent enough in a foreign language to say what they want, can't be bothered to go the step further which would enable them to say it correctly. If his writing was to sound like natural, easy-going colloquial English, which he was aiming for, about one sentence in every three had to be adjusted. For the first two or three of the thirteen of his books that I edited, he took the trouble to read the edited script, but gradually he paid it less and less attention until, with the last three of his books, he would not even glance at the script – not even when I told him that I had put in a couple of jokes! Knowing him very well, I always felt quite sure that I had made his books sound just like he would have sounded if he had pushed his English up that last notch – that he was, in fact, right to trust me: but still I was slightly shocked at his doing so.

One kind of editing I did not enjoy: cookery books. We built up a list which eventually amounted to over forty titles, mostly about national cuisines or the use of a particular ingredient – rice cooking, mushroom cooking, cooking with yoghurt and so on. This list was André's idea – he it was who saw that as food supplies returned to normal, thousands of the British middle class would for the first time have to cook it with their own hands. I was too uninterested in food to have thought of it: in those days my notion of adventurous cooking was scrambling an egg instead of boiling it. But I was a woman, and where was the woman's place but in the kitchen? So the cookery list became 'mine'.

Luckily André capped his first inspiration by meeting Elizabeth David at a dinner party and inviting her to become our cookery-book consultant, and her year or so of doing this saved me. Quickly she taught me to look for authenticity, to avoid gimmicks, to appreciate how a genuine enjoyment of food made a book tempting without any self-conscious attempts at 'atmosphere'. Before long I could see for myself that Elizabeth would never have done as the sole editor of a cookery-book list because so many useful books would prove too coarse to get through the fine sieve of her rather snobbish perfectionism; but her respect for the art of cooking and the elegant sensuousness of her response to flavour and texture were an education in the enjoyment of eating, as well as in the production of cookery books, for which I am still grateful.

There is no kind of editing more laborious than getting a cookery book right. You cannot assume that a procedure described in detail on page 21 will be remembered by a cook using a recipe on page 37 or 102: it must be fully described every single time it is used. And never can you be sure that all the ingredients listed at the head of a recipe will appear in their proper place within it. You must check, check and check again, and if you slip into working automatically, without forcing yourself to imagine actually *doing* what you are reading, you will let through appalling blunders (oh those outraged letters from cooks saying 'Where do the three eggs go in your recipe for such-and-such'!). I did become proud of our cookery list, and fond of some of its authors – but even so, cookery books ran advertisements close as my least favourite things.

I suppose that when I started on them I had never come across any description of the traditional savagery of great chefs: I assumed that people, many of them comfortably built and rosy-faced, who wrote about what was evidently to them a great sensuous pleasure, would be by nature mellow and generous. When a West End bookshop devoted a week to promoting cookery books, and accepted our suggestion that it should open with a party for which six of our cooks should provide the food, I expected a merry evening. The six joined eagerly in the preliminary planning, which had to ensure that each would bring two dishes suitable for finger eating, which represented her own speciality and which didn't clash with the other cooks' contributions. They bravely undertook the task of transporting their delicate work to the shop, and all arrived in good time to set about arranging the food to its best advantage. Whereupon – crunch! and someone's tray landed on someone else's plate – splat! and a passing rump sent a dish flying to the floor – 'Oh do let me help!' and a knife was seized and brought to bear like a jolly hockey stick on a rival's exquisite confection . . . Never again did I allow any of our cooks to meet each other.

The kind of cookery book we brought out in the fifties, and which continued to do well in only slightly modified form during the sixties and seventies, would not get far today. It was an inexpensive, unillustrated collection of recipes which we assumed would sell (and which did sell) without being dressed up, because many of the new generation of middle-class cooks were enjoying holidays abroad for the first time and were therefore eager to make their meals more interesting by cooking dishes from foreign countries. As Britain's culinary revolution progressed (and you only have to look at a few of the cookery books published before the

Second World War to see that it was a real revolution), more publishers jumped on the bandwagon and more effort had to be put into making cookery books eye-catching. It was a good many years before the grand, glossy, lavishly illustrated tome swept the board, but the challenge became perceptible fairly soon, and we failed to rise to it.

Booksellers began to insist that they couldn't sell a cookery book unless it was illustrated in colour, so reluctantly we started to insert a few cheaply printed colour plates, the photographs usually scrounged from a tourist board, which was a waste of time and of the little money it cost. I knew this; it was obvious that the big successes were crammed with beautiful photographs specially taken for them and finely printed. They could only be so handsome because their publishers had the confidence to invest a lot of money in producing large editions, and printed their colour in even longer runs for several foreign editions as well as their own. To work on this scale they had to establish and cherish a Name – Carrier, Boxer and so on – culminating today in Delia, Queen of the Screen (one of the best things about cookery books is that no one who isn't a truly good cook can become a Name, because recipes are *used*). Then the book had to be planned so that the purchaser could feel 'That's it, I shall never need another!' (which didn't have to worry the Name, because once solidly established, collections of his or her Summer, Winter, Christmas, Birthday, Party or Whatever recipes would still sell merrily, even though a critical eye might detect signs of strain). Then photographers who could make food look eatable had to be found – a much rarer breed than the uninitiated would suppose, and worth their weight in caviar. And finally a network of international relationships had to be built up. This kind of investment was foreign to André's nature, and I certainly had not got the confidence to fight for it. Suppose we didn't get it right first time? We easily might not, and we could not afford such a disaster. So we settled for the modest success of our own kind of book, which slowly decreased until the early eighties, when the list faded out.

The stalest cliché about publishing – 'You meet such interesting people' – is true enough, but I think the greatest advantage it offers as a job is variety. Yes, I did find working on cookery books fairly boring, but how different it was from working on a novel or a book of poems. One was always moving from one kind of world into another, and that I loved.

I was nervous in the world of poetry. My mother used flatly to refuse to read it, declaring that it made no sense to her, and although I was shocked and embarrassed on her behalf in my teens, when I read poetry a good deal and wrote it too (though never supposing I was writing it well), I had in fact inherited her prosaic nature. Poetry moves me most sharply when it ambushes me from a moment of prose, and I can't really understand what it is that makes a person feel that to write it is his *raison d'être*.

Knowing this, all I could do while a volume of poetry was going through my hands was stand by – which, luckily, is all that an editor ought to do unless he is Pound working with Eliot: one poet rubbing sparks out of another in mutual understanding. I read the work carefully, tried to make the jacket blurb say what the author wanted it to say, was moved by some of the poems as wholes and by parts of other poems . . . all that was all right. But I also felt a kind of nervous reverence which I now find tiresome, because it was what I supposed one *ought* to feel in the presence of a superior being; and poets, although they do have a twist to their nature which non-poets lack, which enables them to produce verbal artefacts of superior intensity, are not superior beings. In the distant days when they were singing stories to their fellows in order to entertain and instruct them, they were useful ones: in the days when they devised and manipulated forms in which to contain the more common and important human emotions they were clever and delightful ones; and in the comparatively recent days when they have examined chiefly their own inner landscapes they have often become boring ones (I have stopped reading the *Independent*'s 'Poem of the Day' because of how distressingly uninteresting most of them are). And even when the poems are not boring, the poet can be far from superior – think of poor Larkin!

Naturally we did not think the poets we chose to publish

boring – except that I did become tired of Roy Fuller's meditations on his own ageing, sometimes found Elizabeth Jennings's thought less interesting than she did, and considered that 'Not Waving But Drowning' was the best-known of Stevie Smith's poems because it was the best of them. Peter Levi's early poems I found easy to love, but it was Geoffrey Hill's dense and knotty poems which were, for me, the richest in sudden flashes and enduring illuminations. 'If you are really without religious feelings,' he once said to me, 'how can you like my work?' To which the answer is: 'Does an agnostic have to dislike a Bach cantata or Botticelli's *Nativity*?' If an emotion or a state of mind has forced someone to give it intensely appropriate expression, that expression will have power enough to bypass opinion.

Geoffrey was a difficult writer to work with because of his anxiety: he was bedevilled by premonitions of disaster, and had to be patiently and repeatedly reassured although my own nerves, worked on by his, would be fraying even as I spoke or wrote my soothing words. Once something frightening happened. A book of his – I think it was *Mercian Hymns* – had been read in page proof by him and me, and I had just passed it to the production department to be sent to press. That same afternoon he telephoned apologetically, saying he was aware of how neurotic he was being and would I please forgive him, but he had suddenly started to worry about whether the copyright line had been included in the preliminary pages. I knew it had been, but I also knew how tormenting his anxieties were, so instead of saying 'Yes, of course it's there,' I said: 'Production probably hasn't sent it off yet, so hold on and I'll run down and check so that we can be a hundred per cent sure.' Which I did, and the line was there, and Geoffrey was comforted. And when the printed book was delivered to us there was no copyright line.

Whatever it may be that causes a poet to know himself one, Geoffrey was walking evidence of his own sense of vocation. Living seemed to be more difficult for him than for most people. Once he told me – wryly, not proudly – that he was hesitating about doing something which he passionately wanted to do because if he did it, and thus ceased to suffer, he might never write any more poems. And his prose seemed to illustrate the degree to which writing poetry was his *raison d'être*: it was so unconfident and clumsy that it made me think of a swan out of water.

Stevie Smith, too, in her different way, found life difficult; although she solved the problem cleverly and decisively by withdrawing from those parts of it that were too much for her and keeping to a well-defined territory of her own. She was amusing, and – strangely, given the cautious nature of her strategy – met one with a beguiling openness, so that I always started our meetings with the feeling that we were about to become close friends. We never did, and I think the reason was sexual. I was still young enough to be at heart more interested in my own sexual and romantic activities than in anything else (though mostly I kept them out of my office life), so Stevie's nervous asexuality distanced her. She almost fainted when she first came into my office, because I had on my wall a print of snakes. All the blood left her face and she could hardly make audible a plea that I should take the print down (after that I always removed it as soon as she was announced). Perhaps the notion that a phobia about snakes relates to their phallic quality is old-fashioned and misguided, but I supposed it to be true, and saw Stevie's phobia as revealing. I'm sorry to say that some part of me slightly despised the fear of sex I sensed in her; and I hope that she got her own back (this is far from unlikely) by slightly despising its opposite quality in me.

That we had a poetry list was almost accidental. While we were still at Thayer Street André had met Laurie Lee and had fallen in love with his *Cider with Rosie*, which was published by Chatto & Windus. Laurie must already have been dabbling in the manipulative games with publishers that he was to play with increasing zest in the future, because André was given to understand that Chatto's were in the doghouse for refusing to publish his poems, *My Many-Coated Man*, and who knew what might come the way, in the future, of the firm which took them on. So André snapped up the poems (and we did indeed get Laurie's next-but-one prose book). Six months later the acquisition of Derek Verschoyle's list landed us with five more books of verse. They were by Ronald Bottrall, Alan Ross, Roy Fuller, Diana Witherby and David Wright – Fuller was to continue with us for the next thirty years. Then Elizabeth Jennings came to us on Laurie's recommendation, and Peter Levi on Elizabeth's, and after that one poet led to another in a haphazard way, or sometimes an agent bobbed up with one, or sometimes one of our novelists was a poet as well (notably John Updike), and once there was a small infusion from another publisher, called Rapp & Whiting, whose list came our way . . .

In the almost fifty years I spent in publishing, poetry was never easy to sell, and we were not among the houses that were best at it. I find it hard to understand why we stayed with it as long as we did. Certainly I loved some of the books on our poetry list, but given my prosaic nature I would not have minded if we had never developed such a list: I edited most of the books on it, but I was not its instigator. It was André who liked to have it there. He had been an enthusiastic reader of poetry in his youth (Hungarians treasure their poets very earnestly), and was still, when I first knew him, reading Eliot's *Four Quartets* aloud to young women whenever they gave him the chance (and reading them well). Nor was Nick much interested in our poets – except for Ogden Nash who was a friend of his, and whom he edited. I suppose André simply thought that a proper publisher had a poetry list, rather as, in the past, an English country gentleman, even if he devoted all his leisure to shooting game birds or riding to hounds, thought that a proper house had a library. In retrospect I see it as interesting rather than praiseworthy, given the frugal habits insisted on by André. Poetry may not have lost us money (we paid poets minuscule advances and designed their books very economically), but it certainly didn't make us any, and none of us minded: an attitude which fifty – forty – thirty years ago was not worthy of remark, and now has become almost unimaginable.

To restore my balance after recalling the dutiful aspects of editing – the need to work conscientiously in spite of being bored, and to put oneself at the service of books that were not always within one's range – I shall now describe what was certainly the most absorbing of all the tasks that came my way: working with Gitta Sereny on *Into That Darkness*, which we published in 1974.

Gitta spent her childhood in Vienna, the daughter of a Hungarian father and an Austrian mother, neither of them Jewish. She was fifteen years old when Hitler took Austria over. She was sent to school in France and was caught there by the war. During the German occupation she looked after abandoned children in Paris and the Loire, then got out to America where, in 1945, she took a job in UNRRA (the United Nations Relief and Rehabilitation Administration) as a child welfare officer in camps for displaced people in southern Germany. Although many of the children were eventually reunited with their families, many more had no one and nowhere to go to: all had experienced unspeakable horrors. How could anyone have chosen to make concentration-camp and labour-camp victims of thousands of children, all under fourteen, many under ten? To quote from the preface of the paperback edition of *Into That Darkness* which we published in 1991: 'Over the months of the Nuremberg trials and our own increasing work with survivors, including a few from the extermination camps in occupied Poland, about which almost nothing had been known until then, we learnt more and more about the horrors which had been committed, and I felt more and more that we needed to find someone capable of explaining to us how presumably normal human beings had been brought to do what had been done.' Haunted by this question, she came to feel that 'it was essential to penetrate the personality of at least one such person who had been intimately associated with this total evil. If it could be achieved, an evaluation of such a person's background, his childhood, and eventually his adult motivation and reactions, as he saw them, rather than as we wished or prejudged them to be, might teach us to understand better to what extent evil in human beings is created by their genes, and to what extent by their society and environment.'

People sometimes ask why Gitta Sereny habitually writes about evil, but I do not see it as surprising that someone plunged into such a scalding awareness of it so early in her life should be haunted by it. It is only because it frightens us too much that we don't all think about it much more than we do. Everything that makes life worth living is the result of humankind's impulse to fight the darkness in itself, and attempting to understand evil is part of that fight. It is true that such understanding as has been achieved has not made much – if any – headway against evil; and it is equally true that horror and dismay at dreadful things are often used as disguise for excitement; but if those facts are allowed to discourage us from trying to understand how corruption comes about, what hope have we? It seems to me that Gitta's need to seek explanations has led her to do valuable work, none more so than when she seized the chance, some twenty-five years after her experiences in UNRRA, to penetrate one particular evil personality.

She had become a journalist. In 1967 she was commissioned by the *Daily Telegraph* to write a series of pieces about West Germany, including the Nazi crime trials then taking place. She was present at the trial of Franz Stangl who had been Kommandant of Treblinka, one of the four extermination (as opposed to concentration) camps in German-occupied Poland, and who was sentenced to life imprisonment for co-responsibility in the murder of 900,000 people in that camp. There had been only four such men: one of the others was dead, the other two had escaped. Stangl, too, had escaped (to Brazil), but had been tracked down. Gitta realized that he was the object for study that she had hoped for, and that by now she herself felt capable of undertaking the task.

She was allowed to visit Stangl in prison and talked with him for many hours over six weeks, at the end of which – the very end – he reached the bottom of his guilt and admitted that he ought not still to be alive. There was still a detail which he wished to confirm about something he had said, so she agreed to return to the prison in three days' time to collect the information. When she did so she was told that he was dead. It had been heart failure, not suicide. When the *Telegraph Magazine* published the interviews they refused to include this fact, saying that no one would believe it.

Having read these interviews, we asked Gitta to come to the office and discuss the possibility of a book, whereupon she told us that she was already deep in the work for it, and would be glad to let us see it. I can't remember how long it was before she brought it in – or rather, brought in the raw material out of which it was to be shaped, but I shall never forget the sight of that mountain of script.

When I got it home that evening (it was far too unwieldy to deal with in the office) it covered the whole of my table. In addition to the central Stangl interviews there were interviews, many of them long, with at least twenty-four other people, and there was also much – though not all – of the material for the linking passages of description and explanation essential to welding the material into a whole.

No reading I have ever done has shaken me as much as the reading I did that night. Having seen the film of Belsen made when the Allies got there I thought I knew the nature of what had been done; but of course I didn't. Groping my way into the history of this ordinary, efficient, ambitious, uxorious Austrian policeman, through the astonishing material about Hitler's euthanasia programme to which he was transferred – all the men employed in the extermination camps, except for the Ukrainians, worked for that programme – was intensely interesting, but frightening because I knew where it was going. And then it got there. And then the voices began to tell me what it had really been like . . . I remember walking round and round the room as though I were trying to escape what was in that pile of paper, and I didn't sleep that night. But one editorial decision I was able to make then and there: we must use no adjectives – or very few. Words such as 'horrifying', 'atrocious', 'tragic', 'terrifying' – they shrivelled like scraps of paper thrown into a blazing fire.

After the enormous amount of source material she had dug into, and all those interviews which had taken her to Brazil and Canada and the United States as well as to Germany and Austria, and had plunged her ever deeper into the darkness that I had just glimpsed,

Gitta was near the end of her tether. She liked to have the support of an editor at the best of times, simply because, fluent though her English was, it was not her first language: she couldn't be absolutely confident in it – and did, in fact, sometimes slip into slightly Germanic rhythms and over-elaboration of syntax. But chiefly it was exhaustion, and being too close to the material, which made it essential for her to have help. Often it amounted to no more than me saying 'Let's put that bit here' so that she could say at once 'No no – it must go there'; but she was also enabled to reshape passages when she had seen them afresh through a new pair of eyes. I could point out where clarification, condensation, expansion were needed. I could say 'But you've said that already when you were describing such-and-such', or 'But wait a minute – I need reminding about that because it was so long ago that it first came up'.

It was clear enough that the Stangl interviews were the thread on which the rest must hang, but it was not easy to decide where to break them and introduce other voices: his wife's or his sister-in-law's, those of the men who worked under him, those of the five survivors, and many more. I have forgotten how long it took us, working usually in my flat (I had to take many days away from the office for this book); but I know it was months – Gitta often had to go back to her typewriter to provide links or expansions. From time to time we got stuck: there would be a chunk of material, fascinating in itself but seemingly impossible to fit in. 'Oh God, we'll just have to sacrifice it', I would say; and then, a little later, there would be some slight shift in the mass of the book, and click! in would go the problem piece, fitting exactly. This happened with almost uncanny regularity. Gitta *thought* she had just been collecting everything she could find, but the extent to which she had unconsciously been structuring her book became clearer and clearer. An interviewer does, after all, control the direction of an interview, and the further she had delved into Stangl's background, the more sure her touch had become at discovering what was relevant. We shortened a good deal, but we did not, in the end, have to leave anything out.

That was the most impressive thing about her work on this book: the way she knew, even when she felt as though she didn't, exactly what, in this most complicated operation, she was after. That, and her astonishing power as an interviewer which enabled her to draw out of people all that they had to give. And another thing which won my admiration was her lack of author's vanity. She would sometimes say 'no' to an alteration I suggested, on the grounds that it sounded too unlike her; but usually if a point were made more concisely or emphatically she appeared not to mind if I altered her original words. What she was committed to was *getting things said* rather than to making an impression as a wordsmith.

I could write at length about *Into That Darkness*, but it would make more sense for those of my readers who don't know it to get hold of a copy. The reason why working on it was so important to me was that its subject engaged me so completely. I still think – and often – of how that unremarkable man became a monster as the result of a chain of choices between right and wrong – some of the early ones quite trivial – and the way in which no one he respected intervened in favour of the right, while a number of people he respected (senior officers, a priest, a doctor – his idea of respectability was conventional) behaved as though the wrong were right. Chief among them, of course, the Führer. Stangl did not have a strong centre – had probably been deprived of it by a dreary childhood – so he became a creature of the regime. Other people without much centre didn't – or not to the same extent – so some quality inherent in him (perhaps lack of imagination combined with ambition) must have been evident to those who picked him for his appalling jobs. But it was surely environment rather than genes which made him what he became.

One good thing about being old is that one no longer minds so much about what people think of one. Boasting is disapproved of, but still I am going to quote the words with which Gitta acknowledged my help, because they gave me so much pleasure: 'Diana Athill edited *Into That Darkness*. She has lent it – and me – her warmth, her intelligence, her literary fluency, and a quality of involvement I had little right to expect. I am grateful that she has become my friend.' Which makes us quits, because I was and am grateful to my friend Gitta for allowing me that involvement.

Soon after the book was finished Gitta became ill: a cancer, discovered – thank God – early enough for complete extirpation. I know, of course, that there can be no proof of this, but I have always been convinced that it was a consequence of the strain she underwent when she had the courage to follow that man so closely into his dreadful night.

9

DOMESTIC LIFE AT Carlisle Street (and later) was as full of incident as professional life, and this was for two reasons: the first, André's weakness for the square peg; the second, love.

The square pegs were many, often harmless and soon remedied, sometimes dramatic. Two were actually deranged, one of them a sales manager, the other put in charge of publicity (I was at last allowed to hand over the advertising to a publicity department, such an overpowering relief that it was some time before I could believe it, and rejoice). The sales manager, who had been imported from Australia, was living in a hotel, and I remember going there with André, hoping to find out why he hadn't appeared at the office for three days, and being told by the receptionist in a hushed voice, as if he were divulging the movements of a celebrity: 'The Colonel left for Berlin two days ago.' The *Colonel*?? We were never to find out more about his attack of military rank, nor about his disappearance. The publicity lady simply suffered from *folie de grandeur*, which provided its own solution when she realized that the job was beneath her.

The square peg I remember most fondly I shall call Louise. André found her in New York, writing copy for Tiffany's catalogue, and saw in a flash that she was just the person to manage the editorial department: not to do editing, but to *organize the editors*. He had long nursed a dream of programming and wall-charts which would somehow overcome the hazards which beset a book's progress from typewriter to printing press: authors having second thoughts, indexers going down with flu, holders of copyright not answering letters and so on. Louise was going to cure him of this dream, but we were unable to foresee the happy outcome, and awaited her arrival with dread. He had announced her thus: 'You are all going to have to *obey* her absolutely. Even *I* am going to obey her.'

She did at first sight seem a little alarming – but only because she was so chic. She was willowy and fine-boned, and her clothes were almost painfully enviable: the sort of casual clothes at which classy New Yorkers excel, so simple that you can't pinpoint why you know they are very expensive, you just do know it. But her striking poise and confidence did not prevent her manner from being engaging, so I took her to lunch on her first day feeling warmer towards her than I had expected; and indeed, we had not finished the first course before every trace of alarm had been dispersed.

Louise couldn't wait to tell me why she had accepted André's offer. She had met Ken Tynan in New York (Tynan was even more famous there, both as theatre critic and as personality, than he was in London); she had fallen madly in love with him; when he had left for London she had been flat broke (*how did she get those clothes?*) so that she couldn't possibly follow him, and had been in despair . . . and then, out of the blue, came this God-sent chance. Did I think Ken would mind? She was almost sure he wouldn't, he had said this, that and the other, done this, that and the other . . . Surely that must mean that their affair was about to go from strength to strength . . . Or did I think, perhaps, that she had been *unwise*? I had never been nearer Tynan than the far side of a room at a drinks party, but it was impossible not to hear a great deal about him, and what I had heard made me pretty sure that she had been very unwise. I could already envisage mopping-up operations ahead, but what chiefly occupied my mind on that first day was the cheerful certainty that this charming but daft girl was never going to manage anything, not even her doomed love-life.

What still remained to be discovered was the extent of her curiously vulnerable recklessness – her almost heroic compulsion to plunge into disaster – and her total uselessness in an office. She was a brilliant con-artist as far as the first moves went – that first impression of exceptional poise and confidence never failed – but she couldn't follow through. I don't think she even tried to. I came to know her quite well, even had her to stay in my flat when her need to be rescued became acute, and often wondered how well she knew herself. Did she wake at night and start sweating at the thought of being found out, or did she simply blank out awkward facts such as that she had conned her way into a job she couldn't do and was now lying in her teeth to hide the fact that she wasn't doing it? Blank them out, and then switch on some kind of instinctive escape mechanism by which she would wriggle out of this situation and into another?

Not until she had left us did we discover that she had been hiding book-proofs behind a radiator instead of sending them out, as she had said that she had done, to distinguished persons in the hope that they would provide glowing quotes to go on book-jackets; but we did realize quite soon that when Louise said she had done something it didn't necessarily mean that she had, and it was only a matter of weeks before André was muttering and rumbling – though not to her. He was rarely able to sack a square peg. His method was to complain about them angrily to everyone from Nick and me to our switchboard operator (never, of course, admitting that he had brought the offender in) until he had created such a thick miasma of discomfort in the office that even the most obtuse peg would sense that something was amiss, and would eventually leave. (On one appalling, and unforgiven, occasion, much later, when a peg had failed to do this, André broke down, gulping: 'I can't – I *can't* – *You* do it!' And I had to.)

Luckily Louise had sensitive feelers and soon became aware that thin ice was melting under her feet. So when one evening she found herself next to Tom Maschler of Cape's at a dinner party, she switched on her act. And a few days later Tom called André to apologize for having done a wicked thing: he had poached our Louise! 'I hope to God,' said André, 'that I wasn't *too* gracious about it.' Luckily Tom suspected nothing, and that was that. I went on seeing Louise from time to time, but thought it better not to ask her about her new job – it was her love-life that I was following. She finally accepted rejection by Tynan, embarked on a therapeutic flutter with a man who didn't interest her at all, became pregnant by him, and had an excuse to flee back to New York just in time – or so I suspected – to avoid being sacked.

I didn't say to André 'I told you so' because I knew so well, by then, that it would have no effect whatsoever.

The love which most disturbed the office – this was both surprising and gratifying – was that which afflicted men, not women. Among people of my grandparents' generation and, to a slightly lesser extent, my parents' it was taken for granted that men were to be preferred to women in responsible jobs because they were in better control of their emotional lives. A woman might be as intelligent as a man, but her intelligence could not be relied on because if, for instance, she was crossed in love she would go to pieces. Menstrual moodiness was not actually mentioned, but the idea of it lurked: women, poor things, were so designed that they couldn't be expected to overcome their bodies' vagaries. To my generation this was not true, but it was still present as something which needed to be disproved. I was therefore delighted to find that while I and my woman colleagues at work sometimes endured gruelling emotional experiences in our private lives, we none of us ever allowed them to impinge on our work in anything like the shameless way that Nick and André did.

Nick, usually a pattern of gentlemanly reticence with an upper lip so stiff that it almost creaked, fell violently in love with a young woman who was working for us, and by the time he had left his wife, forced her into divorcing him, been dumped by his mistress, and returned to his wife, the amount of hysteria that had been unleashed left the onlookers prostrate with exhaustion. At the stage when Nick was alone in a dreary rented flat soon after his woman had decided that she didn't want him after all, I felt truly sorry for him: a man so dignified having been reduced to making such a pathetic exhibition of himself, and all for nothing – it was tragic. But his dignity and my sympathy were a good deal reduced when, less than a week later, André reported that Nick was back with his wife and that we were all being asked to behave as though nothing had happened. I couldn't see any explanation for such a rapid anti-climax other than an inability to imagine life without being cooked, cleaned and shopped for.

André's love trials, less severe than Nick's but no less hard on the audience, were incidental to a story which turned out to be life-long and – with ups and downs – happy.

Earlier, at the time when I first became his confidante, he used to get through women very quickly. There would be an earnest report of falling in love (it was always love, never liking, that he fell into), soon followed by the news that it was over. On one occasion only three days passed between the falling and the revelation that the woman was impossible because 'she keeps on telephoning'. 'But isn't that rather nice?' I asked. 'No, she wants to talk about her troubles.' Another time he invited someone he had just met to share a short holiday in Cornwall, only to see next day that this was a mistake; whereupon he bullied Sheila Dunn to go with them and she in turn had to bully him not to lock the girl out of his bedroom – a situation I remembered on reading in Liane de Pougy's *My Blue Notebooks* how an ex-lover of hers summoned her to his rescue because a new flame had trundled into his bedroom equipped with her pillow, obviously expecting (*quelle horreur!*) to stay in his bed all night.

This flightiness was soon to change. In 1949 André went on the first of the skiing holidays in Davos which he was to take every winter for the rest of his active life, asking me before he left to look after his latest girl. I spent an evening with her – and it seemed to me that she showed no sign of infatuation, which was lucky. As soon as André got home he called me, to announce: 'I'm in love!'

'I know you are – you left me in charge of her.'

'Not with *her*. This is the real thing.'

And it was. Staying at the same hotel in Davos was the woman who would put an end to his days of philandering.

Her dark-haired brown-eyed beauty was of the slightly sharp-featured kind which most excited him, so it was not surprising that she had appealed to him on sight, but why she was the one who caught him for keeps – and it was obvious from the start that this had happened – is more mysterious.

I thought about it a lot, and came to the conclusion that four things had combined to give her the unshakeable authority she was to hold over his imagination: she was ten years older than he was, she was married, she was shy and reserved by nature and she was seriously rich.

Glamour requires a certain distance, and this beauty's seniority, her married status and her reserve endowed her with it: André would never be able to feel in complete possession of her. And her – or rather her husband's – money, which I am convinced André never thought of as something from which he might profit, enhanced this slightly out-of-reach glamour a good deal – and did so all the more effectively because she herself made very little of having money. She was gloriously special in André's eyes less for her amazing richness than because she was *above* her amazing richness.

At first he longed to marry her and felt, when her husband made this impossible, that they were in a tragic plight. But they were able to go on seeing each other, and finally he seemed to become resigned to the situation. He was in fact far too single-minded in his self-absorption to be good at marriage, however sincerely he would have adored his wife, and no one could have spent many years of meeting him almost every day without seeing as much.

In almost fifty years I met his beloved no more than a couple of dozen times, because André insisted that she was fiercely jealous of me. To begin with that was not inconceivable – I was ten years younger than she was, shared his interests and was with him every weekday – but as the years passed it seemed less and less likely; and by the time he said it (as he did) to an eighty-year-old me of a ninety-year-old her, it had become no more than an automatic twitch of an ossified male vanity. The truth was more likely to be that she had no intention of being lumbered with her lover's hangers-on. I believe she never once met his mother (for which no one who knew Maria Deutsch would dream of blaming her).

In any relationship as long as theirs there are ups and downs, and twice during our Carlisle Street days André was overtaken by fits of jealousy. Neither time, as far as I could see, did he have good reason for it, though that was not from want of trying to find one. Because both times, in addition to collapsing into a melting jelly of woe, unable to think or talk for days on end about anything else ('How can you expect me to think about print-runs when *this* is going on?' – which was hard to take given the degree of commitment he demanded from everyone else), he devoted evening after evening to what he called 'driving round', which meant spying, and for 'driving round' he insisted on a companion. He would endlessly circle whatever restaurant he thought she might be dining at; and having failed to catch her coming or going would then drive up and down the street where his suspected rival lived, hoping (or dreading) to see her car parked on it. Which he never did. If he had I would have known, because although I soon went on strike about 'driving round' with him, finding it as disgusting as it was boring, and was succeeded by other reluctant attendants, I still had to hear a blow-by-blow account of every evening, together with all the other moaning.

Why did I feel that I must go on listening? Nowadays, of course, I would soon find a way of escaping from such a desperately boring ordeal, but at the time it seemed to me that listening was what friends are for . . . which is, I suppose, true enough up to a point, and it is not easy to draw a line between a genuine need for sympathy and greedy self-indulgence. I could and did draw it, but still I felt that André couldn't help crossing that line so that I *must* bear with him. I remember a particularly violent spasm of impatience, and thinking 'Hang on, don't let it rip, if he knew what I'm really feeling how could our friendship survive?'.

And in fact it was to be given a rude shock – though by André's impatience, not mine.

At about the time when he was going through his paroxysms of jealousy, and just before Nick's debacle, I fell in love with a man who had the courage, when he realized what had happened, to tell me that he was unable to fall in love with me. Even then I was grateful for his honesty because experience had already taught me a good deal about broken-heartedness, and I knew that the quickest cure is lack of hope. If mistaken kindness allows you the least glimmer of hope you snatch at it and your misery is prolonged: but this man (this dear man whom I continued to like very much after I was cured) made it impossible for me to fool myself, so I was able to set about getting better without delay and in the end was left without a scar. But although the process was steady it was not quick, and for about a year I had nothing to take my mind off sadness but my work, so that my evenings were often desolate.

Those enjoyed by André, his beloved, Nick and his wife Barbara seemed, on the other hand, to be all that evenings should be. They made a foursome and went to theatres, concerts, exhibitions and movies together two or three times a week. 'I wish that they would sometimes ask me to go with them,' I thought on one particularly dreary evening; and went on to wonder if it would be importunate to suggest as much to André. It would go against the grain to do so because I had fallen into the habit of keeping my love troubles to myself – and perhaps that was why it had not occurred to him that I could do with cheering up. If he knew . . . and we were, after all, friends: think of all the listening I'd done to *his* love troubles; think of all that 'driving round' for heaven's sake! Surely after all that I could bring myself to confess that I was going through a bad time and that an occasional evening at the cinema with him and the others would be very welcome.

So I did – probably, after all the screwing up to it which had gone on, in a tiresomely self-conscious voice. And what he said, very crossly, was: 'Oh for God's sake! Don't be so sorry for yourself.'

10

In 1961 we bought 105 Great Russell Street, where the firm was to spend the rest of its days. André pounced on it less because we needed a bigger house, although we did, than because it came with Grafton Books, a small firm specializing in books on librarianship, which he felt would contribute a ballast of bread and butter to our list in the future. In our early days we used to look respectfully at Faber & Faber because, as André often pointed out, their distinguished list of literary books was supported by others less glamorous – I think there were references to books about nursing – and we all felt slightly worried by our own lack of such reliable 'back-list' material. The cookery list was an attempt to remedy this, and so was the Language Library, a series of books on the nature and history of language which the lexicographer Eric Partridge thought up for us, and which he edited first entirely, then in an advisory capacity, until his death. Grafton seemed a timely expansion of this policy, and its house was splendid: a decent though often-adapted Georgian building, which bore a plaque announcing that the architect A. W. N. Pugin once lived in it, and which we saw at first as huge. The street on which it stood was drab, catering for the kind of tourist who, clad in anorak and trainers, is in pursuit of culture; but the British Museum still looks out on it through its noble gates and a screen of plane trees, bestowing enough dignity to make it a good address for a publisher.

Here we settled down to enjoy the sixties which were, indeed, good years for us; although they never seemed to me essentially different from any other decade. Perhaps they would have done if I had been younger and still fully responsive to the pull of fashion, but as it was I saw them as an invention of the media. Most of the people I knew had been bedding each other for years without calling it a sexual revolution. Jean Rhys agreed, saying that people were using drugs like crazy when she first came to London before the First World War, the only difference being that the papers didn't go on about it. But of course the fact that we now felt that we had finished recovering from the Second World War did make for cheerfulness.

Because we had more space in which to accommodate more people we began to feel less like a family and more like a firm. For some time we stuck at twenty-four people, not counting packing and dispatch which was always under a separate roof and functioned efficiently and happily in the hands of an earnest Marxist and various members of his family (until the fatal day when André caught the suddenly-fashionable Management Consultant bug, after which they became less efficient, and unhappy). Then the production department grew from two to three to four; publicity and rights each managed to convince André that they needed a secretary of their own; Pamela Royds, our children's books editor, forced herself to confess that she really did *have* to have an extra hand (long overdue, given the size and importance of her list) . . . By the time we reached full strength we were using windowless passages as rooms and every real room was subdivided to the limit. Because my little room looked out of a window on the house's quiet side I felt guiltily privileged. Poor Esther Whitby and the other three of the editorial department were, for several years, entombed in the cellar.

I often wondered whether other businesses above the level of sweated labour imposed on their personnel the degree of discomfort we got away with. The country seemed to teem with people, most of them young women, so eager to work with books that they would endure poverty and pain to do so: a situation which we certainly exploited. The only people paid salaries commensurate with the value of their labour were our sales manager, our production manager and our accountant – all usually married men who would very properly not have taken the job for less. The rest of us, in spite of mopping and mowing fairly steadily about our pitiful lot . . . well, we could have left but we did not, and the atmosphere was usually cheerful.

Since I was always down among the common people as far as salary was concerned (several women who came to work for us after 1962 had the sense to insist on pay higher than mine), I felt like one of the employed rather than one of the employers. We were well into the nineteen-seventies before I reached £10,000 a year and I was never to be paid more than £15,000 – though some time in the late seventies I did get a company car (I remember André failing to convince me that a *deux chevaux* had a lot of throw-away chic). By the time we reached Great Russell Street I was no longer even noticing the extent to which the title 'Director', applied to me, meant next to nothing. When it came to buying property, increasing or not increasing staff, deciding where our books should be printed and what people should be paid, André made no pretence of preliminary discussion with anyone: which I accepted, so long as I was listened to – as I was – about books.

In only one respect do I now regret my attitude. If I had instinctively felt myself to be a senior officer rather than one of the crew I would have kept André in better order: would, for instance, have said 'Nonsense, of course we must buy them proper chairs and desk lamps – and *so what* if they cost as much as the ones you have just bought for yourself'. Instead of which I just, like everyone else, put up with the junk available, thinking 'What a mean old bastard he is' with the reluctant resignation of one complaining about bad weather.

Grafton Books was a good thing as far as it went, but it did not go very far: we were mistaken in thinking that it and the Language Library would keep us in bread and butter should we ever hit hard times. Grafton was run for us by Clive Bingley (who was to buy it from us in 1981) with the support of a small advisory committee, and he tended it through a growth as vigorous as a narrow field allowed; but few people had less interest in the technicalities of librarianship than André, Nick and me, so Clive must often have felt unsupported. When André sold it to him I think it was because of lack of interest in it rather than because it was losing us money, but it certainly was not bringing in a missable amount. And similarly, the Language Library would probably have done much better if one of us had cared about linguistics (for my part, having brushed the fringes of the subject at Oxford, I had moved rapidly through ignorance to abhorrence). It remained respectable, but it was unadventurous: we might, after all, have become the British publishers of Chomsky, but no one even thought about it. We hung on to the Language Library until 1984, and when we shunted it off onto Basil Blackwell Ltd of Oxford no one in the house noticed that it had gone. The truth is that a specialized list, if it is to succeed, must be published by a specialist: someone who will bring to it the energy and enthusiasm that we put into the rest of our list. Grafton and the Language Library made a modest but real contribution to the golden glow of our best years, but by the time we began to see rough weather ahead both of them, for lack of love, had become the kind of cargo that can be jettisoned.

The books that did well for us in the next thirty years were the books we liked – not, of course, that they were all liked equally, or all by all of us, but all of them more or less 'our sort of book'. Among the more conspicuous of our novelists (I put them in alphabetical order to disguise preference) were Margaret Atwood (her three earliest), Peter Benchley (all his novels, but *Jaws* was the one which struck gold), Marilyn French (two of her novels, but it was *The Women's Room* which counted), Molly Keane (her three last, *Good Behaviour* supreme among them), Jack Kerouac, Norman Mailer (up to and including *An American Dream*), Timothy Mo (his first two), V. S. Naipaul (eighteen of his books, including non-fiction), Jean Rhys (all), Philip Roth (his first two), and John Updike (up to and including the collection of essays, *Odd Jobs*).

There were a great many others, a few of which I have forgotten, many of which I enjoyed, some of which I loved – and I shall insert here a note to those readers who like to poke about in second-hand bookshops: if you come across any of the following, *buy them*:

Michael Anthony's *The Year in San Fernando*. Michael came from a remote Trinidadian village. His mother was very poor, and when offered the chance to send her boy to work for an old woman in San Fernando, she couldn't afford to turn it down. So the ten-year-old was dispatched to a small provincial town which seemed to him a thrilling and alarming metropolis; and Michael's novel is based on this experience. It is a wonderfully true and touching child's-eye view of life.

John Gardner's *Grendel*. A surprising novel to come out of Tennessee, by the man Raymond Carver acknowledged gratefully as a major influence. It is the Beowulf story told from the monster's point of view. Having to read *Beowulf* almost turned me against Oxford, so when a New York agent offered me this novel I could hardly bring myself to open it. If I hadn't I would have missed a great pleasure – a really powerful feat of imagination.

Michael Irwin's *Working Orders* and *Striker*. Two of the best novels of British working-class life I know – particularly *Striker*, which is about the making and breaking of a soccer star.

Chaman Nahal's *Azadi*. A superb novel about a Hindu family's experience of the partitioning of India, which ought to be recognized as a classic.

Merce Rodoreda's *The Pigeon Girl*. An extremely moving love story translated from the Catalan, which reveals much about the Spanish civil war as ordinary, non-political people had to live it.

It must seem to many readers that if someone was lucky enough to publish Roth's first books and almost all of Updike's, those two writers ought to figure largely in her story, but they are not going to do so. We lost Roth early through lack of faith, although I still think it was excusable. He, even more than Mailer, was a writer whose fame preceded his work: when his very gifted little first novel, *Goodbye, Columbus*, crossed the Atlantic it was all but invisible for the haze of desirability surrounding it, so that no one doubted for a moment that we had made a valuable catch. Then came *Letting Go* which I thought wonderful, although I agreed with André that it was too long – not 'by a third', as he said, but still too long. So we asked each other whether we should raise the matter with Philip and agreed that it would be too dangerous; there was such a buzz going on about him, everyone was after him – annoy him and he would be gone in a flash. And anyway it would be difficult to cut because it was all so good – there was not a dead line in it. Much of that novel is dialogue and I got the impression that Philip's brilliance with dialogue had gone to his head: he had enjoyed doing it so much that he couldn't bring himself to stop. So we accepted the novel as it was and it didn't earn its advance. (Imagine my feelings when he said to me, several years later: 'The trouble with *Letting Go* is that it's far too long.') Then came a novel called *When She Was Good*, told from the point of view of a young woman from the Middle West, non-Jewish, who struck me as being pretty obviously Philip's first wife. I never talked to him about this book, so what I say here is no more than my hunch, but I thought 'This is an exercise – he is trying to prove to himself that he doesn't *have* to write as a Jew and a man'. And as I read I kept telling myself 'It must soon come alive – it must'. And it didn't.

So we thought 'No more silly money' and decided to calculate the advance on precisely what we reckoned the book would sell – which I think was four thousand copies at the best – and that was not accepted. As far as I know *When She Was Good* was not a success – but the next novel Philip wrote was *Portnoy's Complaint*.

This space represents a tactful silence.

John Updike, on the other hand, was never set up as a star and never disappointed. From a publisher's point of view he was a perfect author: an extremely good writer who knows his own worth but is also well-informed about the realities of the publishing and bookselling trades. And from a personal point of view he is an exceptionally agreeable man, interesting, amusing and unpretentious, who knows how to guard his privacy without being unfriendly. I like John very much, always enjoyed meeting him, and never felt inclined to speculate about whatever he chose to keep to himself, so I have nothing to say about him except the obvious fact that we would have been a *much* less distinguished publishing house without him.

The strangest of my Great Russell Street experiences came in the mid-eighties, and did not result in a book. David Astor, the then retired editor of the *Observer*, and Mr Tims, a Methodist minister who had been a prison chaplain and had acted as counsellor to Myra Hindley, wanted her to write a truthful account of her part in the 'Moors Murders'. Mr Tims's motive was that of a Christian believing in redemption through penitence: he wanted, as a man in his position ought to want, to see this woman save her soul by plumbing the darkest depths of her guilt. Whether David Astor was at one with him about the soul-saving I am not sure, but he was convinced that if she could get to the bottom of her actions it would provide information valuable to sociologists and psychologists. Encouraged by these two men, she had written about her childhood and about meeting Ian Brady, falling in love with him and starting to live with him; but when she approached the murders, she stuck. She needed help. She needed an editor.

David Astor invited André and me to his house to meet Mr Tims and discuss the matter. It was soon after Tom Rosenthal had joined us, in the first stage of his buying the firm when he and André were to go through a period of joint management, so he too knew about the proposal. Our reactions to it had been characteristic: Tom's was instant and uncomplicated – he wouldn't touch anything to do with that monstrous woman with a bargepole; André's was uncomfortable but respectful, because he greatly admired David Astor and felt that any suggestion of his must be taken seriously; mine was a mixture of dismay and a curiosity too strong to be withstood. As we talked it over with the two men I became more and more sure that I wouldn't do it; but, having read the material they had persuaded her to write, I was ready to postpone my decision until after I had met her. She wrote simply and intelligently, making it clear how an ambitious nineteen-year-old with very little education, feeling herself to be more interesting than the rest of her family but frustratingly cut off from ways of proving it, could not fail to respond to the man she met at her work-place: the reserved austere man who quite obviously despised nearly everyone, but who *chose her*; who then went on to introduce her to frightening but fascinating books unknown to anyone else of her acquaintance; and who believed that it was necessary to be above the petty considerations which governed most people's despicable little lives. It was easy enough to see how that particular girl, falling in love with that particular man, would soon start to feel privileged, and to enjoy the sense of superiority gained by flouting ordinary people's timid limitations on behaviour. It was certainly not surprising that when she tried to confront the appalling results of following this line to its end, she couldn't. And I didn't see how anyone could help her do it – nor was I convinced that anyone ought to try. But given the chance to meet her, I was going to take it.

Mr Tims took me to the prison, a modern one, surrounded not by a wall but by a very high mesh fence. Its windows were of a normal size, out of which people could see grass and trees. Its only strangeness was that none of its inhabitants was visible: nobody was walking across those lawns or leaning out of those windows. No one but David Astor, André and Tom knew I was there – but I had not been in that prison fifteen minutes before a representative of a newspaper – I think the *Mail*, though I'm not sure – was on the telephone to the office asking if we were signing Myra Hindley up for a book. This, I was told later, always happened: wherever Hindley has been held, it seems there has been someone ready to keep the press informed of what is going on. To the British press, even after twenty-two years, Myra Hindley was firmly established as a kind of sacred monster, the least twitch of whose tail *had* to cause a ritual frenzy.

I spent about an hour with Myra Hindley, in a small room outside the open door of which sat a bored-looking wardress. If I had not known who the woman opposite me was, what would I have thought of her? I would have liked her. She was intelligent, responsive, humorous, dignified. And if someone had then informed me that this unknown woman had been in prison for twenty-two years I would have been amazed: how could a person of whom that was true appear to be so little institutionalized?

We talked about writing, of course – she had just taken a degree in English from the Open University – and about her conversion to Catholicism. She described how nightmarish it was to have the press breathing down the back of her neck all the time, and how boring to be short of intelligent talk. She was flippant rather than grateful about what she called 'my old men' – Lord Longford, David Astor, and Tims. To begin with her speech was very slightly slower than normal, so that I wondered if she was on tranquillizers – and Mr Tims was to say yes, she would have been: she had had to use them a lot since she had agreed to visit the moors with the police in an attempt to find the place where Brady had buried a victim whose remains had never been recovered. By the end of the hour she was speaking quite normally, and we could easily have gone on talking. I still liked her – and I had become quite sure that I was not going to become her editor.

The reason for this was two-fold: I could not believe that such a book would in fact teach anyone anything that could not already be inferred from the events, and I was also unable to believe that forcing herself to write it would help Myra Hindley. I was not a believer like Mr Tims, so about her soul I did not know: I was capable of envisaging the healing of guilt only in terms of *tout comprendre c'est tout pardonner*, and I did not think that this woman, if she compelled herself fully to acknowledge what she had done, would be able to grant herself pardon. When she did what she did, she was not mad – as Ian Brady was – and, although she was young, she was an adult, and an intelligent one. It seems to me that there are extremes of moral deformity which cannot be pardoned: that Stangl was right when, having faced the truth about himself, he said 'I ought to be dead'. He then had the luck to die, but that is not a conclusion that can be counted on. By the law of our land Myra Hindley had been condemned to live with what she had done, and she had contrived for herself a probably precarious way of doing so: admitting guilt, but blurring it by exaggerating her youth at the time and keeping the extent to which she had been influenced by, and eventually frightened by, Brady to the fore. What would society gain if she were made to live through those murders again as the sane adult she had in fact been, and ended by saying 'I ought to be dead', or by breaking down completely, which seemed to me the likely conclusion? Nothing. So if I enabled her to write the proposed book, and André Deutsch Limited published it, we would simply be trading in the pornography of evil, like the gutter press we despised. No, it could not be done.

Much of our non-fiction came in as a result of André's visits to New York: for example, John Kenneth Galbraith's books about economics, Arthur Schlesinger's about the Kennedy presidency, Joseph P. Lash's two about the Roosevelts. He also harvested many unexpected books such as Eric Berne's account of transactional analysis, *Games People Play*, very modish in its day, George Plimpton's funny stories about taking on professional sportsmen at their own games, and Helene Hanff's almost absurdly successful little collection of letters to a London bookseller, *84 Charing Cross Road*. Quickies by Daniel Cohn-Bendit and Bernadette Devlin resulted from his rapid response to whatever happened to be going on in the world; books by Gitta Sereny from his inability to read a newspaper without asking 'Is there a book in it?'. Simone de Beauvoir's books came from his flirtation with his old friend George Weidenfeld, with whom he had almost yearly meetings at which they discussed collaboration (sharing a warehouse, perhaps?), always to no avail except (mysteriously) in the case of joint publication of de Beauvoir. And it was André who launched us into our lively and profitable series of 'Insight Books' from the *Sunday Times*.

In the sixties Harold Evans made his name as the inspiring

young editor of that paper, piloting it to the forefront of investigative journalism. His literary editor Leonard Russell, an old friend of Nick's and newer friend of André's, called André one day in 1967 to consult him about an offer the paper had just received. The Insight Team was doing an investigation of the Philby affair, it had occurred to them that there might be a book in it, and George Weidenfeld had offered £10,000: did André think this was about right? 'No,' said André. 'I will give you £20,000.' And that was that.

We had a slightly proprietorial feeling about Philby, because he had been introduced to us during his curious limbo-years between the defection of Burgess and Maclean to the Soviet Union and his own uncovering as a spy. Since 1949 Philby had been the top British Secret Intelligence Service man in Washington, liaising with the FBI and the CIA, and he and Burgess were colleagues both in their above-ground roles in the British secret service and in their underground roles as spies for Russia – he had even had Burgess to stay with him in Washington. He was therefore recalled to London for investigation and, although nothing could be proved against him, left his masters so uneasy that he was asked to resign. Soon afterwards a friend of Nick's, a rich picture dealer called Tommy Harris who had also been in the British Secret Service, came to us and suggested that we should commission Philby's life story: the poor man was now short of an occupation and of money, and of course there was nothing in the very unjust rumours which had followed his resignation. Tommy Harris brought him to meet Nick and André, who found him impressive and congenial, as did most of the people who met him, and who signed him up, agreeing to let him have his advance in instalments to keep him going during the writing. None of which was done, of course – I think Tommy Harris repaid the advance. Philby's failure to deliver was attributed to his finding, when he came to it, that he was not a writer. Another five years were to pass before the true reason emerged, on his disappearance to Russia. While it is possible for a dedicated professional spy to *live* a life of deceit – an effort constantly rewarded by the achievement of specific ends, and probably by the feeling that you are being cleverer than the enemy – it would be unutterably boring to *write* it: to slog away at a story completely lacking in the one element which gave it, from your point of view, meaning. Once Philby had 'come out' he was able to write what he felt to be the true story of his life very well.

There were to be five more 'Insight Books': a detailed analysis of a presidential election in America (Nixon's); a hair-raising account of how a financial colossus (Bernard Cornfeld) rose and fell; an overview of the Middle Eastern war of 1973; the inside story of the Thalidomide disaster; and (the tail-end of the series, lacking the zing of its predecessors) *Strike*, the story of Thatcher, Scargill and the miners. All of them were team books produced by a group of exceptionally brilliant journalists in different combinations, chief among them Bruce Page, David Leitch, Phillip Knightley, Lewis Chester, Godfrey Hodgson and Charles Raw. The books emerged from a room at the *Sunday Times* so throbbing with activity that it was hard to imagine how a single paragraph of lucid prose could be written in it. It was Piers Burnett who edited them all for us, and he tells me that no experience in his long and varied publishing career was more entertaining.

In spite of André's record as a collector of square pegs, he did, of course, hit on many more round ones, and Piers was probably the roundest of them all. I think he was taken on as another attempt to impose on the editorial department that illusory orderliness and method of which André still spasmodically dreamt, and Piers did continue to function as an editor all the time he was with us; but quite soon his practicality, good sense and astonishing appetite for hard work got through to André. He had long nursed another dream in addition to that of the Editorial Manager; the dream of a Right Hand Man who would relieve the weight on his own shoulders by taking on at least some of the planning, negotiating and calculating with which he was burdened. He had recently made two attempts to bring this dream person in from outside, neither of which had worked – and very few of his onlookers would have been prepared to bet so much as a penny on any such attempt working.

But now it dawned on him that perhaps what he needed was already in the house. He hesitated; he seemed for a while to be almost disgruntled at the prospect of anything so *easy*; and then the decision was made and Piers moved downstairs to the little room next to André's, and there, at last, was the Right Hand Man who suited possibly the most difficult man in London.

The most spectacular thing that Piers did for us was to bring in Peter Benchley's *Jaws* on his first visit to New York; but he was not ordinarily much at home with fiction, and when from '79 to '81 a small list under his own imprint came out under our wing it specialized in psychology and sociology. Nowadays his own publishing firm, Aurum Press, which he runs with Bill McCreadie (once our sales manager) and Sheila Murphy (once our publicity manager), has a much wider focus but still avoids fiction. Otherwise it is the nearest thing going to a 'Son of Deutsch': much nearer than the firm which now bears our name.

An aspect of our activities which seemed in the sixties to be very important was André's adventures in Africa. In '63 we declared: 'We are proud to announce that we are working in close association with AUP (African Universities Press, Lagos), the first indigenous publishing house in free Africa, the foundation of which was announced in Lagos in April this year. The greater part of AUP's output will be educational books chosen to answer the needs of Nigerian schools and colleges. It will, however, have a general list as well. Books on this list likely to appeal to readers outside Nigeria will be published simultaneously by us.' Two years later a similar announcement was made about the East African Publishing House in Kenya. Both publishing houses were started by André, who had chased up the local capital and editorial board for them and had found them each a manager. As a result we secured some good African novelists (my own favourites were *The Gab Boys* by Cameron Duodu and *My Mercedes Is Longer than Yours* by Nkem Nwankwo), and a number of intelligent books about African politics and economics – and André enjoyed some exciting trips. (One of them was too exciting. Meeting a seductive young woman at a party, he took her for a midnight stroll on a beautiful beach near Lagos, and they were hardly out of his hired car before he was flat on his face in the sand being knelt on by two large ragged men with long knives who slit his trousers pocket to get his wallet and car-keys, and might well have slit *him* if another large ragged man had not loomed out of the darkness to intervene. Thc thieves fled, the young woman was in hysterics, they were miles from the city centre or a telephone . . . all André could do was ask their rescuer to lead them to the nearest police station – at which all three of them were instantly arrested and the policemen started beating up the poor rescuer. It took André four hours to get the facts into the heads of the Law and procure a lift back to town – having not a penny left on him he couldn't offer a bribe. Nor could he give his rescuer a reward. He delivered the reward to the police station next day but was pretty sure it would not be passed on.)

Most of his African experiences, however, were pleasant and productive, and I admired him for having taken the current interest among publishers in the newly freed countries a step further than anyone else. Most of the people in our trade were more liberal than not, feeling guilty at being subjects of an imperial power and pleased that with the war's end Britain began relinquishing its so-called 'possessions' overseas. And many of them were genuinely interested in hearing what writers in those countries had to say now that they were free. For a time during the fifties and early sixties it was probably easier for a black writer to get his book accepted by a London publisher, and kindly reviewed thereafter, than it was for a young white person.

There was, of course, something else at work as well as literary and/or political interest. There are, after all, a vast number of Indians, Africans and West Indians in the world – a potential reading public beyond computation – and nowhere, except in India on a tiny scale, were these masses able to produce books for themselves. Certainly no British publisher was foolish enough to suppose that more than a minuscule fringe of that great potential market was, or would be for years, accessible, but I think most of us thought it would become increasingly accessible in the foreseeable future. The feeling in the air was that freedom would mean progress; that the market out there was certainly going to expand, however slowly, so that it would not only be interesting to get in on the ground floor of publishing for and about Africa: it would also prove, in the long run, to be good business. Longman's and Macmillan's, with their specialized educational lists, were the firms which addressed the situation most sensibly, in ways helpful to their customers and profitable to themselves. André was the one who did it most romantically. Instead of providing Nigeria and Kenya with books made in Britain, he felt, Britain should help them develop publishing industries of their own. André Deutsch Limited was a shareholder in both the African houses he got off the ground, but not a major shareholder; and it claimed no say in what they were to publish. It was a generous enterprise, which seemed for a while to work well in a rough and ready way . . .

History, alas, has not left many traces of it, nor of the often wise and persuasive thinking in the non-fiction books about African affairs, particularly those of the French agronomist René Dumont, which we were so proud of. In Tanzania Julius Nyerere ordered a copy each of Dumont's *False Start in Africa* for every member of his government. He might as well have tossed them into Lake Victoria. But in the sixties it would have felt not only defeatist, but *wrong*, to foresee that the dangers Dumont warned against were not to be avoided.

Now I wonder whether we were expecting history to move faster than it can because we were witnesses of how fast an empire can crumble, and did not stop to think that falling down is always more rapid than building up . . . and what, anyway, were we expecting the multitude of tribal societies in that continent, many of them with roots more or less damaged by European intrusion, to build up *to*? Perhaps our concern was, and is, as much an aspect of neo-colonialism as American investment in Nigerian oil-wells.

André, and to some extent Piers, were the people who dealt with the African houses. My only brush with them came when we published a book by Tom Mboya jointly with EAPH and he came to London for its launching. For some reason André was prevented from meeting him at the airport. Feeling that it would be rude just to send a limousine for him, he asked me to go in his stead. I had a clearer idea than he had of the value a Kenyan VIP would attribute to a middle-aged female of school-marmish appearance as a meeter, but André pooh-poohed my doubts and feebly I gave in. The drive from Heathrow to Mboya's hotel was even less agreeable than I expected. Almost all of it was spent by him and his henchmen discussing, with a good deal of sniggering and in an extemporized and wholly transparent code, how and where they were going to find fuckable blondes. But that little incident did not prevent me from feeling pleased about our African connection, seeing it as adding stature to our house.

Although I did not get to Africa, I did to the Caribbean: the only 'perk' of my career, but such a substantial one that I am not complaining. Among our several Caribbean writers was the prime minister of Trinidad & Tobago (two islands, one country), Eric Williams, with his *Capitalism and Slavery* and *From Columbus to Castro*. Such editorial consultation as was necessary could easily have been done by letter, but André delighted in collecting freebies. He saw journeys as a challenge, the object of the challenge being to get there without paying. At a pinch he would settle for an upgrading rather than a free flight – or even, if he was acting on someone else's behalf, for an invitation into the VIP lounge; but he was not often reduced to spending the firm's money on an economy fare. Acting on someone else's behalf gave him a cosy feeling of generosity, so when Eric Williams's proofs came in he staggered me by suggesting that I should take them to Port of Spain, and he wangled the works out of Eric: VIP lounge, first class, and free. I had to get to New York on the cheapest charter flight I could find (quite a complicated and chancy business in those days), but from New York to Port of Spain it was champagne all the way. And once there, after a short session with that aloof, almost stone-deaf man whose only method of communication was the lecture, I could extend the visit into a holiday.

And even that was free to begin with, because we were doing a book about the islands for tourists, and the owners of the biggest hotel on Tobago, confusing the word 'publishing' with 'publicity', invited me to stay there. It was a luxurious hotel, but the people staying in it were very old. The men played golf on its lovely links all day, the women sat by its swimming-pool, apparently indifferent to the emerald and aquamarine sea being fished by pelicans a stone's throw away, and the 'tropical fruit' announced on its menus turned out to be grapefruit. I retired to my pretty cabin in a gloomy state – and became much gloomier when I read the little notice on the back of the door listing the hotel's prices. I did know, really, that I was there as a guest, but it had not been put into words, and the question 'Supposing I'm not?' seized on my mind. If I wasn't I'd have to be shipped home in disgrace as an indigent seaman (when I was a child my father told me that that was what consuls did to people who ran out of money abroad). So next morning I took to the bush with that irrational worry still gnawing, and had the luck to hit on Tobago's Public Beach.

This was a folly wished on the island by the government in Port of Spain. Tobago was girdled by wonderful beaches open to everyone, and would have preferred the money to be spent on something useful, such as road-repairs. So nobody went to the Public Beach, and Mr Burnett, who ran it, had such a boring time that he couldn't wait to invite me to join him and his assistant for a drink on the verandah of his little office. I told him my worry about the big hotel, and said: 'Surely there must be a hotel somewhere on the island where ordinary people stay?' There was a tiny pause while the two men avoided exchanging glances and I remembered with dismay that when people here said 'ordinary' they meant 'black' in a rude way; then Mr Burnett kindly chose to take the word as I had intended it, and said of course there was: his old friend Mr Louis was opening one that very week, and he would take me there at once.

So I became – it seemed like a dream, such a delightful happening coming so pat – Mr Louis's first guest in the Hotel Jan de Moor: a former estate house in pretty grounds, scrupulously run and not expensive. Mr Louis had reckoned that American tourists would soon include American black people – school teachers and so on – who would expect comfort but would be unable to pay silly prices, so he had decided to cater for the likes of them. In that first week the only people who visited were his neighbours, dropping in for a drink in the bar as dusk fell, which made it almost as friendly as staying in a private house, and I have never enjoyed a hotel more.

That whole holiday was a joy, not only because it was my introduction to the beauties of tropical seas, shores and forests, but because I *knew the place so well.* Of course I had always been aware of how well V. S. Naipaul and Michael Anthony wrote, but until I had stepped off an aeroplane into the world they were writing about I had not quite understood what good writing can do. There were many moments, walking down a street in Port of Spain, or driving a bumpy road between walls of sugar cane or under coconut palms, when I experienced an uncanny twinge of *coming home*; which made the whole thing greatly more interesting and moving than even the finest ordinary sightseeing can be. And after that I was always to find what I think of as the anti-Mustique side of the Caribbean, dreadful though its problems can be, amazingly congenial.

In the nineteen-seventies we went through an odd, and eventually comic, experience: to the outward eye we were taken over by Time/Life. 'Synergy' had suddenly become very much the thing among giant corporations, and on one of his New York trips André had allowed himself to be persuaded that we would benefit greatly if he sold a considerable chunk of shares in André Deutsch Limited to that company. Piers and I both think it must have been about forty per cent, but we were never told. The chief – indeed, the only – argument in favour of doing so was that already the advances being paid for important books were beginning to sky-rocket beyond our reach, and with Time/Life as our partners we could keep up with that trend.

I was present at the London meeting where the beauties of the scheme were explained to our board by two or three beaming Time/Lifers who appeared to be describing some mysterious charity founded for the benefit of small publishers. At one point I asked a question which was genuinely puzzling me: 'But what do you see as being in it for *you*?' After a fractional pause, a gentle blast of pure waffle submerged the question, and I was left believing what in fact I continued to believe: *that they didn't know*. Shrewd predatory calculations *might* be underlying all this, but it seemed unlikely. 'Can it be,' I asked André after the meeting, 'that they are just silly?' To which he answered crisply: 'Yes.' I think he had already started to wonder what on earth he was doing, but couldn't see how to back out of it.

Oh well, we all thought, perhaps we *will* get some big books through them, and they don't seem to intend any harm – and the truth was, they did not. We got one big book through them – Khrushchev's memoirs in two volumes, the first of which was sniffed at suspiciously by reviewers who thought it was written by the CIA, and the second of which was claimed by Time/Life to be proved genuine by scientific means, but who cared? They made no attempt to intervene in any of our publishing plans. And they drove André mad.

This they did by writing to him from time to time, asking him for a detailed forecast of our publishing plans for the next five years. The first time they did this he sent a civil reply explaining that our kind of publishing didn't work like that, but gradually he became more and more enraged. I remember being taken aside at a New York party by the man who functioned as our link with Time/Life, and asked to calm André and explain to him that all he need do to keep the accounts people happy was *send a few figures*. He didn't say in so many words 'It doesn't matter if they make sense or not', but he very clearly implied as much, and that was the message I carried home . . . which made André even madder. It was their silliness that was getting to him, not their asking for information. Our accountant Philip Tammer (who, by the way, was the dearest, kindest, most long-suffering, most upright and most loyal accountant anyone ever had) once wrote to their accountants: 'What we will be publishing in five years' time depends on what's going on in the head of some unknown person probably sitting in a garret, and we don't know the address of that garret.' André was feeling about Time/Life very much what I felt about André when he nagged the editorial department about lack of method.

The other cause of indignation was the Annual Meeting of the Associates (there were ten or so other companies linked to Time/Life, like us). Sales conferences in exotic venues were much indulged in during the seventies – perhaps they still are? They were justified on the grounds that giving the reps a treat would improve their morale. This was not a belief subscribed to by anyone in our firm. On one occasion we ventured as far as a pub outside Richmond, but usually at the end of the conference we all sloped off to dinner at an inexpensive restaurant, the meal (if André had managed to get his oar in) ordered in advance so that no one could start getting silly with the smoked salmon (and they were fun, those evenings). So the idea of traipsing off to *Mexico* for what amounted to a glorified sales conference, as he had to do in the first year of this alliance, seemed to André an outrage. For the second year they announced that the venue would be Morocco, and he struck. He wrote to them severely, pointing out that all the Associates would be going, like him, to the Frankfurt Book Fair, so the obvious time and place for their meeting would be the weekend before the Fair, somewhere in Germany within easy reach of Frankfurt. I distinctly heard the sound of gritted teeth behind the fulsome letter received in return, which assured him that 'this is exactly the kind of input we were hoping to gain from our Associates'.

Before each meeting all the Associates were asked to think up ten Publishing Projects (which meant books), and to send their outlines to New York, where they would be pooled, printed, and bound in rich leather, one copy each for every delegate with his name impressed on it in gold, to await him on the conference table. 'Thinking up' books on demand is one of the idlest occupations in all of publishing. If an interesting book has its origins in a head other than its author's, then it either comes in a flash as a result of compelling circumstances, or it is the result of someone's obsession which he has nursed until just the right author has turned up. Books worth reading don't come from people saying to each other

'What a good idea!' They come from someone knowing a great deal about something and having strong feelings about it. Which does not mean that a capable hack can't turn out a passable book-like object to a publisher's order; only that when he does so it ends on the remainder shelves in double-quick time.

So we asked each other 'Do you think that all the other Associates are feeling just like us?' – and what we were feeling was a blend of despair and ribaldry. We had a special file labelled 'Stinkers', kept in a bottom drawer of André's desk, which contained a collection of all the most appalling ideas that had been submitted to us over the years, and I dug this out . . . But finally sobriety prevailed and we settled for two or three notions so drab that I have forgotten them. No one else, André reported, did any better, so they *had* all been feeling like us.

Two years were as many as André could stand of Time/Life – and probably as much as they could stand of him. He never divulged which side it was who first said 'Let's call it a day', nor how much money was lost on the deal when he bought the shares back, but his delight at being free of them was manifest. I thought of pressing him for details, and so, I think, did Piers, but it would have been too unkind. The silliness had not all been on the other side.

Since starting this chapter about our long and mostly happy time in Great Russell Street I have spent hours remembering colleagues, remembering authors, remembering books . . . colleagues, especially. I suppose people who choose to work with books and are good at their jobs are not inevitably likeable, but they very often are; and if you see them every day over long periods of time, collaborating with them in various ways as you do so, they become more than likeable. They become a pleasing part of your life. Esther Whitby, Ilsa Yardley, Pamela Royds, Penny Buckland, June Bird, Piers Burnett, Geoff Sains, Philip Tammer . . . : I can't write about them in the sense of making them come alive and interesting to people who know nothing about them, without embarking on a different kind of book, and one which is, I fear, beyond my range, so I will just have to go on carrying them, and others, in my head for my own pleasure. And it's for my own satisfaction that I now say how glad I am to have them there.

The authors: well, about a few of them I shall write in Part Two. And the books: there were too many of them, and anyway nothing is more boring than brief descriptions of books which one has not read. But two of them have floated to the surface as being of great value to me. Neither of them was part of a literary career; neither of them sold well; neither of them will be remembered by many readers. What is remarkable about both of them is the person who speaks.

Over and over again one sees lives which appear to have been shaped almost entirely by circumstances: by a cruel childhood, perhaps, or (like Franz Stangl's) by a corrupt society. These two stories are told by a man and a woman who, if shaping by circumstances were an immutable law, would have been hopeless wrecks. They did not just survive what would have finished off a great many people: they survived it triumphantly.

The first of these books is *Parents Unknown: A Ukrainian Childhood*, by Morris Stock. He was found as a newborn baby on the steps of a synagogue in a small Ukrainian town; was shunted around the Jewish community to various foster parents, ending with a brutal couple who almost killed him. If an interfering peasant woman hadn't made a fuss when she noticed a little boy almost dead with cold, waiting on a wagon outside an inn, they would quite have done so. The community stepped in again, and he was passed on to a grain-merchant who was eventually to work him very hard, but who treated him well. Almost at once he began to be liked and trusted, learning how to read and write and mastering his trade: it seems that as soon as he was free to be himself he revealed intelligence, resilience and generosity. Before he was twenty he had set up business on his own, married a girl he was to love for the rest of her life, and decided to move to London, where he spent the next fifty years prospering, and raising a family remarkable for talent and ability. He was an old man when his daughter persuaded him to write his story, which he did with vigour and precision – a very charming old man. Some quality at the centre of Morris Stock had been able to triumph over formidable odds.

And the same was true of Daphne Anderson, who wrote *The Toe-Rags*. By the time I met her Daphne was the beautiful wife of a retired general, living in Norfolk, better-read and more amusing in a gentle way than I expected a general's wife to be. It was astounding to learn that this woman had once been a barefoot, scabby-legged little girl whose only dress was made from a sugar-sack, knowing nothing beyond the Rhodesian bush and speaking an African language – Shona – better than she spoke English. Her parents were the poorest of poor whites, victims of her father's uselessness: he was stupid, bad-tempered, utterly self-centred, incompetent and irresponsible. He dumped her wretched mother, with three children, in the bush and left them there for months on end, sending no money. She scraped by, by allowing occasional favours to such men as were about, and the children were looked after by Jim, their Shona servant (no white could be so poor as not to have a servant: it was like Charles Dickens's family taking their little maid into debtors' prison with them). Jim saved not only Daphne's life, but also her spirit, being a rock of kindness and good sense for the children to cling to.

Not surprisingly, when a decent man asked the mother to go off with him she did, taking her new baby but leaving the three other children in the belief that their father would be arriving next day. She thought that if no one else was there he would *have* to cope. He did not turn up. Three days later Jim, having run out of food, walked them to the nearest police station. They never saw their mother again, and had the misfortune to be delivered into the hands of their father's sister. She was like him in every way except in being (although unable to read) ruthlessly competent, so that she had become rich by running a brick kiln. She took the children in because of 'What would the neighbours say?', then took it out on them by consigning them to the kitchen: where, once again, they were saved by an African man – her cook. He provided kindness, common sense about good behaviour, and a comforting sense of irony. Their aunt it was who dubbed them the Toe-Rags.

There followed, until Daphne was in her twenties, a long chain of deprivation and disturbing events, with one blessing in their midst: Daphne was sent to a convent school. Right from the beginning the child had fallen on every tiny scrap of good that came her way – every kindness, every chance to learn, every opportunity to discriminate between coarse and fine, stupid and wise, ugly and beautiful, mean and generous. School came to her – in spite of agonizing embarrassment over unpaid bills and having no clothes – as a feast of pleasure. She does not, of course, tell her story as that of an astonishing person. She tells it for what happened, and out of delighted amazement at her own good luck. It is the reader who sees that this person who should have been a wreck had somewhere within her a centre so strong that all she needed were the smallest openings in order to be good and happy.

I loved that book even more than I loved Morris Stock's; and both of them I loved not for being well-written (though both were written well enough for their purposes), but because of what those two people were like. They brought home to me the central reason why books have meant so much to me. It is not because of my pleasure in the art of writing, though that has been very great. It is because they have taken me so far beyond the narrow limits of my own experience and have so greatly enlarged my sense of the complexity of life: of its consuming darkness, and also – thank God – of the light which continues to struggle through.

11

ALTHOUGH ANDRÉ'S CHIEF instrument for office management was always, from 1946 to 1984, the threatening of Doom, he was slow to recognize its actual coming. For a long time he preferred to interpret its symptoms as temporary blips.

The demise of our house, a slow process, was caused by a combination of two things: the diminishing number of people who wanted to read the kind of book we mostly published, and the recession.

Ever since we started in business books had been becoming steadily more expensive to produce: the eight and sixpenny novel became the ten and sixpenny novel, then the twelve and sixpenny, then the fifteen shilling (that seemed a particularly alarming jump) – after which the crossing of the hitherto unthinkable one pound barrier came swiftly. (What would we have thought if some Cassandra had told us that soon eight, ten, twelve, fifteen, twenty would be enumerating pounds, not shillings?) After each rise people continued to buy books – though not quite so many people. André was impatient of the idea that the falling-off was caused by anything other than the rise in price . . . But *everything* was costing more – that was life, people were used to it: it seemed to me that something else was at work. Which was proved true by several attempts, made by ourselves and others, to bring out cheap editions of first novels of a kind categorized as 'literary': making them cheaper did not make them sell better.

People who buy books, not counting useful how-to-do-it books, are of two kinds. There are those who buy because they love books and what they can get from them, and those to whom books are one form of entertainment among several. The first group, which is by far the smaller, will go on reading, if not for ever, then for as long as one can foresee. The second group has to be courted. It is the second which makes the best seller, impelled thereto by the buzz that a particular book is really something special; and it also makes publishers' headaches, because it has become more and more resistant to courting.

The Booker Prize was instigated in 1969 with the second group in mind: make the quality of a book *news* by awarding it an impressive amount of *money*, and *hoi polloi* will prick up their ears. It worked in relation to the books named; but it had been hoped that after buying the winner and/or the runners-up, people would be 'converted' to books in general, and there was no sign of that. Another attempt to stir the wider public's consciousness resulted in the slogan 'Books are Best' which still chirps its message from booksellers' carrier bags – and is surely the kind of advertising that is not even *seen* by those who do not want the advertised object.

What has been happening is that slowly – very slowly, so that often the movement was imperceptible – group number two has been floating away into another world. Whole generations have grown up to find images more entertaining than words, and the roaming of space via a computer more exciting than turning a page. Of course a lot of them still read; but progressively a smaller lot, and fewer and fewer can be bothered to dig into a book that offers any resistance. Although these people may seem stupid to us, they are no stupider than we are: they just enjoy different things. And although publishers like André Deutsch Limited went on having a happy relationship with group number one, and still, throughout the seventies, hit it off quite often with group number two, the distance between what the publisher thought interesting and what the wider public thought interesting was widening all the time.

Surely, I used to think as we moved into the eighties, we ought to be able to do something about this? Look at Allen Lane, in the thirties, thinking up Penguin Books: that had been a revolution in publishing to meet a need . . . couldn't we do something like it in a different way? Piers and I discussed it occasionally (André couldn't be bothered with such idle speculation), but we never got anywhere. Piers thought we should cut down on fiction and look for serious non-fiction of a necessary kind, and he was right; but it was easier said than done. I just went blank. I was too stuck in my ways to want to change, that was my trouble. We had been publishing books we liked for so long that the thought of publishing any other kind was horrible. So let's talk about something else . . . Which must have been more or less what André was feeling under his irritability.

Meanwhile recession was approaching. The first time it sent a shiver down my spine was when Edward Heath ordained a three-day week. Down we go, I thought, and how could anyone expect anything else when a country which was once the centre of a vast empire had become a little island off the shores of Europe? Gone are the days when we could buy cheap and sell dear – other people are going to pinch our markets . . . Perhaps this crisis will pass, but it would be foolish to suppose that it is going, in any permanent way, *to get better.*

The feeling was so similar to those moments before the Second World War when one suddenly saw that it was going to happen, that all I could do was react as I had reacted then: shut my eyes tight and think of something else. André, after all, said that I was exaggerating, and he was much better at economic matters than I was . . . I managed to avert my mind from the depressing prospect so successfully that the rest of the seventies and the early eighties passed quite cheerfully; but I was not in the least surprised when recession was declared.

André talked very little about selling the firm. I knew, quite early in the eighties, that he was half-heartedly sniffing around for an offer, and he had stated his reason as clearly as he would ever do: 'It's not any fun any more,' is what he said.

And it was not. He could no longer make those exciting swoops on 'big' books because the firms which had combined into conglomerates could always outbid us; and the 'literary' books at which we had been good . . . well, I was beginning to hope, when a typescript arrived on my desk, that it would be bad. If it was bad, out it went and no hassle. If it was good – then ahead loomed the editorial conference at which we would have to ask ourselves 'How many do you reckon it will sell?', and the honest answer would probably be 'About eight hundred copies'. Whereupon we would either have to turn down something good, which was painful, or else fool ourselves into publishing something that lost money. We still brought out some good things – quite a number of them – during those years, and by careful cheese-paring André kept the firm profitable (just) until at last he did sell it; but there are some embarrassing books on our eighties lists: obvious (though never, I am glad to say, shameful) attempts to hit on something 'commercial' which only proved that we were not much good at it. And André was already starting to fall asleep during editorial conferences.

He never surprised me more than when he announced, on returning from the annual book-trade jamboree in the United States, that he had found the right person to buy the firm.

'Who?'

'Tom Rosenthal.'

'Are you mad?'

This reaction was not dictated by my own feelings: I had glimpsed Tom only occasionally at parties. It was because André had always seemed to dislike him. Tom began his career in 1959 with Thames and Hudson, which specialized in art books, and why he left them in 1970 I don't know. Probably it was because he felt drawn to a more literary kind of publishing, since his next job, starting in 1971, was managing director of Secker & Warburg, and in the short interval between the two he had played with the idea of launching his own list, and had visited André to discuss the possibility of doing it under our wing. It was then that André had been rude – not to him, but about him. It seemed to be simply the dissimilarity of their natures that put him off.

André was small and dapper; Tom was large, with the slightly rumpled look of many bearded men, though he was far from being among the seriously shaggy. André was a precise and dashing driver; Tom was too careless and clumsy to trust himself to drive at all. André, without being prissy, was nearer to being fastidious in his speech than he was to being coarse; Tom evidently liked to shock. And above all, André abhorred extravagance, while Tom enjoyed it. They were also very different in their pleasures. André had no important pleasures outside his work except for going to the theatre (he never missed a well-reviewed West End play, and adventured into the fringe quite often), and skiing, which he adored; Tom took no exercise except for a daily swim for his health (his back had been badly damaged in a traffic accident), preferred opera to plays, gave much time and thought to his collection of first editions, and had also built up an impressive collection of paintings – many of which André thought were ugly. They were not designed to be friends.

But now André *needed* someone to buy the firm, so when Tom, who had become a director of the Heinemann group in 1972, told him that he was fed up with administration and longed to get back into hands-on book producing, he suddenly saw that he had been wrong about this brilliant publisher who was a much nicer man than anyone realized, and who – best of all – was our kind of person, so would not want to turn our firm into something else . . . As it would turn out, that 'best of all' summed up precisely why Tom was the *wrong* man, but the fact escaped us all: I can't think why, given that most of us were well aware that the firm needed to change.

The negotiations, which took place under the guidance of Arnold (Lord) Goodman, the ubiquitous fixer and smoother, lasted a long time. André never told anyone how much Tom paid for the firm, but we all knew that he was to pay in two stages. On putting down the first half of the money he would come in as joint managing director with André, and two years later (or perhaps it was three), when he put down the rest, he would become the sole managing director and André would be awarded the title of President and continue to have a room in the office if he wanted it, but would cease to have any say in its affairs. I remember André telling me: 'Last week Arnold said I must remember that now the agreement has been signed the firm is *no longer mine*. He must think I'm dotty – of course I know that.'

But alas, alas! Of course he didn't.

Tom made the sensible suggestion that they should divide our authors between them and each be responsible for his own group without interfering in the other's. André agreed, but he was unable to keep to it. Over and over again he would pick up the intercom, or (worse) amble into Tom's room, to say something on the lines of 'If you are thinking of selling the German rights of such and such a book to Fischer Verlag, would you like me to drop a line to so-and-so?' To start with Tom was civil: 'That's very kind, but I've done it already.' But he is a man with a short fuse and it was not long before he was snapping . . . and not long again before he was yelling. Whereupon André would come into my room and report querulously 'Tom *yelled* at me!' And when I had extracted the details of the incident, and told him that it was his own fault for sticking his nose in when he knew how much it maddened Tom, in an even more querulous, almost tearful voice: 'But I was only trying to *help*!'

'Well, for God's sake *stop* trying to help. You know it doesn't do any good . . . and he doesn't do it to you.' And a few days later it would happen all over again.

Then André's pain began to turn into anger. He began to see almost everything that Tom did as wrong, and to complain endlessly – first to me, then to those other people in the office who were concerned with whatever he was complaining about, then to everyone in the office, putting out feelers for Tom's sins in the accounts department, the production department, even to the switchboard. Nearly everyone in the place was fond of André, and felt for him now that he was losing the firm that had so obviously meant so much to him for so long; but people began to be embarrassed by his behaviour and to lose sympathy with him. Burly, bluff, bearded Tom was not a man of delicate sensibility (was even inclined to boast of that fact, as he boasted about many things), and he *was* extravagant, so people had reservations about him; but they didn't feel he deserved this campaign against him. In fact, for quite a while after his arrival he cheered us up. If someone says loudly 'Though I say it myself, I'm a bloody good businessman', you tend to believe him simply because you can't believe anyone would be so crass as to say that, if he wasn't. Or at least I tended to believe it, and I think others did too. Tom liked to think big and generously, so if you said, for instance, that a book would be better with sixteen pages of illustrations – or even thirty-two – instead of the eight pages which André would have grudgingly allowed if he absolutely had to, Tom would say 'My dear girl, let it have as many as it *needs*', and that sort of response was invigorating. He brought in some interesting books, too – notably the first volume of David Cairns's magnificent biography of Berlioz – and a few big names including Elias Canetti and Gore Vidal; so for a year or so it was possible to believe that, given his flair as a businessman, he was going to revitalize the firm. You did not have to be particularly drawn to him to be pleased about that – or to be shocked when André began to extend his campaign outside the office. For some time I hoped it was only old friends to whom he was confiding his grievances, but gradually it became clear that he was going on and on and on to *everyone he met.*

And then came a substantial feature article in the *Independent* about the situation, telling the story entirely from André's point of view, with all its distortions, and making Tom look silly as well as disagreeable. Even the illustrations were slanted: André looking young and handsome, Tom, in a really unforgivable photograph, looking grotesque. Tom was convinced that the story must have come from interviews with André, and no one could deny that it did represent his opinions and emotions with remarkable fidelity. I have never been able to blame Tom for his fury. It was some time since they had spoken to each other. Now Tom forbade André to set foot in the office ever again, and be damned to the agreement about his continuing to have a room there. What else could he have done?

I have been reminded that I wrote funny letters to friends about all this – indeed, that one friend kept them for their funniness. But in retrospect it was far from funny. It became evident quite soon after André had been thrown out that his health had begun a long process of deterioration, and I now think this had started several years earlier, even before he sold the firm, when we first noticed him falling asleep during editorial conferences. He had always cried wolf about his health (you could safely bet that if you were just about to tell him that you were going down with flu, he would nip in ahead of you with angina pains), so I had a long-established habit of disregarding his complaints . . . But this time he would have denied that anything was wrong with him, so even if all of us had recognized that his ugly but pathetic campaign against the man he himself had chosen was not waged by a well man, we could have done nothing about it.

My shares in André Deutsch Limited were so few that I made very little money from the sale of the company, and I had hardly any other income, so I was grateful when Tom told me that if I were willing to stay on at the salary I was earning when he took over, he would be glad to have me for as long as I could keep going. I was seventy by then, and would not start feeling like an old woman till I turned eighty; but in spite of that comparative spryness, having never been a specially good copy editor (picker-up of spelling mistakes and so on), I was now a bad one, and often alarmed myself when I read something a second time and saw how many things I had missed on the first run-through. I was therefore less valuable than I should have been at that side of the job; and in its larger aspects . . . well, I was still sure that I could tell good writing from bad, but was I able to judge what people the age of my grandchildren, if I'd had them, would want to buy? No – no more able than Tom was. We often liked the same books, among them Pete Davies's *The Last Election*, Boman Desai's *The Memory of Elephants*, David Gurr's *The Ring Master*, Llorenç Villalonga's *The*

Doll's Room, Chris Wilson's *Blueglass* – each in its own way, I am still prepared to swear, very good: but none of them money-makers. So I could make no contribution in that way. Friends said 'He's getting you cheap', but I didn't think he was. I thought I was lucky in still earning money, and that although the job was 'not any fun any more', it could have been much worse.

But quite soon three depressing things happened: Tom sold the whole of the André Deutsch Limited archive; he sold the children's books; and he got rid of warehousing and sales, handing all that side of the publishing operation over to Gollancz.

It was sentimentality to feel the loss of that intractable mountain of old files so keenly – we had kept copies of essential matter such as contracts, and never suffered in any practical way from the absence of the rest; but it did, all the same, give me a most uncomfortable feeling. A publishing house without its archive – there was something shoddy about it, like a bungalow without a damp course. And where was the money which came in as a result? – a question even more obtrusive when it came to the sale of the children's books, for which he got a million pounds. We all supposed, in the end, that Tom must have had to borrow heavily in order to buy us, and was now selling off bits of us in order to pay off his debt – which, naturally, he had a perfect right to do; he would have had the right to spend the money on prostitutes and polo ponies, if he liked. But he had given us the impression that he had sold the children's books in order to get the firm back onto an even keel, and that was only too evidently not happening. Fortunately Pamela Royds and the list which she had built up single-handed with so much loving care and unremitting labour (the most profitable thing under our roof, into the bargain!) were well-served by the change. Scholastic Press, which bought them, was a prosperous firm specializing in children's books, which had a first-rate sales organization, and Pam reported that it was delicious to breathe such invigorating air after the oppressive atmosphere of the last few years at Deutsch. While for us . . . It was like having a hand chopped off with a promise that it would result in a magic strengthening of the rest of the body, and then finding oneself as wobbly as ever and minus a hand into the bargain.

While as for losing control of one's sales organization . . . Surely Tom must know that however good the intentions, no one ever ran someone else's sales as well as they ran their own? Surely he must know that this move is the beginning of the end? When asked what the situation was, all he would ever answer was 'It would be fine if it weren't for *the bloody bank*'. From which we all concluded that they had over-indulged the firm hideously with a gigantic overdraft, which now he had somehow got to pay off, or else!

And indeed, there was soon a man from the bank sitting in on meetings, and any number of little chisellings going on: people who left not being replaced, books postponed because printers couldn't be paid, lies being told for fear of loss of face . . . It is depressing to remember that time, and pointless to describe it in detail. What it boiled down to was that Tom's claim to be a bloody good businessman was poppycock, because no businessman who was any good would have bought our firm at that time, and then imagined that he could go on running it as the same kind of firm only more so. It was a fantasy, and he was lucky to get clear of it in the end, having at last found someone willing to buy the firm for, I suppose, the name and the building. To a man unable easily to admit, or even discuss, failure, the experience must have been excruciating.

While those two last years were going on I did not allow myself to know how much I was hating them. I was frightened by the thought of living without my salary, and had become hypnotized, like a chicken with its beak pressed to a chalk line, by the notion of continuing to work for as long as possible. And when some quite minor incident jerked my beak off the line, and I thought 'This is absurd – I don't have to go on with this', elation was mixed with further alarm. I did not expect to be one of those people who find themselves at a complete loss when they retire – I would have a companion, a place that I loved, things to do – but my days had been structured by a job for all my adult life, and it seemed possible that freedom, at first, would feel *very odd*. I even had one fit of 3 a.m. angst, thinking 'This is like standing on the edge of a cliff with a cold wind blowing up my skirt!'

But I was overlooking the extent to which I had been drained and depressed by trying not to admit how miserable I was, and as it turned out there was no cold wind at all. When I woke up to my first morning as a retired person, what I thought *at once* was 'I am happy!' Happy, and feeling ten years younger. Instead of being sad that my publishing days were over, it was 'Thank God, thank God that I'm out of it at last'. And then, gradually, it became even better, because the further I move from the date of my retirement, the less important those last sad years in the office become, and the luckier I know myself to be in having lived all the years that went before them.

PART TWO

IN 1962 I wrote – and meant – the following description of the relationship between publisher and writer.

> It is an easy one, because the publisher usually meets his writers only after having read something they have written, and if he has thought it good it does not much matter to him what the man will be like who is about to come through his door. He is feeling well-disposed for having liked the work; the writer is feeling well-disposed for his work having been liked; neither is under obligation to attempt a close personal relationship beyond that. It is a warm and at the same time undemanding beginning, in which, if genuine liking is going to flower, it can do so freely.

That is true, but only as far as it goes. I find it surprising – perhaps even touching – that after sixteen years in the trade I was still leaving it at that, because although the beginning is, indeed, nearly always easy, the relationship as a whole is quite often not. I would now say that a friendship, properly speaking, between a publisher and a writer is . . . well, not impossible, but rare.

The person with whom the writer wants to be in touch is his reader: if he could speak to him directly, without a middleman, that is what he would do. The publisher exists only because turning someone's written words into a book (or rather, into several thousand books) is a complicated and expensive undertaking, and so is distributing the books, once made, to booksellers and libraries. From the writer's viewpoint, what a mortifying necessity this is: that the thing which is probably more important to him than anything else – the thing which he has spun out of his own guts over many months, sometimes with much pain and anxiety – should be denied its life unless he can find a middleman to give it physical existence, and will then agree that this person shall share whatever the book earns. No doubt all writers know in their heads that their publishers, having invested much money and work in their books, deserve to make a reasonable profit; but I am sure that nearly all of them feel in their hearts that whatever their books earn *ought* to belong to them alone.

The relationship is therefore less easy than I once supposed. Taking only those cases in which the publisher believes he has found a truly good writer, and is able to get real pleasure from his books, this is how it will go. The publisher will feel admiration for this man or woman, interest in his or her nature, concern for his or her welfare: all the makings of friendship. It is probably no exaggeration to say that he would feel honoured to be granted that person's friendship in return, because admiration for someone's work can excite strong feelings. But even so, part of the publisher's concern will be that of someone who has invested in a piece of property – how big a part depending on what kind of person the publisher is. With some people it would preponderate; with me, because of how useless I am as a business woman, it was very small indeed, but it was never non-existent. So there is potential complication, even looking at only one side of the relationship; and looking at the other side there is a great deal more.

In the writer the liking inspired by the publisher's enthusiasm may well be warm, but it will continue only if he thinks the publisher is doing a good job by making the book look pleasing and selling enough copies of it; and what the writer means by 'enough' is not always what the publisher means. Even if the publisher is doing remarkably well, he is still thinking of the book as one among many, and in terms of his experience of the market; while the writer is thinking in terms of the only book that matters in the world.

Of course writers' attitudes vary. I have known a few who, behind a thin veneer of civility, see their publisher in the way a man may see his tailor: a pleasant enough person while he is doing a good job, allowed a certain intimacy in that he has to know things the equivalent of your inner-leg measurement and whether you 'dress' to the left or the right – but you wouldn't ask him to dinner (such a writer is easy to work with but you don't like him). I have known others whose dependence on their publisher is as clinging as that of a juvenile tennis star on her parent (very boring). But generally the writer likes to like his publisher, and will go on doing so for years if he can; but will feel only mildly sorry if the publisher's poor performance, or what he sees as such, causes him to end the relationship. When the ending of a relationship causes no serious personal disturbance it cannot be called a friendship. The only André Deutsch authors whom I count among my real friends opened the way to that friendship by going off to be published by someone else.

But this is not to say that I haven't been *more interested* in some of 'my' authors than I have been in anyone else: haven't watched them more closely, speculated about them more searchingly, wondered at them with more delight – or dismay. Only two of them have actually played a part in my life (I have written books about both of them, *After a Funeral* and *Make Believe*). But several of them have enlarged my life; have been experiences in it in the way, I suppose, that a mountain is an experience to a climber, or a river to an angler; and the second part of this book is about six of those remarkable people.

MORDECAI RICHLER AND BRIAN MOORE

A FEW DAYS AGO I read *The Acrobats* again: Mordecai Richler's first novel which we published in 1954. I had not looked at it for forty-five years. 'Talk about a young man's book!' I said to myself. 'What on earth made us take it on?' It really is very bad; but something of its author's nature struggles through the clumsiness, and we were in the process of building a list, desperate for new and promising young writers. I must say that I congratulate André and myself for discerning that underpinning of seriousness and honesty (there was no hint of his wit), and think we deserved the reward of his turning out to be the writer he is.

Mordecai in himself presented rather the same kind of puzzle, in those days. I liked him very much from the moment of meeting him, but sometimes found myself asking 'Why?', because he hardly ever spoke: I have never known anyone else so utterly unequipped with small-talk as he was then. How could one tell that someone was generous, kind, honest and capable of being very funny if he hardly ever said a word? I still don't know how, but it happened: I was always sure that he was all those things, and soon understood that his not saying anything unless he had something to say was part of what made me so fond of him. He was the least phoney person imaginable, and still is today (though he has become much better at talking).

He and Brian Moore, to whom he introduced me, were the

writers I had in mind when I wrote the optimistic paragraph quoted five pages back. I was thirty-seven by then, but the war had acted on time rather as brackets act on a text: when one got back to normal life it felt in some ways like a continuation of what had preceded the interruption, so even if you carried wartime scars you were suddenly younger than your actual years. When those two men were new on our list and in my life, the days had a flavour of discovery, amusement and pleasure which now seems odd in the light of chronology, but was very agreeable. By then, of course, I had already met a number of writers whom I admired, but those two were the first good writers I thought of as friends; and also (although I didn't notice this at the time) the first two men I had ever deeply liked without any sex in the relationship. Our relationship depended on their writing – something which mattered to each of them more than anything else, and which happened to interest me more than anything else: that was what created the warmth and made the absence of sexual attraction irrelevant.

Although I felt more attached to Mordecai than to Brian, I got to know Brian better – or so I thought. This was partly because I was more aware of being older than Mordecai, partly because of Mordecai's taciturnity, and partly because of his women. His first wife combined a good deal of tiresomeness with many endearing qualities, so that impatience with her was inevitably accompanied by guilt – an uncomfortable state, so that I sought their company less often than I might have done. And Florence, his second wife, was so beautiful that she used to daunt me. I am happy to say that I have become able to see through Florence's beauty (which endures) to all the other reasons why she remains the best-loved woman of my acquaintance; but in the past Mordecai did rather disappear into his marriage with this lovely person (you only have to read *Barney's Version* – the latest, and to my mind best, of his novels – to see that Mordecai knows all about *coups de foudre*). Added to which they went back to Canada: a distancing which certainly made it easier to accept his leaving us without bitterness.

And before he left I had the delight of seeing him come into his own. Both his second and third novels had been better than his first, but both were still dimmed by a youthful earnestness, so *The Apprenticeship of Duddy Kravitz*, in which he broke through to the wit and ribaldry that released his seriousness into the atmosphere, so to speak, was a triumph. If it had come after his leaving us, I would have been sad; instead, I was able to be proud. And the last of his books with us (until, much later, he invaded our children's list), *The Incomparable Atuk*, although it wilted a little towards its end, was for most of its length so funny that it still makes me laugh aloud. So he left pleasure behind him. And – this was the most important specific against bitterness – I understood exactly why he went, and would even have thought him daft if he had not done so. Mordecai was living by his pen; he had a growing family to support; and someone else was prepared to pay him more money than we did. A great advantage of not being a proper publisher with all a proper publisher's possessive territorial instincts is that what you mind about most is that good books should get published. Naturally you would like the publisher to be yourself, but it is not the end of the world if it is someone else.

It was Mordecai who introduced me to Brian Moore in that he told me that this friend of his had written an exceptionally good book which we ought to go after; but I must not deprive André of his discovery of *Judith Hearne*. As André remembers it, he was given the book by Brian's agent in New York on the last day of one of his – André's – visits there; he read it on the plane on the way home and decided at once that he must publish it. I think it likely that he *asked* to see it, having been alerted, as I had been, by Mordecai. But whether or not he asked for it, he certainly recognized its quality at once; and when he handed it over to me, it came to me as something I was already hoping to read, and its excellence was doubly pleasing because Brian was a friend of Mordecai's. The two had got to know each other in Paris, and in Canada, where Mordecai was a native and Brian, an Ulsterman, had chosen to live in common – although the Moores moved to New York soon after we met.

Before Brian wrote *Judith Hearne* (later retitled *The Lonely*

Passion of Judith Hearne for publication in paperback and in the United States), when he was scrabbling about to keep a roof over his head, he had written several thrillers for publication as pocketbooks, under a pseudonym, which he said had been a useful apprenticeship in story-telling because it was a law of the genre that something must happen on every page. But however useful, it came nowhere near explaining *Judith*. With his first serious book Brian was already in full possession of his technical accomplishment, his astounding ability to put himself into other people's shoes, and his particular view of life: a tragic view, but one that does not make a fuss about tragedy, accepting it as part of the fabric with which we all have to make do. He was to prove incapable of writing a bad book, and his considerable output was to include several more that were outstandingly good; but to my mind he never wrote anything more moving and more true than *Judith Hearne*.

When he came to London in 1955 for the publication of *Judith*, he came without his wife Jackie – perhaps she was in the process of moving them to New York. He was a slightly surprising figure, but instantly likeable: a small, fat, round-headed, sharp-nosed man resembling a robin, whose flat Ulster accent was the first of its kind I had heard. He was fat because he had an ulcer and the recommended treatment in those days was large quantities of milk; and also because Jackie was a wonderful cook. (Her ham, liberally injected with brandy before she baked it – she kept a medical syringe for the purpose – was to become one of my most poignant food memories.) When I asked him home to supper on that first visit he was careful to explain that he was devoted to his wife – a precaution which pleased me because it was sensible as well as slightly comic.

Few men would be considerate enough to establish their unavailability like that. (Perhaps I was flattering him: it may have been a touch of puritanical timidity that he was exhibiting, rather than considerateness. But that was how I saw it.) Once he was sure that I was harbouring no romantic or predatory fancies, the way was opened to a relaxed friendship, and for as long as I knew him and Jackie as a couple there seemed to be nothing that we couldn't talk about. They were both great gossips – and when I say great I mean great, because I am talking about gossip in its highest and purest form: a passionate interest, lit by humour but above malice, in human behaviour. We used often, of course, to talk about writing – his and other people's, and eventually mine – but much morc often we would talk with glee, with awe, with amazement, with horror, with delight, about what people had done and why they had done it. And we munched up our own lives as greedily as we did everyone else's.

In addition to seeing the Moores when they came to England (once they rented a house in Chelsea which had a Francis Bacon hanging in the drawing-room) I spent half a holiday with them in Villefranche (the other half had been with the Richlers in Cagnes), crossed the Atlantic with them on board the *France*, stayed with them in New York and twice in their summer house in Amagansett. It was from Brian himself that I heard, in Villefranche, the story of how he came to move to Canada.

It was a painful and romantic story. Immediately after the war Brian had got a job in the relief force, UNRRA, which had taken him to Poland, and there he fell in love with a woman older than himself (or perhaps he had fallen already and went there in pursuit of her). It was a wild passion, undiminished by the fact that she was an alcoholic. The only effect of that misfortune was to make him drink far beyond his capacity in an attempt to keep up with her: he described with horror waking up on the floor of a hotel bedroom lying in his vomit, not knowing what day it was; crawling on his hands and knees to the bathroom for a drink of water; getting drunk again as the water stirred up the vodka still in him; and finally discovering that he had been unconscious for two whole days. And there had never been anything but flashes of happiness in the affair because he had never known where he was with her, whether because of the swerving moods of drunkenness, or because she despised the abjectness of his obsession, I am not sure. He remembered it as an agonizing time, but when she told him it was over and went away to Canada, although he tried to accept it, he couldn't. He followed her – and she refused even to see him. And thus, he said, he learnt to detest the very idea of romantic passion.

Thus, too, he made his break with his native Ulster, and became distanced from (he never broke with) his rather conventional Catholic family, which gave him the necessary perspective on a great deal of the material he was to use in his novels. Not that he began at once to write seriously. Among the ways he earned his living during those early days in Canada was proofreading for a newspaper, during which he met Jackie, who was a journalist. Then came those useful pocketbook thrillers – which must have paid pretty well, because by the time he felt secure enough to settle down to writing what he wanted to write, Jackie was able to stop working. Their son Michael was about two when I first met them, and although the comfort the Moores lived in was modest, it *was* comfort.

They gave the impression of being an exceptionally compatible pair: as good an advertisement as one could hope to find for *liking* one's spouse as opposed to being mad about him/her. They got on well with each other's friends; they shared the same tastes in books, paintings, household objects, food and drink – and, of course, gossip. They laughed a lot together and they loved Michael together. They were delightful to be with. I remember trying to decide which of them I found the better company and settling for a dead heat: with Brian there was the extra pleasure of writing talk, in which he was simultaneously unpretentious and deeply serious; with Jackie the extra amusement of woman talk, in which she was exceptionally honest and funny. I used to look forward to our meetings with wholehearted pleasure.

We were to publish five of Brian's books: *Judith Hearne* in '55, *The Feast of Lupercal* in '58, *The Luck of Ginger Coffey* in '60, *An Answer from Limbo* in '63 and *The Emperor of Ice Cream* in '66. Why, having made this good start with him, did we not go on to publish all his books?

Well, we might have lost him *anyway* because of the frugality of our advertising. Book promotion, before the ways of thinking and behaving bred by television became established, depended almost entirely on reviews, which we always got; and on advertising in newspapers. Interviews and public appearances were rare, and only for people who were news in themselves, as well as writers, like our Alain Bombard who crossed the Atlantic in a rubber dinghy to prove that shipwrecked sailors could live off the sea if they knew how. A novelist had to stab his wife, or something of that sort, to get attention on pages other than those devoted to books. So when a novelist felt that his publisher sold too few copies, what he complained about was always under-advertising.

Publishers, on the other hand, knew that the sort of advertisements that books – even quite successful ones – could pay for were almost useless. Inflate them to the point at which they really might shift copies, and they would then cost more than the extra copies sold could bring in. Two kinds of advertisement did make sense: descriptions of all your forthcoming books in the trade papers, to which booksellers and librarians turned for information; and conspicuous announcements in big-circulation broadsheets, devoted to a single book provided it was by an already famous author. The run-of-the-mill ad, a six or eight or ten inch column (sometimes double, more often single) into which as many books as possible had been squashed . . . For my part, I only had to ask myself: when had I even looked at such an ad (except for one of our own, to check that nothing had gone wrong with it), to say nothing of buying something because of it? It was reviews, and people talking enthusiastically about books that made me buy them, and why should other people be different? Yet we went on running those pointless, or almost pointless, ads – as few of them as we could get away with – simply so that we could keep our authors happy by reporting 'Your book was advertised in newspapers A, B, C, D, E and F', hoping they would be enough impressed by this true statement not to ask 'And how many other books were in the same ad, and how big was the space, and where was it on the page?' Often they were sufficiently impressed; but Brian quite soon began to be not impressed enough. By his third novel he had started to think that it ought to be treated like a novel by Graham Greene.

Given the quality of Brian's books, if we had indeed given them big solo ads in big-circulation newspapers, and done it often enough, we would no doubt have made him as famous as Greene. But a) it would have taken quite a long time to work, b) all our other writers would meanwhile be going into conniptions, and c) we could not afford it. Or so André was convinced. And in André Deutsch Limited no one but André Deutsch himself had a hope in hell of deciding how much money was to be spent on what. When André dismissed the idea of shifting the advertising of Brian's work into the big-time category as nonsense, all I could do – all, I must admit, I ever dreamt of doing – was convey his opinion to Brian in less brutal words. And up to the publication of *The Emperor of Ice Cream* in 1966 Brian did no more than mutter from time to time, and then appear to forget it.

Not long after that publication I went to New York for the firm, saw the Moores as usual, and was invited by them to spend a few days in Amagansett. The misery of New York in a heatwave gives those easygoing Long Island seaside towns great charm: their tree-shaded streets, their shingled houses set back from the streets and far apart, among more trees – how pretty and restful they are! The English pride themselves on having evolved in the eighteenth century a perfect domestic architecture, but I think the Americans beat them at it with the unpretentious, graceful, welcoming wooden houses that are so respectfully and unpompously preserved in New England. The house rented by the Moores was not particularly distinguished, but the moment you were through the front door you were comfortable in it – and 'comfortable' was the word for Amagansett as a whole. It has (or had then) a life of its own apart from accommodating summer visitors, although that was what it chiefly did; and it wasn't smart. Its regular visitors insisted a little too much on how they preferred it to the snobby Hamptons, where the vast country retreats of the robber barons still stood, and where the big money still tended to go; but I thought Amagansett really did deserve preference. It was favoured by writers and medical people, particularly psychiatrists. When I arrived this time Brian and Jackie were full of a party ending with a moonlit swim, during which four or five drunk psychiatrists had been so relaxed and happy that, as they bobbed about in the sea, they had confided in each other their most intimate secrets: which were not, as ordinary people's might have been, what they did in bed, but *how much they earned.*

I was not the Moores' only guest. They had become friends with a couple whom I had met a year or so before, and liked: Franklin Russell, who wrote good and successful nature books, and his very attractive Canadian wife Jean, who was an actress – a good one according to the Moores, although she found it impossible to get parts in New York because Americans never took Canadians seriously. Frank was travelling in some inhospitable place for one of his books, so Jean needed cheering up and was therefore with us. The two couples had become so close that they had just pooled their resources and bought a country place in New Jersey: the Moores were going to live in the old farm house, the Russells were converting its barn. This venture was the summer's big excitement.

I was there for three or four days which were as enjoyable as our times together always were. On one of the days Jean took over the kitchen and cooked a supremely delicious shrimp dish, for which she was famous, and on another day she and Brian had to make the long drive to the new property, to sort something out with the builders, so Jackie and I made an outing to Sag Harbor. On my last day, as we were all strolling to the beach, Jackie and ten-year-old Michael leading the way, I caught myself thinking 'Perhaps darling Jackie is letting her indifference to appearance go a bit far'. Like Brian, she was fat, and she had recently become fatter – her ragged old denim shorts were too tight. And she had been neglecting her roughly blonded hair, which looked chopped rather than cut and was stiff from sea-bathing so that it stuck out like straw. When you couldn't see her vivid face and the brightness of her hazel eyes, you noticed that she was looking a mess. I don't recall making the comparison, but the always remarkable and apparently effortless physical elegance of Jean, who was walking beside me, may well have triggered the thought.

It was, however, a passing one: something which I would not have remembered if I had not received a letter from Jackie about a month later, telling me that Brian and Jean had run away together.

My first reaction was a shock of shame at my own obtuseness. Did I not pride myself on being a shrewd observer of people's behaviour? How could I possibly have registered no more than that one tiny flicker of foreboding, and then dismissed it? So much for perceptiveness! And so much for Brian's detestation of romantic passion!

My next, and enduring, reaction was one of acute consternation on Jackie's behalf. She, too, had failed to pick up any hint of what was going on. She had made her discovery through some cliché of marital disaster such as finding a note in a pocket when sending a jacket to the cleaner. Trying not to be entirely sure of its implications, she had asked Brian for an explanation: out it all came, and off they went. She was still in shock when she wrote, and all my feelings of sympathy were for her and Michael.

It was only for a few days, however, that I felt Brian to have transmogrified into a villain. It did seem extraordinary that he and Jean had been prepared to continue with the property-sharing plan once they had fallen in love, abandoning it only on being discovered. That was what it looked like then, to both Jackie and me. Later it occurred to me that they might well have been less cold-blooded towards Frank and Jackie than they seemed: that they might not have realized how irresistible their passion had become until that day they spent together 'sorting things out with the builders', or even after that. But even while I was still being shocked by their ruthlessness, I knew that falling in love happens, and once it has happened it can't be undone. And I also acknowledged that I and their other friends must have been wrong in seeing the partnership between Brian and Jackie as cloudless. Little though he had shown it, he must have been finding it oppressive for some time. It is absurd for anyone to believe himself aware of the ins and outs of other people's relationships, so it was absurd to blame Brian for finding in Jean something which he needed, and which Jackie could not give. (That he had done so was true, and remained true for the rest of his life.)

So I expected soon to emerge from total dismay at the Moores' break-up, and to see Brian again as himself. But for the moment the person I couldn't stop thinking about was Jackie. *She* had not wanted anything from the marriage that it didn't give her: she had been as proud of Brian as a writer as she had been happy with him as a companion, and now all that was gone. Ahead of her stretched emptiness; above and below and within and without was the horrible miasma of the humiliation which comes from rejection. Then there was the anxiety of how to bring Michael through this debacle – and, for that matter, of how he and she were going to manage on their own . . . if ever anyone deserved sympathy, she did. Whereas Brian had seen what he wanted and had taken it, while remaining perfectly secure in the part of his own territory that was most important to him: his writing. No one need feel sorry for Brian. So it was Jackie I wanted to support, which meant writing to her often; whereas if I wrote to Brian, I wouldn't know what to say.

I ought, therefore, to have kept silent, but I did not. On getting a brief note giving me an address for him (whether this came from him or his agent I can't remember), I answered it almost as briefly, saying that although I was sure that we would soon be back on our old footing, for the present I was feeling for Jackie so strongly that I would prefer it if he and I confined ourselves to business matters.

How I regret not keeping his reply; because its strangeness is far from being communicable by description. I did not keep it because, having shown it to André, I wanted never to see it again.

It began disagreeably but rationally: there would be no business letters because there would be no further business. He had been displeased for some time by our failure to advertise his books properly, so now he was finding a new publisher. Upsetting, but sensible: if the letter had ended there we would have come back with some kind of undertaking to improve our performance, and if that had failed to mollify him André would have written him off as an example of the greed and folly of authors, and I would have known sadly that we had lost him through our own fault. But the letter did not end there. It went on for another page and a half, and what it said, in what appeared to be a fever of self-righteous spite against the woman he had dumped, was that I had sided with Jackie, and no one who had done that could remain his friend. The tone of that letter left André as shocked as it left me: so shocked that Brian's was the only departure from our list that he made no attempt to prevent.

Mordecai told me at the time that other friends of the Moores had been taken aback by this 'He who is not with me is against me' attitude, which made it seem all the more extraordinary. I had never encountered what I now know to be quite a common phenomenon: a person who has smashed a partnership trying to shift the whole blame for the break onto the one he or she has abandoned. It is natural, I suppose, to recoil from guilt – especially so, perhaps, in someone who was raised, as Brian was, to have a sharp sense of sin. But I still think that such a blind determination to have your omelette without breaking your eggs is ugly – and stupid, too – and this first example of it to come my way seemed impossible to believe. And it still seems nearly so. That Brian, with his wonderfully benign relish for human follies and failings, should have flumped into gross self-deception in this way . . . It seemed that I was losing him twice over, first as my friend (and that was very painful), then as himself. That letter could not have been written by the man I had thought Brian to be.

It often happens in old age that when one looks back on events which once seemed amazing, they now seem explicable and even commonplace: a depressing consequence of responses made blunt by the passing of time. Perhaps I should be grateful to Brian for having done something which still gives me a jab of genuine dismay.

Jackie is dead. For a time it looked as though the story, for her, had taken an astonishingly happy turn – and a comic one, into the bargain. She and Franklin Russell, left with the task of sorting out the shared-property plan, became closer friends than ever, had an affair – and ended up married. She was not a spiteful person. I never heard her say a word against Brian stronger than an expression of puzzlement. But she did evidently enjoy telling me, just once, that in fact Frank had been quite glad to get rid of Jean. I got the impression that she was comfortable with Frank in rather the same way that Brian had, to begin with, been comfortable with her when recovering from his passion for his drunken love. I stayed with them once in the New Jersey house (they had sold the barn), and saw them happy enough together to be dealing bravely with the first of the disasters which hit them: the fact that their son Alexander had been born with spina bifida. He had by then reached the end of a long chain of operations, and was an enchanting little boy who seemed to be as active and cheerful as any other child of his age; and the core of Jackie's emotional life had obviously become her pride in him, and her happiness at having got him through to this state.

Soon after that visit she went with Frank on one of his journeys – I think it was the first time they had felt that they could briefly leave Alexander in other hands. On that journey she fell ill, and when she got home the illness was diagnosed as cancer of the pancreas. She fought it gallantly and died cruelly.

Frank and I did not know each other well enough to keep in touch, but I did run into him by chance about two years after her death. He had looked after her at home until the end and had been terribly shaken by what he had been through. I know that Michael Moore came together with his father after his mother's death, but what has happened to Franklin and Alexander Russell I do not know.

Although Brian's departure from our list was more painful than any other, it has never prevented me from remembering the years when he was with us with pleasure; and it made a substantial and valuable contribution to many a subsequent gossip-fest. There was very much more gain than loss in having published him. And my regret at hardly ever seeing Mordecai since he made that sensible move in his career, though very real, is softened by being able to read his books and being proud that we were his first publisher. When I finished reading *Barney's Version* I felt nothing but delight at his having so triumphantly outlived his first publishing house; and I am happy to end this chapter remembering that I once said to him 'You are going to end up as a Grand Old Man of Canadian Literature'. That is exactly what he would have done, if it were possible for a Grand Old Man to be wholly without pomposity.

JEAN RHYS

No one who has read Jean Rhys's first four novels can suppose that she was good at life; but no one who never met her could know how very bad at it she was. I was introduced to the novels quite early in the fifties, by Francis Wyndham, who was one of their very few admirers at that time, and I started corresponding with her in 1957; but I didn't meet her until 1964; and as a result I did almost nothing to help her during a long period of excruciating difficulty.

It was not, perhaps, her very worst time. That must have been the last three years of the forties, when she and her third husband, Max Hamer, were living at Beckenham in Kent, their money had run out, and Max, a retired naval officer, became so desperate that he stumbled into deep trouble which ended in a three-year prison sentence for trying to obtain money by fraudulent means. During that nightmare Jean, paralysed by depression, could do nothing but drink herself into a state so bad that she, too, was several times in court and once in jail. By the time we were in touch Max had served his sentence, they had crept away to a series of miserable lodgings in Cornwall, and Jean was no longer quite at rock-bottom; but she still had nine terribly difficult years ahead of her before re-emerging as a writer.

She had always been a very private person, but she was known in literary circles when her fourth novel, *Good Morning, Midnight*, came out in 1939. When the war began a lot of people 'disappeared' in that they were carried away from their natural habitat on joining the forces or taking up war-work. Jean followed her second husband out of London, so when he died, and she slithered with Max into their misfortunes, she was no longer in touch with former acquaintances and became 'lost'. Francis tried to find out what had happened to her and was told by one person that she had drowned herself in the Seine, by another that she had drunk herself to death. People expected that kind of fate for her.

It was the BBC which found her, when they were preparing to broadcast an adaptation of *Good Morning, Midnight* made and performed by the actress Selma vaz Dias. They advertised for information about 'the late Jean Rhys', and she answered. Learning of this, Francis wrote to her, and she replied, saying that she was working on a new book. Responding to Francis's and my enthusiasm, André Deutsch agreed that we should buy the option to see it – for £25.

When people exclaim at how mean this was I no longer blush simply because I have blushed so often. I tell myself that the pound bought much more in the fifties than it does now, which is true; that this was not, after all, an advance, only an advance on an advance, which is true; and that no one else in those days would have paid much more for an option, and that, too, is true. But it is inconceivable that anyone would have paid less – so mean it was. If we had known anything about Jean's circumstances I am sure that Francis and I would have fought for more, but it would be a long time before we gained any idea of them.

The trouble was, she kept up a gallant front. In the letters we exchanged between 1957, when she said that her book would be finished in 'six or nine months', and March 1966, when she announced that it *was* finished, she would refer to being held up by domestic disasters such as leaking pipes, or mice in the kitchen, and she would make the disasters sound funny. Not until I met her did I understand that for Jean such incidents were appalling: they knocked her right out because her inability to cope with life's practicalities went beyond anything I ever saw in anyone generally taken to be sane. Max's health had given out, but her loyalty to him extended beyond keeping silent about his prison sentence to disguising his subsequent helplessness. It was years before I learnt how dreadful her seventies had been as she alternated between the struggle to nurse him and bleak loneliness when he was in hospital. She ate too little, drank too much, was frightened, exhausted and ill – and paranoid into the bargain, seeing the village of Cheriton FitzPaine (to which they moved during these years) as a cruel place. So any little horror on top of all this would incapacitate her for weeks. And when it passed a certain point she would crack.

For example: she told me that neighbours were saying that she was a witch, and she told it lightly, so that I thought she was making a funny story out of some small incident. But Mr Woodward, the rector, was to say that indeed she had been so accused, and that anyone who thought such beliefs were extinct didn't know Devon. Jean, driven frantic, had run out into the road and attacked the woman who originated the charge with a pair of scissors, which led to her being bundled for a week or so into a mental hospital. 'And if you ask me,' said Mr Greenslade, one of her few friends in the village, as he drove me from Exeter in his taxi, 'it was the other one who ought to have been shut up, not poor Mrs Hamer.' And not a word of all that appeared in her letters.

Luckily she gradually became less inhibited with Francis – partly, no doubt, because he was a man, and partly because he wrote to her as a friend from his own home, not as her publisher from an office (he worked with us only part-time). To him she owed the fact that a publisher was waiting for her book, and in him (this was probably more important to her) she had found someone who understood and loved her writing, who was sympathetic, amusing, kind, anxious to help. He made her dig out stories and found magazines to publish them, and when at last she let him know that she was on the verge of collapse, he sent her £100 so that she could go to a hotel or into a nursing-home for a rest. Her letters to me during those years are those of a writer glad to have a sympathetic editor; her letters to Francis are those of someone luxuriating in the unexpected discovery of a friend. Had it not been for his support she would not have been able to finish the book through which, in spite of such heavy odds against it, she was slowly, slowly, slowly inching her way.

People are not, thank God, wholly explicable. Carole Angier's biography of Jean does as much as anything ever will to explain the connections between the life and the work, but how this hopelessly inept, seemingly incomplete woman could write with such clarity, power and grace remains a mystery. I have long since settled for this fact; but I think I have reached a better understanding of the bad-at-life side of Jean since coming to know Dominica*, the island in the eastern Caribbean where she was born.

I have been given an unusually close view of the island by a piece of great good fortune: becoming friends (through having been Jean's publisher) with a Dominican family which includes the man who knows more than anyone else about every aspect of it. In Lennox Honychurch one of the Caribbean's smallest islands has produced the region's best historian, and it is through mental spectacles borrowed from him that I suddenly saw how *foreign* Jean was when she came to England in 1906, at the age of sixteen.

The British, thinking 'West Indies', mostly envisage a mixture of Jamaica and Barbados with a touch of Mustique. My own image, which I considered well-founded because I had been there, was Trinidad & Tobago plus Jamaica. So Dominica surprised me.

In the first place, no one had seriously wanted to make a colony of it. Columbus hit on it in 1493, and once described it by scrunching up a sheet of paper and tossing it onto a table: an inadequate image, but one can see what he meant. It consists of thirty by sixteen miles of densely packed volcanic mountains separated by deep valleys into which waterfalls roar and down which little rivers, often turbulent, run. The whole of it is clad in exuberant forest and some of it is given to steaming and shuddering. The dramatic nature of its conformation, and the

* Dominica has adopted the appellation 'The Commonwealth of Dominica'. The Dominican Republic, also in the Caribbean, is a different country, which shares an island with Haiti.

tropical richness of its forest (much of it rain forest) make it wonderfully beautiful, but it is hardly *useful-looking*.

Human beings have two ways of relating to such terrain. If, like the Caribs, who were there when Columbus turned up, you are the kind of human who lives with nature rather than on or against it, you find it hospitable: you can't freeze in it, you can't starve in it, there is plenty of material for building shelters and a vast number of mighty trees out of which to make canoes; and if hostile humans invade they find it extremely difficult to move about in, while you can very easily hide, and then ambush them. (There are still more Caribs living in Dominica than anywhere else, and it enabled escaped slaves to put up a more impressive resistance to vengeful slave-owners than they could do on any other island.) But if you are the kind of human who likes to control nature, and hopes to make a profit from it, then you must either leave such an island alone, as the Spanish sensibly did, or else steel yourself to work very hard for sadly little return. Dominica's settlers have tried planting a variety of crops – coffee, cocoa, a very little sugar (not enough flat ground), lots of bananas and citrus fruit, vanilla, bay rum . . . all of them reasonably profitable for a time, then wiped out or greatly reduced by hurricanes, blights, or shifts in the market. In many parts of the Caribbean planters made fortunes; in Dominica with luck you got by, but rich you did not get.

It was the French who first, early in the eighteenth century, edged themselves in to start plantation life: the Dominicans of today, almost all of them of African descent, still speak the French-based patois introduced by the slaves of the French planters, and Catholicism remains the island's predominant religion. The English took the place over in 1763 as part of the peace settlement at the end of the Seven Years War between France and England, and were not excited by it. 'These islands', said a booklet for investors in 1764, 'are not the promised land, flowing with milk and honey . . . Of those who adventure, many fall untimely. Of those who survive, many fall before enjoyment . . .'* Most

* I owe both this and the next quotation to Lennox Honychurch's *The Dominica Story*.

plantation owners from then on were absentees who left managers in charge – men who had a bad reputation. A coffee planter in the eighteenth century wrote: 'When we look around and see the many drunken, ignorant, illiterate, dissolute, unprincipled Characters to whom the charge of property is confided . . . it is no wonder that the Estate goes to ruin and destruction.' But the managers deserve some sympathy: it was a lonely life. The small and rustic estate houses were separated from each other not by great distances, but by impassable terrain.

To this day the abruptness with which mountains plunge into sea at each end of the island has defeated road-builders, so that no road runs right round it; and only since 1956 has it been possible to drive obliquely across it from the Caribbean to the Atlantic on a road forced by mountains to be much longer than the distance straight across. This trans-insular road, grandly named the Imperial Road, was officially 'opened' in about 1900, but in fact petered out halfway across, with only the first five or six miles surfaced. In Jean's day you either sailed round the island, or rode a very difficult track often interrupted by flood or landslip. Even the flat coast road linking Roseau and Portsmouth, the two main towns on the Caribbean side, was non-existent until 1972. Nowadays a few narrow metalled roads run up into the mountains from the coast, so that farmers can truck their produce down to be shipped; but when Jean went to visit her grandmother at Geneva, the family's estate, she rode nine miles of stony track.

Except for the one between Roseau and Portsmouth, Dominica's narrow bumpy roads still inspire awe just by existing: so much forest to be cleared, so many ups and so many downs to be negotiated hairpin after hairpin after hairpin, so many tropical downpours to wash away what has just been achieved . . . and so little money and no earth-moving equipment! They are valiant little roads, and keeping them in repair is a heavy task.

So it is not surprising that few white people settled in Dominica. In Jean's girlhood an energetic Administrator tempted in a new generation of English planters, and briefly the white population soared . . . from forty-four in 1891 to three hundred and ninety-nine in 1911*. But the new planters soon gave up, and now it is under a dozen. Jean's parents lent her elder sister to rich relations to be brought up, and I can see why. White middle-class girls didn't work, they got married, and who was there in Dominica for a girl to marry? No one. In those days British neglect of thc island had been so scandalous regarding schools that hardly any black Dominicans had any schooling at all. Racial prejudice would, anyway, have made a black husband for a white girl seem impossible, but there would also have been real incompatibility. White education was nothing to boast of, but even the least polished white daughter could read.

In a colonial society people only had to be white to feel themselves upper-class, in addition to which they hung on with determination to awareness of gentlemanly forebears if they had them, as the Lockharts (Jean's mother's family) did. So normal life to the child Jean was life at the top of the pile. Against which, the pile was no more than a molehill. Such a very small and isolated white society was less than provincial – less, even, than parochial, since there was considerably less enduring structure to it than to an average English village. It was threatened from below, which Jean sensed while still very young; but that pushed her in the direction of her family's attitudes, rather than away from them (not until she had worked her way through to the writer in herself – the seeing eye – would she, almost in spite of herself, reflect back an image of white Dominican society as it really was). As she approached the age of sixteen, when she would leave for England, her life was that of a tiny group of people whose experience was considerably narrower than they liked to think, combined with life in the head: dream life.

Part of the dream was of Dominica itself, because its combination of beauty and untameability exerts a strong pull on the imagination. Jean wrote**

* Figures from Peter Hulme's essay 'Islands and Roads', *The Jean Rhys Review*.

** In *Smile Please*, her last book. The writing is less taut and evocative than it used to be.

. . . It was alive, I was sure of it. Behind the bright colours the softness, the hills like clouds and the clouds like fantastic hills. There was something austere, sad, lost, all these things. I wanted to identify myself with it, lose myself in it. (But it turned its head away, indifferent, and that broke my heart.)

The earth was like a magnet which pulled me and sometimes I came near it, this identification or annihilation that I longed for. Once, regardless of the ants, I lay down and kissed the earth and thought, 'Mine, mine.' I wanted to defend it from strangers . . .

Outsiders, too, respond to it romantically. I know others beside myself who try to play down the intensity of their infatuation with it for fear of seeming absurd. I was charmed by Tobago, but it did not haunt my imagination as Dominica does. Perhaps it has to do with its volcanic nature. In addition to the Boiling Lake, steaming and gulping in its impressive crater, it has several lesser fumaroles, sulphur springs, earth tremors . . . vulcanologists say that at least four of its centres of volcanic activity might blow at any time. The inconceivable violence barely contained within our planet can't be forgotten on Dominica. It is a place so far from ordinary in the mind's eye that belonging to it, as Jean so passionately felt she did, must set one apart.

Her other dream was of England, bred partly from the way that colonial families of British origin idealized it, more from the books which were sent her by her grandmother on her father's side. From this material she created a promised land even more seductive than her beloved Dominica. Her father had an inkling of what would happen when she got there: he warned her that it would be 'very different', and told her to write directly to him if she was unhappy – 'But don't write at the first shock or I'll be disappointed in you.' But when they said goodbye, and he hugged her tightly enough to break the coral brooch she was wearing, she was unmoved by his emotion and felt very cheerful, 'for already I was on my way to England'. At which she arrived knowing so little about it that she might have been landing from Mars.

It was not just a matter of the obvious ignorances, such as not knowing what a train looked like (put into a little brown room at her first railway station she didn't realize what it was), or supposing that the hot water gushing from bathroom taps was inexhaustible (she was scolded for using it all up when she took her first bath, and how could she have known?). And of course she had never dreamt of endless streets of joined-together brick houses, all grey . . . All that was bad enough, but worse was having none of the instinctive sense of give and take that is gained from living in a complex society surrounded by plenty of people like oneself. The older women she had known had been given no more opportunity than she had to acquire this . . . She could hardly have known what it was that she lacked, but she did know how badly she was at a loss.

In England *everyone she met* knew things she didn't know – not just the things taught in schools, but baffling ordinary, everyday things. Many young women are nimble face-savers, able to learn ways out of difficult situations, but Jean was not. Already, for whatever reason, she was in some ways trammelled in childishness; already paranoia threatened. It did not occur to her to learn, all she could do was hate. She hated this country which was so far from resembling her dream, and even more fiercely its inhabitants, for despising (as she was sure they did) her ignorance and her home. This feeling persisted into her old age: I saw it flare up when a woman spoke of Castries, in St Lucia, as 'a shanty town'. Instantly Jean assumed that this sneering woman – these sneering English – would see Roseau in the same way, and Roseau was not a shanty town – it was *not* – they were not seeing it right. She sprang to defend it against strangers – hateful strangers. She had always hated them with their damned cold competence and common sense: never would she dream of trying to be like them. Probably she could not have been, anyway; but her abhorrence of what she saw as Englishness did make her *embrace* her own incompetence.

The book she was trying against such heavy odds to finish was inspired by this hate. At first it was called 'The First Mrs Rochester'. Charlotte Brontë's *Jane Eyre* had always filled her with indignation on behalf of the mad West Indian wife shut up in the attic of Thornfield Hall. She knew that Englishmen had sometimes married West Indian heiresses for their money, and suspected that Brontë had based her story on local gossip about such a marriage; and to Jean such gossip could only have been spiteful and unfair. For years she had wanted to write a novel showing the wife's point of view, and for almost as many years again that was what – with long and painful interruptions – she had been doing.

We had not been corresponding for long before she admitted that her worry about Part Two of *Wide Sargasso Sea* (as it had become) was exhausting her. In this Part Mr Rochester turns up and marries Antoinette (disliking the name Bertha, which Brontë gave the wife, Jean chooses to call her heroine by her second name). Their relationship has to be established and the reason why this marriage of convenience goes so terribly wrong has to be explained. For Antoinette's childhood and schooling, Jean said in letters, she could draw on her own, and 'the end was also possible because I *am* in England and can all too easily imagine being mad'. But for the wedding and what followed she had nothing to go on, and she went through agonies of uncertainty: 'Not one real fact. Not one. No dialogue. Nothing.'

She sent an early version of Parts One and Two to Francis, who showed them to me, and in that version Part Two was indeed thin: the marriage became a disaster almost immediately, before it had been given time to exist. About this I wrote to her – nervously, because Part One was so marvellous that the book I was meddling with could obviously become a work of genius. I was relieved when she accepted what I had said; but not until much later, when I read one of her letters to Francis*, did I see that my suggestion had been of real use.

She told him of certain 'clues' that had led her forward. The first was obeah, and how it must have played its ambiguous part in the story. 'The second clue was when Miss Athill suggested a few

* In *Jean Rhys: Letters 1931–1966*, edited by Francis Wyndham and Diana Melly, André Deutsch, 1984.

weeks' happiness for the unfortunate couple – before he gets disturbing letters.' Starting to follow this suggestion, she saw at once that 'He must have fallen for her, and violently too', and at once the marriage came alive and was launched on its complex and agonizing course.

That was to remain my only editorial intervention, strictly speaking, in Jean Rhys's work: on points of detail she was such a perfectionist that she never needed 'tidying up'.

Jean and I met for the first time in November 1964, when, after the support she had received from Francis, and also from another Deutsch editor, Esther Whitby, who had volunteered to spend a weekend at Cheriton FitzPaine to help her sort out and arrange what she had written, she felt able to bring the finished book to London. Or rather, the almost finished book: there were still a few lines which she would have to dictate to the typist to whom we had given the material brought back by Esther. We would meet, Jean and I, for a celebratory lunch the day after she arrived . . . Instead, I was called to her hotel by an agitated manageress, who reported that she had suffered a heart attack during the night. So there was no triumph over a bottle of champagne. I had to pack her into an ambulance and take her to hospital. This, followed by three or four weeks of hospital visiting, with all the usual intimacies of nightdress washing, toothpaste buying and so on, plunged us into the deep end of friendship – though I soon learnt that it would be a mistake to suppose that meant trust. Jean never entirely trusted anybody. But she was never thereafter to show me an unfriendly face.

At the end of her first day in hospital she presented me with what might have become a painful moral problem: she asked me for a solemn promise that the book would never be published in its unfinished state – without, that is, the few lines she had been intending to dictate. Naturally I gave it. And then I went home to think 'What if she dies?' It seemed quite likely that she would. The book was publishable as it stood – perhaps a footnote or two would be necessary at the places where the lines were to go, but that was all. If she died would I be able to – would it even be right to – keep my promise? Now I know there would have been no question about it: of course we would have published. But at the time, in all the disturbance and anxiety caused by her illness, my sense of the terrifyingly treacherous world in which Jean's paranoia could trap her (I'd picked that up at once) was so strong that I felt any promise given her *must* be real.

A possible solution occurred to me. Esther had described how Jean kept her manuscript in shopping-bags under her bed, a hugger-mugger of loose sheets and little notebooks which Jean had said only she herself could make sense of. I knew that her brother, Colonel Rees-Williams, was coming up from Budleigh Salterton to visit her in hospital. Why not ask him to collect every bag of writing he could find in her cottage and bring it to me, without telling her (she was too ill to deal with it herself)? I would then go through it, returning everything meticulously to the order in which I found it, hoping to find clues to what she intended to insert; so that, if the worst happened, I could follow, at least approximately, her intentions.

Colonel Rees-Williams did his part, but in vain. Jean had been right: she *was* the only person who could make sense of the amazing muddle seething in those bags. So I gave up, her brother put the bags back exactly where he found them, and Jean never knew what we had done.

It took her nearly two years to regain enough strength to look at the book again, and to add the scraps of material she felt to be necessary. She could do it, she said, because of a new pill prescribed, I think, by a new doctor – though it may have been her old doctor trying something new. Perhaps he was the most important contributor to the conclusion of that novel, so I am sorry I cannot name him.

It was on March 9th 1966 that she wrote to tell me that the book was finished – and that Max was dead.

My dear Diana

Thank you for your letter [knowing that Max was dying I had just written her a letter of affection and anxiety]. I don't know what else to say. Max died unconscious, and this morning very early we went to Exeter crematorium.

A sunny day, a *cold* sun, and a lot of flowers but it made no sense to me.

I feel that I've been walking a tight rope for a long time and have finally fallen off. I can't believe that I am so alone and there is no Max.

I've dreamt several times that I was going to have a baby – then I woke with relief.

Finally I dreamt that I was looking at the baby in a cradle – such a puny weak thing.

So the book must be finished, and that must be what I think about it really. I don't dream about it any more.

Love from Jean

It's so *cold.*

I asked if I could come to Cheriton to collect the book, which seemed to please her; that first visit was when Mr Greenslade, sent by Jean to pick me up at Exeter, told me about her attack on her disagreeable neighbour.

She had booked me a room at the Ring of Bells, the village pub, because although she had a tiny extra room it would be another two years before it was inhabitable. Her letters always bewailed the weather, and sure enough, when I walked the length of the village to Landboat Bungalows, where she lived in number 6, it was raining and windy; and the village, too, behaved as she always said it did. On a walk of about half a mile I saw not a single person, the houses all stood with their backsides to the road, and the two dogs I met – mongrels of a sheepdog type – peered at me with hostile yellow eyes through their sodden shagginess and sidled away as though they expected me to stone them. Later I would see Cheriton looking quite normal (though the houses turning their backs to the road on that stretch of it remained odd); but that day I thought 'What a depressing place – she hasn't been exaggerating at all'.

I had always thought of a bungalow as a detached dwelling sitting on its own little plot, but Jean's was the last in a joined-together row of one-storey shacks, crouching grey, makeshift and neglected behind a hedge which almost hid them. They looked as though corrugated iron, asbestos and tarred felt were their main ingredients, and if I had been told that I must live in one of them I would have been appalled.

Jean could not afford to heat, and so didn't use, the only decent room which, like her bedroom, looked out over what would have been the garden had it been cultivated, towards some fields. On the road side there was a strip of rough grass shaded by the hedge, and the door opened into a narrow unlit passage, bathroom on the left, kitchen – into which I was immediately steered – on the right. It was about ten feet by ten, and it was just as well that it was no bigger; the only heating, apart from the two-burner gas cooker, was an electric heater of the kind which has little bars in front of a concave metal reflector, which scorches the shins of the person just in front while failing to warm the space as a whole. The small table at which Jean worked and ate, two upright chairs, a cupboard for food and another for utensils were all the furniture, and this was the room in which Jean spent all day, every day.

I doubt whether she could have survived another year in Landboat Bungalows if she had not managed to finish *Wide Sargasso Sea.*

Its publication, followed by the reissue of all her earlier work except for two or three stories which she didn't consider good enough to keep, brought her money: not a great deal of it, but enough to keep her warm and comfortable for the rest of her life. It also brought her fame, to which she was almost completely indifferent but which must have been better than being forgotten, and friends. Among the friends was Sonia Orwell, who made more difference to her life than anyone else.

Sonia struck me as tiresome. She often drank too much, was easily bored, which made her tetchy and sometimes rude, and was an intellectual snob without having, as far as I could see, a good enough mind to justify it. But although I suspect it was Jean's sudden fame, rather than her writing in itself, which made Sonia take her up, once she had been moved to do so she was amazingly generous about it.

She financed long winter holidays in London for Jean every year from the publication of *Wide Sargasso Sea* in 1966 to the end of her life, and she gave her many expensive presents. When I remarked on the amount she was spending she told me that she had always felt embarrassed at having inherited George Orwell's literary income, and had decided that she must use it to help writers who were hard up. This she said shyly and apologetically, to stop me thinking she was more generous than she was, not to take credit for it. And more impressive than the money she spent was the sensitivity she showed in her determination to give Jean a good time. She didn't just pay hotel bills: she did all the tipping in advance, she explained to the management the special kinds of attention this old lady would need, she booked hairdressers and manicurists, she bought pretty dressing-gowns, she saw to it that the fridge was full of white wine and of milk for Jean's nightcap, she supplied books, she organized visitors . . . From time to time she even did the thing she most hated (as I did too): took Jean shopping for clothes. This was so exhausting and so boring that eventually we both went on strike – and it was Sonia who then saw to it that younger and stronger spirits took our place. It was also she who was the most active member of what we called 'the Jean Committee' – the meetings at which she, Francis and I discussed 'Jean problems', such as getting her finances in order, or trying to find her somewhere to live nearer London, and less mingy, than Landboat Bungalows. (In this we did not succeed: whenever we came up with a real possibility Jean would jib: 'Better the devil I know', she would say.)

My gratitude for all this was profound, because quite early on I had been faced with a daunting prospect.

Jean loved her daughter, Maryvonne Moerman. She longed for her visits, grieved when she left, talked about her often with pride and admiration. During her bad times she had never burdened Maryvonne with worrying facts, and when she had money she constantly pondered ways of leaving her as much of it as possible. Several times she asked me to find answers to questions about the inheritance of money from England by someone living in Holland, as the Moermans did after returning from some years in Indonesia; and she often spoke about writing an account for Maryvonne of how the past had really been. If she could get it right, she said, then Maryvonne would at last understand.

What was it that she so urgently wanted her daughter to understand – and, by unmistakable implication, to forgive?

How much of Maryvonne's infancy was spent with her mother I do not know exactly, but I think it was almost none. Certainly she was for a time in 'a very good home run by nuns', and other nurseries were also involved. Fairly soon after her birth Jean got a job ghost-writing an autobiography in the south of France, one of its attractions being that if it worked she would be able to have her baby with her – but it didn't work. And when Maryvonne was about four years old Jean went away to England, leaving her to be raised in Holland by her father. Maryvonne adored her father, and arrangements were made later for her to spend school holidays in England with Jean, which she remembers as enjoyable: but it is hard for any small child not to feel, if her mother vanishes, that she has been abandoned.

This Jean could never undo, whatever she wrote, because the person she wanted forgiveness from was the abandoned child. Maryvonne the grown-up woman understood very well that she must accept her mother's nature – her absolute inability to behave like a capable adult in the face of practical difficulties – and she was generous enough to forgive it; but nothing could change what Maryvonne the child had experienced. This cruel fact brought Jean to a halt each time she approached it, and did more than the weakness of old age to explain why *Smile Please*, the autobiography she attempted in her late eighties, ended where it did. And no doubt it was this haunt between them that caused Maryvonne's longed-for visits always to end in some kind of pain and bitterness.

So after one of her visits to Cheriton, Maryvonne came to London and asked me to lunch with her. Jean had been talking of moving to Holland, and Maryvonne had decided that she must quickly establish that this was impossible. She told me that she would keep in touch with her mother and visit her from time to time, and that I could count on her to come over in an emergency, but that she could not have her with or near her all the time. I would have to take on the responsibility of looking after Jean, because she simply couldn't do it. 'It would wreck my marriage,' she said.

I cannot deny that my heart sank, all the more so because I could see exactly what Maryvonne meant. I knew less about Jean then than I do now, but I knew enough to see that she could not be lived with; certainly not by a daughter she had dumped at the age of about four. All editors have, to some extent, to play the role of Nanny, and I saw that in this case it was about to expand – in terms of size, not of glamour – into a star part. And so it would most onerously have done if it had not been for Sonia's invaluable help, and that of Francis. But he was soon to have his mother's old age to deal with, so he had gradually to withdraw from practical involvement, whereas it was many years before a combination of financial trouble and ill-health caused Sonia to flag.

It was thanks to her that I got a glimpse of how enchanting Jean must have been as a young woman (when happy). Sonia had taken her out to lunch and they had drunk enough champagne to make them both giggly – 'tipsy' would be the word rather than 'drunk'. When Jean got drunk (which I was not to witness until the last two years of her life) it was usually a disastrous release of resentment and rage; but this time her tipsiness hit the level which is exactly right. Everything became comic: she remembered – and sang – delightful songs; she told jokes; she liked everyone. She might have been enclosed in a pink bubble of Paris-when-she-was-happy-there, and it lasted until I had filled her hot water bottle and steered her into bed (I was taking the late afternoon and evening shift, as I usually did). Jean and I often spent enjoyable times together, but only with Sonia did she taste that sort of fun. Sonia, who knew Paris intimately, brought a whiff of Jean's favourite city with her, and she drank too much; whereas I was so undeniably English, and liked to stay sober. With me Jean couldn't quite let herself go.

That occasion was at the Portobello Hotel: the Portobello winter was the best of the treats provided by Sonia. The hotel was small, elegant in an informal way, and favoured by French theatre people. At that time it was being managed by a young woman recently celebrated in a Sunday newspaper as one of 'the new Fat' – a despiser of dieting who liked to wear flamboyant clothes and enjoy her own amplitude. She had, Sonia told me, made a special price for Jean because she loved her books (unfortunately she was no longer in charge when the next winter came round, perhaps because of her amiable tendency to make such gestures). The first time I visited Jean there I was greeted at the reception desk by a faun-like being in a pink T-shirt trimmed with swansdown which had little zipped slits over each breast, both of them unzipped so that his nipples peeped out. This seemed such a far cry from Cheriton FitzPaine that I wondered whether Jean, much as she longed for a change, would find it upsetting; but she loved it, was fussed over charmingly by both the manageress and the saucy faun, and would have been happy to spend the rest of her days at the Portobello. I think it was during that holiday that she played with the idea of dyeing her hair red. I protested, because bright hair-dyes make one's skin look old, and she said: 'But it's not other people I want to fool – only myself.'

Where Jean was *not* happy was in a hotel which Sonia fell back on later, when she was beginning to feel the financial pinch which, together with illness, made her last years miserable. It was one of those comfortable but drab places near the Cromwell Road which are chosen as permanent homes by elderly widows, and Jean made her loathing of it brutally clear. Generosity inspired in her no more sense of obligation than it would have done in a six-year-old, and even after Sonia had moved her (as she quickly did) into a vastly chic and expensive establishment, she remained slightly sulky. It was to Sonia, not to her, that the manager of the rejected hotel had said that they were accustomed to – indeed, specialized in – elderly people, but Jean had picked it up the moment she crossed the threshold, and was not going to forgive the making of such a choice for her. Later still, when Sonia left London for a cheaper life in Paris, I and others often explained to Jean how her circumstances had changed. Jean would acknowledge her friend's misfortunes with a ritual 'Poor Sonia', but her voice would be indifferent and there would be a distant look in her eyes. For her, inevitably, a friend who had gone away was a friend who was rejecting her.

Jean's comparative sedateness with me made it a shock when I received a letter from a man who had been her neighbour in Beckenham, and who resented the acclaim she was getting for *Wide Sargasso Sea.* He wrote an unsparing, and horridly convincing, description of the aggressive drunken behaviour which had led to her arrests, and he also took it on himself to tell me about Max's disaster, which Jean had never mentioned. I was able, therefore, to explain Jean's lapses as a breakdown under strain. Only in her last few years did I begin to understand that ugly drunkenness had been her downfall, on and off, for most of her adult life. Before that, my personal experience of her had revealed her incompetence, her paranoia, her need for help and reassurance, and the superficial nature of her gratitude ('I've got hold of some money' was how she told Maryvonne of Francis's gift, and glimpses of that attitude were not infrequent through the chinks in her politeness). But I also knew that she was very often charming, had an old-fashioned sense of decorum and good taste (she hated unkind gossip), and that however tiresome her muddles could be, I enjoyed being her nanny more often than I found it wearisome.

It did not really matter that the Jean Committee failed to find her a new house. Her bungalow was made so much more comfortable and pleasant by the hard work and ingenuity of two of her new friends, Jo Batterham and Gini Stevens, that – given more visitors, and the daily help which Sonia and I were at last able to find for her – she was probably as well off there as anywhere. Gini even took over the role of amanuensis for a while (Jean couldn't type and was frightened of tape-recorders, so she always had to have that kind of help). Like so many of Jean's relationships, this one ended in tears; but not before it had enabled her to put together the collection of stories, *Sleep it Off, Lady*, which would have been impossible without it.

Meanwhile Jean's finances were, by a miracle, kept in order by an accountant recommended by Sonia on the grounds that he liked good writing and drank a lot.

A good example of a Jean muddle was the case of Selma vaz Dias, the actress who had adapted *Good Morning, Midnight* for the radio, and who saw herself, not without reason, as Jean's true 'rediscoverer'. The trouble with Selma was not that she made that claim, but that she thought herself entitled by it to become a bandit.

Although middle-aged and rather stout, she was a striking woman with bold dark eyes who wore clothes to suggest a dash of the Spanish gypsy, and was an ebullient talker. Jean had been delighted and grateful on learning of her plans for *Good Morning, Midnight*, had enjoyed her company when they met, and loved her infrequent letters. Knowing they had planned to meet when Jean brought the manuscript of *Wide Sargasso Sea* to London, I telephoned Selma to report that she had been taken to hospital . . . and began almost at once to doubt the worth of her friendship. First, a surprising amount of prodding was necessary to make her visit Jean; then the visit turned out to be extremely short and to consist mostly of Selma complaining of its inconvenience to herself; and lastly, when I was giving her a lift home after it, she said almost nothing about Jean except: 'You know, of course, that she used to work as a prostitute?'

Worse was to emerge. After the publication of *Wide Sargasso Sea* Jean confessed to worry about something which Selma had made her sign. It then came out that in 1963, on a visit to Cheriton, Selma had produced 'a bit of paper' which Jean understood to concern the broadcast rights of *Good Morning, Midnight*, *Voyage in the Dark* and *Wide Sargasso Sea*, but which was in fact an agreement to give Selma fifty per cent of the proceeds from any film, stage, television or radio adaptation of any of Jean's books, anywhere in the world, for so long as the books were in copyright, and granting Selma sole artistic control of any such adaptation.

Jean was to say repeatedly that she thought being made to sign it was a joke – 'I was a bit drunk, you see . . . well, a bit, very.' However, two years later, when Selma got an agent to recast this same agreement in more formal terms, and he wrote to ask Jean whether she really did want to sign it again, she apparently felt that she must, and did so. (The agent had never met her, so I suppose was unaware of her near-idiocy in practical matters; otherwise he would, I hope, have taken a stronger line.)

At first I was not too worried, because I was unable to believe that anything so outrageous could stand. Selma herself, I thought, could surely be made to see as much: a foolish thought, that one turned out to be. Then André Deutsch and I talked to her husband who, though obviously deeply embarrassed, insisted there was nothing he could do. So – 'Write a full account of the whole thing,' said André to me, 'and I'll send it to Arnold.'

'Arnold' was Arnold Goodman, not yet a lord but already the most famous lawyer in the United Kingdom and André's guru. Hope revived: *of course* Arnold would save the day. But all he could say was that this was a contract, and if someone was daft enough to sign a contract without understanding it, whether drunk or sober, too bad for them. My inability to expect anything good from lawyers was born out of that day's impotent rage.

I have forgotten how I knew that the theatrical agent Margaret Ramsay had once been Selma's agent and friend, but I did know it, and inspiration hit me. 'If anyone can deal with this it will be that little war-horse.' Peggy always talked without drawing breath, so when she heard me name one of my authors it was a minute or two before I could stem the torrent of her refusal even to think about taking on another writer, and explain our problem. Once she had taken it in: 'GOOD GOD! That's perfectly appalling! Selma can't be allowed to get away with that. LEAVE HER TO ME!' Oh, the gratitude.

Even Peggy couldn't make Selma cancel the contract, but she did get her to reduce her fifty per cent to thirty-three and a third; and – far more important – she did make her cancel the clause giving her artistic control by somehow drilling into her mulish head that such a clause would forever prevent the sale of any such rights to anyone.

From then on Peggy Ramsay handled all Jean's film, stage, television and radio rights; and a few years later we steered her other literary affairs into the hands of the agent Anthony Sheil – a belated and profound relief. Because until then almost anyone Jean met could, and only too often did, become her agent, with results which – though never so dire as the Selma affair – were often maddeningly confusing and counter-productive.

Although I never had to do any work on a text by Jean, I did once intervene by discouraging the inclusion of one of her stories in the collection *Sleep it Off, Lady*. Francis, too, advised her to leave it out; I can't now remember which of us was the first to raise the matter. In a catalogue of her private papers, appended to the typescript of the story 'The Imperial Road', there is this note: 'Miss Rhys has stated that her publishers declined to include this story in *Sleep it Off, Lady*, considering it to be too anti-Negro in tone.' True, but over-simplified.

Jean shared many of the attitudes of other white Dominicans born towards the end of the nineteenth century. It is true that she often spoke of how, as a child, she longed to be black, because black people's lives were so much less cramped by boring inhibitions than those of the whites; but this was a romantic rebellion within the existing framework, not a rejection of the framework. When I knew her she talked – sometimes unselfconsciously, sometimes with a touch of defiance – like any other old member of the Caribbean plantocracy, describing black people she liked as 'loyal'; saying what a mess 'they' had made of things once 'we' were no longer there (that was the burden of 'The Imperial Road') and so on. Typical white liberal of the sixties that I was, I disliked hearing her talk like that, but it seemed natural: and it never failed to make me marvel that in *Wide Sargasso Sea* she had, by adhering to her creed as a writer, transcended her own attitude.

Her creed – so simple to state, so difficult to follow – was that she must tell the truth: must get things down *as they really were*. Carole Angier, in her biography, has demonstrated how this fierce endeavour enabled her to write her way through to understanding her own damaged nature; and it also enabled her, in her last novel, to show Dominica's racial pain as it really was. But it didn't work in 'The Imperial Road'.

Oddly enough neither Francis nor I was then aware of how far it was from working. We were simply uneasy at the story's tone, without realizing that it was the consequence of a major (though explicable) misunderstanding on Jean's part. In the story the Jean-figure sets out to cross Dominica on the Imperial Road – the trans-insular road built in her childhood. Revisiting the island many years later she wants to follow the road. To her incredulous dismay she finds that 'they' have let it be swallowed up by the forest: it is no longer there.

Jean herself had been present, as a child, at the opening of the Imperial Road, and had not unnaturally supposed that if a trans-insular road is declared open, it must have been built. No one had explained to her that it had in fact been built only to a point half-way across, where the Administrator's estate happened to be, and that even that stretch of it was metalled for only five miles. What she thought, thirty years later, to have vanished as a result of 'their' neglect, had never in fact been built by 'us'. So the story was even more 'wrong' than it smelled to Francis and me; and once I had learnt the historical facts I became even gladder that she did not dig in her heels and insist on including it (which, of course, she could have done if she had really wanted to).

The contrast with *Wide Sargasso Sea* is striking. In that novel the story is told from the point of view of someone whose life was wrecked by the emancipation of the slaves, and who is puzzled and angry, as well as grieved, by the hostility which blacks are now free to show against whites. But because the observation is so precise, and the black and mixed-blood people are allowed their own voices when they speak, the reader understands why Coulibri is burnt down; why Daniel Cosway has become the very disagreeable person he is; why the child Tia turns against Antoinette – indeed, has never really been able to be her friend, which is a fact equally cruel to both of them. Antoinette's world has been poisoned, not by these people's malice, but by their having been owned, until very recently, by her family as though they were cattle. Nowhere does Jean say this, but she shows it: Jean writing at her best knew more than the Jean one met in everyday life. I did not want her to publish 'The Imperial Road' because I did not want anyone to despise as racist a writer who could, when it mattered, defeat her own limitations with such authority.

By the time Jean started work on her last book, the autobiographical *Smile Please*, she was too old to do without help; but it was not I who gave it (apart from reading and making encouraging noises as it progressed) . . . She had always had to find someone to type her books for her, and continued to think of the person helping her as doing no more than that. But the novelist David Plante, who had offered to be her amanuensis for this book, did a good deal more to coax material out of her, and organize it, than she acknowledged. There was an anxious time when she panicked at what he was doing, telling me that he was taking the book over and trying to make it his own; but he had only been using scissors and paste on a few pages, to get the material into its proper sequence. Once she had been persuaded to read it and see her own words still saying what she wanted them to say, she relaxed. More or less. That was a difficult time: her last winter in London, when she proved to be beyond coping with a hotel, and Diana Melly, with incomparable generosity, took her into her house (indeed, gave up her own bedroom to her) for three months. After a few weeks of great pleasure, Jean began to slide into a sort of senile delinquency, and to drink too much: one of David's problems was steering his way between the disintegration which soon followed if he joined her in a drink, and the mutinous rage if he refused to. I remember huddling round the kitchen table with him and Diana, all of us agreeing that it was just a matter of one of us going upstairs and *taking the drinks tray out of her room* . . . a discussion which ended in Diana saying: 'Oh God – we're none of us any more use than a wet Kleenex.' But the book did get done, all the same: it was not what she wanted it to be, but it had a good deal more value than she feared.

In fact *Smile Please* is an extraordinary example of Jean's ability to condense: everything about her that matters is in it, though sometimes touched in so lightly that it can escape the notice of a reader who is less than fully attentive. It was as though something in her quite separate from her conscious mind was still in control, still making choices and decisions; and I have always thought that, about a year earlier, I was granted a glimpse of that something at work.

The proofs of *Sleep it Off, Lady* came in from the printer while Jean was in London, and she told me she was worried about checking them because she feared she was no longer capable of the necessary concentration. So I suggested that I should read them aloud to her, going very slowly, and doing no more than twenty minutes at a time. As soon as we began she became a different person, her face stern, her eyes hooded, her concentration intense. When I was halfway down the first galley-proof she said: 'Wait – go back to the beginning – it must be about three lines down – where it says "and then". Put a full stop instead of the "and", and start a new sentence.' She was carrying the whole thing in her mind's eye.

This tiny incident seemed to me to give a clear glimpse of the central mystery of Jean Rhys: the existence within a person so incompetent and so given to muddle and disaster – even to destruction – of an artist as strong as steel.

It was that incident which made me write the following lines, which I think of as 'Notes for a biography which will never be written'.

> <u>THE MOTHER</u> A woman wearing corsets under a dark serge
> riding habit, cantering over sand under palm trees, up a track
> through the forest of leaves like hands, saws, the ears of
> elephants.
>
> She banished mangoes from the breakfast table and gave her
> children porridge, lumpy because it was cooked by long-fingered

brown hands more adept at preparing calaloo. She made the children wear woollen underwear the colour of porridge.

'What will become of you?' she said.

For all her care they were in danger of not seeming English. Her grandfather had built his house in the forest and taken a beautiful wife whose hair was straight and fell to her waist. But it, and her eyes, were very black.

Only one child was pink and white, with blue eyes, the proof. Why was she the one so difficult to love?

That child never asked and never told. She listened hungrily to the laughter in the kitchen, was locked in sulky silence when the Administrator's wife came to tea, and let the eyes of old men dwell on her.

'What will become of you?' Addressed to this one the question was more urgent, even angry; and after a while was not asked because what was the good? Who is not annoyed and fatigued by perversity?

But the child obeyed her mother. Bidden to dream of England, she dreamt. 'When I get there,' she dreamt, 'it will be like the poems, not like she says.' When she got there she found dark serge, porridge and porridge-coloured underwear. 'My poor mother,' she said later. She had decided long ago never to forgive a country's whole population, so she could afford to say no more than that about one woman.

THE FATHER A man in a panama hat and a white linen suit, leaving the house to make people better. 'Is the doctor in?' The voices were sometimes frightened and only he could help. He was often out, often had to be spared trouble when he was in, so it was a long time before he came into the room and found the child crying over her plate of lumpy porridge. 'In this climate!' he said. And after that her breakfast was an egg beaten up in milk, flavoured with sugar and nutmeg.

He liked her to mix his evening drink, and as she carefully measured out the rum and lime juice, and grated a little nutmeg over the glass, she knew she was a pretty sight in her white frock which hid the woollen vest.

It was his mother who sent the child books for Christmas and all the grown-up books in the glass-fronted case were his, except *The Sorrows of Satan* which was her mother's. And when he was a boy he ran away to sea because people were unkind and he couldn't bear it.

When he died there was no more money and no more love, and no one, she saw after that, could be relied on. But: 'I have always been grateful to my father,' she said later, 'because he showed me that if you can't bear something it's all right to run away.'

<u>THEIR DAUGHTER</u> She didn't want to hurt the man, but she went with him. Her new dream was Paris and he could take her there. He came at a time when her bad luck was so bad that she deserved a little good luck for a change. She thought: 'Poor man, I am sorry about this, but I would have been done for if he had not turned up to make life less difficult.'

She didn't want the child to die, but when it went a strange colour and wouldn't eat she thought: 'This baby, poor thing, has gone a strange colour and won't eat and I don't know what to do. I'm no good at this.' So she took it to a hospital and left it there. When they wrote to tell her it had died she saw that life was as cruel as she had always believed. But it did become less difficult.

She wanted to keep the other child, but where could she have put her? How could she have fed her? She thought: 'Perhaps one day my luck will change and I will get her back.' Her luck did change, and after that she saw the child from time to time; but the child loved her father better than she loved her. That was unfair. But it did make life less difficult.

Cruelty had never surprised her because she had always heard it sniffing under the door; and the exhausting difficulty was her own fault. She knew that others who wanted blue skies, pretty dresses, kind men, went out to find what they wanted, but she was no good at that, she never had been. So all she could do was wait for her luck to change. And dream. 'If you dream hard enough, sometimes it comes true.' She could dream very hard, and when it failed to work she dreamt harder. But never hard enough to dream away one thing: her gift. She ran away, she dodged, she lay low, but her gift was always there. Over and over again it forced her to stand, to listen to the rattling door and put what she heard into words which were as nearly precisely true as she could make them. She said about her gift: 'I hate it, for making me good at this one thing which is so difficult.'

Perhaps she thought that true. She could not see herself when she was working. Out of her eyes, then, looked a whole and fearless being, without self-pity, knowing exactly what she wanted to do, and how to do it.

ALFRED CHESTER

IT IS POSSIBLE that I am the only person in the United Kingdom who remembers Alfred Chester and his books: what he wrote was too strange to attract a large readership, and we did not overcome this problem. But he remains the most remarkable person I met through publishing and I, and his friends in the United States who, since his death in 1971, have been finding new readers for him, continue to think and talk about knowing him as one of our most important experiences.

He was twenty-six when I first met him in 1956, the year we published his novel *Jamie Is My Heart's Desire* and his stories *Here Be Dragons*. First impressions? The very first was probably of ugliness – he wore a wig, his brows and eyelids were hairless, his eyes were pale, he was dumpy – but immediately after that came his openness and funniness. It didn't take me long to become fond of Alfred's appearance.

He also inspired awe, partly because of his prose and partly because of his personality. Alfred wore a wig, but never a mask: there he sat, being Alfred, and there was nothing anyone could do about it. He was as compactly himself as a piece of quartz.

He had come to London from Paris, where he had been kicking up his heels in green meadows of freedom from his conventional, even philistine, Jewish family in Brooklyn. Already brilliant young New Yorkers such as Susan Sontag and Cynthia Ozick, who had known him when they were students together, were eyeing him nervously as one who might be going to outshine them, but he had needed to get away. And now he was in a stage of first-novel euphoria, ready to enjoy whatever and whoever happened. Meeting him, whether alone or at parties, reminded me of the excitement and alarm felt by Tolstoy's Natasha Rostov on meeting her seducer and knowing at once that between her and this man there were none of the usual barriers. Something like that shock of sexual accessibility can exist on the level of friendship: an instant recognition that with this person nothing need be hidden. I felt this with Alfred (though there was a small dark pit of secrecy in the middle of the openness: I would never have spoken to him about his wig).

On his second visit he was with his lover, a very handsome young pianist called Arthur. When I went to supper with them in the cave-like flat which they had rented or borrowed, Arthur spent much time gazing yearningly at a portrait of Liszt, and I wondered whether Alfred was husband or wife in this ménage (heterosexuals are always trying to type-cast homosexuals). I decided eventually that, on that evening, anyway, what he mostly was was Mother.

That was the first time he talked to me about identity, explaining how painful it was not to have one: to lack a basic 'I' and to exist only as a sequence of behaviours. Did I have a basic and continuous sense of identity, he asked, and I was tempted not to say 'Yes' because such a commonplace lack of anxiety seemed uninteresting compared with the condition he was claiming. I think I put the temptation aside because I didn't take him seriously. How could quartz-like Alfred feel, even for a second, that he had no basic identity?

Nevertheless I remember that long-ago talk very clearly. Perhaps I am being wise after the event, but it seems to me there was a slight judder of uneasiness under the surface which fixed it in my head.

Through '56 and '57 we exchanged letters, and one of his contained a passage which now seems obviously deranged.

> I was running away from the police, through Luxembourg which is incredibly beautiful (a valley in the midst of a city), then to

> Brussels and back to Paris in thirty-six hours without sleep only to find that no one was chasing me after all. Unless they are being incredibly clever. You see, I'll be able to do things like that when I finish my book.

That sounds like paranoia. And how does the last sentence connect with the first two? But I was not much disturbed by this letter at the time. The rest of it was cheerful and normal, and the sobriety of my own life compared with Alfred's must have made me assume that his might well include mystifying events.

A letter of mine dated July 1959 reminds me that one of his London visits ended when he disappeared without a word.

> . . . at one time, a long time ago, there was an extraordinary panic in London. John Davenport kept calling me and Elizabeth Montagu kept calling me and I kept calling J.D. and E.M. and they kept calling each other and at one point an excursion was organised to Archway to confirm that you really had vanished and were not lying there sick unto death, or dead, or were not under arrest. After a while we said to each other 'Look, if any of those things had happened we'd have heard *somehow*. Wherever he is he must be all right.' So we gave up.

It was about a year after this disappearance that a visiting New Yorker let fall that Alfred was back in New York, and gave me the address to which I sent the above, whereupon Alfred replied that yes indeed, he'd become fed up with Greece and was now installed in a Greenwich Village apartment 'with a *roof garden*!' And that was where I next saw him when I was on a business visit to New York: in almost unfurnished rooms above the theatre in Sullivan Street, where I found our friendship in good health.

Alfred had to lead the way up the stairs because he was feuding with the landlord who had taken to leaving brooms and buckets in the darkness, to trip him and send him crashing through the frail and wobbly banisters. As we climbed he described the feud with great relish. It was still daylight, so he took me right to the top to show me the roof garden – the heat-softened asphalt of the roof's surface, thickly studded with dog turds. Dutifully I leant over the parapet to admire the view and the freshness of the breeze, but I was shocked. Dogs are quasi-sacred in my family, and I had been raised in the understanding that they don't ask to belong to people, so – given that we have taken them over for our own pleasure – it is our duty not only to love them but to recognize their nature and treat them accordingly. Never have I denied a dog exercise and the chance to shit in decent comfort away from its lair – adult dogs, except for half-witted ones, dislike fouling their own quarters. I saw soon enough that Alfred's beloved Columbine and Skoura, whom he had rescued in Greece, were a barbaric pair, perfectly happy to shit on the roof – and indeed on the floors, and the mattresses which lay on the floors to serve as beds. They had never been house-trained, and Skoura, anyway, *was* half-witted. But still I was disconcerted that Alfred was prepared to inflict such a life on his dogs.

It was dark by the time we sat down by candlelight (the electricity may have been cut off) to eat mushrooms in sour cream and some excellent steak, and the dim light concentrated on the carefully arranged table disguised the room's bareness and dirt. Halfway through the meal we heard someone coming up the stairs. Alfred hushed me and blew out the candles. A knock, a shuffling, breathing pause; another knock; another pause; then the visitor retreated. When Alfred relit the candles he was looking smug. 'I know what *that* was. A boy I don't want to see any more.'

That led to talk of his unhappiness. Arthur, the most serious and long-lasting of all his loves, had left him. He was trying to force himself into an austere acceptance of solitude, but like a fool kept on hoping, kept on falling into situations which ended in disappointment, or worse. The boy on the stairs was the latest disappointment, a chance pick-up who turned out to be inadequate. I said: 'But Alfred, dear heart, what makes you think it *likely* that someone you pick up in a urinal will instantly turn into your own true love?'; to which he replied condescendingly that I had no sense of romance.

My two favourite memories of New York were given me by Alfred during my visit: he showed me the only pleasure in the city which could still be had for a nickel, and he took me to Coney Island. The nickel pleasure was riding the Staten Island ferry there and back on a single fare, which meant hiding instead of landing at the end of the outward journey. Early on a summer evening, when the watery light and the ting-tong of a bell on a marker-buoy almost turned Manhattan into Venice, it was indeed a charming thing to do. And Coney Island was beautiful too, the water sleepy as it lapped the dun-coloured sand, the sound of the boardwalk underfoot evoking past summers which seemed – mysteriously – to have been experienced by me. Sitting on the beach, we watched the white flower of the parachute jump opening and floating down, opening and floating down . . . Alfred teased me to make the jump but I'm a coward about fairground thrills, and jibbed. He was afraid, too, and told stories about famous accidents. He showed me where, when he was a child, he used to climb down into the secret runways under the boardwalk, and instructed me in methods of cheating so that this or that could be seen or done without paying. He was fond and proud of the child who used to play truant there and had become so expert at exploiting the place's delights, and as we sat beside each other in the subway, going home, I felt more comfortably accepted by New York than I had ever done before. I don't remember him ever talking about the pleasures of being an *enfant terrible* reviewer, capable of causing a considerable frisson in literary New York, which he was at that time.

Being the publisher of someone whose books are good but don't sell is an uncomfortable business. Partly you feel guilt (did we miss chances? Could we have done this or that more effectively?), and partly irritation (does he really expect us to disregard all commercial considerations for the sake of his book?). Alfred gained a reputation for persecuting his publishers and agents with irrational demands, but with us he was never more than tetchy, and most of the uneasiness I felt came from my own disappointment rather than from his bullying. In England he was all but overlooked:

a few reviewers made perfunctory acknowledgement of his cleverness and the unusual nature of his imagination, but many more failed to mention him. Our fiction list was well thought of by literary editors, and I had written them personal letters about Alfred. I was driven to wondering whether the favour we were in had backfired: had they – or some of them – taken against his work and decided that it would be kinder to us not to review it at all, rather than to review it badly? Only John Davenport, a good critic who had become Alfred's friend out of admiration for his writing, spoke out with perceptive enthusiasm.

I have forgotten when Alfred moved to Morocco and whether he told me why he was doing so (Paul Bowles had suggested it at a party in New York). The first letter that I still have with a Tangier address was written soon after the publication in England of his collection of stories, *Behold Goliath*, early in 1965.

Dear Rat

Why haven't you written?

Why didn't you let me know about publication?

Why haven't you sent me copies?

Why haven't you sent me reviews?

I will not make you suffer by asking why you didn't use the Burroughs quote, though I would like you to volunteer an explanation. I hope you will write me by return of post.

I'm coming to England, either driving in my trusty little Austin or by plane which terrifies me. I'm coming with my Moroccan boyfriend, and the real reason for the trip is to get his foot operated on. He has a spur, an excrescence of bone on the left heel, due to a rheumatic process. I'm afraid of doctors here. But please keep this a secret as they probably won't let us into England if they find out . . . I would appreciate it if you would check up on surgeons, bone surgeons or orthopedic specialists. I have some money so it doesn't have to be the health insurance thing, though that would help . . . They always used to fuss about me at the frontier, so there's bound to be a fuss about Dris. I am going to tell them that we are going to be your guests over the summer. I hope this is okay with you (for me to say so, not for us to stay) and that if they phone you or anything you will say yes it's true. Please reply at once.

Oh, I don't know if Norman [Glass] mentioned it, but I don't wear a wig any more. I thought I'd better tell you in advance so you don't go into shock. I like it better this way, but I'm still somewhat self-conscious.

Edward [Field] says I must give you and Monique Nathan* a copy of *The Exquisite Corpse* immediately. Epstein** says: 'I doubt very much that I can publish the book in a way that will be satisfactory to you, and I don't want to compound our joint disappointment in *Goliath.* The other reason has to do with the book itself. I recognize its brilliance – or more accurately I recognize your brilliance – but I confess that I'm baffled by your intentions, and I'm concerned that I would not know how to present the book effectively. I don't mean that for me the book didn't work; simply that it worked in ways I only partly understood. Or in ways that suggest it is more a poem than a novel, though whether this distinction clarifies anything is a puzzle.'

The book is too simple for him. It reads like a children's book and requires innocence of a reader. Imagine asking Jason Epstein to be innocent . . .

Will let you see it when I come. PLEASE REPLY BY RETURN OF POST. Love.

My answer:

I did tell you publication date, I have sent you copies – or rather, copies were sent, as is customary, to your agent (if A. M. Heath is still your agent – they are on paper. I called them this morning and they said they'd post your six copies today, and I don't know why they haven't done this before). Here are copies of the main

* His editor at Editions du Seuil, Paris
** His editor at Random House, New York

reviews [my lack of comment makes their disappointing nature evident]. And I didn't put the Burroughs quote on the jacket because no one in Sales wanted me to, Burroughs being thought of here except by the few as dangerously far out and obscene, and they not wanting to present you as more for the few than you are. Should have told you this. Sorry.

I am enclosing a letter of invitation in case it may be useful with the visa people or at frontiers. It's marvellous that you are coming . . .

Your quote from Jason Epstein made me laugh – there's a nervous publisher backing against a wall if ever there was one. I was also, of course, scared by his reaction because there is nothing more twitch-inducing than waiting for something to come in which you know is going to be unlike anything else, for fear that it is going to be so unlike that one will have hideous forebodings about its fate. I'm dying to read it. Hurrah hurrah that you'll soon be here. Love.

His answer, written in a mellow mood, ended with the words: 'As for *The Exquisite Corpse* being unlike, yes, it is probably the most unlike book you've read since childhood. And probably, also, the most delicious.'

I could not have rejected *The Exquisite Corpse*, because it seemed – still seems – to me to draw the reader into itself with irresistible seductions. Alfred was right: you must read it as a child in that you must read it simply for what happens next, without trying to impose 'inner meanings' on it. The title comes from the game called in England 'Consequences' – it was the Surrealists who gave it the more exotic name. Do people still play it? A small group of people take a sheet of paper, the first person writes the opening line of a miniature story, then folds the paper so that the next person can't see what he has written; the next person writes the next line, and folds – and so on to the last person, whose line must start 'and the consequence was . . .' Unfold the paper and you have a nonsense story which is often delightfully bizarre. You can do it with drawing, as well as with words: I can still remember a sublime monster produced that way by my cousins and me when I was a child, far more astonishing than anything any of us could have thought up on our own, yet perfectly convincing. Alfred followed the 'consequences' principle – it's as though the paper were folded between each chapter, and when people you have already met reappear you are not always sure that they are the same people – perhaps the name has been given to someone else? Sometimes appalling or obscene things happen to them (I still find it hard to take the scene in which the character called Xavier watches his papa dying). Often it is monstrously funny. In no way is the writing 'difficult'. There is nothing experimental about the syntax; you are not expected to pick up veiled references or make subtle associations; and there can never be a moment's doubt about what is happening to the characters. The writing – so natural, so spontaneous-feeling, so precise – makes them, as Alfred claimed, delicious. The book's strangeness lies entirely in the events, as it does in a fairy story, remote though Alfred's events are (and they could hardly be remoter) from those of Hans Andersen.

I was captivated, but two things disturbed me. The first was that we would be no more able than Jason Epstein to turn this extremely 'unlike' book into a best seller, so Alfred was bound to be disappointed. And the second was that it left me feeling 'one inch madder, and it would have been too mad'.

This was something to do with the contrast between the perfection and airiness of the writing and the wildness of the events. The easy elegance, the wit, the sweet reason of the style are at the service of humour, yes; of inventiveness, yes; but also of something fierce and frightening. A fierce – an aggressive – despair? If aggressive despair is screamed and thumped at you it is painful, but it makes sense. When it is flipped at you lightly, almost playfully . . . Well, it doesn't make nonsense, because nothing so lucid could be called nonsensical, but (like Jason Epstein) I don't know for sure what it does make. I am captivated, but I am uneasy. I am uneasy, but I am captivated. The balance wobbles and comes to rest on the side of captivation. I use the present tense because I have just reread it for the first time in years, and reacted to it exactly as I did at the first reading.

When Alfred arrived with Dris he was wigless. He looked impressive, face, scalp, ears, neck all tanned evenly by the Moroccan sun. Although he himself had already broken the taboo, I still felt nervous and had to screw up my courage in order to congratulate him on his appearance. I don't think I am inventing the shyly happy expression on his face as he accepted the congratulations. As I learnt later, having to wear a wig because a childhood illness had left him hairless was the most terrible thing in his life, an affliction loaded almost beyond bearing with humiliation and rage; so throwing it off, which had taken great courage, was a vastly important event to him.

Morocco, I thought, had given him a new calm and freedom, and he agreed. The version he gave me of the place was all liberation and gentleness: you could smoke delicious kif there as naturally as English people drink tea; no strict line was drawn between hetero- and homosexual love; and you didn't have to wear a wig – you could be wholly yourself. I rejoiced for him that he had found the place he needed.

A couple of days later he brought Dris to dinner at my place: handsome, cheerful Dris, with whom I could communicate only by smiling because I have no Spanish. After dinner Alfred sent him into the kitchen to wash the dishes, which shocked me until they had both convinced me that it was dull for him to sit listening to incomprehensible English. Soon Dris stuck his head round the door and offered me his younger brother – he thought it wrong that I should have no one to do my housework. Alfred advised against it, saying that the boy was beautiful but a handful and that Dris constantly had to chivvy him out of louche bars. Dris himself had become a model of respectability now that he had a loving and reliable American, and Alfred – so he said – would one day be the guest of honour at Dris's wedding. That would be recognized in Morocco as the proper conclusion of their relationship, and probably Dris's wife would do Alfred's laundry while their children would be like family for him. It sounded idyllic.

The high point of the evening was the story of their adventures on their drive to England, told with parentheses in Spanish so that Dris could participate. Alfred had crashed the car in France. When the police came Dris was lying on the ground with blood on his head. It was really only a scratch but it looked much worse and Dris was groaning and rolling up his eyes so that only the whites were visible. Yes, yes, Dris intervened, sparkling with delight, with Alfred interpreting in his wake. He had suddenly remembered that a friend of his had been in an accident in France, and was taken to hospital, and when he got there he *was given all his meals for free*! So Dris decided in a flash to get to hospital where he would save Alfred money by getting fed, and also – this was the inspiration which filled him with glee – by complaining piteously about his foot, as though it had been hurt in the accident, he would make them X-ray his foot, as well as feed him, so that Alfred would not have to pay for an X-ray in London. Unfortunately this brilliant wheeze came to nothing because he was not allowed to smoke in the ward, so before he could be X-rayed he became too fed up to endure it, and walked out. It was pure luck, Alfred said, that they had run into each other as they wandered the streets.

Alfred's gloss to the story was that the police and ambulance men had been fussing around so that Dris had no chance to explain his plan. Alfred had seen him whisked away without knowing where to, and had spent a day and a night adrift, wondering how the hell he was going to find Dris – and, indeed, whether Dris was still alive. Later this struck me as odd. It is not difficult to ask a policeman where an ambulance is going, nor to find a hospital. I supposed he must have been stoned out of his mind at the time of the accident, although I had never seen him more than mildly high and he was always careful to give me the impression that mildly high was as far as he went. I sometimes thought that Alfred tended to see me as slightly Jane-Austenish, which caused him to keep his less Jane-Austenish side averted from my view.

I didn't see much of him on that visit. He was affectionate and easy, but after a couple of hours I would know that I was becoming an inhibiting presence, and assume that he wanted to bring out the kif – I was unaware, then, that he also used other drugs – which I didn't use, so I would say goodnight and leave, feeling that the real evening was starting up behind me. Dris's foot remained a mystery. He saw a doctor, he did not have an operation, someone told me that the spur had been diagnosed as a result of gonorrhoea; and Alfred, when questioned, was vague, as though the matter had become unimportant.

Alfred's next visit, two years later, came out of the blue. As I came into the office one morning the receptionist behind her keyboard half rose from her chair and signalled that someone was waiting to see me. I peeked round the corner, and there was Alfred, sitting in a hunched position, staring into space. 'Oh my God, trouble' . . . the reaction was instantaneous, although his attitude might, I suppose, have been attributed to weariness.

I welcomed him and took him to my room, asking the usual questions and getting the information that he was on his way back to Morocco from New York and had stopped off because he needed to see a dentist. Would I find him one, and would I give him some typing to do so that he could earn a little money while he was here? Of course I would. And then, in a tone which indicated that this was the visit's real purpose: 'Will you call the Prime Minister and tell him to stop it.'

Stop what?

The voices.

I must not attempt dialogue or I will start cheating. The voices had been driving him mad. They gave him no peace, and the most dreadful thing about them was that they, not he, had written every word of his work. Did I see how appalling it was: learning that he had *never* existed? And even Dris was on their side. They often came at night, very loud. Jeering at him. Dris, in bed beside him, *must* have heard them. He could only be lying when he insisted that he didn't. It was not really for the money that Alfred needed the typing, it was because it might drown the voices.

He had been to New York, where he had attacked his mother with a knife (he had attacked Dris, too; though whether it was at this point, or a little later, that I learnt about these attacks I cannot remember). He was in London now because of what I had told him in Fez. But I had never been to Fez. Oh yes, I had, last week. Alarm became more specific because of the stony way he looked at me: I saw that it was possible to become one of 'them', an enemy, at any moment. I said cautiously that this Fez business puzzled me, because certainly my *physical* self had been in London last week.

I told him I had never met the Prime Minister (Harold Wilson it was then), and would not be put through to him if I called him, but that I could approach a Member of Parliament if that would do. I also told him that I was sure the voices were a delusion. He replied that he could understand my disbelief, and that I thought he was mad, so could I not in return understand that to him the voices were real: 'As real as a bus going down the street'? Yes, I could grant that, which seemed to help. It enabled him to make a bargain with me. If I proved that I was taking him seriously by approaching an MP, he would take me seriously enough to see a doctor.

That settled, things began to go with astonishing slickness. When I called my dentist I got through in seconds and he was able to see Alfred that afternoon; and it turned out that we had in the office a manuscript which genuinely needed to be retyped. Both these pieces of luck seemed providential, because I was sure that Alfred would have interpreted delay or difficulty as obstruction. (He kept all his appointments with the dentist, behaving normally while there, and he typed the manuscript faultlessly.)

After he had gone I sat there shaking: it would not have been very much more of a shock if I had come across someone dead. Then I pulled myself together and went to discuss the crisis with the person in the office most likely to know something about madness, who recommended calling the Tavistock Clinic for advice. At that time Doctors Laing and Cooper were in their heyday, and someone at the clinic suggested that I should get in touch with Laing. He was away, so his secretary passed me on to Cooper.

Dr Cooper agreed to see Alfred, told me that having offered to speak to an MP I must do so – it would be a bad mistake to cheat –

and asked me who would be paying him. Alfred's family, I extemporized, hoping devoutly that it would not end by being me; and when, next day, I managed to speak to Alfred's brother in New York, he agreed. He sounded agitated, but a good deal nicer than Alfred's rare references to him had suggested. Then I called an MP of my acquaintance who said: 'Are you out of *your* mind? If you knew the number of nuts we get, asking us to stop the voices . . .'

The thought of telling Alfred that afternoon that the MP would not play worried me enough for me to ask someone to stay within earshot of my room while he was with me. To my surprise he took the news calmly, and agreed to visit Dr Cooper in spite of my failure. I began to see what I had been doing, talking to him in Fez: of all his friends I was probably the one most likely to think of madness in terms of illness, and of illness in terms of seeing a doctor, and because we saw little of each other I had not yet turned into an enemy. Alfred *wanted* to be proved wrong about the voices, he *wanted* someone to force him into treatment. I had been chosen as the person most likely to do that.

Nevertheless he could bring himself to visit Dr Cooper only once, because: 'I don't like him, he looks like an Irish bookmaker.' Cooper then volunteered to find a psychiatric social worker to talk him through this crisis, telling me that if this one could be overcome, Alfred would be less likely to experience another – perhaps. A pleasant, eager young man came to me for a briefing, then started to make regular visits to Alfred who had found himself a room in a remote suburb – I think it was lent to him by friends, but I didn't know them. What Alfred thought of his conversations with the psychiatric social worker I never heard, but the young man told me that he felt privileged to be in communication with such a mind. I remember fearing that Alfred would draw the young man into his world before the young man could draw him back into ours.

Two, or perhaps three weeks went by, during which I called Alfred a couple of times – he sounded lifeless – but did not ask him to my place or visit him at his. I knew I ought to do so, but kept putting it off. This was my first experience of mental illness, and

I felt without bearings in strange and dangerous territory. Having taken such practical steps as I was able to think of, I found to my shame that the mere thought of Alfred exhausted me and that my affection was not strong enough to overcome the exhaustion. Not yet . . . next week, perhaps . . . until the telephone rang and it was the psychiatric social worker reporting that Alfred had left for Morocco – and I felt a wave of guilty relief. Asked whether he was better, the young man sounded dubious: 'He was able to make the decision, anyway.' And after that I never heard from Alfred again.

I suppose it was his New York agent who sent me a copy of *The Foot*, his last novel, which has never been published. There was wonderful stuff in it, particularly about his childhood and losing his hair – when the wig was first put on his head, he wrote, it was as though his skull had been split with an axe . . . But much of the book had gone over the edge into the time of the voices. After reading *The Foot* I saw why *The Exquisite Corpse* is so extraordinarily vivid: more than anyone had realized at the time, its strange events had been as real to Alfred 'as a bus going down the street'. He was already entering the dislocated reality of madness, but was still able to keep his hold on style: instead of leaving the reader, flustered, on the edge of that reality, he could carry us into it. When he came to write *The Foot* his style had started to slither out of his grasp. By that time the sickness which found such nourishment in the 'liberation and gentleness' of Morocco, with its abundance of delicious kif, had won.

Without knowing it, Alfred left me a delightful legacy: his oldest and truest friend, the poet Edward Field. Some years ago Edward's tireless campaign to revive Alfred's reputation in the United States caused him to get in touch with me, and almost instantly he and his friend, the novelist Neil Derrick, took their place among my most treasured friends. It is Edward who told me about Alfred's last, sad years.

Back in Morocco, his behaviour became so eccentric that he lost all his friends and alarmed the authorities. He was thrown out, and moved with his dogs – new ones, not Columbine and Skoura – to

Israel, where he survived by becoming almost a hermit, still tormented by the voices and trying frantically to drown them with drink and drugs. I was shown by Edward what was probably the last thing he ever wrote: a piece intended to be published in a periodical as 'A Letter from Israel'. It was heartbreaking. Gone was the sparkle, gone the vitality, humour and imagination. All it contained was baffled misery at his own loneliness and hopelessness. The madness, having won, had turned his writing – a bitter paradox – far more *ordinary* than it had ever been before. The world he was describing was no longer magical (magical in horror as well as in beauty), but was drab, cruel, boring – 'mad' only in that the mundane and tedious persecutions to which he constantly believed himself subject were, to other people, obviously of his own making. When he died – probably from heart failure brought on by drugs and alcohol – he was alone in a rented house which he hated. It is true that his death cannot be regretted, but feeling like that about the death of dear, amazing Alfred is horribly sad. However, other people are now joining Edward in keeping his writing alive in the United States: it is still a small movement, but it is a real one. May it thrive!

V. S. NAIPAUL

GOOD PUBLISHERS ARE supposed to 'discover' writers, and perhaps they do. To me, however, they just happened to come. V. S. Naipaul came through Andrew Salkey who was working with him at the BBC, and Andrew I met through Mordecai Richler when he took me for a drink in a Soho club. When Andrew heard that I was Mordecai's editor he asked me if he could send me a young friend of his who had just written something very good, and a few days later Vidia came to a coffee bar near our office and handed me *Miguel Street*.

I was delighted by it, but worried: it was stories (though linked stories), and a publishing dogma to which André Deutsch strongly adhered was that stories didn't sell unless they were by Names. So before talking to him about it I gave it to Francis Wyndham who was with us as part-time 'Literary Adviser', and Francis loved it at once and warmly. This probably tipped the balance with André, whose instinct was to distrust as 'do-gooding' my enthusiasm for a little book by a West Indian about a place which interested no one and where the people spoke an unfamiliar dialect. I think he welcomed its being stories because it gave him a reason for saying 'no': but Francis's opinion joined to mine made him bid me find out if the author had a novel on the stocks and tell him that if he had, then that should come first and the stories could follow all in good time. Luckily Vidia was in the process of writing *The Mystic Masseur*.

In fact we could well have launched him with *Miguel Street*, which has outlasted his first two novels in critical esteem, because in the fifties it was easier to get reviews for a writer seen by the British as black than it was for a young white writer, and reviews influenced readers a good deal more then than they do now. Publishers and reviewers were aware that new voices were speaking up in the newly independent colonies, and partly out of genuine interest, partly out of an optimistic if ill-advised sense that a vast market for books lay out there, ripe for development, they felt it to be the thing to encourage those voices. This trend did not last long, but it served to establish a number of good writers.

Vidia did not yet have the confidence to walk away from our shilly-shallying, and fortunately it did him no real harm. Neither he nor we made any money to speak of from his first three books, *The Mystic Masseur*, *The Suffrage of Elvira* and *Miguel Street*, but there was never any doubt about the making of his name, which began at once with the reviews and was given substance by his own work as a reviewer, of which he got plenty as soon as he became known as a novelist. He was a very good reviewer, clearly as widely read as any literary critic of the day, and it was this rather than his first books which revealed that here was a writer who was going to reject the adjective 'regional', and with good reason.

We began to meet fairly often, and I enjoyed his company because he talked well about writing and people, and was often funny. At quite an early meeting he said gravely that when he was up at Oxford – which he had not liked – he once did a thing so terrible that he would never be able to tell anyone what it was. I said it was unforgivable to reveal that much without revealing more, especially to someone like me who didn't consider even murder literally unspeakable, but I couldn't shift him and never learnt what the horror was – though someone told me later that when he was at Oxford Vidia did have some kind of nervous breakdown. It distressed me that he had been unhappy at a place which I loved. Having such a feeling for scholarship, high standards and tradition he ought to have liked it . . . but no, he would not budge. Never for a minute did it occur to me that he might have felt at a loss when he got to Oxford because of how different it was from his background, still less because of any form of racial insult: he appeared to me far too impressive a person to be subject to such discomforts.

The image Vidia was projecting at that time, in his need to protect his pride, was so convincing that even when I read *A House for Mr Biswas* four years later, and was struck by the authority of his account of Mr Biswas's nervous collapse, I failed to connect its painful vividness with his own reported 'nervous breakdown'. Between me and the truth of his Oxford experience stood the man he wanted people to see.

At that stage I did not know how or why he had rejected Trinidad, and if I had known it, would still have been unable to understand what it is like to be unable to accept the country in which you were born. Vidia's books (not least *A Way in the World*, not written until thirty-seven years later) were to do much to educate me; but then I had no conception of how someone who feels he doesn't belong to his 'home' and cannot belong anywhere else is forced to exist only in himself; nor of how exhausting and precarious such a condition (blithely seen by the young and ignorant as desirable) can be. Vidia's self – his very being – was his writing: a great gift, but all he had. He was to report that ten years later in his career, when he had earned what seemed to others an obvious security, he was still tormented by anxiety about finding the matter for his next book, and for the one after that . . . an anxiety not merely about earning his living, but about *existing as the person he wanted to be*. No wonder that while he was still finding his way into his writing he was in danger; and how extraordinary that he could nevertheless strike an outsider as a solidly impressive man*.

This does not mean that I failed to see the obvious delicacy of his nervous system. Because of it I was often worried by his lack of

* Since writing this I have read the letters which Vidia and his father exchanged while Vidia was at Oxford. *Letters Between a Father and Son* fully reveals the son's loneliness and misery, and makes the self he was able to present to the world even more extraordinary.

money, and was appalled on his behalf when I once saw him risk losing a commission by defying the *Times Literary Supplement*. They had offered their usual fee of £25 (or was it guineas?) for a review, and he had replied haughtily that he wrote nothing for less than fifty. 'Oh silly Vidia,' I thought, 'now they'll never offer him anything again.' But lo! they paid him his fifty and I was filled with admiration. Of course he was right: authors ought to know their own value and refuse the insult of derisory fees.

I was right to admire that self-respect, at that time, but it was going to develop into a quality difficult to like. In all moral qualities the line between the desirable and the deplorable is imprecise – between tolerance and lack of discrimination, prudence and cowardice, generosity and extravagance – so it is not easy to see where a man's proper sense of his own worth turns into a more or less pompous self-importance. In retrospect it seems to me that it took eight or nine years for this process to begin to show itself in Vidia, and I think it possible that his audience was at least partly to blame for it.

For example, after a year or so of meetings in the pubs or restaurants where I usually lunched, I began to notice that Vidia was sometimes miffed at being taken to a cheap restaurant or being offered a cheap bottle of wine – and the only consequence of my seeing this (apart from my secretly finding it funny) was that I became careful to let him choose both restaurant and wine. And this carefulness not to offend him, which was, I think, shared by all, or almost all, his English friends, came from an assumption that the reason why he was so anxious to command respect was fear that it was, or might be, denied him because of his race; which led to a squeamish dismay in oneself at the idea of being seen as racist. The shape of an attitude which someone detests, and has worked at extirpating, can often be discerned from its absence, and during the first years of Vidia's career in England he was often coddled for precisely the reason the coddler was determined to disregard.

Later, of course, the situation changed. His friends became too used to him to see him as anything but himself, and those who didn't know him saw him simply as a famous writer – on top of which he could frighten people. Then it was the weight and edge of his personality which made people defer to him, rather than consideration for his sensitivity. Which makes it easy to underestimate the pain and strain endured by that sensitivity when he had first pulled himself up out of the thin, sour soil in which he was reared, and was striving to find a purchase in England where, however warmly he was welcomed, he could never feel that he wholly belonged.

During the sixties I visited the newly independent islands of Trinidad & Tobago twice, with intense pleasure: the loveliness of tropical forests and seas, the jolt of excitement which comes from *difference*, the kindness of people, the amazing beauty of Carnival (unlike Vidia, I like steel bands: oh the sound of them coming in from the fringes of Port of Spain through the four-o'clock-in-the-morning darkness of the opening day!). On my last morning in Port of Spain I felt a sharp pang as I listened to the keskidee (a bird which really does seem to say *'Qu'est-ce qu'il dit?'*) and knew how unlikely it was that I should ever hear it again. But at no time was it difficult to remember that mine was a visitor's Trinidad & Tobago; so three other memories, one from high on the country's social scale, the others from lower although by no means from the bottom, are just as clear as the ones I love.

One. Vidia's history of the country, *The Loss of El Dorado*, which is rarely mentioned nowadays but which I think is the best of his non-fiction books, had just come out. Everyone I had met, including the Prime Minister Eric Williams and the poet Derek Walcott, had talked about it in a disparaging way and had betrayed as they did so that they had not read it. At last, at a party given by the leader of the opposition, I met someone who had: an elderly Englishman just retiring from running the Coast Guard. We were both delighted to be able to share our pleasure in it and had a long talk about it. As we parted I asked him: 'Can you really be the only person in this country who has read it?' and he answered sadly: 'Oh, easily.'

Two. In Tobago I stayed in a delightful little hotel where on most evenings the village elders dropped in for a drink. On one of them a younger man – a customs officer in his mid-thirties seconded to Tobago's chief town Scarborough, from Port of Spain – invited me to go out on the town with him. We were joined by another customs officer and a nurse from the hospital. First we went up to Scarborough's fort – its Historic Sight – to look at the view. Then, when conversation fizzled out, it was suggested that we should have a drink at the Arts Centre. It looked in the darkness little more than a shed, and it was shut, but a man was hunted up who produced the key, some Coca-Cola and half a bottle of rum . . . and there we stood, under a forty-watt lamp in a room of utter dinginess which contained nothing at all but a dusty ping-pong table with a very old copy of the *Reader's Digest* lying in the middle of it. We sipped our drinks in an atmosphere of embarrassment – almost shame – so heavy that it silenced us. After a few minutes we gave up and went to my host's barely furnished but tidy little flat – I remember it as cold, which it can't have been – where we listened to a record of 'Yellow Bird' and drank another rum. Then I was driven back to the hotel. The evening's emptiness – the really frightening feeling of nothing to do, nothing to say – had made me feel quite ill. I knew too little about the people I had been with to guess what they were like when at ease: all I could discern was that my host was bored to distraction at having to work in the sticks; that he had been driven by his boredom to make his sociable gesture and had then become nervous to the extent of summoning friends to his aid; and that all three had quickly seen that the whole thing was a mistake and had been overtaken by embarrassed gloom. And no wonder. When I remember the Arts Centre I see why, when Vidia first revisited the West Indies, what he felt was fear.

Three. And it is not only people like Vidia, feverish with repressed talent, who yearn to escape. There was the conversation I overheard in the changing-cubicle next to mine when I was trying on a swimsuit in a store in Port of Spain. An American woman, accompanied by her husband, was also buying something, and they were obviously quite taken by the pretty young woman who was serving them. They were asking her questions about her family, and the heightened warmth of their manner made me suspect that they found it almost exciting to be kind to a black person. When the customer had made her choice and her husband was writing a cheque, the saleswoman's voice suddenly changed from chirpiness to breathlessness and she said: 'May I ask you something?' The wife said: 'Yes, of course,' and the poor young woman plunged into desperate pleading: please, please would they help her, would they give her a letter inviting her to their home which she could show to the people who issued visas, she wouldn't be any trouble, and if they would do this for her . . . On and on she went, the husband trying to interrupt her in an acutely embarrassed voice, still wanting to sound kind but only too obviously appalled at what his entirely superficial amiability had unleashed. Soon the girl was in tears and the couple were sounding frantic with remorse and anxiety to escape – and I was so horrified at being the invisible and unwilling witness of this desperate young woman's humiliation that I abandoned my swimsuit, scrambled into my dress and fled, so I do not know how it ended.

Vidia had felt fear and dislike of Trinidad ever since he could remember. As a schoolboy he had written a vow on an endpaper of his Latin primer to be gone within five years (it took him six). He remembered this in *The Middle Passage*, his first non-fiction book, published in 1962, in which he described his first revisiting of the West Indies and did something he had never done before: examined the reasons why he feared and hated the place where he was born.

It was a desperately negative view of the place, disregarding a good half of the picture; and it came out with the fluency and force of something long matured less in the mind than in the depths of the nervous system. Trinidad, he said, was and knew itself to be a mere dot on the map. It had no importance and no existence as a nation, being only somewhere out of which first Spain, then France, then Britain could make money: grossly easy money because of using slaves to do the work, and after slaves indentured labour which was almost as cheap. A slave-based society has no need to be efficient, so no tradition of efficiency exists. Slave-masters don't need to be intelligent, so 'in Trinidad education was not one of the things money could buy; it was something money freed you from. Education was strictly for the poor. The white boy left school "counting on his fingers" as the Trinidadian likes to say, but this was a measure of his privilege . . . The white community was never an upper class in the sense that it possessed superior speech or taste or attainments; it was envied only for its money and its access to pleasure.'

When this crude colonial society was opened up because the islands were no longer profitable and the British pulled out, what Vidia saw gushing in to fill the vacuum was the flashiest and most materialistic kind of American influence in the form of commercial radio (television had yet to come) and films – films at their most violent and unreal. ('British films', he wrote, 'played to empty houses. It was my French master who urged me to go to see *Brief Encounter*; and there were two of us in the cinema, he in the balcony, I in the pit.') Trinidad & Tobago was united only in its hunger for 'American modernity', and under that sleazy veneer it was split.

It was split between the descendants of slaves, the African Trinidadians, and the descendants of indentured labourers, the Indians; both groups there by an accident of history, neither with any roots to speak of. In *The Middle Passage* Vidia called the Africans 'Negroes', which today sounds shocking. Reading the book one has to keep reminding oneself that the concept of Black Power had yet to be formulated. Black people had not yet rejected the word 'Negro': it was still widely used and 'black' was considered insulting. And in this book his main criticism of Trinidadians of African descent is that they had been brainwashed by the experience of slavery into 'thinking white' – into being ashamed of their own colour and physical features. What he deplored – as many observers of West Indian societies had done – was precisely the attitudes which people of African descent were themselves beginning to deplore, and would soon be forcing themselves to overcome.

The Indians he saw as less unsure of themselves because of the pride they took in the idea of India; but he also saw that idea as being almost meaningless – they had no notion of what the subcontinent was really like. It was also dangerous in that it militated against attempts to bridge the rift. The Indians were 'a peasant-minded, money-minded community, spiritually static, its religion reduced to rites without philosophy, set in a materialist, colonialist society; a combination of historical accident and national temperament has turned the Trinidadian Indian into the complete colonial, even more philistine than the white.'

He sums up his account of racial friction thus: 'Like monkeys pleading for evolution, each claiming to be whiter than the other, Indians and Negroes appeal to the unacknowledged white audience to see how much they despise one another. They despise one another by reference to the whites; and the irony is that their antagonism should have reached its peak today, when white prejudices have ceased to matter.'

This was a fair assessment: everyone, apart from Tourist Board propagandists, to whom I talked about politics deplored this racial tension, and most of them either said outright, or implied, that blame lay with the group to which they did not belong. No one remarked on the common sense which enabled people to rub along in spite of it (as they still do), any more than Vidia did. The rift, which certainly was absurd and regrettable, became more dramatic if seen as dangerous, and therefore reflected a more lurid light on whoever was being presented as its instigator. People did make a bid for the outsider's respect – did 'appeal to the unacknowledged white audience'. But to what audience was Vidia himself appealing? It was *The Middle Passage* which first made black West Indians call him 'racist'.

The book was admired in England and disliked in Trinidad, but it was not addressed to the white audience in order to please it. Its whole point was to show that Caribbean societies are a mess because they were callously created by white men for the white men's own ends, only to be callously administered and finally callously abandoned. Vidia was trying to write from a point of view above that of white or brown or black; he was trying to look at the people now inhabiting the West Indies with a clear-sighted and impartial intelligence, and to describe what he saw honestly, even if honesty seemed brutal. This he felt, and said, had to be done because a damaged society shuffling along with the help of fantasies and excuses can only become more sick: what it has to do is learn to know itself, and only its writers can teach it that. Caribbean writers had so far, he claimed, failed to do more than plead their own causes. If he expected Trinidadians to welcome this high-minded message he was naive – but I don't suppose he did. He was pursuing his own understanding of the place, and offering it, because that is what a serious writer can't help doing. If anyone resented it, too bad.

Of course they did resent it – who doesn't resent hearing disagreeable truths told in a manner verging on the arrogant? But I think the label 'racist' which they stuck on him was, so to speak, only a local one. I saw him as a man raised in, and frightened by, a somewhat disorderly, inefficient and self-deceiving society, who therefore longed for order, clarity and competence. Having concluded that the lack of these qualities in the place where he was born came from the people's lack of roots, he over-valued a sense of history and respect for tradition, choosing to romanticize their results rather than to see the complex and far from admirable scenes with which they often co-exist. (His first visit to India, described in *An Area of Darkness*, left him in a state of distress because it showed him that an ancient civilization in which he had dared to hope that he would find the belonging he hungered for could be just as disorderly and inefficient as the place where he was born.) Although both England and the United States were each in its own way going to fall short of his ideal society, Europe as a whole came more close, more often, to offering a life in which he could feel comfortable. I remember driving, years ago, through a vine-growing region of France and coming on a delightful example of an ancient expertise taking pleasure in itself: a particularly well cultivated vineyard which had a pillar rose – a deep pink pillar rose – planted as an exquisite punctuation at the end of every row. Instantly – although it was weeks since I had seen or thought of him – he popped into my head: 'How Vidia would like that!'

But although I cannot see Vidia as racist in the sense of wanting to be white or to propitiate whites, I do think it is impossible to spend the first eighteen years of your life in a given set of circumstances without being shaped by them: and Vidia spent the first eighteen years of his life as a Trinidadian Indian*. Passionate though his determination to escape the limitations imposed by this fate was, and near though it came to achieving the impossible, it could not wholly free him from his conditioning.

In Chapter One of *The Middle Passage*, when he has only just boarded the boat-train which will take him to Southampton, there begins the following description. Into the corridor, out of the compartment next to Vidia's, had stepped 'a very tall and ill-made Negro. The disproportionate length of his thighs was revealed by his baggy trousers. His shoulders were broad and so unnaturally square that they seemed hunched and gave him an appearance of fragility. His light grey jacket was as long and loose as a short top-coat; his yellow shirt was dirty and the frayed collar undone; his tie was slack and askew. He went to the window, opened the ventilation gap, pushed his face through, turned slightly to his left, and spat. His face was grotesque. It seemed to have been smashed in from one cheek. One eye had narrowed; the thick lips had bunched into a circular swollen protuberance; the enormous nose was twisted. When, slowly, he opened his mouth to spit, his face became even more distorted. He spat in slow, intermittent dribbles.'

Vidia makes a slight attempt to give this man a role in the story of his journey by saying that he began to imagine that the poor creature was aware of him in a malign way, that at one moment their eyes met, that in the buffet car there he was again . . . but in fact once he has been described the man has no part to play, he is

* Only one of his father's letters refers to anyone of African descent – and that one letter is frantically agitated: a niece has started to date a man half-Indian, half-African; how should he deal with this frightful event?

done with; in spite of which Vidia could not resist placing him right at the start of the book and *describing him in greater physical detail than anyone else in all its 232 pages.* I am not saying that this man was invented or that he may have been less dreadfully unattractive than we are told he was; but by choosing to pick him out and to *fix* on him, Vidia has given an indelible impression less of the man than of his own reaction: the dismayed recoil of a fastidious Trinidadian Indian from what he sees as an inferior kind of person. And I believe that if I were black I should from time to time, throughout his work, pick up other traces of this flinching presence hidden in the shadow behind one of the best English-language novelists we have. And even as part of the white audience I cannot help noticing the occasional touch of self-importance (increasing with the years) which I suspect to have its roots far back in the Trinidadian Indian's nervous defiance of disrespect.

Vidia's mother, handsome and benignly matronly, welcomed his publishers very kindly when they visited Trinidad, and gave the impression of being the beloved linchpin of her family. When I first met them, long before they had been stricken by the close-together deaths of one of the daughters and of Shiva, Vidia's younger and only brother, they impressed me as a flourishing lot: good-looking, intelligent, charming, successful. A married daughter told me that Mrs Naipaul 'divides her time between the Temple and the quarry' – the latter being a business belonging to her side of the family, in which she was a partner. That she was not simply a comfortable mother-figure became apparent when she told me that she had just got home from attending a seminar on welding and was very glad that she hadn't missed it because she had learnt enough at it to be able to cut the number of welders they employed at the quarry by half. Soon afterwards she threw more light on her own character by making a little speech to me, after noticing my surprise when she had appeared to be indifferent to some news about Vidia. She had been, she said, a well-brought-up Hindu girl of her generation, so she had been given no education and was expected to obey her parents in everything, and that was what she did. Then she was married ('And there was no nonsense about falling in love in those days'), whereupon it was her husband she had to obey in everything, and that was what she did. Then she had her children, so of course it was her job to devote herself entirely to them and bring them up as well as possible, and that was what she did ('and I think I can say I made a good job of it'). 'But then I said to myself, when I am fifty – FINISH. I will begin to live for myself. And that is what I am doing now and they must get on with their own lives.'

It was an impressive little thumbnail autobiography, but it left questions in my mind. I had, after all, read *A House for Mr Biswas*, the novel Vidia had based on his father's life, and had gained a vivid picture of how humiliated Mr Biswas had been after his marriage into the much richer and more influential Tulsi family – although I don't think I knew at that stage that Seepersad Naipaul, Vidia's father, had once had a mental breakdown and had vanished from his home for months. Clearly this attractive and – I was now beginning to think – slightly formidable woman was greatly over-simplifying her story, but I liked her; as I told Vidia when, soon after this, he asked me if I did. 'Yes, very much,' I said; to which he replied: 'Everyone seems to. I hate her.'

I wish I had asked him what he meant by that. It was not the first time that I heard him, in a fit of irritation, strike out at someone with a fierce word, so I didn't think it was necessarily true (and anyway, dislike of a mother usually indicates damaged love). But uncertain though I remained about his feelings towards his mother, I knew that he loved his father, who had died soon after Vidia left Trinidad to come to Oxford. He wrote a moving introduction to the little volume of his father's stories which he gave us to publish in 1976, and he spoke about the way his father had introduced him to books. Seepersad Naipaul had possessed a remarkably strong and true instinct for writing which had overcome his circumstances to the point of giving him a passion for such English classics as had come his way, and steering him into a writing job on the local newspaper. He had passed his passion on by reading aloud to Vidia and Kamla, the sister nearest to him, making the children stand up as he read to keep them from falling asleep – which seems to have impressed the importance of the ritual on them rather than to have put them off. Seepersad's own few stories were about Trinidadian village life, and the most important lesson he gave his son was 'Write about what you know', thus curing him of the young colonial's feeling that 'literature' had to be exotic – something belonging to the faraway world out of which came the books he found in the library. And I know of another piece of advice Seepersad gave his son which speaks for the truth of his instinct. Vidia had shown him a piece of would-be comic writing, and he told him not to strive for comedy but to let it arise naturally out of the story. It is sad to think of this man hobbled by the circumstances of his life (see *A House for Mr Biswas*) and dying before he could see his son break free. The mother was part of the 'circumstances' and the child sided with his father against her, of that I feel sure.

I cannot remember how long it was – certainly several months, perhaps even a year – before I learnt that Vidia was married. 'I have found a new flat', he would say; 'I saw such-and-such a film last week'; 'My landlady says': not once had he used the words 'we' or 'our'. I had taken it for granted that he lived in industrious loneliness, which had seemed sad. So when at a party I glimpsed him at the far end of a room with a young woman – an inconspicuously, even mousily pretty young woman – and soon afterwards saw him leaving with her, I was pleased that he had found a girlfriend. The next time he came to the office I asked who she was – and was astounded when he answered, in a rather cross voice, 'My wife, of course.'

After that Pat was allowed to creep out of the shadows, but only a little: and one day she said something that shocked me so much that I know for certain that I am remembering it word-for-word. I must have remarked on our not meeting earlier, and she replied: 'Vidia doesn't like me to come to parties because I'm such a bore.'

From that moment on, whenever I needed to cheer myself up by counting my blessings, I used to tell myself 'At least I'm not married to Vidia'.

It did not exactly turn me against him, I suppose because from the beginning I had thought of him as an interesting person to watch rather than as a friend. The flow of interest between us had always been one-way – I can't remember ever telling him anything about my own affairs, or wanting to – so this odd business of his marriage was something extra to watch rather than something repellent. Had he ever loved her – or did he still love her in some twisted way? They had married while he was at Oxford: had he done it out of loneliness, to enlarge the minuscule territory he could call his own now that he was out in the world? Or was it because she could keep him? She was working as a teacher and continued to do so well into their marriage. Or was it to shelter him from other women? He had once asked a man of my acquaintance: 'Do you know any *fast* women?', which my friend found funny (particularly as he was gay) but which seemed touching to me. As did Vidia's only attempt to make a pass at me. Pat was away and I had asked him to supper. Without warning he got to his feet, came across the room and tried to kiss me as I was coming through the door carrying a tray loaded with glasses. It hardly seemed necessary to put into words the rebuff which most of him was clearly anxious for, but to be on the safe side I did. Our friendship, I said gently, was too valuable to complicate in any way – and his face brightened with relief. That someone so lacking in sexual experience and so puritanical should have to resort to prostitutes (as he told the *New Yorker* in 1994, and as a passage in *The Mimic Men* suggests) is natural; though I guess he did so infrequently, and with distaste.

The little I saw of Vidia and Pat together was depressing: there was no sign of their enjoying each other, and the one whole weekend I spent with them they bickered ceaselessly, Pat's tetchiness as sharp as his (developed as a defence, I thought). When he was abroad she was scrupulously careful of his interests; she did research for him; sometimes he referred to showing her work in progress: he trusted her completely, and with reason, because he was evidently her *raison d'être.* And she made it unthinkable to speak critically of him in her presence. But always her talk was full of how tiresome it was for him that she was sick in aeroplanes, or fainted in crowds, or couldn't eat curries . . . and when I tried to introduce a subject other than him that would interest us both, such as West Indian politics or her work as a teacher, she never failed to run us aground yet again on some reference to her own inadequacy. At first I took it for granted that he had shattered her self-confidence, and I am still sure he did it no good. But later I suspected that there had always been something in her which accepted – perhaps even welcomed – being squashed.

In *A Way in the World*, writing (as usual) as though he were a single man, Vidia described himself as 'incomplete' in 'physical attractiveness, love, sexual fulfilment'. How terrible for a wife to be publicly wiped out in this way! Everyone who knew the Naipauls said how sorry they were for Pat, and I was sorry for her, too. But whatever Vidia's reason for marrying, he cannot have foreseen what their marriage, for whatever reason, was going to be like. He, too, probably deserved commiseration.

When his Argentinian friend Margaret first came to London he brought her to lunch with me. She was a lively, elegant woman who, though English by descent, was 'feminine' in the Latin-American style, sexy and teasing, with the appearance of having got him just where she wanted him. And he glowed with pride and pleasure. Afterwards he said he was thinking of leaving Pat, and when I was dismayed (could she exist without him?) said that the thought of giving up 'carnal pleasure' just when he'd discovered it was too painful to bear. Why not stay married and have an affair, I asked; which he appeared to think an unseemly suggestion, although it was what he then did for many years. What happened later I don't know, but in the early years of their relationship there was no sign of his squashing Margaret. He did, however, make one disconcerting remark. Did I not find it interesting, he asked, that there was so much cruelty in sex?

What began to wear me down in my dealings with Vidia (it was a long time before I allowed myself to acknowledge it) was his depression.

With every one of his books – and we published eighteen of them – there was a three-part pattern. First came a long period of peace while he was writing, during which we saw little of him and I would often have liked to see more, because I would be full of curiosity about the new book. Then, when it was delivered, there would be a short burst of euphoria during which we would have enjoyable meetings and my role would be to appreciate the work, to write the blurb, to hit on a jacket that pleased both him and us, and to see that the script was free of typist's errors (he was such a perfectionist that no editing, properly speaking, was necessary). Then came part three: post-publication gloom, during which his voice on the telephone would make my heart sink – just a little during the first few years, deeper and deeper with the passing of time. His voice became charged with tragedy, his face became haggard, his theme became the atrocious exhaustion and damage (the word *damage* always occurred) this book had inflicted on him, and all to what end? Reviewers were ignorant monkeys, publishers (this would be implied in a sinister fashion rather than said) were lazy and useless: what was the point of it all? Why did he go on?

It is natural that a writer who knows himself to be good and who is regularly confirmed in that opinion by critical comment should expect to become a best seller, but every publisher knows that you don't necessarily become a best seller by writing well. Of course you don't necessarily have to write badly to do it: it is true that some best-selling books are written astonishingly badly, and equally true that some are written very well. The quality of the writing – even the quality of the thinking – is irrelevant. It is a matter of whether or not a nerve is hit in the wider reading public as opposed to the serious one which is composed of people who are interested in writing as an art. Vidia has sold well in the latter, and has pushed a good way beyond its fringes by becoming famous – at a certain point many people in the wider reading public start to feel that they *ought* to read a writer – but it was always obvious that he was not going to make *big* money. An old friend of mine who reads a great deal once said to me apologetically: 'I'm sure he's very good, but I don't feel he's for me' – and she spoke for a large number of reading people.

Partly this is because of his subject matter, which is broadly speaking the consequences of imperialism: people whose countries once ruled empires relish that subject only if it is flavoured, however subtly, with nostalgia. Partly it is because he is not interested in writing about women, and when he does so usually does it with dislike: more women than men read novels. And partly it is because of his temperament. Once, when he was particularly low, we talked about surviving the horribleness of life and I said that I did it by relying on simple pleasures such as the taste of fruit, the delicious sensations of a hot bath or clean sheets, the way flowers tremble very slightly with life, the lilt of a bird's flight: if I were stripped of those pleasures . . . better not to imagine it! He asked if I could really depend on them and I said yes. I have a clear memory of the sad, puzzled voice in which he replied: 'You're very lucky, I can't.' And his books, especially his novels (after the humour which filled the first three drained away) are coloured – or perhaps I should say 'discoloured' – by this lack of what used to be called animal spirits. They impress, but they do not charm.

He was, therefore, displeased with the results of publication, which filled him always with despair, sometimes with anger as well. Once he descended on me like a thunderbolt to announce that he had just been into Foyles of Charing Cross Road and they didn't have a single copy of his latest book, published only two weeks earlier, in stock: not one! Reason told me this was impossible, but I have a lurking tendency to accept guilt if faced with accusation, and this tendency went into spasm: suppose the sales department really had made some unthinkable blunder? Well, if they had I was not going to face the ensuing mayhem single-handed, so I said: 'We must go and tell André at once.' Which we did; and André Deutsch said calmly: 'What nonsense, Vidia – come on, we'll go to Foyles straight away and I'll show you.' So all three of us stumped down the street to Foyles, only two minutes away, Vidia still thunderous, I twittering with nerves, André serene. Once we were in the shop he cornered the manager and explained: 'Mr Naipaul couldn't find his book: will you please show him where it is displayed.' – 'Certainly, Mr Deutsch': and there it was, two piles of six copies each, on the table for 'Recent Publications'. André said afterwards that Vidia looked even more thunderous at being done out of his grievance, but if he did I was too dizzy with relief to notice.

Vidia's anxiety and despair were real: you need only compare a photograph of his face in his twenties with one taken in his forties to see how it has been shaped by pain. It was my job to listen to his unhappiness and do what I could to ease it – which would not have been too bad if there had been anything I *could* do. But there was not: and exposure to someone else's depression is draining, even if only for an hour or so at a time and not very often. I felt genuinely sorry for him, but the routine was repeated so often . . . The truth is that as the years went by, during these post-publication glooms I had increasingly to force myself into feeling genuinely sorry for him, in order to endure him.

Self-brainwashing sometimes has to be a part of an editor's job. You are no use to the writers on your list if you cannot bring imaginative sympathy to working with them, and if you cease to be of use to them you cease to be of use to your firm. Imaginative sympathy cannot issue from a cold heart so you have to like your writers. Usually this is easy; but occasionally it happens that in spite of admiring someone's work you are – or gradually become – unable to like the person.

I thought so highly of Vidia's writing and felt his presence on our list to be so important that I simply could not allow myself not to like him. I was helped by a foundation of affection laid down during the early days of knowing him, and I was able to believe that his depressions hurt him far more than they hurt me – that he could not prevent them – that I ought to be better at bearing them than I was. And as I became more aware of other things that grated – his attitude to Pat and to his brother Shiva (whom he bullied like an enraged mother hen in charge of a particularly feckless chick) – I called upon a tactic often employed in families: Aunt Emily may have infuriating mannerisms or disconcerting habits, but they are forgiven, even enjoyed, because they are *so typically her*. The offending person is put into the position of a fictional, almost a cartoon, character, whose quirks can be laughed or marvelled at as though they existed only on a page. For quite a long time seeing him as a perpetrator of 'Vidia-isms' worked rather well.

In 1975 we received the thirteenth of his books – his eighth work of fiction – *Guerrillas*. For the first time I was slightly apprehensive because he had spoken to me about the experience of writing it in an unprecedented way: usually he kept the process private, but this time he said that it was extraordinary, something that had never happened before: it was as though the book had been *given* to him. Such a feeling about writing does not necessarily bode well. And as it turned out, I could not like the book.

It was about a Trinidad-like island sliding into a state of decadence, and there was a tinge of hysteria in the picture's dreadfulness, powerfully imagined though it was. A central part of the story came from something that had recently happened in Trinidad: the murder of an Englishwoman called Gail Benson who had changed her name to Halé Kimga, by a Trinidadian who called himself Michael X and who had set up a so-called 'commune'. Gail had been brought to Trinidad by her lover, a black American known as Hakim Jamal (she had changed her name at his bidding). Both of the men hovered between being mad and being con-men, and their linking-up had been Gail's undoing. I knew all three, Gail and Hakim well, Michael very slightly: indeed, I had written a book about them (which I had put away – it would be published sixteen years later) called *Make Believe*.

This disturbed my focus on large parts of *Guerrillas*. The people in the book were not meant to be portraits of those I had known (Vidia had met none of them). They were characters created by Vidia to express his view of post-colonial history in places like Trinidad. But the situation in the novel was so close to the situation in life that I often found it hard to repress the reaction 'But that's not true!' This did not apply to the novel's Michael X character, who was called Jimmy Ahmed: Jimmy and the half-squalid half-pathetic ruins of his 'commune' are a brilliant and wholly convincing creation. Nor did it apply to Roche, Vidia's substitute for Hakim Jamal. Roche is a liberal white South African refugee working for a big commercial firm, whose job has involved giving cynical support to Jimmy. Roche was so evidently not Hakim that the question did not arise. But it certainly did apply to Jane, who stood in for Gail in being the murdered woman.

The novel's Jane, who comes to the island as Roche's mistress, is supposed to be an idle, arid creature who tries to find the vitality she lacks by having affairs with men. Obtuse in her innate sense of her superiority as a white woman, she drifts into such an attempt with Jimmy: an irresponsible fool playing a dangerous game for kicks with a ruined black man. Earlier, Vidia had written an account for a newspaper of Gail's murder which made it clear that he saw Gail as that kind of woman.

She was not. She was idle and empty, but she had no sense of her own superiority as a white woman or as anything else. Far from playing dangerous games for kicks, she was clinging on to illusions for dear life. The people she had most in common with were not the kind of secure Englishwomen who had it off with black men to demonstrate their own liberal attitudes, but those poor wretches who followed the American 'guru' Jones to Guyana in 1977, and ended by committing mass suicide at his bidding. She was so lacking in a sense of her own worth that it bordered on insanity.

It was therefore about Jane that I kept saying to myself 'But that's not true!' Then I pulled myself together and saw that there was no reason why Jane should be like Gail: an Englishwoman going into such an affair for kicks was far from impossible and would be a perfectly fair example of fraudulence of motive in white liberals, which was what Vidia was bent on showing.

So I read the book again – and this time Jane simply fell to pieces. Roche came out of it badly, too: a dim character, hard to envisage, in spite of revealing wide-apart molars with black roots whenever he smiled (a touch of 'clever characterization' which should have been beneath Vidia). But although he doesn't quite convince, he almost does; you keep expecting him to emerge from the mist. While Jane becomes more and more like a series of bits and pieces that don't add up, so that finally her murder is without significance. I came to the conclusion that the trouble must lie with

Vidia's having cut his cloth to fit a pattern he had laid down in advance: these characters existed in order to exemplify his argument, he had not been *discovering* them. So they did not live; and the woman lived less than the man because that is true of all Vidia's women.

We have now reached the second of my two shocking failures as an editor (I don't intend ever to confess the other one). From the professional point of view there was no question as to what I ought to do: this was one of our most valuable authors; even if his book had been really bad rather than just flawed we would certainly have published it in the expectation that he would soon be back on form; so what I must say was 'wonderful' and damn well sound as though I meant it.

Instead I sat there muttering: 'Oh my God, what am I going to say to him?' I had never lied to him – I kept reminding myself of that, disregarding the fact that I had never before needed to lie. 'If I lie now, how will he be able to trust me in the future when I praise something?' The obvious answer to that was that if I lied convincingly he would never know that I had done it, but this did not occur to me. After what seemed to me like hours of sincere angst I ended by persuading myself that I 'owed it to our friendship' to tell him what I truly thought.

Nothing practical would be gained. A beginner writer sometimes makes mistakes which he can remedy if they are pointed out, but a novelist of Vidia's quality and experience who produces an unconvincing character has suffered a lapse of imagination about which nothing can be done. It happened to Dickens whenever he attempted a good woman; it happened to George Eliot with Daniel Deronda. And as for my own attitude – I had often seen through other people who insisted on telling the truth about a friend's shortcomings: I knew that *their* motives were usually suspect. But my own were as invisible to me as a cuttlefish becomes when it saturates the surrounding water with ink.

So I told him. I began by saying how much I admired the many things in the book which I did admire, and then I said that I had to tell him (*had to* tell him!) that two of his three central characters had failed to convince me. It was like saying to Conrad '*Lord Jim* is a very fine novel except that Jim doesn't quite come off'.

Vidia looked disconcerted, then stood up and said quietly that he was sorry they didn't work for me, because he had done the best he could with them, there was nothing more he could do, so there was no point in discussing it. As he left the room I think I muttered something about its being a splendid book all the same, after which I felt a mixture of relief at his appearing to be sorry rather than angry, and a slight (only slight!) sense of let-down and silliness. And I supposed that was that.

The next day Vidia's agent called André to say that he had been instructed to retrieve *Guerrillas* because we had lost confidence in Vidia's writing and therefore he was leaving us.

André must have fought back because there was nothing he hated more than losing an author, but the battle didn't last long. Although I believe I was named, André was kind enough not to blame me. Nor did I blame myself. I went into a rage. I fulminated to myself, my colleagues, my friends: 'All those years of friendship, and a mere dozen words of criticism – *a mere dozen words!* – send him flouncing out in a tantrum like some hysterical prima donna!' I had long and scathing conversations with him in my head; but more satisfying was a daydream of being at a huge and important party, seeing him enter the room, turning on my heel and walking out.

For at least two weeks I seethed . . . and then, in the third week, it suddenly occurred to me that never again would I have to listen to Vidia telling me how damaged he was, and it was as though the sun came out. *I didn't have to like Vidia any more!* I could still like his work, I could still be sorry for his pain; but I no longer faced the task of fashioning affection out of these elements in order to deal as a good editor should with the exhausting, and finally tedious, task of listening to his woe. 'Do you know what,' I said to André, 'I've begun to see that it's a release.' (Rather to my surprise, he laughed.) I still, however, failed to see that my editorial 'mistake' had been an act of aggression. In fact I went on failing to see that for years.

Guerrillas was sold to Secker & Warburg the day after it left us.

A month or so after this I went into André's office to discuss something and his phone rang before I had opened my mouth. This always happened. Usually I threw myself back in my chair with a groan, then reached for something to read, but this time I jumped up and grabbed the extension. 'Why – Vidia!' he had said. 'What can I do for you?'

Vidia was speaking from Trinidad, his voice tense: André must call his agent *at once* and tell him to recover the manuscript of *Guerrillas* from Secker & Warburg and deliver it to us.

André, who was uncommonly good at rising to unexpected occasions, became instantly fatherly. Naturally, he said, he would be delighted to get the book back, but Vidia must not act too impetuously: whatever had gone wrong might well turn out to be less serious that he now felt. This was Thursday. What Vidia must do was think it over very carefully without taking action until Monday. Then, if he still wanted to come back to us, he must call his agent, not André, listen to his advice, and if that failed to change his mind, instruct him to act. André would be waiting for the agent's call on Monday afternoon or Tuesday morning, hoping – of course – that it would be good news for us.

Which – of course – it was. My private sun did go back behind a film of cloud, but in spite of that there was satisfaction in knowing that he thought himself better off with us than with them, and I had no doubt of the value of whatever books were still to come.

Vidia never said why he bolted from Secker's, but his agent told André that it was because when they announced *Guerrillas* in their catalogue they described him as 'the West Indian novelist'.

The books still to come were, indeed, worth having (though the last of them was his least important): *India, a Wounded Civilization*, *The Return of Eva Perón*, *Among the Believers*, *A Bend in the River* and *Finding the Centre*. I had decided that the only thing to do was to behave exactly as I had always done in our pre-*Guerrillas* working relationship, while quietly cutting down our extracurricular friendship, and he apparently felt the same. The result was a smooth passage, less involving but less testing than it used to be. Nobody else knew – and I myself was unaware of it until I came to look back – that having resolved never again to utter a word of criticism to Vidia, I was guilty of an absurd pettiness. In *Among the Believers*, a book which I admired very much, there were two minor points to which in the past I would have drawn his attention, and I refrained from doing so: thus betraying, though luckily only to my retrospecting self, that I was still hanging on to my self-righteous interpretation of the *Guerrillas* incident. Vidia would certainly not have 'flounced out like some hysterical prima donna' over matters so trivial. One was a place where he seemed to draw too sweeping a conclusion from too slight an event and could probably have avoided giving that impression by some quite small adjustment; and the other was that when an Iranian speaking English said 'sheep' Vidia, misled by his accent, thought he said 'ship', which made some dialogue as he reported it sound puzzling. To keep mum about that! There is nothing like self-deception for making one ridiculous.

When Vidia really did leave us in 1984 I could see why – and even why he did so in a way which seemed unkind, without a word of warning or explanation. He had come to the conclusion that André Deutsch Limited was going downhill. It was true. The recession, combined with a gradual but relentless shrinkage in the readership of books such as those we published, was well on the way to making firms of our size and kind unviable; and André had lost his vigour and flair. His decision to sell the firm, which more or less coincided with Vidia's departure, was made (so he felt and told me) because publishing was 'no fun any more', but it was equally a matter of his own slowly failing health. The firm continued for ten years or so under Tom Rosenthal, chuntering not-so-slowly downwards all the time (Tom had been running Secker's when they called Vidia a West Indian, so his appearance on the scene did nothing to change Vidia's mind).

A writer of reputation can always win an even bigger advance than he is worth by allowing himself to be tempted away from publisher A by publisher B, and publisher B will then have to try extra hard on his behalf to justify the advance: it makes sense to move on if you time it right. And if you perceive that there is something going seriously wrong with publisher A you would be foolish not to do so. And having decided to go, how could you look in the eye someone you have known for over twenty years, of whom you have been really quite fond, and tell him 'I'm leaving because you are getting past it'? Of course you could not. Vidia's agent managed to conceal from André what Vidia felt, but André suspected something: he told me that he thought it was something to do with himself and that he couldn't get it out of the agent, but perhaps I might have better luck. I called the agent and asked him if there was any point in my getting in touch with Vidia, and he – in considerable embarrassment – told me the truth; whereupon I could only silently agree with Vidia's silence, and tell poor André that I'd been so convincingly assured of the uselessness of any further attempt to change Vidia's mind that we had better give up.

So this leaving did not make me angry, or surprised, or even sad, except for André's sake. Vidia was doing what he had to do, and it seemed reasonable to suppose that we had enjoyed the best of him, anyway. And when many years later Mordecai Richler (in at the story's end, oddly enough, as well as its beginning) told me that he had recently met Vidia with his new wife and had been pleased to see that he was 'amazingly jolly', I was very glad indeed.

MOLLY KEANE

I KNOW THAT I have sometimes been described as 'one of the best editors in London', and I can't deny that it has given me pleasure; but I also know how little I had to do to earn this reputation beyond routine work and being agreeable to interesting people. And another example of this is my dealings with the person I liked best among those I came to know on the job: the Irish novelist Molly Keane.

It is common knowledge that after establishing herself in her youth as a novelist and playwright, Molly went silent for over thirty years and was 'rediscovered' in 1981 when André Deutsch Limited published *Good Behaviour.* Because I was her editor I was often congratulated on this 'rediscovery' – which is nonsense. We got the book by pure luck.

The person who persuaded Molly to offer it for publication was Peggy Ashcroft, who had remained a close friend of hers since acting in one of her plays, and who said one day, when staying with her, how sad it was that she had stopped writing. Molly told her that she had recently started again and had a novel which she was unsure about tucked away in a drawer. Peggy insisted on taking it to bed with her that night, and as a result of her enthusiasm Molly sent it to Ian Parsons of Chatto & Windus. That was where our good luck began: Ian didn't like it. Worse mistakes have been made – publishers often used to console themselves by remembering that André Gide, reading Proust's *Remembrance of*

Things Past, turned it down . . . although if you envisage that enormous manuscript, and discovering that many of its sentences are as long as most people's paragraphs, that mistake was perhaps less *odd* than failing to respond to a novel as accessible as *Good Behaviour*.

Our next stroke of luck was that Molly then chose Gina Pollinger as her agent. Gina had been an editor before she married into agenting, and her last job as such had been with us. When she called me to say that she had just read something she loved, and felt sure I would love it too, I was hearing from someone whose taste I knew and respected, rather than listening to a sales spiel, so naturally I read the book at once – and it happened that I, unlike Ian Parsons, had not fallen on my head. So much for being Molly's rediscoverer.

Molly did usually need a little editing because she could get into muddles about timing – make, for instance, an event happen after an interval of two years when something in the text revealed that at least three years must have passed – and she had little tricks of phrasing, such as describing a person's interests as her 'importances', which she sometimes overdid. (Such tricks are part of a writer's 'voice', so it is usually best to leave some of them in – but not enough of them to be annoying.) She was always glad to have such things pointed out, and she was equally co-operative over the only big question that needed solving in the course of her last three novels.

This occurred in *Good Behaviour*, at a point where a small English boy is discovered hiding up a tree in order to read poetry, which causes his extremely upper-class parents to go into paroxysms of dismay. At that point Molly's sense of comedy had taken the bit between its teeth and bolted, carrying the story off into the realm of the grotesque. It was wildly funny, but funny in a way at odds with the rest of the book so that it fractured its surface. I asked her to cool it, which she did. She was always 'splendidly co-operative to work with', as John Gielgud was to say in a letter to the *Daily Telegraph* after her death, remembering the days when he directed the four plays which she wrote in the thirties.

He also paid a warm tribute to her charm and wit, adding that 'she was endlessly painstaking and industrious' – slightly surprising words applied to someone as sparkly as Molly, but they do catch the absence of pretentiousness in her attitude to her work. Her background was that of the Irish landed gentry, whose daughters were lucky, in her day, if they got more than a scrappy education. Not that most of them, including Molly, were likely to clamour for more, since horses and men interested them far more than anything else; but Molly had come to feel the lack and it made her humble: she needed to be convinced that she was a good writer.

She was well aware, however, that *Good Behaviour* was different from the eleven early novels which she had written under the pen-name M. J. Farrell – a pen-name because who would want to dance with a girl so brainy that she wrote books? (You probably need to have had a 'county' upbringing fully to feel the withering effect of that adjective: 'You're the brainy one, aren't you?' It still makes me flinch.) Molly always said that she wrote the early books simply for money, because her parents couldn't afford to give her a dress allowance – though the verve of the writing suggests that she must have enjoyed doing it. *Good Behaviour*, on the other hand, had insisted on being written. She described it as a book that 'truly interested and involved' her: 'Black comedy, perhaps, but with some of the truth in it, and the pity I feel for the kind of people I lived with and laughed with in the happy maligned thirties.' She said that she dropped the pen-name because so much time had gone by; but in fact she took a lot of urging, and left me with the impression that she finally agreed because she had allowed herself to be persuaded that this one was the real thing.

The reason why *Good Behaviour* is so gripping is that Molly brings off something much cleverer than she had ever attempted before: she manoeuvres her readers into collaboration. Her narrator, Aroon St Charles, the large, clumsy daughter of a remote and elegant little mother who finds her painfully boring, tells us everything she sees – and often fails to understand what she is telling. It is up to us, the readers, to do the understanding – most crucially concerning Aroon's beloved brother Hubert and the friend he brings home from Cambridge, Richard Massingham (once the little boy who read poetry up a tree). Aroon has never heard of homosexuality, because the rules of Good Behaviour are the rules of behaving 'as if'. You may be afraid but you must behave as if you were brave; you may be poor but you must behave as if you can afford things; your husband may be randy but you must behave as if he wasn't; embarrassing things such as men falling in love with men may happen, but you must behave as if they don't. How could Aroon, who doesn't read and has few friends, know anything about being gay? But in spite of all the 'as iffing', her father starts to feel uneasy about the two young men, they become alarmed – and Hubert has a brilliant idea: Richard must start behaving as though he were courting Aroon. He must even go into her bedroom one night, and make sure that her father hears him leaving it . . . We hear nothing of all this but what Aroon tells us: that Richard does this, and Richard does that, so surely he must like her – must even be finding her attractive – must *love* her! After he has been to her room we see her half-sensing that something is wrong (his Respecting her Virginity is acceptable, but there is something about his manner . . .). And we see her, very soon, working herself into a blissful daze of happiness at having a lover. And all the time, as though we were observant guests in the house, *we can see what is really going on*. It is powerfully involving, and it continues throughout the book: at one point thirty pages go by before we are allowed a flash of understanding (the family lawyer has made a tentative pass at Aroon, which seems a bit odd – until the times comes, as it would do in 'real life', when one exclaims 'But of course! He knew what was in her father's will!').

Molly called this book 'black comedy', and comic it often is – brilliantly so. She is studying tribal behaviour, and no one could hit off its absurdities to better effect. But its strength comes from her fierce, sad knowledge of what underlies Good Behaviour, and is crippled by it; and she once told me something about herself which struck me as the seed from which this novel's power grew.

Molly's husband Robert Keane died in his thirties, with appalling suddenness, when they were visiting London with their two little daughters, having a very good time. He became violently ill so that he had to be rushed to hospital, but once he was there everything seemed to be under control, so she went back to the children for the night, worried but not really frightened. During the night the telephone rang. It was the hospital matron, who said: 'Mrs Keane, you must be brave. Your husband is dead.' Molly had friends in London, but they were busy theatre friends, and she was seized at once by the thought 'I must not be a nuisance. I must not make scenes' – the quintessential Good Behaviour reaction. And some time during those terrible first days her eldest daughter, Sally, who was six, clutched her hand and said: 'Mummy, we mustn't cry, we mustn't cry.'

And Molly never did cry. Forty years later, telling me that, her voice took on a tone of forlorn incredulity. There was, indeed, nothing she didn't know about her tribe's concept of good behaviour, in all its gallantry, absurdity and cruelty.

The part of the novel which calls most directly on her personal experience of clamping down on pain is so quietly handled that I believe it sometimes escapes quick readers. On their way back to Cambridge in Richard's car the boys are involved in a crash and Hubert is killed. It is easy to see that when the news comes his stricken parents behave impeccably according to their lights: no scenes, not a tear – the deep chill of sorrow evident only in the rigidity of their adherence to the forms of normality. But there comes a day when Aroon can't resist pretending to her father that Richard truly was her lover and he says 'Well, thank God' which puzzles her a little; but his leaving her rather suddenly to visit the young horses down on the bog (so he says) ends their talk. And on that same day her mother has gone out, carrying a little bunch of cyclamen, and Aroon has wondered where she is off to. And it never occurs to her that both parents are slipping off to visit Hubert's grave in secret; that only guiltily can they allow their broken hearts this indulgence. That her father is felled by a stroke in the graveyard, not the bog, and that her mother, who comes screaming back to the house in search of help, was there with him . . . in the commotion and horror of it all Aroon makes no comment on this, and again it is left to the reader to understand.

It is impossible for someone of great natural charm to remain unaware of the effect he or she has on others, which makes the gift a dangerous one: the ability to get away with murder demands to be exploited, and over-exploited charm can be less attractive than charmlessness. Molly Keane was remarkable in being both one of the most charming people I ever met, and an entirely successful escaper from that attendant danger.

Of course she knew how winning she could be. She once said to me: 'When I was young I'm afraid I used to sing for my supper,' meaning that when she first met people more interesting and sophisticated than her own family she won herself a warm welcome, in spite of being neither pretty nor well-dressed, by her funniness and charm. She needed to do this because she was too intelligent for her background and her mother had made her feel an ugly duckling, and a delinquent one at that (probably, like many unloved children, she did respond by being tiresome from her parents' point of view). Being taken up by people who were charmed by her was her salvation, and winning them over did not end by making her unspontaneous or manipulative because her clear sight, sensitivity, honesty and generosity were even stronger than her charm. By the time I knew her, when she was in her seventies, she would occasionally resort to 'turning it on' in order to get through an interview or some fatiguing public occasion, and very skilfully she did it; but otherwise she was always more interested in what was happening around her, and in the people she was meeting, than she was in the impression she was making, so even on a slight acquaintance it was the woman herself one saw, not a mask, and the woman was lovable.

In spite of liking her so much I have to consider my acquaintance with her as less than a friendship, properly speaking. Someone in her seventies with two daughters to love, a wide circle of acquaintances and an unusually large number of true and intimate friends of long standing, hasn't much room in her life for new close friends. I see that only too clearly now that I have overtaken the age Molly had reached when we met: one feels almost regretful on recognizing exceptionally congenial qualities in a newly met person, because one knows one no longer has the energy to clear an adequate space for them. When Molly and I exchanged letters about her work I was always tempted by her image in my mind to run on into gossip and jokes, while hers were quick scrawls about the matter under discussion; and enjoyable though our meetings were when she came to London, they didn't much advance the intimacy between us, and I sometimes thought I discerned in them a courteously disguised distaste for an important aspect of my life: the fact that I live with a black man. Molly was well aware of how others could see attitudes belonging to her background and generation, such as disliking left-wing politics and mixed marriages; but an attitude is not necessarily *quite* expunged by knowing that it is not respectable.

Only once did I spend more than a meal-time with her. We gave a launching party for *Good Behaviour* in Dublin, I decided to take my car over and stay on for a ten-day holiday, and Molly invited me to stay with her for (I thought) the weekend at the start of the holiday. After the party I drove her to her home in Ardmore, and learnt on the way that she had arranged parties for me on every day of the coming week and had told a friend that she was bringing me to stay with him for two nights at the end of it. At first I was slightly dismayed by this unexpected abundance of hospitality, but I was soon enjoying every minute of it.

Partly this was because of the difference between Counties Cork and Waterford and my native East Anglia. Most of the people we met were the Irish equivalent of my family's friends: country gentlefolk preoccupied with hunting, shooting, farming, gardening . . . the very people I had escaped from (so I had felt, fond though I was of many of them) when I moved on from Oxford to earn my living in London. Had I been faced with a week of parties given by Norfolk people of that kind who were strangers to me I would have seen it as a grim ordeal by boredom – and it *would* have been pretty boring because my hosts, given the tedious duty of entertaining a foreign body, and I as the reluctant victim of their hospitality, would between us have erected an impenetrable wall of polite small-talk from which eventually both sides would have retreated in a state of exhaustion. But in Ireland . . . much as I distrust generalizations about national characteristics, there's no denying that most Irish people are more articulate than the English, appearing to see talk as a positive pleasure rather than a tiresome necessity. I don't suppose I shared many more interests with my Irish hosts than I would have done with English ones (although I did know quite a lot about theirs) – but they were so much more lively and witty, and so much readier to start or to follow a new trail, than the people among whom I was raised, that whether or not interests were shared didn't seem to matter. All the parties were thoroughly enjoyable.

They were given an appetizing touch of spice by the stories Molly told on the way to them about the people we were going to meet, which were splendidly indiscreet. If she disliked someone she either kept silent or spoke briefly with indignant disapproval; with the rest she rejoiced in their follies, if follies they displayed, but as a fascinated observer rather than a censorious judge. Perhaps novelists are so often good at gossip because – like God with forgiveness – *c'est leur métier*.

On one of those drives she gave me a gleeful glimpse of local standards of literary criticism. An elderly neighbour, blue-blooded but rustic in her ways (I gathered that she usually kept her gum-boots on and her false teeth out) had said to her: 'I read your book, Molly, and I absolutely *hated* it – but I must say that it was very well written. I didn't find a single spelling mistake.'

The drives, and the time spent alone with Molly in her house tucked into the hillside overlooking Ardmore and its bay, were even better than the parties. She was an exquisitely kind and considerate hostess, but it wasn't that which made the visit so memorable. It was the extent to which Molly was alive to everything around her – to the daughters she worried about and adored, the people she knew, the events she remembered, her garden, the food she cooked, the problems and satisfactions of writing. And it was also the fact that day by day I became more aware of the qualities she kept hidden: her courage, her unselfishness – simply her goodness.

The chief difference, it seems to me, between the person who is lucky enough to possess the ability to create – whether with words or sound or pigment or wood or whatever – and those who haven't got it, is that the former react to experience directly and each in his own way, while the latter are less ready to trust their own responses and often prefer to make use of those generally agreed to be acceptable by their friends and relations. And while the former certainly include by far the greater proportion of individuals who would be difficult to live with, they also include a similarly large proportion of individuals who are exciting or disturbing or amusing or inspiring to know. And Molly, in addition to having charm and being good, was also a creator.

I am glad, therefore, that our last exchange of letters was about her writing, and not just one of general well-wishing (as they had been for some years, since she became seriously ill with heart trouble). I had just reread *Good Behaviour* for some forgotten reason, and on meeting Molly's daughter Virginia as we walked our dogs, had told her how greatly I had re-enjoyed it. Virginia urged me to write and tell Molly, saying that although the worst of her depression at being weak and helpless had lifted, she still needed cheering up. So I wrote her a long letter about why I love that book so much, and also her last book, *Loving and Giving*, and said that although I knew she was downcast at not having been able to write another book, she surely must acknowledge that what she had done had been marvellously well done – that her writing had, in fact, won laurels on which anyone should be proud to rest. She replied that my letter had done her good and had lifted her depression about her writing 'right off the ground', then went on to say very sweetly how much she valued my opinion, ending with words which I knew to be valedictory, of such generosity that I can only treasure them.

> I feel a real loss at losing your company. I shan't get to London again and I'm too weak and foolish to ask you to come here. But we have had many good moments together and you have done

everything for my books – *think* what that has meant to me, to my life. With my love and thanks. Molly

By 'doing everything' for her books she meant that if we had not published *Good Behaviour*, *Time After Time* and *Loving and Giving*, her earlier books would not have been reissued in paperback by Virago. The real originator of this sequence (not counting Ian Parsons) was Gina Pollinger, as I am sure Molly recognized and must have acknowledged with a similar generosity and more reason; but I do still get great satisfaction from remembering that Molly's reappearance under our imprint brought her serious recognition as a writer, and also put an end to the money problems that had harassed her throughout her long widowhood. I do think of it, as she bade me, and it makes me happy. Remembering that outcome, and the pleasure of knowing her, is a good way to end this book.

POSTSCRIPT

HAVING SEEN ANDRÉ Deutsch Limited fade out, why am I not sadder than I am?

I suppose it is because, although I have often shaken my head over symptoms of change in British publishing such as lower standards of copy-preparation and proofreading, I cannot feel that they are crucial. It is, of course, true that reading is going the same way as eating, the greatest demand being for the quick and easy, and for the simple, instantly recognizable flavours such as sugar and vinegar, or their mental equivalents; but that is not the terminal tragedy which it sometimes seems to the disgruntled old. It is not, after all, a new development: quick and easy has always been what the majority wants. The difference between my early days in publishing and the present is not that this common desire has come into being, but that it is now catered for more lavishly than it used to be. And that is probably because the grip on our trade of a particular caste has begun to relax.

Of that caste I am a member: one of the mostly London-dwelling, university-educated, upper-middle-class English people who took over publishing towards the end of the nineteenth century from the booksellers who used to run it. Most of us loved books and genuinely tried to understand the differences between good and bad writing; but I suspect that if we were examined from a god's-eye viewpoint it would be seen that quite often our 'good' was good only according to the notions of the caste. Straining for that god's-eye view, I sometimes think that not a few of the books I once took pleasure in publishing were pretty futile, and that the same was true of other houses. Two quintessentially 'caste' writers, one from the less pretentious end of the scale, the other from its highest reaches, were Angela Thirkell and Virginia Woolf. Thirkell is embarrassing – I always knew that, but would have published her, given the chance, because she was so obviously a seller. And Woolf, whom I revered in my youth, now seems almost more embarrassing because the claims made for her were so high. Not only did she belong to the caste, but she was unable to see beyond its boundaries – and that self-consciously 'beautiful' writing, all those adjectives – oh dear! Caste standards – it ought not to need saying – have no right to be considered sacrosanct.

Keeping that in mind is a useful specific against melancholy; and even better is the fact that there are plenty of people about who are making a stand against *too much* quick-and-easy. The speed with which the corners of supermarkets devoted to organic produce are growing into long shelves is remarkable; and there are still publishers – not many, but some – who are more single-mindedly determined to support serious writing than we ever were.

I have just visited one: the first time in seven years that I have set foot in a publisher's office. It astonished me: how familiar it was, the way I knew what was happening behind its doors . . . and how much I loved it. 'It's still there!' I said to myself; and on the way home I saw that by 'it' I meant not only publishing of a kind I recognized, but something even more reassuring: being young. Old people don't want to mop and mow, but age has a blinkering effect, and their narrowed field of vision often contains things that *are* going from bad to worse; it is therefore consoling to be reminded that much exists outside that narrow field, just as it did when we were forty or thirty or twenty.

Finding myself not gravely distressed by the way publishing is changing seems reasonable enough. I am harder put to understand how anyone can feel in their bones, as I can, that life is worth living when every day we see such alarming evidence that a lot of it is unacceptable: that idiocy and cruelty, far from being brought to heel by human ingenuity, are as rampant as ever. I suppose the answer lies in something of which that small publishing house is a part.

Years ago, in a pub near Baker Street, I heard a man say that humankind is seventy per cent brutish, thirty per cent intelligent, and though the thirty per cent is never going to win, it will always be able to leaven the mass just enough to keep us going. That rough and ready assessment of our plight has stayed with me as though it were true, given that one takes 'intelligence' to mean not just intellectual agility, but whatever it is in beings that makes for readiness to understand, to look for the essence in other beings and things and events, to respect that essence, to collaborate, to discover, to endure when endurance is necessary, to enjoy: briefly, to co-exist. It does, alas, seem likely that sooner or later, either through our own folly or a collision with some wandering heavenly body, we will all vanish in the wake of the dinosaurs; but until that happens I believe that the yeast of intelligence will continue to operate one way or another.

Even if it operates in vain, it remains evolution's peak (as far as we can see): something to enjoy and foster as much as possible; something not to betray by succumbing to despair, however deep the many pits of darkness. It even seems to me possible dimly to perceive it as belonging not to a particular planet, but to universal laws of being, potentially present anywhere in the universe where the kind of physical (or should it be chemical?) conditions prevail which kindle life out of dust: an aspect of something which human beings have called by the various names of god, because having no name for it made them feel dizzy.

In the microscopic terms of my own existence, believing this means that in spite of reading the newspapers, and in spite of seeing the sad end of André's brave endeavour, and in spite of losing a considerable part of my youth to heartbreak, I wake up every morning *liking* being here. (I apologize to André, and to my young self, for being able to dismiss so lightly events which were once so painfully heavy.) I also wake up knowing that I have been extraordinarily lucky, and a good chunk of that luck came with the job. When I was moved to scribble 'Stet' against the time I spent being an editor it was because it gave so many kinds of enlargement, interest, amusement and pleasure to my days. It was a job on the side of the thirty per cent.

SOMEWHERE TOWARDS THE END

1

NEAR THE PARK which my bedroom overlooks there came to stay a family which owned a pack of pugs, five or six of them, active little dogs, none of them overweight as pugs so often are. I saw them recently on their morning walk, and they caused me a pang. I have always wanted a pug and now I can't have one, because buying a puppy when you are too old to take it for walks is unfair. There are dog-walkers, of course; but the best part of owning a dog is walking with it, enjoying its delight when it detects the signs that a walk is imminent, and its glee when its lead is unsnapped and it can bound off over the grass, casting cheerful looks back at you from time to time to make sure that you are still in touch. Our own dog is as old in dog years as I am in human ones (mine amount to eighty-nine), and wants no more than the little potter I can still provide, but I enjoy watching other people's animals busy about their pleasures.

Brought up with dogs, I am baffled by those who dislike them. They have been domesticated for so long that cohabiting with us is as natural to them as the jungle is to the tiger. They have become the only animal whose emotions we can truly penetrate: emotions resembling our own excepting in their simplicity. When a dog is anxious, angry, hungry, puzzled, happy, loving, it allows us to see in their purest form states which we ourselves know, though in us they are distorted by the complex accretions of humanity. Dogs and humans recognize each other at a deep and uncomplicated level. I would so like to begin that process all over again with a little black-velvet-faced pug – but no! It can't be done.

And another thing that can't be done became apparent this morning. I had seen in Thompson & Morgan's plant catalogue a photograph of a tree fern which cost £18, reasonable for something so exotic. A few years ago I fell in love with the tree ferns in the forests of Dominica, and since then I learnt that they, or their cousins, can survive in English gardens, so now I ordered one from that catalogue by phone. It arrived today. Of course I knew that I would not receive a mature tree as shown in the photograph, but I was expecting a sizeable parcel, probably by special delivery. What came, by ordinary post, was a box less than twelve inches long containing a three-inch pot, from which four frail little leaves are sprouting. Whether tree ferns grow quickly or slowly I don't know, but even if it is quickly, it is not possible that I shall ever see this one playing the part I envisaged for it in our garden. I shall pot it on towards that end as far as I can, hoping to see it reach a size at which it can be planted out, but virtuous though planting for the future is supposed to be, it doesn't feel rewarding. It made me think of a turn of phrase often used by Jean Rhys, usually about being drunk: 'I was a bit drunk, well very.' She never in fact said 'I was a bit *sad*, well very' about being old, but no doubt she would have done if she had not hated and feared it too much to speak of it.

Jean was one of my object lessons, demonstrating how not to think about getting old. The prospect filled her with resentment and despair. Sometimes she announced the defiant intention of dyeing her pretty grey hair bright red, but she never did so; less, I think, for the sensible reason that it would have made her look grotesque than because she lacked the energy to organize it. Sometimes – very rarely – drink made her feel better, but more often it turned her querulous and tetchy. She expected old age to make her miserable, and it did, although once she was immersed in it she expressed her misery by complaining about other and lesser things, the big one itself being too much to contemplate – although she did once say that what kept panic at bay was her suicide kit. She had depended on sleeping pills for years and had saved up a substantial cache of them in the drawer of her bedside table, against the day when things got too bad. They did get very bad, but after her death I checked that drawer and the cache was intact.

My second object lesson was the Bulgarian-born, Nobel-Prize-winning writer, Elias Canetti, whose defiance of death was more foolish than Jean's dismay. He had a central European's respect for the construction of abstract systems of thought about the inexplicable, which is uncongenial to many English minds, and which caused him to overvalue his own notions to the extent of publishing two volumes of aphorisms. I never met him, but I knew those books because André Deutsch Limited, the firm in which I worked, published them. During the long years he spent here as a refugee from Nazi Germany, Canetti had taken so violently against the British, I think because they had failed to recognize his genius (the Nobel Prize was yet to come), that he determined never to be published in this country. However Tom Rosenthal, who took over our firm towards the end of its days, had once done him a kindness which he remembered, so he finally agreed to let us have his books on condition that we began with the two lots of aphorisms and followed the American editions, which he had approved, to the last comma, including the jacket copy. This left his English editor (me) nothing to do except read the books, but that was enough to get my hackles up. Many of the aphorisms were pithy and a few were witty, but as a whole what pompous self-importance! The last straw was when his thinking turned to nonsense and he declared, as he did in several of these snippets, that he 'rejected death'.

Later I came to know a former lover of his, the Austrian painter Marie-Louise Motesiczky, a woman who sailed into her eighties gracefully in spite of much physical pain as a result of a severe case of shingles, and a life-story that might well have flattened her. She deserves more than passing attention.

I met her by chance. Mary Hernton, a friend who was looking for a bedsitter in Hampstead, told me she had found a wonderful room in the house of an extraordinary old woman. The room, though wonderful, was not right for her purposes, but the woman had impressed Mary so much that she had invited her to tea and wanted me to meet her. What was so remarkable about her? I would see when I met her, and anyway Mary thought she had been Canetti's mistress: her shelves were full of books owned by him and the room had once been his. I did join them for tea, and I too was impressed by Marie-Louise. She was funny, warm, charming and indiscreet. When she learnt that I published Canetti she became excited, disregarding the fact that I had never met him, and plunged at once into telling me how they had been friends and lovers for over twenty years before she learnt that he had a wife and daughter. She knew it sounded improbable, but she had lived a secluded life looking after her mother, who had come with her to England from Vienna just before Hitler invaded Austria (they were members of a rich and distinguished Jewish family). Her seclusion seemed to have spared her the knowledge of Canetti's many other women: she never said anything to me suggesting that she knew about them, only that the revelation of his being married had brought their affair to a sudden and agonizing end. The more she told me, the more it seemed to me that Canetti and her mother, who had died quite recently at a great age, had consumed her life and had left her in emptiness . . . except that there was no real feeling of emptiness about Marie-Louise.

Mary had told me that she thought Marie-Louise painted, but when quite soon I visited her in her large Hampstead house, which was full of interesting objects and paintings, I could see nothing that looked as though it had been done by her. She did, however, make a passing reference to her work, so I asked if I might see some of it. I asked nervously – very nervously – because nothing is more embarrassing than being shown paintings that turn out to be dreadful. She led me – and this boded ill – into her bedroom, a large, high-ceilinged room, one whole wall of which was an enormous built-in cupboard. This she opened, to reveal racks crammed with paintings, two of which she pulled out. And I was stunned.

This sweet, funny, frail old woman was indeed a painter, the real thing, up there with Max Beckmann and Kokoschka. It was difficult to know how to take it, because one couldn't say 'Oh my god, you really are a painter!', while if one took her for granted as what she was, one would feel impertinent commenting on her work. I can't remember what I did say, but I must have scrambled through it all right because thereafter she was always happy to talk about her work, for which I was grateful. She was wonderful to talk with about painting, and it explained why there was no feeling of emptiness about her. She was an object lesson on the essential luck, whatever hardships may come their way, of those born able to make things.

There was, however, something to worry about, because what were all those paintings doing, languishing in a bedroom cupboard? It turned out that there were two or three in European public collections and that there had been a show of her work at the Goethe Institute not long ago, but still it was a ridiculous situation for which one couldn't help concluding that Canetti and her mother had been largely responsible. Both were cannibals, Canetti because of self-importance, her mother because of dependence. (Once, she told me, when she said to her mother that she was going out for twenty minutes to buy some necessity, her mother wailed 'But what shall I do if I die before you get back?') Though the fact that during the years of her life in England, German expressionist painting, to which her work was related, had been held in little esteem, may also have contributed to her abdication from the art scene.

But worry was wasted. Although she had been taken advantage of by her two loves, Marie-Louise was a skilful manipulator of everyone else. No sooner did she meet anyone than she began diffidently asking them for help. Could you tell her a good dentist, or plumber, or dressmaker? Might she ask you to help her with this tax return? Always in a way suggesting that you were her only hope. It was quite a while before it dawned on me that a considerable part of the population of Hampstead was waiting on her hand and foot, so that worry wasn't really necessary, and by the time I met her a young friend of hers called Peter Black was well on the way to convincing a great Viennese gallery, the Belvedere, that it must give her the major exhibition that she deserved. I was able to help her write tactful letters to them when she disliked the catalogue descriptions they were providing, which earned me an invitation to the opening. (I also, which pleased me even more, persuaded our National Portrait Gallery to reverse its rejection of her portrait of Canetti. They had told her coldly that they were not interested in portraits of unknown people, and – although I ought not to say it – the letter in which I told them who Canetti was without showing that I knew they didn't know, was a masterpiece. I wish I had kept a copy. The portrait is now there.)

The exhibition in Vienna was a wonderful occasion. Seeing those paintings hung where they ought to be was like seeing animals which had been confined in cages at a zoo released into their natural habitat. I am sure Marie-Louise did not wish to be pleased with anything that her native city did for her (it had murdered her beloved brother, who had stayed behind to help his fellow Jews), but although she made a game attempt at dissatisfaction with details, she could not conceal her pleasure at the whole.

At one of our last meetings before her death I asked her if Canetti had meant it literally when he declared that he would not accept it. Oh yes, she said. And she confessed that there was a time when she was so enthralled by the power of his personality that she had allowed herself to think 'Perhaps he will really do it – will become the first human being not to die.' She was laughing at herself when she said this, but a little tremulously. I think she still felt that his attitude was heroic.

To me it was plain silly. It is so obvious that life works in terms of species rather than of individuals. The individual just has to be born, to develop to the point at which it can procreate, and then to fall away into death to make way for its successors, and humans are no exception whatever they may fancy. We have, however, contrived to extend our falling away so much that it is often longer than our development, so what goes on in it and how to manage it is worth considering. Book after book has been written about being young, and even more of them about the elaborate and testing experiences that cluster round procreation, but there is not much on record about falling away. Being well advanced in that process, and just having had my nose rubbed in it by pugs and tree ferns, I say to myself, 'Why not have a go at it?' So I shall.

2

ALL THROUGH MY sixties I felt I was still within hailing distance of middle age, not safe on its shores, perhaps, but navigating its coastal waters. My seventieth birthday failed to change this because I managed scarcely to notice it, but my seventy-first did change it. Being 'over seventy' is being old: suddenly I was aground on that fact and saw that the time had come to size it up.

I have lived long enough to have witnessed great changes in being old as far as women are concerned – smaller ones for men, but for them less was needed. In my grandmothers' day a woman over seventy adopted what almost amounted to a uniform. If she was a widow she wore black or grey clothes that disregarded fashion, and even if she still had a husband her garments went a bit drab and shapeless, making it clear that this person no longer attempted to be attractive. My paternal grandmother, who was the older of the two, wore floor-length black garments to her dying day, and a little confection of black velvet and lace on her head, a 'cap' such as full-blown Victorian ladies wore. (Judging by the skimpiness of my own hair in old age, which comes from her side of the family, she had good reason for adhering to that particular fashion.) Even one of my aunts, my mother's eldest sister, never wore anything but black or grey after her husband's death in the 1930s, and deliberately chose unsmart shapes for her garments. The abrupt shortening of skirts in the 1920s contributed to the preservation of this 'uniform', because no one at any age wants to look grotesque, and grotesque is what old legs and bodies would have looked in 'flapper' fashions, so in my youth old women were still announcing by their appearance that they had become a different kind of person. After the Second World War, however, reaction against the austerity it had imposed led to far greater flexibility. For a while *Vogue* ran a feature called 'Mrs Exeter' to persuade elderly women that they could wear stylish clothes, and this demonstration soon became unnecessary, so pleased were women to choose clothes to suit their shapes and complexions rather than to conform to a convention. Nowadays an old woman would obviously be daft if she dressed like a teenager, but I have a freedom of choice undreamt of by my grandmothers. There have been days when I went shopping in my local Morrisons wearing something a bit eccentric and wondered whether I would see any raised eyebrows, only to conclude that I would probably have to wear a bikini before anyone so much as blinked.

Even more than clothes, cosmetics have made age look, and therefore feel, less old. Until quite recently they could be a danger, because women who had always worn a lot of make-up tended to continue to do so, blind to the unfortunate effect it could have on an inelastic and crêpy skin. One of my dearest old friends could never get it into her head that if, when doing herself up for a party, she slapped on a lot of scarlet lipstick, it would soon come off on her teeth and begin to run into the little wrinkles round the edge of her lips, making her look like a vampire bat disturbed in mid-dinner. Luckily today's cosmetics are much better made and more subtle in effect, so that an ancient face that would look absurd if *visibly* painted can be gently coaxed into looking quite naturally better than it really is. Having inherited a good skin from my mother, I still receive compliments for it, but nowadays I know that at least half its 'goodness' is thanks to Max Factor. Appearance is important to old women, not because we suppose that it will impress other people, but because of what we ourselves see when we look in a mirror. It is unlikely that anyone else will notice that the nose on an old face is red and shiny or the broken veins on its cheeks are visible, but its owner certainly will, and will equally certainly feel a lift in her spirits when this depressing sight is remedied. And even if how one sees oneself is not wholly how one is, it does contribute a great deal towards it. I know for sure that I both feel and behave younger than my grandmothers did when they were old.

In spite of this, however, the most obvious thing about moving into my seventies was the disappearance of what used to be the most important thing in life: I might not look, or even feel, all that old, but I had ceased to be a sexual being, a condition which had gone through several stages and had not always been a happy one, but which had always seemed central to my existence.

It had started when I was four or five in a way which no doubt appeared comic to onlookers but which felt serious enough to me, with the announcement that I was going to marry John Sherbroke. He was a little boy who lived a few houses up from us on the street beside Woolwich Common (my father, an officer in the Royal Artillery, was presumably an instructor at the Military Academy there at the time, and John's father was also a Gunner). I can't remember John at all, except for his name, and that he was my Intended. His successor is clearer in my memory because of his beautiful, sad brown eyes and the glamour bestowed on him by his great age – he was Denis, the gardener's boy at the Hall Farm where we had gone to live under the wing of my mother's parents. I doubt whether I ever spoke to Denis, but I did, with great daring, spit on his head out of the lavatory window when he was working the pump by the back door. He was followed by loves with whom I did communicate – indeed I and my brother spent much time with them: Jack and Wilfred, sons of the head cow-man at the farm, remembered even more clearly than Denis because of the amount of time I put into trying to decide which I loved best.

Those two were the first beneficiaries of my romantic phase, in which love took the form of daydreams. The object of my passion would be placed in a situation of great danger – his house on fire, perhaps, or he was being swept away in a flood – and I would rescue him, the dream's climax being that when he recovered consciousness he would open his eyes to find me leaning over him, my cloud of black hair enveloping him like a cloak (I was a skinny child with a mouse-coloured bob, but I confidently expected to improve with time). Jack and Wilfred lasted until I was nine, when they were ousted by the first love I chose for real reasons: David, who was far kinder, braver and more sensible than the rest of us and was also a familiar friend and companion. He, too, was liable to be rescued, though rather guiltily because of how silly he would have thought it, had he known. He told his mother I was a good sport, which was thrilling at the time, though as I entered my teens it did begin to pall.

Then, at fifteen, I fell in love as an adult. It was with Paul (I called him that in *Instead of a Letter*, so he can keep the name here), who came during one of his Oxford vacations to earn a bit of money by coaching my brother for an exam. He dispelled daydreams by being the real thing, but he did not dispel romance. I loved, I assumed love equalled marriage, and I was certain that once I was married to the man I loved I would be faithful to him for the rest of my life. I did have the occasional, fleeting daydream about my beautiful white wedding, but to embroider my romanticism beyond that, once I was old enough to hold Paul's attention and we became engaged, was not easy, partly because of how everyone went on at me about how poor we would be and how I would have to learn to be a good housewife. Paul, who had gone into the RAF, was still only a pilot-officer whose pay was £400 a year, which seemed to him and me enough to have a good time on, whatever 'they' said, but still the warnings were sobering; though less so than something which happened about six months after we announced our engagement.

We went, with his sister, to a party with a group of rather louche friends of Paul's – I didn't know where he had picked them up, and was disconcerted by them from the start because they were drinking harder and talking more crudely than anyone I had met hitherto. One of them had brought along an extravagantly sexy-looking girl who made a dead set at Paul the moment she saw him, and to my incredulous dismay he responded. After an extremely uncomfortable hour or two he shovelled the task of seeing me home onto his embarrassed sister, and he ended the evening, I was sure, in bed with that girl. During the following two weeks I heard nothing from him, and felt too crushed to write or call myself, and when he let me know that he was about to fly down from Grantham to spend the weekend at Oxford with me, as he often did, I was more anxious than relieved.

During the Saturday evening we drank too much and he collapsed into almost tearful apology. He had behaved horribly, he was so ashamed of himself he couldn't bear it, I must, must believe that it had meant absolutely nothing, that girl had turned out to be a ghastly bore (what a slip-up! Suppose she hadn't been?). Never again would he do anything like that because I was and always would be the only woman he really loved, and so on and so on. It was better than silence had been, but it was not good.

Next morning we took a taxi to 'our' pub in Appleton and dismissed it before we got there in order to dispel our headaches by walking the last mile, although it was a bitterly cold and windy winter day. Paul seemed relaxed, scanning the fields on either side of the muddy lane for fieldfares; I was dismally silent, mulling over his apology. It had meant nothing: yes, I accepted that. But his declaration that such a thing would never happen again: no, that I was unable to believe. I don't remember being as shocked as I ought to have been at his doing it under my nose, thus betraying a really gross indifference to my feelings. I had a humble opinion of my own importance, carefully fostered by a family which considered vanity a serious sin, so in such a situation I tended to blame myself as not being worthy of consideration, and I wasn't consciously thinking of that although I am now sure that it was gnawing away at me. What I knew I was thinking about was how this flightiness of Paul's must be handled. I remember thinking that once we were married I would have to learn to be *really clever*. 'It will be all right for quite a time,' I thought. 'He will go on coming back to me while we are like we are now. But when I get old – when I'm *thirty*' – and I saw a flash of my own face, anxious and wrinkled under grey hair – 'then it will be dangerous, then he could fall in love with one of them.' Would I learn to be clever *enough*? I'd have to. The whole of that day remained dismal, but not for a moment did it occur to me that I might not want to marry him, and soon our relationship was restored to its usual enjoyable state.

So I don't think there was ever a time in my adult life when I didn't realize that men were quite likely to be technically unfaithful to women, although it was not until Paul had finally jilted me that I saw that women, too, could be cheered up by sex without love. I 'recovered' from Paul in that I fell in love again, twice, and heavily, but both times it felt 'fatal', something impossible to avoid, and anyway I longed for it, but which was bound to bring pain. The first time it was with a married man much older than myself, and I never envisaged him leaving his wife for me. No doubt if he had suggested it I would have accepted, but I admired him far too much to expect it: I was his wartime fling, or folly (there's nothing like a whiff of death in the air to intensify desire, the essence of life – I remember him whispering in amazement 'I'd resigned myself to never feeling like this again'), while she was his good and blameless wife who had just become the mother of their first child, so leaving her would prove him cruel and irresponsible which I was sure he was not. I would not have loved him so much if he had been.

My second after-Paul love was available, even eligible, but his very eligibility seemed to make him too good to be true. He liked me a lot. For a time he almost thought he was in love with me, but he never quite was and I sensed almost from the beginning that it was going to end in tears, whereupon I plunged in deeper and deeper. And it did end in tears quite literally, both of us weeping as we walked up and down Wigmore Street on our last evening together. With masochistic abandon I loved him even more for his courage in admitting the situation and sparing me vain hopes (and in fact such courage, which takes a lot of summoning up, is something to be grateful for, because a broken heart mends much faster from a conclusive blow than it does from slow strangulation. Believe me! Mine experienced both.).

That, for me, was the end of romantic love. What followed, until I met Barry Reckord in my forty-fourth year, was a series of sometimes very brief, sometimes sustained affairs, always amiable (two of them very much so), almost always cheering-up (two of the tiny ones I could have done without), and none of them going deep enough to hurt. During those years, if a man wanted to marry me, as three of them did, I felt what Groucho Marx felt about a club willing to accept him: disdain. I tried to believe it was something more rational, but it wasn't. Several of the painless affairs involved other people's husbands, but I never felt guilty because the last thing I intended or hoped for was damage to anyone's marriage. If a wife ever found out – and as far as I know that never happened – it would have been from her husband's carelessness, not mine.

Loyalty is not a favourite virtue of mine, perhaps because André Deutsch used so often to abuse the word, angrily accusing any writer who wanted to leave our list of 'disloyalty'. There is, of course, no reason why a writer should be loyal to a firm which has supposed that it will be able to make money by publishing his work. Gratitude and affection can certainly develop when a firm makes a good job of it, but no bond of loyalty is established. In cases where such a bond exists – loyalty to family, for example, or to a political party – it can become foolishness if betrayed by its object. If your brother turns out to be a murderer or your party changes its policies, standing by him or it through thick or thin seems to me mindless. Loyalty unearned is simply the husk of a notion developed to benefit the bosses in a feudal system. When spouses are concerned, it seems to me that kindness and consideration should be the key words, not loyalty, and sexual infidelity does not necessarily wipe them out.

Fidelity in the sense of keeping one's word I respect, but I think it tiresome that it is tied so tightly in people's minds to the idea of sex. The belief that a wife owes absolute fidelity to her husband has deep and tangled roots, being based not only on a man's need to know himself to be the father of his wife's child, but also on the even deeper, darker feeling that man *owns* woman, God having made her for his convenience. It's hard to imagine the extirpation of that: think of its power in Islam! And woman's anxious clamour for her husband's fidelity springs from the same primitive root: she feels it to be necessary proof of her value. That I know only too well, having had the stuffing knocked out of me so painfully when Paul chose to marry someone else. But understanding doesn't mean approving. Why, given our bone-deep, basic need for one another, do men and women have to put so much weight on this particular, unreliable aspect of it?

I think now of Isaac Bashevis Singer's story, 'The Peephole in the Gate', about a young man who saw his sweetheart home on the eve of their marriage, couldn't resist taking one last look at her through the peephole – and there she was, being soundly and obviously enjoyably kissed by the porter. End of betrothal – though the narrator does slyly remind the young man that he had it off with a serving maid that same afternoon. The story goes on to suggest how much simpler, and probably better, two people's lives would have been if that sexual infidelity had never come to light: a theme which Singer, that wise old bird, returns to several times, always with his characteristic trick of leaving the pronouncement of a moral judgement in the hands of the reader. Given his deep attachment to his religious background, I can't be sure that he would have agreed with the judgement I produce – but after all, he *does* ask for it. Yes, there are some things, sexual infidelities among them, that do no harm if they remain unknown – or, for that matter, are known and accepted, and which is preferable depends on the individuals and their circumstances. I only have to ask myself which I would choose, if forced to do so, between the extreme belief that a whole family's honour is stained by an unfaithful wife unless she is killed, and the attitude often attributed to the French, that however far from admirable sexual infidelity is, it is perfectly acceptable if *conducted properly*. Vive la France!

This attitude I shared, and still share, with Barry, with whom, after I had finally shed the scars of a broken heart (by 'writing them out', as I will explain later), I eventually settled down into an extraordinarily happy loving friendship, which remained at its best for about eight years until it began to be affected not by emotional complications, but by Time. This was not a sudden event, but its early stage, which took place during my mid- and late fifties, was followed by a reprieve, which made it possible to ignore its significance. Gradually I had become aware that my interest in, and therefore my physical response to, making love with my dear habitual companion, was dwindling: familiarity had made the touch of his hand feel so like the touch of my own hand that it no longer conveyed a thrill. Looking back, I wonder why I never talked about this with him, because I didn't. I simply started to fake. Probably this was because the thought of 'working at' the problem together, as I supposed a marriage counsellor would suggest, struck me as unlikely to solve it. Tedious and absurd: that was how I envisaged such a procedure. If something that had always worked naturally now didn't work – well, first you hoped that faking it would bring it back, which sometimes it did, and when that stopped happening you accepted that it was over.

That acceptance was sad. Indeed, I was forced into it, at a time when our household was invaded by a ruthless and remarkably succulent blonde in her mid-twenties and he fell into bed with her. There was one sleepless night of real sorrow, but only one night. What I mourned during that painful night was not the loss of my loving old friend who was still there, and still is, but the loss of youth: 'What she has, god rot her, I no longer have and will never, never have again.' A belated recognition, up against which I had come with a horrid crunch. But very soon another voice began to sound in my head, which made more sense. 'Look,' it said, 'you know quite well that you have stopped wanting him in your bed, it's months since you enjoyed it, so what are you moaning about? Of course you have lost youth, you have moved on and stopped wanting what youth wants.' And that was the end of that stage.

Soon afterwards came the reprieve, when I found, to my amusement and pleasure, that novelty could restore sex. I described in *Instead of a Letter* how after an early, real and long-lasting sorrow my morale had begun to be restored by an affair with a man I called Felix, which did not involve love but was thoroughly enjoyable otherwise. Now, as I approached my sixties, it happened again, and my life as a sexual being was prolonged by seven years while Barry went his own way, our companionship having become more like that of brother and sister than of lovers. A second man with whom I had little in common won himself a place in memory made warm by gratitude. After him there was no reprieve, nor did I want one.

3

THE LAST MAN in my life as a sexual being, who accompanied me over the frontier between late middle-age and being old, was Sam, who was born in Grenada in the Caribbean. Whether he had come to England in order to volunteer for the war, or his arrival just happened to coincide with its outbreak, I don't know. He joined the RAF Regiment, in which he worked as a clerk, and in his own time came to know Padmore and other black elders of that day who were concerned with establishing the black man's rights in Britain. He gained a good deal of experience in broadcasting at this time, which served him well later, when he moved on to Ghana and soon attracted the attention of Kwame Nkrumah, who put him in charge of his government's public relations so that he became in effect a member of it, although he was never a minister. He remained Nkrumah's trusted servant and friend until the coup which brought the Redeemer down, simultaneously putting an end to Sam's palmy days in Africa. Because he was known in Accra as an honest man who took no bribes he escaped prison, but he had to leave the country at four days' notice taking nothing but his clothes. When I met him, all he had left from those palmy days was a beautiful camel-hair overcoat with a sable collar, and the gold watch on a handsome bracelet given him by Haile Selassie.

Being an impressive-looking man, very tall, with pleasant manners, easygoing but sensible, clearly on the side of good sense and decorum, he had no trouble getting a job almost at once in the

British Government's organization concerned with race relations. He was just settling into it when we met at a party at which there were several old African hands of one sort and another. My partner at André Deutsch had kick-started a publishing firm in Nigeria during the 1960s and we had some African writers on our list, so the newly independent countries, and race relations, were part of the landscape in which I existed at that time.

In addition to that, in the course of my close and happy relationship with Barry, which had by then lasted about eight years, I had come to feel more at home with black men than with white. Barry, having been educated by English schoolmasters at his Jamaican school and by English dons at Cambridge, used sometimes to say that his fellow Jamaicans saw him as 'a small, square, brown Englishman', and some of them may have done so, but he was black enough to have received his share of insults from white men; and one can't identify with someone of whom that is true without feeling more like him than like his insulters.

The first black person with whom I was ever in the same room was an African undergraduate at a party during my first term at Oxford in 1936. Dancing was going on, and I was deeply relieved at his not asking me for a dance. I knew that if he asked I would have to say yes, and I hadn't the faintest idea why the prospect seemed so appalling. It was just something which would have appalled my parents, so it appalled me. But I am glad to say that when, a week later, a friend said to me, 'I think I would be sick if a black man touched me,' I was shocked. I don't remember thinking about it in the intervening days, but somehow I had taken the first tiny step of seeing that my reaction to the idea of dancing with that man had been disgusting.

After that I must gradually have given the matter enough thought to get my head straight about it, because when I next came in touch with black people, which didn't happen for some years, I was able to see them as individuals. The first time I was kissed by a black man – a friendly peck at the end of a taxi-ride from one pub to another – I did note it as an occasion, because the fact that it was just like being kissed by anyone else proved me right in a satisfactory way: I was still feeling pleased with myself for not having racist feelings. But by the time I met Barry, although I had never had occasion to make love with a black man I had met many black people and worked with some of them, so clicking with him at a party and soon afterwards going to bed with him didn't seem particularly noteworthy except for being much more fun than the last such encounter I'd had, because this time we liked each other so well. It was only after we had settled into togetherness that I started expecting to like black men better than whites. I always might, of course, end up disliking the one or liking the other contrary to expectation, but I did, from then on, start out with a bias towards the black, or at any rate the un-English.

So when at our first meeting Sam made a stately swoop, I was pleased: it was both funny and revivifying to be seen as attractive by this agreeable and sexy person, just after concluding that my lovemaking days were over. Soon after that he moved into a flat near Putney Bridge, and for the next seven years I spent a night with him there about once a week.

We rarely did anything together except make ourselves a pleasant little supper and go to bed, because we had very little in common apart from liking sex. Sam had an old-fashioned sense of what was proper, but I am sure it had never entered his head to think of sex in connection with guilt. As well as *The Pickwick Papers*, *The Bab Ballads* and several booklets about the Rosicrucians and the Christian Scientists, *The Kama Sutra* was among the books permanently entangled in his bedclothes. We also shared painful feet, which was almost as important as liking sex, because when you start feeling your age it is comforting to be with someone in the same condition. You recognize it in each other, but there is no need to go on about it. We never mentioned our feet, just kicked our shoes off as soon as we could.

To be more serious, the really important thing we had in common was that neither of us had any wish to fall in love or to become responsible for someone else's peace of mind. We didn't even need to see a great deal of each other. We knew that we would give each other no trouble.

So what did we give each other?

I gave Sam sex that suited him. The first, but not most enduring, attraction was that I was white and well-bred. Sam had nothing against black women (except his wife, whom he saw as a burden imposed on him by his mother before he'd developed the sense to understand what a mistake it was); but since he came to England at the end of the 1930s all his most important women had been white. He had been bettering himself ever since his mother urged him to work hard at school, and claiming a white woman for yourself would, alas, be recognized by most black men from his background, at that time, as part of that process. This was a fact that gave older and/or not particularly glamorous white women an edge with black men that they hadn't got for white ones, which is evidently deplorable although I can't help being grateful for it. Sam was not a man of vulgar instincts so he didn't want to show his woman off, but it gave him private satisfaction to feel that she was worth showing. Then it turned out that physically I was right for him, and that I could be good company. So I was satisfying as a status symbol, agreeable as a companion in so far as he wanted one, and was able and willing to play along with him in a way he enjoyed. He obviously felt he need look no further.

Sam's chief attraction to me was that he wanted me: to be urgently wanted at a time when I no longer expected it cheered me up and brought me alive again – no small gift. Also, I am curious. His background and the whole course of his life, being so different from mine, seemed interesting even when he was being dull. A middle-class Englishman with his nature would have bored me because I would have known too much about him. Sam I wanted to find out about, and what I found out was likeable. Even when I was thinking 'What an old noodle!' I liked him, and what I liked best was the sense I picked up of the boy he used to be.

He had the calm self-confidence and general benevolence bestowed by a secure and happy childhood. A middle-class adoring mother can sometimes damage her child, but in a peasant family she is more likely to make him: she must get him out of this hard life if she possibly can, even if she loses him in the process. Sam's father owned the patch of land on which they lived (and that, too, contributed to self-confidence, because being raised on your own place, however small, is stabilizing), but it was a property too small to support a family so he had to find work in Trinidad, and then in Venezuela. It was the mother who ran the home, and she gave her son unquestioned precedence over her two daughters (Barry's mother did the same thing and her daughter never quite forgave her).

'We didn't know it,' Sam told me, 'but the food we ate was just what everyone says nowadays is the healthiest: fish, fruit and vegetables, we were never short of those.' They lived right on the sea so escaped the common West Indian overdependence on root vegetables. 'And all that air and exercise. I thought nothing of running five miles to school and five miles back – long-distance running was a craze with us boys, we ran everywhere.' They rode, too. Most people kept a horse (this surprised me) and if a boy wanted to get somewhere in a hurry he could jump on to some neighbour's bare-backed nag without having to ask. And they swam as much as they ran. He marvelled when he remembered how no one fussed when they used to swim out to a little islet about two miles offshore. A very tall, good-looking, even-tempered boy, good at all the local pastimes, crammed with healthy food and plunged by his fond mother into herb baths of which she knew the secrets, Sam was evidently secure among his friends as a leader. When he recalled those happy times he seemed to bring glimpses of them into the room – a whiff of nutmeg-scented sea-breeze, very endearing.

His mother lost him, of course – that wife was her big mistake. He begot two children on her, then could stand it no longer, left for England and his mother never saw him again. She died asking for him, people wrote and told him that. He spoke of it solemnly but placidly: it was a mother's fate, he implied, sad but inevitable.

He did not consider himself a bad son, husband or father for having left. He had kept in touch, sent money, seen to it that his children were educated: he had done what was proper. His son became a doctor and moved to the United States, and they saw each other from time to time. His daughter was unforgiving, 'a stupid girl'. And his wife . . . Thirty-five years after he left Grenada he returned for the first time, for a three-week visit at the invitation of the prime minister. He didn't let his wife know he was coming, but after the first week it occurred to him to drop in on her, still without warning. 'So what happened?' I asked. He shook his head, clicked his tongue, and said slowly and disapprovingly: 'That's a very *cantankerous* woman'. This made me laugh so much that he took offence and provided no more details. Not that he would have been able to provide any of real interest, since he obviously had no conception of the life to which he had condemned that 'stupid' daughter and that 'cantankerous' wife: a convenient ignorance shared by a great number of West Indian husbands and 'baby-fathers' – though many of the women left behind seem to take it calmly.

Our relationship ended gently, the gaps between our meetings becoming gradually longer. The last time we met, after an especially long one (so long that, without regret, I had thought it final), he was slower than usual and seemed abstracted and tired, but not ill. Although we had agreed already that our affair was over, he said 'What about coming to bed?' but I could see he was relieved when I said no. 'The trouble with me,' I said, 'is that the spirit is willing but the flesh is weak. My body has gone against it.' He didn't say 'Mine too', he wouldn't want to go as far as that, but he did say: 'I know, the body does go against things. You can't do anything about that.' And the next thing I heard about him, not very much later, was that he had died suddenly of a heart attack.

You can't miss someone grievously if you haven't seen them or wanted to see them for several months and they had touched only a comparatively small corner of your life, but after his death Sam became more vivid in my mind than many of my more important dead. I saw him with photographic clarity – still can. His gestures, his expressions, the way he walked and sat, his clothes. The seven years of him played through my head with the immediacy of a newsreel: all we said, all we did, perhaps the pattern of our meetings was so repetitive that I couldn't help learning him by heart. I particularly remember the feel of him. His skin was smooth and always seemed to be cool and dry, a pleasant, healthy skin, and his smell was pleasant and healthy. I feel him lying beside me after making love, both of us on our backs, hands linked, arms and legs touching in a friendly way. His physical presence is so clear, even now, that it is almost like a haunt (an amiable one).

The faith Sam had decided to favour was in the transmigration of souls because, he said, how else could one explain why one person had a good life and another a horrid one: they were getting what they had earned in their previous lives, it was obvious. He was displeased when I said that if that were so, how odd that so many black people must have been very wicked in the past. He refused to take it up because, I think, transmigration was promising to him personally. He had, after all, been uncommonly lucky: a little refinement of the soul towards the end and up he would go. That, he once explained to me, was why he had given up meat and hard liquor once he was past sixty. I wish I could hope that Sam was right in expecting to come back to earth for another life. If he could, I doubt whether it would be so rarefied a life as he had aimed for, but it would certainly be several degrees more enjoyable than the one he left, which would make it much better than most. Meanwhile, perhaps because he carried into the beginning of my old age something belonging to younger days, he is still alive in my head, and I am glad of it. Dear Sam.

4

An important aspect of the ebbing of sex was that other things became more interesting. Sex obliterates the individuality of young women more often than it does that of young men, because so much more of a woman than of a man is used by sex. I have tried to believe that most of this difference comes from conditioning, but can't do so. Conditioning reinforces it, but essentially it is a matter of biological function. There is no physical reason why a man shouldn't turn and walk away from any act of sex he performs, whereas every act of sex performed by a woman has the potential of changing her mode of being for the rest of her life. He simply triggers the existence of another human being; she has to build it out of her own physical substance, carry it inside her, bond with it whether she likes it or not – and to say that she has been freed from this by the pill is nonsense. She can prevent it, but only by drastic chemical intervention which throws her body's natural behaviour out of gear. Having bodies designed to bear children means that many generations will have to pass before women are freed from the psychic patterns dictated by their physique, however easy it is for them to swallow a pill; and it is possible that they will never be able to achieve such psychic freedom. Exactly how much of personality is determined by chemistry is at present beyond assessment, but that some of it is can't be doubted. Because of all this, when they are at the peak of their physical activity women often disappear into it, many of them discovering what kind of people they are apart from it only in middle age, some of them never. I had started to have glimpses of myself earlier than most, as a result of being deprived of marriage and child-bearing, but not with the clarity I discovered once sex had fallen right away. My atheism is an example: it became much more firmly established.

I had known for a long time that I did not believe in a god, an attitude which had crystallized when I was at Oxford towards the end of the 1930s and met a man called Duncan at a party. We were not to become friends because it was the end of term, and the term was Duncan's last. He had finished his final exams that day, had already been accepted by the Colonial Service, and would be taking up a post in Cyprus in a few weeks' time. We were drawn to each other, however, left the party together, had dinner and went punting on the river, and the next day we met again and spent the afternoon in his rooms. At that time I was stuck in the unhappiness of betrayed love, feeling shrivelled because it was months since I had heard from Paul. Being in the habit of considering myself unavailable to other men, I told Duncan I was engaged, but I am sure that if we had gone on seeing each other I would have been rescued: he was the most agreeable and intelligent man I had met at Oxford, and the morning after our afternoon together he sent me flowers with a note saying, 'We will see each other again'. We never did. I had two letters from him, the second from Cyprus, and then the war began and I forgot him. Except that I kept, and still keep, one thing he said.

We must have talked at supper about what we believed, because after it, as we walked over grass through the sweet summer night to the place where the punts were moored, I said that though I was unable to believe in the god I had been taught to believe in, I supposed that some kind of First Cause had to be accepted. To which Duncan replied 'Why? Might it not be that beginnings and endings are things we think in terms of simply because our minds are too primitive to conceive of anything else?'

Did I answer? I can remember only tilting my head back and gazing up into the star-filled sky with a feeling of extreme, almost dizzy elation, as though for the first time my eyes were capable of seeing space as it deserved to be seen. I made no attempt to plumb the implications of this idea, but neither did I hesitate to accept it as the truth. And for a long time that was the extent of my thinking about religion.

I was brought back to it when I was beginning to be old by John Updike, when he was analysing (I don't remember where) his own religious belief, and said, or rather wrote: 'Among the repulsions of atheism for me has been its drastic uninterestingness as an intellectual position. Where was the ambiguity, the ingenuity, the humanity (in the Harvard sense) of saying that the universe just happened to happen and that when we're dead we're dead?' This baffled me. Perhaps it is uninteresting intellectually to believe that the nature of the universe is far, far beyond grasping, not only by oneself as an individual but by oneself as a member of our species; but emotionally, or poetically, it seems to me vastly more exciting and more beautiful than exercising any amount of ingenuity in making up fairy stories.

John Updike would agree that our planet is a mere speck in that small part of the universe which we are capable of perceiving, and that *Homo sapiens* has existed for only a tiny fraction of that planet's tiny time, and has not the slightest idea of what 90 per cent of the universe is made of (I like scientists calling what they don't know 'dark matter'); so how can he, or any other intelligent person, fail to agree that men are being absurdly kind to themselves when they suppose that something thought by them is universally relevant (those religious people who believe in one god do seem to see him as universal, not as local to Earth)? Faith – the decision to act as though you believe something you have no reason to believe, hoping that the decision will bring on belief and then you will feel better – that seems to me mumbo-jumbo. I can't feel anything but sure that when men form ideas about God, creation, eternity, they are making no more sense in relation to what lies beyond the range of their comprehension than the cheeping of sparrows. And given that the universe continues to be what it is, regardless of what we believe, and what it is has always been and will continue to be the condition of our existence, why should the thought of our smallness in it be boring – or, for that matter, frightening?

I have heard people bewailing man's landing on the moon, as though before it was touched by an astronaut's foot it was made of silver or mother-of-pearl, and that footprint turned it into grey dust. But the moon never was made of silver or mother-of-pearl, and it still shines as though it were so made. Whether we know less or more about it, it remains itself and continues to reflect the sun's light in a way that is beautiful in men's eyes. Surely the part of life which is within our range, the mere fact of life, is mysterious and exciting enough in itself? And surely the urgent practical necessity of trying to order it so that its cruelties are minimized and its beauties are allowed their fullest possibly play is compelling enough without being seen as a duty laid on us by a god?

People of faith so often seem to forget that a god who gives their lives meaning too often provides them with justification when they want to wipe out other people who believe in other gods, or in nothing. My own belief – that we on our short-lived planet are part of a universe simultaneously perfectly ordinary in that *there it is* and incalculably mysterious in that it is beyond our comprehension – does not feel like believing in nothing and would never make me recruit anyone for slaughter. It feels like a state of infinite possibility, stimulating and enjoyable – not exactly comforting, but acceptable because true. And this remains so when I force myself to think about the most alarming aspect of what I can understand, which is that we will eventually become extinct, differing from the dinosaurs only in contributing a good deal more than they did to our own fate. And it also remains so when I contemplate my personal extinction.

I once had a favourite image for falling asleep which I used when getting into bed felt particularly good. After waiting a minute or two before switching off my lamp, collecting awareness so that I would fully appreciate the embrace of darkness, I turned face downwards, sprawled my arms and legs, and my bed became a raft which floated me out onto the sea of night. It produced a sensation of luxury, the more seductive for being enlivened by an almost imperceptible thread of risk.

Once we at André Deutsch brought out a coffee-table book about beds prefaced by an oddly inappropriate essay by Anthony Burgess. The book was supposed to be in praise of beds, but Burgess said he loathed them because he was afraid of going to sleep and needed to outwit his fear by letting sleep catch him unexpectedly in a chair or on the floor. Lying down on a bed, he felt, was like lying down on a bier from which, if he lost consciousness, he might never get up. (I did question this preface, but André's view was that no one bothered to read prefaces, what mattered was having the man's name on the book, not what he said – a bit of publisher-think which I deplored, but not strongly enough to make a stand.) I have read of people undergoing many things worse than this quirk of Burgess's, but of no ordeal that was harder for me to imagine sharing. Being forced to deny oneself one of the greatest pleasures of everyday life, the natural seal of happiness, the sure escape from sorrow or boredom, the domestication of mystery . . . What an affliction! Could the poor man really have been so savagely haunted by the fear of death? From which it may correctly be deduced that I myself have never been enough troubled by it to want to envisage an afterlife.

What explains irreligiosity? Lack of imagination? Courage? A genetically bestowed pattern of temperament? The first two occur in the religious as well as the irreligious, and the third only shunts the question back through the generations. Religious people of limited intelligence often think that the explanation is licentiousness, a naughty refusal to accept restraints; but many an unbeliever is as scrupulous as any religious person in acknowledging the restrictions and obligations laid on us by sharing the world with others. To the irreligious person the answer seems simple enough, though embarrassing to pronounce: he is more intelligent than his religious brother. But his religious brother sees with equal clarity that the opposite is true, and where is the neutral referee? We must settle, I suppose, for there being in this respect two kinds of person.

My kind enjoys an unfair advantage. In the Western world there are probably nowadays as many people without the religious instinct as with it, but all of them live in societies which developed on lines laid down by believers: everywhere on earth men started by conjuring Powers into being to whom they could turn for direction and control of their behaviour. The mechanism was obviously a necessary one in its time. So we, the irreligious, live within social structures built by the religious, and however critical or resentful we may be of parts of them, no honest atheist would deny that in so far as the saner aspects of religion hold within a society, that society is the better for it. We take a good nibble of our brother's cake before throwing it away.

Right behaviour, to me, is the behaviour taught me by my Christian family: one should do unto one's neighbour as one would like him to do unto one, should turn the other cheek, should not pass on the other side of those in trouble, should be gentle to children, should avoid obsession with material possessions. I have accepted a great deal of Christ's teaching partly because it was given me in childhood by people I loved, and partly because it continues to make sense and the nearer people come to observing it the better I like them (not that they come, or ever have come, very near it, and nor have I). So my piece of my brother's cake is a substantial chunk, and it is covered, what's more, with a layer of icing, because much of the painting and sculpture I love best (and such things matter a lot to me) was made by artists who lived long enough ago to believe that heaven and hell were real. In the Correr Museum in Venice, coming suddenly on Dieric Bouts's little *Madonna Nursing the Child*, I was struck through with delight as I never was by a mother and child by, for example, Picasso or Mary Cassatt, and I cannot remember being more intensely moved by any painting than by Piero della Francesca's *Nativity*.

It is not the artist's skill that works the spell, charming though it is in Bouts's case and awe-inspiring in della Francesca's. It is the selflessness of such art that is magnetic, as it is in a Chinese bronze of the Buddha, a medieval wood-carving of an angel, or an African mask. The person making the object wasn't trying to express his own personality or his own interpretation of appearances; he was trying to represent something outside himself for which he felt the utmost respect, love or dread – to show us this wonderful thing as well as he possibly could. How the purity of this intention makes itself felt in the artefact I don't understand, but it does. You need only compare any halfway respectable Madonna and child from the fourteenth or fifteenth century with even the best modern one to see that it does, and that it is something to do with the artist's taking for granted the truth of what he is representing. From the seventeenth century on there is always a taint of sentimentality or hysteria in religious art, however splendid the technique, and by the twentieth century it soaks the object right through: think of the junkety smugness of Eric Gill! Of course great artists painting non-religious works often attend to what they are making with a respect and love which takes them beyond self and approaches the same purity, but there is no longer a subject strong enough to save the bacon of an artist less than great (Bouts was good, not great).

Early religious music, lovely though much of it is, has a less powerful effect on me: I prefer Bach's instrumental music to his cantatas. The words, I suppose, make the cantatas too dogmatic for me: even the greatest religious poetry and prose leaves me unmoved. The painter of a triptych for an altar did it with dogmatic intent, but his medium is less suited to teaching than words are. Dogmatically, painting is a blunt instrument, so the lily, the goldfinch, the pomegranate, the dove, the mother, the child can all be taken to exist for their own sakes, regardless of their message. Although – baffling paradox – it is precisely their creator's belief in the truth of the message that gives them their force.

My indifference to religious writing is overcome by one majestic exception: the Bible. I was brought up to know both the Old Testament and the New fairly well, and am still glad of it. The beauty of the language has much to do with this, but my maternal grandmother's gift for reading aloud to children has much more. She left us in no doubt that we were listening to very *special* true stories – special because their truth concerned us closely. Nowadays, if I read the story of Joseph and his brethren, or of Shadrach, Meshach and Abednego, or of the nativity, or of the raising of Lazarus, something odd but enjoyable happens. This laptop offers the choice of a number of different typefaces and I can tell it which to use with a touch of a finger. When I read those stories it is as though at a finger-touch my adult mind is replaced by my child mind. There go the familiar stories, unfolding before my eyes, sounding and looking just as they sounded and looked when Gran read them to me. Of course I can still think about them in an adult way and of course it does not mean that I kneel down and worship God: I love the story of how he called Samuel in the night, but he still doesn't call me. It is simply that those stories are engraved in my imagination so deeply that they can't be erased by disbelief. They have, in fact, nothing to do with belief or disbelief as I mean the words now, but they restore the sensation of belief as it used to be in the same way that Christmas carols do. They still trail a whiff of that old special importance, to be caught by some part of my awareness which is usually dormant. The Bible was shown to me through the prism of belief, the absolute belief of those who wrote it and the diluted but still real belief of my grandmother, who did not think God was like the Jehovah of the Jews but still believed that he existed, and who probably saw Jesus's son-ship, immaculate conception and so on as metaphor but still held that in order to be good people we must believe in his divinity. Coming to me in this persuasive way it did certainly influence the way I was to see life; yet it failed to convince me of its central teaching. How, then, does the written word work? What part of a reader absorbs it – or should that be a double question: what part of a reader absorbs what part of a text?

I think that underneath, or alongside, a reader's conscious response to a text, whatever is needy in him is taking in whatever the text offers to assuage that need.

For example, I have a much younger friend, Sally, who when her children were just beginning to read became annoyed because so many of the books written for them were about animals: it was a mouse, not a child, which disobeyed its mother and got into trouble, a rabbit who raided the kitchen garden, an elephant who became king. Why, she asked, was she expected to feed her children on this pap of fantasy instead of on stories about real life? The answer, it seems to me, is that children respond to animal protagonists because when very small what they need is not to discover and recognize 'real life', but to discover and recognize their own feelings. Take a pair of well-known animal characters, Piglet and Tigger, in *The House at Pooh Corner*: Piglet is an anxious, timid little person, capable of being brave if he absolutely has to be, but only at great cost to himself, and Tigger is so exuberantly bouncy that he can be a nuisance. Both of them express things which a child discovers and recognizes with pleasure because they exist within himself. If those characteristics were expressed on the page by a child, they would belong to that child and would call for the use of the kind of critical faculty one employs vis-à-vis another person. Expressed by a 'made up' animal (I have yet to meet a child so simple-minded that it doesn't know perfectly well that animals don't talk in human language), they slip past the critical faculty into the undergrowth of feelings which need so urgently to be sorted out and understood. (When a story about people, not animals, is *popular* with the very young – the Postman Pat stories, for example – the people are drawn in such an unrealistic way that they might as well be animals.) What was important for Sally's little children was not to be given only sensible, real-life stories, but to have plenty of them about for when they began to need them.

When I was in my early teens I used to sink luxuriously into a romantic novel as though into a hot bath, and couldn't have too many of them. I never believed, however, that anyone in real life looked or behaved like the heroes and heroines of those books. What I needed was to practise the sensations of sex – to indulge in a kind of non-genital masturbation – because I was a steamy girl forbidden by the society in which I lived to make love. Perhaps because I was lucky enough also to have plenty of good writing at my disposal, the romantic novels did not make a romantic lover of me: it was only the 'nyum-nyum' sensations I needed, and I gave no more credence to their soppy message than a young child gives to a rabbit's little blue coat. Or than I myself gave to the Holy Trinity, first met at a time when I had taken my fill of baby-stories about animals and before I had begun to hunger for the sexy taste of romances, when I was just starting to feel my appetite for real life.

5

SO HERE I go, into advanced old age, towards my inevitable and no longer distant end, without the 'support' of religion and having to face the prospect ahead in all its bald reality. What are my feelings about that? I turn for enlightenment to the people I know who have gone ahead of me.

Most of the women on both sides of my family live into their nineties, keeping their wits about them. None of them has ever had to go into an old person's home, or has even had to employ live-in carers. All the married ones outlived their husbands and had daughters to see them through their last days, and the few who did their dying in hospital were there for only a day or two. I have become sharply aware of how lucky we have been in that respect, since the old age and death of my closest friend has taught me how much it costs to employ skilled home nursing, or to take refuge in a 'home' with staff as kind and understanding as they are efficient (no such place exists but some are nearer to it than others, usually because they cost hair-raising sums). No one in my family could have afforded either alternative for more than a week or so. What everyone wants is to live until the end in their own home, with the companionship of someone they love and trust. That is what my lot wanted and achieved, including my widowed mother, although I still feel guilty at the knowledge that in her case this happy conclusion was achieved by a narrow squeak.

By the time she was ninety-two I was seventy. She was deaf,

blind in one eye and depending on a contact lens for sight in the other, so arthritic in her hips that she could hardly walk, and in her right arm that it was almost useless. She also had angina (still mild and infrequent) and vertigo (horribly trying and not infrequent). I was living in London, still by great good luck working, sharing a flat with an old friend who had barely enough money to cover his keep, while I had never earned enough to save a penny. Nothing would have made my mother confess that she longed to have me at home with her in Norfolk, but I knew that she did, and I believed that if you are the child of a loving, reliable and generously undemanding woman you owe her this consolation in her last years. I think that for people to look after their children when they are young, and to be looked after by them when they are old, is the natural order of events – although stupid or perverse parents can dislocate it. My mother was not stupid or perverse.

I ought, of course, to have seen to it that in the past I was paid what was due to me for my skills so that I could have bought a house in which, eventually, I could have accommodated my mother, instead of continuing in a small flat which an extraordinarily generous cousin let me have for a peppercorn rent. Foreseeing my mother's old age, I did once raise the matter with André Deutsch (who was justified in taking more out of our firm than he allowed me because without him it would not have existed, but who allowed the discrepancy to become too great, being unable to resist taking advantage of my idiocy about money. No doubt if I had kicked and screamed I could have brought him to heel, but I was too lazy to face the hassle.). He thought, as usual, that the firm could not afford to increase my salary, but he consulted a money-wise friend who said that if I could find a suitable house, he could arrange for an insurance company to buy it, whereupon I could occupy it while I lived on advantageous terms which I have now forgotten. I found a charming little house with a surprisingly large garden and a ground floor which could become a flat for my mother, but the insurance company's surveyor declared it a bad risk because it was at the end of a row and had a bulge. It did not have even a hint of a bulge, nor has it now, a great many years later

(I look carefully whenever I pass it), but I was not unwilling to be discouraged. Given support in this sensible project I would have pursued it happily enough, but without support my underlying reluctance to change my congenial way of life won the day, and I failed to look for another house.

And that is where the guilt is. There was a real, financial reason why it would have been unwise to give up my job and my London life; but no doubt my mother and I could have managed if we had absolutely had to. The reason was not as compelling as my strong disinclination to do so.

I was being no more selfish than my mother had been when her mother, at the age of ninety-four, was approaching death. My mother wanted to visit my sister in Southern Rhodesia, as it then was. Ought she to postpone the visit, given Gran's condition? She asked herself the question, then reported that Aunt Joyce, who lived with Gran and was carrying the full weight of her illness, had agreed that the postponement might alarm Gran by betraying that she was expected to die. I knew this was rationalization: that my mother was terrified of being there for the death and was hoping it would happen in her absence, as it did. All her life she had been the spoilt youngest daughter, the wilful one who could get away with things, unlike her responsible elders. I felt ashamed for her – perhaps even shocked – but not able to blame her. I was not seeing much of her at the time and thought I was free of family dependency, but that uncanny genetic closeness which forces one to feel in one's nerves what one's nearest kin are feeling in theirs was at work. And I am still unable to make her selfishness then feel like an excuse for my own.

Finally, however, the discomfort of guilt became too much for me, so I decided on a compromise between my disinclination to uproot and what I couldn't help seeing as my duty. I decided to spend four days – the weekend and a shopping day – with my mother for every three days in London, shuttling by car in good weather and by rail when the roads threatened to be bad. She had people to keep an eye on her during the week: Eileen Barry, a home help kind and reliable far beyond the call of duty, every morning;

Sid Pooley, who chopped logs and did rough work in the garden every afternoon, while his wife Ruby mowed the lawns, picked and arranged flowers, and kept the bird-table supplied; and Myra, who cooked her supper, did her washing and ironing, and shopped for her (though rarely to my mother's satisfaction because, naturally enough, she bought things at shops she would visit anyway while catering for her family, and they were not to my mother's taste). At that time, in the country, such unprofessional but reliable help was not expensive – indeed, the home help was supplied free by the social services (this, I hear, has been discontinued).

Having announced my four-nights/three-nights plan I returned to London and collapsed into bed feeling horribly ill, with a temperature so low that I thought the thermometer must be broken; but once that involuntary protest was over I hit my stride, becoming quite good at suspending my life, which is what has to be done when living with an old person. You buy and cook the food that suits her, eat it at her set mealtimes, work in the garden according to her instructions, put your own work aside, don't listen to music because her hearing aid distorts it, and talk almost exclusively about her interests. She is no longer able to adapt to other people's needs and tastes, and you are there to enable her to indulge her own. Luckily gardening, my mother's great passion, is genuinely an interest of mine, and so is making things. All she could make by then, because of limited eyesight and rheumatic hands, was knitted garments, but her knitting was adventurous and I truly enjoyed discussing whether purple should be introduced, or a new pattern embarked on for the yoke. While my mother was well there was real pleasure in seeing her contented, and knowing she was more fully so because of my presence.

But she was not always well. Sometimes she went grey in the face and quietly slipped one of her 'heart pills' under her tongue; more often she had a less dangerous but more distressing attack of vertigo. She was clever at keeping her medicaments for this in strategic places, so that whether a 'dizzy' came on in the drawing room, the kitchen, her bedroom or the bathroom she could get herself without too much trouble into a chair with the necessary equipment. But gradually the length and intensity of the attacks increased, and the occasions on which I was thankful that I had been there to help her became more frequent. This did not lessen my anxiety at the prospect of such crises – indeed, it increased. If I woke during the night worry would start to nag, and I could rarely go to sleep again. I knew her usual movements very well: how she almost always shuffled along to the lavatory at about four in the morning (only the most acute emergency could make her use the commode I persuaded her to keep in her bedroom); how she began the slow process of washing and dressing at about six-thirty. If I didn't hear these sounds . . . was it because I had missed them, or was something wrong? I would have to get up and check. If I heard her cough, was it just an ordinary cough or was it the first retching of a vertigo? I had to listen tensely until its nature became clear. The anxiety seemed nearer to some kind of animal panic than anything rational. After all, I knew that I could help her through a vertigo, and even supposing it were a heart attack and she died of it, I knew that this sooner-rather-than-later inevitable event would be the timely conclusion of a long and good life, not a tragedy. But still, the way she was a little older, a little more helpless, a little more battered by that wretched vertigo with every week that passed – the fact that death was, so to speak, up in the attic of her house, waiting to come down and do something cruelly and fatally painful to her – frightened me.

I had been observing the four-night/three-night plan for about a year before I realized quite how much it frightened me. Of course it was tiring, even without the worry. I was working hard on my London days, so I never had time to be on my own and do my own things in my own home. I began to feel heavily weary. I drove to work every day, leaving my car in a garage about fifteen minutes walk away from the office – a pleasant walk, taking me through Russell Square, which I had always enjoyed. Now it began to seem exhausting; my feet seemed less manageable than they ought to be so I had to be careful not to stumble; I even began to dread it. And one weekend with my mother I felt so bad-tempered, so dreary, so near to irrational tears, that I decided I must see my doctor as soon as I got home. High blood pressure, he said: very much too high. This was both alarming and a relief: alarming because I had a secret dread of having a stroke, a relief because there was a real reason for feeling lousy, it was not just my imagination. The doctor said it was not surprising that I was suffering from stress and that I must take a proper holiday, and I added a scold to myself about my weight, which I hadn't bothered to check for months: it had gone up to twelve and a half stone! So my sister kindly came over from Zimbabwe for five weeks to be with my mother, and I stayed in my own dear bed for a week, then went for a week to a luxurious health clinic to start the process of weight-loss (successfully continued on my own). Once my blood pressure was back to normal and I was feeling well again – better than I had felt for years – I decided that I would not go on with the unbroken four/three plan, but would keep every third weekend to myself in London. This made sense, but it renewed guilt. In London I was able to shrug off anxiety and think about my own concerns (even enjoy them more than I used to because of having had to turn my back on them), but the night-time worries when I was staying with my mother were sharper than ever.

'I am not afraid of death.' My mother said this, and showed that she really was less afraid than many people by the calm way she discussed what would happen once she was gone. I believe the same is true of myself – but there are words which follow that statement so often that they have become a cliché: 'It's dying that I'm afraid of.' When dying is actually in sight, those words become shockingly true. My mother was not afraid of being dead, but when an attack of angina made her unable to breathe she was very frightened indeed. I was not afraid of her being dead, but I was terrified of the process of her dying.

I had seen only one dead person – and what a ridiculous state of affairs that was: that a woman in her seventies should have seen only one cadaver! Surely there has never been a taboo more senseless than our modern one on death. My only dead person was André Deutsch's ninety-two-year-old mother, who was found dead by her home help when André happened to be abroad. After the police had her body carried off to the coroner's mortuary they tracked down André's secretary and me and asked if one of us would identify the body. We decided to do it together.

On the way to the mortuary I recalled various reassuring descriptions of dead bodies: how they seemed empty and nothing to do with the person who had left them, and how beautiful faces become in the austere serenity of death. I wanted reassurance because I expected us to be in the same room as the body and to stand beside it while an attendant turned back a sheet covering its face, but that was not how it was done. We were taken into a narrow room with a large plate-glass window curtained with cheap sage-green damask. The curtain was drawn back and there was the body on the other side of the glass, lying in a box and covered up to the neck with a kind of bedspread of purple velour.

The words I spoke involuntarily were: 'Oh *poor* little Maria!' It did not look as though it had nothing to do with her, nor was it austerely serene. What was lying there was poor little Maria with her hair in a mess and her face grubby, looking as though she were in a state of great bewilderment and dejection because something too unkind for words had been done to her. It was a comfort to remember that she was dead, and therefore couldn't possibly be feeling how she looked. But it was not a comfort to be shown so clearly that my favourite image of floating out to sea at night was nonsense. What Maria's body demonstrated was that even a quick dying can be *very nasty*.

In other ways the coroner's domain was surprisingly bracing. We approached it through a walled yard where white vans with their rear windows painted out were coming and going. One of them was backed up close to a small unloading bay. It might have been delivering groceries, but was in fact delivering a body. The men who drove, loaded and unloaded the vans, several of whom were drinking tea in a room off the passage through which we entered, were middle-aged to elderly and looked tough and slightly ribald. They glanced at us sideways as we passed the door of their room, and in their eyes was the faintest hint – an almost imperceptible gleam – of mockery. *They knew.* They knew that however nasty death may be while it is happening, it is too ordinary an event to make a fuss about. Most of them, no doubt, went about their work soberly, but that hint of a gleam suggested that some of them might enjoy doing some flippancy to a corpse – using its navel as an ashtray, perhaps – imagining as they did it the horror of a squeamish observer. They would probably respect the grief of the bereaved, but squeamishness they would despise. Having shed it, they had moved into a category apart.

My own reaction to this place where dead bodies were all in the day's work had something prurient about it. If the men in the room off the entrance passage looked at me out of the corners of their eyes, so did I at them: I did not want to betray the extent of my curiosity, did not want to be caught at it. My awareness of the cadavers hidden in the white vans and in the accommodation specially designed for them on Maria's side of the plate-glass window, was sharp. Had I been a dog my ears would have been pricked and my hackles up. I think this odd excitement was connected at some level with the violent recoil from dead animals which seized me in childhood when I unexpectedly came on a decaying corpse hidden in long grass, or caught in a trap, or on one of those macabre gamekeeper's 'larders', the wires on which they strung up the corpses of 'vermin' they had trapped or shot. I often went a long way round to avoid passing one of those – in fact I think they are the reason why I have never much enjoyed walking through a wood. The two reactions seem like opposites, but could be the opposite sides of the same coin. Whatever the truth, I did call up that mortuary and those dead animals when trying to reason myself out of the night terrors in my mother's house: 'Calm down, this is not a matter of the mind saying "Alas, she will soon be dead and gone" – to that there is a whole set of other reactions of quite a different kind. This is simply a matter of flesh shuddering because flesh rots, and it is possible not only to acknowledge the ordinariness of that dissolution, but also to feel it.' Not long afterwards I wrote a poem – or perhaps more accurately a short statement – as a result of that visit to the mortuary, which had contributed a good deal to my attitude towards death.

I have learnt to recognize the plain white vans with painted-out back windows
and the black ones, equally discreet, standing at those back-street doors
which have a never-opened look (misleading).

The white vans carry dead junkies picked up in alleys, old women
found frozen when the neighbours began to wonder and called the cops,
the man who stayed late at his office to hang himself, the boy
stabbed in a sudden brawl outside a disco.

The black vans, early every morning, deliver coffins to mortuaries.

Men who handle corpses despise people who don't.
Why? How? What? Where? cry the hearts of the bereaved,
and the men who handle corpses lower their eyelids over
looks of secret but impatient ribaldry.
A few of them are necrophiliacs onto a good thing, but most
are normal men who have learnt from handling death
that it tells nothing because it has nothing to tell, there is nothing to it.

When I first recognized those vans I waited for my skin to crawl.
I am still surprised that they cheer me up.
'There goes death' I think when I see one. 'There it goes about its daily work,
and they think I don't see it. They think they are the only ones
with the nerve to know how ordinary it is.'

Recognition of a van: no more familiarity than that,
and already the look I give my unrecognizing friend
has in it, I suspect, a touch of secret but impatient ribaldry.

When the time came for my mother to die, she was almost unbelievably lucky – and therefore I was, too. On the day before her ninety-sixth birthday she walked on her two sticks down to the end of her garden, to oversee the planting of a new eucalyptus tree by Sid Pooley. Halfway through the planting he thought she looked not quite herself. 'Are you all right?' he asked, and she said she was feeling a bit unsteady and had better go back to the house. He helped her back, settled her in her chair, and called Eileen Barry, her home help, who came at once and recognized heart failure when she saw it. Eileen got her to the local cottage hospital and called me – by then it was 8.30 in the evening – saying it would probably be a good thing if I got there first thing next morning: no, she didn't think it was necessary for me to come straight away. I reached the hospital very early and found that my brother and my mother's favourite niece, both of whom lived fairly near, were already there. Soon after her death I again wrote a kind of poem describing it, which seems to me to belong here.

THE GIFT

It took my mother two days to die, the first of them cruel
as her body, ninety-five years old, crashed beyond repair.
I found her, 'an emergency' behind screens in a crowded ward,
jaw dropped, tongue lolling, eyes unseeing.
Unconscious? No. When about to vomit she gasped 'Basin!'
She was aware of what she was having to endure.

I put my hand on hers. Her head shifted, eyelids heaved up.
Her eyes focused.
Out of deep in that dying woman came a great flash
of recognition and of utmost joy.

My brother was there. Later he said,
'That was a very beautiful smile she gave you.'
It was the love I had never doubted flaming into visibility.
I *saw* what I had always believed in.

Next morning: quietness, sleep,
intervals of murmured talk.
'She is better!'
'She is feeling much better,' said the kind nurse,
'but she is still very very ill.'
I understood the warning and that what seemed miracle was
morphine.

What did I feel? Like Siamese twins, one wanting her never to
die,
the other dismayed at the thought of renewed life,
of having to go on dreading pain for her, go on foreseeing
her increasing helplessness and my guilt
at not giving up my life to be with her all the time.
What I felt was bad at being in two minds; but only for a
while, because
perched in my skull above this conflict there was a referee
saying, 'Neither of you can win so shut up
and get on with doing whatever comes next.'

Her collapsed body eased, she was disconcerting to be with
because so alive.
On the edge of ceasing to exist
there she was, herself, tired but perfectly ordinary,
telling me what to do with her dog and where to find her will.
When my cousin protested 'But you'll soon be back home' she
was cross.
'Don't be absurd,' she said, 'I could go any minute.'

Then, after a long sleep, she turned her head a little and said,
'Did I tell you that last week Jack drove me
to the nursery garden, to buy that eucalyptus?'
I too loved that garden and the drive through country
we had both known all our lives.
'You told me he was going to,' I said. 'Was it fun?'

She answered dreamily – her last words before sleeping again
out of which sleep she didn't wake:
'It was absolutely divine.'

6

NOW THAT I am only seven years younger than my mother when she died, to what extent am I either supported by what I have learnt about dying, or made apprehensive about it? I have received a good deal of reassurance of a slightly wobbly kind, and also a cause for worry.

The reassurance concerns the actual process of dying. There cannot be many families in which so many people have been lucky in this respect as mine has been. Even the least lucky were spared the worst horrors of it (which can, of course and alas, be very bad). My maternal grandmother had to endure several months of distressing bedridden feebleness owing to prolonged heart failure, but she had a daughter to help her through it at home and that daughter was able to report that the attack which finally killed her was a good deal less disagreeable than some of those that she survived. My father had to endure one week that was certainly horrible, though no one could be sure how aware he was of its horribleness: he had a cerebral haemorrhage which deprived him of speech and left him obviously extremely confused. Once settled in hospital he could respond normally when offered a basin to wash in or a meal to eat, and when you came into his room he looked pleased to see you and attempted to speak; but he could find no words and an expression of distress followed by hopelessness appeared on his face. I got the impression that he knew something was dreadfully wrong, was miserable about it, then thought, 'Oh well, it seems I can't do anything about it so I'd better stop trying.' The doctor saw no possibility of repair to the damage, but found him physically strong, which was alarming: my mother and I couldn't bring ourselves to speak about the possibility of his living for a long time in this condition. But a second haemorrhage struck, killing him instantly, and whatever he was aware of suffering during the intervening days, there were only six of them.

About the deaths of my paternal grandparents, my father's siblings and my mother's father I know little, but nothing was ever said to suggest that they were particularly harrowing, while on my mother's side one sister had a stroke when she was eighty-three from which she died almost at once without recovering consciousness; another aged ninety-four was distressed for less than an hour, then died in a daughter's arms just after saying that she was now feeling much better; another went quietly after becoming increasingly weak and dozy for about three weeks; and their brother, a lucky man whose luck held to the very end, was on his horse at a meet of the Norwich Stag-hounds at the age of eighty-two, talking with friends, when flop! and he fell off his horse stone dead in the middle of a laugh. The eldest of my cousins had similar luck, falling down dead as she was making a cup of tea.

My brother, who died last year, was less lucky, but not because he was painfully ill for a long time, or afraid of death. His trouble was that he resented it because he loved his life so passionately. He was eighty-five. He knew death was coming because, having stubbornly refused to pay attention to various ailments of old age which were obvious to his anxious wife and other people, he was finally forced to recognize that his appetite had gone and that he was feeling dreadfully cold. But he still longed to be out messing about with his boats – he lived on the Norfolk coast in a place he adored and to have to leave that place and its occupations seemed to him the worst possible fate.

One afternoon not long before he died he took me out for a sail. His house is just inland from Blakeney Point, a long spit of sand dunes that runs parallel to the shore, partially enclosing a stretch of water which at low tide becomes a river snaking its way out to sea through exposed mud, but at high tide is a wide, sheltered expanse busy with small sailing boats and easily navigated by larger ones provided they are careful to observe the markers showing where the deeper channels run. On that day there was hardly a breath of wind. Sky and water were mother-of-pearl and the breasts of doves, a blend of soft blues and pinks so delicate that I had never seen its like. A small group of sailing dinghies was lying becalmed, hoping to be able to start a race (we, who were motoring, gave one of them which had no outboard engine a tow to join the group). None of the people lounging at the tiller of these little boats looked impatient or bored, because no one could mind being becalmed in the middle of so much loveliness. When we were some way past them, near the end of the Point, almost in the open sea, a tiny popple began under our hull and and a cat's paw of breeze – a kitten's paw, more like it – just ruffled the water's surface enough for sunlight to start twinkling off the edges of each ripple; I was once told that fishermen at Aldeburgh used to call that effect of light 'tinkling cymbals'. I shall always think of it as that, and no tinkling cymbals I ever saw were better than those we moved through when Andrew was at last able to hoist canvas and very, very gently we started to sail. We didn't talk much. Although we didn't often see each other and differed widely in many of our opinions, he and I had never lost touch with the closeness we had enjoyed in early childhood and there was much that we could understand about each other without words. That afternoon was brimming with a loveliness peculiar to that particular place; he knew that I was appreciating it, and I knew without any doubt how profoundly he was penetrated by it. He was a man who, with the help of the right wife, had finally found himself the place and the life that fulfilled him, and lived it with a completeness and intensity more often seen in an artist than in someone who should have been a farmer, had to become an army officer, and ended by teaching people sailing, and growing oysters, on the edge of the North Sea. What filled him as death approached was not fear of whatever physical battering he would have to endure (in fact there was not, at the end, any of that), but grief at having to say goodbye to what he could never have enough of.

Such a grief, it seems to me, is proof of a good, or at least an agreeable, life, and ought therefore to be something for which one is grateful – provided, of course, that one has not been cut off untimely, and I know that my brother agreed with me that once past eighty one has no right to complain about dying, because he said so. I guess that if I am given the time for it, I too shall feel at least a little of it, and hope to remember that it is simply what one has to pay for what one has enjoyed.

So: I have inherited a good chance of going fairly easily, and I have found it easy to think myself into a reasonable attitude towards death. It is not surprising, therefore, that I spend no time worrying about it. When I worry, it is about living with the body's failures, because experience has shown me that when that ordeal is less hard than it might have been, it is usually because of the presence of a daughter. And I have no daughter. Barry, the person closest to me – we became lovers sixty-three years ago and started sharing this flat eight years later – has beaten me to physical collapse, so that I have to look after him. And I haven't got the money to pay for care of any kind. If I don't have the luck to fall down dead while still able-bodied, as my uncle and my cousin did (and that luck certainly can only be hoped for, not counted on), it is going to be the geriatric ward for me.

Fortunately, if a prospect is bleak enough the mind jibs at dwelling on it. It's not a matter of *choosing* not to think about it, more of *not being able* to do so. Whatever happens, I will get through it somehow, so why fuss? Now that I have attempted to assess my own attitude, that seems to be it. Those last miserable weeks or months (may it not be years!) when you are unable to look after yourself are so disagreeable anyway that it hardly matters how they are spent. My oldest friend died this year, my age, daughterless like me but with enough money first for carers visiting her home, then for a nursing home reckoned to be an exceptionally good one, which given what it cost it damn well should have been. From time to time, in emergencies, she also had to spend a week or so in hospital, in wards full of other ancient people, and she didn't seem to be any unhappier there than she was in the expensive 'home'. The one real drawback to a ward, I felt, was that the nursing was better there so they were more likely to haul you back from the brink to suffer further misery than they were at the 'home'. She, on the other hand, was always glad when hauled back. Perhaps when one comes to it one always is? By the time I've learnt whether that is true for me I shall be past handing on the news.

That is all I have to say about the event of death and what I feel about it in advance, so now I shall move on – or perhaps 'over' is more exact – to the experience of living during one's last years.

7

WHAT HAPPENS TODAY is, of course, closely interwoven with what happened yesterday, being simply a continuation of the same process: only those old people afflicted with senile dementia move on to another plane. For the rest of us, as we have sown, so do we reap. And one of the best parts of my harvest comes from a lucky piece of sowing a long time ago.

Soon after the event described on page 568, when I first had to accept the fact that I was on the wane sexually, Barry Reckord, my lover-turned-just-friend, decided to take a play of his, *White Witch*, to Jamaica. All but one of the people in the play are Jamaicans, so those parts could be cast when he got there, but the 'witch' herself is English, so her interpreter had to be found here and taken with him. He couldn't afford an established actor, so it had to be someone young and inexperienced who was going to be offered the thrill of this big and juicy part, and who would probably be excited enough by it to take off happily for several months in the Caribbean on very little money.

Almost the first he auditioned was a farmer's daughter from Somerset, Sally Cary, who read the part well and was pretty enough for it, although to my mind her looks ought to have been a touch more extreme and eccentric. Barry liked them, however, and judged (rightly) that she would be capable of expressing the part's character once on stage. So off they went, and the production was successful. I was not surprised when it became apparent from Barry's letters that he and Sally had slipped into an affair.

When they got back to England I was, however, slightly surprised to see how serious it was – certainly very far from being a passing flutter. But that was explained almost at once. Barry and I are similar in our responses to intelligence, honesty and generosity, so when it turned out that Sally was one of the nicest young women – one of the nicest people – I had ever met, I had no trouble understanding why he loved her. Certainly if I had still been in a physical relationship with him it would have pained me to see them together, but because by then I had fully acknowledged within myself that sex between us was gone for good, it didn't worry me. It was a great piece of luck that this important shift in our relationship had happened before Sally came into our lives.

She found herself a bedsitter not far from us, and returned to the nerve-racking routine of auditions, getting work so rarely that paying for her room was not easy. Her parents, though both from farming families as well as being farmers themselves, had apparently begun to resent the rigours of their life enough to want to rescue their three daughters from it. The two elder girls had married Americans, and Sally, with her good contralto voice and gift for acting, had been firmly pointed towards a career on the stage. She said that her father positively discouraged her from taking an interest in the farm, and she really seemed to know little about it: I used to tease her for not knowing the difference between wheat and barley. From school she went on to an acting school, and she was still taking singing lessons.

Quite soon it occurred to me that, since she was spending almost every night in Barry's bed, keeping on her bedsitter was a waste of money, so I suggested that she should move in with us. It seemed to me that I would enjoy having her with us, and so I did. I know people thought our *ménage à trois* odd, though whether I acquired undeserved merit for generosity, or disapproval for loose morals, I could never tell because no one was ever impolite enough to comment. I suspect there was more of the former than the latter, given that no one could live through the 1960s without at least hearing possessiveness condemned, even if they didn't condemn it themselves. It is true that many people are so neurotically possessive that they can't bear seeing someone enjoying something even if they don't want it for themselves, but I was not, and still am not, possessive like that, not because I had trained myself out of it but simply because I wasn't made that way – luck, not virtue, for which I am grateful, having often witnessed the miseries of jealousy. When Sally joined us what I felt was that now I had a lovely new friend in the house, as well as a darling old one, and the next two years or so were some of the happiest I can remember.

That stage came to an end when Sally's father's health deteriorated. She had already given up singing lessons (her teacher had said she ought to write I WANT TO BE THE BEST CONTRALTO IN THE WORLD and stick it up above her mirror, and she had thought, 'How bloody silly! I don't in the least want to be the best contralto in the world'); and although she enjoyed acting she was not obsessed by it and detested the often humiliating ordeal of auditions. She therefore came to the conclusion that she ought to go home and help her father, to which end she signed up for a course on farm management at Cirencester. I think I missed her almost as much as Barry did, but by that time friendship had consolidated into a sense of belonging together like family, so that there was no question of 'losing' her, not even when at Cirencester she met Henry Bagenal and they decided to get married. Henry, being a warm-hearted and wise young man very much liked by both Barry and me, simply joined the family, so to speak. On Mr Cary's death the two of them took over the farm, and when Jessamy and Beauchamp were born it was almost as though Barry had acquired two grandchildren, and me too to a slightly lesser degree.

So now, in my old age, although I have not in fact got a daughter and grandchildren, I *have* got people who are near to filling those roles. One of the most impressive things about Sally has been that although she didn't seem to be unusually drawn to children before she married, once she had them she opened out into motherhood with astonishing completeness, yet without losing herself. She was, for instance, determined to breastfeed her babies and to go on doing so until they chose to give it up. Jessamy, her first child, continued to return to the breast when she needed to be comforted well into her third year, by which time she could understand and agree that it must be passed on to her little brother because he couldn't do without it while she could. All the usual arguments had been brought to bear on Sally – it was unnecessary, it was indecent, it would tie her down, it would wear her out, and above all it would make the child neurotically dependent on her – and she had disregarded them. What in fact happened was that conveniently portable Jess was absorbed into adult life instead of imprisoning her mother in the nursery, then developed into a child so secure that her self-confidence and independence were remarkable, and has now become a young adult who leaves us all gaping with admiration and envy as she sails triumphantly into her career as a doctor, living – to our great good luck – in a flat five minutes' walk from us. And her brother Beachy, in his very different way, is equally beautiful and successful, while their mother, who has never for a moment failed either of them and is as much loved as she is loving, simultaneously built herself a full-time career in the organic food movement. Her two children are far from being the only remarkably attractive young people of my close acquaintance – I have nephews, nieces, great-nephews and great-nieces, all of whom make nonsense of gloomy forebodings about modern youth – but they are the two I see most often, so it is they who seem to symbolize my good fortune in this respect.

What is so good about it is not just the affection young people inspire and how interesting their lives are to watch. They also, just by being there, provide a useful counteraction to a disagreeable element in an old person's life. We tend to become convinced that everything is getting worse simply because within our own boundaries things *are* doing so. We are becoming less able to do things we would like to do, can hear less, see less, eat less, hurt more, our friends die, we know that we ourselves will soon be dead . . . It's not surprising, perhaps, that we easily slide into a general pessimism about life, but it is very boring and it makes dreary last years even drearier. Whereas if, flitting in and out of our awareness, there are people who are *beginning,* to whom the years ahead are long and full of who knows what, it is a reminder – indeed it enables us actually to feel again – that we are not just dots at the end of thin black lines projecting into nothingness, but are parts of the broad, many-coloured river teeming with beginnings, ripenings, decayings, new beginnings – are still parts of it, and our dying will be part of it just as these children's being young is, so while we still have the equipment to see this, let us not waste our time grizzling.

And if we are lucky enough, as I am, to be from time to time in quite close contact with young people, they can sometimes make it easier to hang on to this notion when they function, as every person does vis-à-vis every other person they come up against, as a mirror.

Always we are being reflected in the eyes of others. Are we silly or sensible, stupid or clever, bad or good, unattractive or sexy . . . ? We never stop being at least slightly aware of, if not actively searching for, answers to such questions, and are either deflated or elated, in extreme cases ruined or saved, by what we get. So if when you are old a beloved child happens to look at you as if he or she thinks (even if mistakenly!) that you are wise and kind: what a blessing! It's not that such a fleeting glimpse of yourself can convert you into wiseness and kindness in any enduring way; more like a good session of reflexology which, although it can cure nothing, does make you feel like a better person while it's going on and for an hour or two afterwards, and even that is well worth having.

The more frequent such shots of self-esteem are, the more valuable they become, so there is a risk – remote, but possible – of their becoming addictive. An old person who doesn't enjoy having young people in her life must be a curmudgeon, but it is extremely important that she should remember that risk and watch her step. Or he, his. Not long ago I sat at dinner next to a lively man in his late sixties or early seventies who announced blithely that he got on very well with young people, he didn't know why but they seemed to feel as though he were the same age as they were. And as he spoke his intelligent face slid into a fatuous smile. Oh, you poor dear! is what I felt. Then – it was unkind of me, and almost certainly useless – I told a little story from my own experience.

When I was eighteen or nineteen we were all surprised to learn that a man who lived near us had got married. It had been assumed that he was a confirmed bachelor because he had reached the age of (I think) forty-nine as an apparently contented single man, a condition attributed to his dimness, not to any suspicion of his being gay. People were pleased for him when they learnt that he had found a wife, a suitable woman in her mid-forties, but there was a touch of amusement in the way they discussed it. There had been enough talk about it for me to be interested when I went to a dance and saw them there, just back from their honeymoon. I watched them take to the floor together, two small, sandy-haired, plain but cheerful-looking *old people* – no, more than cheerful-looking, rapturously happy. They were glowing. They were gazing into each other's eyes. They had shut their eyes and were dancing cheek pressed to cheek. *And it was disgusting*. 'I suppose,' I thought, 'that old people must still make love [in those days it didn't occur to us to say fuck], but they ought to have the decency not to show it.' And I was a kind, well brought-up girl who would not have dreamt of betraying that response if I had been face to face with them.

It does seem to me that the young nowadays are often more sophisticated than I used to be, and that many of them – certainly my own darlings – relate to their elders more easily than we did; but I am convinced that one should never, never *expect* them to want one's company, or make the kind of claims on them that one makes on a friend of one's own age. Enjoy whatever they are generous enough to offer, and leave it at that.

8

AS WELL AS relationships there are, of course, activities, which are almost as important. There was a time, about twenty years ago, when if you lived in London it was possible to take, almost for free, evening classes in a vast number of subjects. For years I had felt snobbishly that such activities were not for me, but when I became too fat to find ready-made clothes I liked in any shop I could afford, it occurred to me that I might learn dressmaking, so I made enquiries and my eyes were opened. I was awestruck, when I went to the local primary school in order to enrol in a dress-making class, to discover how many subjects were offered: painting, several kinds of dancing, plumbing, languages including Chinese, Russian and Latin, motor mechanics, antique collecting – you named it and you could learn it. So soon a group of us were crouched like gnomes at tiny desks in the infants' library every Wednesday evening, stitching merrily away. We were probably uncommonly lucky in having dear Biddy Maxwell for our tutor, who not only taught us very well, but also became the central figure in a cluster of friendships that endures to this day, but it seemed obvious that we were not the only class having a good time.

About six years later this abundance of almost-free classes began to shrivel. It had started to be under threat a bit earlier: if fewer than ten people turned up at any class it was closed down, so from time to time we had to hijack an obliging husband, give him a scrap of material and tell him to look as though he were making himself a tie. But finally the whole of that particular system ended; though there still, of course, continued to be institutions running evening classes for those willing to pay, and as far as I was concerned classes for adults had become a welcome part of life.

It was my mother who first caused me to associate the idea of them with painting, because in her mid-seventies she had taken up Painting for Pleasure classes. Some of her fellow students were content with making careful copies of postcards, but some, among whom she was one of the bravest, were more adventurous. She produced many bold still lives and one quite startling self-portrait, and she enjoyed it very much, so when I reached my mid-seventies, and after dressmaking had been closed down, it seemed natural to follow her example. I had always loved painting lessons at school, had once enjoyed a short fling as a Sunday painter before realizing that my job simply didn't allow me time for it, and was still aware that if I wanted to draw something I was able to make some kind of stab at it. I was still at work when I joined my first life class (I didn't retire until I was seventy-five), and soon realized that the necessary concentration called for more energy than, in those circumstances, I could command. But after I had retired I found an agreeable and well-equipped life class just round the corner from where I live, and that I continued for some time.

I think I was almost the only student in that class whose aim was to reproduce the appearance of the model. What most of the others seemed to aim for was marks on paper that gave what they hoped was the effect of modern art. To them my attempts must have seemed boring and fogeyish; to me theirs appeared an absurd waste of time, and I still think I was right. This may be because I am old, but being old doesn't necessarily make one wrong. I am pretty sure that it is not only the old who are unable to regard as art anything that does not involve the mastery of a skill.

Given a lot of money I would collect art, both drawings and paintings. There are many ways in which a painting can be exciting, but a drawing that thrills me is always one that has caught a moment of life. Drawings are what artists, great or small, do when they are working their way towards understanding something, or catching something they want to preserve: they communicate with such immediacy that they can abolish time. I possess a drawing by a Victorian artist of his wife teaching their little girl to read by candlelight; in a book about Pisanello, who lived in the fourteen-hundreds, I have four quick sketches he made of men who had been hung. Each, in its different way, makes one catch one's breath: one might be there, looking through the eyes of the men who did those drawings. (Perhaps oddly, drawings presented as works of art are less likely to have this hallucinatory effect than private notes or studies.)

Many people will never have hands and eyes that can collaborate in a way that allows them to draw. A few specially gifted people have them from the start. In some of us they don't work effectively to begin with, but might possibly be trained by practice – and surely the purpose of a life class is to do just that? It is to teach you how to look, and then how to make your hand reproduce what you are looking at, eventually with such confidence that the lines it draws are in themselves pleasing (or perhaps exhilarating, or scary, or whatever) as well as explanatory of the object drawn. Once that degree of skill has been achieved, off you can go and take as many liberties with appearances as you like; what you produce will never be inert.

It was only when I tried to draw a naked body that I began to see how difficult it is, and how important. When you have a naked person in front of you, calmly exposed to your concentrated study, you see how accurate the term 'life class' is. What you are looking at is precisely life, that inexplicable and astounding cause of our being, to which everything possible in the way of attention and respect is due. That is why most people find it more interesting to draw other people, or animals, or plants and trees, rather than man-made objects such as architecture or machinery. (There are, of course, fine draughtsmen who specialize in those – and no doubt it's a foolish quirk of mine that makes me suspect they will be bores.)

Since I first tried to draw a nude figure it has seemed to me that what determines the quality of a drawing is the attention and respect, rather than the ingenuity, that an artist has devoted to what he is looking at. One should become as skilful as possible in order to probe the true nature of the object one is studying.

An object, of course, is needed for such probing, or sometimes a subject embodied in objects – think of Goya's *Disasters of War* or his bullfighting sequence. To make a flat surface interesting to look at simply for its own sake – turn it into an artefact that will hold the attention, move and/or give pleasure to others as well as yourself, does naturally require gifts – you must understand colour and be inventive about pattern, which are not common abilities. But quite often what it chiefly seems to need is taking yourself very seriously. Only a person with a gigantic sense of self-importance could, for example, produce a large number of canvases painted in a single flat colour, or even in two or three flat colours, without being bored to death. That is the kind of non-representational art that strikes me as absurd. Other kinds can be very pleasing in the same kind of way as a good piece of interior decoration, but to me they do not grip, as works that probe, question, celebrate or attack a subject can grip.

Much as I enjoyed that second life class, I gave it up when I saw that only if I worked at it every day could I hope to draw better, and that even then, being a word person rather than an image person, I would never amount to more than an illustrator. I fear that it was a kind of vanity that caused me to lose interest once I was convinced that my best could never be better than second rate. I do still sometimes amuse myself by trying to draw, and wish I had the energy to do so more often because it remains an absorbing occupation. And however far from being an artist my feeble attempts have left me, I am grateful to those classes for one positive result: I am now much better at seeing things than I used to be. That is something often said by people who have tried to draw, and it is a good reason for making the attempt, even in old age, because it adds such a generous pinch of pleasure to one's days.

9

NO LESS INTENSELY than drawing, but much more consistently, gardening has been an activity which has given me, and still gives me, great pleasure. In my early youth it was something done for you by employees: a head gardener with two men under him in my maternal grandparents' household, and one man in ours – a full-time man to start with, becoming increasingly part-time as money dwindled. But even my grandmother, who certainly did no digging with her own hands, knew exactly what was happening in her garden and how and why it should be done. Certain things she always did herself: cut back the lavender, for instance, and spread it to dry on sheets so that the flowers could be rubbed off for lavender bags, which were kept with her linen; and spray her roses against greenfly with a big brass syringe which lived in the flower room (a little room with a sink where she arranged flowers for the house, and where the dogs slept). Her spray was nothing more lethal than a bucketful of soft soap dissolved in warm water, and the roses were always pristine. As children we loved the roses, watched eagerly for the first snowdrops, stroked the velvet of pansy petals, had our other favourite flowers, but the garden was not simply a place to be looked at. We *inhabited* it: climbed its trees, hid in its bushes, fished tadpoles and newts from its stream, stole its peaches and grapes (which was a sin and therefore more exciting that eating its plums and apples from the branch, which was allowed). And we were given regular tasks such as picking the sweet-peas for Gran and the strawberries and raspberries which were to come to the table that day. Towards the end of each season such tasks became a bit of a chore, but they were never disagreeable, and because they always involved delicious tastes and smells and pleasant leafy sensations, a garden was naturally accepted as a source of sensuous pleasure as well as a place full of beauty.

That was also true for my mother and her sisters before me (it was a family in which the women were more concerned with gardening than the men). All four of them became enthusiastic and knowledgeable gardeners, and they did more gardening work than their mother had done because none of them married a man as rich as their father. As I grew up, however, I moved away from my childhood and their continuing involvement. I went away, first to Oxford, then to London, and although on my visits home I appreciated the several gardens my mother made over the years, I looked at them rather than inhabited them, and I never worked in them. I never so much as pulled a weed or sowed a seed, and I became ignorant. Once, when I was staying with a friend who had just moved into a new house, she showed me a clump of leaves in a neglected flower bed which she wanted to restore, and asked what I thought they were. 'Pansies, I think,' said I; so we separated the clump and planted bits of it all along the front of the bed. And what those pansies turned out to be was Michaelmas daisies.

The London house, the top flat of which I moved into early in the 1960s and where I am still lucky enough to live, has a small front garden and a back one slightly larger than a tennis court. When my cousin Barbara bought the house the back garden consisted of a lawn with a fairly wide border the length of one side of it, an ivy-swamped raised border across the end, and a scramble of weeds that had once been a border next to the steps leading up to the lawn. The long border was full of still floriferous but very old and gnarled roses, which my cousin kept weeded and from time to time was nudged by her mother into pruning, but otherwise, apart from keeping the grass cut, she let the garden look after itself, which meant that the laurel bush and the fiercely thorny pyracanthus which grew against the wall opposite the rose bed grew almost to house height and plunged most of the space in shade. The lawn served a useful purpose, however, as a playground for her young children and a home for their guinea pigs, and that was what she minded about.

Twenty-six years ago her job took her to Washington, where she was to live for six or seven years, and it was agreed that I should find tenants for the bottom part of the house while the middle flat should be the preserve of her son, who was then at Oxford. Just before she left she asked me if I could 'sort of keep an eye' on the garden so that 'nature didn't quite take over'. And the next morning, leaning out of my bedroom window and surveying what had now become my territory, I suddenly and absolutely unexpectedly became my mother. 'There's only one thing for it,' I heard myself saying. 'I must take the whole thing out and start from scratch.' And that is what I did. I paid someone to do the heavy digging and cutting back, and for new brickwork in the front garden, but all the planting I did myself, and as soon as the first plant I put in with my own hands actually *grew and flowered*, I was hooked.

For a long time I spent most of my evenings and weekends working in that garden, which became quite adventurous and colourful, but gradually digging and mowing became too much for me, and about five years ago I reshaped it into something more sober which could be controlled by a gardening firm coming in once a fortnight – dull, but soothing to sit in on a summer evening – and lost interest in it, although I am still proud of the huge white rambling rose that submerges the crab-apple tree, the magnolia and the three other roses. But by then I had half an acre of garden in Norfolk to think about, *real* garden, rich in possibilities, belonging to the little house my cousin inherited from her mother in which she has generously granted me a share. She loves to sit in it, but is happy to let me run it, and building on my aunt's original creation is a continuing joy.

For some time now most of the work has to be done by other hands, so my cousin employs a young man who mows the lawn and keeps the hedges trimmed, while I have employed a sequence of three serious gardeners, all women, all much more knowledgeable than I am, and each in her different way a wonder-worker. I can afford help only one day a week, but what they have achieved! The first two did a tremendous amount of structural work, and my present treasure is a sophisticated plantswoman with whom I have a delightful time choosing what to plant where: to me the part of gardening that is the most fulfilling. And still, each time I'm there, I manage to do at least a little bit of work myself: tie something back, trim something off, clear some corner of weeds, plant three or four small plants, and however my bones may ache when I've done it, I am always deeply refreshed by it. Getting one's hands into the earth, spreading roots, making a plant comfortable – it is a totally absorbing occupation, like painting or writing, so that you become what you are doing and are given a wonderful release from consciousness of self. And so, for that matter, is simply sitting in your garden, taking it in. The following is from a short-lived diary I kept at a time when Barry was ill. I had not been able to get to Norfolk for two months, but now his brother had come to stay so I could snatch a weekend.

> 'Back here at last, and in exquisite spring weather, the narcissi full out with later ones still to come, the Japanese cherry by the gate a mass of pale lacy pinkness, the primroses exuberant, the magnolia opening, everything coming alive – intoxicating. However good this garden can be in summer, it's never better than now, thanks to nothing done by me but to the clever way Aunt Doro planted her bulbs in drifts years ago now expanded by their naturalization. This afternoon I sat for a long time by the pond, in the thick of them, trying to tell myself "Beauty is in the eye of the beholder, these starry green and gold creatures are just vegetable organisms shaped and coloured according to natural laws for reasons of survival. They don't exist for the sake of beauty any more than a nettle does" . . . but it was impossible to believe it. It might be true, but so what! I choose it to be untrue because the daffodils don't allow me to do otherwise.'

And still I can see those flowers in my mind's eye, serene beings, quietly living their own mysterious lives, and know that in a few months' time they will be back and with any luck I will be there again to see them . . . Yes, I am much the richer since Barbara asked me to keep an eye on her garden.

10

'WHEN I AM eighty-two I must start thinking about giving up the car.' That resolution, made in my early seventies, was the result of a visit made to my mother by her local policeman (we still had them then) when I happened to be staying with her. I opened the door to him, and he almost embraced me, so glad was he to find an intermediary for his embarrassing message. Could I please try to persuade my mother that the time had come for her to stop driving? No one had liked to say anything to her face, but three people in the village had told him that they had witnessed, or almost been the victim of, her driving, which had recently become . . . well, he didn't want to offend, but it *had* become a little bit erratic. I passed the message on, she dismissed it huffily as nonsense, and about six weeks later, much to my relief, announced, 'Oh, by the way – I have decided to get rid of the car.'

I now understand her reluctance only too well. While pottering about in the car hardly qualifies as an 'activity', it is – for those whose physical mobility is limited – a part of life and a source of pleasure. At a time when strictly speaking I ought to have followed her example by overcoming reluctance, I didn't do so. It was during my seventies when I should have stopped driving, because cataracts in both eyes developed to the point at which I could no longer read the number plate of a car three car-lengths ahead – indeed could hardly read one on a car immediately in front of me. But the licensing authority errs (quite rightly!) on the side of caution, because being unable to distinguish details within an object doesn't mean you can't see the object itself, and since I never suffered any uncertainty as to where or what any object, large or small, near or far, might be, I felt no serious guilt at continuing to drive up to the time of my operations.

André Deutsch, who believed firmly that the more something costs the better it must be, took it on himself to try to organize these operations and bullied me into seeing 'my wonderful man in Harley Street'. I saw him, and when he passed me on to his secretary so that I could make the appointment for the operation, thought to ask her how much it was going to cost. It would be done at the London Clinic, she said, where I would have to stay for two nights, 'so we will be looking at something like £3000'. So what in fact I looked at was the splendid if rather Dickensian-seeming Moorfields Eye Hospital, where the operations were done for free with exquisite precision, the first of them at about lunchtime so that I was home in time for supper, the second early in the morning so I was home in time for lunch. And the whole thing seemed like a glorious miracle because they assumed that I knew the nature of the modern operation, so didn't tell me in advance that they would not be simply removing the cataracts, but would also be giving me new eyes by inserting tiny permanent lenses designed to correct such faults as there had been in my sight before the cataracts began. I had been short-sighted all my life, and suddenly I could see like a hawk and no longer needed glasses, except for the readers that the 'long sight' of old age necessitates. Since then I have heard two or three sad stories of cataract operations which went wrong, but I remember my own with heartfelt gratitude.

When I turned eighty-two I remembered the resolution I had made and I did start thinking about whether or not I should give up my car, but all I could see was that while walking more than a quarter of a mile had become impossible, my driving showed no sign of being any different from what it always had been. Therefore I decided, 'No, not quite yet.' By now, six years on, I probably ought to think again. My legs have almost given out and I am hard put to it to walk a hundred yards. It started with painful feet –

painful for the simple but incurable reason that the flesh padding their soles gradually becomes thinner and thinner until at last your poor old bones are grinding into the ground with every step. This leads to incorrect walking so that soon your knees are affected, and then your hips, until there comes a time when it dawns on you that your legs as a whole have become so useless that if you tried to depend on them for more than a few steps without some sort of prop such as sticks, or god help you a Zimmer, you would simply *fall down*. And at that point your car begins to represent life. You hobble towards it, you ease your unwieldy body laboriously into the driver's seat – and lo! you are back to normal. Off you whizz just like everyone else, restored to freedom, restored (almost) to youth. I always liked my car. Now I love it. But of course this increased love and dependence coincides with the deterioration of other things besides your legs, so the postponed 'thinking about it' *does* need to be done. At the time of writing this, which is precisely a month before my eighty-ninth birthday, I have to admit that my car does carry three scars acquired within the last year, after never having any to show apart from those inflicted on it by others because it lives on the street.

Scar one: a very slight dent on its backside made when I was parking in a space next to a skip and failed to allow for the fact that the top rim of the skip stuck out. Scar two: not really a scar at all because easily straightened out by hand, but my passenger-side mirror did hit something hard enough to be almost flattened against the car's side when, in a narrow street full of oncoming traffic, I failed to judge correctly how much room I had on that side. Scar three, and this one is bad: a scrape, slightly dented, far back on the driver's side, of which I am much ashamed. At the end of a long, traffic-choked drive, when it had become dark, I forgot that the gate into Hyde Park just past the Hyde Park Hotel in the direction of Hyde Park Corner has long been permanently closed, and turned into its entrance, thus trapping myself in a little stub of roadway ending at a shut gate, with cars parked on both its sides and a row of bollards down its middle. The space between the bollards was not wide and was ill-lit, so a U-turn was not going to be easy, but the unbroken stream of headlights roaring past behind me made the prospect of reversing out into it unthinkable, so the U-turn it would have to be. I had nearly completed it when I felt the pressure of a bollard against the car's side. And what did I do? Instead of stopping at once, reversing and starting again at a wider angle, I thought 'If I go on it will make a nasty scrape – oh, what the hell, who cares!' and on I went. Which was wholly the result of being an overtired *old person* flustered by her own silliness in landing herself in an awkward situation.

But oddly enough I was not responsible for the worst accident I ever had – so bad that I still marvel at being alive – which happened earlier in this same year. The M11, where it bypasses Newmarket, has three lanes, and as with most three-lane motorways, the slow lane is so full of heavy vehicles travelling on the slow side of 70 m.p.h. that few cars use it, so in the other two lanes there is nothing to check the traffic from moving rather faster than it ought to, nearer to 80 m.p.h. than 70. I, on my familiar journey between London and Norfolk, was cheerfully buzzing along in the middle lane, not trying to overtake anything but simply going faster in the faster stream, and thus passing the heavy vehicles on my left. Just as my nose came level with the tail-end of one of them (not, thank god, one of the monsters), without having indicated its intention, it started to swing into the middle lane. Either I had to hit it, or I had to swerve into the fast lane. I can't say I made a decision, I didn't have time, I simply followed instinct and swerved. Whereupon crash! A car coming on fast in the fast lane hit me. For what seemed minutes but must have been only seconds I was sandwiched between the two vehicles, ricochetting from one to the other, then I suppose the lorry braked and the other vehicle pulled ahead. I had a flash of 'That's better!' then blank horror: my car had gone out of control and what I did with my steering wheel had become utterly irrelevant, I was spinning across the width of the motorway, zig, zag, whoosh, a complete pirouette, the shoulder coming towards me, grass, thank god it's grass, and there I was on it, facing the wrong way, and the traffic roared on. Not a single other vehicle had been touched.

The lorry didn't stop. The car that hit me did, and its driver's husband walked back – they had to go on some distance before being able to cross the traffic and park – to exchange addresses and insurance companies, and he was concerned and kind. By the time he reached me my greatest piece of luck (after surviving and not having caused a god-awful pile-up) had brought me an ambulance driver and his mate, who had been coming on behind and had seen the whole thing. They not only stopped, but called the police for me and then stayed with me until they came, a long half-hour. 'Someone up there is watching out for you,' said the driver in an awestruck voice. He also said I'd handled it well, but really all I'd done was hung on grimly and refrained from braking. It was a baking hot day, the roar and stink of the traffic was hideous, and I can't think how, in my state of shock, I would have got through that half-hour on that narrow shoulder without the presence of those two kind men. I am still miserable at the fact that because I was in shock it never occurred to me to ask for their names and addresses.

After the first policeman arrived I slowly became able to see in a distant kind of way that it was becoming funny. He took a statement from the ambulance driver, which spared me from having to attempt a description, then said that he must get the traffic stopped so that my car could be turned round. (Because there had been no head-on impact its chassis was undamaged and it was still movable, though it was badly bashed on both sides and its near front wheel was askew. It was to emerge from being repaired as good as new.) He then tried to use his radio, and it didn't work. Never mind, he said, here comes a colleague, and another police car drew up – and his radio didn't work either, greatly embarrassing both of them. But when a third policeman arrived, this one on a motorbike, and his proved just as useless, it dawned on all of us that we must be in a blank spot where there was no reception. From then on, at every stage of the drama – stopping the traffic, starting it up again, summoning the AA (in vain – they deal only with breakdowns, not accidents), finding a firm in Newmarket to tow in and repair the car – the unfortunate bike man had over and over again to speed to the nearest roundabout ahead, turn to speed to the nearest roundabout astern, then turn to speed back to us, all in order to make radio calls, because it seemed that they all relied on their radio equipment so trustingly that they carried no mobiles. I was there on that shoulder for over an hour and a half before a breakdown van arrived to convey me to the repair works in Newmarket.

Once there, I realized that I was feeling distinctly unwell: shock had turned into a general physical malaise. Offered a courtesy car, I accepted it because I was still fifty-odd miles from my destination, but I was not at all sure that I would be able to drive it. There was something quite unreal about standing in that quiet office where people addressed me as though I were a normal customer, while in fact I was someone who ought to be a dead body trapped in a tangle of metal probably surrounded by a number of other dead or damaged bodies in similar tangles. I felt apologetic for being so oddly unreal, although no one seemed to be noticing.

Then, suddenly, Mrs Mattocks and her first-aid classes over sixty years ago, at the beginning of the war, loomed into my mind: our district nurse, very stout (my brother and I referred to her, alas, as Mrs Buttocks), whose task it was to prepare the village for invasion. Mrs Mattocks always said that in cases of shock by far the best thing was Hot Sweet Tea . . . and what was that in the corner of the office where I was stranded? A tea-making machine, with little envelopes of sugar in a paper cup beside it. Of course they allowed me to make myself a cup of tea, into which I put four envelopes of sugar – and Mrs Mattocks had been perfectly right! Halfway through that cup, click, and I came together. By the time it was finished I felt normal. Once in my courtesy car, I drove carefully and slowly but without a qualm. And from then on that horrible accident had so little effect on my nerves that now I say to myself, 'With nerves as strong as that you can go on driving for at least another year. After all, the scars so far have been only on my car, not on people.'

11

WHEN YOU BEGIN discussing old age you come up against reluctance to depress either others or yourself, so you tend to focus on the more agreeable aspects of it: coming to terms with death, the continuing presence of young people, the discovery of new pursuits and so on. But I have to say that a considerable part of my own old time is taken up by doing things or (worse) failing to do things for people older, or if not older, less resistant to age, than myself. Because not everyone ages at the same rate, it is probable that eventually most people will either have to do some caring, or be cared for, and although the former must be preferable to the latter, I don't think I am unusual in having failed to understand in advance that even the preferable alternative is far from enjoyable. Or perhaps that is just my reaction to it. There certainly are unselfish people with a bent for caring to whom it seems to come more naturally. But I can speak only for those like myself, to whom it doesn't.

It is with Barry that this has become apparent – also, to a certain extent, with my oldest friend, Nan Taylor, who died recently, but with her I was one of a team of friends who rallied round, so although it lasted for two years or so it was never full-time. With Barry, it is, or ought to be.

He and I met in 1960, when he was still married and wishing he wasn't. This was not because he didn't love his wife, but because he had become sure of something he had always suspected and had foolishly attempted to ignore: he is temperamentally unfitted for marriage. He detests possessing and being possessed, not just in theory but with every atom of his being. Convinced that he didn't love his wife less because of liking, or even loving, other women, he was unable to feel that she was reasonable when she disagreed with him, thus forcing him to deceive her, which he disliked doing. A typical unfaithful husband, in fact, though with a stronger than usual conviction of being in the right, so sure was he that an over-riding need to be someone's One and Only is neurotic, unwholesome and the cause of many ills.

And I, at the age of forty-three (eight years older than he) felt much the same. I had turned my back with a good deal of relief on romantic love, and I had become so used to not being married that only with difficulty, and without enthusiasm, could I imagine the alternative. We came together, therefore, with no thought of marriage, simply because we liked and were physically attracted to each other, and agreed with each other about what made good writing and acting (Barry wrote plays), both of us valuing clarity and naturalness above all. We had a lot to talk about together in those days, and when he said to me that if he and his wife ever did break up, the one thing he was sure of was that he would never marry again, I remember feeling relieved: I needn't feel guilt! It was even a comfort to know that for now, anyway, there was someone else there to wash his shirts and feed him – I could enjoy all the plums of love without having to wade through the pudding. I marvelled at having gone through so much of the froth and flurry of romantic loving in my youth, when it had now become apparent that being the Other Woman suited me so very well. Our relationship gradually became firmer and firmer, more and more obviously likely to endure, but it never changed from being more like a loving friendship than an obsession.

Finally the marriage did break up (not because of me, though for reasons of convenience I agreed to being cited as the cause) and Barry set about living on his own, at which he was very bad. I can no longer remember exactly how and why he moved in to share my flat – it made little difference to the amount we were seeing of each other – but I think it was after we had stopped being lovers. Yes: piecing together scraps of memory in a way that would be tedious to go into, I am sure it was. But because there was such a gradual move from love affair into settled companionship, it is no longer possible for me to date this.

What I can date, however, is the much later beginning of Barry's illness. It was in January 2002. In fact he had begun to be diabetic some time earlier, with the less acute form of diabetes which strikes in old age, but at first he was unaware of it and then the doctor he happened to consult made light of it, telling him not to worry because it could easily be controlled by medication and a sensible diet. The only parts of that advice he heeded were 'not to worry' and 'medication'. He assured himself and me that all he need do was take his pill and forget about it, that was what Doctor X had said. Doctor X. Given what happened later, it is lucky for her, my publisher and me that I have genuinely forgotten her name. Barry had got himself onto her books before we were living together, when his health was fine, and had decided he liked her. And I, knowing nothing about diabetes except that in its acute form the patient is dependent on insulin injections so what a relief that this was not going to be necessary for Barry, was happy to let him potter along in what I didn't realize was his folly.

Why I failed to recognize his folly was because, except for one emergency which had been dealt with by his wife, I had never known him in anything but excellent health. Not so much as a cold, or a headache, or an attack of indigestion, had he ever had in my experience of him. It is true that his attitude to illness in others was simplistic: 'Is it cancer?', 'Is he going to die?', 'Is he in pain?' were his inevitable questions, and reassured on those points he would dismiss the matter. But it took me quite a while to see that when he himself had to consult a doctor all he paid attention to was the question of pain, which he was less able to tolerate than anyone else I have ever known. If he is hurting, then he becomes frantic for the doctor to stop it. 'Give me morphine!' he insists, and considers the withholding of it an outrage. This, it turned out, was because the one, wife-attended emergency, a twisted gut, had caused him agony, which was eased only when a friend from his days as an undergraduate at Cambridge, who had become a doctor, smuggled him some morphine which not only plunged him into blissful comfort, but also cured him – or so it seemed. So now, if something hurts, he will demand morphine, but any other kind of problem he can't bring himself to think about. As soon as a doctor, or nurse, or anyone else starts giving him advice about diet, or explaining any kind of treatment other than the simply analgesic, he *visibly* switches off. Something inside him decides: 'This is going to be boring, even disagreeable advice, so I shan't listen.' And that's that.

He didn't keep up the pottering for long. Early in January 2002 Doctor X sent him up to the Royal Free Hospital for some kind of minor intervention on his penis, and two days later his waterworks seized up. This process I shall not describe, for which you should be grateful. It is an excruciating business, which involved us in a midnight run by ambulance to Accident and Emergency, where we had a four-hour wait, Barry in increasing agony, before a doctor appeared to put him on a catheter . . . on which, for a complexity of reasons, he was to remain *for three months* before the simple operation on his prostate gland which would end that particular trouble (which was not cancer) was performed. It doesn't take long for anyone on a catheter to learn that the basic discomfort and humiliation is the least of it, because painful infections become frequent. We were soon miserably accustomed to those emergency ambulance runs and those grim hours in Accident and Emergency, but nothing was more appalling than when, having at last called him in for his operation, they then cancelled it at the last minute on the grounds that his heart was not up to it (grounds which luckily, but mysteriously, vanished later), and sent him home without a word as to what was to happen next. Unable to get any information from the hospital, I called Dr X in desperation, asking, 'But is he going to have to continue on a catheter for the rest of his life?' To which she replied: 'Poor Barry. It does sometimes happen, I'm afraid.'

Weeks later, we learnt that a letter from the hospital about Barry's treatment was lying unopened on her desk. What was going on there we never discovered, but from our point of view she, our only hope, was simply fading away. For some time, when I went to her surgery to collect his diabetes pills, they were forthcoming – there was even a short time when I thought what a nice surgery it was compared to my own doctor's, never any wait, without asking myself why there was hardly ever anyone there but me! Then, if one needed to see her, the answer would be: 'Doctor's not in today, perhaps if you tried tomorrow afternoon.' If you asked could you see her partner instead: 'I'm afraid he is out on a call.' And so on and so on, until the day when the answer came as an hysterical-sounding shriek: '*There is no doctor at this surgery.*' At which point I was able to persuade Barry that he would be better off under my own doctor. Not that it got him any nearer his operation.

Given three months of the National Health at its groggiest plus Dr X, both Barry and I were eventually reduced to the condition of zombies – and we were reasonably alert and well-informed old people. What it would have done to less privileged oldies, heaven knows. We ceased to believe that anything we did or said could do any good; no one was ever going to tell us anything, and if they did we would be fools to believe them; so we sank into doing nothing, just sitting there miserably waiting for who knew what. It was our beloved Sally who rescued us. It was she who came up to London, called the consultant's Harley Street number and made an appointment for Barry as a private patient. And my word, the difference £225 can make! The mysterious figure protected by a flock of white coats, vanishing round distant corners of corridors, became a pleasant and reassuring man ready to answer all our questions with lucid explanations. No no no, of course Barry was not going to remain on a catheter for ever, that hardly ever happened and he was sure it wouldn't do so in this case. The delay was simply because he was not going to operate without further consultation with the cardiac specialist so that he could decide between using a normal anaesthetic or an epidural, and the cardiac specialist happened to be away on his holiday and would not be back for another three weeks. Only when we got home after that meeting did it occur to me that this was an amazingly long holiday. Sitting face to face with the consultant our gratitude for having questions answered as though we were rational adults was so extreme that we ceased to be anything of the sort. The humiliations of illness go deep: we didn't cease to be zombies, we just became, for the moment, happy zombies.

The three weeks became nearer five, and very long weeks they were – long enough to include fretful telephone calls (when the consultant announced that he was going to operate tomorrow, he added pettishly 'I was going to operate tomorrow *anyway*, it's nothing to do with those telephone calls', which instantly made me suppose that it was). And it was successful, though the wound took several weeks to heal and a few more infections had to be fought off. But Barry has never recovered his health.

While all this was going on I did something I had never done before. I kept a diary. It was written in fat chunks with long gaps in between, not day by day, so it is more retrospective than diaries usually are, and it gives a better picture of what happened to our relationship than anything I could write now.

> I can't remember whether, at the beginning of Barry and me, I felt a passing scruple at taking up so quickly and enthusiastically with yet another married man. I suppose I may have done. But I *can* remember quite clearly thinking what a *comfort* it was that he had a nice, competent wife to look after him, so I needn't ever worry on his behalf. And when, after Mary kicked him out, he ended up living with me, the 'not-having-to-take-care' didn't change much. By then we'd gone off the boil sexually and he was even less keen than I was about 'marriedness', so it was more like friends deciding to share a flat than the setting-up of a ménage. There was never, for instance, any question of my doing his washing, and he was always ready to share the cooking. In recent years, when his eccentricities began to take over to the extent of sometimes being a bit of a bore, and mine the same no doubt, all we had to do was drift gently into going even more our own ways, so it has never been claustrophobic. I think it must be quite rare for

a relationship to be as enjoyable as ours was for the first eight years or so, and simultaneously so undemanding. And then for the undemandingness to continue contentedly for the next forty-odd years!

And then – this prostate trouble. Although the habit of not looking after him was ingrained – well, you *just can't* disregard the seizing up of someone's urinary system. That dreadful night when we had to dial 999 for the emergency ambulance plunged us into a situation where looking after just had to be done.

It was interesting to learn that while I was dismayed at having to spend so much time doing things for him or worrying about him, nothing in me questioned for a moment that so it must be. The dismay, though real enough, was on the surface, while something underneath and not even thought about took it for granted that what was necessary had to be done.

I was most forcibly struck by the extent of my acceptance of the situation when, during one of his spells in hospital, he became constipated, largely because the catheter he was on then was a bad one which caused him to suffer spasms at the slightest provocation. This frightened him so that he was reluctant to move – froze him up. Eventually they gave him a laxative, and when I arrived that afternoon a nurse said, 'I've been trying to get him to the toilet, but he refused to go till you came.' And as soon as I reached his bedside he said, 'Thank god you're here, now I can go to the loo.' [Here I shall spare you several lines of over-detailed description, returning to the scene near its end.] Luckily there were lots of substantial paper towels in the loo, and a large covered bin into which to dispose of them, and plenty of hot water: it was not difficult to clean him, the pan and the floor up. What astonished me was that I didn't mind doing it. There was no recoil, no feeling of disgust – I seemed to *watch myself* doing it in a businesslike way, without making any effort, like a professional nurse. But at the same time I was surprised at this. And indeed, I still feel surprised. Not so much at having done it, but at not having to make an effort to do it. (When Barry was back in bed he remarked that it was lucky that I had been there.

I answered rather tartly that he could perfectly well have gone to the loo with the nurse, to which he replied, 'Yes, but it would have been less pleasant' !!!) After that, I realized that I had moved, after all those years, into a state of Wifehood. Having recognized that, and thought that after such a long time of happy exemption it was perhaps only fair that I should have a taste of munching the pudding, I stopped minding the loss of 'my own way' quite so much. But my word, what bliss any escape into it always is!

It was just as well that this automatic shift into wifehood came about, because I have had to remain in it ever since. Barry's prostate trouble was over, but his diabetes became worse, so that quite soon he had to add insulin injections to his treatment. These, to my relief, he was willing to administer himself, but they have never made him feel any better. Most diabetics seem to be able to live normal lives once their treatment has been decided on and they have learnt how to manage their diet, but Barry, perhaps because he refuses to make any effort to eat right, feels permanently exhausted and hardly ever able to leave his bed. And I – this causes pangs of guilt, but not strong enough pangs to produce much action – have found it impossible to take control of his diet with an iron hand, which would involve not only a great deal of cooking, but also compelling him to eat things he doesn't like, which no one has ever been able to do. While as for preventing him from eating what he does like . . . Naturally I avoid buying cakes, sweet biscuits and so on, whereupon this bedridden man, who has to be driven to the library three or four times a week in order to keep him in reading matter, will, as soon as I am out, get himself to the shops in order to buy a coffee cake or doughnuts without a moment's hesitation, and will stop this idiocy only when his blood-sugar readings go through the ceiling and he feels really terrible. He will then be sensible until the readings become not too bad (they are never very good), at which point he will start all over again, while to wean him from fats and from huge dollops of double cream in his coffee is simply impossible. It is some consolation to me that both Sally and her daughter Jess, who know him as well as I do, are equally unable to control him and assure me that there is nothing I can do about it, but still I can't help feeling that the sort of 'wife' I have shrunk into being is a very bad one.

Our main trouble is that what he calls his 'weakness' – the dreadful draining-away of energy from which he suffers – goes so deep that he has lost interest in almost everything. This intelligent man will now read nothing but crime fiction, and never a whole book of that. At the library he will pick at random five or six such books from the shelves, and the next day will want to take them back because (surprise surprise!) they are 'unreadable', but if you give him something else he will say he 'can't be bothered'. Neither can he be 'bothered' with anything on television except sport, and less and less of that: quite often nowadays I will go into his room while the television is on and find him lying facing away from it. He no longer ever volunteers conversation, and responds to other people's attempts with monosyllables. Days and days go by without his saying anything to me but 'What are we having for supper?' and 'Will you take me to the library?' This means that almost the only pleasure left to him is food, so that depriving him of foods he enjoys seems like cruelty, and I am unable to prevent myself feeling from time to time that if a life so severely diminished is shortened by eating doughnuts, what will it matter?*

He had a flash of return to himself in the summer of 2006, when the Royal Court did a season of readings in their Theatre Upstairs of the plays which made them famous during the 1960s, which included *Skivers*, one of his. This reading was directed by Pam Brighton, who had directed its first performance, and the Royal Court's casting director had got together a wonderful cast of young actors (most of the characters in the play are schoolboys). Although excited at the prospect of it, we had no idea what to expect, so it was a glorious surprise when it turned out to be so well done that within minutes the full house forgot that it was

* It has turned out, since this was written, that he has serious heart trouble on top of his diabetes.

watching a reading and felt that it was watching an excellent full performance of the play. The audience was as responsive as any playwright could wish, and when at the end Barry had to go on stage to thank everyone concerned, and said in a choked voice (looking so small and old), 'I never, ever, expected to see that play again,' they rose to him. Sally and I were crying, and Jess and Beachy, who had never seen a play of his, were ecstatic ('But it's the best play I've ever seen!' Jess kept saying), and the post-play party in the bar was a lovely hugger-mugger of old friends and happiness. But when I said in the taxi on the way home 'Do you think it may have started you up again?' he answered calmly, 'Oh no, it won't do that.' And it didn't.

Our life went back to being, in about equal parts, both sad and boring. What, I sometimes ask myself, keeps me and, I am sure, innumerable other old spouses or spouselike people in similar situations, going through the motions of care? The only answer I can produce appears in the shape of a metaphor: in a plant there is no apparent similarity between its roots and whatever flower or fruit appears at the top of its stem, but they are both part of the same thing, and it seems to me that obligations which have grown out of love, however little they resemble what they grew out of, are also part of the same thing. How, if that were not so, could they be so effortlessly binding in spite of being so unwelcome? One doesn't, in these situations, make a choice between alternatives because there doesn't seem to *be* an alternative. Perhaps a wonderfully unselfish person (and they do exist) gets satisfaction from making a good a job of it. If you are a selfish one, you manage by contriving as many escapes and compensations as you can while still staying on the job. It is not an admirable solution, but I don't suppose I am the only old person to resort to it.

12

MY ESCAPES HAVE been into gardening, drawing, pottering and – the one I use most often – into books: reading them, reviewing them or (a new use of this particular occupation) writing them. I say 'a new use', but it is new only as far as I am concerned. I have just been reading Jenny Uglow's life of Mrs Gaskell, and if ever someone perfected employment of this method, she did, having had the luck to be born with enough energy for at least ten people. The obligations she accepted willingly, even happily, and survived by dodging, were those of marriage and motherhood, and neither her husband nor her daughters ever had cause to complain; but somehow she managed to clear spaces in her intensely busy life in which to be purely herself, and write her books. Or perhaps it was less a matter of clearing spaces than of having the ability to concentrate her attention fully on what she wanted to do in whatever space, however limited, became available. It is odd that she is so often considered a rather humdrum figure, when she was in fact one of dazzling vitality, a quality much to be envied. Dwindling energy is one of the most boring things about being old. From time to time you get a day when it seems to be restored, and you can't help feeling that you are 'back to normal', but it never lasts. You just have to resign yourself to doing less – or rather, to taking more breaks than you used to in whatever you are doing. In my case I fear that what I most often do less of is my duty towards my companion rather than the indulgence of my private inclinations.

Reviewing books, which I do most often for the *Literary Review*, doesn't go far towards paying the household bills, but is enjoyable because as Rebecca West once said in a *Paris Review* interview, 'it makes you really open your mind towards the book'. It also pushes me towards books I might not otherwise read. Frederick Brown's very stout life of Flaubert, for instance: if I had seen it on one of my visits to our local bookshop (which happily shows no sign of 'struggling' to survive, as people say such businesses are now doing), I would probably have thought 'interesting – but so *fat* and I've no room left on my shelves even for thin books, and anyway I know a fair amount about Flaubert already', and veered off towards the new paperbacks, thus depriving myself of a real feast of enjoyment. And Gertrude Bell – why had I never wanted to read anything by or about her, in spite of loving Freya Stark and taking it for granted that T. E. Lawrence was worth reading even though I didn't much like him? I believe the shaming reason is simply her name. Gertrude: those two syllables, which seem to me ugly, have always evoked the image of a grimly dowdy and disagreeable woman, and I'm sure I would never have picked up Georgina Howell's biography of Bell if the *Literary Review* hadn't asked me to review it – and there, suddenly, was that truly extraordinary woman, to be followed deep into one of the world's most fascinating regions and a hair-raising passage of recent history. It was ridiculous to have known nothing about her until now, but what a wonderful discovery to be pushed, or led, into in one's eighty-ninth year!

(If I may be forgiven a lapse into senile rambling, I'm unable to explain why that name conjured disagreeable dowdiness, because the only Gertrude I ever actually knew was my great-aunt Gertie, whose aura was one not of dowdiness but of tragedy spiced with comedy, poor woman. She was one of the four handsome daughters of Dr Bright, Master of University College, Oxford, a widower who raised his children with the help of his wife's sister and made, on the whole, a good job of picking out suitable husbands for them from among the undergraduates who passed through his care. But with Gertie . . . well, she fell in love with and was either engaged to, or on the verge of being engaged to, not an undergraduate but a junior fellow of his college. And one morning the parlour maid knocked on the door of the Master's study to announce that there was a lady downstairs, with a little boy, who was asking to see him. 'Show her up,' said the Master, and she did, and no sooner was the lady through the door than she whipped out of her muff a pistol and shot him. 'L-l-l-luckily she shot me in p-p-p-profile,' he was to tell a colleague (he had a famous stammer), so his portliness was only grazed, not punctured. The lady, it turned out, was the junior fellow's wife, or perhaps only felt she ought to be. It was a long time before this story was told in a hushed voice to the oldest of my cousins, and another long time before she passed it on to the rest of us, so its details were slightly blurred, but I have since learnt that it was a well-known incident in the college's history. Gertie recovered from what must have been a dreadful shock in time to marry a bishop, but while my grandmother and her other two sisters gave the impression of comfortable assurance, she always seemed to me to be a little frail and querulous.)

Back to books. I am puzzled by something which I believe I share with a good many other oldies: I have gone off novels. When I was young I read almost nothing else, and all through fifty years of working as a publisher fiction was my principal interest, so that nothing thrilled me more than the first work of a gifted novelist. Of course there are many novels which I remember with gratitude – and some with awe – and there are still some which I admire and enjoy; but over and over again, these days, even when I acknowledge that something is well written, or amusing, or clever, I start asking myself before I have gone very far into it, 'Do I want to go on with this?', and the answer is 'No'.

The novel has several ways of hooking a reader: offering escape into thrills and/or the exotic, offering puzzles to be solved, offering daydream material; offering a reflection of your own life; offering revelation of other kinds of life; offering an alternative to recognizable life in the shape of fantasy. It can set out to make you laugh, make you cry, make you gasp with amazement. Or, at its best, it can take you into a completely real-seeming world in which you can experience all those sensations. I well remember my feelings as I approached the end of my first reading of *Middlemarch*: 'Oh no – I'm going to have to leave this world, and I don't want to!'

I never responded with enthusiasm to thrills, puzzles or fantasies, but in my teens I gulped daydream material for quite a while before moving on to 'complete worlds', which is what I prefer to this day when I can find them. But in the 1950s and '60s I veered off towards novels that reflected, more or less, my own life. If they depended on that kind of recognition from people who were not quite like me, then I had no time for them – Angela Thirkell's books, for example, which were catnip to a kind of middle-class Englishwoman not respected by me. But Margaret Drabble's – how cross I was when Weidenfeld captured Margaret Drabble, who hit off the kind of people and situations familiar to me so exactly that I longed to publish her as well as read her. The 'NW1 novel' seemed new at the time, and for several years it was the kind I turned to most eagerly, thoroughly enjoying each moment in a love affair or other kind of relationship which was observed with special accuracy. But eventually novels of that kind seemed to develop a slow puncture, so that gradually they went flat on me; or rather, that happened to my reception of them. I became bored with what they had to tell me: I knew it too well. And because a great many of today's novels still focus mainly on the love lives of the kind of women I see around me all the time, that means that I am bored by a large proportion of available fiction.

Happily that is not true of the fiction that takes one into the lives of people completely different from oneself, V. S. Naipaul's, for example, or Philip Roth's. And it could never apply to the giants: Tolstoy, Eliot, Dickens, Proust, Flaubert, Trollope (yes, I put him up there, I think he has been severely underestimated). They are so rare because they are a different kind of person, just as a musical genius is: they have an imaginative energy of a kind so extraordinary that it is hardly too much to describe it as uncanny. Just occasionally a present-day novelist breaks through into their territory. I would say that David Foster Wallace does in *Infinite Jest*, exhausting though he can be; that Margaret Atwood often gets a foothold there, and Pat Barker with her series of novels about the First World War; and that Hilary Mantel definitely did with *A Place of Greater Safety* (the nerve of it – to take on the French Revolution in the shoes of Robespierre, Camille Desmoulins and Danton!).

And then, of course, there are the fiction writers whose minds one falls in love with regardless of the kind of book they are writing – for me, Chekhov, W. G. Sebald and Alice Munro, but I am not going to attempt an analysis of the attraction of those three very different writers because it would take three separate chapters of a different kind of book, and anyway I am a reader not a critic, so probably couldn't do it even if I wanted to. So 'going off' novels doesn't mean that I don't think being able to write them is a wonderful and enviable gift, only that old age has made me pernickety, like someone whose appetite has dwindled so that she can only be tempted by rare delicacies. The pernicketiness does not extend to non-fiction because the attractiveness of non-fiction depends more on its subject than it does on its author's imagination.

I no longer feel the need to ponder human relationships – particularly not love affairs – but I do still want to be fed facts, to be given material which extends the region in which my mind can wander; and probably the best example of the kind of thing I am grateful for is the way my understanding of the early stages of the industrial revolution has been enlarged by three – no, four – books.

The first of them is *Pandaemonium*, that marvellous compendium of material collected over many years by Humphrey Jennings, published long after his death as a result of devoted work by his daughter Mary-Lou with the help of Charles Madge, and subtitled 'The Coming of the Machine as Seen by Contemporary Observers, 1660–1886'. Because of the astonishing variety and high quality of the texts and the way they are put together, this book generates an addictive excitement of the mind. I couldn't possibly have stopped reading it halfway through, and it left me with an acute awareness of how the delights of discovery and achievement led to tragic consequences as they became more and more orientated towards profit – how idealism capsized into greed and squalor. (We published this book in 1985, but didn't manage to sell many copies of it, so it will be hard to find nowadays. If you can get hold of a copy, I strongly advise you to do so.) The second and third books are a biography, Brian Dolan's life of Josiah Wedgwood, and letters, those of Charles Darwin. Wedgwood's life exemplifies so vividly that moment in history when men suddenly sensed that in science and technology they had found an 'open sesame' to great things . . . To great and *good* things, so Wedgwood and his friends Thomas Bentley, Joseph Priestley and Erasmus Darwin firmly believed, because enlightenment was surely going to be moral as well as intellectual. Wedgwood, within a comparatively short lifetime, turned the simple trade of potter into a dazzling industry, first by discovering the scientist in himself, then (and this is what is so moving about him) by believing that what mattered was doing things as well as you possibly could, which would inevitably lead to success, and that nothing but good could come for the working man from technological advance as a result. It is true that shortly before his death omens did begin to blur the innocence of this vision, but still it is impossible not to envy the climate of hope in which he lived. And Charles Darwin's letters, particularly those of his youth, illustrate not only his own developing genius, but the way in which the most ordinary lives – those of country doctors, clergymen, squires, tradesmen – were also being stirred by ripples of science: how everywhere people were tapping rocks, collecting shells, dissecting plants, observing birds. It was this eagerness to learn by scientific observation that provided the atmosphere in which Thomas Bewick flourished, and it is his life story, told to what I can only call perfection by Jenny Uglow, which is my fourth book.

Bewick himself did not embrace what was 'modern' in his day with much enthusiasm. He adhered to the traditional techniques of wood-engraving, he abhorred enclosure, and he much preferred the tremendously long walks he undertook as a young and middle-aged man to the train journeys which had become possible when he was old. But his innate gifts as a naturalist and his brilliance as an artist brought him fame because they answered what was then a 'modern' need, and in his private life his keen discussion of new developments in science and politics with his fellow tradesmen – the creativity and intellectual liveliness that blossomed among these men of little education, who often gathered together in clubs or debating societies such as Newcastle's 'Lit.and Phil.', the Literary and Philosophical Society to which Bewick belonged and which is still in existence – was typical of this fecund time. It is evoked with such sensitivity, and in such rich detail, by Uglow as she brings to life the passionate, vulnerable, eccentric, reliable, wholly lovable man she clearly hates to leave behind at the end of her book.

I have gained much from many non-fiction books, but will let those four stand for them all. What refreshment, to be able to take a holiday from oneself in such good company.

Another kind of reading which is common among old people, and which I indulge in quite often, is returning to old favourites. Often this is pure pleasure, but sometimes it makes me see that even the run-of-the-mill novel of today is much more sophisticated and interesting than that of my early youth, not to mention those popular just before the First World War, books bought by my parents when they were young which were still on our shelves when I began to move on from children's books, so that I read them too, and enjoyed them. Everyone in my family was familiar with, and loved, the classics, but naturally what they mostly read was the equivalent of what is reviewed on the literary pages of today, ranging from the seriously good to the cosy Aga-saga or Bridget Jones type of entertainment, and some of these still lurk in the little Norfolk house where I spend many weekends. From time to time I pull one out, just to remind myself, and end up unsure whether I am more dismayed or amused. The best of them seem ponderous and verbose, over-given to description (what a lot about cutting from here to there we have learnt from the cinema!), while as for the rest! Infantile tosh: that is what they so often are.

At the end of the 1800s and during the pre-war years of the twentieth century there was an extraordinary fashion for 'historical' romances. A few of them, books by Dumas and Rider Haggard, for example, are saved by imaginative vigour and a gift for story-telling – though perhaps I like Haggard just because he was 'ours', the Haggards being neighbours of my grandparents, so that we went to parties with his grandchildren and on most Sundays listened to Sir Rider reading the lessons in church (very dramatically – his rendering of Shadrach, Meshach and Abednego in the burning fiery furnace was long remembered). But there was a teeming undergrowth of books such as those of Jeffery Farnol, who favoured chapter headings like 'How and Why I Fought With One Gabbing Dick, a Pedlar' or 'In Which I Begin to Appreciate the Virtues of the Chaste Goddess', or Agnes and Egerton Castle, of whose *If Youth But Knew* the following is a typical paragraph:

> 'What things,' said the fiddler, addressing his violin as the court fool of old his bauble (after the singular fashion which led people to call him crazy) – 'what things, beloved, could we not converse upon tonight, were we not constrained by sinners? What a song of the call of the spring to last year's fawn – of the dream which comes to the dreamer but once in his life's day, and that before the dawn? Chaste and still as the night, and yet tremulous; shadows, mere shadows, yet afire; voiceless, formless, impalpable, yet something more lovely than all the sunshine can show, than all the beauty arms can hold hereafter, than all the music ears shall hear . . . O youth! O love!' sighed the fiddler, and drew from his fiddle a long echo to the sigh.

In these novels young women were called maidens and were wilful but chaste, sometimes defiant, but if so, absolutely certain to end by yielding tremulously to a young man who may have been wrong-headed to start with but proved stunningly honourable when it came to the crunch, and this pair was more than likely to encounter a picturesque tinker or itinerant musician, or suchlike, possessed of endless funds of wry wisdom. Heroes and heroines were of noble, or at least extremely gentle, birth, although because their breeding was *true* they would mingle happily with peasants or with those tinkers (a fairly frequent device was to have them disguised as humbler beings, thus allowing for misunderstandings and revelations). The reverence for class in these books was blatant. The novel in Britain is still a middle-class phenomenon, but no longer so fatuously as it was then. And these ridiculous books were cheerfully enjoyed by intelligent adults – and by me, in my early teens. So who knows what will be made a hundred years or so from now of the perfectly acceptable fiction of which I, and many other old people, have had enough? Perhaps we shall be proved right.

I depend so much on reading because I never developed the habit of watching television. I have never even bought a set. In 1968 I was given one by the woman who used to clean for me, because it had started to go into snaky waves at crucial moments and she was replacing it with one less tiresome, and for a few weeks I watched it all of every evening, always hoping that the next thing to appear on the screen would be wonderful, and it wasn't. So then I put it in my lodger's room, and in that room, now Barry's, it still is (or rather, its successor is – he has replaced it several times), watched by me only for Wimbledon and the Derby, or when Tiger Woods is playing. I used to watch the Grand National too, but can no longer bear to do so because of horses being killed. (Though quite tough when young, now I find any sort of cruelty unwatchable and, if vivid, unreadable: I couldn't read all of even my much admired William Dalrymple's *The Last Mughal*, which describes the destruction of Delhi in 1857, a brilliant and important book, because of the horrors he was having to report. The routine horrors in the daily news are different, in that one *has* to be aware of those, though I dwell on details as little as possible.) I am always embarrassingly at a loss when people discuss television programmes, as they so often do, and the many columns of newsprint devoted to television are meaningless babble to me, but although I realize this ignorance is truly nothing to be proud of, I have to suppose that some foolish part of my mind is attached to it, because I have never been able to remedy it. It is easier to imagine returning to radio than buying a television set. I once listened to Radio Three a lot, being hungry for music, but now that deafness has distorted most musical sounds to the point of ugliness, I have given that up. If, however, I become unable to read, which god forbid, I expect Radio Four will become welcome. I have dear friends in New York who are almost ready to move to London for the sake of Radio Four.

13

THE ACTIVITIES I escape into are mostly ordinary things which have become more valuable because I am old, enjoyed with increasing intensity because of the knowledge that I shan't be able to enjoy them for much longer; but easily the best part of my old age has been, and still is, a little less ordinary. It is entirely to do with having had the luck to discover that I can write. I don't suppose that I shall carry it as far as my friend Rose Hacker, who at the age of a hundred is the oldest newspaper columnist in Britain (she writes for the *Camden News*), but it looks as though it will still be with me when (if!) I reach my ninetieth birthday, and it is impossible adequately to describe how grateful I am for that.

It took me by surprise, and has done so twice, which appears to be unusual, because the majority of writers seem to know quite early in their lives that writing is what they want to do. I knew from early childhood that I loved books, and from my early teens that I enjoyed writing letters and was considered by my friends to write good ones, but I didn't aspire to writing books, probably because when I was young 'books' meant 'novels', and I lack the kind of imagination a novelist must have: the ability to create characters and events and even (in cases of genius) whole worlds. And probably the fact that my love of other people's writing led me into a career as an editor meant that much of whatever creative energy I possessed found an outlet in my daily work, so that it took many years to build up perceptible pressure.

But pressure did build, making its first appearance in the form of little outbreaks like those small hot springs that bubble up here and there in volcanic territory: nine short stories, none of them planned. There would be an agreeable sort of itchy feeling, a first sentence would appear from nowhere, and blip, out would come a story. One of them won the *Observer*'s short-story competition, an intoxicating thrill in that it showed I had been putting down words in the right way, but it didn't make any more stories come after a tenth had fizzled out after two pages. That was followed by a lull of almost a year. Then, looking for something in a rarely opened drawer, I happened on those two pages, and read them. Perhaps, I thought, something could be made of them after all, so the next day I put paper in my typewriter and this time it wasn't blip, it was whoosh! – and *Instead of a Letter*, my first book, began. Those stories had been no more than hints of what was accumulating in the unconscious part of my mind, and the purpose of that accumulation, which I hadn't known I needed, was healing.

Twenty years earlier I'd had my heart broken, after which I had gradually learnt to live quite comfortably by accepting – so I thought – that as a woman I was a failure. Now, when this book turned out to be an account of that event which was as nearly accurate as I could make it, I was cured. It was an extraordinary experience. The actual writing was extraordinary because, although I was longing all day to get back from the office and sit down to it, I never knew (and this is literally true) what the next paragraph I was going to write would be. I would quickly read the last two or three pages from the day before, and on it would instantly go; and yet, in spite of this absolute lack of method, the finished book appeared to be a carefully structured work. (It struck me then, and I am sure this is true, that a great deal of that sort of work must go on in one's sleep.) And the final result was extraordinary too, in that once the book was done the sense of failure had vanished for good and I was happier than I had ever been in my life. I was also sure that writing was what I liked doing best, and hoped that more of it would come to me.

More did come, twice in the shape of traumatic events – one the suicide of a man I had been trying to help, the other the murder of a young woman. I plunged straight into 'writing them out', as what seemed to me the natural and certain way of ridding my mind of distress, and in both cases the events in themselves made 'stories', so the experience of writing them was a good deal less mysterious than that of writing *Instead of a Letter*. 'Enjoyable' seems the wrong word for the writing of them, but absorbing – indeed consuming – it was. And of course both books 'got me over' something painful: so much so that as soon as they were finished I put them away, and away they would have stayed had friends not urged me to get them published (the second of them was in a drawer for sixteen years).

Neither of those books meant a great deal to me after they had served their purpose, though naturally I was very pleased if people spoke well of them, and the same was true of the novel which I wrote in the 1960s because my publisher nagged me. (One can't help being very pleased if told convincingly that one writes well: it's like a shot of essential vitamins to one's self-esteem.) In those days anyone who wrote anything at all good that was not a novel was constantly badgered with 'And now when are you going to give us your novel?' (I never did this myself when I was a publisher because I couldn't see any sense in it. There were plenty of people around who were damn well going to give us their novel come hell or high water, anyway.) I capitulated, against my better judgement, and although I was proud of it in the end because it turned out quite a neat little book, and I still take pleasure in remembering writing parts of it, as a whole it was such appallingly hard work that I swore *never again*. What it proved was that while anyone who can write at all can squeeze out one novel at a pinch, this particular person was right in knowing herself not to be a novelist. I felt detached from that book because I had not really wanted to write it. The other two – perhaps I followed their fortunes with less interest than those of *Instead of a Letter* simply because I had become slightly embarrassed at making public things usually considered private, and for a private reason. I believed, and still believe, that there is no point in describing experience unless one tries to get it as near to being what it really was as you can make it, but that belief does come into conflict with a central teaching in my upbringing: Do Not Think Yourself Important.

Much as I wanted to continue to write, I found it impossible unless something was itching to come out. I could cover paper easily in ordinary ways such as letters, blurbs, reviews of books and so on, but if I tried to tell a story or examine a subject because that was what, intellectually, I wanted to do, not because there was pressure inside me to do it, the writing would be inert. With persistence, I could go on covering paper, but plod plod plod it would go until I was bored out of my mind. It is hard to explain, probably because I have never been able to force myself to examine it, but it seems to be something to do with hitting on a rhythm – perhaps getting down to a level at which that rhythm exists. Without it, my sentences are dead. With it, and I can always tell when I have hit it, don't ask me how, the sentences start to flow as though on their own. Real writers, I am sure, are more disciplined than this and must be able to keep themselves at it, as well as being, no doubt, gifted with readier access to that mysterious rhythm. My own dependence on a specific kind of stimulus has always seemed to me proof that I am an amateur – though that is not to take back the statement that 'writing is what I like doing best'.

Anyway, by the time I retired from my job, at the age of seventy-five, I hadn't written anything for a long time because it was a long time since anything had happened to me that needed curing. I was sorry about that, because I did so greatly enjoy the act of writing, but it had become so firmly attached in my mind to the *need* to write for therapeutic reasons that I couldn't envisage myself doing it for any other reason. People started saying to me 'You had fifty years in publishing, you worked with all those interesting people – you ought to write about it, you know, you really ought!' and a cloud of boredom would descend on me, out of which I would answer: 'But I don't work like that.' And that was true for at least the first two years of my retirement.

Then I began to catch myself remembering incidents from, or aspects of, the past with enough pleasure to want to dwell on them, so every now and then I would scribble a few pages about whatever it was that had floated to the surface in that way. Mostly it was about our firm's early days, because starting up a firm with almost no money and no experience at all really was great fun. (I am speaking for myself when I say 'no experience at all': André Deutsch, the moving spirit of the adventure, had only about a year's experience but had sucked out of that year more than many people gain from a lifetime.) Looking back at it I could see what an unusual and interesting time it had been and how lucky I was to have been involved in it. Once my memories reached the point at which we moved into our offices in Great Russell Street and were able confidently to consider ourselves proper publishers, the fizz went out of them. Indeed, at the thought that there were *still thirty years ahead* the cloud of boredom would reappear, because how on earth could I plod my way through thirty years without sending everyone else to sleep as well as myself? So I would push aside whatever I had just written and forget about it, until another odd or amusing memory floated up.

The two 'bits' that had become the most solid during the writing were two portraits, one of V. S. Naipaul, the other of Jean Rhys. Those I had enjoyed very much, because it pleased me to discover that I could be intensely involved in a piece of writing that had absolutely nothing to do with my own emotional development. There were, of course, feelings involved, but not at any deep level – nothing demanding 'cure'! – and to be enjoying writing simply because I was interested in the subject was a new experience. It was the Jean Rhys piece that steered the whole thing bookwards.

Jean Rhys is a writer who either irritates readers a great deal, or fascinates them. No one questions that her actual writing – the way she uses words – is wonderful, but some people can't be bothered with her ruthlessly incompetent heroines, or rather 'heroine' in the singular because the 'Jean Rhys woman' is always the same. Others find this woman profoundly touching, and guessing that she is in fact Jean Rhys herself, those of them who learn that I knew Jean well during the last fifteen years of her life always want to question me about her. Xandra Bingley, my neighbour across the street (a writer almost as good as Jean and a person so unlike her that they might belong to different species) has a friend, Lucretia Stewart, who is a fan of Jean's, and Lucretia asked Xandra to help her meet me, so Xandra asked us to lunch together. In the course of this lunch I told them that I had recently written quite a long piece about Jean, and Lucretia suggested that I send it to Ian Jack, editor of *Granta*, with which magazine she had a connection.

I knew *Granta*, of course, but I had forgotten that Ian had taken over as its editor from the American Bill Buford; and during Buford's reign, although I had admired it I had found it slightly forbidding, the natural habitat of writers like Martin Amis, for example, whose world seemed so unlike my own that I felt myself going 'square' whenever I glimpsed it. Ian was less alarming. It was not that I thought he, too, was 'square', but I did think he probably took a broader view of writing than Buford did. I had always liked his own writing and I knew that he had liked *Instead of a Letter*. Supposing I submitted something to Ian and he turned it down, I would feel that there was a sensible reason for his doing so, not just that he thought me a boring old trout: I would be disappointed, not hurt. For this rather wimpish reason, I decided to follow Lucretia's advice.

He did turn it down, explaining that it was not right for the magazine, and I had been right in thinking that it would not be a painful moment. Instead, it was an interesting one, because he added that if this piece turned out to be part of a book, then he would like to see the book. Another thing I had forgotten was that *Granta* the magazine was part of an organization which also published Granta Books. So now there was a publisher who had actually expressed an interest in a book about my life in publishing, supposing that those bits and pieces I had been playing with could be persuaded into such a form . . . They suddenly took on a new appearance in my eyes. They became worth fishing out of a drawer and being looked at seriously.

Having done that, I saw to my surprise that not a great deal more work was necessary to convert the material into a two-part book, the first part being about the building of our firm, the second part about some of the writers we published. It was not necessary to plod through all the years of the firm's existence, and it would really be about being an editor rather than a publisher, because an editor was what I had always chiefly been. It would be short, but that wouldn't matter, because to my mind erring on the side of brevity is always preferable to its opposite. The arranging, polishing and filling out (which included following an excellent suggestion of Ian's as to how it should end) turned out to be thoroughly enjoyable, so that I felt sorry when it was finished – or would have done if I had not been so pleased at having a last-minute inspiration about its title. Titles can be a headache if they don't come naturally – the hours I've spent with authors in the past, going through lists of suggestions and getting gloomier and gloomier! So this time, coming up effortlessly with the *mot juste* was most satisfying: *Stet*, that was it, hurrah! And what was more, I had brought this thing off although I was eighty.

And it *was* more, too: very much so. It may even have been the best part of the whole experience. To finish writing a book, to have it accepted at once by a publisher you respect and to see it being well-received: that, at any time of one's life, is gratifying, and to repeat the process within the next two years (as I did with *Yesterday Morning*) is even more so. But to do it when one is old . . . there are, I think, three reasons why being old makes it not just gratifying, but also *absolutely delicious.*

The first is the unexpectedness. If anyone had told me when I was in my early seventies that I was going to write another book I would have thought them mad: the odd bit of scribble for my own amusement, yes – perhaps. But never a book, because there was no book there to be written. How could there be, when I was so long past the stage when the kind of thing which caused me to write could possibly happen to me? To which I would probably have added 'Thank god!', given how painful those things had been to live through. And then, when in fact it had turned out that I was capable of covering a sufficient number of pages simply because I was enjoying remembering first my time in publishing, then my childhood, there naturally came the thought 'This stuff is interesting to me, but why should it interest anyone else?' I could see that the publishing material might amuse people in the book trade, but they are only a tiny part of the reading public, so if I myself were a publisher to whom someone submitted *Stet*, would I risk it? Probably not. And *Yesterday Morning*? All so long ago, so out of fashion! It would not have surprised me in the least if either the publisher or the public had said 'No' to either of those books.

So it was truly amazing when both said 'Yes'. What it felt like was an unexpected and tremendous TREAT.

That was the first gain from being old. The second was that none of it mattered at the deepest level, so that all of it could be taken lightly. When you are young a great deal of what you are is created by how you are seen by others, and this often continues to be true even into middle age. It is most obvious in the realm of sex. I remember a school-fellow of mine, a plump, rather plain girl, pleasant but boring, whom I ran into by chance on a station platform about a year after our schooldays ended and failed, for a moment, to recognize because she had become beautiful. What had happened was that a dashing man known to both of us had fallen in love with her and asked her to marry him: he had seen her as lovely, so lovely in her happiness she now was, and an assured and attractive woman she was to remain. Such transformations can occur in connection with many other aspects of self-esteem, with results either benign or damaging, and there were a good many years in the early part of my grown-up life when my self-esteem was diminished by this fact. But once you are old you are beyond all that, unless you are very unlucky. Being seen as someone who had written and published a book when I was in my forties changed me (for the better, as it happened, but it could have gone the other way and been for the worse). In my eighties that couldn't happen, no event could be crucial to my self-esteem in quite that way any more, and that was strangely liberating. It meant some sort of loss, I suppose, such as the end of thrilling possibilities; but it allowed experiences to be enjoyable in an uncomplicated way – to be simply *fun*. At no other time in my life did I enjoy myself so comfortably, for so long, as I did around the time of *Stet*'s publication, and the pleasure would have been as great in connection with *Yesterday*

Morning if its publication hadn't coincided with the worry of Barry's operation.

The third gain was related to the second: I no longer suffered from shyness. In the past my job had occasionally involved me in having to address an audience, and I was always so afraid of drying up that I typed the whole thing out and read from it. Once I had to go to Blackpool to talk about cookery books in a vast and glittery hotel full of vast and glittery ladies who, it transpired, were the wives of men who made cutlery and were having a convention. My offering was to be made in one of the smaller, darker 'function rooms' which smelt strongly and not unsuitably of gravy, and not a single person turned up for it. The relief was great, but was oddly mingled with shame so that I couldn't fully enjoy it, particularly not when, on creeping away to my room, I found that I had forgotten to pack a book to read in bed.

Because it had always been something of an ordeal I felt nervous about my first exposure by Granta at a literary festival, not understanding how lucky I was in its being at Hay, which is the warmest and most welcoming of all such shindigs. I couldn't write anything in advance because I was to be part of a trio, three people who had written memoirs discussing their reasons for doing so, and that added to the nervousness. But one of my fellow performers was Andrea Ashworth, whose *Once in a House on Fire* I had admired so much that I had written her a fan letter, which had crossed with a fan letter she had written me about *Stet*, a comically gratifying coincidence which made our meeting at the hotel where we were both staying a happy event. Being embraced by this dazzling young woman and bumbling into our tent with her on a wave of amusing and intimate talk, changed the nature of the whole experience, so that when I looked out over that crowded audience it didn't seem surprising that they were all beaming in an apparent expectation of a good time, and I found myself actually *wanting* to communicate with them. Indeed, that evening a closet exhibitionist was released: I could make them laugh! I loved making them laugh! It was all I could do to prevent myself from trying to hog more than my allotted time for talking. And from then on standing up in front of an audience has been enjoyable, while being on *Desert Island Discs* (*much* more impressive to relations, friends and indeed many strangers than any good review had ever been) was an orgy of pleasure. And of admiration, too, because gossiping away with Sue Lawley had seemed so completely natural and spontaneous that I expected to find it considerably cut and modified when it was actually broadcast, and was astonished that not a syllable had been changed: what a pro she was, establishing such an easy atmosphere while remaining in such tight control of timing.

It is not hard to see that writers who have often been through the process of promoting their books come to find it a tedious chore, but to me, for whom it was part treat, part joke and completely unexpected, it turned out to be an agreeable part of an experience which has made my life as a whole a good deal more pleasing to contemplate. I had seen it for so long as a life of failure, but now, when I look back – who would believe it, it was nothing of the sort!

14

IT SEEMS TO me that anyone looking back over eighty-nine years *ought* to see a landscape pockmarked with regrets. One knows so well, after all, one's own lacks and lazinesses, omissions, oversights, the innumerable ways in which one falls short of one's own ideals, to say nothing of standards set by other and better people. All this must have thrown up – indeed it certainly did throw up – a large number of regrettable events, yet they have vanished from my sight. Regrets? I say to myself. What regrets? This invisibility may be partly the result of a preponderance of common sense over imagination: regrets are useless, so forget them. But it does suggest that if a person is consistently lucky beyond her expectations she ends by becoming smug. A disagreeable thought, which I suppose I ought to investigate.

The absence of regret that surprises me most is connected with childlessness, because I know that for a short time I passionately wanted a child, and then lost one. Such a loss I would expect to weigh heavily on a woman, but it never has on me. The explanation seems to be that in spite of that one incident, I have uncommonly little maternal instinct, a deficiency I think I was born with. As a child I was not just indifferent to dolls, I despised them. My very first toy, the one which had eventually to be smuggled out of my cot because of how dirty it became, was a white rabbit, and later I was fond of an elephant, but representations of children – never. And I can remember being left alone for a few minutes with a month-old baby when I was nineteen, leaning over it and studying it earnestly in an attempt to feel moved by it, and coming to the conclusion that this unattractive little creature meant nothing to me – I'd rather pick up a puppy, any day. This reaction worried me, but not deeply, because I told myself at once that when I had a child of my own I would love it. That, obviously, was how it worked, because look how inevitably women did love their own children – the instinct must come with the birth. I went on reassuring myself in that way, particularly when Paul talked happily about the children we were going to have, which he enjoyed doing: choosing names for them and so on, games I would never have played if left to myself, though I disguised that. Never once in my twenties and thirties did I hope for a child, or feel more than a vague goodwill towards anyone else's child. When other women yearned towards babies I kept silent to hide my own feelings, and as for toddlers, I didn't go so far as to blame them for being what they were, but I did feel that they were tedious to have around except in very small doses.

Nevertheless I was probably right in supposing that I would love a child if I ever had one. This became apparent when I was forty-three, when my body took over from my mind and pushed me into pregnancy. It had happened before, whereupon I had terminated the pregnancy without hesitation or subsequent unhappiness, but this time something buried deep inside me woke up and decided to say: 'If you don't have a child now you never will so I'm going to get you one like it or not.' Only after I realized what had happened did it occur to me that my feckless carelessness about contraceptive measures must have been, at an unconscious level, deliberate, and even then I took it for granted that I was dismayed and must set about arranging for a termination. But when I caught myself making excuse after excuse not to take the necessary steps *just yet*, I hit on the truth: I wasn't going to take them at all; and at that point I suddenly became happy with a happiness so astonishingly complete that I still remember it with gratitude: my life would have been the poorer if I hadn't tasted it, and any child to emerge from that experience could only have been loved.

But it didn't emerge, or rather it did so in the form of a miscarriage early in the fourth of what were the happiest months of my life, during all of which I had felt dazzlingly healthy. That miscarriage very nearly killed me. I was rushed to hospital only just in time. I knew how near death I was because although by then consciousness had shrunk to within the limits of the stretcher on which I was lying in a pool of blood, I could still hear the voices of those leaning over that stretcher. They had just sent someone to fetch more blood for the transfusion they were administering, and a man said, 'Call them and tell them *to tell him to run,'* and then, to someone else, 'She's very near collapse.' Not only could I hear, but I could understand. I even thought, 'What a bloody silly euphemism,' because what was the state I was in already if it wasn't collapse? He meant death. So oughtn't I to try to think some sensible Last Thought? I made a dim attempt at it but the effort was beyond me; the best I could do was, 'Oh well, if I die I die.'

The man who had to run ran fast enough, they got me down to the theatre, they performed the curettage, and the next thing I was aware of was hands manipulating my body from stretcher to bed. For a moment I was unsure whether this was after the operation or before it, then I began to vomit from the chloroform, and simultaneously became aware that in my belly peace had been restored: I was no longer bleeding. And as though it came from down there, a great wave of the most perfect joy welled up and swept through me: I AM STILL ALIVE! It filled the whole of me, nothing else mattered. It was the most intense sensation I have ever experienced.

It swept away grief at the loss of the child. Of course I went on to feel unhappy, but it was a subdued and dreary little unhappiness, quite out of proportion with the happiness of the pregnancy. I had only one dream as a result of it, and that was a subdued and dreary little dream: I was getting off an underground train, and as the doors slid shut suddenly realized to my horror that I'd left a child on the train – running anxiously along the platform – how was I going to get to the next station before the train did, so that I could recover her (in the dream it was a little girl, though I had always thought of the child as a boy)? The feeling was one of painful anxiety rather than of loss. And after that life went back gradually, but not very slowly, to being what it had been before.

It seems very odd that what had unquestionably been an important development in my life – tremendously important – should have been diminished, almost cancelled, in that way. I think the whole thing was chemical: the body responding to the approach of menopause by pumping out more of something or other which I don't usually have much of, and after the shock ceasing to pump so that my normal condition was re-established. I don't think not feeling the loss means that I would have been a bad mother. Without the shock, if that child had been born, I would probably have been a perfectly adequate one very much like my own, who loved her children once they had reached a reasonable age better than she did when they were very young (she had nannies to bear the brunt of our infancy, so had no problem seeming to us to be all that she should be, but she was never able to disguise the slight impatience she felt with very young un-nannied grandchildren). But I can't, however hard I try, *mind* having lost the chance to prove it. Now, in my old age, I am much more interested in babies and little children than I used to be: actually delighted by them, so that the recent arrival of a baby in our house is an event which gives me great pleasure, although I'm glad that I don't have to *do* anything about that child beyond observing his progress with interest and admiration. But asking myself 'Are you really not sorry that you have no children or grandchildren of your own?' I get the answer 'Yes, really.' It is precisely because I don't and *can't* have the hassle of close involvement with the infants I encounter nowadays that I have become free to understand their loveliness and promise.

Selfishness: not, I hope, a selfishness that involves all of me, but a stubborn nub of selfishness somewhere in the middle which made me wary of anything to which one has to give one's whole self, as a mother has to give herself to an infant and a toddler. It was that which prevented me from wanting a child for so long, and then made it so easy to get over losing one. So I do have at least one major regret after all: not my childlessness, but that central selfishness in me, so clearly betrayed by the fact childlessness is not what I regret. And now I remember how my inadequacy regarding small children (I always loved them quite easily when they grew older) caused me to let down my cousin Barbara, whose house I live in, in spite of thinking her then as I think of her now as my best friend, when some forty-odd years ago she started a family. No sooner had she got three children than she and her husband separated, so that she had to raise them single-handed, working at a very demanding full-time job in order to keep them. How she struggled through those years I don't know, and I think she herself marvels at it in retrospect. But at the time what did I do to help her? Nothing. I shut my eyes to her problems, even saw very little of her, feeling sadly that she had disappeared into this tiresome world of small children – or world of tiresome small children – and she has said since then that she never dreamt of asking me for help, so aware was she of my coldness towards her brood. About that it is not just regret that I feel. It is shame.

One regret brings up another, though it is, thank goodness, less shameful. It's at never having had the guts to escape the narrowness of my life. I have a niece, a beautiful woman who I shall not name because she wouldn't like it, who is the mother of three sons, the youngest of whom will soon be following his brothers to university, and who has continued throughout her marriage to work as a restorer of paintings. Not long ago she sat at dinner beside a surgeon, and happened to say to him that if she had her time over again she would choose to train in some branch of medicine. He asked her how old she was. Forty-nine, she told him. Well, he said, she still had time to train as a midwife if she wanted to, they accepted trainees up to the age of fifty; whereupon she went home and signed up. The last time I saw her she could proudly report that she had now been in charge of six births all on her own. There had been moments, she said, when she felt 'What on earth am I doing here?', but she still couldn't imagine anything more thrilling than being present at – helping at – the beginning of new life. The most moving thing of all, she said, was when the father cried (there had been fathers present at all six births). When that happened she had to go out of the room to hide the fact that she was crying too.

She is a person of the most delicate reserve, so watching her face light up when she spoke about being present at a birth filled me with envy. Having had the courage and initiative suddenly to step out of a familiar and exceptionally agreeable life into something quite different, she has clearly gained something of inestimable value. And I have never done anything similar.

It is not as though I was never impatient at having only one life at my disposal. A great deal of my reading has been done for the pleasure of feeling my way into other lives, and quite a number of my love affairs were undertaken for the same reason (I remember once comparing a sexual relationship with going out in a glass-bottomed boat). But to turn such idle fancies into action demands courage and energy, and those I lacked. Even if I had been able to summon up such qualities, I am sure I would never have moved over into anything as useful as midwifery, but think of the places to which I might have travelled, the languages I might have learnt! Greek, for example: I have quite often thought of how much I would like to speak modern Greek so that I could spend time earning a living there and getting to know the country in a serious way, but I never so much as took an evening class in it. And when I went to Oxford, I indolently chose to read English literature, which I knew I was going to read anyway, for pleasure, instead of widening my range by embarking on a scientific subject, such as biology. And never at any time did I seriously try to use my hands (except at embroidery, which I am good at). Think how useful and probably enjoyable it would be to build a bookcase! I really am sorry about that.

So there are two major regrets, after all: that nub of coldness at the centre, and laziness (I think laziness played a greater part than cowardice in my lack of initiative, though some cowardice there was). They are real, but I can't claim that they torment me, or even that I shall often think about them. And at those two I shall stop, because to turn up something even worse would be a great bore. I am not sure that digging out past guilts is a useful occupation for the very old, given that one can do so little about them. I have reached a stage at which one hopes to be forgiven for concentrating on how to get through the present.

15

HOW SUCCESSFULLY ONE manages to get through the present depends a good deal more on luck than it does on one's own efforts. If one has no money, ill health, a mind never sharpened by an interesting education or absorbing work, a childhood warped by cruel or inept parents, a sex life that betrayed one into disastrous relationships . . . If one has any one, or some, or all of those disadvantages, or any one, or some, or all of others that I can't bear to envisage, then whatever is said about old age by a luckier person such as I am is likely to be meaningless, or even offensive. I can speak only for, and to, the lucky. But there are more of them than one at first supposes, because the kind of fortune one enjoys, or suffers, does not come *only* from outside oneself. Of course much of it can be inflicted or bestowed on one by others, or by things such as a virus, or climate, or war, or economic recession; but much of it is built into one genetically, and the greatest good luck of all is built-in resilience.

By chance, just as I was beginning to consider this matter, I read in the *Guardian* an interview conducted by Alan Rusbridger with Alice Herz-Sommer, who is 103 years old, and who provides an amazing example of the importance of that quality.

Born in Prague to Jewish parents who were not religious and who knew Mahler and Kafka, she grew up to be a brilliant pianist who studied with a pupil of Liszt's, and married another very gifted musician. When Hitler invaded Czechoslovakia in 1939 she was living a happy, busy, creative life, which was of course instantly crushed. With her husband and son she was sent to Theresienstadt, the 'show case' camp in which more people survived than in other camps because the Nazis used it to prove their 'humanity' to Red Cross inspectors, although many did die there, and many many thousands more, including Alice's husband, were dispatched from there to die elsewhere. When she and her son got back home after the war she found it wasn't home any more: all of her husband's family, most of her own, and all her friends had disappeared. She moved to Israel, where she brought up her son, who became a cellist, and it was at his instigation that she came to England twenty years ago. In 2001 she had to endure his sudden death at the age of sixty-five. She now lives alone in a one-room flat in north London, and might well be expected to be a grimly forlorn old woman.

Instead, the interview was illustrated with three photographs of Alice: a radiant bride in 1931, a radiant young mother just before the war – and a radiant old woman of 103 today. The joyful expression has hardly changed. And when it comes to words, she remembers that the only person who was kind on the day they were taken to the camp was a Nazi neighbour, how thrilled she was by the freedom in Israel, how much she loves England and English people. Even more important to her is how much she still loves playing the piano for three hours every day ('Work is the best invention . . . it makes you happy to do something.' Just as strikingly as Marie-Louise Motesiczky she illustrates the luck of being born creative). And she is enchanted by the beauty of life. It is not religion that inspires her. 'It begins with this: that we are born half-good and half-bad – everybody, *everybody*. And there are situations where the good comes out and situations where the bad comes out. This is the reason why people invented religion, I believe.' So she respects the hope invested in religion although she herself has felt no need for its support. She is carried along by her extraordinary good luck in being born with a nature so firmly tilted towards optimism that in spite of all that she has endured she can still say: 'Life is beautiful, extremely beautiful. And when you are old you appreciate it more. When you are older you think, you remember, you care and you appreciate. You are thankful for everything. For everything.' She also says: 'I know about the bad, but I look only for the good.'

Although others must be awestruck by her courage, I doubt whether Alice Herz-Sommer herself would claim this positive attitude as a virtue. She compares it with that of her sister, a born pessimist – and 'born' is the key word. They were given their dispositions in the same way that one is given the colour of one's hair. But while a painful sensitivity to evil may be useful during a person's active years, providing as it sometimes does energy for the necessary, if endless, struggle against mankind's 'bad half', in old age, when one's chief concern must be how to get oneself through time with the minimum discomfort to self and inconvenience to others, it can only be a burden. Unfortunately examples such as Alice's of how an active mind and a positive outlook are what one needs in old age are not likely to be useful as 'lessons', because those able to draw on such qualities will be doing so already, and those who can't, can't. Perhaps there are some of us in between those extremes who can be inspired by her to put up a better show than we would otherwise have done.

16

ONE DOESN'T NECESSARILY have to end a book about being old with a whimper, but it is impossible to end it with a bang. There are no lessons to be learnt, no discoveries to be made, no solutions to offer. I find myself left with nothing but a few random thoughts. One of them is that from up here I can look back and see that although a human life is less than the blink of an eyelid in terms of the universe, within its own framework it is amazingly capacious so that it can contain many opposites. One life can contain serenity and tumult, heartbreak and happiness, coldness and warmth, grabbing and giving – and also more particular opposites such as a neurotic conviction that one is a flop and a consciousness of success amounting to smugness. Misfortune can mean, of course, that these swings go from better to bad and stay there, so that an individual's happy security ends in wreckage; but most lives are a matter of ups and downs rather than of a conclusive plunge into an extreme, whether fortunate or unfortunate, and quite a lot of them seem to come to rest not far from where they started, as though the starting point provided a norm, always there to be returned to. Alice's life swung in arcs far more extreme that most, but still I feel it may have followed this pattern. I suppose I think it because I have seen other lives do that, and I know that my own has done so.

Not long ago a friend said to me that I ought to be careful not to sound complacent, 'because' he added kindly, 'you are not.' I believe he was wrong there, and that I am, because complacent (not to say smug) I certainly started out during a happy childhood wrapped warmly in my family's belief that we were the best kind of people possible short of saintliness: a belief common in the upper levels of the English middle class and confirmed by pride in being English, which I remember deriving from an early introduction to a map of the world. All those pink bits were *ours*! How lucky I was not to have been born French, for example, with their miserable little patches of mauve.

This tribal smugness was not, of course, a licence to rampage. Like all such groups, ours had its regulations which one had to observe in order to earn one's place among the Best. Apart from all the silly little ones about language and dress, there were three which went deeper: one was supposed not to be a coward, not to tell lies, and above all not to be vain and boastful. I say 'above all' because that was the rule against which infantile rumbustiousness most often stubbed a toe: YOU ARE NOT THE ONLY PEBBLE ON THE BEACH might have been inscribed above the nursery door, and I know several people, some of them dear to me, who still feel its truth so acutely that only with difficulty (if at all) can they forgive a book written in the first person about that person's life.

I soon came to see our tribal complacency as ridiculous, and can claim that I never slipped back into it, but the mood it engendered is another matter: it was based on nonsense – on wicked nonsense – but it was sustaining, it made one feel sure of oneself. I was robbed of that mood (by being rejected, more than by seeing through class smugness and imperialism, though that must have modified it a good deal), and such a deprivation – the smashing of self-confidence – whatever its cause, makes a person feel horribly chilly. Now, however, having become pleased with myself in other ways, I recognize the return of the comfortable warmth I knew in early youth. If this is smugness, and I can't help feeling that it is, then I have to report that I have learnt through experience that, though repulsive to witness, it is a far more comfortable state *to be in* than its opposite. And comfort one does need, because there's no denying that moving through advanced old age is a downhill journey. You start with what is good about it, or at least less disagreeable than you expected, and if you have been, or are being, exceptionally lucky you naturally make the most of that, but 'at my back I always hear / Time's wingèd chariot hurrying near', and that is sobering, to say the least of it. For one thing, it's a constant reminder of matters much larger than oneself.

There is, for example, the thought quite common among us who are old: 'Well, thank god I shan't be here to see *that*.' Try as you may not to brood about global warming, *there it is*, and it doesn't go away because I shan't see much of it, or because, having no children, I don't have to worry about their experience of it . . . All that happens when I try to use that for comfort is the looming up of other people's children. I suppose there is a slight relief in the knowledge that you, personally, will not have to bear it, but it is unaccompanied by the pleasure usually expected from relief.

And that capaciousness of life, the variety within it which at first seems so impressive – what does that do after a while but remind you of its opposite, the tininess of a life even when seen against the scale of nothing bigger than human existence? Thought of in that light the unimportance of the individual is dizzying, so what have I been doing, thinking and tapping away at 'I this' and 'I that'? I too, as well as my dear disapprovers, ask that question – though with a built-in expectation, I must admit, of justification.

Because after all, minuscule though every individual, every 'self', is, he/she/it is an object through which life is being expressed, and leaves some sort of contribution to the world. The majority of human beings leave their genes embodied in other human beings, others things they have made, everyone things they have done: they have taught or tortured, built or bombed, dug a garden or chopped down trees, so that our whole environment, cities, farmland, deserts – the lot! – is built up of contributions, useful or detrimental, from the innumerable swarm of selfs preceding us, to which we ourselves are adding our grains of sand. To think our existence pointless, as atheists are supposed by some religious people to do, would therefore be absurd; instead, we should remember that it does make its almost invisible but real contribution, either to usefulness or harm, which is why we should try to conduct it properly. So an individual life *is* interesting enough to merit examination, and my own is the only one I really know (as Jean Rhys, faced with this same worry, always used to say), and if it is to be examined, it should be examined as honestly as is possible within the examiner's inevitable limitations. To do it otherwise is pointless – and also makes very boring reading, as witness many autobiographies by celebrities of one sort or another.

What dies is not a life's value, but the worn-out (or damaged) container of the self, together with the self's awareness of itself: away that goes into nothingness, with everyone else's. That is what is so disconcerting to an onlooker, because unless someone slips away while unconscious, a person who is just about to die is still fully alive and fully her or himself – I remember thinking as I sat beside my mother 'But she *can't* be dying, because she's still so entirely here' (the wonderful words which turned out to be her last, 'It was absolutely divine', were not intended as such but were just part of something she was telling me). The difference between being and non-being is both so abrupt and so vast that it remains shocking even though it happens to every living thing that is, was, or ever will be. (What Henry James was thinking of when he called death 'distinguished', when it is the commonest thing in life, I can't imagine – though the poor old man was at his last gasp when he said it, so one ought not to carp.)

No doubt one likes the idea of 'last words' because they soften the shock. Given the physical nature of the act of dying, one has to suppose that most of the pithy ones are apocryphal, but still one likes to imagine oneself signing off in a memorable way, and a reason why I have sometimes been sorry that I don't believe in God is that I shan't, in fairness, be able to quote 'Dieu me pardonnera, c'est son métier', words which have always made me laugh and which, besides, are wonderfully sensible. As it is, what I would like to say is: 'It's all right. Don't mind not knowing.' And foolish though it may be, I have to confess that I still hope the occasion on which I have to say it does not come very soon.

POSTSCRIPT

The tree fern: it now has nine fronds each measuring about twelve inches long, and within a few days of each frond unfurling to its full length, a little nub of green appears in the fuzzy top of the 'trunk' (out of which all fronds sprout and into which you have to pour water). This little nub is the start of a new frond, which grows very slowly to begin with but faster towards the end – so much faster that you can almost see it moving. I was right in thinking that I will never see it being a tree, but I underestimated the pleasure of watching it being a fern. It was worth buying.